# Coração de Gelo e Rosas

**Também de Babi A. Sette**

*Sapatilhas de gelo*
*O beijo da neve*
*Senhorita Aurora*
*A promessa da rosa*
*A aurora da lótus*
*Meia-noite, Evelyn!*
*Lágrimas de amor e café*
*Não me esqueças*

# BABI A. SETTE

# Coração de Gelo e Rosas

1ª edição

Rio de Janeiro-RJ / São Paulo-SP, 2025

VERUS EDITORA

Galera

RIO DE JANEIRO

**DESIGN DE CAPA**
Renata Vidal

**MAPA**
Elizabeth Meireles

**ILUSTRAÇÃO DE CAPA**
Janaina Medeiros

ISBN: 978-65-5924-382-2



**Verus Editora Ltda.**
Rua Argentina, 171, São Cristóvão, Rio de Janeiro/RJ, 20921-380
www.veruseditora.com.br

**CIP-BRASIL. CATALOGAÇÃO NA PUBLICAÇÃO**
**SINDICATO NACIONAL DOS EDITORES DE LIVROS, RJ**

S519C

Sette, Babi A.
Coração de gelo e rosas / Babi A. Sette. – 1. ed. – Rio de Janeiro: Verus, 2025.

ISBN 978-65-5924-382-2

1. Romance brasileiro. 2. Ficção. I. Título.

CDD: B869.3
25-100365.0 CDU: 82-31(81)

Carla Rosa Martins Gonçalves – Bibliotecária – CRB-7/4782

Revisado conforme o novo acordo ortográfico.

---

*À magia que plantamos, aos sonhos que colhemos,*
*ao amor que escolhemos e às histórias que nos inspiram.*
*Para você que já se sentiu julgado, só e inadequado:*
*saiba que você é muito maior do que imagina.*

Olá, leitora e leitor.

*Coração de gelo e rosas* é um romance que caminha entre a luz e a sombra: alta e baixa fantasia se entrelaçam aqui, com cenas de perseguição, abuso de poder, violência física e psicológica, alucinações, tortura, perigo real, linguagem áspera e cenas de sexo explícitas.

Se você é sensível a algum desses temas, esteja ciente antes de seguir adiante. Prepare-se para entrar em Alfehim, erga seu cetro, os portais estão abertos para você.

# Prólogo

*A Constituição de Alfehim reconhece nove ilhas principais, unidas por pactos antigos e por um sistema de leis que equilibra magia e diplomacia. A primeira ilha é a dos Elementais, origem da magia primordial. A segunda, a Solar. Em seguida vêm as ilhas Primaveril, do Outono, do Inverno e Crepuscular. Depois, a ilha das Marés e a das Bruxas. Por fim, a ilha da Universidade — território independente que abriga, além da instituição de ensino superior, o Grande Tribunal de Alfehim.*

— Trecho extraído do *Atlas primordial da vida e da magia em Alfehim*

Eu não devia ter saído de casa. Desde que acordei, estou com a sensação incômoda de que algo ruim vai acontecer. Talvez porque hoje faz onze anos que quase morri num incêndio. Sim, provavelmente é isso. É o que repeti para mim mesma ao pegar o ônibus até a escola, o que continuei dizendo enquanto assistia às aulas e o que ainda quero acreditar, apesar das mãos úmidas de suor e do aperto no estômago que insiste em dizer que pode ser que eu esteja pressentindo alguma coisa.

Olho para a malha de lã que tia Fiona bordou, coberta de borboletas coloridas. Tento me lembrar do beijo na minha testa depois do café, acompanhado das palavras carinhosas dela: "Quando você usa rosa, fica igualzinha à princesa Aurora do desenho, sabia?"

Todos dizem que minha vida se parece com um conto de fadas. E eu sei que, se alguém resolvesse escrever sobre mim olhando apenas para a superfície, provavelmente começaria com: *Era uma vez...*

E logo depois: ... uma garota loira de olhos verdes, de beleza comum, mais próxima dos livros que das pessoas, mas que ainda assim chama a atenção dos garotos populares, os tais príncipes dos contos de fadas.

Como tantas protagonistas desse tipo de história, também sou órfã. Quer dizer, não sei se meus pais morreram ou me deixaram. Só sei que fui encontrada nas ruínas de um castelo nas Highlands, o que apenas reforça o clima de conto mágico, e adotada por três irmãs que eu chamo de tias, mas que, na verdade, são minhas mães.

Elas sempre repetem, para quem quiser ouvir, que nossa família somos nós quatro, mais os livros, as poções que preparam e as mulheres que acolhem de tempos em tempos, vítimas de abuso, abandono... mulheres que precisam de um lar, de um abraço, de alguém que diga: você não está sozinha.

E eu? Bem, nunca falei nada, mas é impossível não me enxergar nessas jovens. Existe uma espécie de solidariedade invisível entre nós, um reconhecimento imediato. A gente sabe, sem precisar explicar, como é a dor de ser abandonada. E sabe o medo que vem junto: o medo de amar e perder. O medo de não ser amada o bastante para que fiquem.

Por mais que minhas tias me amem de um jeito incondicional, ainda existe um pedaço de mim que parece... inalcançável. Um canto da minha própria história que nem eu consigo acessar. Vivo cheia de perguntas, e já aceitei que a maioria delas nunca vai ter resposta. E, de vez em quando, acontecem coisas tão estranhas que me deixam com a sensação de que minha vida inteira é um quebra-cabeça com peças de outro jogo.

Na fachada, sou a garota que tenta ver o lado bom de tudo ou quase tudo, prefiro mil vezes acreditar em finais felizes a ficar obcecada com dramas e me sinto sortuda de verdade. O lugar que chamo de casa é tão bucólico, como se tivesse saído das páginas dos contos de fadas que aprendi a amar e colecionar: um chalé de pedras próximo a um bosque, cuja sala abriu espaço para a livraria e café Brumas de Roslin, com ervas secando nas janelas, uma estufa lotada de flores e temperos, cristais pendurados que transformam os raios de sol em arco-íris nas paredes, estantes arqueadas de tantos livros, um sofá verde que parece sussurrar histórias antigas, cheiro de café, chá, páginas velhas, runas, tarô, música e mil mulheres com suas histórias maravilhosas circulando entre as estantes.

Magia… Tudo parece cheio de magia.

Mas o que encanta também pode amaldiçoar. Porque as coisas que não sei explicar algumas vezes me assustam até eu perder o sono, como se eu vivesse na beira de um abismo e pudesse a qualquer momento dar um passo em falso. Colocar fogo no meu mundo e fazer tudo virar cinzas.

As lembranças me atingem em cheio. A luz me cegando. O cheiro espesso de fumaça misturado à cera quente.

Lembro… dos gritos da Jude:

— Foi a Briana quem fez o fogo, mamãe!

Eu só tinha sete anos e estávamos brincando de bruxas no sótão da casa de Jude, com velas acesas, cristais e chapéus, até que as chamas se espalharam rápido demais.

E lembro de algo impossível: um dragão me envolvendo. As garras firmes, o bater das asas, a criatura me abraçando com elas antes que eu queimasse junto com a casa.

Pode ser invenção da minha cabeça, claro. É o que qualquer pessoa diria. Mas como eu não me machuquei nem um pouco? Nem um único arranhão, uma queimadura, nada, enquanto Jude… Minha garganta aperta. Enquanto Jude passou meses no hospital.

Apesar de a minha vida ter sido dividida em antes e depois desse incêndio e das lembranças com o dragão que provavelmente foi só imaginação, não é apenas isso. Tem os sonhos que viram realidade. Os *déjà-vus* que me deixam tonta. Objetos que desaparecem e depois voltam, como se nada tivesse acontecido. Coisas que ninguém acredita quando eu conto. Coisas que parecem saídas de um livro de magia.

Toco no medalhão por cima da blusa de lã, sentindo o vento úmido e frio de Edimburgo atravessar até minha pele. Meus dedos percorrem o contorno da joia de ouro, o dragão gravado na frente e os símbolos indecifráveis no verso. O medalhão, junto com uma edição do século XIX de *A Bela Adormecida*, foi tudo o que meus pais, ou quem quer que tenha me abandonado nas ruínas daquele castelo, deixaram comigo.

O vento gelado faz minha nuca arrepiar.

— Você está quieta, tá tudo bem?

Olho para o lado e vejo Josh. Um dos tais príncipes que me notaram.

— Sim, tudo bem.

Não vou contar para o capitão do time de hóquei do colégio que eu acordei com uma sensação estranha. Que sonhei a noite inteira com um dragão me tirando das chamas enquanto Jude gritava por ajuda, que os olhos marejados da menina que quase morreu queimada porque eu derrubei uma vela e não consegui reagir ainda me assombram, por isso estou mais introspectiva.

— Que bom, não vou precisar matar ninguém que tenha te chateado. — Josh sorri, revelando suas famosas covinhas.

E eu meio que entendo todas as garotas serem um pouco apaixonadas por ele. A maioria adoraria ter ouvido o que ele me disse duas semanas atrás, na nossa primeira conversa:

— Entrei no clube de literatura só pra ter uma chance de te conhecer, Briana.

Fingi achar aquilo fofo. Fingi até perder o ar quando ele me ajudou a carregar minha mochila entre as aulas.

Fingi ser uma garota "normal".

É isso que venho fazendo desde que fugimos das Highlands, depois do incêndio na casa de Jude. Sim, fugimos das perguntas, dos olhares, do medo na expressão das pessoas. Aprendi a vestir a máscara da normalidade sempre que algo inexplicável acontece comigo, como se, ao agir com naturalidade, pudesse convencer o mundo e a mim mesma de que tudo isso é perfeitamente comum.

Minhas tias dizem que as pessoas temem aquilo que não entendem. O problema é que… eu também não entendo.

Elas juram que o que eu tenho é um dom raro, uma sensibilidade que não se encontra com frequência. Algo que, segundo elas, corre no meu sangue como um rio subterrâneo e que eu preciso aprender a controlar antes que me controle. Por isso me cercam de ensinamentos e rituais, mas, principalmente, elas me cercam de perguntas, recomendações e cuidados.

E eu sei... sei que tentam me proteger.

Mas, às vezes, não consigo evitar pensar: *E se, no fundo, elas também estiverem tentando me conter?*

— Vamos naquela loja de bruxas? — Maggie cochicha no meu ouvido. — Quero ver se tem um feitiço que faça o... — ela arqueia as sobrancelhas em direção a Josh, que caminha ao nosso lado, e completa em um sussurro: — que faça ele me olhar como olha pra você.

Margareth Lancaster, uma das garotas mais populares da escola, mora no mesmo vilarejo que eu, Roslin. Um lugar entre colinas, florestas, casas de pedra cobertas de trepadeiras e musgo e que se alinham em ruas estreitas iluminadas por lamparinas antigas. O ar carrega sempre um cheiro familiar de chuva, terra molhada e lareiras acesas.

Os pais de Maggie são donos de metade das terras e negócios por lá. Mas, infelizmente, vivem arrumando encrenca com minhas tias. Criticam nossa livraria. O modo como elas se vestem. Como vivem.

Achei que, ao me aproximar de Maggie, talvez os pais dela pegassem mais leve com a gente. Que, se ela gostasse de mim, eles iriam parar de implicar tanto.

Encolho os ombros antes de responder para ela:

— Tudo bem.

— Você não se importa, né? Você nem gosta dele...

Josh agora está distraído, conversando com Conor, um dos atacantes do time que é meio a fim da Maggie, mas ela só tem olhos para Josh.

— Tudo bem, eu não me importo — minto. Só um pouquinho.

Atletas com músculos no lugar do cérebro nunca foram o meu tipo. O que incomoda, na verdade, é Maggie sempre querer quem demonstra interesse por mim. Como se nossa amizade fosse uma competição com placar e pódio.

Ela engata o braço no meu e acena para os garotos.

— A gente vai dar uma passada numa loja aqui perto.

Em seguida, pisca devagar, como se tivesse ensaiado no espelho. Os olhos castanho-claros contrastam com as bochechas coradas, e os cabelos com mechas avermelhadas brilham sob a luz morna do fim de tarde.

— A Briana não deixa as tias dela fazerem pra mim o feitiço que fizeram pra ela conquistar todos os garotos da Escócia. — Ela dá de ombros. — Fazer o quê? Preciso recorrer a outras lojas esotéricas da região.

— Eu já te falei que minhas tias nunca fizeram isso! Elas não…

Paro quando percebo Josh me encarando com olhos ligeiramente arregalados.

— Elas fazem esse tipo de coisa?

Abro a boca para dizer que elas são as pessoas mais incríveis do mundo, mas Maggie se adianta num tom arrastado, como se narrasse uma história de terror:

— Elas têm uma livraria esotérica e são bruxas. Vivem com fantasmas e recebem outras bruxas há anos. Tipo uma hospedaria pra feiticeiras. Não é isso, Bri?

Cerro o maxilar.

— Não use esse tom pejorativo, reproduzindo o mesmo preconceito dos seus pais, Maggie.

Ela ri, nervosa.

— Calma, amiga. Eu só tô brincando.

Inspiro devagar, tentando me acalmar. Minhas tias são as mulheres mais sábias que eu já vi. Falam vários idiomas e conhecem absolutamente tudo.

Tia Fiona, por exemplo, costura como ninguém, joga todos os tipos de tarô e entende mais de cristais do que alguns professores de gemologia. Tia Moira cuida das finanças da casa e fala nórdico antigo só para honrar os ancestrais vikings, além de encontrar nas runas conselhos para a vida. Tia Isla conhece cada planta da Escócia como se tivesse crescido no meio da floresta, tem uma estufa com todas as espécies de flores e ervas medicinais da região. Das três, somente tia Moira, a mais velha, chegou a se casar, mas se separou antes de eu nascer. Elas nunca tiveram filhos biológicos.

Estreito os olhos para Maggie, sabendo como esse tipo de brincadeira pode ser tóxico, vindo de alguém como ela.

— Não tem graça. Minhas tias nunca fizeram feitiço nenhum pra alguém se apaixonar por mim. — Olho para Josh, depois para Maggie.

— E, não, a nossa casa não é uma hospedaria de bruxas. A gente acolhe mulheres vítimas de abuso e abandono.

— Ah, tipo uma ONG? — pergunta Conor.

Dou de ombros.

— A gente não recebe nada por isso. Nem patrocínio, nem ajuda. É mais como uma rede de apoio.

— Está tudo bem, Bri. — Maggie aperta meu ombro com um sorrisinho. — Falei por falar. Mas, olha, eu já te disse: se você não quer que pensem que é, sei lá, meio exótica, podia pelo menos aceitar a minha ajuda pra atualizar o seu guarda-roupa, né? Seria um presente de aniversário de dezoito anos um pouco atrasado e de formatura do colegial meio adiantado, o que acha?

Suspiro e balanço a cabeça, recusando. Ela acredita, de verdade, que está sendo gentil ao falar esse tipo de merda. O problema não é querer me dar roupas de presente — é o preconceito escorrendo por trás da oferta.

Eu me visto com peças de segunda mão e roupas costuradas por tia Fiona. E o que, para alguns, pode parecer um exagero de flores, cores e tules, para ela é uma forma de amor costurada ponto a ponto. Cada renda, cada bordado é um jeito de dizer que me vê, que se importa. Ela jura que costura de acordo com a essência da pessoa e, no meu caso, tia Fiona diz que eu sou como uma tarde de primavera.

Maggie, Josh e Conor aceleram os passos e viram a esquina, entrando numa viela estreita com muros de pedra cobertos de hera. O ar tem cheiro de carvalho e incenso. Uma placa de ferro pendurada por correntes range com o vento, revelando o nome da loja em letras douradas desgastadas:

*Bruxaria Passada, Magia Presente*

E a vitrine…

A vitrine faz minha nuca arrepiar. E eu nem sei se é de um jeito bom.

— É verdade que os Lancaster foram uma das famílias que mais denunciaram bruxas na Inquisição? — pergunta Conor alto demais, de um jeito debochado. *Escroto.*

— Meus pais dizem que sim — responde Maggie, casual, como quem comenta o clima.

Travo o maxilar.

E então…

Como se alguém projetasse um filme direto na minha mente, vejo mulheres sendo arrastadas, amarradas, queimadas em fogueiras que crepitam alto. Mulheres sábias. Curandeiras. Que ousaram estudar, pensar, não se calar. Torturadas.

*Me ajuda. Socorro!*

A voz ecoa dentro de mim. Meus olhos se enchem de lágrimas quando o cheiro metálico, de ferrugem, de sangue, invade minhas narinas. Por um instante, a viela à minha frente muda.

A luz alaranjada dos lampiões vacila. Cavalos passam trotando pelos paralelepípedos molhados. Um bebê chora ao longe. Homens cantarolam em gaélico, as vozes arrastadas pelo álcool.

E depois gritos.

Uma multidão berra: *Bruxa! Queimem a bruxa!*

Um toque no meu ombro me arranca da visão com um tranco. Tenho um sobressalto.

É Josh. Ele está ao meu lado, com o cenho franzido.

— Você tá pálida. Tem certeza que tá tudo bem?

Pisco devagar, tentando respirar. Só então percebo que já estamos dentro da loja. É como se eu tivesse escorregado por uma fenda no tempo. Ou simplesmente… alucinado.

Apesar de vez ou outra sentir quando um lugar tem energias boas ou ruins, e às vezes isso vir acompanhado de imagens mentais, sussurros ou arrepios, nunca havia sido tão intenso. Tento bloquear as sensações e olho ao redor para me focar no presente.

A loja é pequena, mas parece se expandir em camadas, com prateleiras altas abarrotadas de livros, amuletos pendurados, velas artesanais, vassouras e frascos com etiquetas escritas à mão. O ar é denso, carregado com o cheiro de mirra e papel envelhecido. Caixas de som reproduzem um jazz instrumental abafado entre cortinas de veludo. Tapetes desbotados cobrem o chão de madeira escura.

— Estou bem — minto, pegando o primeiro livro à minha frente. *O martelo das feiticeiras.*

O *Malleus maleficarum*. Manual de caça às bruxas. Que coincidência louca é essa? E, claro, Conor continua atrás de mim, como um apresentador sádico do próprio show:

— Edimburgo foi um dos lugares que mais executaram bruxas no mundo. E, ao contrário do que muita gente pensa, a maioria dessas execuções não foi na Idade Média, mas no século XVIII.

Minhas mãos suam. As letras na lombada dos livros começam a sair de foco. Tudo ao redor está distante, como se eu estivesse embaixo d'água. Minha respiração acelera.

— Parem de falar disso.

— O quê, Bri? — Maggie retruca num tom entediado. — Já disse que a minha família *não caça mais bruxas*. Vocês estão seguras.

— Fica quieta, Margareth, para de falar merda — Josh rosna ao meu lado.

Ela estreita os olhos, atingida. Como se a culpa fosse minha de ele ter mandado ela calar a boca.

— A Bri está muito sensível, é melhor vocês dois esperarem lá fora — diz Maggie.

Recoloco *O martelo das feiticeiras* na prateleira com força. Então…

As vozes e as risadas começam a se dissolver no ar, como um ruído abafado. Eu me afasto, sentindo meu corpo se mover por conta própria. E, como se estivesse sendo puxada, meus olhos se fixam em uma peça entre os cristais e os amuletos. Um cetro. Ou algo parecido com uma varinha mágica refinada. Quase cerimonial.

Estico os dedos devagar e, antes de tocar, vejo pelo canto dos olhos Josh e Conor saindo da loja. Maggie continua no balcão, perguntando para a vendedora sobre poções do amor ou algo que a faça parecer irresistível para os homens.

O cetro reflete uma luz dourada, puxando minha consciência para ele outra vez. Meus dedos encostam de leve na haste com cerca de cinquenta centímetros, feita de um metal dourado opaco, com entalhes de flores e galhos retorcidos que se entrelaçam como se crescessem ali, vivos. No topo, há um cristal azul lapidado no formato de diamante, e três arcos de ouro se entrelaçam sobre a pedra.

— Esse é o cetro de uma sacerdotisa muito poderosa.

Eu me viro em direção à voz masculina e encontro um senhor de cabelos brancos compridos e bagunçados, olhos acinzentados quase transparentes. Ele é baixo, mas tem uma presença enorme. Como se fosse parte da loja, ou talvez como se toda a sabedoria dos livros naquelas estantes respirasse através dele.

— O senhor trabalha aqui?

Ele faz que sim, enquanto a vendedora que atende Maggie passa ao nosso lado murmurando:

— Vou olhar no estoque.

Volto para a peça e a seguro, mais decidida. Óbvio que o lance da sacerdotisa poderosa deve ser papo de vendedor. Mas aí…

A haste acende.

Uma ventania explode dentro da loja.

O som de sinos ressoa, como se alguém os tocasse no topo de uma montanha distante. Em seguida vem um clarão, intenso, branco, quente. Eu fico tonta e sento na poltrona às minhas costas. Fecho os olhos instintivamente. Quando volto a abri-los… o mundo não é mais o mesmo.

Uma sucessão de cenas se desenrola à minha frente como um trailer. É mais real que qualquer lembrança. Ultrassensível. Colorido. *Vivo*.

Vejo um dragão dourado majestoso. *O dragão que me tirou do fogo.* Ele se curva com uma delicadeza surreal e encosta o focinho na cabeça de um bebê. Um gesto tão suave, tão cheio de reverência, que meus olhos se enchem de lágrimas.

Mais à frente, uma cordilheira de montanhas cercadas de águas turquesa que refletem fadas cintilantes no ar, como estrelas que resolveram dançar. Sombras enormes se projetam no céu e no solo. Asas. Caudas. Corpos escamosos.

São dragões. De todas as cores, gigantescos.

Um rio prateado, iridescente, serpenteia entre as montanhas. Reflete o dourado, o lilás e o rosa suave de um céu que parece ter sido pintado à mão.

E o ar... tem cheiro de casa. Cítrico. Marinho. Terroso. Floral. Um cheiro tão profundo que parece ter gosto.

Gosto de *origem*.

E aí, em um piscar, tudo muda. Mãos femininas tocam meu rosto com ternura. Dedos longos, quentes, suaves, enquanto uma voz me atravessa:

— *Eu te amo, minha menina.*

E, de novo, o cenário se transforma. Minha respiração acelera. Meus olhos ardem.

Estou em um campo aberto. O cheiro é de fuligem, fumaça, sol queimando. Gosto de estrelas e cinzas. Doce, amargo, ácido, tudo ao mesmo tempo.

Milhares de cavaleiros se movem ao longe. Montam lobos, ursos e cavalos; algumas criaturas que nem consigo nomear. O som de asas corta o céu. Rugidos.

Dragões em voo com cavaleiros sobre suas costas.

*É uma batalha.* Luzes, brilhos de todos os tons riscam o ar, explodindo sobre o campo. E então percebo: estou no centro da formação, à frente de um dos lados da batalha.

Olho para mim. Minhas mãos, meus braços. Não são exatamente meus. Tatuagens de chamas vivas desenham padrões na minha pele, como circuitos acesos. Pulsam em vários tons, carregadas de um poder que faz parte de mim, mas eu não entendo.

Sinto um toque no queixo. Ergo a cabeça e vejo alguém parado à minha frente. É um homem. Ele usa uma máscara de metal cobrindo todo o rosto, só consigo ver o maxilar forte e os lábios cheios. Meus olhos percorrem seu corpo de maneira automática. Ele veste uma armadura preta com detalhes em prata e roxo, feita de um metal que se molda aos seus músculos.

E os olhos dele... Ah, os olhos.

Dois orbes azul-escuros acesos com anéis concêntricos de luz azul--royal e branco-azulada. Como um céu noturno em combustão.

Pisco devagar. Não pode ser real.

— Quem é você? — Minha voz sai baixa, trêmula.

Ele se inclina levemente, sua presença me envolve como uma onda de calor.

— *Alguém capaz de mudar as leis do universo, desafiar os véus do tempo, amaldiçoar o próprio coração por você… minha existência.*

Os dedos dele escorregam pela minha mandíbula e meu coração dispara. Meus sentidos ainda giram em espirais confusas quando um grito agudo me faz abrir os olhos, agora de verdade. Respiro com dificuldade e estremeço.

*Eu desmaiei?*

O vidro nas vitrines da loja se estilhaça com um estrondo. O som me arranca da visão, ou do sonho, como se eu tivesse levado um tapa da realidade. Me viro rápido, com o coração acelerado.

Margareth está de pé, pálida, os olhos arregalados.

— *Foi ela!* — grita, apontando para mim com a mão trêmula. — Foi a Briana! Foi ela que fez isso! Os olhos dela… eles brilharam, aí ela gritou para eu sair de perto da vitrine, e quando… quando eu saí, tudo aconteceu… Você queria me machucar, é isso? Fique longe de mim!

Congelo no lugar, com um bolo na garganta que dificulta a respiração. Não lembro de ter dito para ela sair de perto da vitrine. Meu coração ainda está acelerado e estou tremendo. Meus olhos percorrem o ambiente até encontrarem o cetro, caído no chão, reluzindo suavemente entre os cacos de vidro.

Josh e Conor entram correndo na loja.

Ofegante, tento negar a acusação de Maggie, ainda sem saber direito o que aconteceu:

— Não fui eu… Eu desmaiei e depois… não lembro.

Josh se ajoelha ao meu lado, pousando a mão no meu ombro com cuidado.

— Meu Deus, você se machucou?

A vendedora surge do estoque, lívida, segurando um pote nas mãos.

— O que aconteceu aqui?

— *Foi ela!* — Margareth grita novamente, a voz falha, apontando para mim com os olhos cheios d'água. — Ela é uma bruxa! De verdade. Assustadora.

Ela se vira para Conor, soluçando.

— Me tira daqui.

Conor olha de Josh para mim, dividido, até que finalmente passa o braço ao redor dos ombros de Maggie e a conduz em direção à saída.

— Eu não fiz nada — murmuro sem firmeza. — Só desmaiei. Não sei como isso aconteceu.

O senhor que havia falado sobre o cetro me observa com uma ruga funda entre as sobrancelhas, antes de dizer com a voz calma e firme:

— Essa vitrine já estava trincada. Eu sou o dono da loja, devia ter trocado o vidro há dias. Provavelmente foi o choque térmico, o calor aqui de dentro, o frio lá fora. Acontece.

Ele se vira para Josh.

— Sua amiga não fez nada. Ela passou mal, e eu a ajudei a se sentar na poltrona. Aí deve ter ouvido o estalo do vidro e gritou para a outra sair. Se não fosse o aviso, talvez a jovem tivesse se ferido, porque pouco depois a vitrine estourou. A garota… — ele indica com um gesto discreto a porta, por onde Margareth acaba de sair abraçada a Conor — se assustou. E, certamente, deixou a imaginação correr.

Estou tão confusa. Não sei o que pensar. Não sei o que dizer. Desde o momento em que me aproximei desta loja, tudo parece fora de lugar. Acabo de viver mais um momento para entrar na coleção de coisas que eu não controlo, e que talvez nunca entenda.

— Vem, Bri. — Josh se aproxima e passa o braço pelas minhas costas, a voz baixa, cuidadosa. — Vou te levar pra casa.

Faço menção de me abaixar para pegar o cetro no chão, sentindo um impulso estranho, como se ele me chamasse de novo. Como se precisasse ter certeza de que nada mais vai acontecer. Mas o dono da loja é mais rápido. Ele o segura antes que meus dedos o alcancem.

Já é noite.

Josh ficou aqui em casa até achar que eu tinha dormido. Pouco antes, trouxe um antitérmico e uma sopa de legumes que tia Fiona preparou:

"Vai te esquentar", ele disse. Não parei de tremer desde que saí da loja em Edimburgo. Josh me emprestou o casaco, cuidou de mim por horas, foi um verdadeiro cavalheiro.

Cheguei em casa ardendo em febre. Estou doente, talvez isso explique as visões. Ou parte delas. Um tipo de delírio febril.

Talvez...

Mas não explica a reação de Margareth. Será que ela fez aquilo por maldade? Porque Josh a mandou ficar quieta quando ela estava me provocando junto com Conor, antes de tudo acontecer? Será que eu delirei e inventei a cena toda? A verdade é que, não importa se foi ou não real, o que Margareth *acredita* ou alega ter visto já é suficiente para causar algum estrago.

E a conversa das minhas tias prova isso.

— Podemos mudar de cidade de novo — diz tia Moira.

A porta do meu quarto está entreaberta, e dá para ouvir tudo do quarto ao lado.

— Se o falatório fizer o movimento da loja diminuir, dá pra alugar o quarto da Briana para estudantes — sugere tia Fiona. — Isso ajudaria a pagar as contas.

Aperto os dedos contra os lençóis.

Quando cheguei com Josh mais cedo, contei a elas o que tinha acontecido. Quase tudo. Pulei a parte das visões. Do delírio. Não consegui falar sobre isso na frente dele. Minhas tias sabem que Margareth vai contar tudo aos pais — e isso vai ser usado como munição contra nossa família.

— Vender o chalé e recomeçar em outra cidade não é má ideia. — É a voz de tia Isla.

Cerro os dentes e engulo a vontade de chorar.

Moramos aqui há onze anos. Minhas tias têm uma clientela fiel, amigos e um amor profundo por todos os cantinhos deste chalé: os livros, a cozinha, a estufa de tia Isla. Não é justo que renunciem a tudo isso.

— Tias... podem vir aqui, por favor?

Silêncio. Depois, o som de passos no corredor de madeira. As três entram no quarto, iluminadas apenas pela luz fraca do abajur.

— Você está bem? — pergunta tia Moira, se aproximando e tocando minha testa. — A febre baixou.

— Que bom — murmura tia Fiona, ajeitando a coberta sobre meu corpo.

Tia Isla afasta uma mecha do meu cabelo e a encaixa atrás da minha orelha.

— Quer um chá pra dormir?

Solto um suspiro entrecortado.

— Sabem o que eu quero de verdade?

Elas trocam olhares e negam com a cabeça.

— Que, diferente de quando eu tinha sete anos e achei que vi um dragão me salvar do incêndio… a gente não saia correndo daqui, fugindo de cidade em cidade por causa de rumores ou fofocas.

Suspiro de maneira falha e somente depois acrescento:

— Nada aconteceu. Eu desmaiei e acordei passando mal, com febre. O vidro da vitrine quebrou porque já estava rachado, o dono da loja confirmou. E o que a Margareth falou, ou vai falar, é problema dela. Não nosso.

Tia Moira franze o cenho.

— Mas…

— Não é justo que a gente abandone o nosso lar caso a Margareth saia falando por aí que eu estilhacei um vidro, ou que meus olhos brilharam, ou qualquer outra coisa que ela invente.

As três inspiram devagar, como se combinadas.

— Tem razão, princesinha — diz tia Moira com um sorriso triste. — Se você está confortável, não vamos fazer nada.

Faço que sim, mesmo sem me sentir exatamente confortável. Porque, ao contrário do que disse, as lembranças do que eu vi, ou sonhei, continuam impressas na minha cabeça.

— Estou bem. Diferente da época do incêndio, hoje ninguém se machucou. Isso só vai dar mais lenha para a família Lancaster nos incomodar, mas eles não podem provar nada. Não podem fazer nada além do que já fazem.

As três aquiescem e se abaixam uma por uma para beijar minha testa e desejar boa-noite antes de saírem do quarto.

Fico olhando a chuva tamborilar contra o vidro da janela, cada gota desenhando linhas trêmulas, como se quisesse escrever algo que só eu pudesse decifrar.

No silêncio que segue, tento me convencer, ao menos fingir, de que tudo não passou de um sonho febril, desses que se agarram à pele como uma sombra mesmo depois que a gente acorda.

# 1

*Mais antigos que o próprio céu, nascidos da idade das estrelas, os dragões não foram criados — despertaram com o primeiro sopro da magia. Dividem-se em três categorias: dragões maiores, dragões menores e dragões de montaria.*

— Trecho extraído do *Atlas primordial da vida e da magia em Alfehim*

## SEIS ANOS DEPOIS

Deslizo o pincel de blush nas bochechas e passo um batom rosa--claro, enquanto a voz da minha amiga Emma atravessa a porta do banheiro:

— Mais cinco minutos, Bri! Já estou pronta!

Emma alugou um quarto aqui em casa há seis anos, quando veio estudar moda. Hoje, está na metade da segunda graduação: literatura. Ela sempre faz questão de dizer que a escolha foi por influência minha. Pelos livros que eu a fiz amar enquanto me formava em letras.

— Eu estou quase — respondo e apoio o pincel na escrivaninha que também uso como penteadeira.

É aqui que passo boa parte dos meus dias, mergulhada nos estudos para concluir minha tese desde que entrei no doutorado em linguística, há dois anos.

Meus dedos buscam o medalhão que foi encontrado comigo, e pelo reflexo do espelho observo os símbolos gravados na superfície. Linhas e traços que poderiam pertencer a um alfabeto perdido. Sempre me perguntei se a linguagem poderia ser a chave. Passei anos mergulhada em fonemas, morfemas, raízes antigas. Ainda assim, nenhuma língua conhecida se curva a esses sinais. O medalhão permanece um desafio: um enigma que nem a ciência, nem a razão, nem minha própria busca desesperada conseguiram decifrar.

Me assusto quando Merlim, meu gato preto, peludo como um filhote de urso, salta para o tampo com a elegância precisa de quem calcula cada movimento. Não encosta em nenhum dos dez estojos, potes ou pincéis espalhados. É impressionante. Seus olhos amarelados me fitam com uma intensidade quase desconcertante, como se mergulhassem dentro de mim, iguais aos de um leitor diante de um livro novo e tão aguardado. Ávidos. Plenos. Cheios de uma confiança folgada, mas cativante.

Eu me inclino para depositar um beijo no topo de sua cabecinha, e ele responde com um ronronar satisfeito.

— Não quero camundongos na minha cama quando eu voltar, ouviu?

Merlim mia em resposta, como se entendesse. Um protesto indignado; afinal, para ele, me trazer presas é uma prova de amor.

Olho para a estante abarrotada de livros de contos de fadas. Edições raras e antigas se alinham como relíquias. Foram minhas tias que começaram a colecioná-las quando perceberam meu amor por essas histórias. E, é claro, por saberem que um conto de fadas é minha herança e a prova de que eu não nasci de um ovo.

Passo os dedos na edição antiga de *A Bela Adormecida*, na capa de couro rachada, nas páginas amareladas. Abro devagar e encontro a frase escrita com caneta-tinteiro:

Briana,

A distância entre luz e trevas, alegria e dor, ilusão e verdade é apenas um virar de páginas. Quem renasce das cinzas não deve ter medo de buscar a verdade nem de ser quem é.

Suspiro, ajeito meus cachos dourados e coloco na cabeça a coroa de flores naturais que tia Isla colheu na estufa. Levanto e dou a última olhada no visual da noite para a festa à fantasia mais incrível do mundo, segundo Kyle, meu melhor amigo e o terceiro elemento do nosso trio inseparável.

Estou usando uma túnica translúcida de seda verde e dourada, com desenhos de folhas e flores bordadas por tia Fiona. O xale prateado que brilha à luz foi emprestado por Emma.

Minha amiga sai do banheiro exibindo um vestido preto de renda e paetê, com decote profundo. A pele marrom-clara dela brilha sob a sombra verde-escura esfumada à perfeição. As maçãs do rosto naturalmente marcadas destacam ainda mais sua beleza.

— Você é a Elphaba mais gata que eu já vi — digo, olhando-a de cima a baixo.

— E você é a Cora mais sublime e…

Reviro os olhos.

— Certinha?

— Você é uma ninfa da primavera, claro que é certinha.

Arqueio as sobrancelhas, pego a sombra preta e passo em todos os dedos, sujando-os.

— Acabei de ter uma ideia.

Emma arregala os olhos quando vê a mancha que acabo de deixar na minha cintura e em seguida no braço, como se uma mão tivesse tentado me agarrar. Repito o gesto no outro braço e nas costelas, do outro lado. A expressão da minha amiga muda ao ver outra versão minha emergir.

— Você não é mais uma ninfa da primavera. Você é Cora no dia em que Hades te sequestra.

Bagunço as ondas do meu cabelo e destroço com cuidado a coroa de flores. Algumas pétalas caem, e isso só melhora o efeito. Olho no espelho e sorrio, satisfeita com a transformação.

— Isso mesmo. — Dou de ombros antes de borrar o batom com o dedo, como se tivesse sido beijada à força. — É Halloween, afinal.

— Amei — Emma vibra. — Quem sabe assim Hades exorcize de vez o seu ex.

Ela está falando de Josh. Meu amigo de adolescência que insistiu por anos até começarmos a namorar. O idiota que terminou comigo no dia do meu aniversário, há exatas duas semanas. *Sim, bem no dia.* E um adendo infeliz: começou a namorar Margareth no dia seguinte. Como se já estivessem juntos antes mesmo de ele oficializar o fim do nosso namoro.

— Quem sabe? — pergunto.

Duas batidas firmes na porta. Depois, a voz grave, inconfundível, de Kyle:

— Olá! Estão prontas?

— Sim, pode entrar — respondo.

Kyle entra com aquele jeito despreocupado, como se não carregasse nada além de piadas prontas e um charme involuntário. Faz uma reverência exagerada, parecendo um personagem saído de um livro.

Emma o analisa com olhos semicerrados e braços cruzados.

— Nossa, que fantasia original. Deixa eu adivinhar... veio fantasiado de você mesmo?

Ele leva a mão ao peito, se fazendo de ofendido.

— Eu ainda não saio pelas ruas de Edimburgo usando um chapéu tricórnio ou uma capa esvoaçante.

— Aham. — Emma dá um sorriso debochado. — Mas os anéis, a calça preta, a bota, o colete de veludo... é seu visual inteiro de uma terça-feira comum.

Kyle tira o chapéu e faz outra reverência, ainda mais exagerada.

O cabelo loiro-escuro comprido está preso num coque alto, estilo samurai. A barba por fazer o deixa com um ar de quem vive entre sessões de RPG e clipes do Arctic Monkeys. Ele é inteligente demais e charmoso sem esforço algum. Formado em ciência da computação, é com certeza o nerd mais gato do mundo. Nos conhecemos há dois anos, desde que ele se mudou para a casa vizinha. Kyle é hacker enquanto não está trabalhando, segundo ele, para ser o melhor programador de jogos de RPG do mundo. É assim que ele paga as contas.

— E você — ele se vira pra Emma — é a Elphaba. Mas só se ela tivesse nascido herdeira da maior fortuna da Áustria. Me diz, está indo pra uma festa à fantasia ou pro tapete vermelho?

Emma faz um giro de trezentos e sessenta graus, com o vestido brilhando sob a luz amarelada do quarto.

— Meus pais medem o amor que sentem por mim pelo limite do cartão de crédito. E este Dior estava pegando poeira no meu armário fazia meses. Seria um crime não usar.

Rimos. No entanto, quando os olhos de Kyle se voltam para mim, a atmosfera muda. Ele me olha diferente. Mais devagar. Como se precisasse de tempo para processar o que está vendo. Ou como se quisesse guardar a imagem.

— E você, Briana, que bom que está solteira. Ou devo dizer… Perséfone?

O jeito como ele fala meu nome faz meu estômago revirar. Tem alguma coisa em seu tom de voz, algo cru, quase íntimo.

— Faz só quinze dias que o Josh terminou comigo, e, sinceramente, nem sei se estou no clima.

— Você — Emma interrompe, firme — deveria ficar com metade da população da Inglaterra só pra compensar os três anos que perdeu com aquele idiota.

Dou uma risada curta e tento fingir que não vejo quando Kyle desvia o olhar. Que não reparo no movimento discreto da garganta dele, no engolir em seco, no jeito como os ombros se retesam.

— Vamos ver o que a noite nos reserva.

Ele não responde de imediato. Fica parado ali, como se não soubesse para onde olhar. Como se a fantasia tivesse se tornado realidade e ele tivesse acabado de perceber.

— Tudo bem, Kyle? — pergunto, franzindo o cenho.

Ele pisca, lento, parecendo ter voltado de um lugar que ninguém mais visitou.

— Sim. Tudo ótimo. Vamos nos divertir.

❄

É uma festa itinerante — dessas que parecem lenda urbana —, cujo endereço só é revelado horas antes do início. Kyle explicou que o evento muda de espaço e até de cidade a cada edição, o que ajuda a alimentar a aura de exclusividade e mistério. Quando ele soube que este ano seria em Edimburgo, deu um jeito de nos colocar na lista.

Faz uma hora que entramos. Estamos agora na área do bar, cercadas por bruxas de olhos prateados, elfos sombrios, deuses decadentes, Jedis bêbados e criaturas que não sei nem nomear. Tudo parece saído de um universo paralelo.

Kyle está um pouco distante, conversando com um grupo de amigos fãs de RPG, todos vestidos com perfeição como piratas de alguma era esquecida. Emma e eu acabamos de sentar em um canto menos movimentado, e juro que nunca vi uma produção tão absurda.

O bar é um aquário gigante de água salgada, um ambiente isolado por uma porta dupla e envolto em penumbra. A luz escassa vem de abajures em forma de corais e dos peixes luminescentes que cruzam as águas escuras do balcão, como se estivessem a centenas de metros de profundidade, alheios à multidão ao redor. Atrás do bar, uma réplica perfeita da proa de um barco a vela exibe as bebidas como tesouros reluzentes.

— Esses peixes… eles não precisariam estar em altíssima pressão pra sobreviver? — pergunto, franzindo a testa.

Emma dá de ombros.

— Acho que sim. Talvez sejam hologramas. Ou um vídeo. Vai saber.

— Parecem tão reais.

Ela bufa, impaciente.

— Estou irritada que o Kyle não avisou que era uma festa temática de piratas. Quase todo mundo aqui parece ter saído do mesmo universo.

Dou uma olhada ao redor. De fato, a maioria esmagadora está vestida como se vivesse em um navio. Mas há exceções. Uns poucos, como nós, destoam.

— Pelo menos nós somos exclusivas no visual.

— Exóticas, você quer dizer. Diferentonas. — Emma revira os olhos. — Vamos beber. Foda-se.

O cardápio de drinques brilha sob a luz azulada.

— Quero esse — decide Emma.

Leio a opção apontada: Fundo do Mar, vodca, licor curaçau blue e um ingrediente secreto.

— Quero um também.

A bartender, uma mulher deslumbrante usando um tapa-olho cravejado e o cabelo trançado, ergue uma sobrancelha.

— Vocês têm a senha?

Emma ri, sarcástica.

— Senha? Jura? Você está brincando, né?

A bartender inspira devagar, entediada.

— Juro que não.

— Vamos achar o Kyle e ir embora, Bri. Essa festa secreta está me dando nos nervos.

Olho para trás e nosso amigo não está mais à vista.

— De repente ele pegou alguém e saiu.

Emma bufa alto.

— Por que alguém colocaria bebidas no cardápio que só podem ser servidas com uma senha?

A bartender abre um sorriso misterioso.

— Porque nem todo mundo está pronto pra tudo.

— Vê dois uísques até o meu amigo mágico reaparecer — diz Emma, dando uma piscadinha, e já não sei se ela está flertando com a bartender gata ou debochando.

As bebidas são colocadas diante de nós. E é nesse momento que sinto — não vejo, sinto — uma presença se aproximar.

Uma figura alta, encapuzada, envolta em uma capa preta, passa ao meu lado e se posiciona na extremidade mais escura — e mais isolada — do bar. Ele ocupa todo o espaço. Todo o bar. Toda a balada. Sua sombra parece absorver a pouca luz ao redor.

Vejo apenas a silhueta: ombros largos e postura ereta. Algo na imagem dele leva minha memória para um dos dias mais estranhos da minha vida, quando peguei aquele cetro e surtei. Ele agarra o cardápio com a mão enluvada. A peça de couro se molda ao braço, que parece blindado.

Cutuco Emma, um arrepio percorrendo minha nuca.

— Aquele ali não veio de pirata. Parece ter saído de um ritual ou... de um culto proibido. Um Nazgûl ou sei lá.

Emma observa a figura com olhos estreitos.

— Ou então é o Hades em pessoa. Vai lá, Perséfone. Se ele tiver a senha, talvez consiga te sequestrar pra longe do Josh e da ressaca emocional.

Finjo rir, mas meu coração está acelerado demais para o gesto ser genuíno. O uísque que acabei de virar me aquece, porém o frio que sobe pelas minhas pernas vem de outro lugar. Da direção dele.

E, antes que eu pense, estou de pé. Meus passos me levam para perto da figura encapuzada, como se ele fosse um ímã. Só que outro homem, fantasiado de um jeito parecido mas sem a capa, se senta ao lado dele. O cabelo é de um branco puro, surreal. *Deve estar usando uma peruca hiper-realista.*

Sento três bancos distante, fingindo olhar o cardápio. Quando eles começam a falar, minha atenção se desdobra em mil para ouvir.

— E então, Arien, que diabos eu devo fazer? — pergunta o encapuzado.

O outro ri, uma risada abafada que gela minha espinha.

— Se a gente não estivesse numa caçada contra o tempo, talvez desse para unir forças. Mas precisamos encontrar nossa própria saída. Precisamos conseguir voltar.

— Caçada contra o quê? O que nós estamos caçando? — o encapuzado quer saber, num tom mais ácido.

— Você foi jogado aqui sem saber de nada mesmo? — diz o tal Arien, rindo de novo.

Essa risada... *Tem alguma coisa errada com ela.* Gelada, metálica. Não parece humana.

— Não faço a menor ideia do que estou procurando — diz o encapuzado, soando impaciente.

— Não se preocupe — responde Arien. — Aquilo que você busca vai te encontrar. É o que todo mundo diz.

A bartender para à minha frente com os cotovelos no balcão.

— Vai querer mais alguma coisa?

Mesmo com a garganta seca, faço que não com a cabeça. Eu me levanto, procurando Emma com os olhos. Ela conversa com dois piratas que devem ter se aproximado há pouco, mas, quando me vê, faz sinal para eu ir em frente, me incentivando com um olhar brincalhão.

Respiro fundo e olho novamente para o encapuzado. Arien acaba de se levantar e, ao passar por mim, me encara como se… farejasse minha presença. Como se buscasse algo dentro de mim.

— Que sorte eu dei. Será que você é…

— Não encosta nela — o encapuzado ordena, e sua voz soa tão grave que parece um rosnado. — Ela é minha!

Como assim? É de mim que ele está falando? Claro que não. Não pode ser. Isso não faz o menor sentido.

O tal Arien pisca devagar, os olhos brilham como os de um lobo faminto, os lábios se curvam num sorriso horripilante. Meu sangue esfria quando ele diz, olhando para o outro cara por sobre o meu ombro:

— Pra quem disse que não sabia o que estava fazendo, você escolheu bem rápido. Considere que estou te dando uma colher de chá e marque seu território logo.

O quê? Que história louca é essa?

E então, como se fosse normal, ele marcha feito um soldado a caminho de uma guerra.

O encapuzado permanece ali. Silencioso. As mãos cerradas em punhos sobre o balcão, os braços envoltos numa armadura de couro escuro com ligas metálicas que captam a pouca luz e a transformam em sombras.

Dou mais alguns passos, hesitante, o coração ainda surrando o peito por causa da conversa mais louca que já ouvi na vida. Talvez… Talvez eles estivessem encenando um RPG imersivo. Kyle comentou que alguns grupos criam esses desafios vivos, em que os jogadores precisam passar por fases para liberar pistas. Funciona como se estivessem dentro de um videogame da vida real. Deve ser isso.

Antes que eu o alcance, ele levanta os olhos do balcão. *Seus olhos.*

Mais lembranças me invadem, dessa vez uma voz grave dizendo: *Alguém capaz de desafiar os véus do tempo por você, minha existência.*

Meu estômago afunda.

Já se passaram seis anos desde o dia em que entrei naquela loja esotérica. Uma parte de mim sempre acreditou que tudo não passou de um delírio causado pela febre, imagens distorcidas criadas pela minha mente. Mas outra parte não consegue deixar de pensar que talvez aquilo tenha sido mais uma das coisas inexplicáveis que, de vez em quando, rondam minha vida.

De um jeito ou de outro, entendi que conhecer minhas origens pode ser também uma forma de me entender melhor e, quem sabe, encontrar respostas para perguntas que ecoam dentro de mim há tanto tempo. Ou talvez apenas aceitar que visões, déjà-vus e sensações estranhas acontecem com muita gente pelo mundo e que, no fim, quase sempre acabam sendo colocadas na mesma categoria: fenômenos que ninguém consegue comprovar ou explicar.

Como esses olhos…

Eles parecem feitos de gelo vivo e de algum modo brilham com uma luz azul e violeta. Me atravessam como a noite atravessa o dia. Por um instante, juro que ouço alguém, algo, sussurrar meu nome em minha mente. Meu coração martela com força contra as costelas. Apesar da sombra do capuz, vejo o contorno firme de seu maxilar, os lábios cheios e uma máscara que parece esculpida no rosto. Solto o ar devagar e pisco fundo. *Não pira*, é só uma festa à fantasia e alguém que caprichou na produção.

— Oi — digo, a palavra escapando como um impulso. — Essa bebida que você pediu é aquela que precisa de senha?

Ele não responde. Apenas solta o ar em uma respiração lenta.

— Se for, eu e a minha amiga — aponto para Emma, que dá um tchauzinho do balcão — gostaríamos muito de experimentar.

Ainda em silêncio, ele pega o copo e vira o conteúdo numa única golada. O líquido azul desaparece garganta abaixo, como um feitiço.

— E então? — insisto, o uísque me deixando meio sem noção.

Nenhuma resposta.

— Você está fantasiado de… Hades?

Ele balança a cabeça em um gesto sutil, quase imperceptível.

— Nazgûl, então? Sabe, *O Senhor dos Anéis*?

É quando ele se levanta e dá um passo à frente. Um único passo.

E com isso tudo muda.

Sinto meu corpo travar, como se o ar ao redor se tornasse espesso, magnetizado. Meus pés parecem pregados ao chão. Não consigo recuar. Nem quero. É como se ele tivesse criado um campo de força invisível, e eu estivesse presa dentro dele. Sua mão envolve minha cintura, bem na marca da sombra que fiz mais cedo, de um jeito firme e quente, parecendo ter sido moldada ali.

*Hades.*

Ele sussurra palavras que eu não entendo com a voz baixa, grave, os lábios tão próximos que me acariciam, arrepiam os pelos da minha nuca, apertam meu estômago de um jeito bom. Meu relicário esquenta, parecendo reagir a ele. Que loucura. Isso nunca aconteceu. Pisco devagar. *Estou louca.*

— O quê? — pergunto num sussurro. — Não entendi.

— Então… — Ele se inclina um pouco. Sinto sua respiração quente acariciar minha pele. — Se você não sabe a senha, este lugar não é pra você. Cai fora daqui. E rápido.

A frase é dita como um aviso. Num tom que desliza pelo meu sistema e faz cada centímetro da minha espinha se arrepiar. Mas o uísque, ou talvez seja algo nele, me faz sorrir. Meio de nervoso. Meio sem motivo. Ou tentando achar alguma normalidade na situação.

— Essa é a senha?

Ele também ri. Ou quase. Um sopro de riso seco, contido, que reverbera dentro de mim como um trovão abafado.

— Não. — A voz dele agora é mais baixa, mais próxima. — Isso foi um conselho. Um pedido.

E então ele se afasta. Simplesmente vira de costas e some entre os convidados da festa, como se fosse feito de fumaça. Nenhuma outra palavra. Nenhuma explicação.

*Eu, hein*?

Tento respirar num ritmo normal quando volto para perto de Emma. Kyle está ao lado dela, provavelmente se aproximou enquanto eu falava com o encapuzado. Meu amigo joga um braço relaxado sobre os ombros de Emma. Os dois estão rindo de alguma coisa.

Ao me ver, ela revira os olhos.

— O chato do Kyle me disse que essa bebida tem algum tipo de alucinógeno e que, se a gente tomasse, ia acabar vendo elefantes cor-de-rosa conversando com gnomos de jardim por dois dias.

— Ah…

— E aí, o que rolou? Vi o Hades se aproximar e…

— Não rolou nada, quer dizer, ele não me deu a senha. Mas, agora que o Kyle contou isso, foi melhor assim.

— Verdade — diz Emma e se vira para falar com um dos caras com quem conversava minutos antes.

Olho para o lugar onde o encapuzado desapareceu, e em seguida para meu amigo.

— Acho que ouvi dois caras conversando sobre um desses RPGs que você me contou. Sabe? Aquele tipo em que os jogadores têm que superar fases e encontrar pistas reais?

Ele franze o cenho e faz que sim com a cabeça, meio distraído.

— Vamos dançar? — sugere Emma, já se levantando. — Isso aqui tá ficando lotado.

Kyle engata o braço no meu e no dela ao mesmo tempo.

— Boa ideia.

— Ele me disse que este lugar não é pra mim — comento, tentando soar casual. — Como se não fosse seguro. Acredita?

Kyle, que já nos guiava em direção à pista de dança, para de andar.

— Quem? — pergunta, a voz tensa.

Dou de ombros.

— Um cara encapuzado. Fantasiado de… sei lá, Hades.

Sinto os músculos do meu amigo enrijecerem nos lugares que tocam meu corpo. Ele me segura um pouco mais firme.

— Você viu pra onde ele foi?

— Não. Sumiu na multidão.

Emma, que já estava mais à frente, olha de mim para ele com uma expressão confusa.

— Kyle, tá tudo bem? Vamos dançar ou o quê?

Ele pisca devagar e então força um sorriso.

— Sim, tudo ótimo. Vamos aproveitar a noite!

As luzes piscam em tons escuros de roxo e azul profundo, criando sombras que parecem líquidas, dançando junto com os corpos. Um remix arrastado de "My Blood", da Ellie Goulding, invade o ambiente em batidas mais densas, com uma vibração grave e hipnótica, como se viessem de baixo da terra. A versão é quase irreconhecível, mais lenta, mais sombria, mais ritualística.

Emma se solta no ritmo, os braços erguidos, os olhos brilhando sob a luz estroboscópica. Kyle me segura pela cintura e me puxa para dançar. Tento acompanhá-lo, mas algo dentro de mim não se encaixa mais. Sinto que cruzei um limite invisível. Como se estivesse em um lugar onde as regras conhecidas já não valessem.

Então, eu vejo. No canto mais escuro da pista, onde a luz quase não toca, ele está parado. O encapuzado. Braços cruzados, imóvel, observando. Me observando.

Meu coração acelera.

Ele não se mexe, não dança, não parece sequer respirar. Está ali como uma sombra fixada na parede, como se não pertencesse ao mesmo plano que todos os outros. Ainda assim, seus olhos me atravessam, parecem me enxergar por dentro.

Pisco. Uma, duas vezes. A música pulsa ao redor. Quando volto a olhar… ele sumiu.

Giro o corpo, tentando acompanhar o movimento de Emma, mas o suor nas minhas costas agora é frio. De repente — ali. Em outro canto. Parado novamente, braços cruzados, olhando só para mim. Meus pulmões travam. O mesmo olhar gélido. E ao mesmo tempo… atraente. Um anzol que puxa meu corpo sem minha permissão. Ou com a permissão de uma parte secreta e sombria de mim.

— Kyle — digo, segurando seu braço com urgência. — Ali, olha. Tá vendo? — Aponto para o canto. Só que ele não está mais lá. — Ele estava ali. Parado. Me olhando.

Kyle segue meu gesto com os olhos, os ombros enrijecendo de novo.

— O mesmo cara de antes? — pergunta em voz baixa, o olhar varrendo a multidão.

Faço que sim. Sinto minhas mãos suarem. Emma gira entre nós dois e ri alto.

— Vocês estão tensos demais! Aproveitem a música! — grita e se lança de novo no meio da pista.

— Eu… acho que estou vendo coisas — digo para Kyle, aflita. — Será que colocaram alguma coisa na minha bebida? E se eu tomei aquele drinque secreto sem saber?

Ele me encara com algo que parece mais que preocupação. Algo que beira o medo.

— Fica aqui com a Emma. Vou resolver uma coisa e já volto.

— Resolver o quê?

— Não se preocupa, Bri. Este lugar é cercado de… de seguranças. Você vai ficar bem, eu só preciso terminar um negócio que comecei e já volto.

Então ele se afasta rápido, sumindo entre os corpos. A música muda. Agora é "Sweater Weather", do The Neighbourhood, remixada com uma batida eletrônica mais pesada, mais lenta, quase tribal. As luzes giram em azul e branco.

Emma ri ao meu lado e me puxa, balançando no ritmo. Tento acompanhá-la. Tento sorrir. Mas então…

Ali. De novo.

Agora mais perto. Mais presente e real. A cabeça levemente inclinada, me estudando. E, de repente, tudo parece se encaixar em um devaneio absurdo que, por algum motivo, faz sentido.

Hades.

É ele. E eu sou… eu sou…

Cora.

No dia em que fui sequestrada.

Olho para minha fantasia: o vestido verde fluido, as flores quebradas na cabeça, as marcas de mãos que fiz de brincadeira usando sombra preta.

Sinto como se tivesse me vestido para ele e sido atraída até aqui por algo muito maior que um convite do Kyle para uma festa diferente. Como se tudo, cada passo, cada escolha, fizesse parte de uma armadilha.

Fecho os olhos por um segundo. Quando abro de novo, ele não está mais lá.

Mas o frio na minha pele… esse permanece.

Começa a tocar "Power Over Me", de Dermot Kennedy.

— Voltei. — A voz de Kyle roça meu ouvido, grave e baixa.

Dou um pulo, o grito engasgado na garganta e abafado pela batida da música.

— Porra, que susto!

Mas o calor do corpo dele encostando no meu é um alívio inesperado. Familiar. Seguro. Ele se aproxima mais, a boca quase tocando minha orelha.

— Está tudo bem agora?

Olho ao redor por instinto. Meus ombros sobem numa resposta involuntária.

— Acho que sim… talvez.

Ele faz um gesto com a cabeça, apontando discretamente para um grupo de pessoas mais adiante, todas se mexendo ao ritmo da música, todas usando capa preta e capuz.

— Bri, olha bem. Tem um monte de gente vestida igual. Nazgûls, Hades, sei lá. É Halloween, né?

Antes que eu diga qualquer coisa, ele segura meus ombros com firmeza e vira meu corpo, me apontando para outro canto. Lá estão mais dois caras e uma garota com roupas semelhantes. Capa escura, capuz baixo, roupas pretas que se perdem entre as sombras e as luzes rotativas.

— Não pira, amiga. — Ele me encara, depois sacode meus ombros num ritmo leve, brincando com a batida da música, como se tentasse me despertar de um sonho ruim. — Vamos dançar. Aproveitar a noite.

Respiro fundo e tento me concentrar nas luzes, na música, no calor do ambiente. Mas minha cabeça ainda lateja e meu coração continua acelerado. Suspiro devagar, me esforçando para exorcizar o arrepio que insiste em rastejar pelas minhas costas.

Talvez Kyle tenha razão. Talvez tenha muita gente de roupa preta e capuz. Talvez meus olhos estejam me pregando peças. Ou então foi o uísque. O clima sombrio. As lembranças da visão de anos atrás. Ou essa música, que parece saída de um pesadelo estilizado.

— Tem razão. Estou ficando louca.

Um grupo se aproxima. São amigos de Kyle, todos vestidos de pirata, menos dois, que usam roupas de nobres do século XVIII, como se vivessem em Versailles. Kyle os apresenta para mim e em seguida para Emma. Um dos caras, de casaca de veludo verde bordada com fios dourados, fica me encarando de um jeito tão intenso que me deixa desconfortável. *É hoje, meu Deus.* E eu me forço a sorrir antes de começar a me mexer de novo, disfarçando. Solto os ombros. Sigo o ritmo. Finjo que o frio na espinha passou e que meus olhos não continuam procurando por Hades, mesmo contra minha vontade.

# 2

## PRIMEIRA CATEGORIA DRACONIANA: DRAGÕES MAIORES

*Quase nunca avistados, os dragões maiores jamais deixam a ilha dos Elementais. São os guardiões supremos da magia primordial — essência vital de Alfehim e entre todos os mundos. Em suas poucas aparições, exibiram escamas em tons de azul iridescente, dourado solar ou cobre ancestral. Chifres curvos e cristas imponentes ornamentavam suas cabeças.*

— Trecho extraído do *Atlas primordial da vida e da magia em Alfehim*

Em alguns momentos, ainda me pego lutando contra a certeza de que tem alguém me seguindo e que estou sendo observada. De que, a qualquer instante, um buraco vai se abrir na terra e Hades vai emergir dele, entre nuvens de fumaça, para me arrastar ao submundo. Nos últimos quinze dias, desde o Halloween, essa sensação vem sendo um incômodo, como aquela impressão de que alguém está parado bem atrás de você, te encarando, enquanto você tenta se concentrar em alguma coisa.

Mas agora? Isso não tem nada a ver com um arrepio na nuca ou uma impressão passageira. E, por mais que eu tenha tentado, é impossível ignorar.

Eu estava na biblioteca da universidade, trabalhando em um artigo que preciso enviar até amanhã para a revista *Language*, uma das publicações mais relevantes do mundo na área da linguística. Não foi o primeiro dia que fiz isso nas últimas semanas. Na verdade, essa é minha chance de responder a uma crítica que recebi há pouco mais de um ano e meio, feita por um professor que é uma autoridade no assunto. Foi por isso que perdi a noção do tempo e acabei ficando até mais tarde.

Mantenho a mão na bolsa enquanto caminho, pronta para pegar o celular e ligar para Kyle. Quero perguntar se ele está por perto, se pode vir me buscar. Já escureceu, e a neblina costumeira em Edimburgo ganhou corpo, se adensou, engolindo os prédios, distorcendo a luz das lamparinas, até tudo parecer um delírio. As ruas ao redor da universidade estão vazias.

Então eu ouço *de novo*. Passos fortes. Rápidos. Ecoando atrás de mim.

Olho por sobre o ombro e não vejo ninguém. Apenas sombras das construções góticas e um grupo de turistas rindo do outro lado da rua. A umidade é tão densa que sinto a blusa grudar na pele, mas nem penso em fechar o casaco ou abrir o guarda-chuva.

Continuo avançando, rápida, conforme os passos ficam mais próximos. Mais altos. Mais certos de aonde querem chegar.

Aumento a velocidade, a adrenalina pulsando nas têmporas. Aí o som muda: não são só passos. É como se algo... arranhasse o chão. Feito garras.

Eu me viro de novo.

Nada.

Só as brumas. Só o silêncio e um gato preto atravessando a rua. Ele também parece assustado, parece ter visto alguma coisa. Tenho mais três quadras até o ponto de ônibus. E mais trinta minutos de viagem até em casa. Roslin, um vilarejo pertinho de Edimburgo para onde nos mudamos depois que incendiei sem querer a casa da minha amiguinha em Inverness.

E então eu sinto. Uma lufada de ar perto da orelha. Uma pressão firme e perturbadora no ombro. Não fico para ver o que vem depois.

Corro.

Corro com toda a força que tenho, o medo assumindo o controle. Deixo caírem os papéis com minhas anotações, tudo de que precisava para terminar o artigo. Tanto faz. Agora só importa fugir.

E nesse momento…

Uma voz. Baixa. Aguda como uma lâmina arranhando vidro.

— *Busque a verdade.*

O mesmo conselho que está escrito no exemplar de *A Bela Adormecida* encontrado comigo quando eu era pequena. Em seguida, um gritinho feminino antecedendo uma gargalhada. Talvez do grupo de turistas. *Talvez não.*

Corro mais. Tropeço e perco os sapatos de salto baixo. Quase caio, mas continuo. Entro na primeira rua à direita. Uma ruela estreita, sem saída. Charmosa durante o dia, com lojinhas e restaurantes, mas agora está quase tudo fechado.

Os passos atrás de mim ressurgem, ainda mais próximos e determinados, seguidos por um rosnado e um uivo que rasga o que resta da minha capacidade de pensar com clareza. Só consigo lembrar que sempre amei o conto de Perséfone e Hades; talvez aquela sensação louca que tive na festa tenha me levado a acreditar que estou vivendo uma versão atual do mito. Só falta aparecer Cérbero, o cachorro gigante de três cabeças que guarda a passagem para o submundo.

Meus dentes batem, meus ouvidos zunem, minhas pernas tremem tanto que quase não consigo continuar. Sinto os pés queimarem ao contato com as pedras geladas da calçada. Mesmo assim, prossigo. Correndo. Olhando para trás, sem enxergar nada.

Até que…

Uma figura corpulenta toda vestida de preto esbarra no meu braço e depois continua em seu caminho, quase correndo ao lado de um cachorro enorme, parecido com um lobo cinza, antes de sumir na neblina que apaga tudo ao redor.

Quase ao mesmo tempo, trombo com alguém. Outro homem.

Ele solta a mão da mulher que o acompanha e segura meus ombros.

— Briana, você está bem?

Nesse instante, juro que ouço a risada de Hades subindo dos cantos sombrios da minha imaginação, debochando da merda de situação em que me enfiei. O homem com quem acabei de colidir, saindo do mesmo restaurante onde estivemos há um mês, é Josh. Meu ex.

*Ah, não!*, grito por dentro. Para mim, para as deusas das minhas tias. Para o próprio senhor do submundo.

*Ah, sim*, Hades responde, zombando da loucura que me consumiu nos últimos quinze dias.

— Desculpa — digo a Josh, tentando me recompor, alisando o casaco e ajeitando os fios rebeldes do cabelo. — Eu... Eu...

Um uivo corta o ar. Tão aterrorizante quanto o anterior.

— Você ouviu isso? — pergunto, impulsiva.— Você viu aquele homem de preto esbarrar em mim agora há pouco?

Josh franze o cenho.

— O que estava correndo com o cachorro?

— Com o lob... — Paro, ofegante. Mesmo em pânico, consigo me deter a tempo.

Ao lado dele, de braços cruzados e com uma expressão dividida entre o espanto e a satisfação sarcástica, está Margareth Lancaster. Minha ex-amiga de escola. A mesma que nunca mais falou comigo depois do episódio na loja esotérica e que, quando percebeu que eu não tinha poderes sobrenaturais para matá-la (embora eu tenha desejado algumas vezes, confesso), espalhou para todos que eu era uma bruxa, a pessoa mais estranha do mundo. Bastava eu passar pelo corredor para que ela fizesse uma cruz com os indicadores, arrancando gargalhadas e olhares zombeteiros. Aquilo só cessou quando Josh começou a montar guarda ao meu lado nos intervalos das aulas.

Josh. Meu namorado por três anos... que agora está de mãos dadas com Margareth. Um pouco atrás, vejo os pais dela. E os pais de Josh, cujos rostos exibem uma expressão que não sei se traduz incredulidade ou indignação.

— Oi, Briana — diz o pai de Josh. Ele sempre foi amável comigo. — Precisa de ajuda?

Faço que não.

— Você está chorando? — pergunta Josh.

— E descalça — aponta Margareth. — Veio nos dar os parabéns pelo noivado, querida? Acabamos de oficializar.

Meu ex olha de mim para a entrada do restaurante. Sua expressão se torna penalizada, quase condescendente.

— Ah, Briana — murmura —, sinto muito. Eu sei que deve ser difícil. Mas você precisa superar, Bri. Acabou.

Meu sangue ferve.

— Não estou assim por sua causa, seu idiota.

— Louca igual às tias. — Só falta escorrer veneno dos lábios da sra. Lancaster. — Veja do que o Josh se livrou. Essa garota apareceu aqui para criar uma cena no dia do noivado dos nossos filhos.

— Ou para fazer um feitiço — murmura Margareth.

— A senhora chama minhas tias de loucas há décadas e esquece que mais louca é você, que precisa nos odiar pra se sentir… sei lá, feliz?!

— Não faz isso — Josh solta entre os dentes, como se eu estivesse de fato devastada porque ele ficou noivo.

Como se eu tivesse vindo até aqui para fazer uma cena, conforme sugeriu a futura sogra dele.

Mas não me escapa seu olhar rápido — e lascivo — na minha blusa de seda, molhada e colada ao corpo.

— Quer que eu chame um Uber, Briana?

Tenho vontade de vomitar na cara dele. Ou na minha, por ter namorado esse idiota por três anos.

— Vai à merda, Josh.

Me viro, tentando recuperar o pouco de dignidade que ainda me resta. Os faróis de um carro familiar me fazem apertar os olhos e soltar um suspiro de alívio.

Um uivo ecoa em algum lugar distante.

Pode ser só um cachorro.

Pode ser alguém me seguindo.

Ou… posso estar enlouquecendo.

O carro azul-escuro desacelera e para ao meu lado. A janela se abre e o rosto do meu amigo surge, com a luz interna acesa.

— Oi, Bri. — Ele arregala os olhos ao se dar conta do meu estado. — Entra.

Nem hesito. Abro a porta do passageiro e praticamente me jogo no banco.

— Você está bem?

— Sim. Não. Quer dizer, agora, aqui com você, sim.

— Teve aquela sensação de novo?

Faço que sim. Kyle é o único que sabe dos meus surtos, da sensação de estar sendo seguida, desde a noite da festa.

— Mas nunca foi tão assustador. Eu trabalhei até mais tarde na biblioteca, naquele artigo da revista, sabe?

Ele faz que sim.

— Da *Language*, né?

Concordo, afoita.

— Quando eu saí, a rua estava vazia e parecia que tinha alguém atrás de mim. E tinha lobos e… Estou ficando louca?

Kyle se limita a negar com a cabeça, os olhos fixos no caminho à frente, enquanto o carro se afasta de Josh, Margareth e do circo que, sem querer, acabei armando.

*Que ódio.*

— Uma garota linda como você, Bri, pode ser um stalker ou…

— Era como se fosse algo sobrenatural, de novo. — Esfrego as mãos nas coxas. — Eu sei, estou louca. O problema é que não é a primeira vez que sinto estar vendo coisas.

— O dia da loja esotérica, né?

Suspiro e concordo com a cabeça. Kyle sempre me deixou à vontade para falar dessas coisas, talvez porque adore RPG e tenha esse jeito meio místico. Ele me lança um olhar rápido e pousa a mão sobre a minha. A dele, cheia de anéis, é quente e reconfortante.

— Você não está louca, Briana. Só está assustada. É que o medo distorce tudo. Faz a gente ver coisa onde não tem. Transforma qualquer esquina escura num episódio de *Dahmer*.

— Tem razão. Falando em voz alta, tudo isso soa ridículo. Improvável. Mas eu juro, Kyle, juro que senti. De novo. Coisas que eu não sei explicar.

— Vai ficar tudo bem — diz ele com um sorriso fraco. Mas o olhar atento entrega o ar preocupado. — Sempre vou te salvar de qualquer stalker. Humano ou não.

— Como você me encontrou?

— Você me ligou, mas não disse nada. Fiquei preocupado, abri o aplicativo de localização e por sorte estava por perto, na casa de um amigo. Vim direto pra cá.

— Graças a Deus. — Aperto os braços em volta do corpo. — Você me salvou de um dos momentos mais patéticos da minha vida.

Uma risada incrédula se espalha em seu rosto.

— Eram o Josh e a Margareth ali na rua?

Reviro os olhos. Meus ombros endurecem com a lembrança.

— Sim. Dá pra acreditar? Eu fugindo, achando que ia ser arrastada pro submundo por alguma entidade mitológica, e dou de cara com o Josh. Com a Margareth. Com os pais dela e dele. Saindo do mesmo restaurante onde ele terminou comigo há um mês. E ele foi um babaca de novo.

Meu amigo balança a cabeça e solta um resmungo solidário.

E então minha mente volta para o meu aniversário, para o sorriso falso do Josh e o "precisamos conversar" antes da sobremesa. A voz dele ainda ecoa na minha cabeça:

— *Eu preciso de uma mulher menos impulsiva. Mais tradicional.*

— Como assim, Josh?

— Bri, você é obcecada por histórias infantis…

— Isso me torna inadequada? — retruquei, ignorando o absurdo da acusação.

— E tem o jeito como você ri. O jeito como se veste.

Arregalei os olhos. Eu achava que ele fosse meu melhor amigo.

— Ah, entendi. Não posso rir. E tenho que usar só terninhos da Chanel, é isso?

— Você pode rir, Briana. Só que… como uma dama. — Ele girava a taça de vinho como se fosse uma conversa leve. — Esse vestido, por exemplo. Parece que saiu de um brechó. Ou de um conto de fadas. E não digo isso como um elogio.

— É errado se vestir como a gente gosta?

— Quando você quer algo além de vender livros num chalé no meio da floresta, sim. Você sabe disso.

Levei a mão à gola do vestido que tia Fiona bordou com flores de tule. Senti vontade de gritar. Estava prestes a responder que jamais iria me podar por homem nenhum. Mas ele continuou:

— Não faz essa cara. Você sabe que eu quero entrar para a política. Tenho título de barão, venho de uma família tradicional. Mesmo que você mude, tem a sua família. As suas tias. E o jeito como elas vivem.

— Está falando de elas serem donas da livraria mais charmosa da Escócia?

— Loja esotérica. E, não, estou falando de elas serem — ele torceu a boca — ou dizerem que são... bruxas.

Eu ri. Alto. Sem conseguir evitar.

Ele olhou para os lados, depois sussurrou:

— Cadê o seu bom senso?

Estreitei os olhos, analisando as louças finas, as taças de cristal, os talheres de prata, os candelabros. Os olhares ao redor que se voltavam para nossa mesa.

O filho da puta me levou ao restaurante mais chique da Escócia. Não para me pedir em casamento. Nem para comemorar meu aniversário. Mas para me humilhar.

Não me julgue: nunca fui uma iludida romântica. O que eu tinha com Josh era um relacionamento estável. A gente se conheceu na escola, fomos amigos por anos antes de eu topar algo romântico. Ele dizia estar apaixonado, mandava flores, chocolates. Acima de tudo, ele parecia um cara legal. Falava que adorava minhas tias. Que respeitava a sabedoria delas. Que admirava quem eu era.

Só que, entre os comentários que ele andou fazendo para nossos conhecidos em comum depois do término, a coisa mais gentil que chegou até mim foi: "A Briana é gostosa. Gente boa. Mas não é mulher pra casar".

Aquele tipo de homem lixo que divide mulheres em categorias. Pra casar ou pra trepar.

— Quer um casaco? — A voz de Kyle me puxa de volta para o carro.

— Não, o aquecedor já me esquentou. E a gente está quase chegando, obrigada.

— Então, você estava me contando que o Josh, a Margareth e a família... estavam todos no mesmo restaurante onde ele terminou com você. E que, como sempre, ele foi um babaca. O que ele fez dessa vez?

— Ele e a Margareth acharam que eu estava lá... sei lá, descabelada e descalça, pronta pra implorar que ele voltasse, ou pra fazer uma cena. No dia do noivado deles. Como se eu pudesse adivinhar que eles tinham ficado noivos.

Kyle arregala um pouco os olhos.

— Noivos?

Dou de ombros.

— Não estou nem aí. Só não entendo como eu consegui namorar um cara que acha que a Margareth é a mulher da vida dele. — Faço uma careta de nojo.

Aos olhos do mundo, ela é a dama perfeita. Na prática, uma cínica dissimulada que acha que a Escócia é dela. E talvez seja — a família Lancaster é dona de metade da região onde fica o chalé das minhas tias. Faz anos que eles tentam nos tirar de lá com propostas indecentes, boatos e até ações legais sem fundamento. Já disseram que atraímos turistas demais, que comprometemos a segurança do lugar, que a nossa casa fica numa área de proteção ambiental.

E, depois que brigamos, Margareth sempre esteve lá, com aquele sorrisinho sarcástico, fingindo neutralidade. Josh assistiu a isso acontecer por anos e... dizia que estava do meu lado. Que me entendia. Que condenava as atitudes dela.

Na universidade, achei que tinha me livrado dela. Mas isso aconteceu por poucos anos. Agora, ironicamente, ela está fazendo a mesma pós que eu e continua me perseguindo, do jeito que consegue, como um inquisidor atrás de um herege.

O carro para em frente ao meu chalé. A esta hora, com as luzes douradas nas janelas, cercado pela névoa e pelas árvores, ele parece uma pintura saída direto dos contos de fadas.

— Está entregue na sua casa encantada — diz Kyle com um sorriso leve.

— Você é nosso vizinho, e sua casa é quase tão linda quanto.

— Quase? — Ele finge indignação.

Dou uma risada involuntária, mas meu peito aperta.

Kyle passa a mão na minha nuca e me puxa devagar, encostando a testa na minha. Ficamos assim por um momento. A calma ondula pelo meu sistema, me centra como se eu estivesse na frente do oceano.

— Não sei se é pelas suas roupas, mas às vezes eu juro que você tem cheiro de mar.

Ele ri baixinho e me solta.

— Pelo menos esse lance com o Josh te fez mudar o foco do medo de estar sendo seguida para o babaca do seu ex.

— Sim, e a viagem pra Áustria amanhã vai ajudar ainda mais.

Ele aperta as mãos no volante.

— Se eu não tivesse esse compromisso de trabalho, iria junto. Eu sei que isso significa muito pra você.

Emma está financiando essa viagem não só para que eu conheça sua terra natal, Viena, nem apenas para participarmos de um dos maiores congressos de linguística e literatura da Europa. A verdade é que, com a ajuda das habilidades de hacker de Kyle, descobri indícios de um material importante escondido numa biblioteca próxima a Viena. E esse achado pode representar bem mais do que as provas de que preciso para concluir minha tese de doutorado.

Levo a mão até meu relicário.

— Você vai fazer falta. Além disso, se não fosse por você, eu não estaria nem perto de achar os livros com os símbolos que busco há anos, talvez desde que nasci.

Os lábios dele se curvam num sorriso cauteloso.

— Não vamos comemorar antes de você encontrar alguma coisa concreta. Você sabe que rola muito alarme falso na internet.

— Está certo.

— Se acontecer qualquer coisa… quer dizer, se você ficar com medo ou desconfiada, sabe que pode me ligar, né? Ou mandar mensagem.

Seguro a mão dele com carinho.

— Obrigada por tudo. Você é o melhor amigo do mundo.

— Imagina. Vai contar pras suas tias que achou que estava sendo seguida hoje?

Franzo o cenho.

— Melhor não. Elas iam se preocupar mais do que deviam. Você sabe como elas são comigo.

Ele abre a boca para dizer algo, mas desiste. Respira fundo antes de responder:

— É… tem razão. A superproteção de sempre. Agora vai, termina logo esse artigo e cala a boca daquele professor babaca.

Kyle está falando sobre a minha publicação na *Language*, que significa mais do que um simples degrau na carreira. É a minha resposta ao professor Ian Ferner.

Doutor em neurolinguística, especialista em línguas mortas e mitologias, um dos mais respeitados do mundo. Ele foi o responsável pela destruição da minha autoestima acadêmica há um ano e meio, com um comentário que ainda me persegue.

> Não sei o que me surpreende mais: a coragem da dra. Briana Taylor de apresentar essa teoria ou o fato de uma publicação séria ter dado espaço ao que, sem provas concretas, soa mais como lirismo do que como pesquisa.

Desde então, minha pesquisa sobre os arquétipos dos contos de fadas foi descredibilizada. A resposta dele ecoou por meses na comunidade acadêmica. Talvez ainda ecoe.

Nunca vi esse homem. Na minha cabeça, ele é um viking aposentado, rabugento, sedentário, sofre de reumatismo e tem ranço de tudo, especialmente de mulheres que ousam publicar artigos com novas ideias.

— Sim — concordo com um suspiro. — Ainda bem que a revista me deu outra chance.

— Me manda depois, quero ler.

— Te mando assim que estiver pronto. Provavelmente vou passar a noite trabalhando nele. Acima de tudo, se der certo na Áustria, a sua ajuda vai ter sido essencial pra… tanta coisa.

Ele olha para a rua, como se fugisse do assunto. Mas força um sorriso antes de responder:

— Sempre vou estar aqui pra te ajudar, fada.

Sorrio ao ouvir o apelido carinhoso. Kyle diz ter certeza de que eu nasci de uma flor e que sou uma fada da primavera.

— Te amo, pirata. Obrigada por tudo.

— Passo aqui amanhã, antes de vocês viajarem.

— Combinado.

# 3

**SEGUNDA CATEGORIA DRACONIANA: DRAGÕES MENORES**

*Patrulheiros alados dos céus de Alfehim, os dragões menores protegem os afluentes de magia que percorrem as oito ilhas restantes, além da Elemental, e os portais de acesso entre os mundos. A cor de suas escamas reflete o território que vigiam.*

**TERCEIRA CATEGORIA DRACONIANA: DRAGÕES DE MONTARIA**

*São os menores entre as três categorias de dragões, donos de uma força compacta e brutal. Suas cores variam, assim como o formato de crânio, cauda e chifres.*

— Trecho extraído do *Atlas primordial*
*da vida e da magia em Alfehim*

Bocejo, cansada. Passei horas revisando meu artigo, que acabei de enviar para publicação. Começa a escurecer lá fora, apesar de não ser nem cinco da tarde. Um adendo ao clima místico da Escócia, com a bruma constante, o uivo do vento e o clima etéreo que a beleza natural ou arquitetônica das cidades da região proporciona. A janela em frente à escrivaninha do meu quarto mostra uma névoa esparsa.

O celular vibra com uma mensagem:

**Emma**

Acabei de entrar em casa. Quer sair direto?

Cadê você?

**Briana**

Minhas tias não vão deixar a gente sair sem falar com elas.

Pouco depois, escuto a voz de Emma se misturando aos cumprimentos entusiasmados das três, seguida por passos pesados nos degraus da escada e pela voz de Kyle às minhas costas. Emma continua conversando com minhas tias no andar de baixo.

Eu me levanto e ele me abraça.

— Oi. Como você ficou ontem depois que te deixei aqui?

— Fiquei bem, não aconteceu mais nada. De verdade, nem tive tempo de sentir medo ou de me achar louca. Estou trabalhando há horas.

Ele arqueia as sobrancelhas e lança um olhar para o notebook em cima da escrivaninha.

— E aí, tudo pronto?

— Sim, amigo. Acabei de mandar o arquivo pra revista. Agora é ir pro aeroporto e tentar esquecer tudo o que tem rolado nos últimos dias.

— Que bom — responde ele e, de um jeito contraditório, faz uma careta.

— O que houve?

— Eu estava dando uma força pra tia Moira com aquela planilha de gastos da loja mais cedo. Sabe?

Kyle está sempre pronto para ajudar minhas tias de algum jeito: carregando vasos de plantas pesados, criando um programa para controle do estoque da livraria ou entrando em sites estranhos na deep web para comprar exemplares raros, especialmente sobre magia.

— Sei.

— Sua tia Fiona apareceu, pálida, dizendo que tinha jogado cartas para saber da sua viagem. Parece que a leitura não foi nada boa.

Espalmo a mão na testa, nervosa e apreensiva. Eu sei que elas querem me proteger, mas sei também que tudo que se relaciona aos símbolos no meu relicário — que possuem padrões muito semelhantes aos que Kyle encontrou na internet — desperta nelas uma atenção instintiva, como se, mesmo no escuro, soubessem exatamente para onde migrar. Ainda mais porque ir até Admont pegar o livro que contém esses símbolos é o verdadeiro motivo desta viagem.

Lembro que, depois que contei sobre as supostas "visões" no dia da vitrine quebrada, elas se entreolharam, pálidas, e começaram a me bombardear com perguntas, como se eu tivesse encontrado um mapa direto para o inferno. Algumas semanas depois, insistiram em ir comigo à mesma loja, só para descobrirmos que ela havia fechado. A partir daí, passaram a pedir que eu contasse qualquer coisa estranha que voltasse a sentir — tentando disfarçar, sem muito sucesso, um nervosismo apavorado.

E, por mais que uma parte de mim também sinta medo do que pode estar por trás das visões e das coisas que eu não controlo, outra parte teme ainda mais nunca descobrir nada. Mas não vou deixar que o medo decida por mim.

— Ah, droga.

Ele abre as duas mãos no ar.

— Por isso eu vim te avisar.

A mão dele na minha cintura me faz engolir em seco. Encolho os ombros.

— Vamos descer e enfrentar as três. A Emma já deve estar aflita pra gente sair.

Pego minha mala em cima da cama e desço a escada. Emma me espera usando uma pantalona jeans e uma camisa branca de renda tão estilosa que deixa claro: moda é sua maior paixão. Somos um contraste ambulante. Ela é alta, tem a pele marrom-clara e se veste tipo a Zendaya. Eu? Loira, baixinha e me visto como se a Florence Welch, da banda Florence and the Machine, vivesse num conto de fadas.

Ela é um presente. Poderia viver em uma mansão em Viena, cercada de mordomias, como uma princesa, mas prefere pagar aluguel às minhas tias, ir de ônibus para a faculdade de literatura — que ela faz por hobby — e trabalhar como assistente num ateliê de alta-costura. Emma só lembra que tem dinheiro quando gasta fortunas em roupas.

— Se eu não fosse uma herdeira milionária, ficaria rica vendendo boas notícias. — Amo que, quando ela se gaba, o sotaque austríaco sempre se acentua.

— O que houve? Seu pai aumentou o limite dos cartões?

Os lábios carnudos dela se curvam para cima.

— Não. A múmia do professor Alistair adiantou a aposentadoria.

Arregalo os olhos.

— Está falando sério?

— Totalmente.

— Esse não é o professor que te chamou de Margareth e ainda trocou as duas teses num debate? — pergunta Kyle atrás de mim.

— Ele mesmo.

Emma concorda com um aceno, depois completa:

— Dizem que ele vai pendurar a beca daqui a uns três meses.

Meu coração dispara. *É bom demais para ser verdade.*

Alistair é o professor de línguas ancestrais e mortas na pós de linguística. Uma vez por semana sou assistente dele nas aulas de graduação em literatura, na sala da Emma. Ele também é uma das peças-chave para minha tese.

O problema é que, ultimamente, Alistair anda bem esquecido e confuso. Mesmo sendo um senhorzinho que parece um hobbit, com a sabedoria do Gandalf, um jeito calmo e olhos acolhedores, o fato de as pessoas estarem começando a questionar a sanidade dele não ajuda em nada quando tento defender meus argumentos.

Ter um professor mais novo, com mais autoridade entre os colegas, como coorientador seria um baita alívio.

*E...*

— Já anunciaram quem vão colocar no lugar?

— Não, mas ouvi rumores de que estão buscando nomes de fora.

*... uma preocupação.*

— Será que o novo professor vai apoiar minha tese ou discordar de tudo?

Emma franze o cenho delicado.

— É claro que ele vai apoiar, Bri, você tem feito um trabalho incrível. Além disso, vai ter um professor te ajudando que não troca os arquivos, não confunde as pastas de orientandos nem esquece o assunto no meio da fala.

Ela tem razão. Não consigo evitar uma risadinha.

— Que maldade.

— Ah, não, meu amor, eu sou a fada boa dos seus contos de fadas. Além de te levar este fim de semana pra viagem dos sonhos, ainda trago uma boa notícia dessas?

Vou até a sala para me despedir das minhas tias. Emma e Kyle vêm atras de mim.

— Esse é pra ajudar na concentração.

É o décimo chá que tia Isla insiste que devo levar para a viagem. Normalmente ela indica os chás com os olhos estreitados, uma ruga entre as sobrancelhas, como se fosse um tratamento vital. Quando a pessoa rejeita sua oferta, ela fecha a cara e murmura palavrões em gaélico.

É por isso que eu aceito quase todos sem hesitar, apesar de saber o que ela está fazendo aqui: me enrolando para entrar no assunto da leitura de tarô. Bom, é melhor do que começar uma discussão. Isla volta a remexer na enorme caixa de madeira, procurando outras ervas. Emma arqueia as sobrancelhas castanhas para mim e bate com o indicador no relógio de pulso.

— Tia, eu amo os seus chás, mas…

Os olhos verdes dela se erguem como duas fendas raivosas vindas do fundo da caixa, e eu suspiro, deixando-a continuar. Tenho certeza de que seu enorme conhecimento sobre ervas vem acompanhado de muita ranzinzice, para combinar com as roupas de cores escuras e os xales pesados. Mas sei também que a carranca e o sarcasmo são apenas um disfarce para um coração gigante. Foi ela a primeira a me encontrar nas ruínas do Castelo Sinclair, nas Highlands. E ela repete a história para quem quiser ouvir: ao meu lado havia um ramo de prímula escocesa, uma flor roxa que simboliza proteção e beleza oculta. É umas das plantas mais raras da Escócia. No instante em que minha tia bateu o olho em mim, as plantas lhe disseram que ela não devia apenas me resgatar; tinha que ficar comigo.

— Este aqui ajuda a regular a circulação em altas altitudes — prossegue tia Isla.

— Nós vamos para a Áustria, tia, não para o Nepal.

— Acho que a gente precisa ir. — Emma olha para o relógio novamente, com a expressão tensa.

Temos que pegar um voo daqui a quatro horas, e, apesar de eu estar com frio na barriga — porque, sim, respeito a intuição delas, ainda mais levando em conta o lance com Hades nas últimas semanas —, sei que precisamos sair logo. Mesmo o Aeroporto de Edimburgo estando só meia hora distante, Emma é neurótica com horários, e os quinze minutos que passamos aqui além do planejado estão sendo uma tortura para ela. A ruguinha entre as sobrancelhas e o jeito como ela repete o gesto de colocar o cabelo atrás da orelha são provas disso.

Tia Moira bate com o indicador sobre os lábios.

— Vou pegar aquela planilha que fiz sobre como economizar em viagens.

— Tia Moira — suspira Emma —, se tem algo que não vamos fazer nessa viagem é economizar. Meus cartões de crédito estão estalando na carteira, prontos pra serem usados.

Tia Isla sacode mais um saquinho de ervas.

— Tem esta mistura, que ajuda na digestão.

Emma puxa as alças de sua bolsa preta Chanel.

— Estou levando uma nécessaire com vários remédios.

— Se vai estragar o seu fígado, que seja com um bom uísque — resmunga minha tia, em gaélico.

Moira revira os olhos.

— Quem tem problema de digestão é você, Isla, não a Briana.

— Melhor soltar um punzinho inofensivo do que roncar feito um dragão com as vias respiratórias entupidas, não acha, Moira?

Tia Fiona dá uma risada baixa. Ela é a mais doce e maternal das três, sempre pronta para um abraço acolhedor, um conselho místico ou uma leitura de tarô. Além de ser a mais emocional e intuitiva. Vê presságios em tudo: na forma das nuvens, na maneira como o chá se espalha nas xícaras, nos cristais que distribui pela casa. Parece ter uma sacola mágica, de onde puxa a qualquer momento um xale colorido para aquecer no inverno ou um vestido esvoaçante para dançar nas noites de verão, tudo saindo das pontas de suas agulhas, que, tenho certeza, são encantadas.

Ela dá mais uma risadinha e usa uma de suas agulhas para alfinetar com delicadeza:

— Inofensivo, Isla? Da última vez você espantou toda a vida sobrenatural do chalé.

Isla encolhe os ombros.

— E você chorou quando os fantasmas foram embora.

— Não eram fantasmas, eram meus elementais. E eles não foram embora, só se afastaram por um tempo.

Tia Isla aponta para os próprios pés com a expressão desgostosa.

— Fale pra eles devolverem meus pés de meia e as canetas que andam sumindo do balcão.

Tia Fiona jura que o chalé é habitado por gnomos e fadas. Se é mesmo, eu não sei; só sei que tia Isla tem razão: nossas meias ficam pouco tempo na companhia de seus pares, e as canetas e elásticos de cabelo somem com uma frequência irritante. Se esses seres fantásticos existem, devem estar construindo cidades inteiras com essas bugigangas.

Tia Moira bufa:

— Às vezes eu acho que moro numa clínica psiquiátrica.

Enquanto Kyle disfarça uma risada, Emma se aproxima do meu ouvido e murmura:

— Odeio interromper a demonstração de amor e ódio das suas tias, mas temos horário, Bri.

Franzo o cenho, analisando a discussão entre as três, que agora envolve a qualidade dos últimos feitiços, das costuras e das comidas que elas fazem.

— Você insiste que sabe cozinhar — diz tia Moira para Isla — e obriga todo mundo a comer suas gororobas.

— Da próxima vez, é só evitar comer e repetir.

Eu bufo e resolvo arrancar o espinho puxando a verdade delas:

— O que está acontecendo aqui?

As três param de discutir e olham para mim.

— Nada — respondem quase em uníssono.

E começam a fazer coisas aleatórias: guardar livros, mexer em cristais, arrumar as almofadas do sofá verde-claro de veludo, tirar o pó da caixa de ervas.

— Se não é nada, boa noite então. Temos que ir pro aeroporto. Eu ligo assim que chegar em Viena…

— É melhor falarmos de uma vez — tia Moira me interrompe, olhando para as irmãs mais novas.

Tia Isla suspira, se virando para Fiona.

— Quem deve falar é ela.

Encaro tia Fiona com as sobrancelhas arqueadas.

— Eu… é… Querida, você me conhece. Tomei a liberdade de tirar umas cartas sobre a sua viagem.

Isla e Fiona voltam a discutir, e a voz de Moira se sobrepõe à das duas.

— Briana, Kyle, venham até o meu escritório. Precisamos conversar.

Troco um olhar confuso com Kyle. Emma abre as duas mãos no ar, igualmente perdida, mas o que me deixa desconcertada é a expressão resignada de Kyle, como se fosse um pirata condenado caminhando pela prancha.

❄

De porta fechada no escritório aconchegante de tia Moira, ela acaba de me contar que, nos últimos dias, Kyle passou no chalé duas ou três vezes para perguntar como eu estava. Queria saber se minhas tias haviam notado algo fora do normal ou alguém rondando a casa, alguém com um comportamento suspeito.

— Então, hoje de manhã eu o pressionei — Moira diz com calma —, e Kyle contou que você tem tido a impressão de que alguém está te seguindo.

Pisco devagar, tentando processar o que ouvi. Encaro Kyle, incrédula. *Ele fez isso mesmo?*

— Desculpa, amiga. Você sabe como as suas tias são persuasivas.

— Talvez seja melhor você não fazer essa viagem — conclui tia Moira, franzindo a testa. O tom é sério, carregado de preocupação.

Sinto como se tivesse levado um soco. Odeio me sentir paralisada por algo que talvez nem seja real.

— Obrigada, Kyle — digo com ironia. — Ontem mesmo você estava dizendo que era tudo coisa da minha cabeça.

Ele se encolhe.

— Não fica triste comigo. Eu só fiquei preocupado, Bri. Passei pra saber como você estava. Não queria te deixar mais nervosa, por isso achei melhor falar com elas em vez de ficar te pressionando.

Claro, acontece que para minhas tias tudo é sinal de alguma coisa. Não demora para elas jogarem um tarô, abrirem um oráculo ou inventarem um ritual com cristais e ervas, como se minha vida inteira dependesse disso. Já perdi festas, deixei de dormir na casa de amigas e até cancelei uma viagem acadêmica porque as cartas decidiram que "não era um bom dia". Pois é.

Por mais que eu respeite a sabedoria das minhas tias, chega uma hora em que a gente precisa parar de terceirizar as decisões para os oráculos.

— Não estou triste com você. Estou puta.

— Briana — Moira me repreende com firmeza —, você sabe como é importante nos contar se alguma coisa estranha acontecer. Se sentir qualquer coisa fora do comum.

— Eu sei. E me desculpem. Mas também não acho justo você sugerir que eu deixe de fazer uma viagem importante por causa de um tarô.

Ela respira fundo e assente.

— Você está certa. E já tem mais de dezoito anos…

— Vinte e quatro.

— Justamente. E não é certo que deixe de viver por causa de oráculos, presságios ou da nossa mania de te proteger demais. Esse não é o mundo real. E nem sempre vamos estar aqui para te amparar. Você precisa aprender a se virar sozinha.

Me aproximo e a abraço com força.

— Eu sei e, como você mesma diz, preciso ouvir minha intuição. Mas pra isso preciso sair, ir atrás das minhas verdades, correr riscos, mesmo que as cartas digam o contrário.

— Desculpa, amiga — Kyle pede de novo. — Eu juro que não quis te deixar mais encucada. Só queria saber se você estava bem. Acredita em mim.

Meu coração dá um salto.

— Você acha mesmo que alguém pode estar me seguindo?

— Acho que você deve ficar atenta. Sempre. Mas não, não acho que você deve deixar de viajar.

— Então vamos fazer o seguinte — murmura Moira, com a voz calma. — Para tranquilizar Fiona e Isla, voltamos para a sala e eu lanço as runas. Você sabe... por mais negativas que possam parecer, as runas são um oráculo de interpretação subjetiva.

— E depois eu vou? — pergunto.

— Sim. — Ela sustenta meu olhar. — Não importa o resultado.

❄

Assim que voltamos para a sala, Emma está batendo o pé contra o assoalho de madeira, impaciente.

— O que houve?

— Tia Moira quer fazer uma leitura de runas pra nos sentirmos mais seguras antes da viagem. Tudo bem?

Os olhos castanhos de Emma se arregalam um pouco.

— Claro. Você sabe que eu acredito nessas coisas... Mas o que o Kyle tem a ver com isso?

Não quero deixar Emma preocupada com essa sensação esquisita de estar sendo seguida. Ela já teve trabalho demais organizando tudo para a viagem, e talvez quisesse adiar ou até desistir. Então, dou de ombros e finjo que está tudo bem.

— O Kyle viu a leitura de tarô mais cedo e ficou preocupado.

Emma franze a testa.

— Sério?

Dou um sorriso de canto, disfarçando com uma pitada de sarcasmo:

— Você vive zoando ele. Esta aí mais um motivo: ele tem medo de cartas de tarô.

Os lábios dela se curvam para cima de um jeito tenso.

— Anotado.

Tia Moira ajeita os óculos e acende as velas. Tia Isla abre a janela, elas gostam que as forças da natureza participem das leituras. A luz se apaga e a sala mergulha na penumbra.

— Silêncio agora — diz Moira. — Preciso me concentrar.

Com movimentos firmes, ela vai até o balcão, estende uma toalha azul-escura e pega o saquinho de veludo onde guarda as runas. Murmura uma prece em nórdico antigo. As pedras tilintam como pequenos ossos. Um vento gelado invade a sala no exato momento em que elas caem sobre o tecido.

Kyle aperta meu ombro. Emma prende a respiração. Fiona e Isla ficam imóveis. O único som é o baque das pedras se espalhando. As velas tremulam com uma nova rajada de vento. As pedras brilham entre as sombras.

— Hagalaz — diz Moira, a voz grave. — A runa do caos inevitável.

Kyle se mexe, trocando o peso entre as pernas.

— Merda. Não dá pra jogar de novo?

Três pares de olhos se viram imediatamente para ele.

— Desculpa, foi só…

— Shhh — pede tia Isla, não sei se para ele ou para Merlim, nosso gato, que mia em um dueto com o uivo do vento.

— Ansuz invertida — continua Moira —, mensagens distorcidas, mal-entendidos. E aqui está Raido. A jornada. Cercada por presságios sombrios.

As sombras nas paredes parecem se alongar, e tia Moira ergue o olhar até o meu.

— Querida, as runas falam de forças em movimento. Perigos ocultos. O caminho está coberto de incertezas.

Um arrepio me percorre inteira.

— Entendi.

— Seria melhor a gente não ir? — pergunta Emma, com a voz hesitante.

O silêncio pesa até Moira recolher as runas, fazer uma nova prece e lançá-las outra vez.

— Uruz. Sowilo. Eiwaz.

Ela solta o ar de uma vez e somente depois conclui:

— As forças não vão parar se vocês ficarem. E, se aprendi algo nesta vida, é que, quanto mais densas as sombras, maior será a luz. — E nos encara. — Vão. Vocês têm um voo para pegar, não têm?

Tia Fiona acende a luz. A tensão se desfaz aos poucos. Meu coração começa a desacelerar.

— Que as forças de Odin protejam vocês — diz tia Moira. — E que a luz dessa nova leitura ilumine qualquer escuridão que se aproxime.

— Que assim seja — respondem Isla e Fiona em gaélico antigo.

# 4

*Os Cavaleiros de Elite, parte da força militar de Alfehim no auge da magia, são capazes de conjurar um animal de poder nascido de sua própria essência, selando um laço indestrutível. Não é mera montaria, mas o reflexo vivo de sua alma.*

*Na ilha do Inverno, surgem ursos-polares e lobos; na Primaveril, cervos e guepardos; na Crepuscular, corujas colossais, panteras-negras e serpentes aladas. Raros, porém, são os cavaleiros que evocam dragões de montaria. Esses poucos destacam-se como guerreiros destinados aos mais altos postos entre os militares.*

— Trecho extraído do *Atlas de defesa da magia em Alfehim*

Faz dois dias que me concentro nas runas positivas da última leitura de tia Moira. Até agora, tudo tranquilo. Nenhuma perseguição, sensação estranha, caos ou morte. Só espero que essa calmaria não seja o prenúncio de uma tempestade. Não vai ser.

Ontem fomos ao congresso de literatura e linguística. Hoje, segundo Emma, vamos nos divertir. Mas só depois de cumprirmos o verdadeiro motivo da viagem: encontrar uma passagem secreta numa biblioteca centenária e descobrir se o livro que Kyle achou na internet ainda está lá. Bolamos um plano que Emma diz ser digno de Robert Langdon.

Mas agora, pondo em prática, a impressão é de que só poderia ser um plano do professor Langdon se ele tivesse virado duas garrafas de uísque.

Enquanto Emma circula pela biblioteca da Abadia de Admont com o único grupo de turistas presente, eu me esgueiro entre colunas e estantes buscando uma marcação na estátua de Aristóteles que provavelmente não existe.

O fórum do site clandestino que Kyle me ajudou a acessar um mês antes de vir para cá garantia que Aristóteles tinha o caminho. A mão dele está para baixo, o que é algo comum nas representações do filósofo. Isso pode indicar que…

Será que existe um andar inferior secreto?

Estou tão focada que não consegui prestar atenção em quase nada. Um crime, porque esta, é sem dúvida, a biblioteca mais linda do mundo.

Teto abobadado com afrescos, decoração barroca, colunas e escadas brancas e douradas, piso de mármore, janelas do chão ao teto num pé-direito de mais de vinte metros recheado de livros. O lugar mágico entre os Alpes que serviu de inspiração para a biblioteca da Fera no clássico desenho da Disney. *Tenho certeza.*

Analiso a estátua mais uma vez. Ele está segurando um pergaminho. Arregalo um pouco os olhos ao notar que a ponta dele tem uma inscrição bem pequena e meio apagada. Me aproximo mais, pego o celular e focalizo a extremidade direita antes de dar zoom com a câmera. É alguma coisa escrita em latim. Meus lábios se curvam num sorriso satisfeito. Eu amo meu professor de línguas mortas, meu velhinho favorito do mundo, que vai se aposentar. O professor Alistair me fez estudar latim até saber ler, escrever e inclusive sonhar com declinações.

E aqui está escrito "100, 110, estante 3, livro 32". A classificação decimal de Dewey, o sistema de organização e divisão por temas usado em bibliotecas. Se não me engano, essa é a classe de filosofia e psicologia.

Cubro os lábios com os dedos, ansiosa, o coração disparado. Começo a correr os olhos pelas estantes, procurando os números com agilidade… mas então paro. Tudo parece desacelerar. Uma espécie de tremor suave percorre minha pele. Sinto a nuca arrepiar e, por um segundo, o som ao redor se abafa, como se eu estivesse dentro de uma bolha de vidro.

Quando ergo o olhar, vejo uma mulher parada no fim do corredor à minha frente, imóvel, parecendo uma estátua viva. O cabelo é preto, comprido, liso, escorrendo pelas laterais do rosto, que está coberto por um capuz verde-claro. Ela parece emitir um leve brilho, etéreo, quase impossível de focar. Não se move. Mas sua voz surge em minha cabeça, nítida, urgente, como se estivesse sussurrando dentro do meu peito:

— *Busque a verdade.*

Meu corpo congela. Pisco e... ela não está mais lá. Como se nunca tivesse estado. Como se fosse fruto da minha imaginação, ou da minha conexão com algo que ainda não entendo.

Diferentemente da sensação de ser seguida e observada por Hades, dessa vez não sinto medo. Dessa vez, seja verdade ou coisa da minha cabeça, tenho uma sensação boa. É como... como reencontrar uma pessoa querida.

— Briana! — chama Emma ao passar por mim com o grupo de turistas. — Vai logo.

Sacudo a cabeça, tentando me livrar do torpor, e continuo caminhando com agilidade pela fileira de estantes. Volto a me concentrar nos números, como se nada tivesse acontecido, apesar do meu coração acelerado. Finalmente localizo a classe 100 e a seção 110. Um pouco ofegante, começo a contar os livros de cima para baixo e da esquerda para a direita: 26, 27, meu coração acelera mais, 31...

Sinto meus ombros se prostrarem quando vejo que o espaço do livro 32 está vazio. Merda.

Ou talvez...

Puxo o livro 31, esperando ouvir uma trava sendo aberta ou qualquer coisa assim, então enfio a mão no fundo da estante, no espaço vazio, buscando uma alavanca ou...

— Senhorita. — Ah, não, é a droga de um segurança. — A senhorita não pode mexer nos livros sem autorização e...

— Ela está comigo, Carl — uma voz grave ressoa do outro lado de onde o segurança me encara de olhos semicerrados.

— Desculpe, professor. Eu não tinha visto o senhor.

— Não se preocupe.

O homem uniformizado dá mais uma olhada em mim e no tal professor, parecendo analisar uma possível mentira, antes de se virar e sair com passos lentos. Coloco o livro 31 no lugar, e o salvador de garotas prestes a serem expulsas de bibliotecas fala:

— Estava procurando por isto?

Olho para a capa azul com letras grafadas em dourado envelhecido e somente depois para ele.

A primeira coisa que vejo é uma cicatriz em cima da sobrancelha escura.

Ele tem o cabelo preto e espesso e usa os fios longos levemente ondulados numa bagunça organizada. Isso lhe dá um aspecto moderno e estiloso. Seus olhos são azuis e intensos, como gelo recém-derretido. O rosto tem traços marcantes e simétricos. Ele poderia ser o príncipe de um conto de fadas.

— O livro 32 da estante? — insiste ele.

Talvez não seja o salvador de garotas que poderiam ser expulsas da biblioteca, e sim o inquisidor delas. Pela maneira como prende um pouco os lábios cheios, parecendo contrariado, a barba por fazer, o jeito como estreita os olhos ao me encarar e o vinco entre as sobrancelhas, tem mais jeito de… um anti-herói por quem todas as garotas se apaixonariam.

— Não, obrigada.

— E estava fazendo o que neste canto escondido da biblioteca?

— Eu… é… só estava olhando.

Ele arqueia a sobrancelha numa expressão irônica antes de olhar para o exemplar em sua mão.

— Justo esta estante e este livro?

Estico o pescoço, tentando ver a capa. No fim das contas, o pior que ele pode fazer é me expulsar daqui, né? Com isso em mente, decido falar a verdade:

— E se eu estivesse procurando esse livro em específico, teria algum problema?

— Nenhum — diz ele e me entrega o exemplar. Simples assim.

*Fácil demais, rápido demais.*

Franzo um pouco o cenho quando bato o olho na capa e suspiro. *Está em grego antigo. Porcaria.*

— Interessante — disfarço.

— A senhorita lê grego antigo?

— Um pouco — minto enquanto folheio o livro.

Em seguida, tentando ser discreta, desvio a atenção para ele, analisando-o.

A malha preta que ele usa é justa e está com as mangas arregaçadas até os cotovelos, evidenciando o porte atlético, os ombros largos e os músculos. Muitos músculos. A elegância do quadril estreito e das pernas longas é moldada por uma calça cinza de alfaiataria. Apesar do frio lá fora, ele não veste um blazer ou casaco.

Isso me dá a ideia de que saiu do carro aquecido direto para o interior da biblioteca. Talvez um motorista o tenha deixado. Provavelmente ele trabalha aqui. Reparo nos dedos compridos, nos anéis prateados, uns seis espalhados nas duas mãos, passo pelas veias dilatadas e pela enorme cicatriz que atravessa o dorso da mão direita. Ele usa um relógio de marca, que custa uma fortuna — reconheço porque Josh era obcecado por relógios. O dele é inteiro de inox com o fundo preto.

Parece o tipo de homem que tem um motorista à disposição em cada cidade do mundo que visita. Um homem que se exercita ao ar livre, que vive em cima de um veleiro ou esquiando, e não um turista deslumbrado, tampouco um professor que passa os dias debruçado sobre livros de filósofos gregos e manuscritos empoeirados. Ele é forte demais, intimidador demais. Na verdade, tem um jeito decidido e o olhar meio entediado, como se já tivesse visto tudo isso muitas vezes.

Volto para o livro.

— É uma pena, mas acho que o que estou procurando não está aqui.

Suspiro ao entender que não vou chegar a lugar nenhum, a não ser que ele saiba de alguma coisa que me interessa e esteja disposto a me contar.

Então ele se aproxima, e o calor do seu corpo invade a minha pele. Inspiro seu aroma: amadeirado. Um cheiro que me é estranhamente familiar e poderia se tornar um vício. *O que está acontecendo comigo? Meu Deus! Parece que nunca vi um homem bonito antes. O cara mais bonito que já vi na vida? Provavelmente. Mas e daí?*

Ele olha para cima e aponta com o queixo para o teto:

— Sabia que uma interpretação menos usual sobre esse afresco diz que as figuras e a disposição delas não falam apenas sobre a busca humana pelo conhecimento, mas sobre a busca pela sabedoria perdida?

Meu pulso acelera um pouco. Será que ele vai me falar alguma coisa? *Pelas deusas das minhas tias bruxas, isso seria tão maravilhoso.*

— E o que isso tem a ver com o livro 32 da seção 110?

Os olhos azuis analisam as prateleiras com o olhar fixo, atento, profundo, antes de ele me responder:

— Experimente colocar o livro na estante.

Meu pulso acelera mais, e por um segundo tenho a impressão de que os livros se movem. Prendo a respiração, piscando devagar.

Ele realmente vai me ajudar? Isso é bom demais para ser verdade.

Com as mãos quentes de ansiedade, coloco o livro no lugar e espero. O silêncio da biblioteca preenche o espaço entre nós até ele falar:

— Clique.

— O quê?

Eu o encaro, horrorizada, e ele encolhe os ombros com a expressão divertida.

— Desculpe, não resisti.

Esse engraçadinho sabia desde o começo o que eu estava procurando e acabou de tirar uma com a minha cara. Provavelmente muita gente curiosa vem aqui achando que vai encontrar manuscritos secretos e desvendar segredos ocultos da humanidade, e ele fica se divertindo com a cara de idiota das pessoas.

— Bem, talvez eu mereça isso por acreditar em uma informação incompleta de um site duvidoso e ficar lendo teorias da conspiração.

Ele respira fundo, parecendo pensar, então olha para o lado direito da estante, onde uma coluna encontra a parede, antes de a próxima estante começar.

— Não tem clique, mas se você empurrar a parede e descer a escada…

Olho de lado para ele, desconfiada e surpresa.

— Está falando sério?

Ele me encara por um momento e meu estômago é invadido por uma onda gelada. *Com certeza o cara mais bonito do mundo.*

— Sim, estou. Mas se você for pega lá embaixo sem autorização pode ser presa.

— Ah…

— A não ser que eu te acompanhe. Posso entrar onde eu quiser aqui.

Com o coração mais disparado pela intensidade do olhar dele do que por ter certeza de que vou acessar uma área restrita da biblioteca, respondo:

— Muito obrigada, sério! Estou fazendo pós-graduação em linguística e me ajudaria muito se eu encontrasse edições raras ou manuscritos de mitos ou contos de fadas e…

Paro quando ele toma a dianteira e, com movimentos elegantes, empurra a parede, revelando parte de uma escada que leva a um andar inferior.

— Depois da senhorita. — E abre espaço para eu passar.

Eu me dirijo para a passagem estreita e um pouco escura. Na penumbra, nossos rostos se aproximam e nossos olhares se encontram. Pisco devagar, atordoada, quando suas íris azuis parecem brilhar com uma cor diferente, como se uma nevasca tivesse invadido a pupila e explodido em trovões. Arfo, sem saber o que fazer, e ele dá um passo para trás, parecendo tão intrigado como eu.

— Os seus olhos… — murmura.

Nossa respiração está acelerada, os olhos arregalados. Tem algo na presença dele que me deixa meio tonta, quase como se estivesse sob um feitiço.

Ele limpa a garganta e, quando volta a falar, sua voz soa mais grave:

— Vamos?

Espera aí. Eu estou prestes a acompanhar um completo estranho até um porão secreto, onde ele pode muito bem enterrar meu corpo depois de escrever frases em grego antigo na minha pele? Forço um sorriso e abro a bolsa, pegando o celular.

— Provavelmente não tem sinal lá embaixo, então vou avisar minha amiga rapidinho.

Antes que eu consiga digitar, a mão dele envolve meu pulso. Paro no ato. Fico paralisada, olhando para o ponto exato onde nossa pele se toca, a dele um pouco mais bronzeada que a minha. Meu coração acelera, minha boca seca.

Quem ele pensa que é para me segurar desse jeito? Como se fôssemos íntimos, como se eu fosse dele? Como se ele fosse me jogar para dentro da passagem secreta e me usar de papel para uma tese?

— O que você está fazendo? — indago, ríspida.

Ele arqueia o pescoço para cima e fareja o ar antes de dizer, com o timbre ainda mais profundo:

— Fumaça… está sentindo? A biblioteca está pegando fogo. — E me puxa em direção à saída.

Comprovo que ele tem razão quando olho para cima, onde um pequeno foco de fumaça branca se alastra em segundos pelo teto.

Preciso avisar o grupo de turistas, preciso avisar Emma.

Tento ir na direção oposta à do lugar para onde ele me impulsiona, mas seus dedos se fecham com ainda mais firmeza em volta do meu punho.

— Eu… preciso avisar minha amiga — digo em voz alta e falha.

A fumaça ganha volume acinzentado, e de repente uma coisa absurda acontece: um relâmpago se estende pela névoa escura e as chamas se tornam visíveis. Altas, douradas e poderosas.

— Fogo! — grita ele, como um titã em fúria.

E todo o grupo de visitantes paralisa olhando na direção apontada, finalmente se dando conta.

— Briana! — Escuto Emma berrar em meio a outros gritos em diversos idiomas, e o barulho de passos apressados ecoa contra a pedra do piso. Vejo, no tumulto do movimento de pessoas, a cabeça castanha da minha amiga correr em nossa direção.

*Ela nos viu.*

*Graças a Deus.*

Emma se aproxima, sem fôlego.

— É um incêndio, cacete!

O rosto bonito dela está uns três tons mais pálido, contrastando com as íris enormes. Nos falamos apenas com o olhar e disparamos para a saída. A biblioteca é enorme, por isso precisamos percorrer uns bons metros até lá. Nervosismo e ansiedade comprimem meus pulmões, tornando difícil respirar. Estamos quase cruzando as portas para o exterior quando um estrondo, provavelmente criado por alguma coisa que se desprendeu do teto, provoca berros e as pessoas se empurram a fim de alcançar a frente da abadia.

Ninguém está necessariamente em risco, já que o fogo consome apenas uma parte do telhado, mas as chamas se alastram como em um palheiro ensopado de álcool. E isso assusta a dezena de pessoas que tentam sair ao mesmo tempo. Sou empurrada para trás, sentindo um soco nas costelas.

Gemo com a dor e me contorço um pouco.

Meus olhos ardem, não sei se pela fumaça que cobre o telhado ou pelas lágrimas involuntárias causadas pela dor. Um rugido alto e furioso ecoa ao meu lado. Braços fortes me seguram antes que eu caia. Ele encosta meu rosto contra sua blusa de malha, e tudo em volta desaparece. Sou envolta por uma muralha de músculos, calor e proteção. Ele avança, abrindo caminho como se nada pudesse pará-lo. Como se ninguém pudesse enfrentá-lo.

❄

Meia hora depois, estamos sentados a uma mesa na calçada de um restaurante perto da Abadia de Admont. Estou impressionada com tudo o que ouvi ele falar ao telefone.

O som distante das sirenes parecia se dissolver no ar, enquanto meu coração batia tão rápido que eu mal conseguia respirar. Ele segurou meu queixo com cuidado, me obrigando a erguer o rosto. Seu olhar queimava mais que as chamas atrás de nós. Nosso nariz se tocou, nossa respiração se encontrou, e naquele instante o tempo parou.

— Você está bem? — murmurou ele, a voz grave e baixa acariciando minha boca.

Apenas assenti e, quando me dei conta, estava de olhos fechados, abraçada a ele. A.b.r.a.ç.a.d.a. Como se meu mundo dependesse disso. O nariz dele afundado no topo da minha cabeça, seu pulso acelerado vibrando contra minha pele. E aqueles braços, firmes como um eixo planetário, quentes como o centro da Terra, eram ao mesmo tempo gelados como um iceberg. *Como é possível?*

E eu? Senti uma coisa diferente de tudo o que já experimentei.

Não sei dizer se foi porque ele me tirou da abadia de um jeito tão protetor, se foi o choque de ver o fogo se alastrando e a possibilidade de perdermos uma das bibliotecas mais emblemáticas do mundo; pelos livros, pelas pinturas, pelas esculturas.

Não sei o que me levou a me agarrar naquele abraço como se ele fosse capaz de apagar todos os outros que recebi na vida. O fato é: eu não queria soltar.

Quando nos afastamos, Emma tinha os olhos colados em nós. Descarada como sempre, olhou para ele de cima a baixo e sorriu, cúmplice dos próprios pensamentos.

Ele se apresentou:

— Magnus.

E nos convidou para um café ali perto.

Eu disse:

— Não, obrigada.

Emma disse:

— Sim, com certeza.

E aqui estamos nós.

O café virou uma garrafa de vinho, três pratos, duas sobremesas e vários telefonemas dele que me deixaram impressionada.

Ele falou com políticos, gente importante. De tempos em tempos, conversa com o chefe dos bombeiros, que o mantém informado antes da mídia sobre os avanços contra o fogo. Agora há pouco, descreveu livro por livro das principais edições e coleções da biblioteca, como se tivesse morado lá por anos. E soube antes de todo mundo que o prédio está a salvo. Graças aos deuses.

Emma me olha de tempos em tempos enquanto ele está ao telefone — falando um francês impecável, um inglês de nativo, um alemão irrepreensível — e me cutuca por debaixo da mesa, só para depois encará-lo como uma criança em frente a uma loja de brinquedos.

Eu finjo que não percebo.

Finjo que não sinto o jeito como ele continua a me encarar, mesmo quando não estamos conversando diretamente. Finjo que seu olhar intenso não parece estender o fogo da abadia até minhas veias, que não sinto o cheiro dele na minha pele. E, de algum jeito, finjo que as batidas ritmadas do seu coração não estão pulsando no meu ouvido até agora.

Olho para cima. Como estamos perto da abadia, a fuligem ainda paira no ar, densa e escura. O gosto da possibilidade de ter tanto conhecimento queimado é amargo na garganta.

— Como é que você sabe tanto sobre os livros e manuscritos da biblioteca? — pergunta Emma, curiosa. — Não parece ser o conhecimento de um estudioso simplesmente.

Ele me olha antes de responder à pergunta da minha amiga.

— Eu coleciono livros e manuscritos de lendas, pensadores e contos antigos.

Não estou mais fingindo desinteresse. Meu cérebro está a mil. Não por ele. Não nesse sentido. Acho. Mas pela coleção que ele tem.

— Mitos e contos de fadas são a minha paixão — admito.

Então, a mesma chama do teto da abadia parece arder nos olhos dele, só que na cor azul. Tento perguntar em silêncio para Emma se ela viu o mesmo que eu, mas minha amiga está ocupada demais se afogando na própria curiosidade para notar.

— E qual o tamanho? — pergunta ela, então ri. Uma risadinha maliciosa. Eu reviro os olhos. Voltamos à quinta série. — Quer dizer, o tamanho da sua coleção. Tenho certeza de que a minha amiga vai adorar saber mais detalhes.

— É a maior coleção particular da Europa.

Tomo um gole de água e encaro Emma. Minha mente fervilha com essa informação.

— Nossa, a maior? E você tem edições raras?

Ele sorri. De leve. Mas sorri. É o primeiro sorriso que o vejo dar desde que nos conhecemos. *Se é que isso pode ser chamado de sorriso.*

— Sim. Inclusive algumas em línguas ancestrais, como gaélico e nórdico.

Emma gargalha, os olhos brilhando. Ela encontrou meu Santo Graal. Eu também estou rindo. Sem perceber, derreto aos poucos por ele. Como um sorvete recém-tirado do freezer e esquecido na pia. Como uma criatura cozida lentamente, grau a grau, sem sentir que está morrendo.

Ele termina o café com um gole longo antes de perguntar:

— Seu interesse por mitos e contos é recente?

— Quando eu era criança, não sabia separar a realidade dos contos de fadas. — Dou um sorriso depreciativo. — Se não tivesse sido adotada pelas minhas tias, eu nem sei... Digamos que eu teria visitado o psiquiatra muitas vezes.

Ele apoia o queixo sobre a mão fechada, atento.

— Como assim?

— Eu tinha amigos imaginários, e às vezes... eu via... — Não vou dizer que sentia e acreditava ver coisas. Coisas que não têm explicação. — Os desenhos da minha família na pré-escola incluíam algumas criaturas míticas.

Os olhos dele se arregalam um pouco.

Eu me justifico:

— Eu tinha uma imaginação fértil, é isso.

Ele alarga os ombros e franze o cenho. Seu olhar escurece, como se eu tivesse acabado de jogar um balde de gelo na sua cabeça. As narinas se expandem um pouco antes de ele perguntar:

— Os seus olhos. De que cor eles são?

Não sei por que não consigo responder de imediato. Alguma coisa na presença dele me deixa agitada e hipnotizada. Acesa e relaxada. É uma das sensações mais inquietantes que já experimentei.

— Eu sempre digo que os olhos dela são verde-dourados — diz Emma. — Mas a Bri fala que...

— Não existem olhos dourados — corrijo. — São verdes, mas mudam com a luz.

Vejo o pomo de adão dele se mover ao engolir.

— Com certeza eles têm uma cor única.

E agora estou corando como se estivesse sendo elogiada pela primeira vez na vida por um garoto bonito.

Graças aos deuses, Emma percebe e muda de assunto:

— Seu sotaque ainda é um mistério pra mim. Suécia, talvez?

— Não… mas quase lá. Sou da Noruega.

Meu celular toca. Olho para a tela.

Tia Fiona.

— Oi, tia. — Viro um pouco de lado, tentando ter alguma privacidade.

— Oi, *ingenríg*.

O apelido carinhoso que ela usa de vez em quando significa "princesa" em gaélico antigo.

— Tive um sonho estranho. Monstros e fogo, depois gelo, um inverno glacial… e um homem que saía do meio da neve. Está tudo certo por aí, meu bem?

A intuição das minhas tias deveria ser objeto de estudo. Elas não veem TV, não acessam internet, mas de algum jeito sentem.

— Sim, tia. Agora está tudo bem. — Suspiro, olhando de relance para Magnus. — Mas agora há pouco o telhado de uma biblioteca famosa pegou fogo. E o incêndio começou quando a gente estava lá dentro.

— Oh, meu Deus!

Ouço a voz de tia Isla ao fundo.

— O quê? Que houve?

— Está tudo bem, tia — digo rápido. — A Emma e eu estamos bem. E, não menos importante, a biblioteca está intacta. Tirando uma pequena parte do afresco no teto, tudo está bem.

Escuto os suspiros e as preces das minhas três tias e sei que estou no viva-voz.

— Bom… isso explica o tarô e as runas.

Sei que elas estão preocupadas, sei que a lembrança do outro incêndio, aquele em que estive envolvida quando era criança, deve ter voltado com força. Assim, tento aliviar o peso com uma piada:

— Posso dizer que sou uma das poucas pessoas que sobreviveu a dois incêndios ilesa, e dessa vez nenhuma criatura mitológica precisou me resgatar.

Meu olhar escapa para Magnus: o rosto de uma beleza quase irreal, como um deus grego, o porte firme, os músculos tensos, a aura de um guerreiro lendário.

— Quer dizer… — murmuro.

— Como assim? — tia Moira pergunta.

— Nada… estou brincando. Fiquem tranquilas.

Elas suspiram ao mesmo tempo, como se ensaiadas. Só então tia Fiona acrescenta, num tom mais suave:

— Então vá, aproveite a viagem. Nós vamos rezar aqui para que continue tudo bem.

— Obrigada. — Sorrio, sentindo um nó de ternura na garganta. — Um beijo. Amo vocês.

E desligo.

Assim que me viro para a mesa, um senhor calvo, vestindo um sobretudo uns dois números maior do que deveria, se aproxima a passos largos com um sorriso tenso repuxando a expressão.

— Professor Ian Ferner — ele cumprimenta Magnus.

*O quê?* Espera.

— Olá, professor Klein — responde, com tranquilidade, o homem que eu achava que se chamava Magnus.

*Quê?*

— Que tragédia quase aconteceu! — continua o tal professor Klein, se aproximando mais. — Imagino que esteja aqui para o congresso em Viena e aproveitou para conhecer essa preciosidade de biblioteca.

Ian Ferner cruza os dedos sobre o tampo da mesa.

— Sim, isso mesmo.

— Parece que a causa do incêndio foi um curto-circuito.

— Eu soube — responde o homem que devia se chamar Magnus e não…

— Professor Ian Ferner? — pergunto, sentindo meu cenho franzir. — Achei que seu nome fosse Magnus.

— Ah, desculpe. — O homem mais velho se vira para nós duas. — Muito prazer! Eu sou o professor Klein. Vocês também são da área acadêmica de linguística ou... literatura?

Emma responde que sim, e eu continuo encarando Magnus, Ian ou sei lá quem, à espera de uma resposta.

Ele parece entender minha inquietação.

— Meu nome é Magnus Ian Ferner, mas no meio acadêmico as pessoas me conhecem como...

— O Diabo da Noruega — corto, ríspida, e me levanto. — Antes que você me chame de grossa, esse é o apelido pelo qual uma aluna sua, com quem troquei e-mails, me disse que você é conhecido.

Ele semicerra os olhos, um vinco enorme surgindo entre as sobrancelhas marcantes quando acrescento:

— E imagino que os seus alunos estejam certos, porque a sua resposta ao artigo que publiquei na *Language*, há um ano e meio, transformou a minha vida acadêmica num inferno.

Os dedos longos se descruzam e apertam a borda da mesa com força. Ele não gostou? Está bravo? Se segurando para não me xingar? *Puxa... que bom.*

— Vamos embora, Emma — digo, e minha amiga se levanta com os olhos arregalados, incrédula.

O professor Klein pigarreia e se despede, sem graça, enquanto os olhos de Ian mergulham num poço sem fim de escuridão. A boca se aperta, o maxilar trava e, juro, posso ouvir as trombetas do Apocalipse ao comando dele. Porque, neste exato momento, uma rajada de vento forte e gelada faz tudo, tudo mesmo, voar.

Toalhas são arrastadas enquanto cadeiras desocupadas das outras mesas tombam ao redor. Cabelos chicoteiam rostos; algumas pessoas riem, outras correm para se abrigar, fechando o casaco.

E eu? Se ele quer congelar o mundo, eu quero é atear fogo nele.

— Pelo visto, o inferno é gelado.

Dou as costas para ele e saio. Emma engancha o braço no meu enquanto caminhamos rápido.

— Sempre imaginei o professor Ian Ferner como um viking idoso e comum, com a barba ruiva desbotada e grudenta — diz ela.

— E eu nunca o imaginei como o Thor de cabelo preto.

Ela sorri conforme nos aproximamos do carro.

— De uma coisa eu tenho certeza: ele nunca mais vai esquecer de você.

— E nós não pagamos a nossa parte da conta.

Gargalhamos ao entrar no carro. De um jeito estranho e meio místico, a névoa cobrindo as montanhas parece ficar ainda mais densa na direção de onde acabamos de sair.

# 5

*Os feéricos habitam todas as ilhas de Alfehim, com exceção da ilha dos Elementais. Têm estatura entre um metro e setenta e dois metros e dez, orelhas arredondadas semelhantes às dos humanos e presença marcante. A única exceção são os feéricos da ilha Solar, com suas orelhas pontiagudas e baixa estatura. A cor dos cabelos e o tom de pele variam conforme a ilha de origem. São conhecidos pela aparência esbelta, feições belíssimas e forte conexão com a magia do território onde nasceram.*

— Trecho extraído do *Manual geral de estudos sobre a magia de Alfehim*

— Estou fazendo minha lista de resoluções para o Ano-Novo — diz Emma, concentrada, enquanto escreve na agenda.

Franzo o cenho.

— Mas já estamos em fevereiro.

— Antes tarde do que nunca.

Kyle ergue as sobrancelhas na minha direção e, para variar, implica com Emma:

— Que bom. Tomara que dessa vez você consiga cumprir alguma, amiga.

Ela levanta os olhos estreitos para ele e volta a escrever enquanto resmunga:

— Convencer o Kyle a parar de postar fotos sem camisa e de se vestir como se fosse um pirata de um RPG cafona.

Ele força uma expressão ofendida, ajeitando o sobretudo de couro e a gola larga da camisa branca por fora dele.

— Esse lance de mudar meu visual, Emma, é mais um item que você não vai cumprir?

Dou risada.

— Não briguem, vocês dois.

Emma aponta a caneta para Kyle como se fosse um punhal.

— Ele que começou.

— Você que reclama que todo ano faz essa lista e depois fica deprimida porque não consegue cumprir nada do que se prometeu.

Ela revira os olhos.

— Dessa vez vai ser diferente. Estou fazendo uma lista mais... alcançável. — E começa a ler em voz alta: — Passar mais tempo com a minha família na Áustria.

Aceno em concordância.

— Isso é ótimo, Emma.

Ela me encara, mordendo a ponta da caneta antes de voltar ao papel, riscando e anotando em seguida:

— Tem razão. Passar mais tempo comigo mesma.

— Eu disse que família era bom.

Ela solta um suspiro dramático.

— Não vou escrever coisas difíceis de alcançar.

A família de Emma, apesar de amá-la, não aceita o fato de ela ser bissexual, e isso é um problema que desgasta, e muito, a relação e o convívio deles.

— Gastar menos. — Ela anota outro item.

Kyle e eu gargalhamos e Emma nos ignora, completando:

— Mas a partir do semestre que vem. Este semestre tem muita coisa acontecendo.

Rimos outra vez, e ela prossegue, como se falasse sozinha:

— Maneirar no vinho.

Isso Emma recita logo após dar um gole na taça com vinho tinto pela metade.

— Emma — começo suavemente —, não era para ser uma lista alcançável?

Ela ergue a taça, oferecendo um brinde com um sorriso irônico.

— Maneirar no vinho branco. Não me dou bem com uvas verdes.

Rimos mais um pouco.

— Anota aí — falo, apontando para a agenda: — Repensar em diminuir o vinho quando o inverno acabar.

Emma começa a escrever meu conselho, antes de fazer uma careta e arrancar a folha, amassando-a em seguida.

— Melhor fazer essa lista quando estiver sóbria.

Kyle se espreguiça.

— Tenho uma reunião de trabalho em vinte minutos, aqui perto.

Olho para o relógio do celular.

— Nós temos aula em dez minutos.

— É verdade — diz Emma, fechando a agenda e colocando-a na bolsa. — E é nossa última aula com o professor Alistair.

Como sou assistente do professor em algumas aulas que ele dá na graduação, Emma e eu dividimos uma aula por semana na mesma sala.

Nos levantamos.

— Alguma dica de quem vai ser o substituto?

Faço que não e suspiro, fingindo que esse assunto não tem tirado meu sono. Alistair está com problemas de memória, mas é um aliado importante na conclusão da minha tese. E se o novo professor for alguém que não endosse minhas pesquisas? E se não for com a minha cara? E se eu não for com a cara dele?

— Ainda não. Parece que estão mantendo o nome em segredo.

Saímos do restaurante. Kyle passa o braço por cima do meu ombro e Emma engancha o dela na curva do meu cotovelo.

— Imagina se for o professor Ia…

— Não termine essa frase — digo, enfática. — As palavras têm poder, você sabe. Além disso, é impossível. Ele saiu de Oxford faz um tempo, e ninguém no meio acadêmico ouvia falar dele até o congresso em Viena, há três meses.

Andamos em silêncio por um tempo, apenas o som dos nossos sapatos contra as pedras da calçada preenche o espaço entre nós. Quando voltei da Áustria, prometi a mim mesma esquecer o encontro com o professor Ian Ferner, esquecer a forma como a presença dele me deixou inquieta, o olhar perturbador e, sobretudo, o momento em que seus braços envolveram minha cintura enquanto me arrastava para fora da biblioteca em chamas. Tentei me convencer de que tudo aquilo não havia passado de uma coincidência absurda, incapaz de afetar minha vida acadêmica.

Mas então... veio a resposta dele ao meu artigo na *Language*. Profissional e, ao mesmo tempo, intrigante.

> Cara dra. Briana, não permita que opiniões engessadas e pensamentos cristalizados do meio acadêmico desmotivem sua busca pelo conhecimento, por mais oculto que ele pareça. Muitas vezes as respostas surgem onde menos esperamos encontrá-las. Mesmo que um incêndio atravesse o caminho, aquilo de que precisamos pode também estar à nossa procura.

Acho que foi uma tentativa de retratação, vaga e enigmática, pela sua primeira crítica, há pouco mais de um ano e meio. Provavelmente ele ainda considera minha pesquisa irrelevante e imatura. Mas pelo menos não a descredibilizou, como da primeira vez.

Suspiro olhando ao redor. Ainda que eu tenha me frustrado por não encontrar as provas que busquei na biblioteca da Abadia de Admont, tudo está mais tranquilo. Já se passaram três meses sem nenhum calafrio, sensação de estar sendo observada ou visão estranha. Nada. Apenas eu, minhas pesquisas, minhas tias, as aulas de pilates, meus amigos e... tudo em seu devido lugar.

O barulho da porta abrindo me arranca dos devaneios.

— Mais tarde a gente se vê — diz Kyle antes de entrar no carro.

Fico sozinha com Emma, e, como sempre, paramos para admirar a vista da cidade. A cumplicidade silenciosa que existia entre nós desde antes de sermos amigas de verdade.

— É impressionante — suspira Emma. — Depois você não entende por que eu sou obcecada por escrever contos góticos e sombrios.

Meu olhar se perde na silhueta do Castelo de Edimburgo ao longe e nos detalhes da Royal Mile, onde estamos. O céu está nublado — claro, é inverno —, e os prédios de arenito assumem tons mais frios. Dependendo da luz, as fachadas oscilam do cobre ao bege, do bege ao cinza. Hoje, tudo parece desbotado. Ainda assim, há uma beleza melancólica nisso. A luz fraca destaca a textura das pedras, e qualquer jardineira vira um sopro inesperado de cor no meio do cinza.

Flocos de neve tocam meu rosto. Um arrepio sobe pela minha nuca. Paramos em frente ao prédio da universidade. Olho para a fachada simétrica, para as colunas grandiosas, a cúpula que domina o céu.

— Briana!

Viro para Emma, que está fitando a tela do celular com olhos arregalados.

— Acabamos de receber um e-mail do professor Shepherd — anuncia ela, com uma urgência que me deixa em alerta.

O nome do reitor faz meu coração acelerar.

— A aula do professor Alistair foi cancelada — ela continua. — Chamaram todos os alunos para o auditório. Vão apresentar o novo professor.

Ela aperta meu ombro e me mostra a tela do celular.

— Amiga... eles mandaram o nome e o currículo do substituto.

Um vento mais cortante que o anterior passa por mim, como se quisesse me avisar de algo que meu corpo já sabe. Minha boca seca conforme leio:

Aos trinta e dois anos, já construiu uma carreira notável: formado e pós-graduado em tempo recorde, começou a lecionar na Universidade de Oslo aos vinte e seis anos e, pouco depois, em Oxford, onde se destacou em línguas mortas, criptologia e simbologia.

Premiado e reconhecido mundialmente, Ferner surpreendeu ao se afastar da vida acadêmica há alguns meses, decisão que muitos consideraram precoce para alguém com uma trajetória tão brilhante. Agora, retorna às salas de aula trazendo consigo não apenas conhecimento, mas também a promessa de inspirar novas gerações.

É com grande satisfação que damos as boas-vindas ao professor Ian Ferner.

Não sei como não desmaiei... Ou talvez tenha desmaiado e alguém me carregou até o auditório, porque sinceramente não lembro de ter caminhado até aqui. O mundo ao meu redor é uma neblina. As vozes soam como um eco distante, distorcido, como se eu estivesse debaixo d'água ou dentro de um sonho estranho.

Ele está de costas quando entramos. No palco. Conversando com o professor Alistair, como se nada no mundo o abalasse. Como se ele mesmo não fosse uma avalanche prestes a me soterrar.

Eu podia ter faltado. Me poupado. Mas precisava ver com meus próprios olhos. Precisava tornar essa merda toda real.

Richard Shepherd, o reitor, pega o microfone e dá as boas-vindas antes de anunciar:

— Professor Ian Ferner.

E então ele se vira.

Uma pequena explosão coletiva de suspiros toma o auditório. Um grupo inteiro de alunos perde o fôlego ao mesmo tempo. Não é só pela aparência dele, embora ela baste: os mesmos olhos azuis glaciais, o cabelo escuro como uma noite sem lua, os ombros largos que parecem ter saído de uma escultura grega. A mesma presença magnética, quase sobrenatural.

Mas não é só isso. É o ar ao redor dele. A densidade. A sensação de que ele guarda um segredo perigoso que pode destruir o mundo, ou salvar você dele.

Renan, um amigo da turma de Emma, solta uma risadinha nervosa ao meu lado.

— Meu. Deus. Nórdico.

O professor Shepherd continua a listar as realizações do currículo de Ian Ferner, mas as palavras são um borrão. Só consigo sentir um aperto no estômago. A lembrança do toque dele. Dos seus braços em volta de mim, da nossa respiração se encontrando.

Emma se inclina em minha direção.

— Se ele não destruir todos os corações daqui, eu rasgo meu diploma de moda.

— Ele tem fama é de estraçalhar os alunos — murmuro.

— Rígido, frio, inacessível e absurdamente sexy. Uma combinação perigosa.

Ele está vestido de preto da cabeça aos pés: blazer de lã ajustado ao corpo, camisa escura, o colarinho aberto mostrando só um pedaço do pescoço. O cabelo está um pouco mais comprido que da última vez. Ele caminha até o centro do palco com a tranquilidade de quem sabe exatamente o impacto que causa. Ou, pior, de quem não se importa.

Mesmo assim, noto certa tensão no jeito como os ombros dele se contraem. Meus pulmões queimam. Inspiro com dificuldade, como se o ar tivesse se tornado mais denso, mais gelado.

Ele segura o microfone com aqueles dedos cheios de anéis.

— Boa tarde a todos. Agradeço pela recepção. Confesso que esta apresentação foi meio de última hora. Aproveitei que estava na cidade resolvendo alguns assuntos e aceitei o convite do professor Shepherd para facilitar a transição.

Ele olha para a plateia. Não, ele varre a plateia com os olhos.

Então os olhos dele param. Nos meus.

Um olhar direto. Intenso. Carregado de algo que queima e congela ao mesmo tempo. Minha pele arrepia inteira. Sinto o peso do relicário sob a blusa. Meu peito aperta. Minha boca seca. O mundo congela por dois segundos.

Ele não desvia o olhar. Não pisca.

Quando fala de novo, quase não ouço as palavras. Só o som. Só a vibração.

— Será um prazer acompanhar os projetos de vocês. Vou enviar mensagens individuais para marcar reuniões e definir como seguiremos os trabalhos. Posso ter um estilo… exigente, mas meu compromisso é com a excelência. Espero que todos estejam preparados para desafios. Desafios reais.

O olhar continua em mim. Como se as últimas palavras fossem ditas só para mim.

— Ele está te encarando? — pergunta Renan, sem nem disfarçar.

— Está com os olhos cravados em você — Emma confirma.

Não consigo responder. Estou travada. Congelada.

— Estou ferrada, isso sim. Ele não apoia a minha pesquisa.

E, para piorar, eu o ofendi no nosso encontro em Admont, há três meses.

De repente o olhar dele muda. Fica mais escuro. Mais… pessoal. E, por um instante, acho que ele vai sorrir. Mas ele apenas respira fundo, como quem segura alguma coisa muito forte dentro de si.

— Que os deuses me ajudem — digo para mim mesma.

# 6

*A oitava ilha de Alfehim, a ilha das Bruxas, é habitada quase exclusivamente por humanos. Os bruxos que vivem ali descendem de linhagens mágicas ou nascem com a habilidade natural de canalizar magia. Estão em Alfehim há milhares de anos, e sua existência e permanência no território são protegidas pela Lei da Magia e da Vida, inscrita na pedra fundamental que rege os pactos entre as ilhas.*

— Trecho extraído do *Manual geral de estudos sobre a magia de Alfehim*

Entro na sala em silêncio, abraçada a mais livros do que consigo carregar, só para evitar uma segunda viagem até a biblioteca. É minha estreia assessorando o professor Ian Ferner na aula de linguística. Conforta saber que é também a turma da Emma.

Ela é a primeira pessoa que procuro com o olhar ao cruzar para dentro da sala; minha amiga me devolve um sorriso amarelo, carregado de significado. Sei que estou descabelada, esbaforida e… cinco minutos atrasada. A voz grave de Ian Ferner se interrompe no meio da frase.

Arrisco um sorriso tímido, tentando dissolver um pouco da tensão. Quem sabe ele se lembre de que me tirou de uma biblioteca em chamas, como um herói de armadura, poucos meses atrás. Por isso mesmo, esse gelo no sangue, essa sensação de não conseguir respirar, esse frio na barriga quando ele me olha, como se eu estivesse sob ameaça… não deveria acontecer.

Mas acontece.

Ele não retribui o sorriso. Ao contrário, franze o cenho de um jeito que parece prestes a erguer dois icebergs entre as sobrancelhas. Os olhos, de um azul frio, me medem de cima a baixo em segundos. E eu faço o mesmo. As roupas pretas parecem sua marca registrada; a camisa social justa, com as mangas dobradas até os cotovelos, ressalta os músculos dos braços e os ombros largos. O cenho dele se aprofunda ainda mais, como se a seda rosa florida do meu casaco fosse ofensiva. Como se eu fosse suave, colorida e estampada demais para o luto gelado que ele emana.

— Desculpe o atraso, dr. Fer… — O nome morre na minha boca quando dou um passo à frente e um buraco surge do nada. *O maldito degrau do púlpito.*

Ele arregala os olhos. Metade dos livros continua nos meus braços; a outra metade despenca no chão em baques secos, como fogos de artifício distantes. Meu pé vira e… sei que vou cair com a mesma graça de um sofá sendo atirado pela janela. Na frente de cinquenta alunos. Na frente de Ian Ferner. Talvez a humilhação seja completa e eu saia mancando. Mas nada disso acontece.

Num movimento rápido demais para eu processar, mãos firmes e grandes agarram minha cintura. Solto o ar num sopro. É como se ele tivesse se materializado ao meu lado. Ian Ferner me segura, me ergue, não me deixa cair. Estamos tão perto que sinto o cheiro dele invadir minhas narinas e minha circulação: carvalho, limpo, penetrante… como um golpe.

— A senhorita está bem? — pergunta ele, num tom grave e baixo, como se fosse só para mim.

— Sim, obrigada — murmuro. — Desculpa — acrescento, sentindo as bochechas queimarem de vergonha.

Então ele se abaixa para pegar os volumes que caíram e, ao se levantar, tira das minhas mãos os livros que ainda seguro. Nesse instante, os dedos dele roçam meu pulso esquerdo. Um choque inexplicável percorre minha pele, desliza pela espinha e me faz arfar. De um jeito desconcertante, seus olhos se arregalam e se fixam nos meus, como se ele tivesse sentido o mesmo.

O vento explode contra as janelas, abrindo-as num arrombo. O frio invade a sala e faz os alunos reclamarem:

— O que está acontecendo?

— Fechem as janelas!

Flocos de neve, arrastados pelo vento, tocam minha pele, e eu me encolho, enquanto Ian Ferner permanece me olhando. É como se buscasse, dentro de mim, os alfabetos perdidos da humanidade. Como se o frio e a neve se fundissem a ele, tornando-o ainda maior, mais poderoso, até mesmo perigoso. Meu coração dispara, e seus olhos… parecem brilhar do mesmo jeito que brilharam em Admont. É tão intenso e indescritível que só consigo disfarçar com um sorriso fraco e dizer, em tom de brincadeira, a primeira coisa que me vem à cabeça:

— Sempre que o senhor precisar quebrar o gelo das suas aulas, é só me chamar.

Risadinhas percorrem a sala. Falei alto demais. Vejo Emma segurando o riso com os olhos arregalados, me dizendo em silêncio: *Muito bem, amiga, seja sarcástica com o professor Iceberg. Você não precisa da aprovação do seu novo orientador.*

Isso se ele aceitar ser meu orientador — o que começo a duvidar. Dos três e-mails que mandei nos últimos dias, Ian Ferner só respondeu um. Educado, quase impessoal: "Entrarei em contato em breve para marcarmos uma reunião".

Aperto os olhos, me corrigindo:

— Quer dizer… descontrair o clima, caindo na frente de uma sala inteira…

Os olhos, que há segundos pareciam guardar um traço de intimidade, voltam ao azul polar. Com movimentos precisos, ele junta os livros entre as mãos, tão grandes que fazem os volumes parecerem cartas embaralhadas, e os deposita sobre a própria mesa. Depois, fecha as janelas com a calma de quem posiciona peças num tabuleiro de xadrez já prevendo a vitória.

Ian Ferner não reage à minha piada inconveniente nem às risadas e conversas paralelas que ecoam ao redor. É como se fosse inatingível. De frente para a sala, cruza os braços sobre o peito e, com a expressão de quem arquitetou um plano para desequilibrar o planeta, espera o ambiente mergulhar num silêncio cheio de tensão.

Quando volta a falar, usa um tom aveludado que, de algum modo, o torna ainda mais intimidador:

— Quero que preparem, até o fim da aula de hoje, uma análise crítica detalhada sobre a aplicação prática dos modelos generativos de gramática transformacional.

Ninguém ousa questionar. As canetas começam a se mover, mas eu sinto no ar o mesmo nó no estômago que me aperta. É como se cada respiração minha fosse pesada e medida. Como se houvesse um fio magnético invisível ligando nós dois, como se ele fosse capaz de captar cada uma das minhas sensações, mesmo sem me olhar diretamente.

# 7

*A magia de Alfehim — pura, primordial e indomável — nasce na ilha dos Elementais. Nenhum feérico ou humano pode canalizá--la em estado bruto, sob risco de morte. Fadas e salamandras da própria ilha a destilam primeiro. Depois, suas semelhantes nas demais ilhas equilibram e distribuem a energia, tornando-a segura para uso.*

— Trecho extraído do *Manual geral de estudos sobre a magia de Alfehim*

O campo de rúgbi da Universidade de Edimburgo fervilha num raro dia ensolarado. O gramado, ainda úmido das chuvas, libera um cheiro verde e frio de terra molhada. As arquibancadas estão cheias para o jogo anual entre professores e alunos, um evento que, em geral, não passa de desculpa para cerveja e fofoca, mas hoje tem um motivo extra para atrair tanta gente.

Todos os olhares se fixam em Ian Ferner. Não que seja difícil encontrá-lo. Ele é uma cabeça mais alto que os outros em campo. O vento bagunça seus cabelos pretos. A camiseta azul-marinho, já gasta, cola no corpo suado, delineando os ombros largos, os bíceps marcados e o abdômen que se contrai a cada arrancada. As veias saltam no pescoço e nos braços quando ele segura a bola. Sem exagero, sinto água na boca ao vê-lo. Vergonhoso? Claro. Afinal esse homem — esse deus nórdico de carne e osso — continua transformando minha vida acadêmica em um suplício.

Faz quarenta e cinco dias que ele não responde aos meus e-mails e me dribla como faz agora com os adversários em campo: desviando, escapando das tentativas de conversa sobre a minha tese. Desde a primeira aula como sua assistente — aquela em que derrubei todos os livros ao entrar —, Ian Ferner não chega a menos de dois metros de mim. E, quando pode, evita até me olhar.

A única reunião que tivemos foi há um mês, com o professor Alistair e alguns outros doutorandos, incluindo Margareth Lancaster, que não me deixa esquecer que está se pós-graduando em linguística, como eu. Provavelmente, todos sonham em ser orientados por Ian Ferner. Foi uma conversa fria, protocolar e impessoal. Até sugeri que eu poderia continuar com Alistair como meu orientador, se fosse mais fácil. Não seria o ideal, mas talvez fosse melhor.

Naquele instante — e só naquele — Ian ergueu os olhos azuis da tela do notebook. As pupilas se dilataram, assim como as narinas. O ar da sala pareceu esfriar quando ele disse:

— Será um prazer orientá-la, srta. Taylor. Assim que tiver agenda, envio um e-mail para marcarmos.

— Venho tentando isso, senhor.

— Eu sei que sim. — Ele voltou ao notebook. — Tenha um pouco mais de paciência.

Emma me cutuca com o cotovelo, arrancando-me do devaneio.

— Dr. Ferner aumentou bastante a chance dos professores de ganharem este ano — murmura num tom baixo, cheio de ironia. — Mas as pessoas não estão preocupadas em assistir ao jogo.

Eu sei do que ela está falando. As pessoas na arquibancada nem disfarçam: estão grudadas nos movimentos de Ian. Suspiro, ajeitando minha bolsa no colo, e tento me recompor.

Do meu outro lado, Kyle resmunga. Ele não para de se mexer, como se estivesse sentado em pregos.

— Seria mais legal estar arrumando a minha coleção de cards de RPG — diz num tom teatral. — Com certeza seria mais emocionante do que esse jogo. Só vim pela cerveja barata.

Emma solta uma risada curta. Mas, para ser sincera, pela primeira vez em anos o jogo está acirrado. O placar está empatado em 5 a 5. Ian parece valer por dez jogadores. Cada investida dele arranca urros e aplausos, mesmo dos alunos que juraram nunca torcer pelos professores.

E é nesse momento que o sol desaparece, engolido por uma muralha de nuvens cinzentas que rolam pelo céu como um manto pesado. Uma rajada fria faz os pelos de cada centímetro da minha pele se eriçarem. Eu me encolho, batendo os dentes.

— Droga, esqueci meu casaco.

O braço de Kyle surge imediatamente sobre meus ombros, me puxando para ele. O calor é quase agressivo de tão bom. Enterro o rosto em seu cachecol, respirando fundo.

Do meio do campo, Ian ergue os olhos. E, mesmo a distância, tenho certeza de que ele me vê. Os olhos azuis parecem mais frios do que o vento que percorre a arquibancada. E algo ainda mais surreal acontece: ele desvia o olhar para o ponto exato em que a mão de Kyle me prende junto dele.

A plateia inteira começa a se mexer. Ouço zíperes e estalos de botões: jaquetas saem de mochilas, gorros são puxados até as sobrancelhas. Ao meu lado, Emma resmunga enquanto veste o casaco:

— Clima normal em Edimburgo: quatro estações numa mesma tarde.

O juiz apita. A bola volta a voar. O vento uiva. Ian baixa a cabeça e corre em direção à linha adversária como um trem desgovernado. O jogo avança sob o céu agora totalmente nublado, o frio açoitando a todos sem misericórdia. Eu me encolho ainda mais quando um sopro gelado sobe por minha espinha. Sem dizer nada, Kyle arranca o sobretudo grosso de lã cinza e me entrega.

— Anda, veste isso. Você tá tremendo.

Hesito por um segundo, mas pego o casaco. Enfio os braços nas mangas, o tecido pesado me engolindo num abraço quente. É quase chocante o contraste: o cheiro de Kyle, amadeirado e limpo, e o calor que ele deixou ali dentro me envolvem como uma brisa morna, como um dia de sol num veleiro.

Fecho os olhos por um instante, respirando fundo. É tão bom que solto um suspiro involuntário.

Quando ergo o olhar de novo, eu o vejo. Ian, parado no campo, com a respiração pesada e as mãos nos quadris. Ele olha fixamente para mim. Pisco várias vezes, sem entender por que ele me encara como se quisesse quebrar a distância entre nós.

Ou Ian Ferner evita olhar na minha direção, ou… me deixa sem ar. Disfarço e me viro, desviando o olhar.

É nesse momento que acontece algo extraordinário. Num instante a bola está sendo atirada e, no outro, está parada no ar, suspensa, como se alguém tivesse pausado a partida. Os jogadores parecem estátuas, o público congela no meio de um aplauso coletivo. Até o vento se cala.

Prendo a respiração quando me sinto ser tomada por uma onda quente que me envolve inteira, como um cobertor pesado. Como um aquecedor potente.

Emma se movimenta ao meu lado.

— Vou pegar uma cerveja. Querem?

— Eu quero.

— Deixa que eu pego pra gente — diz Kyle, se levantando rápido. — Preciso mesmo fazer uma ligação de trabalho.

Estou destemperada. Minutos atrás estava congelando, agora me pego suada. Sinto cada gota escorrendo pelas minhas costas, como se o casaco fosse um forno. Sem pensar, começo a me contorcer até tirar o sobretudo de Kyle, antes que ele se afaste.

— Toma — digo, estendendo a peça para meu amigo, que se volta para mim com o cenho franzido. — Eu tô bem, pode levar.

Ele me analisa como se eu tivesse enlouquecido, mas pega o casaco devagar, parecendo confuso, antes de sair em direção ao balcão de bebidas.

Estamos sentadas na segunda fileira, separadas do campo por uma tela de proteção fina e baixa. Estou distraída, olhando para o placar que anuncia o empate, enquanto o time dos estudantes avança numa jogada agressiva.

De repente, meu estômago se contorce. Sinto um aperto no peito, como se algo fosse explodir. Não sei de onde vem, não sei por quê. Mas simplesmente sei o que tenho que fazer.

Num ato instintivo, quase selvagem, toco no ombro da garota sentada diante de mim e me projeto para a frente, separando as pernas com rapidez enquanto grito:

— Abaixem!

No mesmo segundo, sinto o vento como uma lâmina, e o som — um zunido seco — corta o ar. A bola passa entre minhas pernas como uma bala de canhão, ricocheteando contra o banco vazio atrás de nós com um estrondo.

Fico ofegante, o coração batendo tão alto que meus ouvidos zumbem. A garota à minha frente, ainda agachada, vira para me encarar com os olhos enormes, chocados.

— Meu Deus — sussurra com a voz trêmula —, como você sabia? Você me salvou! Essa bola… ia me acertar em cheio!

Minha garganta seca. Sinto a adrenalina queimando nas veias. E então, como há seis anos, no dia em que a vitrine da loja esotérica estourou e eu disse a Margareth para sair de perto, as coisas começam a mudar. As arquibancadas, as pessoas, os sons saem de foco, como se estivessem distorcidos. Minha respiração se altera.

Emma, ao meu lado, se curva com uma calma desconcertante, pega a bola que se enfiou embaixo do banco entre minhas pernas e a ergue, balançando-a com um ar meio cínico.

— Cara… você é muito bruxa, Briana. Sério. Muito mais que as suas tias. Você devia estudar isso ou… sei lá.

Rio sem humor, tentando parecer normal.

— Eu só… vi a bola vindo.

Mentira. O atacante estava tão perto ao chutar que ninguém teve tempo de ver nada.

Emma arqueia uma sobrancelha para mim, cética.

— Aham. Tá bom, Jedi.

Suspiro, passando a mão no rosto ainda quente, e o juiz apita o intervalo do jogo. Olho para o campo, mas não é mais o mesmo campo. Ele está se desfazendo. Estou tonta, dissociando.

Tento respirar devagar, engolindo o bolo que fecha minha garganta. Preciso sair daqui. Preciso… ficar sozinha.

— Vou ao banheiro, já volto — murmuro, levantando sem olhar para os lados, fixando os olhos apenas nos meus pés e a atenção no peso do meu corpo, na necessidade urgente de escapar.

— Tá tudo bem? Quer que eu vá com você? — Emma dispara e sua voz soa distante, como se viesse de outro mundo.

— Está, sim — minto outra vez, sentindo as mãos começarem a formigar. — Eu vou sozinha, já volto.

Saio rápido, sem dar tempo para ela responder. Desço as arquibancadas quase correndo e atravesso a área externa até entrar no prédio principal da universidade. Não quero banheiros lotados de estudantes. Quero silêncio. Preciso me isolar. Sigo pelos corredores mais vazios e chego a um banheiro próximo às salas dos professores.

A maçaneta gelada cede com um estalo metálico, e eu entro. O alívio é imediato: está vazio. Apoio as duas mãos na pia, abro a torneira e deixo a água gelada escorrer pelos pulsos. Molho o rosto e a nuca. A sensação é reconfortante, como se a realidade se encaixasse de novo em torno de mim. Levanto a cabeça para o espelho: minhas bochechas estão coradas, mas meus olhos… Eles brilham num verde profundo. Mais escuros. Quase estranhos.

Abaixo o rosto para mais um jato de água. E, quando volto a erguer o olhar… tudo está diferente. O banheiro se deforma. As paredes brancas se tingem de um cinza úmido. A luz fria no teto pisca a intervalos irregulares, lançando sombras que parecem se mover. O espelho trinca, refletindo meu rosto em fragmentos. Dos azulejos rachados escorre uma umidade escura. Espinhos e folhas pretas crescem como fungos, invadindo as pias, brotando das fendas nas paredes. O cheiro é de mofo, ferrugem e noite. Minhas pernas pesam, meu peito dói, como se o ar estivesse sendo sugado do ambiente. E é nesse instante que percebo: não estou sozinha.

Atrás de mim, duas figuras encapuzadas se aproximam. Os mantos azul-claros estão úmidos, desfiados, cheios de neve. Mãos cadavéricas, brancas como cera, surgem das mangas e tocam meus ombros. Um frio denso se espalha pelo ambiente, cobrindo tudo.

De repente, sou invadida por uma espécie de torpor. O pavor se dissolve numa estranha sensação de conforto. Volto o olhar para o espelho e meu reflexo não é mais o mesmo.

Estou usando um vestido de gala preto, de decote profundo. Bordados em relevo se espalham pelo colo e os braços, como tatuagens de espinhos gravadas na pele. Meus olhos mergulharam num breu absoluto, restando apenas um fiapo esverdeado nas íris. O cabelo, mais claro, contrasta com minha pele, tão pálida que parece mármore. Nas mãos… sangue. Escorrendo, grosso, quente. E, atrás de mim, as criaturas se curvam em reverência, como súditos diante de sua rainha.

Um grito sobe pela minha garganta quando o sangue escorre para além de mim: pinga nas pias, cobre as paredes, goteja pelo teto, até transbordar em ondas vivas que tingem o chão, enquanto os espinhos se enroscam nas minhas pernas, no abdômen, me envolvendo num leito de trevas que pulsa como um coração vazio.

Estou sufocando, me perdendo dentro de uma escuridão absoluta, que me afoga e me atrai ao mesmo tempo. Desesperada, puxo a gola da minha blusa com força, alguns botões se soltam e meu colo é exposto. O medalhão no meu pescoço queima, esquentando minha pele. Pelo espelho, vejo os símbolos dourados se acenderem em labaredas, quebrando o torpor. Obrigo meu corpo a se mover enquanto arranco com as unhas os espinhos, que parecem grudados em mim, e corro. Empurro a porta do banheiro com toda a força que consigo reunir.

Dou de cara com uma muralha de músculos. As mãos grandes apertam meus cotovelos. Os olhos azuis, enormes, assustados, me varrem como se quisessem arrancar respostas direto da minha pele.

— Eu ouvi um grito… A senhorita está bem?

Não consigo falar. Não consigo nem pensar. Minha cabeça ainda gira, o ar fica preso no peito. Mas me forço a abrir a boca, a dizer qualquer coisa que faça sentido:

— Eu… Eu não sei. Acho que sim… Acho que vou ficar. — Minha voz oscila, os lábios tremem.

O problema é o que eu vi, ou delirei. Era como se eu fosse a rainha da porra do submundo. E o pior… é que uma parte minha gostou disso.

Vejo o olhar dele descendo do meu rosto para o cabelo, todo bagunçado. Para a gola da blusa, aberta demais. Para o tecido esgarçado. Para meu pescoço, que arde, como se tivesse sido arranhado.

O susto no rosto dele vira horror. E o horror, fúria. Num instante, um clarão azul corta suas íris, mas logo se apaga. Como um raio atravessando um céu noturno.

— Quem fez isso com você? — a voz dele explode, grave, pesada, como um trovão.

De todas as coisas que já vi, sonhei ou intuí… nada foi tão sufocante quanto isso. Tento respirar, me agarrar a qualquer coisa que me faça lembrar que não estou mais coberta de sangue, que não tem espinhos me prendendo.

— Eu não… — começo, mas não consigo terminar.

Ele não espera. Entra no banheiro como um furacão, chutando portas, arrebentando fechaduras, o som ecoando pelas paredes.

Eu o sigo com as pernas bambas, a boca seca e a cabeça latejando. Parte de mim está apavorada com a ideia de ver aquelas coisas de novo, de o banheiro voltar a se torcer em sangue e sombra. Outra parte, mortificada de estar assim, frágil, confusa e assustada. Paro, sentindo o peito desoprimir um pouco. Nada está fora de lugar, os azulejos não estão quebrados nem cobertos de sangue, a luz não pisca e não tem criaturas ou espinhos me envolvendo. Mas Ian Ferner, o professor inalcançável, o homem que se esconde atrás de uma muralha de gelo, está aqui, quebrando tudo, furioso, como se quisesse se vingar de algo que nem aconteceu.

Meus olhos se desviam quando passo diante do espelho, mas não rápido o bastante para que eu não repare no reflexo. Meu pescoço está marcado. Vermelho, arranhado. Eu fiz isso? Fui eu mesma que me feri, tentando me libertar daquilo… que não pode ter sido real, pode?

Atrás de mim, Ian termina de abrir a última porta com violência. O banheiro está vazio. Ele se vira devagar e me encara por um instante, por uma eternidade. Depois se aproxima com passos firmes no piso frio.

— Com licença. — A voz dele é grave, contida, mas quase falha.

E então, com um gesto lento, afasta meu cabelo úmido do rosto. Os dedos tocam de leve minha pele, e eu quase recuo, mas não o faço. Ele segura meu rosto entre as mãos grandes, quentes, fixando-me no lugar.

Eu me esforço para respirar, para não desmontar. Meu coração martela os ouvidos.

— O que te assustou assim? — pergunta ele, os olhos azuis cravados nos meus, mais intensos do que nunca.

Tento responder, mas não consigo. Então olho para ele, como se me agarrar à sua imagem fosse a única maneira de as coisas voltarem a fazer sentido. Tento me fixar na realidade. No presente.

A camiseta dele, de algodão gasto, traz a estampa de um time de rúgbi da Universidade de Oslo. Os cabelos ainda bagunçados, o rosto corado pela corrida em campo, a pele úmida de suor. E aqueles olhos. Mais azuis. Mais próximos. Tão próximos que, por um instante, parecem pertencer a um cara gato com quem eu poderia ficar em um bar.

E é aí que me lembro. Ele não é só esse homem que agora segura meu rosto, me ancorando ao chão como um porto seguro em meio ao caos. Ele é o professor que tem me dado um gelo há semanas. Que tem dificultado minha vida acadêmica como ninguém.

Agora, além de não querer orientar minha tese, ele provavelmente vai me achar completamente insana. Por isso, invento a primeira desculpa esfarrapada que consigo:

— Estou bem, sério, obrigada. Não tem ninguém aqui além de nós dois e desses arranhões. — Tento forçar um sorriso. — Eu tenho um gato… ele é como um stripper, sabe?

Ian franze o cenho, sem soltar meu rosto. As narinas se abrem quando ele inspira fundo.

— Um stripper?

— É… — Minha voz falha, os dentes batem, não sei se de frio ou pura ansiedade. — Tipo, ele tem uma vibe "você pode olhar, eu até sento no seu colo, mas não pode pôr a mão em mim sem que eu permita". Aí eu quebrei as regras e... fui arranhada.

A curva de um sorriso discreto surge nos lábios dele e meu coração vacila. Preciso me lembrar, rápido, de quem ele é. De quem nós somos. E do que acabou de acontecer.

— Você está com frio. — Não é uma pergunta.

— Não se preoc... — começo, mas a mão dele toca minha testa e meu estômago se contrai.

— E está queimando de febre.

Engulo em seco. Febre. Isso explicaria? Cada vez que meu corpo queima, minha mente me joga em episódios que parecem uma mistura de *Stranger Things* e *O Senhor dos Anéis*? Ou é o contrário — a febre é só consequência de eu vagar por dimensões que não sei como acessar?

Seja como for, as lembranças me atingem de uma vez: o sangue, a escuridão, as criaturas...

— Venha. — Ele passa o braço pelos meus ombros, firme. — Consegue andar? Vou pegar um casaco na minha sala.

— Não precisa, sr. Ferner, de verdade...

Mas já estou sendo conduzida para fora do banheiro.

— É aqui do lado. Vamos.

E, contra toda a lógica, sinto alívio por não estar sozinha. Mesmo que minha companhia seja Ian Ferner.

A porta da sala dele se abre. Reconheço o espaço de imediato: a antiga sala do professor Alistair. Em instantes, ele já está novamente comigo no corredor, ajudando-me a vestir um casaco de lã preta, com um cuidado que me faz sentir como uma criança.

Abro a boca para dizer que posso fazer isso sozinha, mas o conforto da lã macia me envolve antes. E o cheiro... Se um canto de leitura aquecido por uma lareira tivesse um cheiro, seria esse: lenha, neve, lã e algo cítrico, profundo. O cheiro dele.

— Obrigada — murmuro.

Ele me fita por um tempo, sério, como se precisasse garantir que não vou desmoronar, as mãos ainda fixas nos meus ombros.

— Quer que eu te leve? Ou prefere que eu chame alguém?

Antes que eu consiga responder, outra voz, conhecida, corta o ar:

— Briana?

Viro rápido, a tempo de ver Kyle se aproximando a passos largos.

— Você tá bem? Eu estava preocupado.

Os olhos dele me examinam em um segundo, mas logo se arregalam ao perceber a presença de Ian. O olhar se desloca de mim para o professor, de um jeito tenso, afiado.

— Esse cara te machucou? — a voz dele ecoa, grave.

— Kyle... não, ele é meu professor. Ele está me aju...

— Tire essas patas geladas de cima da minha amiga. — Kyle avança um passo, os olhos verdes em brasa.

O ar parece mais denso. Narinas se expandem, músculos se contraem. Eles se encaram como dois animais que acabaram de reconhecer um inimigo.

Ian não me solta. Ao contrário, me puxa levemente para trás de si, como se me escondesse, como se me protegesse. O gesto me faz prender a respiração.

— Dr. Ferner, esse é meu amigo Kyle. — Tento mediar, sentindo o coração disparado. — O Kyle é meu vizinho e...

— O dr. Ferner é... — Kyle completa, a voz carregada de veneno — o mesmo homem que tem ferrado a sua pesquisa há anos? Não sabia que a Universidade de Edimburgo contratava esse tipo de... Fique longe dela.

Meu estômago se revira. Lanço um olhar lancinante para Kyle, suplicando.

— Sim, o dr. Ferner tem sido difícil, mas no momento está sendo gentil e...

— Ele tem razão, srta. Taylor — Ian me corta, a voz gélida. — Eu não devia ter me aproximado. Não assim. Me desculpe.

Fico sem reação. Ainda confusa, perdida no que aconteceu dentro daquele banheiro, perdida entre a febre e a memória do sangue, das criaturas, do medo. Não consigo reagir quando Ian dá um passo para trás. Quando o frio parece se intensificar ao redor de nós, como se viesse dele. Quando os olhos dos dois continuam travados, como leões disputando território.

Vejo, quase em câmera lenta, o bloco de gelo se erguer novamente na expressão dele. E, antes que eu consiga dizer qualquer coisa, Ian se vira e vai embora.

Quero gritar: *Não vá, você estava me ajudando, você… E a minha tese?* Mas nada sai. Merda.

Kyle toca de leve meu ombro. Eu me retraio.

— Não! — disparo, num tom mais duro do que pretendia. Engulo em seco. — Sei que você ficou preocupado e que ele tem sido um filho da puta, mas… Que merda, Kyle.

Ele baixa os olhos, hesitante.

— Me desculpa, amiga. Eu… Tem coisas que não sei explicar. Instinto, intuição, eu só não raciocinei.

Minha cabeça pulsa.

— Eu vou pra casa. Estou com febre e explodindo de dor de cabeça.

— Deixa eu te levar.

Faço que não, fechando o casaco até o pescoço, como se fosse uma armadura.

— Eu preciso… Eu quero ficar sozinha. Vou chamar um Uber. Aviso a Emma por mensagem.

Respiro fundo, tentando dar alguma firmeza à voz:

— Tudo o que eu quero é chegar em casa, tomar um analgésico e, sei lá… achar outro orientador pra minha tese. Ou mudar de faculdade. Qualquer coisa pra dar um fim nessa situação.

— Desculpa, amiga. Eu não quis piorar as coisas — Kyle fala baixo, o olhar carregado de culpa.

Pego o celular com os dedos trêmulos e digito a mensagem para Emma:

Estou com dor de cabeça, vou embora mais cedo.

Suspiro, exausta.

— Tudo bem — digo, sem encarar Kyle. — A culpa não é sua se ele tem sido um babaca como professor. Eu só… preciso descansar.

Descansar. Esquecer.

Esquecer que há pouco eu era a rainha do submundo. Esquecer que Ian Ferner me segurou tão perto e principalmente a sensação que isso trouxe. Como se por alguns instantes o mundo voltasse a fazer sentido.

# 8

*Estigmas são marcas de magia viva que surgem no corpo dos feéricos ou bruxos como prova de sua conexão e controle sobre determinado tipo de magia. Os feéricos podem manifestar até dez estigmas ligados à ilha de onde descendem, cada um representando um grau mais elevado de domínio sobre o elemento mágico daquela terra. Quanto mais estigmas, maior o poder — e maiores o risco e a responsabilidade que o acompanham.*

— Trecho extraído do *Manual geral de estudos sobre a magia de Alfehim*

— Era disso que eu estava precisando — digo, apontando com o queixo para o prato de cordeiro com molho de tomate e alecrim. O cheiro me envolve, e na primeira garfada o sabor quente e macio dissolve uma parte do estresse acumulado nos últimos dias.

Kyle me trouxe para almoçar no meu restaurante favorito, o Mash Bar. Emma ficou na universidade fazendo um trabalho em grupo no intervalo, e ele apareceu dizendo:

— Vou te levar num lugar surpresa pra você me perdoar de vez e eu me sentir menos culpado por ter atrapalhado a sua vida acadêmica.

Já faz quinze dias desde as visões no banheiro, desde que Kyle quase saiu na mão com Ian Ferner e que aquele raro instante mais caloroso entre nós virou gelo outra vez. Naquele fim de tarde cheguei em casa, tomei um analgésico, enfiei tudo que tinha acontecido no baú das coisas que provavelmente nunca terão explicação e dormi para esquecer.

Só que nessas duas semanas, mesmo que tudo esteja calmo de novo, não consigo me livrar da sensação de estar sendo puxada para algo maior, algo que pode mudar toda a minha vida. Algo que eu nunca controlei nem vou controlar. Talvez por medo, não contei nada a ninguém.

Como é que eu falaria em voz alta que atravessei um universo paralelo, escuro, e por alguns segundos uma parte sombria de mim gostou da ideia de ser rainha por lá? Eu, a delicada, a romântica, a sensível? Não. É mais fácil acreditar que foi a febre, que eu delirei. E seguir em frente fingindo normalidade, enquanto continuo em busca de respostas sobre as minhas origens. Quem sabe isso explique alguma coisa, nem que seja: meus pais sofriam de esquizofrenia e tinham visões com coisas que não existem.

— Um brinde — diz Kyle, levantando a taça de vinho — à sua tese maravilhosa, que vai ser um sucesso com ou sem a ajuda do professor Ferner. — Ele pronuncia o nome como se cuspisse algo amargo. A palavra "ajuda" vem carregada de ironia, o suficiente para intoxicar o vinho.

Uma mulher passa por Kyle e o observa como quem analisa uma peça rara num leilão. Ele retribui o olhar com um arqueio atrevido de sobrancelhas, e ela se apressa em desviar os olhos, corando. Eu reviro os meus. Nada de novo.

Desde que entramos, umas cinco garotas fizeram piadinhas sobre ele parecer um figurante de *Piratas do Caribe*, e não estavam exatamente erradas. Kyle tem vinte e seis anos, um metro e noventa, olhos verdes intensos e um visual deliberadamente marcante: calças pretas justas, coletes de veludo, camisas desabotoadas até o esterno e anéis em quase todos os dedos. Ele é o tipo de cara que chama atenção até calado.

— Vou pedir uma dose de conhaque. Quer?

— Não. Ainda tenho que assessorar o Diabo da Noruega na sala da Emma.

O olhar dele escurece.

— Eu sei que errei e perdi a cabeça sem motivo, mas juro que ver o nervoso que esse desgraçado faz você passar me deixa com vontade de dar uma surra nele.

Faço um gesto com a mão: "Nem começa".

Kyle pede a bebida. Ele é o tipo de homem que manteria a calma mesmo com o mundo desabando, desde que tivesse uma garrafa na mão. Sempre brinquei que seus pais devem estar à deriva em algum navio com bandeira de caveira. Eu nunca soube muita coisa sobre o passado dele, além do fato de ter sido abandonado com cinco anos. Isso, de algum jeito, nos conectou. Só que, diferentemente de mim, ele parece não querer descobrir nada sobre suas origens. E talvez esse seja o maior mistério sobre Kyle: quanto mais penso que o conheço, menos certeza tenho.

Ele vira metade do conhaque em um gole. Eu aponto para o copo.

— Isso é culpa por ter complicado a minha situação? Ele já tinha congelado a minha tese antes, nada mudou nas últimas semanas.

O sorriso enviesado que se forma nos lábios dele não tem nada de divertido.

— Tive um problema com um cliente esta semana.

— Quer me contar? Posso ajudar com alguma coisa?

Ele termina a dose como se quisesse apagar o assunto e me encara com uma expressão carregada, quase sombria.

— Não. Já foi. Só… por que você não tenta outro orientador? De verdade, Bri. Eu ia respirar melhor se você cortasse qualquer laço com esse cara.

Franzo o cenho a mais uma reação exagerada de Kyle.

— Mesmo que, sei lá, Ian Ferner me libere para ser orientada por outro professor, seria uma droga pra minha tese. E você sabe que eu dependo do trabalho como assistente dele pra manter a bolsa.

Ele se inclina um pouco, os olhos faiscando.

— Eu posso bancar a sua universidade, se é isso que está te prendendo.

Fico sem reação.

— Desde quando você está jogando dinheiro pela janela?

— Fechei um contrato grande na semana em que vocês estavam na Áustria.

— Como hacker?

Ele dá de ombros, aquele meio sorriso convencido se formando.

— Uma coisa legal. Mais ou menos.

— Nada que vá te levar pra cadeia, espero?

Ele sorri com mais gosto agora, os olhos brilhando com malícia.

— Se eu fosse preso, você sentiria a minha falta?

Reviro os olhos.

— Que pergunta idiota. Claro que sim. Você é meu melhor amigo.

Mas dessa vez a resposta parece não ter o mesmo efeito. Os olhos dele escurecem. O ar entre nós muda.

— Posso te falar uma coisa?

Assinto, mas meu coração dispara.

— Um dos motivos de eu ter ficado tão puto quando vi Ian Ferner te tocando…

Meu coração acelera ainda mais, antes de Kyle acrescentar:

— Faz tempo que eu não quero ser só seu amigo, Bri.

Minha respiração trava. O garfo para no ar. O mundo lá fora continua: carros, pessoas, o som das conversas ao fundo, mas aqui dentro tudo paralisa.

— Você tá brincando, né? — Minha voz sai fraca, quase infantil.

Ele me encara com intensidade, o maxilar travado, os ombros rígidos. E, por um instante, não vejo mais o pirata debochado, o hacker sarcástico, o melhor amigo de todas as horas. Vejo um homem. Um homem que parece pronto para cruzar a linha invisível que mantivemos entre nós desde sempre.

Desvio o olhar, sem saber para onde fugir. Porque, se eu o encarar por mais um segundo, talvez ceda. E não quero ceder por impulso, por carência, por raiva de Ian Ferner e sua maldita indiferença glacial. Não seria justo com Kyle. Nem comigo.

— Kyle, você sabe que isso complicaria tudo.

Ele se inclina um pouco mais, a voz rouca, mais baixa:

— Às vezes complicar as coisas pode ser bom.

— A gente é amigo. Você é meu porto seguro — murmuro.

— Mas eu sempre quis ser mais. Só nunca tive coragem de arriscar perder o que a gente tem.

Meus olhos ardem. Porque é verdade. Nós dois sempre pertencemos um ao outro de um jeito silencioso e bonito. Mas nunca foi desejo. Nunca foi pele. Nunca foi descontrole.

— Kyle…

Ele não espera. Se aproxima mais e segura meu rosto com as duas mãos. Mãos grandes, firmes, que conhecem cada nuance minha. E, mesmo assim, agora são estranhas. Um estranho conforto. Uma promessa de algo que nunca foi. Meus batimentos aceleram por outro motivo; não é por expectativa, mas pela culpa que se aproxima feito a maré alta.

Os lábios dele tocam os meus num beijo leve, hesitante. Quase reverente. Eu não o afasto. Mas também não correspondo. Só deixo acontecer. Só espero passar.

E passa. Como uma brisa morna numa noite fria. Sem arrepio. Sem urgência. Sem faísca. *Droga.* Ele percebe, claro que sim. Ele sempre percebe tudo em mim. E se afasta devagar, os olhos ainda fechados, como quem tenta esticar o último segundo de uma esperança antiga.

Quando abre os olhos, um sorriso triste curva seus lábios.

— Desculpa — murmura. — Acho que eu precisava tentar pra poder aceitar.

— Eu queria sentir algo mais — confesso com a voz embargada. — Queria que fosse diferente. Você merece alguém que olhe pra você e perca o ar. Que sinta o chão sumir quando você sorri.

Ele solta uma risada curta, mexe nos anéis com nervosismo e responde:

— Olha pelo lado bom: agora eu sei que não foi por falta de tentar. Talvez seja destino. Talvez seja só azar.

— Ah, Kyle…

Ele ergue o punho entre nós, nosso gesto de trégua, de permanência. Eu toco o dele com o punho fechado.

— Sempre.

Nos encaramos por mais um segundo, e eu rezo para que as coisas não mudem. Fico aliviada por saber que, se existe alguém capaz de reconstruir pontes com paciência, é Kyle. Mesmo assim, me angustia a ideia de que talvez as coisas não fiquem iguais entre a gente.

O que eu não sei, e que me assusta, é o motivo de o rosto de Ian Ferner vir à minha mente neste exato momento. E o motivo de o arrepio que não senti com o toque de Kyle subir devagar pela minha nuca só de lembrar como me sinto toda vez que nos aproximamos.

❄

Estou a caminho da sala onde Ian Ferner vai dar aula. Kyle acabou de me deixar na frente da universidade. Suspiro, aliviada e um pouco desconcertada, ao perceber que, mesmo depois de tudo, meu Deus, mesmo depois de ele ter me beijado e confessado que sempre teve sentimentos por mim, a personalidade brincalhona de Kyle não deixou o clima esquisito durar mais que dez minutos.

Saímos do restaurante rindo do quase tombo dele, quando esbarrou numa cadeira na calçada. Ele fingiu que era parte de uma coreografia, colocou a mão no peito e disse:

— Me perdoa. É que eu sou um dançarino trágico em momentos de rejeição. Tem gente que escreve poesia. Eu tropeço em móveis.

Caí na risada, apesar de tudo. Kyle é mestre em camuflar a dor com humor, e acho que foi a maneira dele de dizer: *Está tudo bem, ainda estou aqui.*

Quando paramos em frente à universidade, ele desligou o motor, passou a mão pelo cabelo e comentou, em meio a um sorriso:

— Então é isso. Você vai pro seu castelo gelado de letras, e eu… vou sobreviver.

— Você vai sobreviver — garanti, abrindo a porta. — E a nossa amizade, também vai?

— Com certeza. Daqui a pouco vou estar em algum pub tomando outra dose de conhaque e me convencendo de que fui rejeitado porque sou sarcástico demais pra você.

— Amigo…

Ele levantou a mão em rendição, ainda com aquele olhar meio melancólico disfarçado de piada.

— Tô brincando. Mais ou menos. Se for encontrar com algum professor ranzinza hoje, dá um chute nele por mim, beleza?

— Tchau, Kyle.

— Te vejo depois, fada. Vai arrasar falando seu nórdico antigo sexy.

Reviro os olhos e bato a porta, mas sorrio sozinha ao entrar. Assim que cruzo para dentro da universidade, digito uma mensagem para Emma:

**Briana**
Você não vai acreditar.

**Emma**
O quê?

**Briana**
O Kyle disse que queria algo além de amizade comigo.

**Emma**
E aí?

**Briana**
Como assim, e aí? Você não está surpresa? Sem reação?
Só não caí pra trás porque estava sentada num sofá.

**Emma**
Ah, Bri… É meio óbvio que ele sempre foi a fim de você… Aí eu o encurralei há um tempo e ele admitiu como se sentia. Disse que te contaria hoje.

Fico parada por um segundo no corredor, digerindo. Emma sabia.

**Briana**
Você devia ter me preparado, sua traidora.

**Emma**
Mas aí eu estaria traindo o Kyle, e foi ele que me pediu segredo.

Dou mais alguns passos em direção ao prédio de literatura. O movimento nos corredores está mais agitado que o normal.

**Emma**
Como foi?

**Briana**
Horrível. No começo achei que ele tinha pedido conhaque por causa do meu problema com o professor Ferner, o que pareceu bem estranho. Depois ele... ah, Emma, ele me beijou, e foi... isso sim foi estranho. Eu simplesmente não senti nada.

**Emma**
Nada?

**Briana**
Nem um arrepio, nem um friozinho na barriga, zero. Foi como se eu estivesse beijando... sei lá, o irmão que eu não tenho. O professor Alistair, versão jovem.

**Emma**
Hahaha, tadinho, Briana.

**Briana**
Pelo menos, no fim a gente ainda conseguiu rir. Ele quase levou um tombo quando a gente estava saindo e fez piada de si mesmo. Disse que era o universo castigando ele por tentar ser romântico. Espero que as coisas não fiquem estranhas.

**Emma**

Você conhece o Kyle. Provavelmente ele vai superar tomando algumas doses a mais de conhaque, fazendo uma viagem misteriosa e ficando com alguma garota daqui a... cinco minutos?

**Briana**

Tomara... Você já está na sala?

**Emma**

Quase.

Faço uma lista mental das minhas tarefas: o cronograma, os textos que serão distribuídos, os livros e estudos que precisam estar à disposição para o debate do projeto de hoje. E bufo.

Não me entenda mal, eu amo essa matéria. Gosto de me atualizar sobre o que os alunos de literatura andam aprendendo nas aulas de linguística. Mas, na prática, estou aqui carregando coisas de um lado para o outro, devolvendo livros na biblioteca, grampeando folhas e checando se ainda tem café na garrafa térmica em cima da mesa.

Aliás... já mencionei que Ian Ferner é viciado em café? Quando não toma as doses que o corpo dele exige, fica ainda mais sombrio e inacessível. Pois é.

Mas o pior é que, com os dias de convivência indireta, o que antes era pura irritação começou a dividir espaço com outro sentimento, até mais perigoso que a possível atração que eu sinto por ele: admiração.

Ele é o professor mais intimidador do planeta? Sim. Um bloco de gelo ambulante e absurdamente gato? Com certeza. Mas também é, disparado, uma das pessoas mais cultas e inteligentes que já conheci. As aulas dele sempre me deixam de queixo caído. Para completar, Ian Ferner é aquele tipo de cavalheiro ranzinza: educado como um príncipe escandinavo, misterioso como se tivesse saído de uma peça de Shakespeare.

E o que não contei para Kyle — e odeio admitir para mim mesma — é que eu quero muito que ele seja meu orientador. Muito mais do que devia. Talvez seja justamente por isso que a indiferença dele tem me tirado tanto do sério.

Emma me encontra no corredor e me abraça.

— Você está cheirando a vinho. Invejinha.

— Acho que exagerei um pouco, depois do... você sabe.

— O Kyle acabou de me mandar mensagem.

— Jura?

Ela confirma com a cabeça.

— Disse que você quebrou o coração dele.

Arregalo os olhos.

— Ah, merda.

— Brincadeira. — Ela ri.

Dou um empurrão leve nela.

— Emma!

— Ele disse que já esperava e me chamou pra ir a um bar hoje à noite. Pra espairecer.

— Tá vendo? Isso já está estranho. Odeio essa sensação.

— Ele pediu pra eu te chamar também, Bri...

— Ele acabou de me deixar aqui. Por que não me chamou pessoalmente?

Ela dá de ombros.

— Vai ver esqueceu ou decidiu agora.

— Sei lá... Tomara.

Mas a verdade é que eu também estou fingindo que o beijo não aconteceu. Que não vai mudar nada.

O burburinho no corredor diminui. As pessoas se afastam de uma vez, como se um lobo estivesse desfilando por ali. E eu sei que Ian Ferner está se aproximando.

Ele anda como se o corredor fosse dele. Não olha para os lados. Não acena. O máximo de expressão que oferece é um arquear sutil das sobrancelhas quando reconhece alguém, provavelmente só os alunos que tiram A+.

E, então, ele me vê. E algo muda.

Ele diminui o ritmo dos passos. Me encara. E, por um instante que parece se estender, é como se só existíssemos nós dois no corredor.

— Boa tarde, srta. Taylor.

— Boa tarde, professor Ferner.

— Vamos conversar sobre sua tese?

Arfo, impactada e surpresa.

— Agora?

— Amanhã, às dezesseis horas, na minha sala. Pode ser?

— Sim, senhor.

— Ótimo.

Ele permanece me encarando por mais alguns segundos. E, quando desvia o olhar, eu volto a respirar.

Emma me cutuca e sussurra:

— O jeito que ele te olha, meu Deus.

— Isso quando ele olha.

— Mas quando olha… parece que quer atravessar sua alma.

— Não ligo — disfarço. — Ele finalmente marcou a reunião pra falarmos da minha tese.

Meu coração acelerado me desmente antes mesmo de terminar a frase.

# 9

> *Os feéricos canalizam magia diretamente de sua ilha de origem, à qual cada linhagem é ligada. A energia flui pelo corpo e se manifesta pelas mãos. Alguns utilizam canalizadores — joias pontiagudas fixadas atrás das orelhas —, que, embora não sejam obrigatórios, aumentam a concentração, a precisão e a intensidade dos feitiços.*
>
> — Trecho extraído do *Manual geral de estudos sobre a magia de Alfehim*

A sala do professor Alistair sempre foi um refúgio, um segundo lar dentro da universidade. Perdi a conta das horas que passei aqui, cercada por livros, anotações e debates sobre a minha pesquisa.

Antes, cada canto tinha um livro aberto, folhas rabiscadas, pilhas de papéis acumulando poeira. Os quadros de caça nas paredes, os tapetes antigos e a cortina de veludo, sempre fechada, eram como confidentes silenciosos. Era um caos. Mas um caos aconchegante e familiar.

Agora, nada neste escritório é familiar. Quando Ian me emprestou o casaco, há duas semanas, eu não passei do batente, não consegui ver nada aqui dentro. Mesmo que tivesse entrado, não teria cabeça para reparar que as estantes estão organizadas, as pilhas de papéis sumiram. A enorme mesa de mogno, onde antes mal dava para apoiar uma caneta, está limpa. No centro, apenas um laptop moderno. No canto direito, dois livros com post-its cinza estão alinhados com perfeição.

Os quadros de caça foram removidos, assim como a cortina pesada. Um tapete persa novo torna o ambiente um pouco mais acolhedor, e a janela enorme revela a vista parcial do Castelo de Edimburgo. O cheiro de mofo foi embora, dando lugar a um aroma de cera, amadeirado. E, ao fundo, bem mais perturbador do que qualquer outra mudança: o cheiro dele.

Finalmente, fecho a porta atrás de mim. A única coisa caótica dentro deste escritório está de costas, olhando a vista da janela. O terno de três peças, que às vezes ele usa em suas visitas à universidade, foi desmontado. As mangas estão dobradas, o colete desabotoado, e os primeiros botões da camisa, abertos.

— Boa tarde, professor Ferner. Estou aqui para a nossa reunião agendada sobre…

Ele se vira e o ar me escapa. Junto com as palavras.

Talvez seja só o jeito como ele me encara, parecendo ler meus pensamentos, como se soubesse cada um dos meus segredos e estivesse prestes a revelá-los, um a um.

— Estou aqui pra nossa… minha… a reunião sobre a sua… a minha tese.

*Minha, sua, nossa. Sério, Briana?*

— Boa tarde, srta. Taylor — ele responde com a voz baixa e rouca. Aponta com um leve movimento do queixo para a cadeira à frente. — Sente-se, por favor.

E se acomoda diante de mim com a calma e a precisão de quem domina o próprio corpo, a sala e talvez o mundo. Ele limpa a garganta. Eu me mexo na cadeira, um pouco desconfortável, como se algo invisível e cortante pairasse no ar.

Os dedos dele se entrelaçam sobre a mesa, elegantes, controlados. Ainda assim, há algo ameaçador nesse gesto. Os olhos continuam fixos em mim. Intensos. Escuros. Impossíveis de ler. Engulo com força e desvio o olhar.

Minha atenção se fixa no porta-retrato ao lado direito com a imagem de uma jovem de cabelo preto e olhos azuis. As bochechas dela são coradas e ela sorri. O tipo de sorriso que só se dá para uma pessoa em quem se confia de verdade. A garota olha para a câmera como se o mundo estivesse exatamente onde deveria estar.

Talvez tenha sido ele quem tirou a foto. Ian.

Provavelmente foi.

E, como uma farpa fincada onde não se deve tocar, percebo que estou com um pouco de ciúme. Não dele, isso seria ridículo, mas do sorriso que ela dá para ele. Como se fosse impossível qualquer outra garota ficar à vontade junto de Ian Ferner.

*Que ódio.* Bufo e reviro os olhos para mim mesma.

Ian franze o cenho, provavelmente achando que meu gesto impaciente foi dirigido a ele.

— Está tudo bem?

— Sim, claro — disfarço, tentando soar casual.

Ele inspira fundo, e as narinas se dilatam. Um movimento tão sutil quanto evidente antes de me encarar, como se estivesse me decifrando célula por célula. *É desesperador.*

— Eu sei que você não queria estar aqui, sei que está frustrada. Mas talvez isso tudo tenha que acontecer. Você e eu.

Minha respiração falha com o duplo sentido de suas palavras.

Ele percebe o deslize, pisca rápido com uma leve tensão no maxilar.

— Você, eu... e a sua pesquisa — se corrige.

— Eu entendi.

Ficamos em silêncio, nos encarando, e a maneira como ele sustenta o olhar faz com que eu me mexa na cadeira, inquieta. As sobrancelhas dele se arqueiam, sua expressão carregada de curiosidade... ou outro sentimento que não devia existir entre nós.

— E então? Você está de acordo que eu te oriente?

Franzo o cenho e uma parte minha quer rir com a ironia disso tudo.

— Acho curioso o senhor me perguntar isso, considerando que estou tentando marcar esta reunião há semanas.

— Estive ocupado.

Talvez ele só esteja tentando recusar sem me humilhar. Por isso resolvo facilitar a sua, a nossa vida.

— O professor Alistair me garantiu que terminaria de orientar os alunos que não concluíram suas pesquisas.

Ele descruza os dedos e os junta novamente sobre o tampo da mesa.

— A coordenação me pediu diretamente que assumisse todos os orientandos dele. E que conduzisse cada pesquisa do modo que eu considerar melhor.

Sinto o sangue gelar sob a pele.

— Você vai querer que eu mude a minha tese?

— Não.

— Você ao menos acredita nela?

— Bri… — Ele trava, rígido. — Srta. Taylor, me desculpe.

Minha boca se entreabre e eu pisco devagar.

— Pela demora em marcar a reunião?

— Pela resposta que eu dei ao seu primeiro artigo na *Language*.

Não esperava ouvir isso dele. Não mesmo. Ainda mais depois da segunda resposta, há três meses, que, apesar de breve, parecia uma retratação tardia, sem nenhum comprometimento ou significado real.

— Eu não sou ingênua. Sei que o debate enriquece a pesquisa. O problema é que você não sugeriu caminhos, não trouxe ideias, não fez críticas construtivas. Simplesmente invalidou a minha pesquisa e condenou a minha tese.

Ele faz uma careta autodepreciativa.

— Eu não queria ter publicado aquela resposta, acredite. Escrevi num momento péssimo e deixei na pasta de rascunhos. Quando voltei à universidade, dias depois, meu assistente já tinha enviado. — Aperta a ponte do nariz, soltando o ar numa lufada, e somente depois acrescenta: — Acontece que a revista publicou. Cheguei a mandar uma retratação em resposta à sua réplica, mas eles não aceitaram. Eu… sinto muito.

Desvio o olhar para a janela e dou um suspiro pesado e involuntário.

Meu ego ferido se alivia um pouco com esse pedido de desculpa? Sim, mas não totalmente. Além de todas as portas que a crítica dele fechou durante muito tempo, foram dois meses de espera por uma reunião, enquanto Margareth Lancaster fazia questão de esfregar na minha cara que o dr. Ian Ferner já estava orientando a conclusão da tese dela. Meses de dúvidas. Que caminho seguir? E se eu não for orientada por ele, o que vou fazer? Quem vou procurar? A sensação de que eu não teria espaço no meio acadêmico, de que não conseguiria continuar pesquisando depois de formada.

E, mesmo que ontem eu tenha admitido para mim mesma que quero muito que ele me oriente, quero ainda mais que, se o dr. Ferner vai me orientar de fato, seja porque acredita na minha pesquisa, não por imposição do reitor ou por alguma questão moral oculta.

— Se tem uma coisa que as minhas tias me ensinaram, é que não devemos nos desculpar por falar aquilo em que acreditamos.

— Seria difícil explicar no que eu acredito agora — ele murmura de um jeito quase inaudível. Depois conclui, num tom mais firme: — Mas sei que, se você quiser, posso ajudar na sua pesquisa.

Concordo em silêncio, umedecendo os lábios. Vejo os olhos dele acompanharem o gesto com um leve estremecimento. A veia em seu pescoço pulsa mais rápido. Ele engole em seco. Meu rosto esquenta e minha garganta aperta.

— Já que estamos sendo sinceros… — digo, tentando sustentar a firmeza na voz. — Se o senhor vai realmente me orientar, preciso saber: está fazendo isso porque acredita na minha tese ou por algum tipo de pressão acadêmica?

— Eu acredito no potencial da sua tese.

Meus dedos tocam o relicário no pescoço, buscando coragem.

— Minha pesquisa é muito importante pra mim e, se o senhor não acha que ela acrescenta nada de relevante ao meio…

— Briana — ele me interrompe, e meu nome em sua voz é um choque elétrico.

O olhar intenso dele derruba minhas barreiras, e por um instante o ar parece rarefeito entre nós.

— Eu demorei para te procurar, para me aproximar e falar com você. Por isso lhe devo mais um pedido de desculpa. Saiba que tive motivos para agir assim.

Seu tom baixo e rouco, a proximidade da voz fazem o calor subir até minhas bochechas. Meu coração dispara, como se estivesse preso num compasso que Ian Ferner rege.

— Entendo.

— Mas, principalmente, eu estava atrás de um material que, se eu conseguisse, faria toda a diferença no embasamento da sua tese.

Inclino a cabeça, surpresa.

— Um material?

Um leve sorriso toca sua boca, enigmático, quase provocador.

— Sim. Algo que, se for comprovado, será uma das maiores descobertas do século na área.

Meu estômago aperta, não sei se pelo peso acadêmico do que ele disse ou pela forma como me olha ao pronunciar cada palavra, como se esse segredo fosse também uma promessa entre nós dois.

— E eu posso ver esse material?

Ele assente de maneira firme.

— Então concorda que eu te oriente?

Algo capaz de embasar minha tese. Algo que se for comprovado... Parece bom demais para ser verdade.

— Sim. Claro que concordo.

— Sendo assim, srta. Taylor, seja bem-vinda à nova etapa da sua pesquisa.

O vento uiva lá fora, batendo forte contra as janelas. Uma névoa espessa começa a cobrir a paisagem do castelo, como se o mundo estivesse prestes a desaparecer.

— Obrigada, professor Ferner.

— Pronta?

Faço que sim, o coração batendo mais rápido do que deveria, os dedos entrelaçados no colo para esconder a ansiedade.

As mãos grandes e firmes deslizam com calma sobre a caixa diante dele. O som do couro sendo aberto parece mais alto do que deveria. Ele retira, com um cuidado que não combina com sua postura austera, um livro de capa marrom-escura, encadernado em couro antigo. O título está gravado em letras douradas, já um pouco desbotadas, na lombada:

*Lo cunto de li cunti*, Giambattista Basile, 1637.

Congelo. O mundo ao redor se dissolve, exceto pelo som do meu coração, que agora bate tão alto que tenho certeza de que Ian consegue ouvir. Ele me pede licença com um aceno breve e se senta ao meu lado. O calor do corpo dele irradia em ondas sutis que me desconcertam.

— I-Isso é o que estou pensando?

— Você está pensando em uma das primeiras versões editadas de “Rapunzel”, “Cinderela”, “A Bela Adormecida” e outros…

— “Petrosinella.” “A Gata Borralheira.” “O Sol, a Lua e Tália…”

Minha voz sai trêmula. Ele apenas confirma com um gesto contido e coloca o livro sobre a mesa, bem diante de mim. A reverência disso quase me faz rir de nervoso. Mas não há graça aqui. Só espanto. E algo mais profundo.

— Como você conseguiu isso?

Ouço a respiração funda dele ao meu lado. Mas não consigo desviar os olhos da capa, como se ela pudesse desaparecer a qualquer segundo.

— Na noite do incêndio, recebi uma mensagem do bispo que coordena a biblioteca da Abadia de Admont. Ele me disse que alguns volumes raros haviam sido leiloados meses antes. Também me deu acesso à lista de obras e… dos compradores.

Ele toca levemente a capa com a ponta dos dedos.

— O dono anterior deste livro é um nobre sueco, amigo da minha família.

Meu coração dá um salto.

— E você comprou dele?

— Sim. Eu ouvi o que você disse naquele dia. Na biblioteca.

Pisco, sem saber exatamente o que ele quer dizer. Minha garganta seca.

— Está dizendo que comprou este livro porque me ouviu falando? Porque eu disse que estava procurando contos de fadas raros?

Ele mantém os olhos nos meus.

— Sim.

— Nós nem nos conhecíamos — continuo, sem conseguir disfarçar a confusão. — Você não acreditava na minha pesquisa. Eu… Eu não entendo. Por quê?

A sombra que passa pelos olhos dele é quase imperceptível, mas eu vejo.

— Sou um linguista. Um estudioso de literatura. Mas, acima de tudo, tenho motivos pessoais para ter comprado e analisado este livro.

A frase cai entre nós como uma porta entreaberta para um corredor escuro. Quero perguntar que motivos são esses. Quero respostas. Mas não pergunto.

Ficamos em silêncio por um tempo, apenas nos encarando.

Quando ele finalmente desvia o olhar, é para voltar à caixa onde estava o livro. Retira dois pares de luvas de nitrilo, do tipo usado para manipular manuscritos raros, e me estende um deles, sem dizer nada.

Nossos dedos se tocam por um segundo. É um gesto breve, preciso. Que parece acidental demais para ser apenas acaso. E, pela milésima vez desde que o conheci, eu me pergunto o que mais Ian Ferner esconde sob essa superfície controlada e misteriosa.

❄

Precisei me conter para não chorar em vários momentos depois que ele abriu o livro. Minha respiração mal passava pela garganta.

Estou tão feliz que poderia dançar a noite inteira, ou gritar. Ou beijar alguém. Olho para os lábios cheios dele e meu pulso acelera. *Não ele. Nunca ele.* Ou pelo menos é isso que repito para mim mesma. *Proibido.*

Estou uma bagunça. Mas, estranhamente, no melhor sentido possível.

Ian toca os símbolos com os dedos enluvados, deslizando por entre flores e folhas gravadas com tamanha sutileza que parecem prestes a desaparecer. São quase inidentificáveis, mas inegavelmente presentes.

Sinto um calor estranho subir pelo centro do meu peito. Começa como um formigamento leve, mas logo se espalha, morno e pulsante.

Meu relicário.

Mesmo por baixo da roupa, percebo que ele está mais quente. Parece vibrar como se tivesse um coração. Levo a mão até o local, pressiono com os dedos. O calor atravessa o tecido. Meu coração acelera e a pele do meu braço arrepia. Por um segundo, parece que o relicário respira junto comigo.

*Deve ser emoção, só pode ser.*

Afinal, tudo isso pode provar que algo maior do que um simples intercâmbio cultural conectou essas histórias. Pode provar que símbolos semelhantes foram registrados em lugares diferentes, tempos diferentes... compartilhados por povos que nunca se encontraram. Ou... pode provar que os símbolos no meu relicário significam algo mais que rabiscos sem sentido.

Sem tirar os olhos do papel, Ian diz, com certa hesitação:

— Se estes símbolos aparecerem somente nesta edição, podem não significar muita coisa.

Levo instintivamente a mão até o relicário outra vez. Quero contar que alguns desses símbolos estão aqui, gravados na superfície da joia que uso desde que me entendo por gente. Mas para isso eu teria que admitir que minha pesquisa é movida em parte por impulsos pessoais, intuitivos e sem comprovação.

Quando tivermos evidências mais concretas de que não se trata apenas de uma coincidência colossal, eu conto. Contarei tudo.

— Sim, você tem razão.

— Mas então... — Ian fecha o livro com cuidado. — Aí vem a parte mais absurda.

Ele puxa um bloco de anotações cuidadosamente preenchido, em que reproduziu os símbolos com precisão.

— Contei quantas vezes os símbolos se repetem na obra. São dezessete símbolos únicos, com algumas variações. E o mais surpreendente...

— É que eles aparecem em páginas específicas — completo, falando o que observei, sentindo um arrepio subir pelas costas. — E os números dessas páginas estão impressos ou escritos com uma tipografia diferente.

Ele me encara surpreso, até admirado.

— Sim, é isso mesmo.

Apesar de a tensão entre nós estar suspensa no ar como uma corda prestes a romper, eu tinha conseguido esquecê-la... até agora. Até ele lançar um olhar mais demorado para meus lábios e respirar fundo, como se sentisse exatamente o que eu estou sentindo.

Volto os olhos para as anotações dele, tentando me concentrar.

— Você anotou os números das páginas em que os símbolos aparecem?

— Não só isso. Eu percebi um padrão. Os símbolos não aparecem soltos, sempre vêm acompanhados de uma marca lateral: um tracinho, dois, três... ou até asteriscos. Por exemplo, na página 48, há um conjunto de símbolos com apenas um traço de cada lado. Já na 83, outro grupo, esse com dois traços. Depois, na 39, aparecem três traços. E em outras páginas o padrão se repete, só que com asteriscos; um na página 2, mais dois na página 37, e por aí vai.

Franzo o cenho observando a folha com as anotações dele e ouvindo-o prosseguir:

— Então comecei a pensar: não pode ser coincidência. Parece uma espécie de chave de leitura, como se cada marca indicasse uma ordem oculta. E, cruzando isso com os números das páginas, cheguei à conclusão de que a própria numeração de página também faz parte do código.

— São seis números na primeira sequência e cinco na segunda.

— Exato — ele vibra. — E o que isso te lembra?

Minha mente corre, montando possibilidades.

— Coordenadas?

— Sim.

— Latitude e longitude?

Ele não responde, mas está abrindo o Google Earth no computador à sua frente. Digita os números sem hesitar, como se tivesse feito aquilo mil vezes.

A tela começa a se mover... girando, se ajustando, aproximando...

Antes que a imagem se forme por completo, ele se vira para mim e diz, num tom quase sussurrado:

— É a localização exata da Biblioteca Nacional da França.

❄

Passamos quase meia hora conversando, analisando os símbolos, o acervo virtual da Biblioteca Nacional da França e o que pode significar se houver outros livros com as mesmas marcas. Há pouco, Ian me propôs que viajássemos até Paris neste fim de semana. Dois dias. Ele parece com pressa; no tempo que estivemos juntos, várias vezes o peguei esticando o pescoço, estalando os dedos, pressionando as têmporas, como se encontrar novas evidências fosse mais urgente para ele do que para mim.

Não que eu esteja reclamando. Se ele tem motivos pessoais para isso, além da pesquisa e da carreira acadêmica, que bom. A pressa dele é minha melhor amiga.

Quando atravessamos o corredor, Ian fecha a porta do escritório atrás de nós.

— Vamos ficar em hotéis diferentes e marcar de nos encontrar na biblioteca.

Ele quer distância. Talvez por cautela, talvez por princípio. Já eu só consigo pensar em como vou arranjar dinheiro para pagar a viagem.

— Não se preocupe, serei o responsável pelos custos da viagem — declara ele, parecendo ler meus pensamentos.

Por mais que eu queira, não posso concordar. Quão errado seria isso, de maneiras e por motivos diferentes?

— Muito obrigada, mas não posso aceitar.

— Pense nisso como um patrocínio de pesquisa.

— Você não é meu patrocinador.

Ele cruza os braços, parecendo irredutível.

— A universidade permite que professores cofinanciem pesquisas em que estão envolvidos. Vou comunicar a coordenação e faremos isso com transparência.

Me contenho e tento manter um tom profissional, mas meu sorriso enorme e minha vibração provavelmente deixam claro que o único patrocínio que consegui em dois anos de doutorado foi de uma livraria especializada em contos de fadas, cujos donos são amigos das minhas tias. E, claro, do fundo Emma Thurn & Cia.

— Tem certeza? — pergunto.

— Ainda não está claro que estou verdadeiramente interessado e quanto acredito no potencial da sua pesquisa?

Ele diz isso com a voz mais grave e baixa, num tom intimista e caloroso. E então levanta a mão, como se fosse tocar meu rosto. A simples ideia do contato faz minha respiração falhar.

— Uma borboleta. — Aponta para minha bochecha.

Antes que eu me dê conta, vejo-a bater as asas e voar para longe.

Assim que saio do escritório de Ian Ferner, agarro o celular e digito meio afobada no grupo com Kyle e Emma:

**Briana**

Preciso muito falar com vocês. Tem a ver com a pesquisa que você está me ajudando a fazer, Kyle. Sobre os livros e os símbolos no meu relicário.

**Emma**

Já estou em casa te esperando.

Dois minutos depois, a notificação de Kyle surge como um alívio:

**Kyle**

Chego em quinze.

Talvez, só talvez, as coisas não mudem entre nós.

Logo estamos todos no meu quarto: Emma, Kyle, minhas tias e eu. Conto tudo. Mostro as fotos da edição de *Lo cunto de li cunti* que Ian me deixou tirar antes de eu sair da sala dele.

Emma está deitada de costas na cama, olhando para o teto como se procurasse respostas no estuque.

— Alguém pode ter inserido esses símbolos e números depois que a edição foi impressa — sugere.

— O professor Ferner e eu pensamos nisso. Mas o livro está intacto. Sem rasuras, sem emendas. É como se tivesse sido impresso assim desde o início.

Kyle, na poltrona ao lado da janela, gira um dos anéis no dedo, absorto.

— E se esses símbolos forem um código? Algo usado por um grupo antigo para se comunicar em segredo?

Minhas tias se entreolham.

— O professor Ferner levantou uma hipótese parecida — digo, franzindo o cenho. — Mas isso ainda não explica por que os números das páginas com os símbolos formam coordenadas. Para outro país. Para uma biblioteca, na verdade.

Emma suspira, ajeitando a almofada sob a cabeça.

— E se for só uma coincidência absurda?

Dou de ombros, mas minha voz sai tensa:

— Nós pensamos nisso. Mas uma sequência tão precisa não parece coincidência.

— Não mesmo — murmura Isla, quebrando o silêncio das três.

Lanço um olhar estreito para elas.

— Vocês estão quietas demais. Estão se olhando daquele jeito... tipo quando queimaram aquele livro antigo caríssimo com uma vela e fingiram que era um feitiço. Como se estivessem escondendo algo.

— Está tudo bem, querida — diz tia Moira, doce, mas evasiva. — Só estamos pensando se isso pode ter alguma relação com o seu relicário.

O ar fica pesado no quarto. Isla lança um olhar rápido para as irmãs, como se quisesse falar mais e se contivesse.

— Será que a minha mãe teve acesso a um desses livros? — arrisco, sentindo o coração acelerar. — Será que mandou gravar o relicário por causa disso?

Fiona, que estava na beira da cama, se levanta e segura minha mão, dando três tapinhas de leve.

— Sim, faria sentido.

Mas nenhuma delas parece totalmente convencida. E o silêncio que paira entre nós traz mais perguntas que respostas.

— De uma coisa eu sei — diz Emma, se sentando de repente, os olhos faiscando com decisão. — Vamos pra Paris em três dias.

Arqueio as sobrancelhas.

— Vamos?

— Claro que sim. Eu não perderia a chance de estar ao seu lado quando você descobrir algo que é tão importante pra sua vida.

Solto um suspiro de contentamento e alívio.

— Vai ser perfeito não precisar ficar sozinha por horas numa biblioteca com o professor Ferner.

— Sem falar nas lojas e bares que vamos visitar em Paris.

Kyle não para de girar os anéis nos dedos e de passar a mão no cabelo. Parece nervoso, sem graça, ou os dois ao mesmo tempo.

— Bri? — diz, depois de mexer nos anéis outra vez. — Se importa se eu for junto? Prometo não afundar o nariz do Ian Ferner com a mão.

Dou um riso nervoso.

— Se você for, com certeza ajudaria bastante manter o sorriso dele no lugar.

Ele ri de leve, e por um instante acredito um pouco mais que nossa amizade vai sobreviver à declaração dele, ao beijo da tarde de ontem.

— É que… eu adoraria passar esses dias com vocês.

— Claro. Vou adorar se você for. De verdade.

Os lábios dele se curvam num sorriso cansado, mas verdadeiro.

— E vai ser bom ver de perto o que as minhas pesquisas ajudaram a encontrar.

Olho para minhas tias com firmeza, tentando soar séria.

— Sem oráculos dessa vez, está bem?

Elas resmungam em uníssono, cada uma com sua careta característica: Moira ergue as sobrancelhas num protesto mudo, Fiona suspira teatralmente e Isla murmura algo como "nunca é demais consultar as runas". Em seguida se levantam devagar, ajeitando saias e xales, como se arrastassem consigo a própria relutância.

Quando estão no corredor, ergo a voz, incapaz de segurar um sorriso cheio de carinho:

— Mas aceito bênçãos, ervas e cristais de proteção!

Ouço a risada abafada delas do outro lado da porta e, por um instante, o quarto parece mais leve. Mesmo com todas as perguntas sem resposta, sei que o amor delas me sustenta.

# 10

*Diferentemente dos feéricos, os humanos podem canalizar magia de até cinco ilhas distintas, mas manifestam no máximo um estigma de cada. Sua conexão com a magia é versátil, porém menos profunda. Ao contrário dos feéricos, que projetam magia pelas mãos, os humanos precisam de um condutor — geralmente um cetro, um cristal ou algum material orgânico — por onde a energia percorre o corpo e se projeta com segurança, como um fio terra. Sem ele, a canalização pode ser instável ou perigosa.*

— Trecho extraído do *Manual geral de estudos sobre a magia de Alfehim*

— Será que foi uma coincidência pura e simples?

Estamos há horas na Biblioteca Nacional da França, analisando minuciosamente uma pilha de trinta livros de contos de fadas e seus derivados, de épocas e autores diferentes.

E nada.

— Pode ser, mas ainda faltam cinco. — Ian está sentado à minha frente, usando óculos de grau cinza.

Kyle, que ama contos de fadas por causa do RPG, não desviou os olhos de Ian, como se a presença dele continuasse a ser uma ameaça. Os olhares ácidos são ignorados por Ian, o que deve deixar meu amigo ainda mais puto, se o conheço. Acabei de cutucá-lo por baixo da mesa e pedi, apenas movimentando os lábios:

— Para com isso.

Ele murmurou de um jeito sarcástico:

— Meus punhos estão bem longe dele.

Já os olhos de Emma estão vermelhos, e ela os esfrega de tempos em tempos.

— Estou exausta. Podemos fazer uma pausa? Acho que preciso sair e comprar alguma coisa.

Ian interrompe a análise do exemplar que está à sua frente e franze o cenho, olhando para mim.

— Pode ir, amiga. Eu… Eu vou ficar.

Sem dizer mais nada, ele volta para o livro. Emma revira os olhos e murmura só com os lábios:

— Máquina de gelo.

Ela diz isso porque, desde que nos encontrou aqui mais cedo, Ian Ferner não desviou a atenção do material que tem em mãos. Mal tocou no café que ela trouxe e deu apenas uns goles na água. Enquanto Kyle, Emma e eu nos distraímos de vez em quando com comentários aleatórios sobre os livros, piadas bobas ou críticas ao patriarcado estrutural exaltado por essas histórias antigas, Ian sequer reagiu.

Para nos fazer parar, bastava levantar os olhos azuis das páginas e nos encarar por alguns segundos. O olhar típico de professor exigente e rabugento. Kyle respondia franzindo o cenho e balançando a cabeça, num gesto contido.

— Vem comigo, Kyle? Quero comprar aquele chapéu que eu vi na vitrine da Louis Vuitton.

— Acho que prefiro ficar — afirma ele, olhando de mim para Ian. — Não vou deixar a Briana sozinha aqui com…

*Ah, merda.*

E, pela primeira vez desde que o cumprimentou mais cedo, Ian volta a prestar atenção em Kyle.

— Vai ser ótimo se você puder dividir o trabalho conosco e analisar essa última pilha, em vez de ficar olhando para a Briana como se ela fosse desaparecer.

Meu estômago gela quando Kyle alarga os ombros e se inclina para a frente, num gesto claramente ameaçador. Lanço um olhar desesperado para Emma, implorando em silêncio que ela faça alguma coisa — qualquer coisa — antes que a situação fuja do controle.

Ian também enrijece, como se finalmente aceitasse o desafio. Não faço ideia do motivo. Mas alguma coisa muda. É como se uma massa de ar congelado encontrasse outra em ebulição. O clima entre os dois fica pesado, tempestuoso, elétrico. De novo. *Mas que merda.*

Emma passa a mão pelo braço de Kyle e eu o encaro, perguntando baixinho:

— O que você está fazendo? Você prometeu.

Meu amigo inspira devagar antes de se levantar.

— Eu vou com você, Emma. Vai ser bom respirar ar puro — diz, olhando para Ian.

O maxilar de Ian trava, mas ele não responde. Ignora o que foi dito com uma autodisciplina invejável e volta para o livro que analisava. Emma dá um tapinha amigável no ombro dele antes de dizer, tentando descontrair o clima:

— Não vai congelar tudo ao redor enquanto estivermos fora, hein?

Assim que os dois se afastam, seguro o antebraço dele, que está retesado. Talvez Ian não tenha tanto autocontrole como parece.

— Desculpa. Não sei o que deu no Kyle…

— Esquece. Ele não gosta de mim, está claro. — Ele dá de ombros. — Não faz diferença.

— Acho que estamos todos cansados.

Ele esfrega o rosto.

— Você quer… precisa descansar?

— Não. Prefiro continuar.

— Acho que estou frustrado, só isso. Tinha certeza de que acharíamos algo aqui.

Aponto para a pilha de cinco livros que ainda precisamos olhar.

— Não se dê por vencido, ainda faltam esses.

Ele esboça um sorriso sem ânimo, como quem não acredita que eles revelarão alguma coisa.

— Quer saber? — Fecho o livro que acabei de olhar. — Vamos sair um pouco e tomar um café quente. Estamos aqui desde as oito horas, já passa das cinco e…

— Monsieur Ferner.

A voz feminina me detém. A bibliotecária que separou os livros para nós mais cedo se aproxima. O francês sai da boca da mulher rápido demais para que eu entenda tudo, mas um nome me atinge como um raio.

*Charles Perrault.*

O livro na mão dela tem capa de couro escura, envelhecida. Há alguma coisa nele. Alguma coisa que me faz prender a respiração.

Ela o coloca no meio da mesa antes de se afastar.

Ian murmura algo em francês. Eu não ouço. Só consigo olhar para o exemplar. *Histórias de tempos passados.* A obra que ajudou a definir o que hoje conhecemos como contos de fadas.

Meus dedos se fecham nas laterais da mesa.

— Eu não falo francês, mas… ela acabou de colocar aqui a primeira edição de *Histoires ou contes du temps passé*, de Charles Perrault, não foi?

Ian me encara. Os olhos dele brilham.

— Ela disse que o livro foi inserido no catálogo recentemente. Foi por isso que não o encontrou antes.

Meu coração dispara.

— Eu acho que…

Nós dois levamos as mãos ao livro ao mesmo tempo. Os dedos dele roçam nos meus. O toque é quente. Um choque corre pela minha espinha. Ele não se afasta imediatamente. Pelo contrário. Continua roçando de leve o indicador no meu.

É um carinho inocente. Até involuntário.

Mas eu percebo. Meu corpo percebe. Meu sangue esquenta nas veias, como se cada célula reconhecesse algo nele. É errado. É uma completa loucura e provavelmente iria complicar — e muito — minha vida. Ainda assim, preciso admitir: estou profundamente atraída por Ian Ferner.

Meu orientador de tese. O Diabo da Noruega. Um linguista tão influente e respeitado que quase destruiu minha pesquisa com uma única resposta publicada ao meu artigo. E, ainda assim, é o mesmo homem que agora, em uma reviravolta impossível, me entregou tudo o que eu sempre procurei. Talvez até mais do que eu ousaria imaginar.

A voz dele é rouca quando fala:

— Pode olhar primeiro.

Então ele afasta a mão e eu me forço a sorrir, disfarçando.

— Quer sentar aqui do lado e nós olhamos juntos?

Ele faz que sim.

Abro o livro e pego a lupa. Passo por uma página em branco. Pela folha de rosto. E então… os símbolos.

Os mesmos que passei horas da minha vida memorizando. Tentando decifrar. Meus olhos percorrem a página com rapidez. Estão aqui, logo na página 1. Minhas mãos esquentam. O número tem um pequeno traço lateral, um marcador de início.

Ian se inclina ao meu lado, atento, conforme passo para as páginas seguintes e encontro mais símbolos. Continuo virando as páginas devagar enquanto ele anota os números de uma possível nova coordenada.

— Um, sete, vinte e três… — ele repete em voz baixa. — A mesma lógica do livro anterior.

— Espera. Tem mais aqui. — Aponto para a base da página. — Cinco, depois quarenta e dois, trinta e seis.

— Isso já pode ser uma coordenada completa — murmura ele, puxando o celular do bolso. — Vamos conferir.

Ajeitamos a ordem e digitamos no Google Earth. A imagem gira, carrega, aproxima. Um ponto pisca na tela, nítido.

— Não pode ser — digo, prendendo a respiração.

— É Oxford — Ian confirma, um sorriso lento surgindo no canto dos lábios. — A biblioteca central. Inacreditável.

— Isso quer dizer que tem outro livro com símbolos por lá?

— Tenho certeza que sim.

Volto a folhear o exemplar, parando quando um dos símbolos parece acender. Literalmente acender.

Pisco devagar. Ele continua pulsando em um roxo incandescente. Como se estivéssemos sob uma luz negra e essa fosse uma cor neon.

— Você está vendo isso?

— O quê?

Eu me inclino sobre o livro, e é neste momento que sinto o relicário pender da minha blusa.

Ele encosta na página. De repente, todos os símbolos se iluminam de uma vez.

Um clarão enorme me cega. O barulho vem logo depois, ensurdecedor. Como se mil sinos tocassem ao mesmo tempo dentro da biblioteca.

As portas batem. Objetos caem. As janelas se estilhaçam. Pessoas gritam. Um estrondo violento me envolve.

E então tudo se apaga.

# 11

*Humanos que canalizam magia de uma ou duas ilhas são chamados bruxos. Aqueles que acessam três ou mais são reconhecidos como magos ou sacerdotisas — títulos não muito frequentes, associados a maior domínio mágico e prestígio em Alfehim.*

— Trecho extraído do *Manual geral de estudos sobre a magia de Alfehim: graus de poder entre bruxos, sacerdotisas e magos*

Abro os olhos com dificuldade. A claridade me atinge e, por um instante, tudo é um borrão. Piscando rápido, luto para ajustar o foco. As teias da inconsciência ainda me envolvem, mas minha mente começa a despertar.

Meu coração dispara.

Onde estou?

Por um instante, penso que o azul-turquesa diante de mim é apenas um lago refletindo o céu. Mas então percebo o contorno das pedras brancas que se projetam na água e perco o fôlego: um castelo imenso, tão deslumbrante que parece arrancado das páginas de um conto de fadas. Nove torres se erguem altivas e, no centro, uma ainda mais alta deixa escapar pelos vitrais um feixe de luz quase ofuscante, como se um pedaço do sol estivesse aprisionado ali dentro. Mais adiante, bosques e jardins com milhares de flores, e o céu é de um azul tão profundo que é quase lilás, com nuvens rosadas que se desfiam no ar como fios de seda.

Com expectativa crescente, continuo analisando a paisagem ao redor… e de repente eu vejo.

Uma mulher está sentada sob uma árvore, mordendo uma maçã dourada. *Sim, dourada.* Meu instinto grita que isso não faz sentido, mas a árvore, uma macieira, está carregada de frutos iguais.

Ela sorri de leve e guarda a maçã no bolso do vestido longo e fluido, amarrado na cintura com um cinto de ouro. As mangas esvoaçantes dão um ar etéreo à peça.

— Olá. Você demorou para acordar — diz ela, com voz serena e olhar amoroso.

— Eu… Eu estou sonhando? — Minha voz soa distante.

— Isso parece um sonho para você?

Faço que não com a cabeça.

— Eu… morri?

Ela sorri, paciente.

— Não. E não está sonhando. Apesar de estar em um lugar feito da mesma substância dos sonhos.

O céu muda outra vez, agora em tons alaranjados.

— Onde estou?

— As respostas virão, Briana. Se você quiser. Imagino que esteja aqui por isso. Para ter as respostas que sempre procurou, não é?

*Meu passado.*

— Minhas origens?

Ela assente, soltando um suspiro leve.

Ficamos em silêncio. Há um entendimento entre nós que não precisa de palavras, como se sempre tivéssemos nos conhecido. Então, ela estende a mão. A manga cobre quase tudo, deixando à mostra apenas os dedos delicados.

— Se segurar minha mão, você vai encontrar essas respostas. Mas se não quiser vai acordar em sua vida atual. Isso tudo terá sido apenas um sonho.

Respiro fundo. Não sei que lugar é este, só sei que parece mágico. E a magia sempre esteve comigo de algum jeito. Nos contos de fadas que eu amo. No relicário com o dragão que foi encontrado comigo. No chalé de pedras, quase encantado, onde cresci com minhas tias. Nas visões que, quando passam, deixam a sensação de ter sido um sonho.

Talvez isso aqui seja só mais uma ilusão. Mas... e se não for? E se for real? Seria covardia não querer descobrir?

O problema é o outro lado dessa pergunta: e se eu não conseguir voltar?

— Se eu aceitar, vou voltar para a realidade?

— E o que é realidade para você?

Meu coração aperta. Penso em tia Fiona bordando borboletas cor-de-rosa, em tia Moira lançando as runas com aquele olhar que sempre me deixa inquieta, em tia Isla cantarolando baixinho enquanto cuida das ervas no quintal. Meu lar. Minha vida.

Kyle. Emma.

E... os olhos azuis de Ian Ferner.

Ele não deveria estar aqui. Mas está.

— O amor é real — murmuro.

Ela sorri.

— Sim, Briana. E esse vai ser o seu caminho de volta para casa, sempre. Seja onde for o seu lar.

Ela tira a maçã do bolso. Fecha a mão sobre ela. Uma luz roxa e magenta se mistura a sombras. Quando abre a palma, há apenas uma semente.

— Como...?

Então ela repete o gesto. A luz retorna. Agora, a maçã está decomposta.

— O que é isso?

— Para te mostrar que tempo e realidade são ilusões. Se você aceitar, quando voltar ninguém terá sentido a sua falta. E você não sentirá falta de ninguém enquanto estiver lá.

Ela guarda a maçã, intacta novamente, no bolso.

— Como isso é possível?

— Se aceitar, você pode descobrir.

Estendo a mão, hesitante.

— Qual o seu nome?

— Morgana.

Fecho os olhos e toco a mão dela. Uma ventania nos envolve como um furacão. Sua voz corta o caos:

— Você vai ver, sentir, viver como se estivesse em meu lugar. É o único jeito de lembrar, de receber. De entender que tudo o que fiz… foi por amor a você.

O vento uiva.

— Quem é você? Para onde vai me levar?

— Para Alfehim. E sou alguém que daria tudo para ter visto você crescer.

Um clarão me cega. Os sons mudam: corvos gritam a distância. O aroma de flores dá lugar ao cheiro de terra molhada.

# 12

*Entre as magias mais antigas da ilha Crepuscular de Alfehim, as miragens temporais permitem que memórias sejam compartilhadas como experiências vívidas e sensoriais. Quem conjura doa fragmentos do próprio passado, e quem aceita a chave mergulha neles como se fossem reais. No entanto, quanto mais intensa a lembrança, maior o risco de confundir miragem com realidade — e de se perder no tempo.*

— Trecho extraído do *Grimório de magia da ilha Crepuscular: feitiços avançados*

## 1500
## Morgana Le Fay

— Srta. Morgana? — chama uma voz feminina atrás de mim.

Quero ficar aqui. Não quero lidar com isso agora. Às vezes consigo criar uma bolha ao meu redor, um vazio onde a dor, a saudade, o medo, a raiva e a culpa desaparecem. Mas nem sempre consigo acessar esse lugar. E hoje, mais do que nunca, eu preciso dele.

— Morgana — a voz se aproxima, doce e acolhedora —, eu sei que está sofrendo. Também perdi minha mãe muito cedo. Eu entendo.

Meus olhos ardem. A muralha que construí começa a ceder.

— Você está me atrapalhando — murmuro.

Ela para ao meu lado.

— Sua mãe foi uma mulher extraordinária. Pena que nunca tenha aceitado meu convite. Talvez se tivesse dito sim — ela aponta para a lápide — essa história tivesse outro desfecho.

As lágrimas escorrem. A dor volta com força, cortando o ar dos meus pulmões. Soluço.

— Quem é você? O que sabe da minha mãe… de mim? Você é uma estranha.

Só então me viro. Os olhos dela são amarelados. O cabelo, grisalho, contrasta com os traços jovens. Muito jovens. Usa um vestido cor de vinho luxuoso, cravejado de joias. Ela sorri com uma tristeza contida.

— Eu sei que sua mãe amou seu pai. Sei que ele não se casou com ela por ser um nobre. E sei, Morgana, que agora você está sozinha. Vai ter que sair da casa onde vive, porque ela pertence a um tio que provavelmente será cruel se você ficar.

Meu queixo treme. As palavras são duras. Pior: são verdadeiras.

— Eu posso continuar trabalhando. Costuro desde os dez anos, isso não vai mudar.

Mentira. O pouco que ganho não sustenta ninguém. E, sem um lar, não sei o que será de mim.

Ela pousa a mão no meu ombro com tanto carinho que novas lágrimas brotam dos meus olhos.

— Sei também que tem dezesseis anos, mas desde pequena consegue… certas coisas.

Arregalo os olhos. Ninguém sabe disso. Mamãe sempre disse para esconder. Alguns respeitam. Outros temem.

— Não precisa negar — ela continua. — Quando cheguei, você estava bloqueando suas emoções. Um dom raro. Mas se perdeu rápido.

— Você me desconcentrou.

Ela sorri.

— No lugar para onde quero te levar, você aprenderá a controlar esse e outros dons. Poderá aprender a curar pessoas.

— Eu poderia ter curado minha mãe?

Ela faz que sim. E mais lágrimas rolam quando o peso das lembranças me esmaga. Mamãe sufocando na cama, febril, implorando por alívio. Por dias. Noites. Horas intermináveis. Nunca mais quero ver alguém que amo sofrer assim. Nunca mais.

— Lá você terá amigos, uma nova casa, uma nova família. Será respeitada, requisitada até mesmo por reis.

— Meu pai?

Ela confirma com a cabeça.

— Você pode ser grande, Morgana. Uma sacerdotisa.

Olho para o nome da minha mãe na lápide. Depois para a mulher à minha frente. Ela estende a mão, a palma aberta.

— Vamos?

Limpo a terra das mãos na saia e pouso a palma sobre a dela.

❄

Entro correndo no enorme castelo. Estou atrasada, *de novo*. Minha professora de magia primaveril vai me matar.

Já se passaram seis meses desde que me mudei para a Universidade de Magia, na nona ilha de Alfehim — a ilha da Universidade. Alguns a chamam de ilha Neutra, porque aqui não existem fronteiras de etnia ou origem: alunos de todas as ilhas convivem lado a lado, dividindo salas, corredores e bibliotecas. Além do prédio colossal da universidade, a ilha também abriga o tribunal, tão imponente quanto silencioso, como se guardasse em suas paredes cada julgamento que já decidiu o destino deste reino.

Passo pela sala comunal e vejo a flâmula das nove ilhas tremulando no alto. Precisava trocar de roupa antes da aula de botânica, mas não vai dar tempo: o dormitório dos bruxos fica do lado oposto de onde eu já devia estar há cinco minutos.

Entro na biblioteca sem diminuir o ritmo e cruzo o setor da ilha do Outono. O cheiro de canela, noz-moscada e cedro invade meus sentidos. As folhas alaranjadas e mágicas caem sem parar. Uma delas gruda no meu rosto. Resmungo um palavrão enquanto a retiro, ignorando os olhares recriminatórios dos alunos que estudam em cantos com luzes mágicas e escrivaninhas entalhadas, como se tivessem saído de árvores gigantes. Corvos de pedra, que só movem os olhos, guardam as estantes de livros sobre as magias outonais.

A biblioteca é dividida em nove setores, um para cada ilha. A área Primaveril — onde eu deveria estar — é a última. Ainda tenho chão pela frente. Sorte que o setor da ilha dos Elementais é instável demais para ficar no mesmo prédio. Um a menos.

Corro pela ala do Inverno sem reparar direito na aurora boreal no teto, nas estantes de cristal ou na neve etérea que cai constantemente. Espectros luminosos de ursos-polares e lobos passeiam entre as estantes e ajudam a manter a ordem das prateleiras.

Atravesso as sombras da seção da ilha Crepuscular, iluminada por lanternas azuladas e roxas. O teto mostra um crepúsculo eterno, lilás, rosa e dourado num céu azul profundo, com uma lua crescente ao centro. E um sol poente atrás de uma cordilheira criada com magia. As estantes exibem livros de ilusão, visitas em sonhos e leituras do futuro. Suspiro, sem conseguir esconder: é a seção que mais me fascina.

Sigo para o setor do Tempo, anexo ao da ilha Crepuscular. Ampulhetas flutuam pelas estantes. Um relógio no chão murmura junto ao tique-taque constante:

— Você está atrasada.

*Como se eu não soubesse.*

Ignoro os sussurros dos livros sobre meu passado e as promessas do futuro. Um arrepio percorre minha pele quando cruzo a última ala da biblioteca deste setor. Magia das sombras.

A parte dedicada a ela na ilha Crepuscular é a maior de toda a universidade. Feitiços proibidos de viagem no tempo, manipulação da realidade e a polêmica magia das sombras. O setor é sempre protegido por um escudo arroxeado, denso e intransponível, além de dois dragões de pedra que, dizem, são capazes de queimar quem tenta entrar sem permissão. E acredite: quase ninguém tem acesso a esta área.

Eu me apresso pelos corredores dourados da ilha Solar. Tudo brilha aqui. Feixes de arco-íris dançam pelas superfícies, e as pedras preciosas que decoram as paredes me fazem sentir no interior de uma coroa. Leões dourados criados com magia guardam as estantes de feitiços avançados.

Uma ondina espectral tenta me distrair cantando entre os livros da ilha das Marés.

— Desculpa, não posso ouvir agora.

Ela revira os olhos e mergulha no oceano mágico que circunda o setor.

Esbaforida e quase galopando, atravesso a biblioteca das Bruxas. As estantes rústicas se estendem até onde a vista alcança com um feitiço de propagação, enquanto velas flutuantes e espectros de corvos circulam entre os nichos de leitura. Um livro que, consigo ver, trata de feitiços para criar tecidos e bordados murmura:

— Você não devia entrar aqui com essas roupas simplórias.

Olho para o vestido: tecido branco fluido, avental verde. Perfeito para atividades ao ar livre, não para aulas internas.

— Eu sei, pelo menos trouxe meu cetro.

Parada em frente à enorme estante de poções e alquimia, entre heras e fumaças coloridas que alguns livros fazem brotar e exalam, Elara Silverwood, diretora do setor Avalon da universidade, a mulher que me trouxe até aqui meses atrás, está de braços cruzados me encarando.

— Atrasada de novo para a aula da professora Astreus, Morgana.

Não é uma pergunta, mas ainda assim eu respondo, sem parar de correr:

— Sim, desculpe.

— Depois falamos sobre isso, agora corra! — ordena Silverwood, com uma autoridade inquestionável.

Entro finalmente no setor da ilha Primaveril. Um salão de teto altíssimo se abre diante de mim, com afrescos encantados de ninfas dançando entre vinhas douradas. Lustres de cristal verde brilham com luz solar aprisionada. Estantes vivas, de madeira entrelaçada, guardam tomos raros de magia botânica e encantamentos sazonais.

O chão de mármore branco tem veios de ouro. Tapetes florais exalam um aroma de lavanda e jasmim. Janelas arqueadas, cobertas por heras, deixam entrar a brisa fresca da primavera. Lá fora, jardins suspensos, flores e fontes cristalinas.

É sempre deslumbrante. E, se eu já não estivesse sem fôlego, o cenário tiraria o meu. As portas mágicas sentem minha presença. Os galhos e flores que as decoram se movem, abrindo passagem.

Entro na sala. A decoração continua exuberante. A diferença são as mesas e cadeiras douradas, com estofado verde, rosa e azul-claro.

Alguns alunos erguem os olhos de vasos com flores murchas, provavelmente tentando regenerá-las, mas a maioria continua concentrada. Todos vestem um uniforme luxuoso em tons de verde-musgo, dourado, branco e lilás.

Fico sem ar quando a professora Lyrianna Astreus me encara. Ela é uma feérica da primavera, alta, de cabelos dourados e olhos de um verde suave. Seu olhar percorre meu corpo de baixo a cima: pés descalços, vestido campestre sujo de terra, cabelo solto e provavelmente desgrenhado.

A professora suspira fundo, ajeitando uma joia intrincada atrás da orelha. Um gesto sutil, mas carregado de significado.

Lembro das palavras de Elara Silverwood em uma das minhas primeiras aulas:

— As orelhas dos feéricos não são pontudas, como alguns ilustram. O que dá esse formato são os canalizadores, joias encaixadas ali. Feéricos canalizam magia somente da ilha de origem, e os canalizadores ampliam esse poder. Já nós, bruxos, precisamos de cetros, cristais ou materiais orgânicos. Canalizamos magia de várias ilhas, mas só com um objeto mágico. A magia deles é mais pura e potente. A nossa, mais versátil.

A voz firme da professora Astreus me arranca das lembranças:

— Sente-se, srta. Morgana. Estamos aprendendo a regenerar uma flor. Como você perdeu os primeiros vinte minutos, terá dificuldade para acompanhar. Uma pena. Se não conseguir regenerar ao menos uma planta inteira até o fim da aula, vou descontar cinco pontos seus.

Prendo a respiração. Vários pares de olhos se voltam para mim. Toda vez que uma bruxa erra, é reforçada a ideia de que não somos preparadas para lidar com magia. Droga. Acontece que, em seis meses aqui, nunca consegui regenerar uma planta por completo. Isso significa que esses pontos estão perdidos. E não é justo.

Eu me sento ao lado de Indira Lumes, minha melhor amiga desde que chegamos a Alfehim; ela é da Irlanda e eu do País de Gales. O cabelo ruivo dela está preso em um coque impecável. Com movimentos graciosos, Indira gira seu cetro prateado e entoa palavras mágicas. As folhas se agitam levemente, mas não se regeneram.

— Desculpa — murmuro.

Ela apenas balança a cabeça, como quem diz: "Está tudo bem".

— Conseguiu achar a púrpura, pelo menos?

Indira é a única que sabe que estou tentando conjurar um feitiço avançado da ilha Crepuscular: doce morte. A flor púrpura é o antídoto. O encantamento faz um ser vivo perder todos os sinais vitais por meses — até anos — e depois despertar como se nada tivesse acontecido. Não é difícil conjurá-lo. O verdadeiro perigo está no tempo: quanto mais longo o sono, mais arriscado se torna o retorno.

Eu me inclino e cochicho:

— Achei a púrpura, mas o coelho que coloquei pra dormir ainda não acordou.

Ela solta uma risadinha nervosa.

— A púrpura não era o antídoto?

Faço que sim.

— Devia ser.

— E se ele não voltar?

— Coitadinho, nem fale isso. Vou tentar de novo assim que acabarem as aulas de hoje.

Tiro o cetro do bolso do avental e lembro da primeira vez que o vi ser criado. A professora Silverwood me levou até o artesão de cetros de Alfehim. Ali, feéricos, bruxos e elementais trabalhavam juntos. Gnomos derretiam metais, fadas sopravam encantos. Uma gota do meu sangue foi misturada aos quatro elementos. E, num instante, meu cetro estava pronto.

Agora, seguro a haste fina de cinquenta centímetros. A ametista no topo brilha com a magia concentrada.

Mas… o que eu faço mesmo?

— E agora?

— Diga *regnéras* e gire o cetro no sentido horário três vezes e meia…

— Se vocês não pararem de conversar, srta. Indira e srta. Morgana, irão para a sala da diretoria — comunica Astreus, sem alterar o tom sereno, mas afiado.

Um grupo de feéricos primaveris ri ao nosso lado. Estreito os olhos para eles.

Odeio quando feéricos nos encaram como se fôssemos inferiores. Como se contaminássemos a terra deles por ousar estudar aqui, aprender as mesmas coisas, respirar o mesmo ar. Somos feitos da mesma essência. Só que, como canalizamos a magia de forma diferente — e eles mantêm a juventude eterna mesmo fora de Alfehim, enquanto nós, bruxos, só deixamos de envelhecer enquanto estamos aqui —, acabamos sendo vistos como inferiores por alguns.

Respiro fundo. Volto a encarar a planta diante de mim. Olho para o relógio flutuante sobre o púlpito. Tenho uma hora e meia. A professora Astreus continua me observando.

Uma hora e dez minutos depois, quase toda a classe conseguiu regenerar pelo menos uma folha. Já minha dália teimosa continua completamente seca.

Respiro fundo, fecho os olhos e me esforço para sentir a vida, a magia. Me conecto com a terra ainda colada aos meus pés, com o cheiro das flores que carrego no bolso, com riachos e árvores, com os morangos doces de Alfehim. Visualizo a energia verde-clara da primavera correndo pelo solo, subindo pelas raízes, atravessando flores e galhos, até passar pelo meu corpo e se fundir com o cetro pulsando na minha mão, como se respirasse comigo.

Então murmuro:

— *Regnéras.*

Coloco o coração na palavra. Sinto a magia vibrar em mim como um ser vivo.

Um clarão explode pela sala, acompanhado por um perfume intenso de mil flores. Quando abro os olhos, minha dália está viva, mas não só ela. A planta de Indira, antes apenas em parte curada, floresceu completamente. Vasos que ainda não tinham reagido agora transbordam de vida. Brotos surgem, pétalas coloridas preenchem o ar. Uma chuva de flores cobre a sala.

— Quem fez isso?

— Foi a bruxa Morgana.

Viro o rosto devagar. Os olhos surpresos — e admirados — da professora Astreus dizem tudo: fiz mais do que o esperado.

Meu cetro esquenta. Meu antebraço arde.

Arregalo os olhos quando a pele do meu braço começa a se transformar. Um traço verde se desenha sozinho, como se alguém estivesse bordando; um galho florido, iridescente, pulsa em cores sutis. Ele brilha forte por um instante e depois quase desaparece, mas basta a luz tocar meu antebraço para que volte a se revelar, delicado e impossível de ignorar.

Um sorriso curva meus lábios. Fico hipnotizada pelo padrão floral cintilando e meu coração dispara. Ergo o cetro e, em resposta, pétalas reais começam a despencar do teto, rodopiando ao meu redor. O encanto não foi intencional, mas parece impossível deter a magia que pulsa em mim. *Eu conquistei meu primeiro estigma.*

Os bruxos podem ter um único estigma por ilha. Já os feéricos conseguem até dez estigmas, limitados a suas ilhas de origem. Um estigma é o sinal de domínio de determinada magia. Um reconhecimento de Alfehim a sua capacidade de canalizar.

— Você se graduou na magia primaveril! — Indira exclama, radiante. Ela se volta para a professora: — Professora Astreus, Morgana recebeu um estigma da ilha Primaveril. Quantos pontos ela ganhará por isso?

Astreus caminha até mim e eu viro o antebraço para mostrar o estigma com orgulho.

— Parabéns, srta. Morgana. Você recebe dez pontos.

Murmúrios e comemorações discretas se espalham enquanto o sino toca, encerrando o período. Os feéricos dessa ilha continuam com estudos avançados. Os bruxos seguem para a aula da próxima ilha.

Ainda estou admirando meu estigma quando uma sombra se projeta à minha frente.

— Srta. Morgana, estou certo? — diz uma voz grave.

Confirmo, erguendo os olhos. Ele veste calça marfim, camisa branca com botões em forma de folhas cristalizadas e paletó verde-escuro bordado com vinhas douradas. Um broche de três flores entrelaçadas sob uma coroa brilha no peito, símbolo claro da sua nobreza feérica. Mas não é isso que me faz perder o ar. É o rosto: angelical, com um sorriso discreto nos lábios cheios e olhos da cor da esmeralda mais pura. Os cabelos loiros, longos e sedosos, parecem irreais. Das mãos dele emana uma luz verde suave, que se transforma lentamente em uma coroa de flores de Gales, minha terra de origem.

— Posso? — ele pergunta, com um sorriso sutil.

Assinto, surpresa. Ele coloca a coroa sobre meus cabelos e olha para o teto.

— Vestida assim, você parece uma ninfa.

Levanto os olhos também. No afresco acima, ninfas riem e se coroam com flores, imitando exatamente o gesto dele. Seja quem for, é poderoso o bastante para que as próprias pinturas o reconheçam.

Não costumo flertar com feéricos. Nem falar com eles. Mas algo neste aqui me deixa… meio boba. Sinto o rosto corar.

— Obrigada.

— Me chamo Soren Nickdell. Muito prazer.

Indira faz uma vênia imediata.

— Alteza.

Tento imitá-la, mas continuo paralisada. O príncipe da ilha Primaveril? Claro que é ele. Mas o que faz aqui? Numa aula para iniciantes?

Ele parece ler minha mente:

— De vez em quando assisto às aulas da minha ilha para conhecer novos talentos. E você, srta. Morgana, com certeza é um deles.

Engulo em seco, tentando sorrir apesar do coração disparado.

— Sou um dos regentes que prezam por ter bruxos, sacerdotisas e magos em sua corte. Quando se formar, as portas da ilha Primaveril estarão abertas para você.

Nem todos os príncipes aceitam bruxos, magos e sacerdotisas em suas ilhas — muito menos em suas cortes. Ele se afasta com a mesma naturalidade com que chegou, seguido por um séquito de feéricos que eu não tinha notado antes. Restamos Indira e eu, com sorrisos tolos no rosto, duas garotas enfeitiçadas pela beleza inatingível da magia primaveril.

# 13

*Mestiços nascidos da união entre feéricos de ilhas diferentes mantêm uma conexão mágica rara e poderosa. Podem canalizar magia de ambas as linhagens e manifestar até vinte estigmas — dez de cada ilha de que descendem. Essa capacidade os torna excepcionalmente fortes, mas também alvo de desconfiança. Para alguns, eles são símbolos de equilíbrio e renovação; para outros, um risco ao controle tradicional da magia em Alfehim.*

— Trecho extraído do *Tratado de linhagens feéricas*

Estou segura. Dois braços fortes me envolvem, e minha cabeça está apoiada em algo firme, com um cheiro amadeirado e familiar. Bom. Abro os olhos e encontro o par de íris azuis que tem tirado minha paz nos últimos dias, ou meses.

— Você acordou — ele murmura antes de beijar minha testa de leve.

Ian Ferner. Ele está me carregando. Para onde?

Olho ao redor, atordoada. Estamos na Biblioteca Nacional da França. Sirenes, fumaça, vozes sobrepostas. *Um caos.*

Os olhos aflitos dele me analisam, e sua voz soa tensa:

— Achei que você fosse ficar presa. Achei que…

— O quê?

Ele continua andando. Parece que estamos descendo as escadas da biblioteca para a rua.

— Eu achei que... — Mais um beijo na minha testa. — Você ficou desacordada por cinco minutos, mas...

As lembranças ainda vivas do que sonhei, ou do lugar que visitei, desfilam pela minha mente recém-desperta. Uma loucura. Nunca tive uma visão ou sonho tão vívido, tão... absurdo. Meu braço direito arde. Queima. Não foi um sonho. Não pode ter sido. Olho ao redor com a respiração descompassada.

O que aconteceu? O que está acontecendo?

Quero gritar.

— Estão investigando. Parece que alguma coisa explodiu.

Meu estômago revira ao ver...

— Sangue? Eu me feri? Você se feriu?

— Seu braço está cortado. Não é profundo, mas voaram estilhaços de vidro e...

Meus lábios tremem.

— E?

— Duas pessoas que estavam perto da nossa mesa se machucaram bastante.

— Ah, meu Deus. — Cubro os lábios com os dedos trêmulos. — Kyle? Emma?

Ele termina de descer as escadas.

— Devem estar bem. Ainda não voltaram. A área está isolada.

Minha cabeça gira. É como se meses tivessem passado em apenas cinco minutos.

Todas as lembranças, o que vi, o que aprendi, o que senti, continuam aqui. Não como fragmentos de um sonho, ou mesmo de uma visão, igual às outras que já tive, mas como uma avalanche prestes a me engolir. Estão vivas. Pulsando. Transbordando pelos meus poros.

Um mundo novo. Magia, livros que sussurram, feitiços ancestrais. Nove ilhas. Feéricos, bruxos. Vozes que falam de um tempo passado, de um destino que ainda não compreendo. Meus amigos...? Sim. Acho que sim. *Sinto* que sim. Seus rostos estão comigo. As vozes, as risadas. Suas frustrações e sonhos.

Onde eu estive? Como voltei?

Minha cabeça dói. Meus pulmões não dão conta de respirar. Ian percebe e me segura com mais força. Seu corpo é o único ponto fixo num mundo que parece ter se deslocado do eixo.

— Estou com febre? — pergunto, aflita. Só posso estar fervendo de febre, como das outras vezes.

Ele toca os lábios na minha testa, um jeito íntimo de medir a temperatura.

— Não, você está gelada.

— Ah, droga. Então quer dizer que aquilo… todos aqueles meses, foi tudo real?

— O quê?

— Eu não sei, eu… — Paro, tentando acalmar a respiração, mas não consigo.

— Olhe para mim. Fique comigo.

Os olhos dele, os braços ao meu redor me puxam de volta para a realidade. Para minhas últimas memórias antes de tudo.

— Fui eu que fiz isso? Quer dizer, meu relicário tocou o livro… eu vi uma luz enorme e então… sonhei ou vi coisas que não existem.

— Está tudo bem.

— Foi tão real. O cheiro ainda está nas minhas narinas.

— Olhe para mim — ele repete.

— Estou ficando louca? Estou em choque?

— Não, Briana. Vamos ter as respostas. Eu te prometo.

As sirenes ecoam ao redor, misturando-se às luzes azuis e vermelhas. Flashes, câmeras, pessoas filmando com celulares.

Perguntas disparadas de várias direções:

— Vocês se machucaram?

Ian arregala os olhos antes de responder:

— Não. Estamos bem.

Minha mente se turva com as lembranças do que vivi. Ou sonhei.

— Quem é ela?

— Quem é essa jovem?

— Vocês estão juntos?

Ian me envolve mais, como se para me proteger. Apenas neste momento percebo que estou envolta pelo sobretudo dele. E só o que consigo pensar é... *Que porra está acontecendo?* Ele responde algo para os repórteres que não consigo entender.

Um policial se aproxima.

— Senhor, senhorita, vocês estão bem? Precisam de atendimento médico?

— Não — Ian responde.

— Senhorita? — o policial insiste.

— Me coloca no chão, Ian. Eu consigo andar.

Ele hesita, mas obedece. Flashes disparam na nossa direção.

— Estou bem — digo ao policial.

— Vamos precisar que vocês respondam algumas perguntas.

Ian me olha antes de murmurar:

— Tudo bem?

— Sim — digo, mas minha voz sai fraca.

Eu só quero ir embora. Voltar para o conforto da minha casa, para o cheiro de camomila e um chá de ervas de tia Isla. E, sim, quero entender.

Morgana Le Fay. Alfehim. A Universidade de Magia.

As aulas. Os feitiços proibidos. Os estigmas.

Nada disso deve ter levado mais que alguns minutos no mundo humano, mas para mim foi como um mergulho sem fundo, um tempo suspenso, fora do tempo. Sinto a urgência de respirar, de agarrar o ar como quem se agarra a uma corda. Só que ele não vem por inteiro. É rarefeito, escasso, como se não houvesse espaço suficiente em meus pulmões. Minha visão escurece. Meus ouvidos zunem. O chão se inclina um pouco. Ou sou eu?

Dou um passo em falso e Ian me segura num reflexo rápido, o braço firme ao redor da minha cintura. Ele se vira para o policial com o cenho franzido:

— Ela está em estado de choque. Precisamos fazer isso agora?

Pisco devagar, o rosto dele entrando em foco.

— Estou?

Seu rosto se suaviza quando ele me responde em norueguês antigo:

— Acho que não. Mas eles não precisam saber.

— Serão só algumas perguntas — o policial insiste.

Suspiro devagar, assentindo. Pouco depois, estamos respondendo a perguntas genéricas, racionais. Realistas demais perto de tudo que experimentei.

— O que aconteceu antes de você desmaiar?

— Você desmaiou antes ou depois da explosão?

— Viu alguém suspeito na biblioteca?

— Algumas testemunhas afirmam ter visto pessoas de capuz azul circulando. Vocês viram algo parecido?

— Não — respondemos quase ao mesmo tempo.

Então, ao nosso lado, alguém murmura, com a voz tomada de pânico:

— Eles… não eram humanos.

O policial se vira para a mulher.

— Como assim?

Ela se agita mais.

— A pele era branca como papel. Os rostos, cadavéricos. Os olhos… pretos. As bocas… — a mulher soluça — cheias de dentes. Como milhões de agulhas escuras. — Ela respira fundo, trêmula. — E aí tudo ficou gelado. Um frio que entrou nos ossos. Os vidros estouraram e as pessoas se machucaram.

— Ela não está bem — o policial diz.

— Estou sim! Eu sei o que vi! Eu juro! São monstros! Eles…

A voz dela vai diminuindo conforme os paramédicos a levam para longe.

Ian Ferner está rígido ao meu lado.

— Isso é verdade? — Eu me viro para ele. — Você viu algo assim?

Ele respira fundo e não responde. Em vez disso, aperta minha mão.

— Tudo vai ficar bem.

O policial se volta para nós dois.

— Vocês estão liberados. Se precisarmos de mais informações, entraremos em contato.

Olho para a frente e vejo Emma e Kyle correndo na minha direção. Um policial libera a passagem para eles.

— Eles estão com os dois.

Quando Kyle chega até nós, lança um olhar rápido na minha direção — como se estivesse checando se estou bem — e avança certeiro para cima de Ian. Torcendo a gola da malha dele, ruge entre os dentes:

— Você tem alguma coisa a ver com essa merda?

O impacto dos corpos me afasta e eu cambaleio para trás, perdendo o equilíbrio. Ian me segura antes que eu caia e responde com o maxilar travado:

— Não encosta em mim, seu filho da puta.

— Parem! — grito.

Policiais os separam. Eu me viro para Kyle e uso o que me resta de força para dizer:

— Eu te amo, Kyle, mas você está sendo um idiota. Pare de agir assim.

❄

No caminho até o hotel, Kyle se desculpou uma dezena de vezes. Disse que não tem uma sensação boa na presença de Ian Ferner e que vai manter distância dele, evitando próximos encontros, já que não consegue mudar a maneira como se sente em relação ao professor. E pelo visto nem se controlar.

— Ele é problema, Briana. Primeiro ferra seu artigo, depois essa bosta na biblioteca — insistiu, com os braços cruzados e a postura rígida.

Até que Emma perdeu a paciência:

— Pelo amor de Deus, Kyle. Eu sei que você se preocupa, mas não está vendo como a Briana tá abalada? Para de tentar mijar em volta dela, ao menos por um tempo.

Meu amigo está nervoso com o que aconteceu, mas Emma está certa. Eles acham que estou uma bagunça, só não sabem quanto isso é verdade.

— O Ian não pode ser culpado por um acidente — apontei.

Kyle olhou para a rua pela janela do carro.

— Tem razão, Briana. Desculpa, é melhor eu ficar longe dele mesmo. — E se voltou para Emma. — Fica aqui com ela. Eu me viro sozinho hoje.

Então, assim que chegamos ao hotel, Kyle pegou um táxi para outro lugar, só para evitar cruzar com Ian Ferner, como se ele tivesse alguma doença contagiosa. Não tenho a menor condição de gastar energia pensando no que isso pode significar.

Agora estou deitada na cama king size da suíte após um banho. Emma cruza as mãos sobre a barriga, deitada ao meu lado.

— É óbvio que o Kyle se preocupa, mas ele morre de ciúme. O jeito como o Ian te olha… Se eu fosse apaixonada por você, também teria ciúme.

— Talvez seja só implicância com o passado, e agora isso.

Emma apoia o rosto sobre a mão, me encarando.

— Pode ser. Mas, olha, até eu, que não ia muito com a cara do Bloco de Gelo, depois que vi ele saindo da biblioteca entre a fumaça, a poeira, as sirenes, com você nos braços… É isso, o professor Iceberg ganhou vários pontos.

Me forço a sorrir, mas o que eu realmente preciso é de alguém que me diga que não estou ficando louca.

— Sério — Emma continua —, ele parecia um… um príncipe dos seus contos de fadas.

Ian está em outro cômodo da suíte. Ele se recusou a ir embora. Pediu para dormir aqui, como se algo de ruim ainda pudesse acontecer, como se ele pudesse me salvar caso algo acontecesse de fato. Como se eu fosse uma das vítimas.

Um homem e uma mulher foram feridos pelos estilhaços de vidro… ou de… já nem sei mais. Um nó aperta minha garganta. A jovem não resistiu aos ferimentos. Está morta. O homem segue hospitalizado em estado grave.

Enquanto isso, minha mente está perdida entre a vida real e uma realidade paralela, onde eu tenho certeza de que passei meses estudando, dormindo, acordando, comendo aprendendo e vivendo num mundo que até então eu tinha certeza de só existir nos contos de fadas. Nunca me senti tão confusa. E o pior: como posso contar isso sem que me achem louca? Sem que eu mesma me ache louca?

Lembro das palavras de Ian saindo da biblioteca: *Vamos ter as respostas. Eu te prometo.*

Ele parece entender que algo sem explicação, absurdo, está acontecendo, e isso é um conforto. Então, quando insistiu para ficar na antessala da suíte que Emma reservou para nós duas, aceitei sem resistir.

A voz de Emma me puxa de volta para o quarto, para fora do redemoinho que está me consumindo:

— E ele estar aqui agora, tão irredutível, tão sério, tão focado em continuar te protegendo, sei lá, do que ele acha que precisa te proteger... é demais, amiga. Demais. — Ela sorri com a expressão deslumbrada. — Vai ver ele acha que os monstros que algumas pessoas juram ter visto na biblioteca podem voltar pra te atacar.

De repente, a lembrança do que a mulher disse sobre os tais monstros me atinge: capuz azul, olhos pretos como carvão, pele cadavérica. Um arrepio percorre minha nuca. E, como se a memória tivesse sido puxada por esse fio, outra imagem vem à tona para me assombrar: eu parada diante de um espelho quebrado, vestida de preto, enquanto duas criaturas com a mesma aparência se curvavam para mim. Minha mandíbula se contrai, tensa. Tenho tanta coisa para processar, tantas peças soltas tentando se encaixar, que só me resta trancar essa memória num canto qualquer. Pelo menos por enquanto.

O vento bate contra a janela fazendo um baque, e nós duas nos sobressaltamos.

— Eu, hein — diz Emma, olhando para os lados. — Talvez seja melhor mesmo que ele fique.

Dou um sorriso tenso.

— Nada a ver. A polícia já descartou atentado ou ataque. Foi um vazamento nos dutos de gás debaixo da biblioteca que provocou as explosões.

— Eu sei, estou brincando.

E o vento castiga a janela mais uma vez, nos fazendo olhar juntas para a mesma direção.

— Você acha que é possível eu ter tido um delírio pós-traumático?

Ela arregala os olhos antes de perguntar:

— Como assim, Bri?

Fito minha melhor amiga. Ela e Kyle são as pessoas que mais amo e confio no mundo, junto com minhas tias. Seria tão fácil contar tudo... tão reconfortante.

*Acho que acessei outra realidade. Passei meses lá, ou assim parece.* Vi e aprendi coisas que nunca pensei que existissem. Como se minha mente tivesse se fundido com a de outra pessoa. E não qualquer pessoa.

Uma lenda. A fada, ou feiticeira, mais famosa de todas.

Ou talvez eu esteja só… ficando louca.

— Fala, Bri — insiste Emma.

Suspiro, conformada. Ainda não dá para contar. Nem para ela, nem para ninguém. Não até eu entender o que está realmente acontecendo.

— Acho que li contos de fadas demais.

Ela me encara, desconfiada, e dou uma risada, disfarçando. Aponto com a cabeça na direção da sala.

— O problema é que esse homem meio sobrenatural está mexendo com a minha imaginação.

Emma ri. Começa a brincar dizendo que eu devia derreter o gelo dele… ou me render logo à tensão absurda que rola entre a gente e deixar que ele me oriente de um jeito menos acadêmico.

Rio com ela. Cochicho, faço piada. Finjo que não lembro de tudo que vi, senti, vivi… Mesmo que, no fundo, ainda esteja vivendo.

# 14

*O trono de Alfehim se alterna a cada trezentos anos entre as ilhas, seguindo os ciclos naturais. De 1500 a 1800, o poder era do Reino do Outono; em 1800, passou ao príncipe do Inverno. A coroação, no entanto, só se confirma com a aprovação dos dragões maiores — sua única intervenção política em Alfehim. No dia da coroação, um céu com nuvens cor-de-rosa espalhadas por todas as ilhas significa a aprovação. Nuvens cinza dizem o contrário. Por lei ancestral, a ilha das Bruxas é excluída da sucessão, mesmo quando seu ciclo está vigente.*

— Trecho extraído do *Códice das coroas e ciclos do poder em Alfehim*

Não consegui pregar o olho. Talvez precise de um calmante.

Olho para Emma dormindo profundamente, alheia ao caos dentro de mim. A antessala está em silêncio há horas. Ian Ferner deve ter ido embora, como eu mesma sugeri antes de darmos boa-noite. Ou talvez esteja dormindo no sofá-cama onde Kyle deveria estar, se não tivesse surtado com Ian outra vez.

Levanto com cuidado para não acordar Emma. Saio do quarto sem ter exatamente um motivo. Só sei que não consigo ficar quieta.

Não entendo bem o que estou procurando até vê-lo.

Ian ainda está aqui. Sentado numa poltrona, o corpo imóvel, o olhar perdido.

A malha preta justa marca os músculos dos braços e dos ombros. As costas estão eretas, o pescoço exposto, a sombra da mandíbula cerrada. Envolto pela penumbra, ele parece mais que um homem. Parece uma estátua viva. Um rei em seu trono.

Meu coração tropeça.

Por um instante, sinto vontade de fazer uma mesura. *Ridículo, eu sei.* Mas é involuntário.

Os olhos dele estão fixos na janela, absortos na neve esparsa que cai do lado de fora. A luz fraca projeta em seu rosto a sombra de um galho e desenha vinhas escuras em sua testa, como uma coroa viva de folhas sombrias.

A sala é toda envidraçada, e ele está tão absorto, tão imóvel diante da janela, que parece nem perceber minha presença. Frio e distante. Como o príncipe do Inverno.

Engulo em seco quando as lembranças dos feéricos que acho ter conhecido me atingem como uma rajada. Há algo nele, na aura, no jeito de observar o mundo, na postura, no silêncio carregado, que me lembra os mais poderosos entre eles. É desconcertante.

Se aqui fosse Alfehim, eu seria uma bruxa. E ele, um semideus. É assim que os feéricos se sentem: elevados, superiores, intocáveis. Se ele fosse um príncipe lá, jamais perderia tempo se preocupando com uma inferior como eu. Lembro do desprezo na voz de alguns nobres ao falarem das bruxas. Do olhar impiedoso. Da certeza de pertencerem a um plano mais alto. E me esforço para voltar à realidade, piscando devagar e respirando fundo.

— Eu também não consegui dormir.

Ele não se assusta, apenas desvia os olhos da janela com naturalidade. Como se soubesse desde o início que eu estava ali. Como se já me esperasse.

— Posso sentar? — pergunto, apontando com os olhos para o canto do sofá ao lado da poltrona onde ele está.

Ele limpa a garganta.

— Claro. Desculpe.

Eu me aproximo. A sala está escura, iluminada apenas pela claridade suave da rua que entra pelas janelas. Quando meus olhos se ajustam, percebo que meu roupão está entreaberto. A seda branca da camisola escapa por entre o tecido. Ian também percebe. Seu olhar percorre meu corpo num relance antes que ele respire fundo e desvie a atenção para o chão.

— Como você está? — pergunta em voz baixa.

Eu me sento e fecho o roupão com um gesto automático. Por dentro, sou puro caos. Sinto falta de um lugar que talvez nunca tenha existido. De rostos que talvez não sejam reais. Ao mesmo tempo, estou desesperada por qualquer prova de que não estou enlouquecendo.

— Confusa — respondo. — Nunca me senti tão confusa na vida.

Ele ergue o olhar até encontrar o meu.

— Eu sei.

— Sabe?

— Me sinto assim há anos. Mas especialmente nos últimos meses.

— O que aconteceu?

Ele hesita. Respira fundo. Olha para a frente como se precisasse atravessar um abismo.

— Eu perdi uma pessoa muito importante.

— Sinto muito.

Sua respiração falha. Sigo o olhar dele até um objeto encostado discretamente ao lado da poltrona.

Meu estômago gela.

— Isso é… uma espada?

— Sim.

— Mas… como? Por quê?

Em Alfehim, os soldados usam espadas semelhantes. São armas que podem ser encantadas, canalizadoras, extensões vivas da magia. Eu queria que ele dissesse: "Porque tudo o que você viu é verdade. Eu sou parte daquele mundo. Você não está sozinha".

Mas ele responde:

— Eu treino desde criança.

Assinto, tentando engolir a decepção, e ele continua, sem me encarar:

— Essa espada é antiga e rara. Não costumo deixá-la no carro quando posso trazê-la comigo.

— Ah — murmuro.

Fico quieta, me sentindo pairar entre o real e o impossível, como se estivesse andando sobre uma corda esticada entre dois mundos. Não sei se posso confiar no que vivi. Não sei o que posso falar. Ou com quem.

Sinto as mãos úmidas e solto o ar de maneira falha. A neve lá fora se intensifica, como se dançasse no ritmo do que sentimos. Em Alfehim, dizem que o humor de um feérico influencia o clima dc sua ilha. Então, olho para ele. Para esse homem carregando uma espada como se fosse uma extensão do próprio corpo, que observa a neve como se ouvisse segredos nela. E, movida por um impulso que não consigo conter, pergunto:

— Na biblioteca, você disse que teríamos respostas para tudo. É por isso que ainda está aqui, na antessala do meu quarto de hotel, como se quisesse nos proteger de algo?

As narinas dele se expandem. Um músculo salta em seu maxilar, tenso.

— Tem muitas coisas que eu quero te contar.

Meu coração acelera.

— Isso tem a ver com o motivo pessoal que fez você comprar aquela edição rara de *Lo cunto de li cunti*?

Ele hesita, como se eu tivesse rompido uma barreira proibida.

— Sim. Está ligado a esse motivo. E aos símbolos. Tudo se conecta.

— E que motivo é esse?

Os olhos dele brilham e me fitam com profundidade. Sinto como se a sala tivesse se estreitado até cabermos só nós dois.

— É difícil, muito difícil de explicar.

Meu antebraço arde. Não como uma dor física, mas como se as visões de Morgana estivessem gravadas em mim. Tento disfarçar estalando os dedos.

— Eu também tenho vivido coisas… impossíveis de explicar.

Ele inspira fundo, os olhos fixos em mim.

— Se tiver como eu te mostrar, talvez tudo faça sentido. Talvez seja a única maneira de você entender.

— E tem como? Porque eu também queria mostrar algumas coisas pra você, pra Emma. Provar que… — Balanço a cabeça. — Deixa pra lá.

Ele gira os anéis nos dedos conforme arregala os olhos, como se uma ideia tivesse acabado de se acender em sua mente.

— Talvez se você fosse comigo para a Noruega, para a casa onde eu cresci, sim. Lá eu poderia te mostrar certas coisas que te fariam entender, visualizar melhor.

Apesar de estar desesperada para saber se o que Ian pretende me mostrar tem relação com as visões que me acompanham, com o que acabou de acontecer, com Alfehim, com Morgana, com tudo que eu ainda nem consigo acreditar que vivi... Uma viagem para a casa da família dele? O convite soa íntimo demais.

Ian percebe minha hesitação e acrescenta com a voz baixa, mas firme:

— Podemos ir e voltar em um ou dois dias.

— Certo.

— Além disso, estaríamos seguros lá.

As imagens da biblioteca voltam com violência: corpos caídos, o cheiro de fumaça, as estantes em ruínas, o pânico nos rostos.

— Você acha que o acidente hoje... teve relação com os símbolos?

O olhar dele escurece. Os dedos se crispam nos braços da poltrona.

— Não sei. Talvez.

— E o senhor acredita que...

— Ian. Me chame de Ian, Briana — ele me interrompe, e o som do meu nome em seus lábios, enquanto pede que eu o chame pelo primeiro nome, é um choque elétrico correndo pelo meu pulso até o estômago.

Finjo naturalidade, mas meu corpo inteiro estremece.

— Você acredita que, se encontrarmos mais símbolos, algo pior pode acontecer?

Ele encolhe os ombros em meio a um suspiro, mas a rigidez em seu corpo responde por ele.

Meu antebraço arde no ponto exato onde estava o estigma de Morgana na visão, e meu corpo inteiro vibra, esquenta, se arrepia. Parece que provei algo proibido. Forte, viciante. E agora uma parte de mim precisa continuar buscando. Não só para entender, mas para ter certeza de que não estou louca. Para conseguir respirar de novo.

Mesmo assim, tem um limite que não posso ultrapassar. Não vou colocar ninguém em risco. Até ter certeza de que o que aconteceu hoje na biblioteca em Paris tem ou não ligação com o que aconteceu comigo, só volto aos livros, aos símbolos, àquilo tudo… se for sozinha.

Eu e mais ninguém. Por enquanto.

Ian parece ler meu pensamento.

— Talvez seja melhor, durante esse tempo, ficarmos afastados dos livros. Esperar.

— Se eu estiver sozinha, ninguém mais corre perigo — digo em voz baixa, quase para mim mesma. — Talvez eu consiga repetir o que aconteceu e…

Paro de falar quando noto o olhar de Ian escurecer. Ele se levanta num movimento súbito, me puxa com firmeza e prende meus braços. Antes que eu consiga reagir, sou engolida pelo abraço dele. O peito largo contra o meu, a respiração quente roçando meu pescoço.

— Se algo acontecer com você, eu nunca vou me perdoar — ele sussurra contra meu cabelo, a voz grave e contida. — Prometa que não vai atrás disso sozinha. Não até entendermos. Não até irmos à Noruega. Podemos ir daqui a três semanas, vai ter uma festa de família e eu já teria que estar presente de todo jeito. Aí eu conto a minha parte, você a sua, e só então decidimos o que fazer.

Fecho os olhos. As mãos dele sobem e descem pelas minhas costas, num movimento lento, quase hipnótico.

— Tudo bem.

— Então, por agora… sem livros ou símbolos. Promete?

Assinto, ainda em seus braços. Não falamos abertamente sobre nada, mas o que sentimos está aqui, suspenso entre nossa pele, vibrando em silêncio. O fato de Ian Ferner ser talvez a única pessoa que pode andar comigo nessa estrada de tijolos amarelos me dá algo parecido com alívio.

— Está tudo bem — ele murmura, encostando os lábios na minha testa. — Você está aqui.

Mas "aqui" pode significar tantas coisas. Aqui, com ele. Aqui, fora de Alfehim. Aqui, viva. Eu não pergunto. Suas mãos grandes sobem até meu rosto. O arrepio que desce pela minha espinha é instantâneo. O toque dele me atravessa como eletricidade pura.

Ele encosta a testa na minha. Nossas respirações se misturam. Eu não me afasto. Ele se aproxima mais.

E a luz acende.

— Ah, meu Deus, desculpa!

É Emma. Ela entra na sala de olhos arregalados, segurando a risada.

— Vim pegar alguma coisa pra comer. Esqueci que o senhor estava aqui, professor Ferner. Mas já estou voltando. Juro que não vi nadinha. Podem continuar.

Minhas bochechas ardem e eu murmuro, me aproximando dela:

— Já vou dormir. Pode pegar o que quiser.

Ian não tira os olhos de mim. Nem por um segundo.

Emma fuça o armário acima do frigobar com a cara mais inocente do mundo, como se nada tivesse acontecido.

— Paris é linda, não é? Sempre me apaixono.

— Eu me apaixonei desde a primeira vez que a vi — Ian responde, olhando para mim.

Meu coração acelera.

Emma se vira e sorri como quem entendeu tudo.

— A Briana me conhece. Tenho uns ataques de fome noturna.

— Sim, você… não faz ideia — murmuro.

Ficamos um tempo nos encarando num silêncio carregado de magnetismo. Emma dá mais uma risadinha, fazendo Ian piscar fundo até sair do transe.

— Boa noite, srta. Taylor.

— Boa noite, professor Ferner.

Entro no quarto meio tonta. Como se não estivéssemos discutindo um universo inteiro escondido sob nossos pés. Como se eu não tivesse sentido o cheiro dele misturado ao de magia, ainda grudado na minha memória. Como se não tivéssemos quase nos beijado.

Deito na cama. Emma deita ao meu lado e, depois de se acomodar sob o edredom, pergunta em um sussurro:

— Amiga, aquilo que eu vi ao lado da poltrona… era uma…

— Espada. Sim. Ele trouxe uma espada pra cá. Disse que é uma peça rara de coleção e que ele não gosta de deixar no carro.

Ela suspira alto.

— Se antes eu achava, agora tenho certeza. Ian Ferner é um príncipe.

Minha nuca arrepia. Fecho os olhos.

E finjo que não estou lembrando dos príncipes feéricos que Morgana me mostrou em Alfehim.

A volta para Edimburgo vai ser uma tortura, tenho certeza. E não só porque minha cabeça está fritando, girando em círculos numa realidade paralela que pode ou não ser verdadeira. Mas também porque vamos todos pegar o mesmo voo.

E, exatamente agora, Kyle está vindo na minha direção, me encarando. Ou melhor, olhando fixamente para a mão de Ian na curva do meu braço. Acabei de descer de um daqueles bancos altos e Ian, sempre um cavalheiro do século passado, me ofereceu apoio. Eu e ele viemos pegar um café, e Emma ficou com as bagagens de mão perto do portão de embarque.

O maxilar de Kyle endurece. Ele não desvia os olhos do ponto onde Ian me toca, e suas passadas aceleram até ele parar bem na minha frente. Me desvencilho do contato antes de cumprimentá-lo:

— Oi, Kyle.

Ele me abraça sem hesitar, de um jeito forte e possessivo.

— Desculpa, Bri. Não quero ser um babaca. Eu sei que tinha te prometido. Fiquei nervoso pra caralho ontem. E antes… não sei o que me deu.

Minha cabeça diz que eu deveria estar no mínimo irritada. Mas tudo anda tão confuso e incerto que, em vez disso, só sinto alívio.

— Estou feliz que você esteja aqui.

Kyle solta o ar devagar e, por cima do meu ombro, lança um olhar calculado para Ian. O tipo de olhar que dois inimigos trocam quando, por algum motivo, precisam concordar com uma trégua temporária.

Eu me viro a tempo de ver Ian retribuir com um arqueio quase imperceptível de sobrancelhas, num cumprimento gélido. A tensão entre eles vibra como um fio prestes a se partir.

E eu estou bem no meio.

# 15

*A magia, em sua forma mais pura, é a essência divina do mundo. É o sopro, a raiz que gerou tudo o que existe. Está nas águas e nos ventos, no fogo das estrelas e no silêncio das pedras. É o fio invisível que conecta todas as criaturas, o pulso que mantém cada ser vivo. Símbolo de vida e abundância, de poder e sabedoria, é também mistério insondável. Quanto mais um ser é capaz de canalizá-la, mais próximo se encontra da própria divindade. Do poder da criação. Da fonte de origem da vida.*

— Trecho extraído do *Livro sagrado: a origem da vida e a magia primordial*

A biblioteca da Universidade de Edimburgo está quase vazia, tomada por um silêncio denso, só quebrado pelo som abafado de páginas sendo viradas ao longe. Estantes altas e antigas formam corredores sombreados; abajures pontuais lançam uma luz amarelada e suave sobre as mesas de carvalho.

Os primeiros dias depois de Paris foram um turbilhão de emoções, uma mistura de luz e sombras, como o crepúsculo que se exibe através dos vitrais da biblioteca neste instante — perguntas e pensamentos desenfreados, flashes de vivências que disparavam do nada em minha mente e me deixavam meio trêmula e desconcertada —, enquanto eu sentia viver em dois mundos, lutando para me ancorar em um deles, lutando para me manter sã.

Eu me afundei nas pesquisas como quem tenta se agarrar a um pedaço de realidade antes que ele se dissolva. Faz duas semanas que passo os dias trancada na biblioteca da universidade. Quando ela fecha, continuo nos acervos virtuais, invadindo arquivos de outras instituições.

Agora mesmo, acabei de pegar uma pilha de livros sobre teorias quânticas que desafiam as leis mais básicas da física. Desde que voltei de Paris, devorei tudo que encontrei sobre as lendas arturianas. Mergulhei novamente nos contos de fadas mais antigos, nas interpretações junguianas sobre arquétipos e mitos, nas variações medievais e pagãs de histórias que atravessaram séculos.

Não estou fazendo isso só para encontrar algo que explique o que experimentei e para ocupar a mente. Estou fazendo isso porque essa pesquisa também vai ajudar a embasar minha tese. Afinal, se nada daquilo foi real, se foi só uma ilusão, uma alucinação, uma ruptura com a realidade causada por sei lá o que, a pesquisa ainda é minha âncora. E a tese será a boia que me impedirá de afundar. Por isso, tenho passado os dias estudando.

Busquei sinais. Mapas de ilhas escondidas. Relatos que mencionassem reinos invisíveis, encantamentos antigos, viajantes perdidos, portais para outras dimensões, linguagens e símbolos esquecidos.

Enquanto folheio mais um capítulo, um estudante ao meu lado se levanta, fazendo barulho ao empilhar seus materiais. O som me arranca por um segundo dos meus pensamentos e me lembra que o mundo aqui fora ainda existe.

Kyle e Emma têm estado ao meu lado como podem. Ele mais distante, introspectivo, sempre me encarando com uma ruga entre as sobrancelhas. Como se estivesse tentando entender o que há de diferente em mim, ou como se esperasse que eu dissesse algo que ainda não disse. Já Emma… ela é um turbilhão. Espalhafatosa, barulhenta, elétrica, como sempre. Comprou um notebook novinho só para eu catalogar os livros que já vasculhei e vive dizendo que está orgulhosa da minha "nova fase ainda mais obcecada e acadêmica".

— Esse é o efeito professor Ian Ferner e seu perfeccionismo sobre-humano? — perguntou ontem às três da manhã, quando me encontrou no notebook, mergulhada em fóruns obscuros.

Eu estava lendo relatos de pessoas que juram ter vivido experiências extrassensoriais. Contato com fadas, dragões, elfos. Seres que a ciência nega, mas que, agora, me soam perigosamente familiares.

— O quê? — perguntei, esfregando os olhos cansados.

— Você sempre foi obcecada por estudar, mas antes pelo menos dormia.

Neguei com a cabeça, exausta.

— Desculpa. Te acordei?

— Não, amiga. Acordei do nada e vi a luz do notebook.

— Entendi. — Encolhi os ombros, meio sem graça. — Não tem nada a ver com o professor Ferner. É que… encontrar essas primeiras evidências, os símbolos nos livros, não só embasa minha tese, mas também tem relação com…

— Com o seu relicário. Eu sei — ela disse com a voz baixa, menos debochada.

E é aí que me sinto péssima. Porque Emma só sabe uma parte pequena da verdade.

— O Kyle está meio quieto esses dias, né? — soltei para mudar de assunto.

Emma se espreguiçou na cama, jogando o lençol de lado.

— Amiga, o Kyle sempre teve esse humor de lua. Uma hora todo brincalhão e fofo, logo depois fechado, enigmático, tipo um protagonista de série francesa.

Fechei a tampa do notebook com um estalo suave.

— É… Talvez eu ainda esteja sensível com a declaração dele.

— Quem está sumido mesmo é o seu professor — ela me interrompeu. — Desde Paris só tenho visto ele nas aulas, nada além disso.

Ela tem razão. Ian Ferner tem surgido só quando é absolutamente necessário. E não é que ele esteja diferente, mais frio ou mais distante, porque esse sempre foi o jeito dele. É que algo mudou entre nós. Algo que não se diz em voz alta. Nossos olhares ficaram mais longos, mais cúmplices. Afinal, tudo indica que dividimos um segredo tão absurdo que, se for real, pode ser a chave para uma nova realidade.

Suspiro e olho ao redor da biblioteca. Volto para meu livro sobre a teoria dos multiversos e me perco na leitura. Nas palavras que falam sobre infinitas possibilidades de existir. E se esta vida for apenas uma delas? E se a consciência se fragmentar em fractais, como o próprio desenho da vida? Talvez estejamos vivendo, agora mesmo, em outros tempos, espaços e situações, e o lugar que experimentamos seja aquele onde nossa consciência se fixa através da observação do presente.

Não sei quanto tempo se passou até que a bibliotecária para diante de mim.

— Srta. Taylor, fecharemos em quinze minutos.

— Nossa, já são sete horas?

Ela acena com a cabeça, sorrindo com a paciência típica de quem vive entre livros.

— Se quiser levar algum desses para casa…

— Não, obrigada. — Suspiro. — Só vou terminar esta página e já devolvo o material.

Leio o próximo parágrafo:

"Para cada decisão não tomada, uma nova realidade pode existir. Uma em que você ficou. Uma em que você fugiu. Uma em que você morreu. Uma em que… nunca existiu."

Um arrepio me percorre a espinha. E, então, acho que ouço algo. Passos leves, quase flutuantes. Ou seria só o ranger da madeira antiga? Um estalo entre as prateleiras?

Me viro devagar, tentando não fazer barulho. Meus olhos percorrem o corredor vazio.

Por um segundo, e talvez tenha sido mesmo só isso, juro ver um rastro de tecido. Um vestido longo, verde e esvoaçante, como se alguém tivesse acabado de passar pelas estantes mais à frente. A luz naquela ala é fraca, vacilante. A penumbra cobre tudo com um véu meio amarelado, e, por mais que eu force a visão, não consigo dizer com certeza se vi mesmo… ou só imaginei.

Meu coração dispara e a boca seca.

— Ei — solto, sem pensar. — Espera…

Mas não tenho certeza de quem, ou o que, estou chamando.

Ainda assim, me levanto. Meus passos soam suaves no chão enquanto sigo um rastro de cor pelas estantes da ala mais antiga da biblioteca. A cada curva que faço, a iluminação se dissolve mais. O ar fica mais denso, as sombras, mais encorpadas. Meus olhos tentam se adaptar à penumbra, ao zumbido dos lustres, à sensação incômoda de estar sozinha ou, pior, de não estar.

Num piscar de olhos, vejo uma silhueta feminina. Alta, esbelta. Uma figura coberta por um capuz. Como da primeira vez, na biblioteca da Abadia de Admont.

E antes que eu consiga sequer dar mais um passo…

— Senhorita? — A voz surge como um estalo no meio do nada.

Dou um pulo. A bibliotecária está ali, empurrando um carrinho de livros. As rodas rangem, quebrando a tensão.

Eu me viro, ofegante, e onde estava a figura não tem mais nada. Só estantes cheias de silêncio.

— Quer algum livro daqui? — ela pergunta com educação forçada.— Nós já vamos encerrar por hoje, como eu disse.

Tento disfarçar engolindo em seco.

— Não, desculpe. Achei que tivesse visto alguém, mas deve ter sido só impressão.

Ela me observa por um segundo a mais que o necessário, solta um suspiro contido e segue empurrando o carrinho.

Mas então eu vejo.

No chão, bem onde a mulher de verde estava parada, há um livro. Caído de lado, como se tivesse sido deixado ali de propósito. Me aproximo devagar. Meus dedos trêmulos o pegam, as mãos suadas deixando marcas na capa. O título está gravado em letras finas e douradas:

*A República*, Platão.

Folheio lentamente. As páginas têm um cheiro agridoce de poeira, de papel envelhecido. As palavras me atravessam como sussurros. Não é só filosofia, é uma provocação. Uma promessa. Um desafio.

"A verdade só pode ser encontrada pelo conhecimento, pela razão, pela busca constante daquilo que é mais do que aparência."

Alegorias. Caverna. Luz. Sombras...

Volto para o lugar onde eu estudava e, antes de sair, devolvo todos os outros volumes. Mas esse mantenho comigo. Coloco-o na bolsa com cuidado. E então saio da biblioteca.

O ar está frio e a rua, quase deserta. Meus passos ecoam mais uma vez, agora mais decididos. Porque, no fundo, alguma coisa mudou.

Seja lá o que isso tudo signifique, loucura ou verdade, eu realmente preciso saber. Não quero mais esperar. Antes que tudo isso me consuma por dentro. Antes que a verdade, ou a falta dela, me enlouqueça de vez.

Preciso ter acesso a mais um livro com os símbolos e tocar meu relicário nele para saber se existe um padrão, se algo mais vai acontecer. Meu coração volta a acelerar quando passo os dedos sobre o livro dentro da bolsa. Será que tem algum símbolo entre as páginas?

❄

Mordisco a ponta da unha, andando pelos corredores da universidade a caminho da sala do reitor. Há pouco estive na biblioteca para devolver *A República* de Platão e selecionar um novo material para continuar pesquisando.

Quando cheguei em casa ontem, jantei, tomei banho, joguei conversa fora com Emma e minhas tias, esperei que todas dormissem... e só então desci. Me tranquei no escritório de tia Moira com o livro nas mãos, determinada a buscar qualquer pista, qualquer símbolo entre as páginas.

Nada. Nem um risquinho fora do normal. Nem uma marca suspeita. Nenhum sinal de que aquele livro tivesse sido deixado ali por alguém... ou alguma coisa para passar uma mensagem.

Depois de horas estudando, cheguei a duas conclusões.

A primeira delas: *A República* é uma ode à busca da verdade através do conhecimento. À ideia de que só o saber é capaz de nos libertar das sombras e de que a ignorância é uma prisão. Uma frase em especial me fez parar por um tempo:

"A verdade que liberta nunca será aceita por aqueles que nasceram nas sombras. Para encontrar o que foi ocultado, será preciso sair da caverna, e não confiar na luz que lhe oferecem."

Soa quase como um eco da frase escrita na edição de *A Bela Adormecida* encontrada comigo.

Segunda conclusão: preciso continuar buscando. E, para isso, o único livro que sei que contém os símbolos, e que está em um lugar acessível, é *Lo cunto de li cunti*, a edição que analisei com Ian, no escritório dele.

Passo por mais um corredor tentando manter a respiração tranquila e, pela primeira vez em dias, é de certa maneira um alívio que eu não esteja ansiosa pensando somente em símbolos ocultos ou realidades paralelas. Em Alfehim, Morgana ou estigmas de magia.

Afinal, o que será que o professor Shepherd quer comigo? Em mais de seis anos circulando por este campus, fui chamada à sala do reitor apenas duas vezes, e ambas durante o processo da minha candidatura para o doutorado. Agora, do nada, um novo convite?

Por mais que eu queira respostas sobre uma suposta realidade paralela, a vida acadêmica ainda é meu porto seguro, e manter meu lugar nela é essencial para minha saúde mental, que foi colocada num liquidificador místico nos últimos tempos.

Acabo de passar por duas alunas no corredor. Elas viram o pescoço ao mesmo tempo, me lançam olhares curiosos e começam a cochichar, soltando risadinhas abafadas, como se eu protagonizasse a melhor fofoca do momento.

Franzo a testa. *Estranho.* Talvez não seja nada. Talvez seja paranoia. Só pode ser.

Quando chego perto da sala, porém, meu estômago gela. Porque vejo quem está parado bem em frente à porta da sala do reitor.

Josh Jones. Meu ex.

Penso em recuar, dar meia-volta antes que ele me veja e fingir que entrei no corredor errado. Mas é tarde demais. E, de qualquer forma, não posso simplesmente ignorar um e-mail do professor Shepherd me pedindo para comparecer o quanto antes à sua sala. Josh me vê e, como sempre, não perde a chance de ser nojento. Percorre meu corpo com aquele olhar lascivo e pegajoso, como se me despisse com os olhos, depois lambe os lábios e esboça um sorriso vulgar.

— Boa tarde, Bri — diz ele, como se ainda fôssemos íntimos. Como se ele não tivesse sido um completo filho da puta.

Não sei o que se passa na mente podre dele, mas não vou ficar quieta. Arqueio as sobrancelhas e assumo meu tom mais indiferente:

— Boa tarde. O que você está fazendo aqui?

Ele encolhe os ombros, casual demais.

— Vim acompanhar a Margareth. Ela teve uma reunião com o professor Shepherd mais cedo e esqueceu a pasta na sala dele. Só veio pegar e já deve estar saindo.

Inspiro devagar, tentando esconder o alívio. Se Margareth esteve com o reitor mais cedo e ele também me chamou, talvez esteja conversando com todos os alunos da pós-graduação em linguística. Pode ser só isso. Precisa ser só isso.

Mas então Josh se aproxima um passo. E, com aquele tom morno, fingindo um tipo de saudade errada, diz:

— Eu entendo o professor Ferner, sabia? Sinto falta, Bri... da gente.

Meu sangue gela. E logo depois ferve. O jeito como ele olha para o meu corpo, como se tivesse algum direito, me faz querer gritar.

— Que merda você está falando?

Ele sorri, parecendo lembrar de algo íntimo.

— E dessa boquinha suja, especialmente na cama.

— Vai se foder, Josh. A sua noiva sabe que você fala assim com outras garotas?

Ele chega mais perto. Dou um passo para trás até encostar na parede, próxima à porta do reitor.

— Ela não precisa saber. — Ele estende o braço e desliza o dedo pelo contorno do meu maxilar. — A gente ainda pode se divertir. Ninguém precisa ficar sabendo, cupcake.

Eu não deveria perder o controle. Não aqui. Não agora. Mas ouvir o apelido idiota pelo qual ele me chamava quando namorávamos me faz ter vontade de vomitar na cara dele. Com um movimento rápido e preciso, enfio a perna entre as dele, cruzo por trás da direita e puxo com força. Josh perde o equilíbrio e cai de bunda no chão, de olhos arregalados.

— Nunca mais se aproxime de mim — solto entre os dentes.

Ele se levanta, esfregando a calça, com um sorrisinho escroto no canto dos lábios.

— E eu ainda tentei convencer a Margareth a não fazer isso. Quer saber? Você realmente não passa de uma vagabun…

A porta da sala do professor Shepherd se abre com um clique e Margareth sai, segurando a pasta com as duas mãos.

— Obrigada pela atenção, professor Shepherd. Tenho certeza de que o senhor vai tomar a atitude correta.

Quando os olhos dela encontram os meus, ela dá um sorriso de alguém que acabou de vencer, ou acha que venceu.

— Boa tarde, srta. Taylor — diz o professor Shepherd em tom baixo. Quase como se estivesse me oferecendo condolências. — Que bom que chegou. Entre, por favor.

Ah, meu Deus. O que foi que aconteceu?

❄

— Como a senhorita sempre foi uma excelente aluna, não vou dar crédito às acusações da srta. Lancaster até ouvi-la. Infelizmente, ela sugeriu que a senhorita está — ele limpa a garganta —, você sabe, envolvida com o professor Ferner para obter vantagens acadêmicas.

Minhas mãos estão molhadas de suor, meus lábios tremem, e tudo o que quero é me enfiar dentro da poltrona de couro preto em que estou sentada e não sair até acordar deste sonho ruim. Quase tão louco quanto as visões com Alfehim.

O professor Shepherd acaba de me mostrar uma reportagem com uma foto minha e de Ian Ferner, nossos lábios a centímetros de distância, diante da biblioteca da Abadia de Admont em chamas. Eu nem lembrava de termos ficado tão próximos assim naquele dia. E o mais alucinante de tudo, o que até agora me deixa sem ar e faz minhas emoções entrarem em colapso, é o título da matéria:

**VAZAM FOTOS DO PRÍNCIPE DA NORUEGA EM MOMENTOS ÍNTIMOS COM JOVEM MISTERIOSA NA ÁUSTRIA HÁ QUATRO MESES**

— O senhor… — umedeço os lábios — o senhor sabia que ele é um príncipe?

Richard Shepherd respira fundo, franzindo as sobrancelhas.

— Sim, sabia. O professor Ferner sempre pediu que o seu título fosse deixado de fora da sua vida acadêmica, o que considerei uma escolha adequada.

Ele tamborila os dedos sobre o tampo da mesa encerada e prossegue:

— O problema é que esse relacionamento põe em dúvida não só a credibilidade da sua pesquisa, mas também a integridade desta instituição. Compromete a avaliação imparcial do seu trabalho e acaba abalando a confiança de quem financia, revisa e acompanha os projetos daqui.

Eu sei que o código de ética proíbe o envolvimento entre professores e alunos, mas também conheço o tamanho dessa hipocrisia, considerando que o próprio professor Shepherd se casou com uma de suas alunas de doutorado, que hoje leciona aqui. Tento usar um tom educado e imparcial ao lembrá-lo disso:

— O senhor se casou com uma aluna do doutorado…

— Senhorita, eu sei que a vida pessoal não deveria interferir na avaliação acadêmica. Mas quando um caso como esse chega à mídia, ainda mais envolvendo alguém como o professor Ferner, que além de tudo está cofinanciando a sua pesquisa, os riscos à reputação da universidade são enormes.

Ele mexe numa caneta sobre a mesa antes de acrescentar:

— A impressão de que um aluno está sendo favorecido pode nos fazer perder financiamentos e ainda atrapalhar a aprovação de projetos no futuro. Isso acaba afetando a credibilidade de toda a universidade. E, só para deixar claro, quando tornei público o meu relacionamento com a minha esposa, ela não era mais minha aluna, e ninguém questionou nada, porque eu não sou um…

— Príncipe.

Ele confirma com o olhar triste.

— Eu admiro e respeito muito a senhorita, e nada disso — ele aponta para o tablet em que me mostrou a notícia — faria diferença para mim se não tivesse se tornado público. Mas infelizmente a senhorita deve saber como a sociedade funciona...

— Claro que sei, professor Shepherd. Sou mulher e entendo o que o senhor está dizendo. Num caso assim, a maior prejudicada serei eu e a minha pesquisa. Afinal, estamos aqui numa reunião para decidir o meu futuro acadêmico por eu ter sido flagrada abraçada a um homem que, na época, nem era meu professor, enquanto o professor Ferner... — encolho os ombros — provavelmente nem sabe o que está acontecendo.

O reitor franze o cenho e nega com a cabeça.

— Tentei falar com o professor Ferner algumas vezes hoje, mas ainda não obtive retorno.

Um príncipe. Dá para acreditar? Um príncipe de verdade, da Noruega, e não de um mundo distante e paralelo, como cheguei a imaginar, um reino que talvez nem exista, como se fosse Nárnia. Sua Alteza Real Magnus Ian Vinterhald. Além de ser um dos professores mais respeitados da área.

Suspiro. Ele é um príncipe. E, num mundo distorcido como o nosso, qualquer conquista minha será vista como consequência de um caso com ele. "Ah, mas ela transa com o professor. Claro que ele conseguiu apoio para a pesquisa dela. Claro que ela só chegou ali por causa dele."

No fim, minhas vitórias seriam dele, ou, pior, seriam diminuídas. Tudo por eu ser mulher.

Escuto a respiração pesada do professor Shepherd ao meu lado.

— Não vamos decidir nada até falarmos com o professor Ferner. Vou tentar ser o mais imparcial possível e resolver essa situação da maneira mais justa que conseguir.

Faço que sim e inspiro devagar. Sei que tenho que agradecer pela boa vontade do reitor. É o certo, é o esperado.

— Está bem. Obrigada, senhor.

# 16

*Desde 1800, as ilhas de Alfehim se dividem politicamente em três blocos principais. O grupo dos puristas — formado pelo Reino do Inverno, a ilha do Outono e a ilha Solar — defende a preservação das tradições, da pureza mágica e das linhagens antigas. No extremo oposto estão os progressistas, liderados pelas ilhas Crepuscular, das Bruxas e Primaveril, que defendem a liberdade de escolha, os direitos das minorias e a aceitação da mestiçagem. Entre eles, a ilha das Marés permanece neutra na maior parte das decisões, mas costuma pender conforme os interesses estratégicos de cada votação no Conselho. Enquanto isso, a ilha da Universidade, que abriga não apenas a instituição de ensino, mas também o órgão regulador de magia e o Grande Tribunal de Alfehim, mantém-se, em sua essência, independente, sem se subordinar a crenças religiosas ou ideologias políticas.*

— Trecho extraído do *Manual sociopolítico: o Conselho e os blocos — estruturas de poder em Alfehim*

No dia seguinte, o que era apenas uma reportagem no site de um jornal norueguês, que a cobra da Margareth Lancaster encontrou e tentou usar para me prejudicar, já se espalhou como fogo, só que com ainda mais combustível no teor de boataria. Meu pulso acelera enquanto rolo a tela do celular, lendo a notícia no maior site de fofocas do Reino Unido.

— Ontem descobrimos que ele é um príncipe, e hoje? — Emma também olha para o celular dela.

Volto a ler a notícia em voz alta, cada vez mais perplexa:

**ESCÂNDALO REAL: PRÍNCIPE MISTERIOSO DA NORUEGA REAPARECE EM PARIS CARREGANDO JOVEM NOS BRAÇOS**

Ele está de volta, e com um segredo digno de conto de fadas. Magnus Ian Vinterhald, o recluso príncipe da Noruega, foi flagrado em Paris carregando nos braços uma jovem desconhecida, saindo às pressas da Biblioteca Nacional da França logo após um vazamento de gás que deixou feridos e vitimou uma jovem.

O que chocou ainda mais? Ao ser abordado por repórteres, Sua Alteza declarou apenas: "Ela é minha noiva".

Sim, é isso mesmo. O príncipe Magnus Ian, que estava afastado da mídia desde o trágico acidente que deixou sua irmã gêmea em estado catatônico, acaba de confirmar um noivado — e ninguém fazia ideia!

Nem consigo me comover com a informação de que Ian tem uma irmã gêmea que sofreu um acidente e ficou em estado catatônico. Baixo o celular para encarar Emma.

— Ele disse que estávamos noivos. NOIVOS.

Emma arqueia as sobrancelhas, ajeitando uma mecha do cabelo.

— A imprensa inventa muita merda. Ainda mais essa imprensa marrom, você sabe.

Eu arquejo e seguro o celular, voltando a ler:

A identidade da jovem já foi confirmada. Registros da biblioteca e listas de vítimas do incidente revelaram que ela é uma escocesa de 24 anos, estudante de pós-graduação em linguística — e pasmem: aluna do príncipe Ian, que leciona no Reino Unido utilizando ao que parece o sobrenome da mãe e mantendo sua origem real em absoluto sigilo.

— Ah, meu Deus — reclamo, em pânico, e continuo a leitura:

Mas as pistas de um romance proibido já estavam por aí para quem quisesse procurar! O casal foi visto junto na Áustria em outubro do ano passado, o que indica que esse amor secreto não é tão recente assim.

Minhas mãos tremem segurando o celular.

— E agora a porcaria das fotos, que estavam só naquela reportagem que te mostrei ontem, estão em todos os lugares. Mas que merda.

— E o ângulo dessa foto?! Parece que vocês estão prestes a dar um beijo daqueles bem quentes, que estão loucamente apaixonados.

Bufo, estreitando os olhos para Emma.

— Obrigada.

— Desculpa.

Balanço a cabeça, inconformada, e volto para o site de fofocas:

Procurada, a assessoria de comunicação da família real norueguesa ainda não se pronunciou sobre a notícia, digna de um romance clichê. Enquanto isso, seguimos atentos aos próximos capítulos desse escândalo real. Afinal, quem resiste a um príncipe rebelde e seu romance inesperado com uma jovem plebeia?

Apoio o celular no colo, sem conseguir reagir, e Emma me encara com uma expressão maravilhada.

— Nunca imaginei que seria amiga de alguém envolvido num escândalo real. E, de verdade, se tem algo que a imprensa inglesa sabe fazer é fofoca sobre a realeza, mesmo que seja do país vizinho.

Esfrego as mãos no rosto.

— O que eu faço?

— Não sei. Mas tenho certeza de uma coisa. Ainda bem que o Kyle está em uma das viagens misteriosas dele, senão você teria dois problemas com que lidar: a imprensa e ele mais uma vez querendo socar a cara do Ian Ferner.

Emma tem razão. Seria uma merda a mais ter que lidar com o pavio curto de Kyle e a implicância natural que ele nutre por Ian. Quando meu amigo voltar, esse caos todo vai estar resolvido. Tem que estar.

— Essa bosta… — olho para o celular entre minhas pernas como se ele fosse me morder — pode acabar com a minha carreira. O professor Shepherd deve estar puto. Ele nem respondeu meus e-mails hoje pedindo uma reunião. Tem um monte de repórteres na frente da universidade, e Sua Alteza Real… — dou uma risada ácida — que nunca me disse nada sobre seu título… resolveu desaparecer.

— Vai ver está tentando resolver as coisas.

Semicerro os olhos para Emma, que encolhe os ombros, relaxada.

— Fica calma, amiga.

— Eu vou estrangular esse cara com meus barbantes de encadernação.

— Você sabe que matar o Ian não vai resolver nada.

— Eu não vou matá-lo, Emma. Não de verdade.

— Ufa, porque ele é, tipo, o príncipe da Noruega.

Abro as duas mãos no ar, exasperada.

— Tô sabendo.

Ela se levanta de repente, animada.

— Tive uma ideia! Vamos fazer um feitiço de amor. Aí, se der certo, ele pode virar seu noivo de verdade.

— Ah, que maravilha — afirmo com ironia. — Por que não pensei nisso antes?

Sem perceber o deboche, Emma sorri ainda mais.

— Eu também amo minhas soluções para a vida amorosa dos outros.

Bufo, inconformada. A porta do chalé se abre e tia Isla entra, apoiando o guarda-chuva na chapeleira.

— Por que está cheio de repórteres lá fora? Fiona explodiu alguma coisa com os feitiços dela?

— Eu o quê? — Tia Fiona acaba de entrar na sala, enxugando as mãos no pano de prato.

— Se explodiu algo, espero que tenha sido aquele nariz empinado da sra. Lancaster.

— Não explodi nada.

Solto um suspiro pesado. Como eu vou contar a elas que estou no meio de mais um escândalo? E que o da vez está colocando em xeque minha vida acadêmica? A mesma que elas dão o sangue para me ajudar a sustentar?

— Eu já disse que ninguém aqui vai enfeitiçar nenhum membro da família Lancaster! — brada tia Moira, se juntando à conversa. — Bom, talvez só o gato deles. Aquele peludo insuportável tem usado minhas roseiras como caixa de areia! Transforme aquele gato num rato se conseguir, Fiona, e eu deixo Merlim resolver a questão.

— Eu jamais faria mal a um bichinho.

— Eu posso tentar — se prontifica tia Isla —, se alguém me explicar o que está acontecendo e por que a entrada da nossa casa está cheia de repórteres.

Tia Moira abre a cortina de renda e olha pela janela.

— Meu Deus, parece a frente do Palácio de Buckingham. — Ela coloca as mãos na cintura e se vira para nós. — O que vocês fizeram?

Respiro fundo, terminando de ler outra notícia antes de responder:

— Fui eu que fiz. Quer dizer... Magnus Ian Vinterhald.

— Quem? — as três perguntam juntas.

— O príncipe da Noruega. Ele seria o herdeiro do trono se não tivesse abdicado anos atrás em favor do irmão mais novo.

Tia Fiona senta próximo a mim e Emma no sofá em frente à lareira.

— E o que esse príncipe fez? Por que tem repórteres aqui?

Inspiro devagar outra vez.

— Eles acham que estou noiva dele.

— O quê? — tia Isla exclama, sentando na poltrona à minha frente. — Você está noiva de um príncipe e não nos contou nada?

— Não estou noiva, tia. A imprensa está dizendo que sim, mas não é verdade.

Tia Moira também se acomoda no canto do sofá.

— Minha querida, você pode nos contar se tiver ficado noiva, mesmo que ainda não seja oficial.

— Eu não fiquei noiva! Estão dizendo que sim, mas não fiquei.

Tia Fiona franze o cenho.

— E por que fariam isso?

— É o que eu gostaria de saber.

A porta do chalé se abre, trazendo uma dezena de pessoas: vizinhos, turistas, clientes antigos e novos.

— Aqui é o chalé que saiu na BBC?

*Na BBC. Meu Deus!*

Uma garotinha ruiva aponta para mim.

— Olha, mamãe, é ela! Parece uma princesa de conto de fadas de verdade.

— Este chalé inteiro parece saído de um conto de fadas — diz outra mulher, tirando fotos.

Minhas tias se levantam para atender os clientes, minha cabeça começa a latejar e Emma encolhe os ombros.

— Pelo menos essa loucura vai ser boa para os negócios.

O aroma de chá de ervas e páginas antigas ainda se mistura ao perfume das flores espalhadas pelo chalé. As estantes de madeira escura, repletas de livros, continuam se erguendo até o teto, enquanto plantas pendem em treliças, criando um ambiente quase encantado.

Tudo está igual a algumas horas atrás, antes de essa bosta começar.

Mas as mesinhas redondas, cobertas com toalhas de renda e iluminadas por velas de vidro colorido, estão todas ocupadas. As paredes de pedra rústica ecoam dezenas de vozes. O balcão de madeira e vidro, que exibe chás raros, cafés gourmet, cristais energizados e porcelanas — onde os visitantes podem escolher suas infusões enquanto leem —, agora está cercado de pessoas.

Outro grupo entra na loja, perguntando sobre simpatias de amor para encontrar um príncipe, pedindo fotos e interessados em qualquer objeto que pareça remotamente mágico.

# 17

*A cadeira da ilha das Bruxas foi removida do Conselho de Alfehim há cem anos. Mesmo sem maioria, seu voto era uma voz firme contra as políticas puristas e equilibrava o poder no reino. Desde então, o bloco progressista perdeu força, e as decisões passaram a favorecer cada vez mais as ilhas conservadoras.*

— Trecho extraído do *Manual sociopolítico: o Conselho e os blocos — estruturas de poder em Alfehim*

A bebida entorpece minha raiva e me dá vontade de rir da novela ridícula em que minha vida se transformou. Ergo o copo com o líquido âmbar.

— Um brinde a Ian Ferner, a prova viva de que até os que parecem vilões podem, na realidade, ser os verdadeiros príncipes.

Emma gargalha e bate o copo contra o meu. Já faz uma hora que a loja esvaziou. Minhas tias subiram para descansar, mais empolgadas com o faturamento recorde do dia do que estressadas com os repórteres na frente de casa. Falando neles, finalmente parecem ter sumido. Mas é só por causa da chuva e do frio. Aposto que amanhã cedo estarão de volta, de plantão na porta da Brumas de Roslin. As histórias de fantasmas das bruxas que guardam o bosque ao lado do chalé devem estar dando um toque extra de drama ao noticiário. Tenho certeza.

Emma dá um gole no uísque e arqueia uma sobrancelha, sugestiva.

— Pronta pra tentar arrumar essa bagunça do melhor jeito possível?

— Como?

Ela se ajeita na cadeira, pega a mochila pendurada no encosto e começa a abrir o zíper.

— O que é isso? — pergunto, desconfiada, quando ela sacode um pote e algumas velas que pescou lá dentro.

— O que você acha?

— Velas vermelhas e um pote de mel. Não, nem começa.

Ela me ignora e continua tirando itens: um isqueiro, um barbante, um livro de simpatias, então congela o sorriso nos lábios.

— Comprei tudo aqui, amiga. Esse era o último exemplar do livro de simpatias. Pelo visto o combo "príncipe encantado" esgotou o estoque. Todo mundo enlouquecido tentando conseguir um.

— Ah, claro. Especialmente depois de você ter dito que eu conquistei o Ian com a ajuda desse livro.

— Agora vamos transformar isso em uma *meia*-verdade e escolher o melhor feitiço.

Cruzo os braços, fingindo firmeza, mas não consigo evitar a risada.

— Sim, com certeza. E o que tem de bom nesse grimório moderno?

Ela abre no sumário, empolgada.

— "Conquiste seu príncipe em dez dias", "Encontre o amor de conto de fadas"...

Dou uma risada nervosa.

— Você é louca, sabia?

— Vamos precisar de um fio de cabelo ou de uma cueca dele. Você acha que...

— Não. A gente não vai fazer isso.

Ela esboça uma careta, frustrada.

— Se não quiser usar o cabelo ou a cueca dele, a gente pode adaptar, usar só as velas e...

— Me dá isso aqui. — Pego os objetos da mesa e me levanto. — Vou guardar antes que você faça uma besteira.

Na verdade estou irritada. Não com Emma, e sim com a bagunça da situação. Principalmente, com o fato de Ian não ter respondido nenhum dos meus dez e-mails desde ontem. Como se simplesmente não fizesse parte do problema.

Começo a andar, murmurando:

— Se fosse pra fazer um feitiço para Ian Ferner, seria um pra deixar ele brocha pelos próximos seis meses e…

Dou de cara com um tronco. Ou melhor, com um carvalho norueguês. Levanto os olhos, suspirando.

— O quê? — pergunta Ian, analisando as velas e o livro nas minhas mãos.

Tenho certeza de que ele consegue ler o título, impresso em vermelho gritante: *Conquiste sua princesa ou seu príncipe — ou se vingue deles.*

— Título sugestivo, né? E não — acrescento, antes que ele fale qualquer coisa —, por mais que possa parecer, eu não ia usar pra te conquistar. Pelo que andam dizendo por aí, já fiz isso.

A expressão dele está séria, contida. Mas juro que vejo a sombra de um sorriso no canto de seus lábios.

— Boa noite, senhoritas — diz ele, lançando um olhar para Emma antes de voltar a mim. — Srta. Taylor, precisamos conversar.

— Ah, claro. Que falta de educação a minha. — Faço uma mesura exagerada, girando as mãos no ar. — Boa noite, Alteza Real. Quando se apresentou, esqueceu de contar um detalhe importante.

— Nunca achei que isso pudesse acontecer.

— O quê? As pessoas descobrirem que você é um príncipe? Ou a imprensa espalhar que nós estamos noivos depois de você *confirmar* isso?

— Eu não falei aquilo.

— Ah, não? Engraçado, no vídeo você diz exatamente isso.

Ele respira fundo, visivelmente incomodado.

— Quer dizer… eu falei, mas não quis dizer nesse sentido. Eu estava te carregando para fora da biblioteca depois da explosão, os repórteres fazendo dez perguntas ao mesmo tempo. Um deles soltou: “Ela é sua noiva?”, e eu respondi algo do tipo: “Ah, sim, porque carregar alguém depois de uma explosão *obviamente* significa que ela é minha noiva”. Ou qualquer coisa assim.

Ele desvia os olhos dos meus, sem graça.

— Desculpe. Nunca imaginei que isso se espalharia como boato oficial. Eu errei. Desde ontem estou fora do país tentando melhorar a situação. Só que já era tarde demais.

O dia em Paris volta em flashes à minha mente. A explosão. O pânico. O caos. Eu mal sabia meu nome. Responder a repórteres? Impossível. Mas isso não muda o fato de que…

— Você não me contou que era um príncipe.

— Podemos sentar e conversar?

O som da cadeira arrastando no chão se mistura com a voz de Emma:

— Eu vou subir. Estou, é… com sono.

— Boa noite — diz Ian.

Eu me viro para ela a tempo de vê-la lançar um olhar sugestivo em minha direção. Como quem diz: *Aproveita, amiga, agarra o seu noivo.*

— Boa noite, amiga — falo com firmeza.

Ouço os passos dela subindo a escada e, em seguida, a porta do quarto se fechando. Guardo o livro e as velas no balcão antes de voltar para junto dele, tentando ignorar — em vão — a forma como a roupa preta justa realça cada traço do corpo, a maneira como o cabelo úmido cai em desalinho sobre a testa e a barba por fazer dá ao seu rosto um ar sombrio, *irresistível.* A chuva bate contra as janelas e a lenha estala na lareira enquanto nos sentamos lado a lado no sofá de veludo verde.

Ian esfrega o rosto com força.

— Eu abdiquei do título há dez anos, em favor do meu meio-irmão, filho do segundo casamento do meu pai, o rei da Noruega.

Faço que sim em silêncio.

— Quase nunca vejo a minha família. As coisas ficaram insustentáveis, especialmente depois que a minha irmã sofreu um acidente e…

— Sinto muito. Eu li a respeito.

— Então você deve ter visto os boatos. Aqueles que praticamente me obrigaram a desaparecer da vida pública e a abdicar do trono.

Balanço a cabeça, negando. Ele olha fixamente para o fogo.

— Já ouviu falar de gêmeos com uma ligação tão forte que sentem o que o outro sente?

— Já.

— Eu praticamente não conheci a minha mãe. Ela morreu num acidente quando minha irmã e eu éramos bebês. Minha irmã era tudo o que eu tinha. Nossa conexão era única. E, apesar disso, sempre tivemos a sensação de não pertencer à família. Como se faltasse alguma coisa. Termos um ao outro bastava; de certa maneira, isso abafava a rejeição do nosso pai e a falta da nossa mãe.

— Eu sempre me senti assim — confesso. — Fora de lugar. Os psicólogos diziam que era reflexo da ausência de identidade, por não saber de onde eu vim.

O olhar dele escurece.

— Agora imagine perder todos que você ama. Suas tias. Seus amigos. O que sobraria?

Olho pela janela, tentando afastar o nó na garganta.

— Nada... ou só a minha busca por respostas.

— E se houvesse uma forma de ter essas pessoas de volta? O que você faria?

— Qualquer coisa.

Ele me observa em silêncio, intenso, quase indecifrável.

— O que vou te contar agora vai explicar por que eu abdiquei do trono. Por que eu não estava preocupado em dar respostas perfeitas à imprensa em Paris. Depois quero te contar minha ideia para consertar tudo isso. Pode ser?

Assinto.

Ele fecha os olhos e inspira fundo. Quando os abre e me encara novamente, um arrepio percorre meus braços. A profundidade em seus olhos me faz mergulhar em algo muito maior que títulos, realeza ou escândalos.

# 18

*Cada ilha de Alfehim tem três portais fixos, conectados a locais específicos no mundo humano. A entrada por esses portais é rigidamente controlada pelo rei ou pelos príncipes regentes de cada ilha, e só pode ser feita com autorização mágica e DNA compatível com a ilha de origem. Já a saída de Alfehim, apesar do patrulhamento constante, ainda não é totalmente controlada — o que permite que alguns feéricos, bruxos ou mestiços escapem sem registro oficial.*

— Trecho extraído do *Manual de trânsito entre ilhas e mundos: portais entre mundos*

## Onze anos atrás
## Ian Ferner

— Essa mania que você tem de patinar no gelo no meio daquele lago é uma merda, sabia? — falo para Layla, bufando.

Ela apenas sorri para mim, vitoriosa e agradecida.

— Você sabe que eu não gosto de dirigir na neve.

Jogo a mochila com os patins e os equipamentos de segurança no banco de trás e entro no carro.

— Só que hoje eu não vou patinar com você de jeito nenhum. Estou exausto.

— Por quê? — Ela me cutuca com o ombro de um jeito sugestivo assim que senta ao meu lado. — A Astrid te deixou acordado a noite inteira?

Ligo o carro e olho para trás para manobrar.

— Não é da sua conta.

— Claro que é. Ela é minha melhor amiga.

Arqueio as sobrancelhas e pressiono os lábios antes de dizer:

— Se eu ficar de castigo porque você resolveu enganar os seguranças pra eles não nos seguirem, você me paga.

Ela se debruça sobre o espaço entre os bancos e dá um beijo molhado na minha bochecha.

— Eca, você babou em mim.

Vejo pelo canto dos olhos quando ela cospe na própria mão antes de esfregar na minha cara.

— Sua nojenta, vou te largar aqui no meio da rua.

— Afff, nem parece que a gente dividiu a mesma barriga, fluidos e qualquer outra gosma que gêmeos dividem.

Bufo, observando enquanto ela limpa na calça a mão ainda molhada de saliva.

— Não se preocupe — diz, mexendo nas unhas com ar inocente. — Já somos maiores de idade; papai não vai colocar a gente de castigo.

Não respondo. Sei que ele não vai nos castigar. Mas, infelizmente, não é porque temos vinte e um anos. É porque ele não se importa e nunca se importou. Como se a família dele de verdade fosse sua segunda esposa, minha madrasta, Ingrid, e meu meio-irmão, Erik.

Layla sabe disso. Sua expressão, antes descontraída, está crispada. E, sei lá, talvez mentir para nós mesmos funcione melhor para aliviar o clima de merda do que a verdade: somos órfãos de pai e mãe. Só que, ao contrário da nossa mãe, que morreu em um acidente de carro quando tínhamos seis meses, nosso pai está vivo.

Tempos depois, estaciono em frente ao lago. Inspiro devagar e olho ao redor. A superfície congelada se estende como um espelho, refletindo o brilho pálido do céu de inverno. Cercado por montanhas cobertas de neve e por um bosque silencioso de pinheiros altos e escuros, o ar é gelado e puro. Rachaduras finas cortam o gelo em padrões que parecem simétricos, enquanto a névoa se ergue da floresta, tornando a paisagem etérea. É um lugar lindo, Layla tem razão. Talvez um dos mais lindos perto do palácio.

Ela coloca a mão na maçaneta.

— Você não vai mesmo?

— Não.

E se prepara para sair, mas eu a interrompo:

— Testa a porra do gelo antes de…

— Eu sei.

— É sério, Layla. O frio aumentou faz pouco tempo.

Ela arruma a mochila nas costas.

— Tudo bem.

— E se cuida. Da última vez você estirou o músculo da perna patinando. Vai entender por que eu estirei o mesmo músculo jogando rúgbi no dia seguinte.

— Também te amo — diz ela antes de sair do carro.

Abaixo o banco para cochilar. Layla estava certa: Astrid me manteve acordado boa parte da noite. Sinto o ventre contrair quando lembro o que ela prometeu que faríamos hoje mais tarde.

Diminuo um pouco o volume do som. Está tocando "Come as You Are", do Nirvana. Fecho os olhos e, pouco depois, apago.

Respirar fica difícil, sem falar no frio que faz meus ossos doerem. Cacete, que frio é esse? O interior do carro está coberto de gelo. Que porra é essa? Olho à frente e é como se não estivesse mais dentro do carro, mas no meio do lago, enquanto um vento cortante e uma névoa densa apagam tudo ao redor.

Tento me mexer. Procurar Layla. Olhar para os lados. Correr. Mas não consigo. Estou congelado. Mas que merda.

Acordo assustado, com um grito preso na garganta, a respiração acelerada, o coração retumbando no peito.

E eu sei — de algum jeito eu sei — que alguma coisa aconteceu.

— Layla.

Desço rápido do carro e olho ao redor. O lago é grande, mas dá para enxergá-lo por inteiro.

— Layla! — grito.

Corro para cima do gelo. Escorrego e caio, esfolando a mão direita. Levanto e meu coração para. O tempo evapora. O mundo desaba quando vejo uma rachadura na superfície e, um pouco mais à frente, um buraco.

Não me importo com nada a não ser minha irmã. Não penso em mais nada. Se eu pensasse, saberia que deveria me aproximar do buraco deitado, para distribuir o peso. No entanto, quando vejo o rastro que ela deixou ao cair, enlouqueço.

Chego à fenda ofegante, o corpo inteiro tomado pela maior onda de pavor e adrenalina que já senti. A água sob o gelo é escura. Arranco o casaco e mergulho atrás dela. Não sinto dor. Não penso que tenho pouquíssimo tempo antes de começar a congelar. Mergulho com tudo, afundando na água.

Então eu a vejo. Submersa. Olhos abertos. Lábios entreabertos.

Eu a agarro e nado em direção à abertura. Luto contra o peso da roupa encharcada, do corpo dela, do frio que aperta meu peito como uma corrente de ferro. De algum jeito, eu consigo. Puxo Layla para cima comigo, tiro-a da água, deito-a no gelo.

Mas ela está inerte.

Aperto seu nariz, inclino sua cabeça para trás. *Respiração boca a boca.* Nada.

— Não! — grito. — Não faz isso comigo.

As aulas de primeiros socorros que tive quando servi o exército vão ser úteis para alguma coisa. Tem que funcionar. Começo a fazer massagem cardíaca, intercalando com respiração boca a boca.

Um, dois, três, quatro.

— Você não pode me deixar — urro, sentindo as lágrimas quentes descerem pelo rosto. — Eu só tenho você.

Insisto mais uma vez. Respiração boca a boca. Massagem cardíaca. Até que…

Ela engasga. Expulsa a água dos pulmões. Abre os olhos e luta para respirar. Mas sei que deve estar em choque devido à hipotermia. Rasgo sua blusa molhada, tiro a minha, pego o casaco que deixei na margem da fenda antes de mergulhar. Cubro Layla e me deito sobre ela, tentando aquecê-la.

Estou tremendo tanto que mal consigo respirar. A temperatura deve estar em torno de dez graus negativos. Preciso tirar a gente daqui.

Então algo acontece. Layla começa a lutar. A se debater embaixo de mim. A me arranhar, me bater, me chutar. Tudo ao mesmo tempo.

— Para! Você está bem! Eu te salvei!

Ela está em choque.

— Layla! — grito quando ela arranha meu rosto. — Sou eu!

Consigo contê-la, imobilizá-la. Ofegante, sentindo como se mil facas perfurassem minha pele, falo entre os dentes:

— A gente precisa ir pro carro.

Ela relaxa os músculos tensionados, para de se debater. Olha para o nada. E diz uma palavra que não entendo.

Naquele dia, eu não sabia. Não fazia ideia do que estava por trás desse acidente. De quanto isso mudaria a vida dela. E a minha.

Não sabia que Layla ficaria dez anos sem falar.

# 19

## Os dragões e os portais

*Os dragões menores são os guardiões do equilíbrio mágico dos portais entre Alfehim e o mundo humano. É por meio deles que a magia flui com segurança entre os dois mundos. Sua presença estabiliza o fluxo energético, impedindo rupturas, vazamentos ou sobrecargas. Sem os dragões, o uso dos portais se tornaria instável, colocando em risco tanto Alfehim quanto a Terra. Eles não escolhem quem passa — mas garantem que o fluxo de magia permaneça equilibrado.*

— Trecho extraído do *Atlas primordial da vida e da magia em Alfehim*

### Briana

Estou me segurando para não chorar. Ian contou sobre o acidente da irmã com tanta intensidade que me deixou sem ar. Sem palavras. A única coisa que consegui dizer algumas vezes foi:

— Sinto muito.

Ele fecha as mãos em punhos ao lado do corpo, com força, antes de continuar:

— Um casal que passava ali perto, em vez de oferecer ajuda, tirou fotos e chamou a polícia quando percebeu quem éramos. Vendeu para a imprensa uma versão sórdida. Uma versão que, mesmo depois de os exames de corpo de delito em Layla provarem o contrário, definiu os capítulos seguintes da minha vida. Até porque — ele dá uma risada melancólica — meu pai não fez muita questão de não acreditar nela.

— Que versão? — Minha voz soa fraca.

— De que eu torturei e tentei matar a minha irmã.

— Meu Deus! — Arfo. — Que horror.

— E de que ela entrou em estado catatônico por causa do trauma. O fato de que... de que todas as vezes que me via ela ficava agitada corroborava essa versão. Fui proibido de vê-la, a não ser sob supervisão. Ela... — A voz dele sai mais baixa. — A única pessoa que eu amei na vida. Que eu faria qualquer coisa pra ver bem. Ela parecia não suportar a minha presença.

Inspiro devagar e repito:

— Sinto muito.

Ele me encara, os olhos sombreados por lágrimas.

— Pouco depois, mudei do curso de medicina para neurolinguística e neurociência. Me graduei e me pós-graduei em tempo recorde. A única coisa que eu queria era tentar ajudá-la a sair do buraco no qual sua mente mergulhou. Mas a mídia... Meu Deus, a mídia não esquecia. Aonde quer que eu fosse na Noruega, as pessoas me olhavam com uma expressão apavorada, apontavam, cochichavam. Eu virei o monstro de gelo. O futuro rei louco.

Engulo com força ao lembrar que, nas universidades em que ele trabalhou, continuou carregando apelidos parecidos, mesmo que por motivos muito mais banais.

— Então meu pai me chamou — prossegue ele depois de respirar fundo. — E me propôs um trato: "Você renuncia ao trono em favor do seu irmão, passa a frequentar o mínimo possível esta casa, some do meio da realeza e eu faço o que estiver ao meu alcance para a mídia te deixar em paz. *Nos* deixar em paz". Eu nem hesitei. Nunca me importei de verdade com essa merda toda. Durante anos, eu só quis que o meu pai me aprovasse. Estudei nas escolas que ele mandou, servi o exército como ele sugeriu, e provavelmente, se não fosse o acidente com a minha irmã, me casaria com alguém que ele escolhesse e seria o futuro rei da

Noruega. Só que, quando tudo ruiu, entendi que eu nunca seria bom o bastante, e por esse lado a ruptura foi um alívio.

Ele aponta para fora, para onde os repórteres faziam fila.

— Após eu assumir publicamente minha renúncia, a mídia desapareceu, como que por milagre. Passei a usar o sobrenome da minha mãe e só visitava as propriedades da família para ver minha irmã. Tudo que eu fiz nos últimos anos, todos os cursos, as pesquisas, os estudos, foi para tentar achar uma cura. E então — a voz dele fica embargada — há um ano ela se foi. Tudo isso foi em vão.

Travo o maxilar para evitar chorar.

— Eu sinto muito mesmo, Ian.

O nariz dele se expande ao inspirar com força.

— Eu tinha esquecido como lidar com essa bosta de imprensa. Acho que por isso… fui descuidado com a minha resposta em Paris. Me perdoe.

Depois de tudo o que ele me contou, de todo o drama que viveu, o problema com a história do nosso noivado falso parece uma pedrinha no sapato. *Nada além disso.*

— Podemos desmentir. Amanhã você explica para a imprensa que tudo não passou de um mal-entendido e…

— E as nossas fotos na Áustria? — Ele aperta a ponte do nariz. — Meu Deus, eu nem sabia que tinha repórteres me rondando ali. Além disso, eu soube que o Shepherd conversou com você. Isso não vai acabar bem.

Meu estômago gela, porque sei as consequências dessa foto para minha carreira: desastrosas. E o fato de ele estar orientando minha tese, validando minha pesquisa — o que até então vinha sendo um cala-boca para os ataques de Margareth Lancaster —, com as últimas notícias e a repercussão absurda na mídia, vai ser como acender um fósforo perto de querosene. Agora eu entendo por que ela mostrou a matéria de ontem para o professor Shepherd. A validação de Ian Ferner à minha pesquisa tinha trazido uma trégua aos ataques acadêmicos dela.

Encolho os ombros, suspirando.

— Somos adultos. Ninguém tem nada a ver com isso — minto.

— Você sabe que as coisas não funcionam assim, Briana. E, se tem algo que eu aprendi quando tudo desmoronou, é que a gente precisa se agarrar ao que ama. Ao que nos dá fôlego, nos inspira, ao que faz sentido no meio do caos. Sem isso... como seguir em frente? — Ele se inclina um pouco mais, os olhos presos nos meus. — E você ama a sua pesquisa. Ama a sua tese. Não ama?

— Sim, muito — respondo e olho para a lareira.

Entendo o que Ian quis dizer sem que ele precise explicar tudo. Mesmo que esteja falando sobre algo completamente diferente do que estou pensando.

Sem o propósito de seguir firme nos meus ideais, sem validar essa realidade, todos os contornos que foram afrouxados com o que aconteceu em Paris vão se desmanchar cada vez mais. Até... talvez não restar nada. Somente a loucura. E um sonho que pode não ter sido real.

Nos encaramos por tempo suficiente para ouvir alguns estalos na lenha.

— E o que... o que você sugere? O que mais a gente poderia fazer? — Eu quebro o silêncio.

Ele umedece os lábios antes de falar, os orbes azuis passeando rápido pelo meu rosto:

— Sugiro que fiquemos noivos de verdade.

Pisco várias vezes, aturdida.

— O quê?!

— Não de verdade, só para manter a farsa. Vamos fingir estar noivos por um tempo, até que a imprensa esqueça esse assunto.

Meu coração dispara, e eu abro a boca para responder que isso é loucura, que não posso ser noiva de um príncipe, não sei nem fazer uma reverência adequada. O mais perto que cheguei de um castelo foi pelas páginas dos contos de fadas que amo, e isso nunca vai dar certo. Mas ele fala antes:

— Pela primeira vez em anos, desde o acidente com a minha irmã, meu pai me chamou para uma conversa em particular. Disse que estava feliz com o noivado... Na verdade — ele ri com amargura —, casar com alguém que ele escolhesse sempre foi uma das condições para eu voltar às boas graças da família. Como nunca dei abertura, ele passou anos esperando uma tentativa de reaproximação. Então, mesmo você não sendo de uma família importante da Noruega, para ele é como se fosse um sinal de que estou tentando melhorar a minha imagem.

Inspiro o ar com cheiro de lenha, ervas e livros.

— Depois do acidente, você nunca mais voltou pra casa?

— Eu ia visitar Layla sempre que possível. No último mês antes do fim, morei lá com ela, mas via pouquíssimo meu pai. Meu irmão caçula, Erik, em favor de quem abdiquei do trono, é a única pessoa que me fazia voltar para o núcleo familiar uma vez por ano. Ele é um bom garoto, e agora somos só nós dois. Então, Briana, isso vai ser bom para mim também. Mas, principalmente, essa bagunça toda é minha culpa. Deixa eu consertar as coisas.

Suspiro devagar.

— Entendo.

Quando percebe que estou cedendo, ele continua rápido:

— Além disso, eu falei com o professor Shepherd hoje cedo. Pelo que entendi, com um noivado oficial, ele não vai se opor a que eu continue te orientando. Pelo menos até redirecionar sua pesquisa para outro orientador. A gente poderia ficar livre pra viajar, pesquisar, sem precisar esconder nada.

— Não sei.

— Se ficarmos noivos por um tempo e depois você terminar comigo publicamente, ninguém vai questionar sua carreira, nem sua tese, nem o fato de eu ter financiado sua pesquisa. Por mais absurdo que pareça, um noivado torna o nosso suposto caso… aceitável.

Desvio os olhos dos dele e encaro a janela. O nevoeiro lá fora está tão denso que não dá para ver nada. É absurdo, mas um noivado transforma o sexo em algo socialmente aceito. Como se o prazer da mulher, só pelo prazer, ainda fosse considerado crime ou pecado. No fim, tudo isso diz mais sobre quanto as mulheres ainda são castradas do que sobre a credibilidade da universidade e da minha pesquisa. Mesmo assim… talvez Ian tenha razão. Talvez essa seja a saída.

— Por quanto tempo teríamos que sustentar essa farsa?

Ele respira fundo e um sorriso quase imperceptível curva o canto dos lábios.

— Até você concluir sua tese. O que acha?

— Alguns meses?

Ele assente.

— Se você topar, marco uma coletiva de imprensa pra amanhã cedo na minha casa.

Meu coração dispara. Minha boca seca.

— Eu acho que…

O que vestir? Como falar? O que fazer? O peso da decisão se instala em meu peito, e um sorriso nervoso escapa dos meus lábios antes que eu consiga controlar. Ele parece ler minha mente.

— Não precisa se preocupar, Briana. Vou estar do seu lado em qualquer evento ou entrevista.

— E aqui? Você acha que o assédio da mídia vai continuar?

Vejo o pomo de adão dele subir e descer quando engole em seco.

— Espero que não. Vou fazer o possível para que acabe, mas o silêncio é a pior arma num momento como esse. Então…

— A coletiva de amanhã pode ajudar.

— Exatamente.

Respiro fundo. Pode não ser o ideal, mas é a melhor saída que temos; não consigo pensar em nenhuma outra.

— Tudo bem — murmuro.

O toque quente dele no meu rosto me pega desprevenida. O choque percorre minha pele, e meu estômago se contrai.

— Uma joaninha — diz ele, mostrando o bichinho em seu dedo.

Encolho os ombros, observando-a voar para longe.

— Deve ter vindo da estufa da tia Isla. O chalé é cheio delas.

Ele assente, mas, em vez de afastar a mão, desliza os dedos por uma mecha de cabelo que caiu sobre meu rosto e a coloca atrás da minha orelha. Meu estômago é fisgado de novo. Meu corpo reage antes que a mente processe, minha respiração fica curta, o coração acelera.

O dedo dele massageia suavemente o vinco entre minhas sobrancelhas.

— Tente relaxar. Prometo que vou ser um bom noivo falso.

Engulo em seco, e o bolo na minha garganta cresce quando ele diz, com a voz mais grave, mais densa:

— Então, srta. Briana Taylor, aceita se casar comigo em um conto de fadas de mentirinha?

Meu peito aperta. Faço que sim, tentando sorrir, mas meus lábios estão tensos.

— Sim.

— Vamos ensaiar as respostas para amanhã?

Concordo outra vez, mas a verdade é que meu corpo parece não entender o significado de *de mentirinha.*

E o problema ainda maior? Talvez... meu coração também não entenda.

❄

Cheguei meia hora antes de a coletiva começar. Sentamos para tomar café da manhã com Freya, a assessora de imprensa da família real norueguesa, uma jovem ruiva cheia de sardas que nos instruiu sobre como e o que responder. Ela também elogiou minha roupa: um vestido azul-claro de mangas longas transparentes, decote discreto e corpete ajustado, que se abre em uma saia fluida na altura dos joelhos. Escolha de Emma. *Minha fada-madrinha, definitivamente.*

Ainda decidida a bancar a fada de qualquer maneira, Emma insistiu em fazer minha maquiagem, discreta e romântica: bochechas coradas, lábios rosados... *A expressão perfeita de uma jovem apaixonada.*

Mandamos mensagem no grupo que temos com Kyle sobre o noivado de mentira, ao que, surpreendentemente, ele respondeu:

**Kyle**
Pelo menos ele parece estar fazendo o que é certo.

Somente os dois sabem que nosso noivado é uma farsa. Resolvemos manter o teatro até mesmo para minhas tias, que jamais aceitariam isso caladas. Melhor lidar com a frustração delas por eu ter ficado noiva em segredo do que com a fúria por eu estar mentindo.

Elas odeiam mentiras. Eu também...

No entanto, desde Alfehim, desde que comecei a ter a sensação de ser seguida, mentir e omitir tem se tornado quase um hábito. O problema é que a mentira é um veneno silencioso: traz uma falsa sensação de alívio, quando, na verdade, só te arrasta ainda mais para um lugar escuro e escorregadio.

Só que, por enquanto, essa é a melhor opção. Até eu entender de fato o que tem acontecido, se preciso abrir o jogo com minhas tias e deixá-las preocupadas. Não sei como elas vão reagir quando souberem de tudo.

Olho ao redor; a casa de Ian Ferner em Edimburgo é uma construção antiga de cinco quartos, biblioteca, sala de estar e jantar. O estilo é clássico inglês, com alguns móveis e obras de arte mais modernos dando um toque pessoal. Estamos há quinze minutos na enorme biblioteca respondendo a uma dezena de repórteres de toda a Europa.

Não entendo essa obsessão mundial pela vida de qualquer família real.

Lembro das palavras de Elara Silverwood em uma das aulas na ilha das Bruxas:

— Muitos feéricos que se mudaram para o mundo humano acabaram se unindo a reis e rainhas, e diversos símbolos de poder que a monarquia comum vem usando ao longo dos anos descendem de Alfehim. Unicórnios, dragões, quimeras...

— E vocês já têm data para o casamento? — pergunta um repórter britânico.

Ian sorri com tranquilidade e, sem aviso, pega minha mão e beija o dorso enquanto me olha.

— Por mim, nos casaríamos amanhã. Mas Briana quer esperar a conclusão da tese de doutorado dela.

Finjo que não sinto os joelhos amolecerem e virarem gelatina. Mesmo sentada.

Uma repórter de óculos grandes demais para o rosto levanta a mão antes que a assessora a libere para perguntar.

— Vocês acham que o noivado atrapalha ou ajuda a relação de vocês na vida acadêmica e profissional?

Os dedos de Ian se entrelaçam nos meus, apertando levemente. Um apoio sutil, firme.

— Nos conhecemos antes de saber que trabalharíamos juntos. Então, acho que somos profissionais o suficiente para manter a vida pessoal separada da acadêmica. Além disso, não vamos ser o primeiro nem o último casal do mundo a trabalhar ou pesquisar junto.

Ele acaricia meu pulso com o polegar. Devagar, num ato contínuo, inconsciente. Meu corpo responde na hora, como sempre. O coração dispara, os pelos da nuca se arrepiam. *O idiota do meu corpo não entende que isto aqui, estes toques, estes olhares, são uma farsa.*

— Conversei hoje de manhã com o reitor da Universidade de Edimburgo, e a instituição não se opõe ao nosso relacionamento — Ian continua, sem parar de deslizar o polegar na minha pele. — Caso contrário, essa pergunta nem seria necessária. Eu simplesmente apresentaria minha carta de demissão, eles contratariam outro profissional, e Briana e eu continuaríamos juntos.

Freya ergue a mão, sinalizando o número um.

— Eles responderão a mais uma pergunta.

Um senhor calvo de blazer xadrez, que esteve em silêncio até agora, recebe a palavra.

— Alteza, como está lidando com o desaparecimento da sua irmã? Faz pouco mais de um ano, não? O senhor já superou? E por onde esteve nos seis meses depois que ela se foi?

O ar some dos meus pulmões. Sinto os dedos de Ian apertarem os meus. Sua expressão muda de relaxada para tensa.

A assessora se levanta num pulo.

— Avisamos que não responderíamos a perguntas sobre esse assunto.

E então o caos toma conta da sala. Dez repórteres falam ao mesmo tempo sobre o passado de Ian. Sobre o acidente da irmã. O estado catatônico dela. A renúncia de Ian e se ele pretende revertê-la. Se a princesa Layla será oficialmente declarada morta.

Ian endurece os ombros, trinca o maxilar. Freya praticamente grita para ser ouvida:

— Vocês querem fotos do casal ou eles podem se retirar?

As perguntas continuam. Os flashes disparam. Minha cabeça gira.

Layla sumiu. A irmã dele. A única pessoa que Ian realmente ama. A única que ele considera sua família.

Ela não está oficialmente morta — eu havia entendido que sim ontem, quando ele me contou. Layla desapareceu há pouco mais de um ano. Meu Deus, então… pode estar viva. Mas… onde ela estaria?

— Sei que é um pedido indiscreto, mas os leitores adorariam. Vocês podem dar um beijo para as câmeras? — uma repórter pede. Outros reforçam o pedido.

Ian me encara, arqueando uma sobrancelha.

— E aí? — murmura.

Faço um gesto sutil de sim, misturado a tanto faz, mas meu coração já começou a disparar. E então ele se move. As mãos grandes enlaçam minha cintura, me puxando para perto. Para muito perto. Meu peito colide contra o dele. O ar escapa dos meus lábios antes que eu consiga segurar.

Uma das mãos dele permanece firme na base da minha coluna. A outra desliza pelas minhas costas, queimando cada centímetro da pele por cima do tecido do vestido.

Prendo os lábios e mesmo assim um arquejo escapa entre eles.

Ian se inclina. A respiração dele se mistura com a minha.

Os lábios tocam os meus de leve. Como uma penugem. Minha boca se entreabre num reflexo traiçoeiro. Ele solta o ar, entrecortado, e pressiona os lábios nos meus, movendo-os devagar.

Os flashes disparam.

O mundo gira.

Ian se afasta, as narinas dilatadas, o olhar escurecido. Como se lutasse para respirar. O braço ainda me envolve pela cintura, sustentando meu corpo. Me dando eixo.

# 20

## A DÉCIMA ILHA

*Diz-se que existe uma décima ilha: a ilha das Sombras, onde a noite é eterna. Apagada dos mapas e negada pelo Conselho, sobrevive apenas como lenda. Fala-se de uma terra onde a magia é feita de escuridão e silêncio. Poucos voltaram de lá — e nenhum voltou igual. Para uns, é heresia. Para outros, esperança. Para os que sabem, ela nunca deixou de existir.*

— Trecho extraído de *Ilhas perdidas e lendas negadas de Alfehim*

Este é um daqueles dias de merda em que eu queria fingir que Ian Ferner é só um professor gato e irritante que por acaso dá aula na minha universidade. E não meu noivo de mentirinha.

Sério. *Eu não tenho paciência.*

Não consigo entender por que metade das pessoas nesta universidade está tão empolgada com uma bobagem como essa. Um alvoroço.

Eu só tenho vontade de revirar os olhos. Muitas vezes.

O alvoroço tem um metro e noventa e dois, olhos azuis e hoje veio dar aula vestindo um kilt, em homenagem a uma data comemorativa de Edimburgo. O alvoroço é meu noivo. De mentira, mas ninguém sabe disso.

Pelo amor de Deus! Mal consegui me aproximar do corredor onde fica a sala em que ele está. Se antes quase ninguém me notava pelos corredores, agora as pessoas me olham como se eu fosse uma fênix renascida. Ou como se tivesse cometido um crime ao anunciar, há alguns dias, que estou "noiva" do professor mais gato da universidade. Que por acaso é um príncipe.

Pelo menos a cara de raiva de Margareth Lancaster, quando passei por ela ontem, foi impagável. Tento dar mais alguns passos, desviando do tumulto, e lembro da mensagem de Emma pouco antes:

**Emma**
Você vai ser assistente na aula de linguística, certo?

**Briana**
Sim, por quê?

**Emma**
Venha preparada pra ver a loucura que o seu noivo de kilt está provocando por aqui.

E ela estava certa. De repente, alunos de todos os cursos resolveram se interessar por linguística. Ridículo.

Abro espaço entre os corpos espremidos para entrar na sala como se lá dentro estivesse, sei lá, o Lucien Laviscount fazendo striptease. Forço a entrada, murmurando de um jeito seco:

— Licença, preciso trabalhar.

As pessoas começam a se cutucar e a murmurar entre si. *A noiva dele. A sortuda.* Quase derrubo os livros umas três vezes. Agora mesmo, uma garota mais alta do que eu, se esticando para tentar enxergá-lo melhor, me dá uma cotovelada no braço.

— Mas que merda — resmungo, e ela nem escuta.

Está ocupada demais suspirando:

— Se todos os professores fossem gatos assim, eu não perdia uma aula.

— Com licença — peço, forçando a passagem. — Me deem licença.

E então eu o vejo.

*Porcaria.*

Tão lindo quanto um deus escocês-norueguês. Mas, gente, nada justifica essa comoção toda. Tudo bem, talvez justifique. É que eles não passaram pelas semanas mais absurdas da própria existência; não sentiram como se tivessem vivido por meses num mundo mágico. Nem desmaiaram no meio de uma biblioteca explodindo. E, com certeza, não ficaram noivos — mesmo que por conveniência — de um príncipe escandinavo.

Então, sim, talvez seja natural que um professor gato de kilt cause tudo isso.

E que kilt… Cinza e preto. Coturnos. Malha escura de gola alta. O cabelo está um pouco mais comprido desde que ele começou a dar aula aqui. Mas ainda assim alinhado, num corte preciso, modelado. Nenhum fio fora do lugar.

Peço licença num tom de voz mais elevado e entro de vez na sala, segurando os cinco volumes sobre a influência da linguística na formação dos poemas, que ele pediu por e-mail.

Antes de Paris — e principalmente antes do noivado—, era como se eu fosse invisível para ele nas aulas. No máximo, Ian me olharia rapidamente e pediria para outro aluno me ajudar com os livros.

Mas agora? Não sei lidar.

Ele me encara por um tempo. A sala inteira se cala, nos observando. Acho que esperam um beijo de cinema. Afinal, esta é a primeira aula depois que oficializamos o noivado.

Os lábios dele se curvam num sorriso discreto. Depois, ele caminha na minha direção. Com calma. Como se não estivesse vestindo uma saia escocesa que molda perigosamente bem as coxas musculosas e que, ao que parece, faz metade da população da universidade ter um colapso.

— Boa tarde — diz ele num tom baixo e rouco. Íntimo. — Você está bem?

O calor do seu olhar desliza pela minha pele como um toque. Ele pega os livros da minha mão, e eu murmuro:

— Sim, estou bem. Parece que as pessoas é que não estão.

— Como assim?

Aponto discretamente para a sala lotada, para as pessoas em pé, se espremendo entre as cadeiras e no vão da porta. Meus olhos deslizam para um grupo de garotas que acaba de se acomodar nas escadas.

— Parece que nunca viram um homem de kilt.

Os olhos dele se arregalam um pouco, antes de um sorriso discreto, quase autodepreciativo, surgir em seus lábios.

— Assim você me desanima, meu amor. Achei que todos estivessem aqui para ouvir sobre a importância do estudo da linguística na formação dos poemas.

*Meu amor*. Duas palavrinhas ditas de um jeito descompromissado e em tom de brincadeira, mas fazem meu coração dar um salto.

Tento disfarçar com uma piadinha boba:

— Acho que estão aqui para ver como a linguística influenciou a disseminação da cultura escocesa e o uso do kilt até hoje por alguns espécimes masculinos.

Ele acha graça. Os lábios se curvam para cima num arco simétrico. Os dentes brancos e perfeitos contrastam com o rosto sombreado pela barba curta. Os olhos assumem um tom mais escuro de azul. O rosto inteiro se ilumina. Como se sorrisos assim fossem guardados somente para algumas pessoas. Sua noiva, por exemplo. Meu coração acelera mais. E dou graças a Deus pelos suspiros ao redor, porque ele desvia os olhos do meu rosto para a sala, dizendo:

— Que bom que estão todos aqui hoje, tão entusiasmados. Vamos aproveitar a presença para fazer uma prova surpresa.

Os murmúrios de protesto se espalham rapidamente. Mas ele já assumiu a postura de professor frio e intimidador.

— Quem não for desta turma, por favor, ceda seu lugar para quem de fato é.

Então, ele olha de relance para mim e arqueia as sobrancelhas. Eu entendo a tática e sorrio do absurdo. Ian Ferner sabe direitinho manter a fama de filho da puta.

Emma o fuzila com o olhar antes de se virar para mim e abrir as mãos no ar, indignada. Encolho os ombros em uma resposta silenciosa. *O que eu posso fazer?*

A sala mergulha num silêncio concentrado depois que ele passa as questões da prova surpresa. É minha deixa. Me aproximo da mesa onde ele está sentado, anotando algo.

— Já que você deu uma prova e eu só vim deixar os livros que pediu, posso aproveitar para devolvê-los na biblioteca e não voltar aqui? Ou você ainda vai precisar de mim?

Ele ergue os olhos, sem dizer nada por alguns segundos. O peso do olhar me faz querer acrescentar uma justificativa:

— Tenho um compromisso.

O cenho dele se franze.

— Eu ia te chamar pra tomar um café aqui perto. Acho que seria bom sermos vistos juntos em outros lugares além da universidade.

Arregalo os olhos, surpresa.

— Pensei que o assédio da imprensa tivesse diminuído.

— Sim, diminuiu. Mas não é sobre a imprensa. É sobre todo o resto.

Ah. Entendi. Acontece que eu já tenho planos para hoje. Planos que não incluem um café com Ian Ferner fingindo que somos um casal feliz.

— E então? — ele insiste.

— Puxa, eu... marquei de estudar com uma amiga.

O olhar dele se estreita ligeiramente, como se farejasse minha mentira. Me apresso a completar:

— Kelsie Lundberg, da pós. Você conhece. Mas podemos tomar um café amanhã, antes de irmos para a livraria. Pra eu te apresentar às minhas tias, lembra? Elas querem te conhecer antes de irmos pra Noruega.

Ele enfim assente.

— Tudo bem. Amanhã, então.

Solto o ar devagar e lanço um olhar rápido para Emma, que está concentrada na prova. Eu menti para ela quando disse que ia estudar na casa da Kelsie para justificar minha ausência no barzinho depois da aula. Menti para minhas tias também dizendo que dormiria fora. E agora para Ian. *Quantas mentiras.*

Pego os livros, que não serão mais usados por causa da prova surpresa, e repasso mentalmente meu plano: vou ficar escondida em algum banheiro até o prédio fechar, às sete. Então, usarei a cópia da chave da sala de Ian— as vantagens de ser assistente de um professor — para entrar e pegar *Lo cunto de li cunti*, que ele escondeu ali.

Rezo para que o livro ainda esteja lá.

E então… vou ver se algo vai acontecer de novo.

Vou tentar mergulhar nas memórias de Morgana sem matar ninguém. Nem a mim.

*Você não pode saber, Ian.* Porque, se soubesse, nunca concordaria que eu fizesse isso sozinha. E não quero colocá-lo em risco. Não quero colocar ninguém em risco.

Mas eu preciso tentar. Não é só curiosidade. É como se minhas células pedissem por mais. Por respostas. Por confirmações.

*Me perdoe.*

Pisco devagar, disfarçando.

— Até amanhã. Obrigada.

Ele me encara com o cenho franzido e as pupilas dilatadas. Meu pulso dispara.

Ele não sabe, me convenço. Não tem como saber.

Foi relativamente fácil ficar trancada por horas numa cabine do banheiro. Relativamente. Carreguei o celular com a bateria extra, comi um lanche que trouxe na mochila, chequei as pilhas da lanterna e deixei as chaves no bolso do casaco, como se cada detalhe fosse uma espécie de armadura.

Agora, acabei de me esgueirar pelos corredores, evitando as câmeras de segurança que sei exatamente onde ficam. E aqui estou, no escritório de Ian.

Fácil demais.

Um arrepio sobe pela minha espinha. O tipo de arrepio que vem antes da queda. Mas sorrio, porque, por algum motivo estranho, é bom que tenha sido fácil. É como se uma força maior quisesse que eu chegasse até aqui.

Acendo dois abajures e inspiro fundo, tentando controlar a respiração. O ar cheira a madeira antiga, couro e um traço discreto do perfume de Ian, como se ele tivesse acabado de sair.

Lembro: o armário à direita. Foi onde ele guardou o livro.

Me aproximo. Meus dedos gelados tocam o puxador. Abro a porta. Meu coração dispara quando vejo a caixa. Está aqui. Exatamente onde ele a colocou da última vez. Como se esperasse por mim.

Abro e fecho as mãos, tentando conter o tremor. Pego a caixa com cuidado e a coloco sobre a mesa. Sento na cadeira dele. O couro frio se molda ao meu corpo, e por um segundo… Ian está aqui. Ou, pelo menos, a lembrança dele. O jeito como senta, como me olha, como se movimenta. Pisco devagar. Preciso de concentração.

Abro a caixa e encontro as luvas de nitrilo. E o livro também.

Meu coração salta no peito quando retiro o volume antigo. O relicário, pendurado no meu pescoço, esquenta contra a pele. Folheio as páginas com cuidado, os dedos firmes apesar da ansiedade. E então os encontro. Os símbolos.

Puxo o cordão com o relicário, trazendo-o para fora da blusa. O toque frio da corrente contrasta com o calor que emana do centro dele.

Se o padrão se repetir, se for o que estou pensando… isso vai me levar a Alfehim. Minha respiração fica errática. Meu coração acelera mais. Pouso o relicário sobre os símbolos.

Um clarão rasga minha visão. Mil sinos tocam. O uivo de todos os ventos ao mesmo tempo. Fecho os olhos. E quando os abro…

Estou de volta. E, de um jeito inexplicável… me sinto em casa.

Morgana está sentada sob a macieira. O céu é azul-anil, salpicado de nuvens cor-de-rosa. O ar está carregado de um cheiro indescritível — flores, oceano, deserto, floresta e magia, tudo ao mesmo tempo.

Olho para a frente e vejo o castelo imenso cercado por lagos azul-turquesa. Da primeira vez, eu não sabia onde estava. Agora sei: é a Universidade de Magia de Alfehim, localizada na nona ilha, a ilha neutra.

Eu me viro para Morgana. Ela sorri assim que nossos olhos se encontram.

— Preciso de respostas.

— Bom dia para você também — responde ela, divertida.

Inspiro devagar.

— É sério. Eu preciso entender.

— Então pergunte.

— Isso tudo… existe?

— Você quer dizer…?

Aponto ao redor, num gesto quase desesperado.

— Alfehim.

— Sim.

— Estar aqui me coloca em risco? Alguém pode se machucar?

Ela franze o cenho, tranquila.

— Não. Você está protegida.

— Como?

— O seu relicário, Briana. É ele que garante a sua segurança.

— Mas, da última vez que estive aqui, uma pessoa morreu. Isso teve a ver comigo? Ou com Alfehim?

— Você tem o relicário. A viagem através das minhas memórias foi criada para ser segura. Os estigmas que vou te doar só serão ativados quando você estiver em Alfehim de verdade. Tudo isso é para a sua proteção.

Respiro fundo.

— Eu quero continuar. Mas antes preciso entender algumas coisas.

Morgana me observa com atenção.

— Pergunte o que quiser.

— Você é real?

Ela toca meu ombro com delicadeza.

— Aqui, sou apenas as lembranças de tudo o que fui e aprendi.

— Então como?

— Achei que seria importante termos esse contato. Nos conhecermos, mesmo que apenas pela miragem temporal.

— O que é isso?

— Uma magia que permite mais que ver, permite sentir e viver as memórias de outra pessoa. Funciona como se a sua mente estivesse de fato vivendo a experiência, embora o seu corpo permaneça no presente.

— Então… é tipo um programa de computador?

Ela sorri com uma ternura melancólica.

— Imagens e memórias… moldadas por magia.

— Como uma inteligência artificial mágica? Uma realidade virtual?

— Algo assim. Mas feita com magia e inserida diretamente na sua consciência.

— Por que eu nunca tinha acessado isso antes? E por que só funciona quando encosto o relicário em livros com os mesmos símbolos?

Tiro o relicário de debaixo da blusa e mostro os símbolos. Os olhos verdes de Morgana se fixam neles.

— Você nunca acessou nada diferente… tem certeza?

Dou de ombros, em dúvida. Ela insiste:

— Quais são suas primeiras lembranças de infância? Nunca aconteceu algo que ninguém soubesse explicar?

Fecho os olhos por um instante. Lembranças vagas me invadem: cores irreais, criaturas de contos de fadas, uma terra mágica.

Alfehim.

Meu coração dispara. Depois vieram os desenhos, os relatos, como se tudo fosse real. As ocasiões em que vi luzes voando entre as árvores. Ou tive sensações de coisas que só aconteceriam dias depois. O dragão me tirando do incêndio, as visões, o cetro naquela loja esotérica… O cetro. Seria de Alfehim? Ele parecia tanto com os que vi na minha primeira viagem pelas memórias de Morgana. E, por fim, aquela visão assustadora no banheiro da universidade.

Morgana sorri, compreensiva, como se soubesse minha resposta.

Mordo a ponta do lábio, confirmando:

— Sim, coisas sempre aconteceram. Na verdade ainda acontecem. Mas nunca tive certeza se eram reais ou coisa da minha cabeça.

— Não, Briana. Isso é quem você é. E na vida podemos fugir de muita coisa, menos de quem realmente somos. E, se não tivermos coragem de aceitar a nossa verdade, nunca seremos inteiros. Nunca seremos verdadeiramente felizes.

Faço que sim, sentindo acolhimento em seu olhar e algo maior, mais profundo. Tenho vivido com ela. Aprendido com ela, sentido o que ela sente.

— Isso que estamos fazendo… — meu coração acelera — é um jeito muito intenso de conhecer alguém.

Os lábios dela se curvam num sorriso cúmplice.

— Sobre o que você perguntou: não precisa encostar o relicário. Quando estiver pronta, basta tocar nos símbolos. A miragem se abrirá.

— E o que são esses símbolos?

— Toda magia deixada em um objeto carrega a marca de quem a criou. Nesse caso, os símbolos são chaves. Portais de acesso para as miragens. Não importa a ordem em que você os encontre. Eles são arquivos vivos. Se abrem na ordem certa e no tempo certo.

— E qual o papel dos livros?

— Transportar magia.

Olho ao redor. Observo alunos atravessando os jardins em direção à universidade.

— Mas por que cada livro está em um lugar diferente? Não seria mais fácil acessar tudo de uma vez?

— Seu corpo e sua mente não suportariam. Conhecimento demais pode destruir. Como foi a primeira vez que você voltou de uma miragem temporal?

Solto um suspiro.

— Horrível. Achei que estivesse enlouquecendo. Levei dias pra me sentir bem de novo.

— Por isso as chaves não são liberadas todas de uma vez. Mas não se preocupe, a volta da primeira miragem temporal é sempre a pior; você vai se acostumar.

— É por isso que estou aqui? Vou acessar outra miragem temporal?

Ela estende a mão. Eu sei o que isso significa. Sei que, ao tocá-la, serei levada a ver e sentir tudo o que ela quiser me mostrar.

Estendo a mão, mas hesito.

— Espera… quantos livros eu ainda preciso encontrar?

— Eu te doei três estigmas.

— Então faltam dois. Será que vou conseguir?

O vento sopra em redemoinhos ao nosso redor. Morgana sorri, enigmática.

— Quer saber a verdade? — Sua voz é baixa, como uma promessa. — Você já conseguiu.

# 21

*Compartilhar estigmas só é possível quando há um laço sanguíneo direto entre doador e receptor, ou entre casais vinculados. Quando a doação ocorre presencialmente, o estigma é ativado de imediato. Mas, se for realizada por meio de uma miragem temporal, os estigmas compartilhados só poderão ser ativados em Alfehim, onde foram criados. A magia respeita suas raízes. E só revela sua força em solo sagrado.*

— Trecho extraído do *Livro de estudos da ilha Crepuscular: estigmas e heranças — magia viva em Alfehim*

## 1503

## Morgana Le Fay

Enormes ampulhetas flutuam, derramando num ciclo sem fim areias que brilham conforme a luz as atravessa, em tons de roxo, lilás e azul-escuro. Tudo aqui reflete o limiar entre luz e sombra, onde o dia nunca se apaga completamente e a noite jamais se instala por inteiro. Estamos na aula da ilha Crepuscular, é claro.

O céu visível pelas janelas arqueadas exibe um entardecer perpétuo, com matizes de roxo profundo, magenta, lilás e dourado queimado; um lusco-fusco eterno com um sopro de luz, como se o sol estivesse sempre à beira do horizonte. Essa claridade rarefeita se infiltra no ambiente, misturando-se ao brilho das lanternas flutuantes e criando sombras que parecem ter vontade própria. As paredes de pedra escura, entrelaçadas com veios prateados e ametistas incrustadas, brilham suavemente, refletindo o ciclo infinito do anoitecer.

— O crepúsculo é o prenúncio da noite, quando a luz solta o último suspiro antes de dar as boas-vindas às sombras — ecoa a voz do professor Galdino, de magia crepuscular, entre o mobiliário de ébano e veludo púrpura.

— Ele me dá arrepios — cochicha Indira no meu ouvido.

Barbara dá uma risadinha.

— Acho ele lindo de um jeito assustador.

Barbara é uma aluna da ilha das Bruxas recém-chegada da Prússia. Seus cabelos caem como um véu noturno, emoldurando o rosto delicado e contrastando de forma inquietante com os olhos castanhos e a pele marrom.

— Todos os feéricos são lindos — murmuro, observando a alta estatura, os cabelos pretos e os olhos azul-escuros do professor Galdino. — Mas os da ilha Crepuscular têm algo a mais.

— Os feitiços que flertam com as sombras? — Indira sopra ao meu lado.

— Eu acho esses feitiços os mais intrigantes.

— Perigosos, você quer dizer? — Barbara arqueia as sobrancelhas.

— Magia do tempo, ilusões, doce morte, manipulação de sonhos… não são perigosos. São difíceis de controlar. Mas é por isso que os nascidos sob o crepúsculo são os mais cobiçados pelo exército de Alfehim.

— Os mais manipuladores e sem emoção, você quer dizer — Barbara murmura.

— Não — Indira rebate, balançando a cabeça. — Os mais frios são os do Inverno.

— Óbvio que…

Nesse instante, uma mão feita de luz roxa iridescente se divide em três e fecha a capa dos nossos livros com um baque seco. Pulamos nas cadeiras.

O professor Galdino, com a expressão severa, recolhe a magia e nos encara.

— Pelo visto, as três já sabem tudo. Por que não continuam de onde parei? — Ele passa os olhos por Indira, depois por Barbara e para quando encontra meu rosto. — Srta. Morgana, talvez?

Inspiro devagar, tentando lembrar exatamente o que ele dizia.

— O senhor falava sobre o feitiço de viagem no tempo. Foi executado apenas pelo príncipe Yuri, da ilha Crepuscular, há mais de mil anos. Ele tentou voltar ao passado para salvar sua amada, morta na Primeira Grande Guerra de Alfehim. Como nunca retornou, acredita-se que tenha morrido… ou, pior, que esteja preso nas teias do tempo. É uma magia das sombras. Outros tentaram depois, mas nunca houve relato de sucesso ou retorno.

Bato a pena levemente sobre a mesa antes de prosseguir:

— O senhor também disse que, desde então, o uso dessa magia para alterar o passado foi proibido. Os riscos são enormes para o conjurador e para o equilíbrio do reino. Mas objetos ainda podem ser enviados para outros tempos, com restrições, é claro.

O professor Galdino estreita os olhos, a expressão mais fechada que um céu tempestuoso.

— Isso foi há dez minutos, antes de vocês começarem a fofocar. Agora eu estava falando sobre a…

Ele se interrompe, voltando o olhar para um feérico encapuzado de traje militar preto com ombreiras altas.

— Por que não arrisca, sr. Frestgan?

O rosto permanece oculto, mas os olhos, cor de safira, com pontos de luz magenta e branco-azulada, brilham nas sombras. Apenas mestiços das ilhas do Inverno e Crepuscular ostentam esse tom. Um arrepio estranho percorre minha nuca quando ele responde:

— O senhor falava sobre a miragem temporal, uma magia que transmite memórias. É usada em guerras, julgamentos e transmissão de conhecimento e de magia.

— Muito bem — diz o professor, projetando uma nova mão de fumaça roxa para escrever no quadro. — Anotem tudo. Amanhã teremos aula prática de miragem temporal.

As ampulhetas tilintam, marcando o fim da aula. Começo a guardar meus cadernos e penas. Vejo o tal Frestgan sair rápido, luzes espiralando ao redor das botas pretas. Mestiços são poderosos, mas também instáveis. Poder demais, dizem alguns reguladores de magia, é perigoso. Outros defendem que eles se tornem maioria nas forças bélicas das ilhas.

— Esses militares, sim, me dão arrepios — murmura Barbara.

Indira guarda seus cadernos na bolsa de couro.

— Se esse lance de miragem temporal funcionar, você me mostra aquela noite com o pirata da ilha das Marés?

Reviro os olhos, incrédula. Ela se defende:

— O quê? Nunca transei com um feérico! Quero saber se é verdade o que dizem.

Barbara, fechando seu estojo de penas, entra na conversa:

— Eu já e posso confirmar: é verdade. Eles conseguem… horas e horas. Se é que me entendem. Não é, Morgana?

Dou de ombros, como se não me importasse.

— E é verdade — Indira pergunta, quase tímida — que eles sentem mais prazer com humanas?

Barbara dá um tapinha na mão dela.

— Se você quer confirmar quanto eles nos acham quentes e irresistíveis, por que não chama um para um passeio íntimo amanhã na festa?

A conversa se esvai no ambiente enquanto volto a reler as instruções no quadro.

— Você vai, né, Morgana? — pergunta Indira.

— Aonde?

— À festa de amanhã.

— Acho que vou ficar estudando.

— Ah, nem pensar — protesta Barbara. — Você já faltou na última.

Nego com a cabeça.

— Temos prova a semana toda. E depois de amanhã vamos à ilha dos Elementais. Quero estar preparada.

— Morgana — Indira suspira —, você precisa relaxar. A menos que… — Ela me observa de olhos estreitos. — Você ainda está se encontrando com aquele seu pirata?

Polindo seu cetro, Barbara ri.

— Imagina. Ela só pensa na causa.

A causa. A organização de magos e sacerdotisas que lutam por uma Alfehim mais justa, mais igualitária.

— Não. Só penso que não quero ficar numa área inferior no salão comunal. Não quero ser a última a entrar ou a primeira a sair. Quero ser bem-vinda, tratada com igualdade. Em qualquer ilha. Que algum dia tenhamos direito à sucessão do trono de Alfehim ainda é um sonho muito distante. Mas, se queremos mudanças, precisamos começar a lutar por elas.

— E não ser vistas apenas como um corpo para dar prazer aos feéricos, talvez? — completa Barbara em voz baixa.

Faço que sim, mesmo que pareça absurdo. Sacerdotisas e magos convidados pelas cortes sabem que, para se destacar, muitas vezes é preciso ser amante de nobres.

— É isso. Entre outras coisas. Você me entendeu.

Indira suspira mais uma vez.

— Só que, enquanto esse mundo utópico não chega… por que não se diverte um pouco?

Meus lábios se curvam num sorriso torto enquanto guardo o restante do material.

— Talvez eu tente. Ou talvez o mundo comece a desabar antes disso.

Indira revira os olhos, mas ri. E, por um instante, tudo parece simples de novo.

❄

O cheiro de magia pura invade meu nariz e me deixa um pouco tonta.

A ilha dos Elementais — a primeira e mais antiga de Alfehim — é ainda mais exuberante do que qualquer pintura ou livro sugere. Por ser praticamente intocada, só pode ser visitada a bordo de uma embarcação cujas velas se transformam em balão, impulsionado por fogo mágico. Ninguém está autorizado a pisar em seu solo sagrado.

Nosso barco leva quinze estudantes do segundo ano, guiados pelo professor Eldrin, de magia primordial. Que ninguém se engane por seu um metro de altura — sua magia supera a de qualquer aluno e até a de muitos guerreiros feéricos.

O sol incide sobre seus cabelos ruivos, refletindo um brilho incandescente. A barba trançada na ponta e adornada com anéis de ouro combina com a túnica âmbar e o colete bordado com fios dourados em padrões inspirados no próprio sol.

Os feéricos da ilha Solar extraem minérios e pedras preciosas para erguer palácios por toda Alfehim. São os melhores ferreiros e arquitetos do reino. Suas espadas, forjadas com magia elemental, valem pequenas fortunas. Por receberem a magia mais pura vinda da ilha dos Elementais, apenas eles podem atuar como professores-guia e acessar a biblioteca dos Elementais da universidade.

Indira se inclina e sussurra no meu ouvido:

— Acho que anões são filhos de gnomos com feéricos.

Solto uma risada abafada.

— Não fale besteira.

Acabamos de deixar a enseada das sereias, escondida entre falésias douradas. O mar turquesa acaricia a areia branca, e cristais luminescentes refratam mil cores dentro das grutas.

— Tão lindo — murmura alguém à frente.

— Nada de mais — rebate um feérico da ilha das Marés. — Tenho uma vista parecida da janela do meu quarto desde que nasci.

O comandante da embarcação, um pirata veterano da mesma ilha, revira os olhos.

— Não desanimem — incentiva Eldrin, sobrepondo sua voz ao som das ondas. — As sereias são os elementais mais reclusos. Mas, agora que sobrevoamos a ilha, é provável que outros se aproximem. São curiosos por natureza.

— Ainda bem que não cruzamos com nenhuma sereia — diz o comandante, ajustando a aba do chapéu de três pontas. — Nem os protetores de ouvido que usamos impedem uma sereia faminta de conseguir sua próxima refeição. Numa visita passada, um grupo cruzou nosso caminho... Eldrin e eu assistimos, quase impotentes, enquanto metade dos alunos se jogava no mar.

A risada alta e tensa de Eldrin corta o clima, abafando o desconforto:

— Que bom que o tempo está firme hoje. Nuvens cor-de-rosa e lilases sempre anunciam bom tempo.

Alguns estudantes se encolhem, outros se empolgam:

— Queria ver um grifo!

— E eu, um dragão! Dizem que os da ilha dos Elementais são os mais poderosos.

— Vocês não aprenderam nada nas aulas?! — brada Eldrin. — Um dragão da ilha dos Elementais só aparece em situações extremas. E, honestamente, espero que isso não aconteça.

Uma aluna da ilha Solar, pouco mais alta que o próprio Eldrin, levanta o braço pedindo a palavra justamente quando uma nova lufada de fogo mágico impulsiona o balão rumo à terra.

— Os dragões são os guardiões da magia de Alfehim — diz ela, inflando o peito de orgulho do próprio conhecimento. — Trabalham pra manter tudo fluindo. Os menores aparecem com certa frequência nas outras ilhas, mas os dragões maiores jamais deixam a ilha dos Elementais. E raramente se revelam.

Risadinhas e cochichos irônicos ecoam atrás de nós. Três feéricos do inverno imitam a fala da garota com vozes afetadas:

— *Os dragões são os guardiões da magia de Alfehim…*

— Ela recitou o grimório da ilha dos Elementais palavra por palavra?!

Mais risos se seguem. O balão faz uma curva brusca, e precisamos nos segurar para não cair uns sobre os outros.

A voz de Iskar, o filho mais novo do regente do Inverno, dispara em tom arrogante:

— Um dia eu vou ser o rei de Alfehim. E vou montar num dragão maior. Vou ensinar a essas criaturas que só existe uma coroa em Alfehim.

Mais risadas ecoam, e o professor Eldrin lança um olhar fulminante aos feéricos do inverno, especialmente a Iskar, autor da provocação.

— Se Vossa Alteza tivesse estudado, como a senhorita da minha ilha, saberia que o rei de Alfehim e poucos cavaleiros de elite podem montar um dragão menor, formando um vínculo sagrado com essas criaturas. Mas jamais um dragão maior. Eles não se deixam montar. São eles que mantêm o reino vivo. Não você.

— Sim, senhor — murmuram dois feéricos do trio.

Iskar, impassível, olha para o outro lado.

— Eu odeio esse povo do inverno — murmura Barbara. — Acham que são melhores que todo mundo.

Eldrin aponta à direita.

— Estamos sobrevoando o bosque dos Cristais. Mais adiante vocês verão o deserto, o topo do Templo de Destilação de Magia, bem como a divisão das estações. Todas coexistem na ilha dos Elementais, assim como na ilha da Universidade, mas aqui em maior escala.

Murmúrios abismados se espalham quando avistamos um rio de magia pura, cintilante como mil sóis. A força magnética é esmagadora. Um zumbido agudo se espalha, fazendo todos cobrirem os ouvidos.

— Suba o balão — ordena Eldrin.

Indira cochicha, olhando para o piloto:

— Espero que ele não queime a gente como fez com uma turma anos atrás.

O balão sobe em disparada, cem metros em segundos. O calor e a pressão diminuem.

— Agora vocês entendem por que não usamos magia pura? Ela precisa ser destilada por fadas antes de se espalhar pelas ilhas. É instável demais.

Risos nervosos, olhos arregalados e cochichos percorrem o grupo. A paisagem é grandiosa, mágica e claramente perigosa. Eldrin aponta à esquerda, onde uma floresta exuberante se estende, as copas das árvores formando rostos e silhuetas. Alguns parecem nos saudar. Outros franzem o cenho.

— É a floresta guardiã, o único lugar da ilha onde podemos nos aproximar e sentir a energia do solo, longe do rio de magia — explica Eldrin.

Mal termina a frase, uma dezena de fadas azuis começa a voar ao nosso redor.

— Fadas guardiãs — continua. — Estão analisando se representamos perigo. Não tentem pegá-las… Opa!

Duas pousam diante dele, fuçando sua barba e vasculhando seus bolsos.

— Levantem os braços — ordena Eldrin, tenso. — Estão nos revistando.

Mais de cem surgem ao redor. Já vi algumas fadas em outras ilhas, mas nunca tantas assim, tão próximas. Elas não costumam se aproximar desse jeito. Essas têm cabelos prateados, olhos verdes cintilantes, asas translúcidas e orelhas finas. Voam em sincronia perfeita e, apesar da aparência frágil, sei que podem ser letais. Os elementais têm sua própria individualidade, mas ao mesmo tempo se movem como se fossem um só, feito abelhas. Quando ficam tempo demais perto de humanos ou feéricos, algo neles se desajusta. Os instintos se distorcem, e então começam a esconder objetos e a fazer brincadeiras de mau gosto só para espantar o tédio.

As fadas guardiãs entram e saem dos nossos bolsos. Algumas risadas nervosas se espalham. A tensão de Eldrin denuncia: algo está errado.

— Não façam nada — alerta ele. — Qualquer feitiço lançado aqui, por menor que seja, pode sair do controle. A magia da ilha é pura e responde a cada mínimo comando.

Todos assentem. Atrás de mim, ouço Iskar murmurar:

— Espalhafatosas e ridículas... aposto que ficariam lindas congeladas.

Como se ouvissem, as fadas se agitam mais. Começam a retirar canalizadores e cetros dos bolsos dos alunos com mais intensidade.

— Estranho... — murmura Eldrin. — Em cem anos de viagem, nunca as vi agir assim.

— Ai! — exclama Iskar. — Essa diabinha me mordeu. Vai aprender a se colocar no lugar.

Num instante, ele enfia o canalizador na orelha e conjura um feitiço de gelo. Um feitiço que em qualquer outra ilha só daria um susto em seu alvo. Mas, aqui, tudo se amplifica. Uma cortina branca explode ao redor de Iskar. Cristais azulados se espalham como raízes, engolindo dezenas de fadas. A luz delas se apaga aos poucos, como chamas de velas recém-sopradas.

Iskar grita, contorcendo-se de dor. A magia o devora também. No mesmo segundo, Eldrin ergue as mãos e um clarão de luz solar irrompe, enfrentando o gelo com violência.

Indira salta ao meu lado, derruba Iskar e arranca o canalizador da orelha dele. O gelo cessa. As forças se dissipam.

A magia de Eldrin diminui. Estamos flutuando a poucos centímetros do solo. A luz reverbera na vegetação. Indira grita, segurando o braço congelado. Eldrin corre até ela e conjura magia solar, que regenera sua pele com uma velocidade precisa. O professor ainda está domando a própria magia quando uma sombra colossal se projeta sobre nós.

Meu coração dispara. Sinto a garganta apertar.

Escamas azuis iridescentes. Cauda pontiaguda. Chifres curvados. Asas que poderiam cobrir a universidade inteira. E, então, os olhos. Verdes. Imensos. Ardendo com um fogo ancestral.

Olho para cima a tempo de ver Eldrin empalidecer. Ele está boquiaberto. Todos estamos. O dragão maior pousa com um rugido que estremece a ilha. As árvores e a vegetação se curvam.

Lembro das aulas de Eldrin.

— Curvem-se! Façam uma reverência! — grito. Minhas amigas me seguem.

Eldrin ordena em voz alta:

— Todos, agora!

Com o rosto colado no chão, vejo Iskar sentado, branco como a neve que conjurou, arrastando-se como um verme. O dragão ergue as asas, e o ar crepita ao redor dele.

Eldrin age rápido. Com um gesto firme, dissipa parte do gelo. Algumas fadas são libertadas e fogem em disparada. Outras caem sem vida, os corpos minúsculos fazendo sons secos quando batem no chão do barco.

— Ajoelhem-se! — brada Eldrin, sua voz reverberando com uma autoridade rara. — Mostrem respeito, ou o fogo desse dragão será a última coisa que veremos.

O dragão baixa a cabeça, abrindo a boca diante de Iskar com um olhar que não é de fúria, é de julgamento. Fumaça escapa de suas narinas. Seu corpo irradia uma energia antiga, implacável.

Iskar se ajoelha, tremendo.

— P-Perdão… — balbucia, sem levantar os olhos. — Por favor… perdão… — soluça.

Estamos todos apavorados. Mas o que me assusta de verdade é a covardia de Iskar. Ele matou fadas, nos expôs ao perigo e agora se desfaz em súplicas — mas seu olhar brilha com orgulho ferido e raiva, não arrependimento.

O dragão o observa por um tempo que parece eterno. Então, com um único sopro, libera uma rajada de ar quente que derrete os últimos vestígios de gelo. Em seguida, ergue a cabeça e olha ao redor, como se medisse nosso arrependimento.

Pontos de luz começam a sobrevoar a embarcação: uma revoada de fadas brilhantes recolhe os corpos das guardiãs num lamento mudo.

— Perdão — murmura Eldrin, ajoelhando-se.

O dragão solta fumaça pelas narinas enquanto respira, acelerado. Mas assente com um gesto da cabeça, reconhecendo em Eldrin a liderança e a inocência do grupo. Depois recua. Seu olhar, porém, permanece fixo em Iskar, como uma sentença silenciosa.

Com um bater de asas que abraça o céu, ele alça voo e desaparece entre as nuvens da ilha. Eldrin solta um longo suspiro. Uma expiração conjunta é a prova de que todos estávamos prendendo o fôlego. Murmúrios, soluços e olhares reprovadores se voltam para Iskar. Um gosto azedo sobe à minha garganta.

— Isso não passará impune — diz Eldrin com a voz firme. — Levarei o ocorrido ao conselho da universidade. Eles decidirão se o crime merece punição formal.

Iskar se levanta e passa a mão nos cabelos pretos, e em segundos o medo dá lugar à arrogância. Ele aponta para Indira.

— Acham mesmo que fui eu? Foi ela!

Todos se voltam para minha amiga. Ela arregala os olhos, acuada, ainda trêmula.

— Eu sou o príncipe da ilha do Inverno! Acham que eu perderia o controle assim?

Diante do silêncio, Iskar continua, mais confiante:

— Eu estava brincando com meu canalizador. Essa louca pulou em cima de mim e o arrancou, depois conjurou a magia do Inverno! Foi ela quem provocou a nevasca.

Murmúrios percorrem o grupo. Confusão. Insegurança. O trauma do ocorrido com o dragão e a descarga mágica parecem ter bagunçado a percepção de todos.

Indira estufa o peito, indignada.

— Você enlouqueceu?! Eu te salvei. Salvei todos nós.

Ela olha para Eldrin em busca de apoio. O professor a encara com o cenho apertado, vacilante.

Dou um passo à frente, ficando entre ela e os outros.

— O senhor viu! Foi ela quem impediu o pior!

Eldrin esfrega o rosto, como se tentasse clarear a mente.

— Eu… não sei. Foi tudo tão rápido. A emissão de magia foi absurda, me desorientou.

— Alguém mais viu? — pergunto num fio de voz.

Silêncio.

Apenas Barbara e eu defendemos Indira. Os outros se calam — por medo, confusão… ou covardia.

— Infelizmente — diz Eldrin com pesar —, todos terão que depor perante o conselho da universidade. Talvez até mesmo diante do Grande Tribunal de Alfehim.

❄

— Morgana, eu sabia que ia te encontrar aqui — murmura Indira, sentando na poltrona vizinha.

Abraço-a de lado, estudando seu semblante cansado.

— Você está bem?

Ela força um sorriso.

— O julgamento é amanhã… O pior que pode acontecer é me expulsarem de Alfehim, não é?

Não tenho coragem de dizer que o pior seria ir parar na prisão da ilha do Inverno: Ironfell, a mais segura e cruel do reino. Quem sobreviveu para contar saiu de lá insano e destruído.

— É, acho que sim…

Indira encolhe os ombros, mas o olhar cabisbaixo denuncia que ela também sabe a verdade: diante de um príncipe do Inverno, existe uma chance real de seu destino ser Ironfell.

Seguro sua mão com firmeza.

— Vai ficar tudo bem, minha irmã. Estou tentando aprender miragem temporal. Se eu conseguir…

— Então é por isso que você não sai daqui?

Arrisco um sorriso.

— Há lugares piores que a biblioteca da ilha Crepuscular para passar os dias.

— E as noites — Barbara completa, acomodando-se na poltrona ao lado. — Morgana não volta para o quarto há cinco noites.

— Estou quase conseguindo. Eu vou conseguir.

Os lábios de Indira tremem.

— Obrigada.

Afundamos nas poltronas púrpura e magenta. À nossa volta, erguem-se estantes de ébano que sobem a perder de vista no teto abobadado, repletas de grimórios e pergaminhos presos por correntes. Lanternas roxas, douradas e azuis flutuam suavemente entre as prateleiras, espalhando reflexos que aliviam, por um instante, o peso da conversa.

No alto, vitrais imensos filtram a luz do eterno crepúsculo da ilha, tingindo o ambiente com tons de dourado profundo e violeta, como se o pôr do sol nunca terminasse. Nas extremidades do salão, estátuas de lobo de pedra preta vigiam o espaço: os olhos de cristal violeta brilham como brasas e às vezes parecem acompanhar cada movimento nosso.

— Eu odeio essas corujas folgadas — Barbara resmunga quando duas se empoleiram atrás de nós.

— Elas ajudam a guardar os livros — respondo, entregando dois exemplares a uma delas. A ave agarra-os com delicadeza antes de voar até o alto da estante.

A outra coruja pia e se assusta quando um feérico de uniforme militar cruza o corredor, sombras rodopiando em torno de seus pulsos e tornozelos.

— É o encapuzado das aulas? — Barbara sussurra.

Fico imóvel ao vê-lo parar diante da área lacrada, de feitiços proibidos: viagem no tempo, manipulação da realidade, leitura de mente e outros. As estátuas de dragões despertam, seus olhos acendem.

— Dizem que queimam quem tenta entrar — murmuro.

A boca das criaturas se abre, o fogo brilha, pronto para ser cuspido. Mas as sombras nos pulsos dele se avolumam, ganhando um brilho roxo, azul e iridescente. As asas que bloqueavam a entrada se retraem. E ele simplesmente entra.

Ficamos num silêncio atônito, até Barbara falar:

— Achei que essa ala estivesse lacrada há séculos.

Indira emenda:

— Vai ver ele será chamuscado lá dentro.

Estreio os olhos em direção aos dragões imóveis.

— Pode ser.

O Grande Tribunal de Alfehim é uma construção milenar, erguida com pedras das oito ilhas e sustentada por colunas de obsidiana. Runas brilham nas paredes, e feitiços de silêncio mantêm afastado qualquer ruído do mundo exterior.

No alto, falcões, corujas e águias cruzam o recinto, levando documentos selados aos juízes e ministros. À direita, penas encantadas escrevem sem descanso no Livro dos Julgamentos. Quando uma delas hesita, o escriba pigarreia, e a pena, como se envergonhada, volta a deslizar sobre o pergaminho.

No centro do salão, sobre o piso translúcido que reflete a aura dos presentes, estão os acusados: Indira Lumes, a jovem bruxa de olhos verdes e olheiras fundas, firme apesar do cansaço; e Iskar, príncipe do Inverno, envolto em um gibão bordado de preto e prata, o rosto sereno, quase indiferente ao peso do julgamento.

Preside a sessão a juíza Faelwyn, feérica da ilha do Outono, de pele marrom e olhos laranja impenetráveis. A túnica preta e a gola prateada marcam sua autoridade. A expressão dela é neutra, mas a tensão no ar revela que o veredito se aproxima.

O ministro de Acusação, um feérico da ilha Primaveril de pele clara e olhos verdes como musgo, avança um passo. Sua voz ecoa pelo salão:

— Indira Lumes, estudante da Universidade de Alfehim, está aqui acusada de perturbar a ordem mágica e de usar feitiços proibidos que resultaram na morte de fadas guardiãs e na invocação de um dragão maior.

Ele se inclina, os olhos faiscando com malícia.

— O que tem a dizer em sua defesa?

Ela ergue o queixo, mas, antes que responda, sua defensora, a sacerdotisa Elara Silverwood, se adianta:

— O que vemos aqui não é justiça, mas um julgamento contaminado por ilusões e preconceito. O verdadeiro culpado é Iskar, príncipe do Inverno, que violou as regras sagradas da ilha dos Elementais.

Um murmúrio percorre o salão. Muitos lançam olhares inquietos a Iskar; ele é um príncipe, Indira apenas uma bruxa.

Iskar abre os braços num gesto teatral.

— Eu? Ser acusado com tanta leviandade? — Ri, como se atuasse para um público invisível. — Palavras de uma sacerdotisa não são provas.

O ministro sorri, triunfante.

— Exato. Não há provas contra o príncipe. Mas sabemos que Indira Lumes removeu seu canalizador, um ato violento que, segundo testemunhas, quase causou um desastre ainda maior.

— Um desastre iniciado por ele! — retruca Elara, os olhos em brasa.

Faelwyn ergue a mão e o silêncio se impõe.

— Basta. Quero provas, não hipóteses.

É nesse instante que me levanto no fundo do salão.

— Eu posso fornecer provas.

Cabeças se voltam em minha direção, seguidas por murmúrios indignados:

— Outra estudante?

— Outra bruxa.

— Ordem! — exige Faelwyn.

Avanço até o centro do tribunal. A luz mágica cria reflexos prateados no meu cabelo, e meu coração bate com a mesma fúria que me manteve acordada por tantas noites enquanto estudava miragem temporal. Enquanto tentava conjurar o feitiço avançado. Mesmo com medo, mesmo sem certeza se vai funcionar, ergo as mãos.

— Sim, eu estava na embarcação — respondo à juíza. — E me lembro de tudo. Posso mostrar o que aconteceu.

Murmuro as palavras na língua ancestral:

— *Tays mealer*.

O ar se dobra. Um vórtice violeta se abre como um espelho líquido. Funcionou?

— Miragem temporal. Vejam por si mesmos.

As auras brilham. Metade dos presentes fecha os olhos. Uma chave mágica se acende sobre a minha cabeça. Sim, funcionou! Olho para Indira, que me encara emocionada e murmura:

— Você conseguiu.

Então, todos assistem: a embarcação sobre a ilha dos Elementais, Eldrin explicando, Iskar erguendo as mãos, o gelo explodindo, fadas se despedaçando como vidro, o rugido do dragão maior. Indira arrancando o canalizador do príncipe, o gelo cedendo, a embarcação em colapso. Silêncio. Pavor. Verdade.

A miragem se desfaz. O tribunal permanece mudo. Todos encaram Iskar, que se cala, os lábios rígidos.

Algo brilha no meu braço: marcas púrpura e magenta, uma lua e um sol entrelaçados cercados de estrelas. Um estigma da ilha Crepuscular.

— Um presente raro — murmura um jurado. — Só quem distingue verdade de ilusão o recebe.

Faelwyn bate o cajado e o chão treme.

— Morgana, sua magia nos trouxe a verdade. Indira Lumes, você está absolvida de todas as acusações.

Minha amiga suspira e engole um soluço. Faelwyn se volta para Iskar:

— E você, príncipe do Inverno, responderá pelos seus atos.

O ministro pigarreia, inseguro.

— Excelência, talvez devêssemos...

— Silêncio. — O olhar de Faelwyn é duro. — Fadas guardiãs morreram. Um dragão maior foi invocado. Vidas foram postas em risco por orgulho e negligência. O príncipe Iskar será julgado por isso.

Sua voz continua enchendo o salão:

— Iskar, por sua imprudência, desobediência e violação das leis da ilha dos Elementais, está expulso da Universidade de Magia de Alfehim e proibido de se aproximar daquela ilha. Qualquer retorno será considerado traição maior.

O choque se espalha entre os representantes da corte do Inverno. O rei, rígido, segura o braço do filho e o conduz à saída. Mas, antes de cruzar a porta, Iskar se vira. Seus olhos, como gelo prestes a rachar, encontram os meus, depois os de Indira, antes de sua voz baixa e venenosa cortar o ar:

— Vocês, bruxas, são a escória de Alfehim. E pagarão por isso.

Ele desaparece pelas portas altas de obsidiana. Mas sua ameaça permanece suspensa no ar, como neve prestes a virar tempestade.

# 22

*Mesmo quando compartilhados, os estigmas nunca permanecem iguais. Uma vez ativados, moldam-se ao portador, adquirindo padrões únicos — traços mágicos tão individuais quanto as íris. Para os estudiosos, essa singularidade não é mero detalhe, mas um indício de que os estigmas funcionam como janelas para a alma. Cada um carrega a essência de quem o sustenta.*

— Trecho extraído do *Livro de estudos da ilha Crepuscular: estigmas e heranças — magia viva em Alfehim*

O som de batidas distantes invade minha consciência entorpecida. Respiro fundo ao sentir uma brisa congelante tocar meu rosto. Estremeço. Abro os olhos e a luz do abajur deixa tudo parcialmente visível. O cheiro de livros antigos e cera de madeira preenche o ar. A cortina pesada está meio aberta, mostrando a noite firme lá fora.

Por quanto tempo fiquei apagada sob efeito do que agora sei que foi uma miragem temporal?

Meu antebraço esquerdo arde. É a primeira coisa que sinto. Prendo a respiração ao notar o novo padrão: uma lua e um sol ligados por um fio de estrelas, o estigma da ilha Crepuscular. Meu coração dispara. Olho para o braço direito e vejo o padrão da ilha Primaveril. *Meu Deus… eles estão mesmo aqui.*

Isso significa que Morgana me doou os estigmas? Mas…

Minha boca está seca. Meus olhos ardem com a compreensão: será que ela… será que Morgana… Meu Deus! Levo os dedos aos lábios para conter um soluço e vejo, através da cortina de lágrimas, o relógio que Ian pendurou no fundo da sala marcando 22h35.

*Cinco minutos.* Só se passaram cinco minutos desde que abri o livro. Guardo o relicário contra o peito, fecho o livro, tiro as luvas de nitrilo… e então ouço. Um som baixo, estridente, horripilante. Meu coração dispara e eu olho ao redor, sem conseguir respirar.

Raízes de gelo se espalham pelo chão, paredes e móveis. Duas pessoas de capuz azul se aproximam, parando à minha frente, sob a luz tênue do abajur. Paraliso. O gelo prende meu corpo, exceto o peito, onde meu coração retumba, e os lábios, que exalam uma névoa branca.

Não são pessoas. A pele deles parece feita de cera. Os rostos são angulosos, esqueléticos, com ossos que esticam a pele fina como papel. Mas são os olhos, pretos como o abismo, que me paralisam. Quando abrem a boca, o som que emitem é capaz de moer tudo ao redor. Meus braços queimam. As veias ardem como se estivessem sendo arrancadas do meu corpo.

Tento desviar o olhar do magnetismo horrível e vejo suas bocas. Sem lábios, cheias de agulhas pretas espalhadas numa arcada monstruosa.

O frio me devora. Então, uma voz grave e poderosa ordena:

— Não olhe nos olhos.

Faço um esforço tremendo para obedecer. Desvio o olhar no instante em que uma figura corpulenta surge à minha frente. Ele saca uma espada das costas com a leveza de quem puxa um palito de madeira. Com dois golpes precisos, decapita os dois. As bocas demoníacas guincham por um segundo, depois congelam. Os corpos se contorcem, transformando-se em pedras de gelo, depois se desfazem numa poeira branca.

Só então consigo gritar. Recuo com as pernas trêmulas. O homem guarda a espada nas costas. O peito largo, coberto por uma armadura preta, sobe e desce com rapidez. Ele se aproxima. Sua voz soa urgente:

— Você está em segurança.

A luz revela mais. Calça de couro grosso, botas altas e gastas, jaqueta com placas metálicas que moldam os músculos do tórax e dos braços.

Ombreiras e peitoral forjados com o único metal maleável de Alfehim, imitando escamas de dragão. Sem emblema, como se não pertencesse a nenhuma guarda oficial. Cabelos pretos com canalizadores de platina entre os fios. Metade do rosto oculta por uma máscara escura fundida a alças que descem até as ombreiras. Maxilar quadrado, barba por fazer, olhos azul-violeta tingidos pela magia crepuscular. Tempestuosos.

Ele parece… Não pode ser Ian. Mas ele também se parece com…

Minha garganta aperta.

— Eu te conheço.

Ele faz que sim.

— De uma visão, ou um sonho, anos atrás — insisto. — E… da festa de Halloween?

Ele faz que sim de novo. Sombras envolvem seus pulsos e tornozelos, mas se recolhem à medida que ele se aproxima. Ele é um manipulador de sombras. Como o feérico que vi há pouco através da miragem temporal.

Seu olhar se fixa no meu rosto. Mais um passo e está perto demais. Eu recuo. Meus joelhos falham. A fome no olhar dele me atinge com uma força que nenhum outro homem jamais provocou. Apenas… Ian. De outro jeito, não menos intenso, mas diferente.

— Briana — murmura. — Eles te machucaram?

Luto para responder. Tento parecer calma. Fracasso.

Ele se aproxima mais. Tão perto que nossos peitos quase se tocam ao respirar.

— Quem eram eles? — pergunto, apontando para onde as criaturas se desmancharam. — O que eram?

— Sugadores de magia. Sentinelas das sombras.

Durante todo o tempo com Morgana, jamais vi algo tão aterrador.

— O que eles queriam?

Ele levanta a mão em direção ao meu rosto. Hesita. Depois, encosta a testa na minha. Um arrepio me atravessa, o choque elétrico disparado pela nossa proximidade me faz esquecer o horror por um instante.

— Você está aqui faz tempo?

— Eu… Desculpe. Não quis… — balbucio.

Percebo que pareço ridícula tentando me explicar. Ele é um estranho. Alguém ou algo que me assombrou por semanas. E ainda assim…

— Era você que estava me seguindo alguns meses atrás?

— E se eu não chegasse a tempo? — Ele não responde à minha pergunta. — O que seria de mim?

Franzo o cenho.

— De você?

Ele segura meu braço esquerdo e entrelaça os dedos nos meus.

— O que está fazendo? — Minha voz sai fraca.

— O que vim fazer. O relicário não é suficiente. Não contra o que enfrentamos.

Meu braço esquenta. Chamas púrpura, magenta e sombras se entrelaçam ao redor de nossos pulsos.

— O que estamos enfrentando?

— Estou aumentando nossas chances de sobreviver. De vencer a maldição quando chegar a hora.

— Que maldição?

— Vai ficar tudo bem.

Talvez ele esteja me iludindo com magia. Mas algo em mim acredita nele. Meu braço queima. O estigma se expande, como uma tatuagem viva. Sobe pelo meu ombro, alcança a clavícula… até o coração.

Não sei como, mas sinto… sinto o coração dele bater junto com o meu. E eu me perco, não de mim, mas em mim. Me reencontro no brilho dos olhos dele. Como se estivéssemos nos vendo de novo, e não pela primeira vez.

Nossas respirações se misturam. Ele toca meu rosto. Encosta a testa na minha. Toca a ponta do meu nariz com o dele. Seus padrões cobrem os braços, se conectam aos meus, contornam nossos peitos. Nossas magias se entrelaçam.

Arregalo os olhos.

— Você… me doou um estigma?

— Muito mais do que isso. Eu te dei meu coração inteiro.

Seus lábios encostam na minha testa. Um arrepio gelado — delicioso — percorre meu estômago. Ele enterra o rosto na minha pele e inala fundo. Com o polegar, ergue meu rosto. Nossos lábios se tocam, quase.

— Quando você me odiar, não esqueça que eu te amo.

Meus olhos se enchem de lágrimas. Uma verdade bate no meu coração, mesmo que minha mente ainda não entenda.

— O quê?

— Me perdoe, minha existência.

— Por quê? Quem é você?

Ele não responde, só diz:

— Não temos muito tempo.

Então me beija. De leve. Como se eu já tivesse sido dele, e ele, meu, em algum outro tempo. Em outro lugar. Nos sonhos, talvez.

❄

Bocejo e me espreguiço devagar. A claridade do dia começa a se infiltrar pela cortina e…

Ah, droga.

Reconheço as estantes de madeira, os livros organizados com precisão, a mesa e, meu Deus, o sofá. Como vim parar aqui?

Lembro de ter acordado debruçada sobre a mesa no começo da noite. E depois…

Aquelas criaturas horrendas. O feérico. Tão parecido com…

Foi um sonho?

Acordei da miragem temporal, vim até o sofá, apaguei e sonhei com o que aconteceu depois — aqui, nesta mesma sala?

Eu me sento num pulo e examino meus braços em busca dos estigmas. Nada. Só o ardor familiar que se estende do pulso à clavícula. Como da primeira vez. Nenhuma marca visível. Mas lembro das últimas palavras antes de o feérico desaparecer numa nuvem de sombra e luz púrpura:

— Não confie em ninguém, Briana.

— E como sei se posso confiar em você?

— Você não sabe. Não confie em mim também.

Então meu rosto esquenta com a lembrança: ele me beijou. Se é que foi real. Um beijo faminto. Quase feroz. Um toque que uniu nossos estigmas e explodiu em mil cores. Com certeza a imagem daquele encapuzado do Halloween ainda persegue meus sonhos, apesar de eu não ter tido mais a sensação de ser observada, seguida. Deve ter sido por esse motivo que sonhei com ele, com isso.

O som da porta se abrindo me arranca do devaneio. Levo um susto. Olho para o relógio. Oito da manhã.

Merda.

Pulo do sofá e me ocupo puxando livros aleatórios da estante, tentando parecer interessada em qualquer coisa. Ian Ferner entra e fecha a porta atrás de si. Tão diferente do homem do meu sonho. Tão parecido que meu estômago dá um nó. Ele para no meio da sala, os olhos indo do relógio para a mesa.

Merda de novo. *Lo cunto de li cunti*. A edição rara deve estar ali, fora do lugar. Lanço um olhar sobre a mesa vazia. *Vazia?* Sim. Apesar de não lembrar, devo ter guardado o livro antes de apagar no sofá.

— Eu… cheguei bem cedo — começo, a voz saindo mais alta do que planejava — e peguei alguns livros para estudar.

O maxilar dele se contrai. Ele olha para o sofá, onde a manta e as almofadas ainda estão jogadas.

— Você dormiu aqui.

— Não. Imagina.

Os olhos azuis se estreitam.

— Você está mentindo?

A pergunta vem carregada de desconfiança. Por um instante, penso em abrir a boca e simplesmente contar tudo. O que vi. O que senti. Os meses de lembranças que não são minhas, mas me invadem como se eu tivesse vivido em Alfehim no lugar de Morgana.

Porém sei o que aconteceria se eu confessasse: ele ficaria bravo, decepcionado… ou pior: aterrorizado.

— Cheguei mais cedo e organizei sua sala. Aproveitei para dar uma olhada nos livros da sua coleção de contos de fadas. Você tinha razão, é a maior da Europa e… — Espero que o chão se abra e me engula por mentir tão descaradamente. — E — continuo, tropeçando nas palavras — acabei pegando no sono. Espero que não se importe.

Ele inspira fundo, olha para o sofá, depois para a estante com os livros raros e, por fim, para o escritório em perfeito estado. Sua expressão se suaviza.

— Tudo bem. Quer aproveitar que está aqui e tomar o café que combinamos ontem?

Meu estômago ronca. Estou faminta.

— Vai ser ótimo.

— É hoje que vou conhecer suas tias, né?

— Sim.

— Devo saber algo específico que ainda não falamos?

— Com certeza, mas conversamos melhor no café.

Ian abre a porta e, assim que passo por ela, sua mão pousa na curva das minhas costas. Eu levo um choque. Literalmente. Ele tira a mão rápido e franze o cenho, como se tivesse sentido o mesmo.

— Eletricidade estática, acho — digo.

Ele concorda com a cabeça e eu não comento que, para mim, o choque doeu exatamente nos pontos em que seriam os estigmas. Muito menos que eles esquentam um pouco quando ele volta a colocar a mão na base da minha coluna, conforme andamos pelos corredores da universidade.

# 23

## O Acordo de Não Interferência

*Após a última guerra entre feéricos e humanos, foi firmado um acordo proibindo qualquer feérico de interferir, ferir ou usar magia contra filhos legítimos de reis humanos. A cláusula visa proteger herdeiros reais e manter a paz entre os mundos.*

— Trecho extraído do *Tratado das fronteiras vivas*,
firmado há mil e trezentos anos

A sabatina dos repórteres não foi nada, nada mesmo, comparada à das minhas tias. Sob o escrutínio das três, consigo ouvir claramente o discurso que elas fariam caso eu tivesse cedido e contado a verdade sobre nosso noivado falso.

Agora mesmo, estou me perguntando se elas deram algum chá enfeitiçado para Ian Ferner, porque ele está inquieto no sofá, como se estivesse sentado em um formigueiro. Cruza e descruza aquelas pernas quilométricas, alonga o pescoço, estala os dedos, mexe na gola da malha.

Tia Isla serve um pouco mais de chá na xícara floral de porcelana. Minha desconfiança de que esteja servindo a ele o que ela deve acreditar ser um elixir da verdade só aumenta.

— Então quer dizer que você não contou para a Briana que é um príncipe? — Ela sorri, simpática demais para ser de verdade. — Não está escondendo mais nada, não é? Quem sabe uma família? Outro casamento, um crime?

— Tia! — ralho, arqueando as sobrancelhas. — Que falta de educação.

— Tudo bem, meu amor — Ian responde, o pé direito batendo de leve contra o assoalho de madeira. — Nunca fui casado e não tenho filhos, e ainda não perdi meu réu primário.

Tia Fiona mexe nos farelos de biscoito no próprio prato.

— E sempre morou na Noruega?

— Até três anos e meio atrás, quando vim para o Reino Unido.

Tia Moira cruza os dedos sobre o colo.

— Quantos anos você tem?

— Tenho trinta e dois.

— Hum — murmura tia Isla, desconfiada. — Parece ter bem mais.

— O quê?! — Gargalho, incrédula. — Ele parece ter no máximo vinte e cinco!

Isla aponta para ele, displicente.

— Não estou falando da aparência. Estou falando da aura... Ele parece um ser antigo. Uma alma antiga.

Ian arregala os olhos. Deve estar horrorizado com o rumo da conversa. Mas então um sorriso tranquilo curva seus lábios, destoando dos músculos um pouco tensos.

— Às vezes eu me sinto bem mais velho, acreditem.

As três se entreolham e, finalmente, sorriem.

Elas estão estranhas desde que ele chegou. Analisaram-no de cima a baixo e torceram o nariz, como se ele tivesse pisado em cocô de cachorro na rua. Cochicharam sem a menor discrição que pelo menos ele era muito bonito e usava um terno de três peças, o que para elas é um sinal de respeito. Mas seguiram parecendo desconfortáveis... até Merlim se aproximar de Ian, cheirá-lo e depois se enroscar entre suas pernas. Como se o veredito do gato fosse o mais importante. E talvez seja.

Agora, Merlim dorme tranquilamente aninhado aos pés dele.

— Bem — tia Moira ajeita os óculos na ponta do nariz —, são oito anos de diferença em relação à Briana. É uma boa distância.

Ian aquiesce e segura minha mão, levando-a aos lábios antes de deixar um beijo no dorso.

— Eu sempre digo para ela encontrar alguém mais novo e bem-humorado, mas ela não me escuta.

E meu coração não escuta que tudo isso é uma encenação, porque dispara. E dispara toda vez que ele olha para mim com intensidade, me chama de meu amor, beija minha testa ou minhas mãos. São carinhos inocentes, mas fazem meu peito explodir como se fossem muito mais que isso.

Tia Isla suspira pesadamente.

— E vocês vão para a Noruega agora, no fim de semana?

— Sim, senhora — Ian responde.

— Sozinhos? — tia Fiona insiste.

Franzo o cenho.

— Já passamos dos quinze anos, né?

— Sim — ela encolhe os ombros estreitos —, tem razão. Eu só… Deixa pra lá. Aproveitem a viagem.

Ian coloca a mão na testa, pensativo.

— Ah, meu amor, esqueci de te falar… A festa que mencionei é para comemorar o aniversário de dezoito anos do meu irmão.

— Depois de amanhã?

— Sim. Me desculpe. Erik quer muito que estejamos lá.

Pelo que Ian me contou, sua família não faz questão de que ele participe de nenhum evento oficial há anos. Eu sei que isso vai ser importante para ele. Não por causa do pai ou da madrasta, com quem ele não tem vínculo nenhum, mas pelo irmão caçula, Erik, o herdeiro do trono.

— Tudo bem.

— Vai ser um baile black-tie à fantasia.

Arregalo um pouco os olhos, surpresa, e coço a testa.

— Está certo. Só preciso pensar no que vou vestir…

— Não se preocupe com isso.

Emma sai da cozinha.

— Eu dou um jeito. Aliás, acho que seria ótimo eu ir com vocês, como sua assessora de estilo. O que acha?

Ergo as sobrancelhas, segurando o riso.

— Você estava ouvindo atrás da porta da cozinha?

Ela leva os dedos ao peito, ofendida.

— Imagina! Desci pra fazer um chá e...

— E ouviu justo a parte em que caberia a sua participação.

Ela faz que sim, sem nem tentar disfarçar.

— E aí, vamos juntas?

No fim de semana Ian vai me contar o que prometeu, e não sei quanto isso pode demorar. Então, embora eu fosse adorar ter Emma lá comigo, acho que talvez não seja a melhor ideia.

— Iria amar se você fosse, mas tenho medo que fique entediada. Não vou conseguir estar com você o tempo todo.

— Sem problemas. Deixo vocês à vontade e só apareço pra festa. Assim eu tenho tempo de criar alguma coisa incrível para a sua... a nossa fantasia. — Ela arqueia as sobrancelhas. — Pode ser?

Eu me viro para Ian. Ele está sério, o olhar fixo no fogo da lareira.

— A Emma pode nos encontrar na Noruega e ir com a gente ao baile do seu irmão?

Ele pisca devagar, como se estivesse longe dali, imerso em pensamentos.

— Com certeza. Me passa seu telefone, Emma. Vou pedir pra te enviarem um convite.

— Sério? — Ela dá um gritinho, pulando de leve no lugar. — Vou começar a montar os looks de vocês agora mesmo!

O entusiasmo é tão espontâneo que me pega de surpresa. Por um instante, esqueço tudo o que está me pressionando — as perguntas sem resposta, o peso da viagem, as memórias da miragem temporal que ainda se ajustam na mente — e sorrio de volta, contagiada.

— São dois dias de viagem, né? — pergunta ela, já tirando o celular do bolso.

— Sim — respondo, sentindo um calor bom se espalhar no peito. — E eu vou adorar, amiga. Obrigada.

Emma me encara com aquele olhar decidido de quem leva moda (e amizade) muito a sério.

— Então deixa eu correr! — diz antes de disparar escada acima feito uma faísca, provavelmente já abrindo pastas de inspiração no Pinterest e na cabeça.

Assim que ela sai, Ian sorri de leve e beija o dorso da minha mão de novo. Minha pulsação dispara ainda mais. *Nunca vou me acostumar.*

— O lado bom de o meu pai finalmente ter lembrado que tem um filho mais velho — diz ele, com ar de ironia contida — é que deixou o jatinho dele à disposição no fim de semana. — E hesita antes de acrescentar, em um tom mais baixo:

— Numa próxima vez, se as senhoras quiserem, podem ir conosco. Conhecer minha família.

As três sorriem como se ele tivesse anunciado férias em Versalhes. Tia Fiona suspira, sonhadora.

— Uma corte de verdade, com príncipes e princesas… — E volta a suspirar. — Como é crescer sendo um príncipe?

Ele mexe na orelha de Merlim, que acaba de pular no sofá e se sentar ao seu lado.

— Crescer como príncipe foi… solitário, mesmo cercado de gente o tempo inteiro. E não que eu queira bancar o pobre garoto rico: eu tive tudo com que uma criança pode sonhar, mas isso não é tudo de que uma criança precisa.

A mão dele na minha esfria de repente, e Merlim se arrepia, pulando e rosnando, como se fugisse de uma ameaça invisível.

— Tudo bem? — pergunto em voz baixa, apertando de leve a mão dele.

Ian pisca devagar, força um sorriso e faz que sim.

Tia Fiona, alheia à tensão no ar, continua:

— E os bailes, são como nos filmes? Com valsa, vestidos longos, tudo aquilo?

— O príncipe deve ter horário — corta tia Moira, impaciente. — Estamos monopolizando o rapaz com nossas perguntas.

— Imaginem — diz Ian, voltando ao tom aveludado —, foi um enorme prazer, mas infelizmente a senhora tem razão. Eu preciso mesmo ir.

Ele então se vira para mim, totalmente recomposto:

— Eu te pego depois de amanhã às seis horas, combinado?

Sim, combinado.

As três se levantam e Ian as acompanha, ficando em pé. Faço o mesmo. Tia Moira solta, casualmente, antes de se virar para sair:

— Vamos deixar vocês sozinhos. Devem querer um pouco de privacidade para namo… para fazer o que os noivos fazem quando estão sozinhos.

Ian e eu nos encaramos até que elas entram na cozinha e fecham a porta.

Deslizo a mão pela lã cinza do blazer dele até pousá-la em seu ombro largo. Aproximo a boca de sua orelha e murmuro:

— Tenho certeza de que elas estão nos espiando. Estão estranhas, devem estar desconfiadas…

— Como?

Passo os braços sobre seus ombros.

— As paredes têm furos. E os quadros de pessoas também, bem nos olhos.

Ele arregala os próprios, e eu acrescento num sussurro conspiratório:

— Acho que precisamos agir como noivos.

— O que eu faço? — pergunta ele com a voz rouca, baixa, perto demais do meu ouvido.

Uma onda gelada percorre minha coluna.

— Me abraça, sei lá — cochicho. — Diz o que um noivo diria numa despedida. Seja convincente.

E então ele muda. O abraço meio desajeitado vira um encaixe completo. Os braços me puxam firme, o corpo colado ao meu. Uma das mãos se entrelaça no meu cabelo, segurando na nuca. A outra pousa no meu rosto com delicadeza. Ele me encara, intenso. As pupilas dilatam. A respiração acelera. As veias do pescoço saltam. E, quando ele fala, sua voz grave arranca arrepios do meu corpo inteiro.

— Vou sentir sua falta.

Engulo em seco.

— A gente se vê amanhã, seu bobo.

— Vou sentir saudade no minuto em que sair por aquela porta.

Dou um sorriso nervoso. Meu coração, esse idiota, dispara.

Ele beija minha testa.

— Minha… — depois a ponta do nariz — noiva. Eu sou o cara mais sortudo do mundo.

Meu sangue ferve no rosto, no pescoço, no peito. Ele sopra palavras nos meus lábios:

— Minha Briana.

Mal consigo respirar. Mas me forço. Preciso dizer alguma coisa. Qualquer coisa.

— Eu que sou sortuda. Você é o príncipe com que eu sempre sonhei.

Os lábios dele roçam os meus.

— Se cuida, meu amor. Até amanhã.

Com um último toque, um quase beijo que me deixa zonza, ele se afasta e sai da livraria.

Eu me sento no sofá, ofegante, atordoada. Fui eu que pedi para ele ser convincente. Mesmo assim, meu Deus… Ele merecia um Oscar. E eu preciso de uma bebida.

Meu coração ainda está acelerado. *Estou tão ferrada.*

— Ele já foi — provoco minhas tias. — Podem sair de trás dos quadros, suas enxeridas.

Meio segundo depois de Ian Ferner sair, Kyle atravessa a porta de entrada como um tsunami.

— Oi, amigo — cumprimento, surpresa. — Você me assustou. Mas que bom que voltou antes do planejado! Tanta coisa aconteceu… Bom, eu contei no grupo sobre o noivado e…

— Eu sei — ele corta, com a voz baixa e tensa. — A gente pode conversar?

Meus olhos se desviam para os quadros da sala — ele entende que minhas tias provavelmente estão ouvindo tudo.

— Pode ser na minha casa? — sugere, já abrindo caminho para a porta.

Apenas concordo com a cabeça e caminhamos até a casa ao lado sem trocar mais uma palavra.

Nas poucas ocasiões em que entrei na casa do Kyle, nunca me senti desconfortável ou desconfiada. Mas, de verdade, toda essa organização não combina com ele. Nas vezes que vi, sei lá, a mala de viagem dele aberta, por exemplo, era como se um guaxinim tivesse feito ninho ali, tamanha a bagunça. Olhando ao redor agora, não parece que Kyle mora aqui. Na verdade, não parece que ninguém mora aqui.

Ele é minimalista, e a predominância de tons azuis, o aquário de água salgada e o enorme quadro de um barco a vela dão um toque mais pessoal ao ambiente. Mesmo assim…

— Você tem vindo pra cá ultimamente?

Ele encolhe os ombros e abre a mochila, tirando um notebook de dentro dela.

— Pouco.

— Alguém vem limpar todo dia? Cuidar dos peixes?

Ele liga o computador e senta no sofá.

— Mais ou menos, por quê?

Franzo o cenho.

— A casa está intacta. A última vez que entrei aqui faz o quê… seis meses? Eu sei que você estava viajando nos últimos dias, mas é como se ninguém morasse aqui.

— Você não viu o meu quarto. — Ele arqueia as sobrancelhas de um jeito sugestivo e irônico. — Quer ver? Eu adoraria.

Minhas bochechas ardem.

— Não, seu idiota.

— Que pena. Você podia me ajudar a dobrar umas cuecas.

Dou risada e em seguida massageio as têmporas, me sentindo ridícula por essa desconfiança boba. Esse é o Kyle, o cara incrível que sempre tem um comentário afiado para me fazer rir e que se tornou meu melhor amigo.

— Sei lá… Achei que você pudesse estar com problemas e tendo que se esconder em outro lugar. — Suspiro. — Desculpa, acho que estou tensa com tudo o que tem acontecido…

— Não é pra menos.

Sorrio sem achar graça.

— Como assim?

— Você está noiva e vai passar o fim de semana com um cara que literalmente tem cheiro de inimigo.

— Você pirou?

Os olhos verdes dele pousam na almofada ao seu lado.

— Senta aqui pra eu te mostrar uma coisa.

Assim que me acomodo, ele vira o computador para mim.

— Estou pesquisando há dias e, bom… ser hacker tem suas vantagens. Finalmente achei uma coisa. Uma vez na internet, sempre na internet.

— O quê?

— Prepara o coração e o estômago, gata — Kyle murmura.

Minhas mãos esfriam quando leio a primeira notícia, de dez anos atrás.

**MISTÉRIO E HORROR NA REALEZA:**
**PRINCESA NORUEGUESA É ENCONTRADA**
**EM ESTADO CATATÔNICO E IRMÃO GÊMEO É SUSPEITO**

***Oslo, Noruega*** — O caso que chocou a Noruega segue sem explicações. A princesa Layla Ferner foi encontrada em estado catatônico, coberta por arranhões profundos que, segundo os médicos, pareciam ter se formado de dentro para fora. Ela permanece sob cuidados intensivos em um hospital de Oslo.

O principal suspeito é seu irmão gêmeo, o príncipe Magnus Ian Vinterhald, flagrado por turistas em uma cena alarmante: ele estaria sobre um lago congelado lutando com Layla, que parecia incapaz de reagir. A polícia foi acionada e deteve o príncipe para interrogatório sob suspeita de tentativa de homicídio.

As lesões da princesa intrigam os especialistas, que investigam a origem dos ferimentos e o que realmente aconteceu naquela tarde.

Paro de ler a notícia e olho para meu amigo com o pulso acelerado.

— Ele me contou… — Pisco devagar. — Quer dizer, não sobre os cortes, mas o que aconteceu e as acusações que ele enfrentou na época.

A expressão de Kyle não demonstra surpresa.

— Contou?

— Sim. Ele parecia arrasado enquanto falava.

Meu amigo aperta a ponte do nariz.

— E você ficou de boa?

Engulo em seco, tentando disfarçar o coração acelerado.

— Sim. Por que não ficaria?

— A sensação de estar sendo seguida passou?

Franzo o cenho e meu pulso acelera mais. Me sinto mal pela omissão. Desde a viagem à Áustria a sensação não voltou… mas tanta coisa aconteceu depois. Coisas absurdas. Muito maiores que a simples sensação de estar sendo observada por algo, ou alguém, sobrenatural.

— Por que essa pergunta agora?

— Porque você está diferente. É como se algo tivesse mudado. Ou você não percebeu… ou está fingindo que não percebeu.

— Eu…

— Pode me contar, por mais absurdo que pareça.

Endureço os ombros.

— Mesmo que algo tivesse mudado em mim, o que isso tem a ver com o Ian?

Ele sorri. Um sorriso nervoso.

— Não vai me contar, né?

A tensão que guardei por semanas transborda. Mas do jeito errado. Odeio ser pressionada. Odeio a ideia de que Kyle também esteja escondendo algo de mim.

— Por que você está falando desse jeito?

— De que jeito?

— Como se soubesse alguma coisa que eu não sei sobre o Ian. Como se eu devesse me preocupar por estar com ele.

— Porque ele é seu noivo? — rebate, sarcástico. — Está me tirando?

— De mentira. Ele é meu noivo de mentira. Além disso, já se passaram dez anos. Essa história nem circula mais. Ele me contou tudo. Foi inocentado. Fim.

Kyle bufa.

— Ah, Briana, pelo amor de Deus…

— O que foi agora?

— Você está apaixonada.

Meu coração dispara. Às vezes penso que posso estar mesmo. Mas tudo é tão confuso que prefiro não alimentar isso.

— Não estou apaixonada.

— Foda-se, então. Nem apaixonada, nem escondendo nada de mim.

Cruzo os braços.

— E você? Está escondendo alguma coisa?

Ele fica em silêncio, olhando fixamente para o aquário. Seus olhos perdem o foco.

— Não é tão simples assim. Tem muita coisa que eu não posso te contar.

Dou uma risada seca.

— Mas os meus segredos são bem simples, né?

— Não é isso…

— Então me responde uma coisa. Por que você odeia o Ian?

— Acredita em mim, é recíproco.

— Você parece querer atear fogo no ar que ele respira só pra desinfetar o ambiente.

— Ótima ideia.

— Kyle, de novo: eu te amo, mas você está sendo um babaca.

— E você está cega. Provavelmente apaixonada e…

— E se eu estiver? — solto, nervosa. — O que você tem a ver com isso?

Ele trava o maxilar. Depois ri. Um riso torto, doído.

— Estou morrendo de ciúme, não deu pra perceber?

Merda. Merda.

— Kyle, eu sinto mui…

— Mas não é só isso. Estou preocupado. Não durmo direito há dias tentando entender…

— Entender o quê, cacete?

Os cantos da boca dele caem. Os ombros se curvam um pouco. Vulnerável. Triste. Não combina com ele.

— Só… se afasta dele.

— Se você está tão desconfiado assim do Ian, ou do que você acha que eu não estou contando, vem comigo. A Emma vai. Eu posso falar com o Ian e, apesar de ele também não gostar de você, por sua culpa, tenho certeza que se eu pedir ele não vai se opor. Você pode encontrar a gente lá.

— Não posso. Já interrompi uma viagem de trabalho só pra vir aqui te ver.

— Pra onde você viaja tanto, hein? Por que você some por dias e dias e fica incomunicável?

— Você está irredutível, né?

— Ele não vai me machucar.

Passo a mão pelo rosto. Estou exausta.

Acabei de voltar de uma miragem temporal que durou meses. Minha mente está mais estável que da última vez, mesmo assim... tudo é muito recente ainda. E esse embate com Kyle está drenando o pouco de energia que me resta.

— Eu preciso descansar.

Ele coloca o notebook na mesa, devagar.

— Não queria te chatear. Eu só... queria que você entendesse. Mas é complicado.

Seguro a mão dele, num gesto silencioso de trégua.

— Tudo bem não confiar nele, mas confia em mim. Nos meus instintos.

— Tá certo.

— Vê se muda de planos e consegue ir à festa — digo, me levantando. Ele se levanta também. Aperto de leve o ombro dele. — Eu iria adorar.

— Vou tentar.

Hesito um segundo antes de continuar:

— Sinto muito por você estar com ciúme. Sinto muito por não retribuir o seu sentimento e... — *Por não te contar tudo ainda.*

— Ei. Nada disso — diz ele, com um sorriso fraco, antes de apertar de leve a ponta do meu nariz. — Eu sei lidar com as minhas merdas. Além disso, sou meio pirata. Daqui a pouco uma sereia cai na minha rede...

— ... e você nem vai lembrar mais de mim.

Ele ri, mas há tristeza em seus olhos.

— Vem, deixa eu te acompanhar até a sua casa.

Faço que sim e volto a segurar sua mão enquanto descemos. Ao chegar à porta do meu chalé, ele me puxa para um abraço apertado, longo. Quase como se quisesse memorizar minha presença.

— Sério, Bri — sussurra contra meu cabelo —, só se cuida de verdade. E lembra… nem tudo é o que parece.

Então ele se afasta devagar, como se ainda houvesse mais a dizer, muito mais. Fico com o coração apertado, tentando entender o que Kyle parece esconder e se ele sabe de algo que eu ainda não percebi.

# 24

## Interlúdio — O avanço das políticas puristas

*Desde que o atual rei do Inverno assumiu o trono, Alfehim tem vivido um avanço constante — e silencioso — das políticas puristas. Defendidas inicialmente como medidas de preservação da ordem mágica, essas diretrizes passaram a controlar, restringir e hierarquizar a sociedade feérica. Entre elas estão o reforço da pureza racial, o veto a linhagens mestiças em cargos de prestígio, o controle sobre a canalização cruzada de magias entre ilhas e a exclusão sistemática dos bruxos do Conselho. Aos poucos, essas políticas deixaram de ser ideologia e tornaram-se lei: travestidas de segurança, mas fundamentadas no medo da diversidade e do despertar profético.*

— Trecho extraído de *A ascensão do gelo: o poder purista em Alfehim*

Acabamos de chegar à Noruega. Viemos do aeroporto direto para o Palácio de Inverno da família — a cerca de uma hora da residência real, em Oslo, onde vai acontecer, na noite de hoje, a festa de aniversário do irmão caçula de Ian.

Enquanto atravessamos um corredor longo, com várias portas duplas fechadas, ele me explica:

— Depois do acidente com a Layla, ela passou a morar aqui. Era a propriedade favorita dela, usada só três meses por ano, e tinha esse anexo

— *um palacete* — onde meu pai pôde trancá-la, achando que estava fazendo a coisa certa.

— Sinto muito.

Ele balança a cabeça, sinalizando que está tudo bem.

— Na época em que ela estava doente, isto aqui cheirava a hospital. Tinha enfermeiras e médicos circulando. Eu odiava. Mas de certa forma era um alívio poder vê-la sem ter que cruzar com o meu pai na sala de jantar.

Entramos no quarto onde Layla viveu por dez anos. Preciso me apoiar no braço de Ian para não perder o equilíbrio. Pisco, tentando acreditar no que estou vendo. As quatro paredes, somando mais de quarenta metros, estão inteiramente cobertas de imagens e pinturas vívidas, quase reais.

Meu coração acelera.

Vejo montanhas cobertas de neve e o palácio de cristal da ilha do Inverno; construções de cobre e ouro e as florestas da ilha do Outono; a imponência dourada da ilha Solar; a explosão de flores da ilha Primaveril.

Estigmas da ilha do Inverno percorrem todo o rodapé. Um arrepio sobe pela minha espinha. Desvio o olhar para outra parede: dragões de nove cores, protetores da magia de cada ilha. E… minha boca fica seca.

Alfehim.

Respiro fundo. Um turbilhão de emoções toma conta de mim. Toco com a ponta dos dedos o desenho da Universidade de Magia, com a chama da sabedoria brilhando no topo da torre mais alta.

Lembro que, segundo as memórias de Morgana, essa torre guarda uma pedra fundamental conectada às primeiras bibliotecas de cada ilha. A magia flui dos nove territórios para essa pedra, que emite luz nas cores de cada lugar e mantém viva a chama. Ela brilha em branco iridescente.

Lágrimas transbordam dos meus olhos, numa mistura de sentimentos: alegria por finalmente ter uma confirmação do que eu presenciei, medo de que tudo seja mesmo verdade, alívio por não estar enlouquecendo e… uma angústia difícil de explicar.

Apesar de tudo levar a crer que as suspeitas sobre nossas histórias se cruzarem são reais, ainda há tantas perguntas. Por que isso está acontecendo com a gente? O que devemos fazer? Como começar a contar minha parte da história ao irmão da dona deste quarto?

Layla Ferner. A garota que entrou aqui em estado catatônico aos dezoito anos e desapareceu há um ano. Ela foi para Alfehim? Ian sabe onde ela está?

Minha mente gira enquanto toco imagens de sacerdotisas sendo caçadas, cetros quebrados, grupos perseguidos. *Isso tudo aconteceu no passado? Ou está acontecendo agora?*

— Vamos sentar e conversar — diz Ian, com a voz arranhando a garganta. Dá para ver que não é fácil para ele estar aqui.

Assinto e nos acomodamos no sofá, de frente para uma cama hospitalar. Cintas de couro estão presas à cabeceira e aos pés. Amarras de contenção psiquiátrica. Meu maxilar trava. Um nó fecha minha garganta.

— Ela começou a desenhar alguns meses depois do acidente — ele me conta. — Os médicos diziam que ela saía do estado catatônico quando desenhava. Era a única forma de se comunicar. Foi aí que comecei a estudar neurociência e neurolinguística. Queria entender o que estava acontecendo.

Uma risada triste escapa de seus lábios antes de ele prosseguir:

— Tentei tudo o que a ciência conhecia. Mergulhei nas pesquisas. Só que, sempre que eu chegava perto, Layla mudava do catatônico pra surtos agressivos. Se agitava, se machucava, tentando me mostrar coisas que só ela via. Nunca me senti tão só. Estudei contos de fadas, mitos, tudo, tentando achar uma explicação. Mas era como procurar uma agulha na neve. No escuro.

Ele passa as mãos pelo cabelo. E volta a falar, agora com a voz mais baixa e rouca:

— Depois de uma visita em que ela precisou ser contida, há um ano e meio, voltei para Oxford quase sem esperança. Mesmo assim, fui atrás de pesquisas recentes sobre a origem dos contos de fadas e me deparei com o seu artigo na *Language*. Estava descrente de mim e de tudo. Me desculpe mais uma vez por aquilo.

Coloco a mão sobre a dele.

— Não precisa se desculpar, Ian — digo, sem conseguir encará-lo, fixando o olhar na parede à minha frente. — O absurdo de tudo isso faz qualquer outra coisa parecer… pequena. Irreal. Como se o resto do mundo tivesse encolhido.

Ele não responde de imediato. Apenas observa nossas mãos entrelaçadas, os polegares roçando um no outro, antes de apontar para uma pintura de um prédio conhecido.

— É a Universidade de Edimburgo? — pergunto, surpresa.

Ele faz que sim.

— Por isso aceitei o convite pra lecionar lá. Achei que poderia encontrar algum sentido ou resposta, e acabei encontrando... você.

Respiro fundo, sentindo a garganta apertada. Quando finalmente falo, a voz sai baixa, embargada:

— Eu conheço esses lugares. Todos eles.— Pauso, engolindo em seco antes de apontar, com os olhos ainda fixos nas pinturas diante de nós. — Essa é a ilha Crepuscular. E ali... a Primaveril. Aquela mais no fundo, com vitrais dourados e árvores brilhantes, é a ilha Solar.— Minha voz ganha firmeza conforme vou nomeando os desenhos. — Os feéricos da ilha Solar são baixos, ruivos ou loiros, com orelhas pontudas. Ferreiros, artesãos, arquitetos... E aquele ali, de cabelo branco e olhos cinzentos, é da ilha do Inverno. Eu sei disso. Sei como eles se comportam, sei como vivem...

Ian continua em silêncio, mas seu corpo está tenso ao meu lado, como se cada palavra minha o atingisse.

— E ali — sussurro, sentindo um arrepio subir pela espinha — uma jovem feérica da ilha das Marés.

O silêncio entre nós pulsa, espesso como a magia que sinto vibrar sob minha pele. Mesmo depois de ver essas imagens, sabendo que a irmã dele provavelmente visitou Alfehim como eu... Ian ainda não disse se acredita nisso tudo. Não tenho ideia se ele vai achar que enlouqueci, se vai me olhar como se eu fosse uma aberração. Fecho os olhos, respiro fundo e, com o coração acelerado, resolvo contar de uma vez:

— De um jeito que não sei explicar, eu vivi nesse reino através das memórias de uma sacerdotisa. Andei por esses lugares durante meses. Não com o meu corpo, mas com a minha mente. E tenho certeza de que algo parecido aconteceu com a sua irmã. São coincidências demais. Agora eu sei, do fundo do meu coração, que esses lugares existem. E de algum jeito... eu faço parte de tudo isso.

Olho nos olhos dele, esperando ver choque. Julgamento. Mas o que vejo é outra coisa.

Ian me encara com seriedade. Com aceitação.

— Eu sei — diz, firme.

— Sabe?

— Sei. Em Paris, você não desmaiou; ficou como a Layla. Olhos vagos, sem piscar. Não respondia, não se movia, mas estava consciente. E principalmente…

Ele pega minha mão e a leva até o colar sob minha blusa.

— Eu vi os símbolos no seu relicário.

Meus olhos se arregalam. Meu coração acelera ainda mais. Sem soltar minha mão, ele aponta para um canto da parede. Meu corpo congela.

O relicário esquenta em meu peito.

Ali estão. Os símbolos.

— Linguagem alfehiana de magia — confirmo, e minha visão se turva.

Lá fora, o clima mudou de ensolarado para cinza e nublado; uma nuvem densa parece sugar a luz do dia. Estamos no quarto de Layla há… nem sei quanto tempo. Acabei de contar em detalhes tudo o que vivi através das memórias de Morgana, e Ian ouviu com atenção. Ele também me contou que, nos meses anteriores ao desaparecimento de Layla, ela começou a falar.

— Era uma manhã cinza como essa — diz ele, e aponta para as enormes janelas. — Eu vim aqui para vê-la, em uma das minhas visitas cada vez mais espaçadas, e mal sabia que tudo estava prestes a mudar novamente. Assim que entrei, ela me olhou como sempre fazia, pareceu me reconhecer, como se estivesse prestes a se desesperar mais uma vez, só que… O que aconteceu deixou as enfermeiras e, mais tarde, os médicos atônitos e sem saber explicar. Layla simplesmente sorriu e disse: "Oi, Ian, achei que você não viesse mais me ver". E aí — a voz dele soa baixa e falha — ela começou a contar onde tinha estado, tudo o que tinha visto, um mundo mágico chamado Alfehim, que ela visitou através de algo que se chama…

— Miragem temporal?

— Consciência fragmentada.

Franzo o cenho, buscando nas memórias das minhas visitas a Alfehim esse termo, ou algo similar.

— O quê?

— Layla contou que o corpo dela estava aqui, e a mente, no corpo de uma feérica que tentou atravessar o véu entre mundos exatamente quando ela caiu na fenda do lago.

Ele dá uma risada incrédula e continua:

— Existem portais fixos da ilha do Inverno para o nosso mundo. O lago onde ela patinava é um deles. Parece que a minha irmã o acessou sem saber como, e a tal feérica estava perto, mas do outro lado do portal. Então a magia da abertura para o nosso mundo colidiu com elas e misturou a consciência das duas. Elas se fragmentaram. Apesar de seus corpos terem sobrevivido, suas consciências se perderam deles.

Fecho os olhos por um instante, tentando assimilar essa informação antes de perguntar:

— E a Layla?

— Ela passou dez anos em Alfehim, como cortesã na ilha do Inverno. Às vezes eu sentia que ela estava aqui, neste quarto. Em outras, percebia a presença da consciência da feérica. Mas na maior parte do tempo ela vivia no lugar da outra. A feérica era uma artista.

Ian olha para as paredes ao redor.

— Layla disse que não lembra de ter feito esses desenhos. Ela acredita que talvez a consciência da feérica tenha estado aqui, pelo menos em alguns momentos. E então, um dia, ela simplesmente acordou aqui, com lembranças escassas do que tinha vivido por lá, como se tivesse voltado de um estado de coma.

Ele se cala, os olhos perdidos em um ponto fixo.

— Na época eu achei tudo isso um delírio. Tinha certeza de que ela estava enlouquecendo…

# 25

*A consciência fragmentada é um fenômeno raro, causado por um choque entre dois seres durante uma efusão mágica intensa. Fragmentos de suas mentes podem se alojar em outros corpos ou se perder no fluxo mágico, gerando identidades instáveis, memórias desconexas e estados de consciência diluída entre diferentes seres.*

— Trecho extraído de *Arquivos psicomágicos de Alfehim: fenômenos mentais e conexões entre almas*

## UM ANO E UM MÊS ANTES
## IAN FERNER

Esfrego o rosto, cansado, enquanto Layla fala há horas, contando histórias de um mundo que jura existir. Ela diz ter vivido lá por anos, no corpo de outra criatura — não um ser humano, mas um elfo, um feérico, uma fada, sei lá. Segundo ela, foi um caso de "consciência fragmentada", como explicaram os que vivem no tal lugar, algo registrado nos arquivos de regulação de magia como uma ocorrência raríssima.

— Arquivos do quê? — pergunto com a voz trêmula.

— De regulação de magia. É tipo um repertório metafísico de todas as magias e seus desdobramentos que já aconteceram. Uma biblioteca gigantesca — diz ela, os olhos brilhando. — Não é o máximo?

Pigarreio, tenso.

— E você viu esse lugar?

Ela balança as mãos no ar, como se fosse óbvio.

— Vi, fica na ilha da Universidade, no prédio do tribunal, mas não entrei lá. Só os reguladores de magia têm acesso. Tipo advogados no nosso mundo, só que muito mais especializados.

— Ah, entendi — respondo, fingindo naturalidade. — Na ilha das fadas, gnomos e dragões…

Ela arregala os olhos.

— Você não está acreditando em uma palavra do que eu digo, né?

Estou há horas fingindo que tudo isso não é um surto psicótico, como nos longos anos de silêncio, mas agora parece que ela tomou dois litros de chá de cogumelo e começou a falar.

— Desculpa, Lay. É difícil absorver tudo de primeira — minto, sem querer desencorajá-la.

Pelo menos ela está falando e, se não parecesse estar sob efeito de alucinógenos poderosos, seria minha irmãzinha de sempre, com o mesmo sorriso, as mesmas expressões, o mesmo jeito de conversar e olhar. Eu me levanto e a abraço, beijando sua testa.

— Senti tanta saudade.

— Eu também.

Respiro fundo, conformado com o fato de que terei que seguir ouvindo e possivelmente fingindo acreditar nela. Volto a me sentar.

— Pode continuar.

Os lábios dela se curvam num sorriso fraco, convencida de que estou acreditando. Mas saber que nada do que ela disse faz sentido, que não há um traço de lucidez em suas palavras, acaba comigo.

— Posso te pedir um favor? — ela pergunta.

— Claro.

— Quero que você anote tudo o que eu disser.

Franzo o cenho. Ela percebe minha hesitação e explica:

— Se um dia eu não estiver mais aqui e você precisar saber de alguma coisa…

— Por que você não estaria mais aqui?

Layla respira fundo, mordendo o lábio com impaciência.

— Porque eu vivi dez anos numa terra mágica, no corpo de uma feérica, e não faço ideia do que mais pode acontecer.

Decido não discutir. Ela está fraca — mesmo com sessões de fisioterapia e caminhadas, passou os últimos dez anos praticamente acamada, nesse maldito leito hospitalar onde está deitada agora. Simplesmente me levanto, aliviado por vê-la falar. Pelo menos a consciência dela não se apagou por completo. Ela ainda articula ideias com clareza, e isso, por si só, já mostra que, mesmo depois do apagão, os caminhos da mente dela estão se reconectando.

Pegando um caderno e uma caneta, eu me sento na poltrona ao lado da cama.

— Pode falar.

— Como eu estava dizendo — Layla se ajeita na pilha de travesseiros atrás dela —, meu corpo foi exposto a uma quantidade absurda de magia durante essa fusão de consciências. Isso deve explicar as cicatrizes nos meus braços e pernas.

Aperto a caneta com força e travo o maxilar. Até onde esse delírio vai, meu Deus? Tento controlar a frustração e pergunto, após uma pausa:

— Não vai continuar?

Com os olhos fixos no conto de fadas que estou escrevendo, ouço sua respiração falhar enquanto ela diz:

— O que eu consegui descobrir vivendo no corpo de uma feérica é que… Eu sei que tudo isso parece absurdo, Ian, mas de algum jeito você… você precisa acreditar.

Ela suspira longamente e eu a encaro, me forçando a fazer que sim.

— Alfehim está sob uma ameaça nunca vista. Eu e você temos relação direta com isso. Na verdade, a minha ida pra lá e a vinda dela pra cá não foram por acaso. Ela tinha uma coisa para fazer aqui, e eu precisava aprender o que aprendi e viver lá desse jeito para que, quando chegasse o momento certo, você já soubesse de tudo.

Sem conseguir disfarçar, eu a encaro, horrorizado, enquanto ela ignora minha expressão incrédula.

— Se nós não agirmos… tudo estará perdido, milhares morrerão. Algo de muito ruim pode acontecer. Você acha que é por acaso que sempre se interessou em manejar a espada e treina horas por dia? Por que será que eu sempre amei contos de fadas?

Engulo em seco; estou tão tenso que sinto que poderia sair quicando. Respiro fundo algumas vezes. Eu sei que não adianta discutir com uma pessoa fora de si e que ainda existe o risco de ela regredir. Mas posso tentar refutar essa história maluca com calma e argumentos inteligentes.

— Foram anos vivendo num lugar onde os seres são capazes de fazer magia. Você deve ter aprendido algumas coisas nesse tempo que passou lá, certo?

Ela faz que sim.

— Então por que não me mostra?

Ela arregala um pouco os olhos.

— Boa. Vou te mostrar a magia de projeção.

— Que é...

— Uma magia do inverno que transforma memórias em imagens. Você vai ver tudo como se estivesse assistindo a um filme.

Dou um sorriso forçado.

— Ótima ideia.

Ela começa a mexer as mãos em círculos curtos, tanto no sentido horário quanto no anti-horário, formando espirais, e fala uma língua que não existe, criada em sua imaginação. Apesar de uma porta bater com o vento — coincidência —, nada mais acontece, obviamente. Layla franze o cenho e tenta de novo, duas, três vezes, antes de coçar a testa com uma expressão derrotada. Eu a observo com uma ruga entre as sobrancelhas.

— Não sei por que não funcionou. Vou tentar algo mais simples, criar uns flocos de neve.

Então, ela fecha o punho e o abre num movimento rápido, esticando o braço para a frente.

Pressiono a mão na testa, fazendo um gesto de negação com a cabeça.

— Layla, chega.

— Era para eu conseguir... Eu teria que conseguir... Eu não sei.

Ela tenta mais alguns movimentos enquanto repete palavras sem sentido.

— Já sei — afirma —, minha consciência estava em Alfehim. Eu fiz magia lá usando os estigmas da feérica na qual minha consciência se alojou, mas ela não compartilhou os estigmas dela comigo, claro que não. Ela não poderia, nem se quisesse. Não consigo acessar pelo meu corpo, não conheço os caminhos. É como os neurônios, Ian, que você sempre amou estudar; eles aprendem caminhos para fazer sinapses, mas, se não sabem esses caminhos, a capacidade continua ali, só que eles não a acessam. Meu corpo não conhece os caminhos para canalizar magia, nunca fiz isso usando ele.

E aí eu simplesmente não aguento e gargalho.

— Desculpa, Layla, eu admiro demais a sua mente brilhante. Mesmo agora, tão cansada e confusa, você cria argumentos incríveis e uma versão fantástica dos fatos.

Então ela franze levemente o cenho, os lábios se curvam para baixo e os olhos brilham com lágrimas de decepção.

— Você não me pediu pra fazer magia porque acredita em mim e estava impressionado; você pediu só pra invalidar a minha história.

Ela vira o rosto e deixa de me encarar.

— Layla — me arrependo na hora de ter rido e agido como se ela não tivesse ficado dez anos fora de si —, me desculpa. Eu só não consigo, de verdade. Sei que você acredita que tudo isso é ver...

— É verdade, Magnus Ian! Acredite ou não, esteja ao meu lado ou não, isso nunca vai deixar de ser verdade. — E ela ri com ironia, aumentando o tom de voz. — Houve um tempo em que os humanos sabiam que existiam outros mundos além deste. Mundos tão reais quanto invisíveis, como a música. Mas eles pararam de enxergar, deixaram de buscar a magia. Se conformaram com um mundo apático, sem notar o milagre que existe em cada coisa, em cada detalhe. Esqueceram que tudo está conectado!

— Layla, se acalme, por favor.

O médico e a enfermeira, que até então observavam tudo a distância, se aproximam.

— A senhorita não deve se exaltar — diz o médico. — Isso pode comprometer o progresso que tivemos desde que acordou, mais cedo.

E me lança um olhar afiado, como se eu fosse o culpado pelo descontrole emocional dela, mas o que me fere de verdade é o olhar ofendido de Layla.

— De todas as pessoas deste mundo e do mundo em que vivi nos últimos dez anos, que aprendi a amar e a chamar de amigos, você é a que eu jamais imaginava que duvidaria da minha palavra. Por mais absurdo que pareça, Ian, eu não questionei nem por um segundo se devia ou não te contar.

O médico olha para mim e, em seguida, aponta com os olhos para a seringa com o tranquilizante.

— Nós vamos lhe dar algo para se acalmar, senhorita.

— Eu não quero algo para me acalmar. Eu quero que o meu irmão — ela me olha soluçando —, a única pessoa que eu amo neste lugar de merda, acredite em mim!

Seguro o ombro dela e peço, com a voz rouca e falha:

— Respire, Layla, por favor. Fique calma.

Ela bate na bandeja com a seringa, que voa com o impacto e cai no chão.

— Tudo em Alfehim está uma merda: sacerdotisas que não permitem ter suas magias controladas estão sendo caçadas e mortas; mestiços que não servem o exército e não participam de experimentos pavorosos são considerados traidores. Se não ajudarmos, se não fizermos a nossa parte para acabar com a ameaça, muitos mais vão sofrer.

A enfermeira prepara outra seringa com tranquilizante e olha de mim para o médico, e este, por sua vez, para as cintas de contenção.

O medo me consome. Estou ainda mais perdido do que há dez anos, quando tudo começou. Não posso deixar que ela piore de novo. Então, mesmo com o coração em pedaços — e ele se parte de verdade —, só consigo fazer que sim com a cabeça.

Quando ela percebe o que acabei de fazer, fica pálida.

— Sinto muito — murmuro —, não posso arriscar que isso faça você piorar…

Ela não luta e não deixa de me encarar enquanto é amarrada. Quando volta a falar, não está mais gritando nem desesperada ou se debatendo. Sua voz está cheia de mágoa e frieza.

— Agora que eu voltei, não vai demorar muito para que eles liguem os pontos e saibam onde estou, onde nós estamos, Ian. Não vai demorar para que venham atrás de mim, de nós. E, se você não acreditar no que eu digo agora, depois pode ser tarde.

A agulha entra na pele dela, e o líquido é injetado. Ela fecha os olhos e mais lágrimas escorrem.

— Não só em Alfehim, mas aqui também, ninguém estará a salvo.

— Amanhã eu volto para…

Ela abre os olhos.

— Se é para deixar que me amarrem e me dopem quando eu te contar a verdade, nem se dê ao trabalho.

— Eu te amo, mana. Sinto muito por tudo.

# 26

## O Conselho Regulador de Magia

*O Conselho Regulador de Magia fiscaliza o uso legal da magia em Alfehim. Composto por feéricos especializados — legisladores, advogados e juízes mágicos —, garante que feitiços, portais e canalizações sigam as normas de segurança. Oficialmente neutro, o Conselho tem enfrentado pressões políticas e intervenções desde o fortalecimento das diretrizes puristas.*

— Trecho extraído de *Código feérico: leis e estruturas mágicas de Alfehim*

### Dias atuais

### Briana

Quando Ian termina de falar, seus ombros estão levemente trêmulos, como se cada palavra tivesse sido arrancada à força.

— Eu não acreditei nela, Briana. Minha irmã… — A voz dele se quebra, e ele engole em seco. — Talvez, se eu tivesse acreditado desde o começo, tudo pudesse ter sido diferente.

A tristeza dele me aperta o peito. Sem pensar, seguro sua mão. Sua pele está fria. Ele não retribui de imediato o contato, parece estar longe, preso nos próprios pensamentos.

— Não foi culpa sua — murmuro. — Como você poderia acreditar? Você não tinha visto nada…

— Eu deixei que a amarrassem. — A confissão sai baixa, cortante. Ian fecha os olhos, como se estivesse dizendo isso pela primeira vez. — Que a dopassem. No primeiro dia ela gritou, chorou, implorou. E depois disso nunca mais falou comigo sobre Alfehim. Se fechou. Eu… — ele solta um riso curto e amargo — acreditei que ela estivesse melhorando. Que talvez tudo aquilo tivesse sido apenas um surto.

Ele passa a mão pelo rosto cansado.

— Até que eu vi o que ela escrevia o dia inteiro.

Um arrepio sobe pelas minhas costas.

Ele se cala por um instante, depois abre a mochila com os dedos tensos. Tira um caderno com a capa gasta e as bordas amassadas e me entrega.

— Pode abrir.

Hesito. O caderno parece mais pesado do que deveria. Respiro fundo e abro na primeira página. Minha voz sai trêmula ao começar a ler em voz alta:

— "Alfehim tem dez ilhas, nove conhecidas. A décima, a ilha das Sombras, tem localização incerta… com os anos sua existência passou a ser considerada parte das lendas…"

Engulo em seco. Meus olhos correm pelas anotações.

— "A alternância de poder sempre funcionou, hoje estamos no ano 225 do reinado do Inverno."

Minha respiração se prende no peito. Levanto os olhos para Ian. Ele me observa, tenso, cada músculo do rosto contraído.

— Sempre achei que isso fosse coisa de conto de fadas. — Ele solta um suspiro pesado, carregado.

— Eu entendo você. — Aperto o caderno com mais força. Antes de virar a próxima página, olho para ele. — Por que você passou a acreditar na Layla? O que te fez mudar de ideia?

Ele respira fundo. Ainda com a mão na minha, responde, com a voz grave e um peso que me faz prender o ar:

— A noite em que ela desapareceu…

Batidas fortes na porta cortam o momento. Tenho um sobressalto. Ian também. O corpo dele enrijece.

— Com licença, Alteza — a governanta chama do outro lado da porta. — Estamos com poucos funcionários, mas a cozinheira preparou seu prato favorito. Gostariam de almoçar?

Ian não responde de imediato. Olha para o relógio, e vejo sua expressão mudar.

— Quase meio-dia… Você está com fome?

Faço que sim, meio zonza. A tensão ainda vibra no ar, mas a interrupção traz um tipo de alívio estranho. Quando ele aperta minha mão e nos levantamos, percebo como estou tensa. Os músculos rígidos, a cabeça girando com tudo o que ouvi, tudo o que contei.

No fim das contas, a pausa veio em boa hora.

É quase reconfortante lembrar que o mundo ainda gira. Que, apesar de tudo, ainda podemos parar por um instante e fazer algo simples como dividir uma refeição.

❄

Salmão defumado nunca teve um gosto tão bom.

E um almoço nunca teve tanta cumplicidade. De olhares. De… frios na barriga. De… segredos absurdos compartilhados.

Ele não retomou o assunto sobre acreditar no que Layla dizia, e também não insisti. Sei que daqui a pouco teremos que sair; o baile de aniversário do irmão dele é no palácio principal, a uma hora daqui.

Imagino que só voltaremos a conversar mais tarde, talvez amanhã. *E tudo bem.*

Faz uns quinze minutos que nos sentamos à mesa, e só agora estamos sozinhos. Pelo visto, o "quadro reduzido" de funcionários inclui um mordomo, uma governanta e dois lacaios vestidos com libré. Conheço o nome dos cargos e os uniformes que os funcionários de palácios usam — nada como ser fã de romances de época.

— Quando eu tinha uns quinze anos, dividia meu amor por contos de fadas com romances de época — digo.

Ele arqueia as sobrancelhas, meio perdido, e eu explico:

— Um gênero literário, tipo os romances da Jane Austen, só que escritos por autoras de hoje em dia.

— Ah. — Os olhos dele se iluminam, como se tivesse feito a conexão. — Teve uma série assim na Netflix, não teve?

Sorrio, aliviada com a normalidade inesperada da nossa conversa.

— Sim. *Bridgerton*.

Os lábios dele se curvam num sorriso leve. É tão raro vê-lo assim, com o olhar brilhando, a aura mais livre. Sinto um aperto na boca do estômago.

— Sempre preferi suspenses policiais. Mas também, ironicamente, sempre gostei de fantasia. Como se soubesse que um dia a fantasia iria se misturar com a realidade.

Engulo um pedaço de peixe sem mastigar direito. Preciso tomar goles grandes de água para o bolo na garganta descer.

Ian parece interpretar mal minha expressão e diz, meio apressado:

— Tudo bem se a gente continuar essa conversa depois da festa? — Ele olha a tela do celular sobre a mesa. — A gente precisa sair logo, e acho que seria melhor continuar isso com calma. Sem pressa.

— Eu só engasguei. — Tento rir, sem sucesso. — Desculpa, não quis… Estou adorando essa mudança de assunto. Essa pausa. É bom perceber que, no meio de tudo isso, ainda podemos falar sobre coisas normais. Ir a uma festa à fantasia e…

Paro. Porque o olhar leve dele desaparece.

De repente, há uma sombra ali. Na testa franzida. No maxilar travado. No jeito como os olhos dele se perdem para além da janela, onde a neve começa a cobrir tudo de branco.

— Você está bem? — pergunto, tocando a mão dele.

Ian baixa os olhos até o ponto de contato. Respira fundo e entrelaça os dedos nos meus. Quando me encara, sua voz soa mais rouca.

— O que eu mais queria, o que ainda quero, é que as coisas voltem a ser como antes. Por mais incrível que tudo isso pareça, eu daria tudo, Briana, tudo pra gente estar vivendo em outras circunstâncias. Mais…

— Normais?

Ele apenas assente.

Engulo com força. Porque entendo. Entendo perfeitamente. Por mais que existam momentos como este, de suposta normalidade, sinto que são só… ilhas em meio a um oceano. Um oceano gigante, instável. Não dá para voltar ao que era. E o pior é…

É essa certeza de estar à deriva. Sem saber até quando o tempo vai se manter calmo e quando virá a próxima tempestade, daquelas que arrastam tudo. Como talvez tenha acontecido com Layla.

Entendo por que Ian quer adiar o assunto. Me contar o que realmente aconteceu com a irmã e por que ele passou a acreditar nela pode ser como selar nosso destino. Como fechar, de uma vez por todas, a porta para uma vida que nunca mais será a mesma.

Ele leva minha mão aos lábios e beija o dorso, cúmplice do que não dissemos. Como um duque de outro século. Não! Um duque do passado não faria meu pulso disparar assim.

Não prolongaria o toque.

Não olharia para minha boca como se desejasse que, em vez da mão, ele estivesse beijando meus lábios. Não faria esse calor subir em espiral, do pulso ao ombro, até parar bem em cima do coração.

Ian arregala os olhos. Como se também sentisse.

Ergue o rosto. E nós dois ficamos ali, meio ofegantes, com os sentidos à flor da pele.

— Então… — tento disfarçar o arrepio que percorre meu braço, minha nuca — voltando ao assunto sobre preferências pop, qual sua banda ou cantor favorito?

Ele respira devagar e me encara por alguns segundos antes de fazer uma expressão quase cômica, como se eu tivesse perguntado a senha do cartão dele.

— Que pergunta difícil, amor.

Meu coração dá um pulo com esse “amor” jogado assim, natural, sem plateia, sem assessores. Sem imprensa.

Disfarço olhando para as unhas.

— Eu adoro a Billie Eilish e a Chappell Roan.

As sobrancelhas dele sobem.

— Também gosto delas. Mas, pensando nas mais antigas, escolho Nirvana. E Lord Huron.

— Nirvana é ótimo… mas se for pra escolher assim eu acho que fico com R.E.M.

Ele sorri de lado. E então canta, me encarando:

— *This one goes out to the one I love…*

O vinco entre suas sobrancelhas se aprofunda, e a voz sai mais rouca quando continua:

— *This one goes out to the one I've left behind…*

Deixo os talheres no prato. Sinto uma angústia estranha me invadir.

— "Losing My Religion" é a minha favorita.

Os olhos dele se perdem num ponto entre as árvores lá fora.

— Acho que nada dói mais do que ter que abandonar quem a gente ama… ou ter que escolher entre duas pessoas importantes. Parece que às vezes a vida só te fode. E não de um jeito bom.

E pronto. Todo o clima leve que eu tentava resgatar escorre ralo abaixo.

— Está falando da sua irmã?

Ele mergulha nos meus olhos. Me desmonta. Me deixa sem palavras. Há um brilho esbranquiçado contrastando com o azul. E, então, um vento gelado toca minha pele.

Ele faz que não. Meu coração dispara mais.

— De quem você está falando?

O mesmo vento gelado toca meu rosto. Arrepia a pele das minhas bochechas, como se pudesse atravessar a carne e chegar até a confusão que cresce dentro de mim.

Meu celular toca.

— É a Emma — falo, a voz mais fraca do que eu esperava.

Ele apenas inclina o queixo, num gesto contido que diz "ok".

— Oi, amiga — atendo.

— Chego daqui a três horas no endereço do convite que o seu noivo me mandou hoje cedo!

— É no Palácio de Oslo.

Ela solta um gritinho animado.

— Eu sei! Não é incrível?! Uma festa de gala à fantasia? E num palácio de verdade? Amiga, juro por tudo, nem dormi de tanta ansiedade. Principalmente porque os vestidos só ficaram prontos agora, achei que não fosse dar tempo.

E lá vai ela mais uma vez, bancando a fada-madrinha. Me bancando.

— Você mandou fazer vestidos? Achei que a gente fosse improvisar.

— Vestidos não, obras de arte! O seu é um espetáculo, Bri, e combina perfeitamente com a fantasia do seu noivo…

Franzo as sobrancelhas e lanço um olhar enviesado para Ian.

— Fantasias combinando? Ian, você sabia disso?

Ele encolhe os ombros. Um gesto pequeno, mas que parece dizer sim.

— Sim — Emma responde antes que ele confirme —, fui eu que sugeri que vocês fossem como um par. Ele topou na hora e ainda mandou um assessor me enviar as medidas. Juro, o ateliê fez milagre com o tempo que tinha.

— Entendi. Obrigada, Emma. Eu…

— Não! Nem pense em agradecer, nem vem com essa de me pagar depois. Dessa vez o ateliê não cobrou. Foi só dizer que era para o príncipe e a futura princesa da Noruega. Eles fizeram o impossível.

*Futura princesa da Noruega.*

A frase me atravessa como um sopro gelado. Um turbilhão de loucuras gira ao meu redor, e minha mente ainda precisa processar isto: eu sou noiva de Ian — de mentira, mas sou. E ele é um príncipe. Por mais renegado ou rebelde que seja, ele é.

— E o Kyle? Conseguiu convencer ele a vir?

Emma bufa.

— Não, amiga. Ele disse que ia viajar outra vez. Mas no fundo acho que está com ciúme do Ian.

Meu coração aperta.

— Ele disse pra onde ia?

— Ele nunca diz. De verdade? Acho que nem ele sabe.

A sobremesa é servida à nossa frente. Torta de chocolate e frutas vermelhas.

— Amiga, estou terminando de almoçar…

— E eu estou embarcando. Até já já!

— Boa viagem.

— Bom almoço!

Desligo e coloco o celular sobre a mesa. Ian continua me encarando do mesmo jeito intenso de antes. O silêncio entre nós pesa, quase concreto.

Um prato de frutas é posto sobre a mesa ao lado da torta. Forço um sorriso.

— Estou tão louca com tudo isso… — Respiro fundo. — Esqueci de perguntar: qual é a minha fantasia? Quer dizer, a sua e a minha. A Emma te falou?

— Ela sugeriu que eu fosse um príncipe medieval, desses de contos de fadas. E disse que você seria a minha princesa. Do seu conto favorito.

— *A Bela Adormecida*?

Ele assente, sereno.

— Não sabia que era o seu conto favorito.

— Não é exatamente. Mas foi a única coisa que a minha mãe, ou quem quer que tenha me abandonado naquele castelo em ruínas, me deixou. O livro e o relicário que estava comigo quando minhas tias me encontraram.

Aceito um pedaço da torta, e ele faz o mesmo. O gosto doce preenche minha boca.

— Suas tias são irmãs de sangue?

— Sim. Nunca tiveram filhos. Então sou filha única de três irmãs.

— Igual à Bela Adormecida.

— Mais uma coincidência. — *Ou mais uma peça neste teatro absurdo que é minha vida agora.*

— Eu não acredito em coincidências.

— Você acredita em destino?

Ele mastiga devagar, depois responde, tranquilo:

— Acredito que algumas coisas simplesmente têm que acontecer. Estão escritas, como as histórias que você ama.

— Então você acha que não temos o poder de mudar as coisas na nossa vida? Que tudo está predestinado?

Ele gira o garfo no prato. Um gesto pequeno, como se ponderasse sobre algo muito maior.

— Pensando assim, parece sacanagem. Mas acho que é bem mais complexo.

Franzo as sobrancelhas.

— Como?

— Sei lá, vamos pensar na vida como uma universidade. Você pode escolher o curso, mas não as matérias. Pode montar sua grade, fazer tudo no seu tempo. Mas, pra se formar… o currículo não é opcional.

O chocolate derrete na boca e eu suspiro, confortada pelo doce.

— Esse é um jeito… diferente de pensar no livre-arbítrio.

Um sorriso quase imperceptível e tenso desenha os lábios dele.

— Por exemplo: tenho cada vez mais certeza de que conhecer você era inevitável. Que eu podia escolher me aproximar… ou não. Mas não podia escolher como iria me sentir. Como me sinto.

Os olhos dele pousam nos meus lábios e minha respiração acelera.

— E como você se sente?

Ele não responde. Mas os olhos… os olhos dizem tudo. *Não está claro, Briana?*

Seus dedos, um pouco ásperos, contornam meu maxilar. Um toque que arrepia minha pele. Que diz "fica".

O mordomo entra na sala.

— Com licença, Alteza. O carro está pronto, exatamente no horário solicitado.

— Obrigado, sr. Carlton. Agradeça a todos pelo almoço. Estamos de saída.

Ele estende a mão. Eu a aceito, meio atordoada, e me levanto.

— Vamos para o baile?

— Sim.

A mão dele se firma na base das minhas costas. O toque desencadeia um choque que sobe pela espinha, acendendo meus sistemas. Antes de sairmos da sala, ele murmura só para mim:

— Mas esta noite, se você é a Aurora, eu serei apenas o seu príncipe.

# 27

*Portais temporários são feitiços avançados que permitem a passagem de um único feérico ou bruxo de qualquer lugar de Alfehim para qualquer lugar da terra humana. Exigem alta concentração de magia e permanecem abertos por pouco tempo. Por seu risco e instabilidade, seu uso é restrito e deve ser aprovado pelo Conselho Regulador de Magia. Qualquer tentativa de abertura não autorizada é considerada violação grave das leis mágicas.*

— Trecho extraído de *Geometria e fluxo: estudo dos portais mágicos de Alfehim*

Rosa e azul se misturam no tecido, como uma guerra de tinta molhada. Camadas de tule dançam com o ar conforme me mexo, e o corpete justo cintila em pontos específicos, como se pequenas estrelas tivessem pousado sobre ele. Sou a princesa Aurora do clássico da Disney, quando as fadas brigam pela cor do seu vestido.

Arrumo a tiara dourada na cabeça e me olho no espelho da antessala, próximo ao salão de festas, aonde nos levaram para esperar por Ian antes do baile.

Emma surge ao meu lado, deslumbrante como um eclipse. O vestido luxuoso, preto e roxo, com ombros marcados e mangas longas, tem um corte que a faz parecer flutuar, com camadas recortadas como fogo escuro ao redor do corpo. Na cabeça, o famoso chifre retorcido, num adorno com cristais pretos, elegante e imponente.

Sorrio, maravilhada com a ousadia e a criatividade da minha amiga.

— Malévola, Emma?

— Você não vive dizendo que eu sou sua fada-madrinha?

— Ah, então você é a Malévola do live-action?

O delineado perfeito e o batom vinho nos lábios cheios dela se curvam.

— Claro que eu sou a Malévola que te ama.

Abro a boca para responder, mas paro quando a porta se abre às nossas costas. Eu me viro.

Ian.

Cada passo dele em minha direção parece desacelerar o tempo. Ele veste preto e cinza. Um gibão bordado com discretos fios de prata, quase invisíveis, como se só a noite pudesse ler os desenhos. A capa longa, com forro cor de vinho, balança devagar. Uma espada repousa na bainha à esquerda. Lembro do que ele contou sobre treinar com a espada desde criança.

E ele… meu Deus…

— Você está… — Ian para, os olhos percorrendo cada detalhe, como se não acreditasse no que vê — … tão linda que dói.

Não sei o que responder. Não sei como respirar. O olhar dele desliza pelo meu corpo e volta ao rosto com tanta reverência que tudo em mim derrete. Igualzinho a cera exposta ao fogo.

— Vamos? — Ele oferece o braço, e eu apoio a mão na curva.

Só então Ian se vira para Emma.

— Boa noite, Emma. Obrigado pelas fantasias.

Ela sorri, orgulhosa, antes de responder:

— Literatura é minha segunda faculdade. Me formei em moda antes, então é sempre um prazer.

Ele volta os olhos azuis para mim.

— Me acompanha para eu cumprir minha obrigação anual como príncipe?

Sorrio.

— Sim, Alteza.

Saímos da antessala para enfrentar os protocolos da noite.

❄

Fui apresentada à família de Ian e aos amigos mais íntimos dos pais dele, incluindo empresários importantes da região, além de nobres de países vizinhos. Cerca de trinta pessoas, um desfile de luxo com Maria Antonieta, Cleópatra, deusas gregas e princesas famosas, Napoleão, imperadores romanos e um rei persa. Máscaras bordadas com pedras preciosas. Casacas com fios de ouro e prata. Um espetáculo de requinte e ostentação.

No entanto, apesar dos sorrisos simpáticos, dos olhares compassivos, dos elogios à minha fantasia e beleza e das palavras educadas dirigidas a Ian, o ambiente estava longe de ser acolhedor. O príncipe Erik, o aniversariante, foi o único que pareceu sincero e agradeceu o irmão mais velho pela presença — mais de uma vez, inclusive.

Emma me acompanhou sempre que pôde e não deixou de notar a postura fechada, os braços cruzados, os ombros tensos e a boca rígida de Ian. Mesmo durante a sessão de fotos oficiais que serão adicionadas aos registros do palácio.

— É o príncipe de conto de fadas mais sombrio que eu já vi — minha amiga murmurou.

E isso foi antes de a ausência de Layla se tornar palpável, quando passamos pela sala de retratos, repleta de imagens da irmã gêmea de Ian em diferentes ocasiões e idades, até onze anos atrás. Até o ano em que ela caiu no lago. Depois, é como se ela tivesse sido apagada da família.

Felizmente a festa começou, e os olhares analíticos e sussurros dissimulados foram substituídos pela visão apoteótica do salão de baile lotado. Deve ter umas quinhentas pessoas circulando entre bandejas de canapés e bebidas sofisticadas.

O lugar parece saído de um sonho barroco. Lustres de cristal descem do teto abobadado como constelações congeladas. Colunas altas sustentam cortinas de veludo verde-acinzentado, e o chão reflete tudo com o brilho polido de um espelho antigo.

Emma cochicha para mim:

— Não vejo a hora de as valsas tocarem e a festa começar de verdade.

Ian me explicou, pouco antes, que é tradição nas festas de aniversário da família três valsas serem tocadas antes que a pista seja liberada para o DJ. E, como o príncipe Erik está fazendo dezoito anos, pôde escolher o estilo musical, o tema à fantasia e convidar colegas da universidade, que lotam o salão.

Apesar de o clima estar mais leve aqui, Ian ainda não relaxou. Os ombros continuam retesados, o vinco entre as sobrancelhas, profundo, e o olhar, estreito, varrendo o salão com cautela.

Aproximo a boca do ouvido dele para perguntar:

— Está tudo bem?

— Eu não queria te deixar sozinha nem por um segundo, mas, se eu não dançar a segunda valsa com a minha madrasta e a terceira com alguma jovem da família, mal cheguei e vou ser expulso de novo. A pontapés.

Sorrio, aliviada. *Não é nada.*

— Fique tranquilo, Alteza. Não vou desaparecer no meio de quinhentas pessoas e…

*Briana.* Um sussurro no meu ouvido.

Um vento gelado roça minha nuca. E, com ele, vem aquela sensação antiga — e horrível. Meu peito aperta. Fazia meses que eu não sentia isso. A certeza incômoda de que tem alguém ali. Me observando. Perto demais. Como se enxergasse dentro de mim.

*Será que eu nunca mais vou conseguir ir a uma festa normalmente?*

Olho ao redor e vejo Emma rindo com um grupo de pessoas da nossa idade, apresentado pouco antes. Aperto o maxilar quando uma nova onda de arrepios me invade.

Isso é ridículo. Com tanta gente falando ao redor, devo ter imaginado que alguém murmurou meu nome. E, considerando que estamos num salão lotado, com olhares naturalmente voltados para mim e Ian, essa sensação nem deveria me surpreender. Mas talvez…

Pisco devagar, espantando o incômodo.

— Que foi? — Ian pergunta, ainda mais atento.

— Eu senti que…

— O que você sentiu? — insiste ele, levando a mão à espada, como se uma luta pudesse começar a qualquer segundo.

Quero descontraí-lo. E me distrair. Afastar a certeza de que em breve ele vai me contar o resto da história de Layla e tudo o que está envolvido nela. Vamos ter que descobrir o que nos liga a Alfehim. O que Morgana quer ao me mostrar suas memórias? Quem espalhou os livros com as chaves mágicas pela Europa? Quais as consequências disso para nossa vida? E qual é o real interesse de Ian em procurar esses livros comigo?

Minha motivação está clara: descobrir minhas origens. Mas e a dele? Saber qual é minha ligação com Alfehim? Descobrir o máximo possível sobre esse mundo paralelo mágico? Tenho quase certeza de que ele precisa disso para entender o que aconteceu com Layla.

Mas também sei que, se houver respostas para tudo isso, elas não estarão em uma festa. Com isso em mente, me aproximo dele para dizer:

— Eu sei que temos muito o que conversar e tentar entender. Mas agora estamos aqui, juntos.

— Sim, você tem razão. E eu não queria estar em nenhum outro lugar, em nenhum outro mundo.

A compreensão exata da intensidade do que ele acabou de dizer me atinge como um soco e eu perco o ar. Os primeiros acordes da valsa começam a tocar. Ele faz uma mesura.

— Me daria a honra, princesa?

Concordo e busco Emma pelo canto do olho; o filho de um barão sueco a quem fomos apresentados mais cedo a tira para dançar.

E na minha frente está Ian. A mão dele é firme, quente. Quando os dedos se entrelaçam nos meus, meu coração dispara, como se eu estivesse prestes a cair de um lugar alto — de certo modo, é exatamente isso.

Ele me guia até o centro do salão. Mal percebo os olhares ao nosso redor. Toda a sensação estranha e o medo são apagados. Tudo parece borrado, indistinto. Tudo menos ele. Seus olhos claros e intensos. Seu cheiro amadeirado e conhecido. O jeito como me olha. Ele apoia a mão nas minhas costas e eu sinto o calor e a pressão firme, que disparam um choque na minha espinha. Nos movemos juntos.

Um passo. Dois. Um giro.

E a música nos leva. A respiração dele toca minha pele, e tudo dentro de mim vibra. Meus lábios se entreabrem sozinhos, não consigo afastar os olhos dos dele. Cada passo é um fio puxado, uma tensão que se estica. Sei que estamos dançando, mas poderia jurar que estamos fazendo outra coisa. Algo mais íntimo.

Não consigo mais fingir nem racionalizar. É isso. Essa força, essa atração irresistível. Eu fingi que podia controlar, que podia não ceder, mas agora sei. Desisto de lutar contra, de mentir para mim mesma.

Desisto de fingir que é errado. Que é proibido.

A música continua e nós giramos. Eu me deixo levar. Deixo que ele me conduza, que me possua um pouco mais com o toque dos olhos, com o toque das mãos. Nosso rosto está perto demais. Os lábios quase se tocam.

Por um segundo, acho que ele vai me beijar.

Mas ele não beija. E eu não me afasto. Ficamos ali, respirando o mesmo ar. E a música para.

Não consigo me mover. Ele recua. Só um pouco. O suficiente para me deixar com a sensação de que tirei os pés do chão e ainda estou caindo.

— Briana, eu…

— Sei que você está muito entusiasmado dançando com essa linda jovem, mas a próxima valsa espero ter a honra de que seja minha — interrompe o pai dele, rei Carlos, tocando no ombro de Ian. — Além disso, sua madrasta está ansiosa o esperando para a valsa com ela.

Ele faz que sim para o pai e, antes de se afastar, cola a boca na minha orelha, o hálito quente tocando minha pele. Quando murmura com sua voz grave, pinça meus nervos:

— Não se acostume muito a ficar longe. Vou fazer o que preciso e voltar o mais rápido que conseguir, e então você será toda minha pelo resto da noite.

Minha boca seca e minhas pernas fraquejam. Ele se afasta de maneira hesitante e, antes de se virar de vez, dá um meio sorriso charmoso, quase convencido. *Ian sabe direitinho tudo o que me fez sentir agora.*

— Então — diz o pai dele, estendendo a mão para mim —, você me daria a honra da próxima valsa?

Solto o ar numa lufada ao me dar conta de que acabei de ser tirada para dançar *por um rei.*

— Será um prazer, Majestade.

O rei Carlos segura meus dedos e posiciona a outra mão na minha cintura. Ele está fantasiado de Luís XIV, o Rei Sol da França, e mantém uma distância educada e respeitosa.

— Dá para ver que vocês estão muito apaixonados.

Sinto as bochechas corarem.

— Acho que sim… Quer dizer, sim, Majestade, estamos.

Bem, era de esperar, né? Ficamos noivos do nada, e eu não sou uma das garotas que cresceram frequentando os salões do palácio da Noruega. Um mês atrás, eu não imaginava metade do que estava por vir nem quanto minha vida viraria do avesso.

Na real, tudo começou a mudar há seis meses. Irônico pensar que foi justamente naquela outra festa à fantasia. Um arrepio me percorre só de lembrar do homem encapuzado — Hades, como apelidei. A loucura de ver minha vida se embaralhar com os contos de fadas que eu sempre amei. A sensação de ser observada. O encontro com Ian na biblioteca da Abadia de Admont, perto de Viena. Os livros. Os símbolos. As miragens com Morgana. Alfehim. Os estigmas. O noivado. E agora… os desenhos de Layla. A história dela. O baile. E…

— Eu sei que errei muito com Ian — o rei confessa.

Pega de surpresa, arregalo os olhos, ouvindo-o continuar:

— Eu sei que fui um pai ausente. Toda a história com Layla, a pressão da imprensa e tudo… me desestabilizaram ainda mais. Então, quando eu quis correr atrás do tempo perdido, era tarde. Fico feliz que ele… que vocês estejam aqui.

Meu coração acelera, num misto de surpresa e emoção. Ian merece que o pai tente correr atrás do prejuízo, mesmo que pareça tarde demais.

— Talvez, se Vossa Majestade falar com ele, possa descobrir que não é tarde demais.

O rei dá um sorriso fraco.

— Espero que não.

Damos mais algumas voltas no salão, e a conversa muda para temas mais superficiais: minhas impressões sobre a Noruega, o clima, minha família, até que a valsa termina.

Sinto um toque leve no ombro e me viro. O rei Carlos franze o cenho para o homem que acabou de parar à nossa frente, mas logo adota uma expressão neutra, quase ensaiada.

— Srta. Briana Taylor — diz em um tom polido —, este é um amigo de longa data da família. Tenho certeza de que Ian ficaria muito feliz se você lhe concedesse a próxima dança.

Meu coração dispara. Observo o homem de cima a baixo. Alto. Ombros largos. Porte naturalmente nobre. A pele tem um brilho sutil, dourado. O cabelo, em ondas loiro-escuras, cai até o queixo com uma elegância que parece calculada. Mas são os olhos que me prendem — de um verde intenso, vivo, como folhas recém-brotadas. O sorriso é calmo, cortês, mas esconde algo mais: uma segurança desconcertante, como se ele soubesse exatamente o que está prestes a acontecer.

Ele veste um traje de época em tons de verde-musgo e marfim, bordado com flores e vinhas que parecem se mover sob a luz. Forço um sorriso, com a sensação estranha de que já vi esse rosto, mas aceito sua mão estendida.

Um arrepio percorre minha pele.

— Prazer, srta. Taylor. — Ele se curva, dando um beijo rápido na ponta dos meus dedos. — A senhorita é como um sopro de primavera neste salão tão… invernal.

Meu coração acelera ainda mais. Procuro por Emma, que está dançando com um trio — um homem e uma mulher. Adoro como ela se adapta rápido, e em pouco tempo parece ser uma das convidadas de honra, atraindo todos ao redor, como abelhas em volta do mel.

— O prazer é meu, sr…?

— Sylas Varnedil.

Procuro na memória seu rosto e o nome que ele acabou de dizer, mas não consigo ter certeza de onde o conheço.

— Desculpe, sr. Varnedil, mas tenho a sensação de que já nos vimos antes.

Ele sorri, e é como se um sol acendesse e iluminasse seu rosto, seus olhos, o salão. Instantaneamente, me sinto um pouco mais confortável.

— Sim, Briana. De certa maneira, já nos conhecemos.

Sorrio de volta, sem conseguir me conter.

— De onde?

— Seu amigo tem razão. Você é muito, muito especial. Uma pena que ele tenha me feito vir até aqui para confirmar, por não cumprir o que prometeu.

Começo a procurar por Ian. Esse cara está dando em cima de mim?

— Que amigo? O que ele prometeu?

Ele não responde.

— E é tão linda quanto as ninfas das minhas terras.

— Olha, acho que está havendo um mal-entendido. O príncipe Ian é meu noivo, e o rei Carlos me apresentou ao senhor como um amigo da família. Em breve ele será meu sogro.

— Não se preocupe, Briana — diz, me girando pelo salão. — Eu não tenho interesse em você, ao menos não desse jeito.

Me afasto um pouco, o coração martelando no peito. Aperto o maxilar, tentando recuperar a razão e afastar o medo.

— Eu respeito o senhor como amigo da família do meu noivo, mas não entendo nada do que está dizendo.

— Acho que, no fundo, você sabe de onde nos conhecemos. Só não quer admitir para si mesma.

Minha boca seca. Ele me conduz com a precisão de um príncipe, de um nobre acostumado com salões ainda mais luxuosos do que este.

— Seu sotaque — franzo o cenho — não é daqui. Nem do Reino Unido.

— Não.

Volto a procurar por Ian e Emma, mas de algum jeito nos afastamos da pista principal e estamos perto das portas francesas que dão para o jardim.

— Quem é o senhor?

Um cheiro forte de flores invade o ar.

— Um amigo — ele diz —, como o rei Carlos falou. Um amigo que procura você há bastante tempo. Infelizmente vou ter que arrumar outro jeito de te levar comigo, e não será hoje. Porque… ao que parece, você ficou noiva de um nobre, e minha corte ainda cumpre tratados, por mais obsoletos que pareçam.

Minha garganta aperta.

— Me levar? Tratados? Como assim?

— Como amigo, Briana, vou lhe dar um conselho: escolha melhor suas companhias e suas ligações — diz, apontando para uma pintura da família de Ian em que Layla e ele também aparecem.

Empurro-o com as mãos trêmulas e suadas, meu coração retumbando na garganta.

— É exatamente isso que vou fazer. Nossa dança acabou.

Ele gargalha, descontraído, mas não tenta me impedir.

— Existem outras cortes às quais você realmente pertence e que a receberiam melhor do que esta. Lembre-se disso, minha querida.

Viro de costas com lágrimas nos olhos. Uma compreensão que eu não gostaria de ter começa a se infiltrar na minha mente. Eu só quero encontrar Ian ou Emma e…

Eu a vejo. Nitidamente. Uma mulher de capuz verde-claro e vestido creme de mangas largas passa ao meu lado e desaparece entre as perucas altas, penas, chapéus, brilhos e risadas.

— Morgana — chamo, abrindo caminho entre as pessoas que dançam, pulam e se aglomeram no salão, agora sob as luzes estroboscópicas do DJ.

Minhas mãos suam ainda mais, a testa também. Sigo o rastro do vestido dela, pedindo licença e me esgueirando por entre fumaça, risadas altas, pessoas pulando, luzes azuis, vermelhas, roxas e verdes.

Ela avança até desaparecer entre os arranjos de flores ao redor das colunas que levam ao terraço. Engulo em seco, confusa. Sem saber por que estou seguindo o que, quase com certeza, é uma alucinação.

Então eu vejo. Do lado de fora.

A mulher está parada atrás de uma criatura. Patas enormes e douradas, garras do tamanho do tronco dela, um corpo descomunal que some entre as árvores e a silhueta do pescoço largo e comprido, olhos dourados acesos com a força das estrelas, chifres retorcidos. *Um dragão. Gigantesco.* Talvez o mesmo que me tirou das chamas do incêndio quando eu era criança.

Meus olhos se enchem de lágrimas quando o capuz dela cai, revelando uma face conhecida. Uma que vi refletida no espelho diversas vezes e que, de certa forma, lembra muito a minha.

— Briana — diz ela, parada entre as árvores coníferas que se estendem pelo terreno como uma floresta —, lembre-se de quem você é.

Estou na porta da varanda. E, de repente, o mundo todo se apaga.

*É a minha mãe!*

Morgana é minha mãe.

Eu sempre soube. Mas não queria — não podia — verbalizar isso nem para mim mesma, não sem ter certeza se o que eu estava vivendo era uma ilusão, um delírio... ou se existia um pingo de verdade nas visões. Nas miragens em que eu dividia o mundo, minha realidade e minha razão com criaturas mitológicas, sacerdotisas lendárias e magia.

— Achei que você tivesse morrido — falo, a voz falhando.

Ela responde por cima da música às minhas costas. O mundo ao redor se abafa, como se ela falasse direto na minha mente, no meu coração:

— Você precisa sair dessa festa, não é seguro.

As lágrimas irrompem sem controle e escorrem pelo meu rosto.

— O quê? — sussurro.

Dou mais alguns passos em sua direção. Estamos a uns vinte metros de distância. Ela estende a mão para mim.

— Temos tanto que conversar, mas agora você precisa sair daqui...

— Briana! — Uma mão firme se fecha no meu pulso, me puxando de volta para o salão num gesto cuidadoso, mas enérgico.

Sou arrancada do torpor, do transe de me sentir amada pela minha mãe, do...

Pisco, atordoada, olhando para a linha que divide a clareira do bosque. Está vazia.

Ao fundo, porém, uma silhueta enorme se destaca contra o branco da neve, escura, ameaçadora, intensamente masculina. Não é Morgana quem está ali fora.

— O que está acontecendo? — Ian segura meus ombros e me impulsiona para dentro do salão.

— A minha mãe… — falo com a respiração engasgada. — Eu vi a minha mãe, Ian, e um dragão! Um dragão gigante! — afirmo, o desespero rasgando minha voz, enquanto as teias da realidade puxam minha consciência de volta.

Aponto, com dedos trêmulos, para o lugar onde apenas as sombras das árvores se projetam sobre a neve.

— Ela estava ali… bem ali!

— Não tem ninguém ali, meu amor — diz ele, a voz baixa e tensa.

— Mas eu vi, juro que vi.

A mão grande dele pousa nas minhas costas e me puxa contra seu peito, para fora dessa visão.

— Eu não devia ter te trazido para cá — Ian murmura entre os dentes. — Senti que tinha algo errado desde que pisamos nesta merda de salão.

Paro, a percepção da realidade voltando em ondas pesadas: a música, o burburinho de conversas, as luzes que piscam frenéticas sobre a pista de dança. A imagem do homem com quem dancei minutos atrás invade minha mente com clareza brutal: casaca de veludo verde-musgo bordada com videiras douradas, camisa marfim de seda, gravata verde-clara. Um broche de ouro no formato de três flores e folhas entrelaçadas com uma coroa sobre elas. Olhos verdes intensos. Um olhar que parecia me atravessar.

— Ian — minha voz treme —, eu acho que dancei com um feérico da ilha Primaveril. Acho que ele estava à minha procura.

As narinas dele se expandem. Ian lança um olhar rápido pelo salão e depois para o bosque onde Morgana, ou quem quer que tenha sido, desapareceu.

— Temos que sair daqui. Agora — diz num tom grave, rouco, quase um rosnado.

— E se era mesmo a minha mãe lá fora?

Ele aperta um pouco a curva dos meus braços.

— Existem feitiços de ilusão que mostram algo ou alguém que se deseja muito ver, a fim de desarmar a presa e atraí-la. Estou com um pressentimento ruim, Briana. Confie em mim.

Concordo com a cabeça, porque minha intuição está dizendo a mesma coisa: *Dá o fora daqui.*

— Tem razão — arfo —, ela falou para eu sair daqui.

— Agora! — grunhe Ian. E praticamente me arrasta em direção à saída.

— Emma! — lembro, o pânico me dominando. — A gente não pode deixar a Emma aqui! Temos que encontrá-la!

Ian hesita por um segundo, olhando para o vão da escadaria que leva à saída, depois para dentro do salão.

— Não solta a minha mão — ordena com a voz áspera. — Vamos achar a Emma rápido e dar o fora.

— Pra onde? — pergunto, ofegante.

— Pra qualquer lugar, o mais longe possível daqui.

# 28

*Vínculos amorosos raros, quando selados por um elo verdadeiro, podem despertar vínculos mágicos de natureza extraordinária. Quando a magia reconhece a conexão entre dois seres, seus dons se entrelaçam, e o que era individual se torna algo maior do que ambos.*

— Trecho extraído do capítulo IV do
*Tratado avançado sobre conexões mágicas*

Estamos em uma estrada sinuosa e mal iluminada, e o percurso parece se arrastar por uma eternidade. O jipe preto avança pelas sombras da noite a caminho de um pequeno aeroporto privado, e o ar dentro do carro está pesado. Os faróis mal conseguem cortar a escuridão adiante; às margens da via, vultos de galhos se retorcem como espectros. Meu coração bate num ritmo descontrolado, antecipando o pior a cada curva.

Lanço um olhar para Emma, ao meu lado no banco de trás. Praticamente a arrastamos para fora do salão de baile, dizendo que precisávamos ir embora com urgência.

Ela está pálida como cera, os olhos castanhos arregalados. Seus lábios, pintados de um vinho escuro, tremem entreabertos, e a respiração curta denuncia o pânico crescente que a consome.

Ian exigiu — não apenas pediu, mas ordenou — que fôssemos no banco de trás. Ele nunca tinha falado comigo desse jeito. Obedecemos sem discutir, contagiadas pela urgência em sua voz. O jipe é enorme e moderno, um monstro blindado cujo interior cheira a couro e metal. A distância entre os bancos da frente e os de trás parece mais larga que um abismo.

Atrás do volante, Ian está irreconhecível. Ele assumiu uma postura de combate: ombros retesados, maxilar travado, olhar fixo na estrada adiante, varrendo as sombras como um militar. Parece um comandante em batalha, inabalável e obstinado. Não, mais que isso, como uma tempestade de neve iminente, silenciosa, mas devastadora. A gravidade em seu semblante faz o ar ao redor parecer gelado.

— Vai demorar? — arrisco perguntar, minha voz reduzida a um fiapo.

— Dez minutos — responde, sem desviar os olhos da estrada.

Engulo em seco. Dez minutos até o aeroporto. Até a segurança… *Espero*. Um arrepio percorre minha espinha, porque algo me diz que dez minutos é tempo demais.

— Bri… o que está acontecendo? — Emma sussurra.

O tom agudo da pergunta faz meu estômago revirar de culpa. Vejo lágrimas se acumulando em seus olhos, refletindo o medo que ela sente. Eu ia contar a ela — preciso contar —, mas como explicar o inexplicável?

— Eu… Eu vou te contar, prometo. Só… — começo a dizer, com a voz fraca e hesitante. Mas, antes que eu consiga terminar, a explicação morre nos lábios.

De repente, Ian pisa no freio com violência. O jipe inteiro dá um solavanco brutal, e um guincho corta o ar, os pneus derrapando no asfalto. O cheiro acre de borracha queimada invade o interior do carro. Sou lançada para a frente; o cinto me segura com um tranco, cortando meu fôlego enquanto pressiona o peito e a clavícula. Minha cabeça chicoteia, batendo no encosto do banco, e vejo estrelas por um segundo.

Meu coração martela na garganta e um zumbido preenche meus ouvidos.

— O que houve?! — pergunto, aflita.

— Merda — Ian xinga entre os dentes. O palavrão sai baixo, mas carregado de tensão. — Não desçam do carro! Com certeza isso surgiu para nos impedir de sair daqui.

— Isso o quê?

Então eu sigo o olhar de Emma para fora. O rosto dela está lívido, os olhos cheios de pavor.

Na estrada, bem à nossa frente, uma parede maciça de gelo cristalino desponta do asfalto, crescendo rápido e bloqueando a passagem. Ela reluz sob os faróis, uma muralha translúcida que refrata a luz em feixes azulados pela estrada e pelas árvores. A estrutura gélida range e estala à medida que se expande, intransponível como uma montanha saída de um pesadelo. Minha boca seca de vez. O pânico me sufoca, mas consigo assentir freneticamente, engolindo em seco de novo. Ao meu lado, Emma solta um gemido abafado, levando a mão incerta à boca enquanto lágrimas escorrem por seu rosto.

— Ian… — murmuro o nome dele, mal reconhecendo minha voz.

Ele não responde. Está ocupado remexendo em algo no banco do passageiro, com movimentos rápidos e precisos de quem sabe exatamente o que está procurando. Meu olhar se esforça para entender o que ele faz. Vejo-o abrir o porta-luvas e puxar dali um par de pequenos objetos metálicos que brilham à luz fraca. Ele leva as mãos à cabeça, fixando essas peças nas orelhas com um gesto decidido.

— O que você está fazendo? — pergunto num sussurro rouco.

Ian gira o corpo parcialmente para trás e me lança um olhar por cima do ombro. Meu sangue gela nas veias. Ele está ofegante, o peito subindo e descendo sob o gibão escuro. Seus olhos azuis… Deus, não parecem humanos. Estão brilhando de um jeito febril e vidrado, fixos em mim, como se não houvesse mais nada no mundo.

A expressão em seu rosto me assusta tanto quanto um uivo lá fora. É uma expressão feroz, a determinação fria endurecendo seus traços. É nessa hora que consigo ver o que ele acabou de colocar nas orelhas. Por entre as mechas do cabelo preto, despontam duas joias pontiagudas que se assemelham a orelhas élficas esculpidas em um metal prateado. Elas cintilam de leve na penumbra.

Demoro um instante para acreditar. *São canalizadores, joias mágicas que os feéricos usam para concentrar seu poder. Iguais aos que eu vi quando estive em Alfehim.*

Meu coração vacila e então retoma o galope desordenado. Um frio se espalha pelo meu peito. Minha garganta aperta quando compreendo, atônita, o que isso significa de verdade. Ian está emanando algo palpável, embora invisível: uma energia crua e poderosa que quase eletrifica o ar. Sinto um arrepio que me percorre dos pés à cabeça, eriçando cada pelo nos meus braços. Há um peso selvagem e indomável em sua aura, como uma avalanche prestes a despencar. Aperto as mãos, que escorregam de tão suadas, e as esfrego nas pernas, tentando me firmar.

— Você... Você é um feérico? — A pergunta sai num sussurro rouco, quase inaudível. Meus lábios formigam ao pronunciá-la e minha respiração se quebra em arfadas curtas.

Como resposta, um perfume gélido invade o carro, envolvendo meus sentidos. É o cheiro inconfundível de neve e gelo, mesclado a notas de lã úmida, carvalho e fumaça de lenha. A fragrância intensa agarra minha memória e a puxa para longe, até um mundo de inverno e neve eternos: a ilha do Inverno em Alfehim. Por um segundo me sinto transportada de volta para lá: o ar cortante, a luz pálida, a beleza cristalina, o frio quase vivo.

Ian faz que sim com a cabeça, numa confirmação silenciosa.

— Eu vou te contar tudo.

— Ele é o quê...? — pergunta Emma num chiado.

Lanço um olhar para minha amiga. Ela nos observa com a mão tapando a boca, os olhos ainda mais arregalados.

— Um f-feérico... da ilha do Inverno — respondo, gaguejando um pouco, sem tirar os olhos de Ian. Dizer isso em voz alta faz a realidade parecer ainda mais insana.

Ian pega um pequeno frasco de vidro no banco dianteiro. Vejo o líquido em seu interior brilhar em tons iridescentes quando ele o ergue por um segundo. Com movimentos rápidos, ele guarda o frasco no bolso da fantasia e agarra firme a maçaneta da porta do motorista.

Antes de sair, porém, ele se volta mais uma vez para mim. Seus olhos encontram os meus, e por um instante ele me encara como se quisesse gravar cada detalhe do meu rosto, como se fosse a primeira vez que realmente me visse, e talvez a última. Uma pressão sufocante aperta meu tórax, meu coração está tão acelerado que parece prestes a sair pela garganta.

Um uivo longo ecoa lá fora, muito perto do carro. O som atravessa a lataria reforçada do jipe e gela o sangue em minhas veias. Não soa como um lobo comum; há algo de faminto e sobrenatural nesse uivo.

Encolho os ombros, estremecendo violentamente. Minha garganta se fecha mais, e um gosto amargo invade minha boca. Minhas mãos voam para a maçaneta da porta ao meu lado, num impulso de sair e não deixá-lo enfrentar o que quer que seja sozinho.

— Eles estão atrás de mim ou de você? — sussurro, tensa, sem saber se ele ainda consegue me ouvir. Meu estômago dá um nó só de pensar na resposta. Será que atraímos essa ameaça por minha causa?

— É o que vou descobrir — Ian responde, ao mesmo tempo em que empurra a porta do motorista para escancará-la.

— Eu vou com você! — exclamo de imediato. Minha voz sai alta, tremendo tanto quanto as mãos enquanto tento abrir minha porta.

— Você ficou louca?! — grita Emma, agarrando meu braço e me puxando de volta. Ela se encolhe contra o banco, o rosto contorcido de terror. — Não sai, não sai… — implora.

Metade do corpo de Ian já está para fora, mas ele hesita antes de falar, inflexível:

— Não, Briana! Você ainda não sabe usar magia para se defender.

— Mas eu posso tentar — protesto. Meu corpo inteiro treme, mas faço menção de me arrastar para fora pelo outro lado se precisar.

Ele apenas balança a cabeça, antes de fazer um pedido que soa como sentença:

— Fica aqui. A Emma pode precisar de você. Se eu não der conta do que está lá fora, você sai pra me ajudar, combinado?

Volto os olhos para minha amiga, assustada e implorando apenas com o movimento dos lábios:

— *Não me deixa sozinha.*

Ian sustenta meu olhar por um segundo que parece eterno, se inclina num gesto que é quase uma promessa e diz baixinho, antes de sair e fechar a porta:

— Volto logo, meu amor.

Do lado de fora, ele contorna a dianteira do jipe. Vejo sua silhueta iluminada pelos faróis enquanto se afasta a passos firmes rumo à escuridão. O pânico me espreme num punho gelado. Emma soluça e se agarra a mim. Aperto a mão dela com força, tentando nos manter ligadas à única coisa certa aqui: uma à outra. Os dedos dela estão gelados e úmidos de suor.

— Amiga, que merda está acontecendo?! — ela balbucia com a voz embargada. — Que história é essa de feérico e magia e…?

Ela se interrompe num sobressalto quando outro uivo corta a noite, ainda mais perto e feroz que o anterior. O som não é apenas ouvido, é sentido, vibra através do chão e da lataria do carro, fazendo o ar tremer. Emma grita e se encolhe contra mim, as unhas cravando no meu braço. Meu coração dispara numa velocidade dolorosa e eu me encolho, como se pudesse nos esconder do perigo. Em meio ao eco do uivo, escuto passos rápidos do lado de fora, as botas de Ian batendo no asfalto.

— Muita coisa aconteceu, Emma… — Engulo o choro. — Eu… Eu quis te contar, mas achei que você nunca fosse acreditar em mim. Me perdoa, por favor… Me perdoa.

Lágrimas quentes ensopam meu rosto. Eu deveria ter preparado minha melhor amiga para isso, para o impossível que nos cerca agora. Emma está ofegando, os olhos perdidos nos meus. Apesar do pânico, ela aperta minha mão de volta, um perdão silencioso em meio ao caos.

De repente, um ruído ainda mais terrível corta o ar, fazendo-nos arfar em uníssono. É ensurdecedor, como garras gigantes rasgando uma parede de gelo. O chiado agudo faz meus dentes trincarem. Grito, apavorada, e mal percebo que Emma também está gritando ao meu lado.

— Só diz… que vai ficar tudo bem — ouço Emma suplicar.

Um clarão como mil relâmpagos explode, iluminando a noite com uma luz branca, azulada, ofuscante.

Emma me agarra com mais força.

— Vai ficar tudo bem, amiga — respondo. *Tem que ficar.*

Se alguma coisa acontecer com ela, eu nunca vou me perdoar. Nunca.

O silêncio que se alastra em seguida é sepulcral, sufocante, um vazio vivo que rasteja para dentro do carro, engolindo o ar, esmagando nosso peito, bloqueando nossa garganta. Ele se espalha como um manto de morte, denso e inevitável.

E, então, milhares de estalos cortam a quietude, como o som de ossos se partindo.

Gelo branco e espesso cresce ao nosso redor em rajadas violentas, lambendo as janelas, o teto, cobrindo o carro em uma crosta viva e opressora. O frio nos atravessa como punhais invisíveis.

Aperto Emma contra mim, tremendo.

— Vai ficar tudo bem — repito com a voz quebrada, uma mentira frágil em que nem eu consigo acreditar.

Mais um clarão sinistro estoura lá fora, iluminando o gelo de maneira fantasmagórica, projetando sombras que se contorcem pela superfície do jipe, recoberta de uma camada branca. Algo se choca contra o vidro. Em seguida, o som de garras arranhando e unhas rasgando invade o carro. Do lado de Emma. Do meu lado. Acima. Em toda parte.

Estamos cercadas.

Gritamos e o som explode entre nós. Fecho os olhos, lutando contra o pânico, tentando reunir o que me resta de coragem.

*Morgana.*

Lembro de Morgana. Luto para evocar a magia do fundo da minha alma. Me obrigo a lembrar como ela fazia, como se entregava.

*Sinta a terra. Sinta as raízes se entrelaçando a seus pés. Sinta os canais de magia rasgando o chão sob você.* A voz de Morgana ecoa em minha mente.

Então, a dor vem. Uma fisgada atravessa meu braço esquerdo, rápida como um raio, e depois o fogo. Um calor brutal devora minha carne. Gemo, me contorcendo, segurando o antebraço longe do corpo. Uma luz lilás desponta, rasgando minha pele em um estigma: fios que costuram estrelas, uma meia-lua e um sol poente. E então outra chama se acende, densa, sombria, profunda como o espaço. Preta e brilhante como o céu sem luz, ela entrelaça espinhos junto aos fios entre as estrelas. Junto à marca da ilha Crepuscular.

Emma se afasta de mim num movimento instintivo, os olhos enormes, o rosto sem cor.

— O que é isso?! — Sua voz sai como um soluço.

— Está tudo bem — minto, trincando os dentes para não gritar enquanto a dor incendeia cada célula do meu corpo.

— Mas... o que... — ela tenta perguntar, mas não consegue terminar.

O vidro ao meu lado explode com um estampido. Estilhaços de gelo e um vento cortante invadem o carro enquanto uma criatura monstruosa se projeta pela abertura. Uma mão cadavérica agarra a porta, com dedos deformados e a pele esticada sobre os ossos.

O grito da criatura é um som agônico, que perfura o cérebro. A pele pálida brilha sob o capuz azul-claro, coberto de estalagmites congeladas. Os olhos são buracos negros que sugam a luz, a alma, a esperança. A boca se abre em um guincho sobrenatural, revelando dentes como agulhas de aço.

E aí eu lembro. O monstro que a mulher disse ter visto na Biblioteca Nacional da França. As criaturas do meu pesadelo no escritório de Ian. *Pesadelo?*

O estigma em meu braço se incendeia ainda mais, como se a própria magia respondesse ao terror. Um fluxo avassalador me percorre, quente, denso, com um cheiro adocicado de orvalho noturno, sol poente e escuridão.

A criatura avança. Outro vidro estoura, dessa vez ao lado de Emma.

Grito conforme a magia descontrolada devora meu braço, minha pele e minha carne.

— Eu preciso de um cetro! — berro, arqueando o corpo de dor.

— O quê?! — Emma grita, em pânico.

— Algo de metal! — gemo. — Senão eu vou queimar!

Sem hesitar, ela arranca minha tiara da cabeça com as mãos trêmulas e desesperadas.

— Sua tiara!

Agarro a peça das mãos dela. No instante em que meus dedos se fecham sobre o metal, uma explosão de luz roxa, magenta e sombras irradia, formando uma cúpula quente e protetora ao nosso redor. Emma, ainda segurando a tiara por um instante, vê sua mão brilhar com uma luz líquida e estrelada. Ela solta a peça num sobressalto, encarando sua pele como se não reconhecesse o próprio corpo.

— Você… Você fez isso?

Não consigo responder. Não consigo sequer formular um pensamento coerente. Só sei que ergui uma barreira, um escudo de magia, algo que mantém as criaturas do lado de fora.

Olho para o exterior do carro. Ian luta como um furacão vivo, a espada cintilando feito um raio. Ele corta a cabeça de uma criatura, que se desfaz em uma nuvem de neve. Outro golpe preciso e mais um corpo despedaçado em pó gélido.

Minha visão começa a embaçar. Cada respiração é uma batalha. O gelo e a neve formam redemoinhos hipnóticos, turvando o ar, o tempo, a realidade.

— Briana! — grita Emma. — O escudo!

Olho para o campo de força e vejo que ele começa a vacilar, as bordas tremeluzindo. Novas figuras encapuzadas surgem, arrastando as mãos cadavéricas contra a barreira de luz, que agora estala.

Meu corpo está em colapso. O calor da magia me cozinha viva.

— Eu não estou aguentando — grito, sentindo meu corpo fraquejar.

Mas continuo lutando, desesperada, para manter o escudo, mesmo enquanto minha consciência ameaça se apagar.

— Punhal! Mochila no banco da frente! Pare de usar magia! — Ian vocifera enquanto abate outra criatura.

— Emma! — grito com o que me resta de voz. — Banco do motorista, agora!

Puxo-a comigo para a frente. Solto a tiara no processo, cortando o fluxo de magia. A luz lilás e as chamas pretas se apagam, tragando junto a sensação quente de proteção.

Meus dedos, trêmulos, abrem a mochila. Tateio desesperada e encontro o punhal, sinto o frio do metal contra minha pele em brasa. No instante em que o seguro, dedos longos agarram meu ombro, e o gelo me atinge com um golpe brutal. Uma criatura surge diante de mim, grotesca e faminta.

Lembro do que o feérico me disse sobre esses monstros: *Não olhe nos olhos.*

Mas a criatura puxa minha cabeça para trás. Seus olhos vazios me encaram, os dentes de agulha prontos para serem cravados em mim. Com um grito visceral, enfio o punhal no ombro dela. Já o grito da criatura é um som horrível e fraturado, e então ela se desfaz em gelo.

Lá fora, Ian continua a luta. Cada golpe da sua espada é uma dança brutal, desesperada, contra monstros que parecem não ter fim. Outra criatura cai. E outra. E mais uma.

Estou pronta para sair do carro, para tentar ajudá-lo, nos ajudar, quando a nevasca monstruosa que devorava a estrada se desfaz em segundos, como se nunca tivesse existido. Emma desmorona ao meu lado, encolhida, soluçando e se balançando para a frente e para trás, murmurando palavras sem sentido.

Eu tremo da cabeça aos pés. Minha pele queima, meus músculos doem, meus ossos parecem ter se tornado pó.

O silêncio agora é antinatural, sufocante. Não há mais vento. Não há mais monstros. Só os soluços de Emma e o som áspero da minha própria respiração.

O punhal ainda está na minha mão, tão pesado quanto o mundo. Minha cabeça gira em círculos lentos e nauseantes.

Ian permanece de pé com a espada erguida, os olhos varrendo a estrada vazia, pronto para atacar de novo, se for preciso. A luz do farol ilumina a estrada vazia e congelada, não revelando nada além da neve recém-caída.

Sem dizer uma palavra, Ian começa a se aproximar. Larga a espada no chão com um baque seco. Abre a porta do carro e seus braços me envolvem com força, me apertando contra o peito, os cabelos suados grudados na testa.

Eu me agarro a ele. Ficamos ali, um no outro, dividindo a dor, o alívio, o cansaço absoluto.

Entre lágrimas, Emma nos chama, aflita:

— Precisamos… Precisamos sair daqui!

Ian afasta o rosto do meu cabelo, mas não me solta. Pego a mão dela e a puxo devagar:

— Vem aqui, amiga.

E ela se aproxima, frágil como um pássaro molhado. Ian imediatamente se volta para ampará-la também. Seu outro braço nos reúne, nos protege, como se pudesse blindar a nós duas com a própria vida.

Pouco depois, ele nos solta com cuidado, dá a volta no carro e abre a porta do motorista.

— Consegue andar? — pergunta para Emma.

Ela faz que sim, mas seus olhos, arregalados, correm de mim para Ian, como se ainda não acreditasse no que vê. Meus músculos tremem com espasmos de dor e eu mordo o lábio para não gemer alto enquanto Ian ajuda Emma a sair do banco da frente e a acomoda atrás.

— Deita — diz ele com uma calma forçada, a mão tremendo levemente ao ajeitar uma manta sobre ela. — Descansa.

Em choque, ela apenas obedece.

Ian pega a espada caída no chão e abre o porta-malas. Em seguida, volta para o banco do motorista carregando outra mochila.

— Me deixa ver seu braço. — Sua voz é baixa e íntima.

Estendo o braço, incerta, e ele tira o punhal da minha mão com cuidado, rasgando com ele a manga do vestido. O estigma da ilha Crepuscular e os espinhos se desenham em carne viva pelo meu antebraço, serpenteando até o ombro e se cravando sobre meu coração.

— Merda — Ian murmura entre os dentes. — Merda! Já vai passar.

Ele solta o fecho da mochila, pega um frasco azul, tira a rolha com os dentes e despeja sobre minhas feridas um líquido viscoso e dourado. Faíscas de luz se espalham pela minha pele, costurando os cortes.

O alívio é imediato, tão intenso que quase solto um soluço.

— O que é isso? — pergunto, ofegante.

— Solaveril. Um líquido de regeneração de Alfehim. — E espalha mais um pouco. — Está melhor?

Faço que sim, suspirando.

— Obrigada.

Ele se inclina e beija minha testa, num gesto cheio de ternura e desespero ao mesmo tempo.

— Vamos sair daqui.

E eu finjo que estou bem. Finjo que não estou com o corpo inteiro tenso, que tudo isso é normal. Eu deveria estar preparada, depois de viver meses mergulhada nas memórias de Morgana. Mas quem estaria preparado para isso?

Antes, a magia parecia um sonho vívido. Agora, é um soco brutal na carne.

O cheiro é mil vezes mais pungente. A sensação de canalizar magia é tão forte que chega a ser aterradora. E o fluxo...? O fluxo me machucou mais do que nos protegeu.

Ele cobre meu corpo com outra manta que acabou de tirar da mochila. Os dedos, ainda marcados de neve, giram a chave na ignição. O motor geme, engasga.

Por um instante, me sinto apavorada outra vez. E se ficarmos presos aqui? E se as criaturas voltarem? Mas então, como se fosse movido por pura força de vontade, o carro desperta com um ronco. As rodas deslizam pesadamente sobre a neve da estrada e começamos a nos mover.

— Vou colocar no piloto automático para conversarmos melhor — murmura ele.

— Tudo bem.

Dentro do carro, só se ouvem nossa respiração, o som abafado dos pneus e o zunido do vento. Eu me viro para trás procurando Emma. Se estou me sentindo à beira de um colapso, nem consigo imaginar como ela está.

Mas minha amiga dorme. Tranquila, aninhada na manta, feito uma criança.

— Mas... como? — Minha voz falha.

— Eu a coloquei para dormir. Uma magia de hibernação leve.

Arregalo os olhos e instintivamente me inclino para checar sua respiração.

— Ela está bem — garante ele, sem desviar o olhar da estrada. — Achei que seria melhor para ela. Estava apavorada. Daqui a um tempinho ela acorda... e aí vocês podem conversar com calma.

Sinto Ian me lançar um olhar rápido. Não fala nada; não precisa. Nossos olhos se encontram na penumbra. Os dele brilham sob a luz tênue, como os de um lobo sob o luar. É como se a força bruta do inverno corresse em suas veias.

Meus dentes batem involuntariamente. Eu o encaro, admirada e intimidada, enquanto a ponta dos canalizadores entre seus cabelos emite uma luz pulsante.

Vejo o movimento de sua garganta ao engolir em seco. Quando fala, a voz é um sopro rouco.

— Você acha que eu sou uma aberração?

— O quê?

— Eu não te condenaria; eu me senti assim por um tempo.

Minha cabeça se move em negação antes que eu consiga formular as palavras.

— Claro que não — sussurro.

Ele respira devagar, controlado.

— Você está com medo de mim?

— Não, eu… — começo, mas minha voz morre.

Olho para mim mesma: encolhida no banco, afastada dele por instinto, como se Ian fosse um perigo. Inspiro fundo, com o peito apertado de culpa.

Ele quase se matou para nos proteger. E eu estou fazendo com que ele se sinta um monstro…

— Me desculpa. Eu não queria que você se sentisse assim. É ridículo, quando eu mesma acabei de me queimar canalizando magia.

— Você ainda é humana. Já eu sou uma criatura que todos juram só existir nos livros ou filmes.

E aperta o volante com tanta força que os nós de seus dedos ficam brancos. Vejo o músculo na mandíbula dele pulsar. Por um segundo, parece lutar contra si mesmo antes de falar com a voz rouca, carregada:

— Se você quiser, eu posso me afastar. Assim que tiver certeza de que você está segura.

As lágrimas enchem meus olhos tão de repente que mal consigo respirar.

— Não. — Balanço a cabeça. — Eu não quero isso. Eu não acho você uma aberração.

Ficamos nos olhando por alguns segundos, e somente depois eu confesso, com dificuldade:

— Estou apavorada, mas não por sua causa. Acho que estou com medo de mim mesma. Da magia. De tudo isso que agora faz parte de mim. Eu sei que deveria me sentir privilegiada por ter "poderes", por estar vivendo algo que muita gente nem imagina que exista. Mas... Ian, e se aquelas criaturas estivessem atrás de mim? E se você não estivesse aqui? A Emma e eu teríamos morrido.

Ele inspira devagar. Os olhos escurecem, como se carregassem um presságio ruim.

— A gente vai conversar, eu prometo. Vou te contar tudo. Como fui parar em Alfehim, o tempo que vivi lá, como descobri que era um feérico... e quando comecei a canalizar magia.

Uma pausa e a respiração dele vacila.

— Mas agora estamos chegando e logo a Emma vai acordar. O mais importante pra você saber por enquanto é que a minha irmã está presa em Alfehim, e eu preciso encontrar um jeito de voltar pra lá e ajudá-la.

Engulo em seco. Eu já imaginava que esse poderia ser o motivo do sumiço de Layla, mas ouvi-lo dizer em voz alta não só que é um feérico, que viveu meses em Alfehim, mas também que a irmã gêmea está presa lá e que ele precisa voltar para salvá-la, é atordoante. Mesmo assim, não quero julgá-lo de novo nem deixá-lo perceber que a mera ideia de que ele pode simplesmente desaparecer me tira o chão.

Respondo baixinho:

— Entendi.

Seus olhos estão fixos em algum ponto distante. O ar ao nosso redor esfria com a magia que ainda emana dele.

— Se eu falhar... não sei o que eles podem fazer com ela. E a minha única pista para abrir um portal de volta é um localizador de magia que eu trouxe comigo e um mapa dos canais que ainda correm por aqui.

— A magia corre bem mais fraca neste mundo. Morgana sabia disso. Eu vi nas lembranças dela.

Ele faz que sim.

— Por isso, qualquer traço de magia vale ouro pra mim. Encontrar aquele livro com os símbolos foi como respirar de novo depois de me afogar. Ver os mesmos símbolos no seu relicário em Paris foi outra confirmação. Mas eu juro, Briana, que nunca quis te arrastar para esse tipo de merda. Só queria encontrar a minha irmã. Talvez eu devesse ter me afastado, te mantido segura. Porque se alguma coisa acontecer com você... — a voz dele falha de novo — eu não vou aguentar.

Coloco a mão sobre a dele, com cuidado, e franzo o cenho.

— Você acha que tudo isso é culpa sua?

— Acho que sim.

— Ian, não... Tudo começou muito antes de você entrar na minha vida. Eu sempre senti coisas, intuí, tive visões com criaturas mágicas e... anos atrás, com um homem mascarado num lugar que agora tenho certeza que é Alfehim, onde uma espécie de guerra estava acontecendo. E então... as coisas se materializaram. Desde uma festa de Halloween, na verdade.

Ele arregala um pouco os olhos.

— Que festa?

— Uma festa itinerante. O Kyle conseguiu os convites. Foi lá que eu vi pela primeira vez o feérico que apareceu nessa minha visão da guerra quando eu tinha dezoito anos. Só pode ser ele. Eu o apelidei de Hades — digo, num fôlego. — Ele sussurrou algo no meu ouvido na festa. Um encantamento, talvez. Segurou na minha cintura. E meu relicário... esquentou. Daquele dia em diante, fiquei com a sensação de estar sendo seguida por... por ele.

Vejo o rosto de Ian endurecer.

— Você vem sendo seguida há meses... e não contou ou pediu ajuda a ninguém?

— O Kyle sabia.

Ele bufa. Como se Kyle e ninguém fossem a mesma coisa.

Sou tomada por uma sensação estranha. Algo que eu deveria ter notado desde aquela conversa truncada com Kyle, anteontem, na casa dele. Na verdade, desde as primeiras miragens temporais com Morgana.

Pisco devagar, afastando o pensamento. Não vou me perder nisso agora. O que importa neste momento é Ian. Nós dois. O que está acontecendo aqui.

— No começo, achei que estivesse ficando paranoica. Depois da Áustria, a sensação sumiu. Só voltou hoje, na festa.

— No palácio onde eu cresci.

— Sim, mas…

— Essa é mais uma prova de que aquelas criaturas devem estar atrás de mim. Nunca vi nada parecido com aquilo. Não sei exatamente com que estamos lidando.

Mordo o lábio por dentro e somente depois confesso:

— Sentinelas das sombras. Sugadores de magia.

— O quê?

— As criaturas.

Ele franze um pouco o cenho.

— Você as viu através das memórias da Morgana?

— Não…

Ele empalidece um pouco.

— Como então?

— Primeiro foi numa visão, no dia do jogo de rúgbi em Edimburgo, quando você me encontrou correndo, assustada. Depois aconteceu de novo… Achei que tivesse sido um sonho, um pesadelo, por isso não comentei nada. Pensei que a minha mente estivesse confusa por causa da… — Respiro fundo e minha voz sai falha: — Me desculpa, Ian. Eu menti naquela manhã em que você me encontrou no seu escritório, na universidade.

O cenho dele se franze ainda mais, e despejo tudo de uma vez, sem pensar:

— Eu peguei *Lo cunto de li cunti* e encostei o relicário nos símbolos. Fiz outra miragem temporal. Eu precisava de respostas. E aí Morgana me doou um estigma da ilha Crepuscular.

Ele me encara em silêncio por alguns segundos antes de perguntar:

— O mesmo que você ativou hoje?

Balanço a cabeça, negando.

— Em parte, sim. Mas não totalmente. A marca que Morgana me deu terminava no meio do antebraço. Ela me explicou antes da miragem: só poderia ser ativada em Alfehim, porque não foi doada pessoalmente. E, o mais importante, não tinha esses espinhos.

Os olhos de Ian seguem os galhos espiralados, as estrelas, a meia-lua, o sol poente. A ruga da dúvida se aprofunda ainda mais entre suas sobrancelhas.

— Nunca vi espinhos nos estigmas da ilha Crepuscular.

— Eles só apareceram depois da miragem. Como eu disse, achei que tivesse sido um sonho. Mas agora — toco na marca dos estigmas entrelaçados — sei que foi real.

— Se não foi Morgana, então… quem?

Inspiro o ar devagar e solto numa lufada.

— Eu acordei no seu escritório depois de voltar das memórias da Morgana, e… havia duas criaturas lá, iguais às de hoje.

Ele arregala os olhos; quase dá para ver a cena se formando em sua mente.

— Como você se livrou delas?

— O mesmo feérico da festa de Halloween apareceu por lá.

O maxilar dele trava.

— O mesmo que vem te seguindo há meses?

— Ele matou as criaturas com golpes rápidos. Depois… — hesito — compartilhou o estigma comigo, esse dos espinhos. Expandiu e provavelmente ativou o que eu tinha acabado de receber da Morgana, da ilha Crepuscular. Disse que era pra me proteger.

Ian aperta o volante. Os nós dos dedos ficam quase brancos.

— Proteger do quê? Dele mesmo?

— Ele disse que havia uma maldição e que o meu relicário não era suficiente. Falou pra eu não confiar em ninguém, e disse que essas criaturas sugam magia.

Os canalizadores de Ian brilham.

— Sim, eu percebi que durante a luta a minha magia invernal… não funcionou contra elas. Foi como atacar o vento.

— Mas o escudo que eu ergui com o estigma funcionou. Por um tempo, pelo menos.

Ian fecha os olhos por um instante. A expressão dele é de quem começa a ligar pontos que preferiria manter separados.

— E ele disse quem era?

— Não. Ele estava mascarado.

— E ele só te deu o estigma… e desapareceu?

Assinto. Mas Ian me observa como se buscasse outra resposta. E eu vejo o queimar súbito em seus olhos. Algo entre raiva, dor e… ciúme?

— Sim. Ele parecia estar com pressa.

O silêncio se instala entre nós. Carregado de coisas que não conseguimos dizer em voz alta. Sabemos o que significa doar um estigma. Sabemos o tipo de relação que possibilita isso. A energia de Ian vibra ao redor, inquieta. Como se mal coubesse no corpo.

— O que importa — diz ele, com a voz rouca — é que esse estigma salvou a sua vida hoje.

Ele para o carro no hangar. O motor ainda ronrona quando desliga. A neve dança lá fora, cortada pelas luzes da pista.

— Sim, conseguir canalizar magia nos salvou hoje. Mas sinto que isso quase me partiu ao meio.

Ele solta o cinto de segurança com um estalo suave. Seus olhos estão fixos em mim. Tão intensos, tão vivos, que por um instante tudo desaparece. Não há monstros. Não há magia. Não há um mundo feérico se erguendo entre a gente. Só nós dois.

Ele hesita. Eu faço que sim. Ele se inclina devagar. A mão toca meu rosto, um gesto leve, quase reverente. Os dedos estão frios, mas onde encostam queimam.

— Não vai ser sempre assim — sussurra. — Canalizar fica mais fácil com o tempo.

Fecho os olhos, me fixando no toque dele, na presença dele. Pela primeira vez em horas, tudo parece… suportável.

— Eu deveria ter um cetro — murmuro. — Um cetro feito em Alfehim. Morgana nunca sentiu uma dor assim ao canalizar magia.

Abro os olhos. De repente, uma memória me atinge como uma flecha. Solto o ar em um golpe.

— Ian… falta apenas um livro.

— Como assim?

Baixo o tom, como se contasse um segredo:

— Um último estigma da Morgana. Ela me disse na última miragem temporal que eram três estigmas. Acho que devemos ir atrás do próximo livro.

— Não sei, Briana… — Ele passa a mão no cabelo, os olhos perdidos por um segundo. — Deve ter um padrão para essas criaturas aparecerem. Se o tal feérico as chamou de sentinelas das sombras, sugadores de magia… talvez seja o uso ou o contato com a magia que as atrai. Das três vezes que essas criaturas apareceram, duas foram depois ou durante uma das suas miragens temporais.

— Mas e hoje?

— Hoje eu saí do carro por causa de uma muralha de gelo. Feita com magia. Antes de qualquer criatura aparecer, eu senti… como se alguém estivesse controlando os lobos. Em Alfehim eles podem ser usados para farejar magia. Não vi ninguém, mas lancei uma magia de imobilização na área.

Ele faz uma pausa e respira fundo antes de continuar:

— Foi só depois que eu liberei a estrada que as criaturas surgiram. E se o aparecimento delas tiver relação com o uso de magia por mim, ou por qualquer um que esteja perto de mim? Ou, sei lá, perto das minhas coisas, como na vez do meu escritório. Vai saber?!

Sei que a dúvida está corroendo Ian. Ele acha que tudo isso é consequência da presença dele aqui. Mas não é, eu sei que não. Soube, muito antes de conhecê-lo, que a minha vida estava enredada numa trama que parecia surreal demais para ser verdade.

— Ian, para de ser cabeça-dura. Você não percebe?

— O quê?

— Alfehim sempre esteve em mim, me encontrou muito antes de eu saber. Desde que nasci — digo, tocando o relicário, sentindo a pulsação mágica ali, viva. — Você disse que tudo está conectado. Que não acredita em coincidências. Então você sabe: é impossível fugir de quem a gente realmente é. Assim como você e a Layla não conseguiram. Alfehim me quer. Tanto quanto quis vocês.

Ian fecha os punhos sobre o volante, o maxilar tenso, e depois de alguns instantes confirma com a voz rouca:

— Pode ser.

— E se a minha terceira miragem temporal for a chave? A nossa porta pra Alfehim?

Ele toca meu rosto com delicadeza, como se eu pudesse quebrar.

— Eu realmente não sei, Briana. Queria te manter longe daquele lugar, de tudo o que ele pode destruir.

— Mas eu sei que tenho que me defender. E para isso preciso de um cetro. Além de ativar todos os estigmas que puder. Sei que você vai ter que voltar pra lá um dia, e eu preciso estar pronta se algo acontecer outra vez.

— Sim — diz ele sem hesitar e me beija a testa, urgente. — Você tem razão.

— Vamos pensar que o problema é o rastro da magia, que as criaturas conseguem seguir para chegar até nós. Se for, não existe um escudo? Algo que bloqueie ou esconda isso?

— Talvez… — murmura ele, como quem fala com os próprios pensamentos. — Existe um lugar. Passei semanas rastreando magia, tentando encontrar um portal para Alfehim. O que eu descobri foi um ponto em que os canais de magia se cruzam, se sobrepõem, se confundem. Nenhum radar feérico conseguiria identificar magia ali. Se levarmos o livro até lá…

— Onde? — sussurro, o coração disparando.

— O lugar habitável mais perto possível do polo Norte. Um território da Noruega.

Sorrio de leve.

— Justo a Noruega. Não existem coincidências, certo?

— Nunca — diz ele, os olhos fixos em mim, cheios de significado.

Apoio a mão sobre a dele.

— Então vamos para Oxford buscar o último livro. E depois…

— Svalbard — ele completa.

Emma se mexe no banco de trás. Nossos olhos se voltam para ela, ainda adormecida.

— E a Emma? — pergunto, voltando a encará-lo.

— Podemos levá-la para casa primeiro — responde, mais suave. — Ou para onde ela preferir.

Faço que sim. E deixo o peso da decisão se acomodar em mim.

A pista está coberta por uma fina camada de neve recém-caída. As luzes do hangar se refletem na fuselagem do jatinho em que viajaremos em breve.

O piloto, um homem calmo e eficiente, se aproxima correndo. Ian se vira para ele, a tensão no maxilar denunciando que ele está longe de relaxar.

— Pode levá-la com cuidado até o interior do avião. Ela está acordando — diz ele, referindo-se a Emma.

Minha amiga pisca devagar, os olhos turvos, tentando entender o que está acontecendo. Antes que consiga formular qualquer pergunta, o piloto a segura com delicadeza, e Ian acompanha de perto enquanto ela é acomodada em uma das poltronas reclináveis.

Assim que ela está segura, Ian volta para mim. Ele estende a mão, me examinando com preocupação palpável.

— Vem. Devagar. Qualquer coisa me avisa.

Concordo e aceito a ajuda. Cada passo em direção à aeronave é lento, cuidadoso. Ian se mantém ao meu lado o tempo inteiro, seu toque firme, mas gentil. Quando entramos, o interior aquecido nos envolve, abafando a lembrança recente do gelo e das criaturas.

Ele se move, rápido e silencioso, trazendo a bagagem para dentro e acomodando tudo com precisão. Em seguida, se aproxima de mim mais uma vez.

— Quer tomar um banho? — pergunta em voz baixa. — Pode te fazer bem.

Um banho quente seria um presente. E esse avião num momento como este é uma bênção: suíte master com cama king size, sala de TV e área de poltronas, um verdadeiro luxo. Algo que eu nem imaginava existir até viajar da Escócia para a Noruega ontem à noite. *Parece que faz um mês.*

Antes que eu aceite, Emma resmunga no assento reclinável.

— Onde… Onde a gente está? — A voz dela sai rouca, frágil, o olhar perdido, ainda atordoado.

Me aproximo, acariciando seu cabelo devagar.

— Está tudo bem. Você desmaiou depois… do ataque. Já estamos seguras.

Omito o detalhe de que Ian a fez dormir com magia. Isso virá depois. Quando eu souber como contar.

Ele se aproxima por trás, sem invadir o espaço, mas atento.

— Quer que a gente te leve para algum lugar, Emma? Estamos no jatinho da minha família.

Ela pisca, tentando processar a pergunta.

— Pra Viena — responde por fim. — Vai ser bom, depois de tudo isso, passar um dia com meus pais. Por mais que a gente não se dê muito bem, eles ainda são os únicos que eu tenho.

Seus olhos encontram os meus por um segundo, e vejo ali o pânico disfarçado. O medo instalado fundo, como uma raiz.

— Eu prometo — digo, me inclinando para ela —, assim que me recompuser um pouco, vou conversar com você. Te explicar tudo que puder. Juro.

Ela assente, em silêncio.

Ian passa as coordenadas para o piloto e em seguida a aeromoça lhe entrega um kit de primeiros socorros. Ele agradece com um aceno e, sem dizer nada, senta ao meu lado, abrindo o kit.

— Pode me ajudar com isso? — pergunta, olhando para mim.

Concordo com um leve movimento de cabeça e me aproximo. O corte acima da sobrancelha dele está mais visível sob a luz do interior da cabine. O sangue já secou, mas há uma abertura fina, vermelha e funda.

Pego a gaze, o antisséptico. Quando passo o algodão, ele cerra os olhos por reflexo. O músculo do maxilar se contrai. Eu hesito, a centímetros do seu rosto.

— Não seria melhor usar aquele líquido que você aplicou no meu braço?

Ele encolhe os ombros num movimento quase imperceptível.

— Não quero gastar com essa besteira.

— Você sempre age assim? — murmuro.

— Assim como?

— Como se a sua dor não importasse.

Ele respira fundo, e, por um segundo, estamos presos naquele espaço minúsculo. Meus dedos ainda encostam em sua pele. Os olhos dele, azuis, profundos, estão fixos nos meus.

— Durante meses, a dor foi o que me manteve alerta — diz, quase num sussurro. — Mas agora você me desconcentra.

Não sei se é o calor do avião ou o que acabou de ser dito, mas meu rosto queima.

Termino o curativo com mais delicadeza que o necessário. Nossos olhares se cruzam novamente, e há uma linha invisível de tensão esticada entre nós. Elástica. Impossível de ignorar.

Ele se afasta um pouco e pega uma mochila ao lado da poltrona.

— Eu tinha uma mochila com algumas roupas minhas no porta--malas. Se quiserem se trocar, estão limpas. — Ian olha para Emma. — Tem um banheiro espaçoso à direita do sofá.

Ele entrega uma camiseta preta, um conjunto de moletom e meias para mim, e uma blusa de lã para Emma. As roupas têm o cheiro dele, familiar, amadeirado, quente.

— Obrigada — digo baixinho.

Depois de um banho rápido, volto para a cabine. Meu corpo agradece, mesmo que a mente ainda pulse com as lembranças e um pavor impossíveis de silenciar.

Emma está sentada de pernas cruzadas, o cabelo preso num coque improvisado, usando a blusa de Ian como um vestido folgado e a meia--calça fio oitenta como legging.

Ela observa Ian, sentado duas poltronas à frente, com o olhar fixo, como se ele fosse um misto de general intergaláctico e profeta de uma seita secreta.

— Você está olhando pra ele como se ele pudesse virar um vampiro e beber nosso sangue — digo, sentando à sua frente com um meio sorriso cansado.

Ela pisca, surpresa, e sorri pela primeira vez desde a festa.

— E não pode? — brinca.

Antes que eu diga mais alguma coisa, percebo que Ian está nos observando discretamente. Ele se levanta e caminha até nós.

— Vou tomar um banho e ficar na suíte resolvendo algumas coisas da nossa viagem — diz, com o olhar passando de mim para Emma. — Deixo vocês conversarem a sós.

E então, sem mais uma palavra, se afasta em direção à suíte da aeronave.

# 29

*Entre os efeitos observados em vínculos de natureza amorosa, destacam-se:*

- *Amplificação de poderes: os feitiços se tornam mais potentes quando lançados juntos.*
- *Sensações compartilhadas: dor, prazer e estados emocionais podem ser sentidos simultaneamente por ambos.*
- *Toque a distância: é possível sentir o toque do outro sem contato físico direto, especialmente em momentos de forte carga emocional ou mágica.*

— Trecho extraído do *Tratado avançado sobre conexões mágicas: parte um*

Pouco depois de decolarmos e atingirmos a altitude de cruzeiro, a aeromoça surge com uma bandeja elegante. O aroma do chá quente de ervas e do bolo amanteigado espalha uma sensação quase irreal de paz no interior da cabine. Açúcar, camomila e canela nunca pareceram tão necessários, tão preciosos.

Emma se ajeita na poltrona, a blusa de Ian quase engolindo seu corpo, e observa a iluminação suave da cabine, que cobre tudo com um tom dourado e morno, quase caseiro.

— E aí… — ela começa, apoiando o cotovelo no braço da poltrona — eu tomei um alucinógeno na festa do palácio ou realmente vi o Ian fantasiado de príncipe medieval, lutando com monstros depois de soltar raios pelas mãos, e você, vestida de Aurora, fazendo mágica como se tivesse saído direto de um conto de fadas?

Dou uma risada nervosa, ainda sentindo entre os dedos o calor do chá recém-servido.

— Por mais surreal que pareça, você não tomou um alucinógeno. Foi exatamente isso que aconteceu.

Ela ergue a sobrancelha, meio atingida, meio se divertindo com a insanidade da situação.

— Mais surreal ainda? Achei que a qualquer momento eu fosse me transformar no dragão da Malévola e tacar fogo em tudo.

Consigo sorrir. Um sorriso de verdade, mesmo que tímido. Ela me observa com um olhar mais afiado agora, embora a voz ainda venha embalada por um humor ensaiado.

— Desde quando você sabe? Dele, de você, dessa loucura toda?

É aí que percebo. A expressão dela, por trás do sarcasmo, não é só de curiosidade. É de medo. O tipo de medo que a gente tenta disfarçar com piadas. E eu sei porque foi assim que comecei essa conversa também.

Nos trinta minutos seguintes, enquanto o jatinho atravessa o céu acima das nuvens, conto tudo para Emma. Desde a festa à fantasia com ela e Kyle. A sensação insistente de estar sendo seguida. A visão no banheiro da universidade. As visões com uma mulher me chamando. As miragens temporais. Cada fragmento desconexo que fui costurando à força.

Depois, levo mais meia hora para contar de Ian, Layla e o desaparecimento dela. Da ligação com o lago próximo ao palácio, a forma como tudo pareceu convergir para aquele lugar. Do pânico dele. Da urgência em nos tirar de lá.

— O resto… você viu.

Emma fica em silêncio. Seus olhos estão fixos em mim, estreitos, avaliando. As mãos, fechadas com força sobre os joelhos. Parece prestes a se levantar e sair correndo. Talvez só não faça isso porque estamos a milhares de pés de altitude.

Mas então, em vez de surtar ou gritar, ela franze os lábios e diz:

— O Kyle sabia que você estava sendo seguida há meses e eu não?

— O quê?

— Ele sabe de mais alguma coisa da sua vida que eu só estou descobrindo agora?

— Não, amiga, ele… Espera! Você não está apavorada, querendo fugir daqui, de mim, de tudo isso?

Ela solta um longo suspiro.

— Sim, eu tô apavorada. Pensei em pular do avião algumas vezes enquanto você me contava. Aqueles monstros vão me assombrar por um bom tempo. O medo de estar andando e dar de cara com uma criatura mitológica vai me perseguir a cada esquina.

Ela faz uma pausa e olha para o chá como se ele pudesse curar alguma coisa nela ou no mundo.

— E, sim, estou puta porque vou ter que gastar uma boa parte da minha mesada com psicólogos em vez de vestidos… Obviamente, sim.

Ela ergue os olhos para mim e os mantém ali, firmes.

— Mas se fosse pra escolher entre saber de tudo isso ou continuar no escuro… eu escolheria saber. Porque isso — ela aponta discretamente para a porta da suíte onde Ian se fechou — e tudo o que você me contou fazem parte da sua vida, de quem você é, das suas origens, que você sempre procurou.

A voz dela fica embargada, mas não quebra.

— E você não é só minha melhor amiga. Você é minha irmã, Briana. Eu nunca escolheria ficar no escuro sobre quem você é ou sobre a sua vida, porque eu te amo.

As lágrimas escorrem antes que eu consiga impedi-las. Pulo da poltrona e a abraço forte, apertando-a como se ela pudesse me manter inteira só com sua presença.

— Eu te amo, minha amiga. Minha irmã. Obrigada por não fugir.

Ela suspira em meu ombro.

— Agora, duas coisas.

— Fala.

— Suas origens são bem estranhas.

Sorrio.

— Sim, eu também acho. E a segunda coisa?

— Ainda não engoli o fato de que o Kyle soube antes de mim parte dessa história maluca. Mas vou fingir que supero... um dia.

Rimos entre lágrimas, ainda abraçadas. Pela primeira vez desde que tudo começou, sinto algo próximo de alívio.

Me afasto um pouco, ainda com um sorriso nos lábios.

— Tem uma vantagem que você não percebeu.

— Qual? — pergunta Emma, limpando os olhos com as costas da mão.

— Se o Kyle te encher a paciência, posso queimar a bunda dele com magia.

Ela ri, e dessa vez o som é leve, genuíno, verdadeiro. O tipo de riso que ela não dava desde que entramos no jipe.

— É verdade. E ainda podemos pôr a culpa no fogo que ele já tem no rabo.

— Falando no Kyle... — digo, o sorriso sumindo aos poucos. — Mandei mensagem quando entrei no avião, tentei ligar duas vezes e ele não respondeu.

Emma me observa, atenta, enquanto continuo:

— Eu queria conversar com ele, afinal tudo começou depois da festa em que ele levou a gente. Mas principalmente... algo que eu não quis encarar antes de sairmos da Escócia... — faço uma pausa, sentindo o arrepio da lembrança — ele veio com um papo estranho. Disse que tinha motivos pra não gostar do Ian. Que alguma coisa estava acontecendo comigo e eu não confiava nele o suficiente pra contar.

Solto o ar devagar.

— E falou que, mesmo que fosse algo absurdo, eu podia confiar nele. Agora me pergunto... será que ele já sabia de alguma coisa?

Emma fica pensativa por um momento, olhando para o vazio.

— Ou será que ele está escondendo algo sobre tudo isso?

Meu coração dá um salto. Arregalo os olhos, sentindo o gelo subir pelas costas.

Feéricos da ilha das Marés... piratas. A festa a que fomos... Agora que penso nisso, havia mais gente com trajes náuticos do que com fantasias de Halloween.

Minhas mãos ficam frias.

Kyle se veste como um pirata moderno. Vive em viagens misteriosas. Nunca dá muitos detalhes, sempre cercado de segredos… Meu Deus. Será que todos ao meu redor são feéricos ou têm alguma ligação secreta com Alfehim?

— Acho que sou eu quem vai ter que pressionar o Kyle por respostas quando encontrá-lo de novo — digo.

Emma abaixa o tom de voz e lança um olhar rápido para a porta da suíte, onde Ian se trancou.

— Vocês vão pra Oxford atrás do último livro e depois pra onde?

— Pra um lugar em que, segundo Ian, vamos estar seguros. Chama Svalbard, a mil quilômetros do polo Norte, onde estaremos indetectáveis.

Ela aperta os lábios, como quem segura as palavras. Olha para a frente, respira fundo e volta a me encarar.

— Você não prefere passar uns dias comigo? A gente pode pegar o tal livro que falta e se trancar no bunker que o meu pai construiu na casa de campo. — Faz uma pausa curta. — Lá você pensa melhor. Dorme. Come. Toma vinho.

Abro um sorriso cansado.

— Eu jamais te colocaria em risco, Emma. — Dou de ombros. — A não ser que o bunker também seja à prova de magia.

Ela não ri. Só fica me encarando, séria, os cílios longos mexendo devagar conforme ela pisca. A pergunta vem baixa, quase num sussurro:

— Você confia nele, né?

Meus pensamentos disparam. Lembro de tudo. Da biblioteca na Abadia de Admont, quando ele me salvou do fogo. De Paris. Do jeito como ele lidou com a mídia depois do suposto noivado, protegendo meu nome, minha carreira. Dos braços dele ao meu redor. Do olhar.

E agora… dele se jogando no meio daquelas criaturas para nos salvar.

— Confio — respondo sem hesitar.

Emma esboça um sorriso de canto.

— Por mais louco que pareça, acho que eu também confio, amiga.

Nos olhamos em silêncio por alguns segundos. E, nesse silêncio, algo entre nós se fortalece. Como uma aliança. Um laço. Uma promessa de que, mesmo com o mundo virando do avesso, estaremos ali uma pela outra. Sempre.

E, dessa vez, não apenas como amigas. Mas como irmãs de alma.

Ian retorna com os cabelos ainda úmidos, vestindo uma camiseta cinza e calça de malha preta. Nesse visual informal, ele parece uma extensão da própria noite: contido, preciso e perigosamente sereno. Mas seus olhos… seus olhos encontram os meus assim que ele cruza o limiar da cabine, e neles há uma tempestade. Algo entre exaustão e alívio. Algo só nosso.

Emma finge olhar pela janela, mas eu a conheço bem demais. Está atenta a tudo, como uma mariposa procurando a luz.

Ian se aproxima devagar, os passos silenciosos sobre o carpete do avião.

— Está tudo bem aqui? — pergunta com a voz rouca, como se não quisesse quebrar o clima de confissão.

— Está — Emma responde antes de mim, com um sorriso triste. — Só colocando os sentimentos em ordem, ou tentando.

Ele faz que sim com a cabeça e volta o olhar para mim procurando algo. Talvez uma confirmação. Talvez um pedido de permissão.

— Vamos pousar em Viena daqui a trinta minutos — avisa, sentando duas poltronas à frente, na fileira oposta, inclinado para trás, os olhos ainda em mim.

Estou ao lado de Emma, mas meu corpo inteiro sente a presença dele, como se uma corda invisível me puxasse em sua direção.

— Você contou tudo pra ela? — pergunta Ian, com o olhar fixo na janela agora, mas a pergunta claramente dirigida a mim.

— Contei.

— E ela ainda não pulou do avião — ele brinca.

Emma arqueia uma sobrancelha.

— Não tinha paraquedas, infelizmente. Só chá e bolo.

Ian sorri de leve, um movimento quase imperceptível. Mas eu vejo. Então ele se volta para mim de verdade, e sua expressão muda.

— Depois de Viena, a próxima parada é Oxford, e aí vamos pegar o livro com os símbolos.

— Isso após descobrirmos em qual livro eles aparecem, se é que as últimas coordenadas estão certas mesmo.

Os dedos longos me entregam o celular com um print aberto na tela.

— Entrei no acervo digital com meu acesso de professor enquanto vocês conversavam, e olha só o que eu achei.

Seguro o aparelho com mais força que o necessário e amplio a imagem. Entre arabescos e marcas do tempo numa folha amarelada, quase imperceptíveis, os símbolos de magia aparecem; apagados, tímidos, mas ali. Meu coração dispara.

— É uma edição de *Vita Merlini*?

— Sim. A versão impressa de 1830. Você me contou sobre Morgana e… eu arrisquei.

*Vita Merlini* é um poema épico escrito por Geoffrey de Monmouth — a primeira obra a abordar Morgana Le Fay com mais profundidade. Minha garganta aperta diante da conclusão a que acabo de chegar e dou uma risada tensa.

— E como vamos levar esse livro pro polo Norte?

Emma abre as duas mãos no ar, como um professor impaciente que precisa desenhar a explicação para os alunos.

— Vocês têm superpoderes. Por que não… sei lá, paralisam todos e pegam o livro?

— Porque achamos que o uso de magia é o que atrai aquelas coisas que nos atacaram — respondo.

Ela empalidece.

— Melhor não paralisar ninguém por enquanto.

Ian inspira fundo. A expressão dele é tranquila, mas seus olhos brilham com precisão.

— Enviei um e-mail ao reitor da Universidade de Oxford. Ele é meu amigo. Pedi o original emprestado por alguns dias, como parte de uma pesquisa. Em troca, ofereci o financiamento dos projetos de linguística que ele vinha insistindo há um tempo que eu fizesse.

Emma murmura, como se pensasse alto:

— Então é por isso que vocês precisam ir até o polo Norte. Lá vocês podem usar magia sem que nada aconteça. É isso?

— É o que acreditamos — diz Ian, a voz mais baixa.

— Acreditam? — Ela se exalta. — Não é certeza?

Seguro suas mãos entre as minhas, tentando lhe passar uma calma que não sinto.

— Amiga, nós não temos certeza de nada. Estamos montando um quebra-cabeça no escuro. Mas o Ian está convencido de que lá estarei segura para fazer minha última miragem temporal.

Emma olha para Ian, que está voltado para a janela outra vez. O silêncio entre nós pesa até ela voltar a falar:

— E se essa coisa que vocês forem fazer lá não funcionar como imaginam?

Minha boca seca. É a pergunta que mais me assombra. E se não der certo? E se tudo isso for por nada?

— A gente vai continuar procurando respostas.

Ela fica ainda mais pálida.

— E vão morar na terra do Papai Noel pra sempre? E se aqueles monstros voltarem, Briana? E se você não estiver segura?

Ian vira o rosto para ela com uma intensidade que me arrepia a espinha.

— Eu te prometo, Emma, que darei a minha vida por ela.

Ele me encara, os olhos tão profundos que parecem conter um pedaço de escuridão líquida.

— Eu sou capaz de virar o mundo do avesso, de arrancar as estrelas do céu, de mover os continentes. De ir ao inferno e voltar, se for preciso, só pra garantir que você fique bem.

Lágrimas turvam meus olhos, meu coração ameaça colapsar de tanto bater, e não é só pelas palavras dele. É pela aura de poder que o envolve, como se nada no universo pudesse contradizê-lo.

Sorrio com os lábios trêmulos, tentando desanuviar esse momento, que parece grande demais. Magnético demais.

— É — tiro uma poeira inexistente das unhas —, isso até que serve.

Os olhos de Ian se arregalam por um segundo, então um sorriso nasce em seus lábios. Cresce. E explode numa gargalhada rouca, profunda, rara, que faz a boca do meu estômago apertar.

— Às suas ordens, minha princesa — diz, se levantando. — Vou terminar de organizar nossa chegada em Londres. Estou em contato com uma assessora que mora lá. Ela vai providenciar roupas, itens de higiene e tudo o que for preciso pra nossa ida a Oxford e nossa estadia em Svalbard.

Emma também ri e entra na brincadeira:

— É só trazer a Briana de volta em segurança que eu aceito ser a fada-madrinha no casamento verdadeiro de vocês.

Dou risada. Mas Ian não ri. Ele apenas me olha, sério, intenso. Como quem diz: *Por mim, isso já é real.*

Não consigo desviar os olhos, até que ele se vira e desaparece pelo corredor.

Emma então se aproxima do meu ouvido e sussurra:

— Pelo amor de Deus, entra naquela cabine e agarra esse homem. — Ela se abana com teatralidade. — Juro, amiga, eu nem gosto tanto de homem e não estou conseguindo respirar direito aqui.

Solto uma gargalhada abafada, ainda com os olhos marejados.

— No meio de monstros, feéricos, magia e dragões, será que ainda existe espaço para uma história de amor no meu mundo?

Os olhos dela brilham com ternura e uma pontada de desafio.

— Eu acho que ela já está acontecendo, amiga. Você só precisa, sei lá, dar logo pra ele antes que tudo ao redor de vocês entre em combustão.

Rimos juntas e comemos mais um pedaço de bolo, como se momentos assim pudessem apagar a bagunça que virou minha vida de cabeça para baixo.

# 30

*Entre os efeitos observados em parcerias mágicas de natureza amorosa, destacam-se:*

- *Telepatia espontânea: pensamentos, impressões e sentimentos podem ser transmitidos de forma não verbal.*
- *Explosão de magia durante atos íntimos: o contato físico, sobretudo em atos amorosos, pode desencadear manifestações mágicas intensas e únicas.*

— Trecho extraído do *Tratado avançado sobre conexões mágicas: parte dois*

Deixamos Emma em Viena há meia hora e acabo de entrar na suíte do avião. Há uma cama queen size com lençóis brancos, uma poltrona confortável com almofadas, mesinhas de cabeceira e janelas largas que revelam o céu noturno, recortado pelas nuvens que a aeronave atravessa. O silêncio é preenchido apenas pelo ronco suave dos motores.

Ian está junto à cama, e só agora reparo melhor em sua camiseta. A estampa gasta revela uma bola, e embaixo está escrito: "Sou do time de rúgbi, melhor não encarar". O contraste me arranca um sorriso — a frase transpira uma arrogância quase adolescente, mas o rubor que colore suas bochechas desmente a pose.

Ele pega um dos travesseiros na cama e, sem olhar para mim, murmura sem jeito:

— Vou dormir numa poltrona lá fora, assim você descansa à vontade e…

A frase morre no ar, mas eu noto como ele parece tenso. Os dedos apertam o travesseiro como se fosse uma válvula de escape.

— Vai se exilar na poltrona? — pergunto, arqueando uma sobrancelha, com um sorriso incontido. — Ian, a cama é enorme.

Ele abre a boca para retrucar, mas hesita. Seu olhar foge para as janelas, depois volta para mim, pesado, como se lutasse contra algo invisível.

— Não quero que você se sinta desconfortável — diz por fim, com uma seriedade quase caricata.

Dou um passo para perto dele, meu coração acelerando na mesma medida que meu sorriso se suaviza.

— E você acha que eu vou conseguir descansar sabendo que você está lá fora, tentando dormir todo torto numa poltrona, depois do que acabamos de passar?

Ele hesita por alguns segundos, depois solta o travesseiro de lado. O olhar me percorre devagar, dos pés à cabeça, e minha pele se arrepia. Não há nada de acadêmico nesse Ian — é o atleta, o homem, o feérico, tudo isso ao mesmo tempo. Por fim, ele suspira e senta na beira da cama, ainda com aquela expressão grave, como se cada gesto fosse uma batalha.

— Então… ficamos os dois aqui — diz, quase sem olhar para mim.

Deito de um lado do colchão, virada para a janela, mas sinto cada movimento dele enquanto se ajeita do outro. Ainda assim, sua mão encosta de leve na base das minhas costas, e o calor desse toque simples me acompanha mesmo depois que ele se afasta.

Fecho os olhos, mas é impossível não sentir a presença dele. O som da respiração de Ian preenche o silêncio, firme e compassada, mas não serena: parece que ele acabou de correr alguns quilômetros. De vez em quando, sinto o colchão afundar levemente quando ele se move, e o calor que emana do seu corpo me alcança, provocando uma consciência aguda da distância — e da proximidade.

Mordo o lábio, tentando encontrar uma posição confortável. Cada vez que meu ombro ou meu braço esbarra no dele, um arrepio percorre minha pele.

— Está confortável? — ele pergunta de repente, a voz rouca, baixa demais, quase um sussurro.

— Sim — minto. — E você?

Ele não responde. Apenas respira fundo, e sua mão repousa no espaço entre nós, tão perto que bastaria eu me mover alguns centímetros para encontrá-la. Por um instante penso em fazê-lo. Mas não faço. E ele também não avança.

Fico ouvindo sua respiração até dormir.

Acordo com a luz suave entrando pelas persianas fechadas do quarto. Por um segundo, não sei onde estou, até que o cheiro limpo de madeira polida e couro, as luzes azuis indiretas e o silêncio acolchoado me fazem lembrar. A suíte do avião. A cama. Ian dormiu ao meu lado.

Pisco devagar e me espreguiço enquanto os fios da consciência começam a ser tecidos. Houve um momento da noite em que despertei e percebi que estávamos abraçados, minha cabeça apoiada no peito dele. Tentei me mover, sem graça, mas a mão de Ian, firme na minha cintura, apenas me puxou ainda mais para junto dele. Talvez nem tivesse noção do que fazia. Já eu não quis sair. Não quis me afastar. Permaneci ali, ouvindo as batidas do seu coração até o sono me vencer outra vez.

Agora, o espaço ao meu lado está vazio.

Me espreguiço de novo, sento e olho ao redor. Ian está sentado ao lado da cama, olhando para uma das janelas com uma ruga entre as sobrancelhas. Tão sério quanto um guardião impiedoso. Tão lindo quanto a estátua viva de um deus.

— Oi.

Ele me encara e sua expressão se suaviza, um sorriso discreto curva seus lábios.

— Bom dia. Você está bem?

— Sim, acho. Por quanto tempo eu dormi?

— Algumas horas. São três da tarde.

— Algumas dez horas? — brinco com a voz rouca. — Você usou aquela magia de hibernação em mim, por acaso?

Ele sorri, um sorriso tímido, os olhos sombreados por olheiras.

— Não.

— Mas devia usar em si mesmo. Você parece… que precisa descansar mais. Não dormiu direito?

— Dormi até pousarmos aqui em Londres, algumas horas atrás.

Ian se levanta, caminha até mim e senta na beira da cama.

— Estamos com tudo pronto para voar até Svalbard. Finalmente consegui as autorizações necessárias, o tempo bom colaborou.

— Você devia ter me acordado. Eu podia ajudar…

Reparo na bagunça na lateral do quarto. Meu queixo cai.

— E essas sacolas?

— São as roupas que pedi para comprarem pra você.

— Como é que é?

Me levanto e vou até o aparador, arregalando os olhos quando conto pelo menos duas dúzias de sacolas da Chanel, Prada, Louis Vuitton e outras marcas que só conheço por causa da Emma. Abro uma delas e encontro um casaco de couro forrado com pelos, macio como neve fresca. Em outras, calças térmicas de três cores diferentes, casacos impermeáveis, camisolas de seda, um robe de cetim azul-claro, botas forradas, sapatos para neve, tênis de corrida, malhas, vestidos.

— Se a Emma estivesse aqui, ela te colocaria num pedestal. Ou mandaria erguer um altar pra você.

Ele dá um riso anasalado.

— Eu não sabia seu estilo, então pedi pra Genevieve, que nos assessorou, comprar o que encontrasse de melhor. Vários estilos, várias possibilidades.

— Ian, isso aqui dá pra montar um armário inteiro.

— Essa era a ideia. — A voz dele sai baixa. — Você vai precisar de roupas apropriadas em Svalbard.

Arregalo um pouco os olhos.

— Vamos passar um mês?

— Espero que poucos dias.

— E o livro? — pergunto e meu coração dispara. Sem ele, não precisaremos ir para lugar nenhum. Sem ele, eu nem sei qual seria o próximo passo.

— Ali.

Me viro devagar, e os olhos dele me seguem. Sinto a tensão se insinuar entre nós, sutil e elétrica. O tipo de clima que se instala quando existe intimidade, mas também um abismo cheio de segredos.

Meus dedos tocam uma caixa de madeira escura ao lado das sacolas, com o símbolo da Bibliotcca de Oxford gravado na tampa.

Meu relicário esquenta.

— Jura?

— Entregaram aqui faz trinta minutos.

— Obrigada — murmuro. — Por tudo isso.

— Na verdade, o reitor de Oxford foi quem me agradeceu. Digamos que eu precisei ser… bem generoso pra conseguir esse empréstimo do acervo especial da biblioteca.

Arregalo um pouco os olhos.

— Quão generoso?

Ele abre um meio sorriso, quase resignado.

— Provavelmente a área de linguística terá todas as despesas cobertas pela próxima década.

— Meu Deus.

— Precisávamos desse livro. E a linguística do mundo agradece.

Meu estômago gela quando volto a encarar a caixa de madeira.

— Você abriu?

Ele faz que sim num gesto contido.

— Só para confirmar se os símbolos estavam mesmo nas páginas.

Meu pulso falha algumas batidas.

— E?

Ian me analisa com cautela quase exagerada.

— Estão. Os mesmos padrões, com traços indicando coordenadas. Eu chequei… e os números levam à biblioteca da Abadia de Admont. O que indica que…

— Achando um deles, encontraríamos todos.

Ele inspira devagar, confirmando com um aceno.

— Logo vamos decolar. — Sua voz se suaviza. — Quer comer alguma coisa?

— Quero… Só vou tomar um banho rápido antes.

Ele inclina a cabeça, já pegando o interfone.

— Ótimo. Enquanto isso, vou pedir para servirem algo.

— Ian, obrigada. De verdade.

O modo como ele me olha por alguns segundos faz um arrepio começar na base da minha nuca e se estender pelos braços.

— Eu que agradeço por você… por… — Ele respira fundo. — Vou avisar ao piloto que podemos decolar daqui a pouco.

— E eu vou ligar pra Emma e pras minhas tias, e depois de comermos…

Hesito. Olho de relance para o rosto dele, as olheiras acentuadas, o cansaço evidente. Um tipo de peso que não vem só da falta de sono, mas de uma guerra interna.

— Podemos fazer alguma coisa normal. Tipo ver um filme leve. Ou bobo mesmo. E depois você devia tentar dormir.

A respiração dele vacila, e por um momento o ar entre nós parece congelar.

— Ver um filme vai ser… perfeito.

Tomei um banho quente com os produtos que Genevieve trouxe para mim. Vesti uma meia grossa, shorts de malha preto e, por um motivo meio bobo e inexplicável, o moletom de Ian com estampa da Universidade de Oxford. Então, liguei de vídeo para Emma. Ela disse que está melhor, mais calma. A prova disso é que até já saiu para fazer umas compras e não vê a hora de chegar em casa, de tudo voltar ao normal.

Eu me forcei a sorrir. *Que normal?* Essa palavra parece cada vez mais distante da realidade onde eu existo.

— Conseguiu falar com o Kyle? — perguntei.

— Não, mas vou continuar tentando — respondeu ela.

No fim, ela surtou quando mostrei as sacolas com todas as roupas que ganhei. Me fez abrir uma por uma e deu dicas animadas do que usar com quê. Seus olhos quase saltaram quando viu as lingeries de renda e seda.

— Ele pensou em tudo, hein?

Eu ri.

— Emma, acho que ele não estava pensando nisso. Foi uma assessora que comprou.

— A pedido de…?

Dei uma risada nervosa enquanto minhas bochechas esquentavam e meu coração disparava ao pensar em Ian pedindo especificamente esses itens, *para mim*.

Depois veio a ligação para minhas tias. Essa foi mais difícil.

Elas ficaram bem tensas quando contei que teria que estender a viagem por mais alguns dias. Me bombardearam com perguntas e insistiram para eu voltar logo para casa. Mas, como essa é a reação normal delas a qualquer coisa que saia do planejado, não sei se intuíram algo ou se não fazem ideia do que está acontecendo. No fim acabei admitindo que, sim, havia algo acontecendo. E prometi contar tudo assim que voltasse. E aí veio mais uma tonelada de perguntas e recomendações.

— Você vai ligar todos os dias — insistiu tia Moira.

— Três vezes por dia — exigiu tia Isla.

Desliguei com um nó na garganta. Então tentei de novo falar com Kyle. Só deu caixa postal.

Ian e eu tomamos um café da tarde reforçado antes da decolagem. Agora já estamos voando há uns quarenta minutos. Ele acabou de sair da suíte, onde tomou outro banho. O cabelo ainda está úmido, despenteado de um jeito perigoso. Ele veste uma camiseta preta justa, calça jeans e um casaco de malha preta que desenha o contorno dos ombros largos. Senta ao meu lado no sofá da cabine, o controle da TV na mão.

— Que tal um jogo de hóquei? — diz sem me olhar.

Torço o nariz.

— Eu estava pensando em… *Surpresas do coração.*

Pego o controle da mão dele, ligo o aparelho e encontro o filme no catálogo da Netflix.

Ele franze o cenho.

— Que é?

— Uma comédia romântica das antigas. Com a Meg Ryan. Muito boa.

Uma careta meio cômica contorce sua expressão.

— Hum. Feéricos do inverno não gostam muito desse tipo de filme.

E eu gargalho alto. Faz tempo que não rio assim.

— De que tipo de filme vocês gostam, Sua Alteza Glacial?

— *Frozen: uma aventura congelante*. Também gostamos de ver esportes no gelo. Documentários sobre a Sibéria.

Gargalho mais. Ele também. A risada dele é grave, quente e vibra em algum ponto do meu abdômen.

— Claro. Que ingenuidade a minha. Mais alguma coisa?

— Guerras intergalácticas.

— *Star Wars*?

— Todos. Menos a parte em que congelam o Han Solo. Artificial demais. Não é assim que se faz, sabe?

Rio até meus olhos encherem de lágrimas. Mas então, de um jeito inesperado, um soluço me escapa.

Ian me olha e em um segundo me puxa para os seus braços.

— O que foi, o que aconteceu?

E eu desmorono um pouco mais.

— Se a gente consegue rir no meio disso tudo, quer dizer que vamos ficar bem, né? Que vai acabar tudo bem?

Ele não responde de imediato. Apenas me olha, os olhos escurecidos. Então se inclina e beija minha testa, uma bochecha e aí a outra. Depois, lentamente, minhas lágrimas. Cada beijo, cada toque me percorrem como uma corrente elétrica. Me arrepiam inteira.

— Vai, sim. A gente vai dar um jeito — ele murmura, rouco, a boca quase encostada na minha pele.

Ficamos em silêncio. O filme começa tocando "La vie en rose" na voz de Louis Armstrong. A música se espalha no ar como um perfume, doce e viciante.

Ele me olha. Olha para minha boca. E eu sinto.

A respiração dele roça meus lábios entreabertos. Quase encosta, tao perto que mal consigo pensar. Meu corpo está em chamas, mas congelado. É como estar presa entre dois extremos: o que eu não sei se devemos fazer… e o que não aguento mais segurar.

Umedeço os lábios, num convite silencioso. Um pedido. Um desafio. Mas ele não me beija. Apenas me olha, como se lutasse contra os instintos do próprio corpo. Como se estivesse no limite.

— Briana, eu venho lutando há meses pra manter as mãos longe de você… mas não tenho mais forças. Eu imploro, faço qualquer coisa. Não aguento mais ficar sem te tocar, nem por um segundo.

Aceno com a cabeça, sem conseguir falar.

Então ele me pega no colo com cuidado, como se eu fosse algo precioso demais para ser tocado com pressa. Me aperta contra o peito e respira fundo.

— Ian…

Sem responder, ele me carrega entre as nuvens até a suíte, as pálpebras pesadas, a respiração entrecortada. Fecha a porta atrás de si, tranca. Me coloca de pé ao lado da cama e me olha lentamente, dos pés à cabeça. Passando pelas meias grossas, minhas pernas nuas, a barra do moletom dele, que para no meio das minhas coxas, a estampa de Oxford, depois meu cabelo solto, abaixo dos seios. Ele crava os dedos na curva da minha cintura e solta o ar numa rajada. As veias em seu pescoço estão saltadas.

— Sabe o que eu amei? — ele pergunta.

— O quê?

— Mesmo com trinta blusas novas, você vestiu o meu moletom outra vez.

Meu rosto ferve.

— É que… eu achei tão confortável.

— Você fica tão gostosa com as minhas roupas.

Seu tom é grave, quente e rouba meu ar.

— Vou jogar fora tudo o que compraram pra você — prossegue. — De agora em diante… você só vai usar o que é meu.

A promessa nos olhos dele me faz tremer. Ele ainda não me tocou de verdade. Não como eu quero. Não como eu preciso. Mas o jeito como me olha, como se estivesse memorizando cada curva, cada gesto involuntário do meu corpo, faz meus joelhos ameaçarem ceder.

Mordo o lábio. Não sei se por timidez ou para não gemer.

— Ian…

— Shhh — ele me acalma, encostando a testa na minha, roçando o nariz no meu, depois na curva do maxilar, perto da orelha.

Quando volta a falar, sua voz é uma carícia. Um feitiço. Um juramento.

— Você não faz ideia de como eu te quero. Estou há dias… há noites, meses sonhando com você. E ontem, dormir do seu lado… Porra, você sabia que feéricos têm um olfato diferente?

Engulo antes de responder.

— Sim, lembro de ter ouvido algo nas miragens temporais…

— Eu passei a noite sentindo o seu cheiro, tentação pura, doce e viciante. Não poder te tocar foi uma tortura.

O calor que emana do seu corpo parece se chocar contra o frio que corre em suas veias. Um total paradoxo e um contraste que só faz aumentar meu desejo. Ele me envolve com o corpo, mas não me prende. Me provoca. Me testa.

— Diz que me quer também — suplica com a boca colada na minha pele. — Diz que eu posso…

— Eu quero — concordo, sem ar. — Eu quero você, Ian.

Ele respira fundo, como se tivesse se livrado de um peso. Seus olhos grudam nos meus. Há um desejo contido neles, prestes a transbordar. Meu coração dispara. E então…

Ele me beija.

No começo, é quase um roçar. Um toque lento, aveludado, como se seus lábios estivessem decifrando os meus, memorizando cada curva, testando a temperatura antes do mergulho. Mas cada toque traz algo a mais, uma onda elétrica, gelada e quente ao mesmo tempo, que pulsa direto dos lábios dele para os meus, atravessando minha pele como magia líquida.

Ele suga levemente meu lábio inferior, com uma precisão que me arranca um gemido baixo, depois o mordisca, testando meus limites. Minha pele esquenta e se torna mais sensível a cada toque, e, quando minha língua invade sua boca, ele geme. Um som grave, áspero, primitivo, que percorre meu corpo inteiro, me arrebata por dentro de um jeito viciante. Meu ventre se contrai, minha pele arrepia. Ele passa a mão pelo meu seio, pressionando-o de leve, e meus mamilos enrijecem, então mais um choque se alastra pela minha pele.

É a vez dele de me invadir com a língua, e é como se um raio atravessasse minha espinha, uma descarga de prazer que me faz gemer dentro da sua boca. O beijo se aprofunda, se torna mais molhado, mais intenso. Nossas línguas dançam, duelam, se reconhecem, como se fossem feitas uma para a outra.

Ele se afasta só o suficiente para falar — seus lábios ainda roçando os meus, como uma carícia entre palavras.

— Não vou aguentar, porra…

E então me devora, de verdade. O beijo vira fome, magnetismo puro. Uma força invisível nos cola um ao outro.

Seus dedos descem pelas minhas costas, pelas laterais da minha cintura. Passo a mão em seu abdômen, sentindo os músculos trincados sob a camiseta. Outro choque. Outra faísca que me faz prender a respiração e apertar as pernas num movimento involuntário, buscando alívio.

Magia brilha nos orbes dele, uma luz azul esbranquiçada, poderosa, quase selvagem, que parece se fundir a mim. Me atravessa, está nos nossos lábios, no ar que compartilhamos, nos dedos ásperos que deslizam pelas minhas costelas, pelas costas, cintura, ombros, seios, mamilos. Como se ele estivesse me moldando, me marcando.

Ele tira meu moletom devagar e eu descalço as meias. Estou apenas de calcinha, cor-de-rosa clara, meio transparente. Agradeço mentalmente a Genevieve pela escolha.

Ele me observa e morde o lábio inferior. Trava o maxilar. As veias das mãos e dos antebraços saltam como cordas tensas, prestes a se romper. Ofego quando vejo seus olhos se acenderem num azul profundo, misturado com sombras de tempestade. Isso me atinge como uma descarga.

Algumas sacudidas da aeronave fazem o chão vibrar, mas logo passam.

— Tão perfeita — ele murmura, a voz rouca, quase falha. — Tão gostosa…

Meu corpo se contrai por antecipação. Os olhos dele têm o poder de me tocar. Como se a magia que transborda ali me manipulasse.

— O que... O que está acontecendo? — pergunto, trêmula, as pernas falhando quando uma onda de prazer atravessa meu corpo de dentro para fora. Aperto as pernas mais uma vez, me sentindo vazia, desesperada por ele.

A aeronave dá um tranco, como se entrasse num vácuo. Rápido, mas forte o bastante para intensificar cada sensação.

Ian engole em seco. Ofega. Não diz nada. Só tira a camiseta, revelando o corpo. Meu Deus, o corpo dele... O pau marcando com força a calça jeans. O abdômen trincado. O peitoral largo, os ombros... É o corpo de um lutador.

Mas é o que vejo em seguida que me rouba o ar: uma constelação invernal cobre seu peito e parte dos braços. Uns trinta flocos de neve de tamanhos diferentes, desenhados como uma teia mágica sobre os músculos, ombros, bíceps, brilhando discretamente.

É uma pintura. Uma tatuagem viva. Algo que respira com ele.

— O que é isso? — sussurro, tocando um dos flocos.

Ele fecha os olhos e solta o ar numa rajada. Eu sinto o que ele sente. O prazer dele percorre meus dedos, sobe pelos meus braços, aquece meu sangue.

— Cicatrizes — diz baixinho.

Tiro os dedos, hesitando. Meu coração dispara.

— Como?

— Quando eu tentava canalizar magia.

Engulo em seco.

— Elas doem?

— Não mais.

Ele abre os olhos. A magia nos orbes é uma linha quase branca, azul-clara, opaca. Como gelo antigo. Ele me encara com um misto de desejo e hesitação.

— Você quer que eu vista a camiseta?

*Não. Por favor, não.* Ele tem o corpo mais bonito que já existiu. De todos os mundos possíveis. Dou um passo à frente, outro. Encosto nele. Abaixo o rosto e beijo seu peito, bem em cima de uma das marcas.

Ele arqueja, estremece. Meus lábios escorregam pela pele, quentes, úmidos. Lambo, mordisco. Ele geme.

Sua respiração se torna errática, como se tivesse corrido até o polo Norte. E eu continuo. Desço, contorno o abdômen com a boca, o umbigo com a língua. Envolvo o pau dele com a mão por cima da calça, sentindo-o pulsar na minha palma.

— Porra, não — ele rosna, as mãos emoldurando meu rosto. O som sai como um sopro. — Assim eu não vou aguentar, amor.

Anéis de magia branca e azulada brilham em seus pulsos. Ele segura meus braços, com firmeza e urgência, e me ergue com facilidade.

Outro beijo, intenso, descontrolado.

Um frio toma meu estômago quando o avião balança de novo, como se cruzássemos uma turbulência.

— Alteza — a voz do piloto ressoa no intercomunicador —, entramos numa tempestade de neve inesperada. Sugiro que coloquem o cinto.

Ele me encara. Suas íris brilham, refletindo a própria nevasca. *Ele* é a tempestade lá fora. Tenho certeza. E ele também sabe.

As mãos grandes deslizam pelas minhas costas, apertam minha cintura, sobem até os seios. Os dedos encontram os mamilos e pressionam de leve, eu arquejo. Mas não é só o toque; é como se algo que vive dentro dele, mais profundo que o coração, escorresse para fora e me acariciasse também. Uma essência quente, elétrica e pulsante que me invade e me incendeia por dentro. Me consome de tanto prazer.

E Ian… esse homem de um metro e noventa, um tipo de semideus, que controla tempestades de gelo com as mãos, está arfando. Os olhos acesos de paixão. As mãos trêmulas. Os músculos retesados, como se estivesse segurando o avião nas costas.

Ele gira um dos meus mamilos entre os dedos enquanto beija meu pescoço, e o calor que sobe pelas minhas coxas me faz estremecer inteira. Gemo, me contorço contra ele, tentando me manter de pé.

— Ian… — ofego, quase sem voz. Minhas pernas já não obedecem. — Eu quero… Eu preciso…

Desço a mão entre nossos corpos até alcançar o volume quente e rígido sob sua calça outra vez. Ele grunhe baixo, tenso, e o jatinho sacode com mais força. Ian me segura firme pela cintura, me equilibrando.

— Acho que você não vai poder fazer nada comigo agora — murmura, com os olhos ainda em chamas voltando-se para a janela, onde a neve rodopia em um turbilhão. — Mas eu quero. Quero muito fazer uma coisa com você. Posso?

Minha garganta seca. Suas mãos seguram minha bunda e apertam de leve. Meu sexo pulsa por antecipação, se contraindo em torno de nada. Estou à beira de um abismo.

— Sim — imploro.

Ele se inclina, grunhindo de satisfação, beija e lambe meu pescoço, descendo até abocanhar um mamilo. A sensação quente, aveludada, misturada com um frescor sutil, explode na minha pele.

Jogo o pescoço para trás. Um choque de prazer irradia do seio até o centro do meu corpo. Eu me contraio, desesperada, gemendo, buscando sua boca de novo.

Minhas mãos percorrem os bíceps torneados, os ombros largos, as cicatrizes geladas e vibrantes. Desço pelo abdômen em v até o cós da calça.

Ele geme, trava os dentes. A aeronave balança. Ele me segura com força.

— Merda — ofega. — Não faz isso, senão... acho que vamos derrubar o avião.

Ian mostra os pulsos com os anéis de magia acesos. Ele está no limite, eu estou no limite. Em seguida, segura atrás das minhas coxas, me ergue e me leva até a cama. O colchão afunda. Meu corpo cede. Como se tivesse sido moldado para isso. Para ele.

Ian se deita sobre mim, as mãos apoiadas uma de cada lado do meu rosto, os músculos do abdômen contraídos, os olhos ainda acesos em um brilho polar que parece incendiar minha pele em vez de congelá-la.

— Faz uma eternidade que eu espero você.

E então beija minha boca, chupa meus lábios. Desliza a língua quente pelo meu pescoço, depois volta aos seios — e o jatinho balança, aumentando o frio no meu estômago.

— E esperaria por mais uma eternidade, mesmo se fosse só isso que tivéssemos de tempo.

Seus lábios descem, circulam minha barriga, e as mãos na minha bunda me puxam para baixo, até a beirada do colchão. Ian continua, beija a renda da minha calcinha com a boca quente, molhada, devagar. Tão devagar que meu corpo inteiro é tomado por espasmos — mais intensos que qualquer turbulência.

Com uma das mãos espalmada sobre minha barriga, ele me mantém colada ao colchão. Com a outra, pousada na base da minha coluna, me ergue, me entrega mais a ele. Ajoelhado no chão da suíte, Ian enfia os dedos nas laterais da minha calcinha e a remove com um único puxão.

E então ele para. O ar quente que escapa da sua boca me arranca novos tremores.

— Você é a coisa mais linda que eu já vi — ele murmura, rouco.

O avião sacode mais uma vez. E outra. Mas eu mal noto.

Ele me encara. E, com dedos firmes, abre todos os meus lábios. Lentamente, sem desviar os olhos dos meus, enfia um dedo dentro de mim. Meu corpo vibra. Ele espalha minha umidade em cada canto, cada dobra, cada reentrância — com a delicadeza de um ritual. Como se quisesse memorizar tudo. Como se cada gemido meu, cada tremor que ele provoca, fosse algo novo a ser aprendido.

— Você gosta assim? — ele pergunta, sem interromper o movimento dos dedos.

— Sim. Meu Deus, sim.

Ele enfia mais um dedo. Eu me sinto tão preenchida que posso jurar que o terceiro está vindo também — e ele explora tudo lá dentro, tocando em lugares que me acendem como se fossem únicos. Como se ninguém jamais tivesse me tocado.

Os espasmos aumentam. Minhas coxas e meu sexo pulsam, apertam. É como ser tocada em todas as terminações nervosas ao mesmo tempo.

Ele tira os dedos. Me encara com um misto de surpresa e devoção. Me deixa vazia, à beira de uma avalanche. Me desmonta. E então, sem pressa, chupa os dedos, um por um. Deliberadamente. Sem tirar os olhos de mim, com as íris cobertas de luz e sombras.

— Você tem gosto de magia — ele confirma, rouco. — De feitiço proibido.

Abro a boca para responder, mas o único som que escapa é um gemido lânguido, porque ele desliza um dedo sobre meu clitóris, preciso, firme, enquanto outro dedo volta a me penetrar, entrando e saindo com mais rapidez. Cada toque é um pequeno orgasmo. Dois segundos de fogo que queima e depois cessa, só para me deixar mais desesperada.

Arqueio a coluna, sentindo que vou derreter, me desfazer inteira sob o controle das mãos dele.

— Me diz o que você está sentindo? — A voz dele me atravessa enquanto os dedos massageiam meu clitóris em movimentos circulares, mais rápidos. Mal consigo ficar parada. Meus quadris se movem sozinhos, querendo mais, implorando por mais.

— Tudo — respondo, sem conseguir conter a explosão que está prestes a chegar.

Ele tira os dedos. Geme, grave, ao enfiá-los de novo.

— Você percebe o que está acontecendo aqui?

Quero gritar, me debater, me descabelar. Mas tudo que consigo fazer é sentir. Sentir e me despedaçar. Uma onda gigantesca se forma entre minhas pernas e aperta tudo dentro de mim, me curva, me estica, como uma corda tensionada ao limite.

E, quando acho que não aguento mais, ele desce a boca até meu sexo. Lambe devagar, com firmeza. Envolve meu clitóris com os lábios e o suga, depois abre a boca inteira, suga mais, desliza a língua quente e molhada, até a realidade ao meu redor começar a se desfazer. Até o jatinho chacoalhar no mesmo ritmo da língua dele.

Viro o pescoço de um lado para o outro, sentindo o algodão do lençol acariciar minhas bochechas, as dobras da realidade se abrirem sob mim. Cada golpe da língua dele é uma explosão de calor, tensão, prazer. Como se todos os meus nervos estivessem sendo tocados ao mesmo tempo. Os papéis com anotações na mesinha de cabeceira voam. A porta do banheiro bate. O avião balança e tudo sai de foco.

Cavalgo em sua boca, descontrolada, e é como se ele estivesse comandando a aeronave com os movimentos da língua. Como se ele movesse o mundo só com o prazer que provoca em mim.

E então eu desmonto, despenco no maior, mais absurdo orgasmo da minha vida. Ele geme comigo, e o som vibra no meu sexo, atingindo cada nervo, cada célula. Uma avalanche me arrebata, me desestrutura, me reconstrói. Um clarão rasga o céu, meu interior e minha visão. Ondas e mais ondas de prazer explodem dentro de mim.

Ele sobe, deita sobre meu corpo trêmulo, ofegante. Seus dedos afastam os cabelos grudados na minha testa e ele me beija, saboreando o resto do meu prazer. E geme dentro da minha boca. Um som selvagem, quase animal. Como se também estivesse sentindo o que eu experimentei.

Ainda estamos nos beijando quando o avião finalmente para de balançar e se firma no céu. Ian encosta a testa na minha. Entrelaça nossos dedos. Sinto o pau dele pulsando contra minha barriga.

— Deixa... Deixa eu fazer algo por você — peço baixinho.

Ele me encara tão profundamente que tenho vontade de encolher os dedos dos pés.

— Seus olhos... — diz, com a voz rouca — estão iluminados de um jeito... É como se eu tivesse sentido você, Briana. O seu coração, a sua respiração, o seu prazer, como se tudo isso fosse meu também.

Meu coração volta a galopar no peito. Porque eu também senti. Eu o senti dentro de mim, em cada célula, em cada tremor, como se ele tivesse se fundido a mim.

— Como isso é possível?

Ele segura meu rosto entre as mãos.

— É porque, meu amor, nós somos. .

— Se olharem pelas janelas — a voz do piloto interrompe o momento, soando pelo intercomunicador —, verão uma linda aurora boreal.

Viramos o pescoço ao mesmo tempo, nosso olhar buscando a janela mais próxima. E o céu...

O céu está sendo atravessado por feixes de luz verde, azul e roxa que dançam, fluidos e etéreos, se projetando em formas diferentes.

As mãos dele ainda estão no meu rosto quando ele o vira, fazendo nossos olhos se encontrarem outra vez.

— A aurora boreal mais linda que eu já vi — sussurra ele, mergulhado nos meus olhos.

E o que vejo refletido nos olhos dele é a mesma dança de luzes que colore o céu. Uma aurora boreal contida em duas pupilas infinitas.

❄

Um laço congelante prende meus pulsos, paralisa meu corpo, o tempo, o espaço. Abro os olhos, mas só vejo escuridão. Algo me aperta, me prende, sufoca. Pisco devagar, tentando ajustar a visão.

A luz amarelada e suave da cabine começa a invadir minha percepção. É Ian. Ele me envolve com os braços. Está rígido, o corpo tenso como pedra, como se tivesse sido esculpido em gelo. A respiração dele é ofegante, as íris inquietas por trás das pálpebras cerradas.

— Ian… — Tento despertá-lo. — Ian — repito, a tensão começando a se espalhar pelo meu corpo.

Os braços dele se apertam mais ao meu redor, como se quisessem me absorver, me proteger de algo invisível. Ele trava o maxilar. Está lutando — com que, eu não sei.

— Ian! — insisto, agora ofegante. Uma nuvem de vapor branco se forma diante da minha boca.

Ele se vira de costas, me soltando, e eu puxo o ar devagar para os pulmões. Mas ele continua tenso, o corpo todo retesado. E então eu vejo: as cicatrizes em seu peito brilham, se espalham num tom branco-acinzentado com bordas pretas, como flocos de neve envenenados.

Seguro seus ombros com força. Os punhos dele estão cerrados. Ele parece estar sentindo dor.

— Ian! — Sacudo-o com as duas mãos, mas é como tentar mover um iceberg. — Acorda! — grito, chacoalhando mais forte.

E então, finalmente, ele abre os olhos. Quando me encara, as pupilas se dilatam, as íris acesas com o mesmo cinza sombrio que pulsa nas cicatrizes.

— Está tudo bem… — digo, ainda incerta. — Foi só um pesadelo.

O peito dele sobe e desce em rajadas entrecortadas. Ele olha em volta, se dando conta de onde está. O gelo ao redor começa a se dissolver. A temperatura no quarto se normaliza em segundos.

Ele volta o olhar para mim.

— Você está bem? — pergunta, rouco, aflito, os olhos varrendo meu corpo inteiro.

— Sim. Você… Você estava…

— Um pesadelo — diz, antes de segurar meu rosto entre as mãos e me puxar para um beijo. Os lábios dele, ainda gelados, vão se aquecendo sob os meus, tornando-se macios, reais, vivos.

— Quer falar sobre isso?

Ele me encara por um instante, ainda ofegante, e faz que não. Me puxa para que eu deite a cabeça em seu peito e me abraça.

— Não agora… Só fica aqui comigo — pede.

Permanecemos em silêncio por alguns minutos. Ele começa a acariciar meu cabelo, e eu traço com a ponta dos dedos o contorno de uma das cicatrizes em forma de floco de neve. Dou um beijo suave sobre ela.

— Elas acenderam… em um tom escuro. Isso já tinha acontecido antes?

Ele faz que sim com a cabeça.

— Aconteceu nas primeiras semanas depois que eu saí de Alfehim e tem acontecido com cada vez mais frequência.

Toco nelas com dedos hesitantes e sinto um gelo que faz minha nuca arrepiar.

— Doem?

— Doem como se estivessem se enraizando no meu peito, como se fossem feitas de chumbo, mas dura só alguns segundos.

— O que você acha que são?

— Essas cicatrizes apareceram nas primeiras vezes que eu canalizei magia.

— Era com isso que você estava sonhando?

— Não… Esse sonho foi mil vezes pior que qualquer dor — responde ele, inspirando fundo. Depois se estica, pega o celular na mesa de cabeceira e confere o horário. — Mas foi só um sonho. Enquanto essas cicatrizes… — olha para o próprio peito — são bem reais.

Coloca o celular de volta na mesa e murmura:

— Vamos chegar em uma hora e meia.

Eu o encaro, então deixo a pergunta escapar:

— Ian… como foi que tudo aconteceu? Como você descobriu sobre Alfehim, sobre a sua irmã, sobre tudo? — Meus dedos tocam de leve uma das cicatrizes, o frio penetra minha pele. — Como você se feriu assim?

Ele passa o braço pela minha cintura, me puxando mais para perto. Respira fundo antes de responder, a voz rouca e grave:

— Foi há um ano, na noite de aniversário do Erik. Fazia um mês que a Layla tinha voltado a falar, a ser ela mesma, e eu achava que tudo ia ficar bem.

# 31

*Nenhum feérico pode permanecer no mundo humano sem que seja em missão oficial ou com autorização do trono. A violação deste decreto será tratada como traição.*

*[...]*

*Fora dos domínios de Alfehim, todo feérico sem consentimento será considerado fugitivo e, como tal, caçado, preso ou eliminado. Não há exceções. Nem sangue nobre, dons raros ou marcas proféticas garantirão o perdão.*

— Trecho extraído do *Decreto real: Nova Ordem Purista*

## Um ano antes

## Ian Ferner

— Eu fico com pena do Erik — cochicho no ouvido de Layla. — Como ele vai conhecer alguém… ou se divertir de verdade?

Ela encolhe os ombros e sorri de leve, os olhos varrendo o salão abarrotado de parentes e famílias nobres.

Aponto com o queixo um grupo de convidados.

— Sempre as mesmas pessoas, as mesmas músicas. A média de idade deve beirar os oitenta, contando com a gente e os cinco amigos dele da escola.

— Ele vai sobreviver — diz ela, apertando meu ombro. — Nós sobrevivemos.

— Parece que ele fez o papai prometer que, no aniversário de dezoito anos, vai ganhar a festa que sempre sonhou e...

— Ian... — Ela solta um suspiro trêmulo, tocando as têmporas. — A música, o barulho das conversas, tudo isso está me dando dor de cabeça. Acho que perdi o costume.

— Eu te levo para o quarto.

Ela nega com a cabeça, firme.

— Não queremos que as pessoas comecem a comentar que saímos juntos, que somos esquisitos e que eu nunca vou voltar ao normal, certo?

Franzo o cenho, mas concordo. Ela prossegue, com a voz baixa:

— Vou sair de fininho. — Mas me encara antes de partir. — Se um dia algo acontecer comigo, me promete uma coisa?

Aperto os olhos. Um nó começa a se formar no meu estômago.

— Do que você está falando?

— Promete que vai viver a sua vida e ser feliz?

Solto uma risada nervosa. Incômoda.

— Você está me deixando preocupado, mana.

O olhar dela perde o foco. Os músculos tensionam. Os lábios tremem. *Os mesmos sinais de sempre, antes de um surto.*

— Promete, Ian?! — insiste.

Engulo em seco.

— Prometo... mas — seguro firme sua mão — nada vai acontecer, Layla. Eu não vou deixar que nada de ruim te aconteça.

Ela sorri. Um sorriso fraco, quebrado, antes de sussurrar:

— Boa noite, irmão.

❄

Layla desapareceu.

Minutos atrás, a enfermeira do turno da noite bateu freneticamente à porta do meu quarto. Desespero. Pânico. Nossos quartos sempre foram vizinhos. Ela correu até mim, a pessoa mais próxima. E agora sou eu que corro.

Não tive tempo de chamar os seguranças nem de me vestir direito. Estou com a calça do pijama e uma malha fina. É início da primavera, mas a neve ainda cobre tudo, como se o inverno se recusasse a ir embora. A lua cheia derrama uma luz prateada, fria, quase mística. A paisagem brilha num branco sobrenatural.

Minhas pernas se movem sozinhas, automáticas. Tenho quase certeza de onde ela está. À medida que avanço, as árvores se adensam. A névoa cobre a luz da lua. Silêncio. E então eu a vejo.

Layla caminha em direção ao lago congelado. A superfície não vai suportar o peso dela, não nesta época do ano. Não de novo.

— Layla! — grito, mas ela não vira.

O desespero aperta meu peito, como se um punho de gelo me comprimisse. Minhas pernas tremem. A respiração se transforma em rajadas curtas e afiadas, cada uma formando uma nuvem branca que flutua diante da minha boca.

— Layla! — urro de novo, mais alto, mais rouco. Mas ela continua. Um passo, depois outro. Em frente. Como se o gelo sob os pés não existisse. Como se o perigo não pudesse alcançá-la.

Saio correndo. Corro como se o mundo dependesse disso. Como se eu ainda pudesse salvá-la. O gelo pode se abrir a qualquer momento, pode nos engolir — mas eu não ligo.

Piso no lago. E, de repente, uma luz explode. Intensa, branco-azulada. Quase divina. Mas não me cega. Ela inunda tudo, como se o próprio céu despencasse ali, entre nós.

Layla para. Ergue o rosto, os olhos fixos na luz. Há algo na maneira como ela a encara, como se estivesse ouvindo um chamado. Como se a luz dissesse o nome dela.

Consigo alcançá-la. Estendo o braço e agarro sua mão. Mas ela… não se move. Fica ali parada, com o rosto banhado pela claridade, os olhos perdidos em algo. Está à beira de um limite que eu não posso alcançar.

É quando vejo. Uma silhueta. No início, apenas um vulto. Mas conforme se aproxima… alguma coisa muda. O tempo congela. O espaço. O ar. Eu.

Diante de nós… um dragão. Uma criatura colossal, saída de pesadelos. Escamas brancas como a neve cintilam feito cristais ao toque do vento.

Os olhos, frios, implacáveis, anunciam o rigor do gelo eterno. Ele se aproxima… e o mundo se dobra. Tudo paralisa.

Estou imóvel. Nem respirar consigo. Meu coração martela com força brutal, cada pulsação ecoando por todo o corpo.

A criatura se ergue, imensa. Como um prédio de cinco andares. A cabeça é adornada por dois pares de chifres de gelo. A mandíbula revela dentes afiados como lâminas. As asas se abrem, enormes, ameaçadoras. As garras tocam o gelo conforme ele aterrissa, e o som é de um trovão gritando.

E aí… em cima do dragão, vejo um homem.

Seus olhos azuis afiados se cravam primeiro em Layla, depois em mim. Seu traje é de um cinza profundo, entrelaçado com fios iridescentes como o próprio inverno, com um manto pesado azul-escuro. A armadura reflete a luz fria, como um espelho de aço. Medalhas brilham sob a luz da lua. E a barba escura emoldura um rosto esculpido, ameaçador.

Atrás dele, um exército. Lobos enormes. Ursos-polares. Uns dez soldados vestindo armaduras pretas montados neles. Um séquito de inverno. Silencioso. Sinistro.

Meus pés estão colados ao chão. Presos por um bloco feito de medo vivo.

O homem sorri. Um sorriso contido, mas carregado de malícia. Aí ele fala. E sua voz ecoa profunda, inabalável:

— Meus filhos, encontrei vocês.

Minha boca se move com dificuldade. A voz mal sai:

— O que… O que é isso?

— Eu sou o general Vorak Snowveil, da ilha do Inverno. Em nome da Ordem Real de Alfehim, vocês vão comigo para casa.

Quero lutar. Quero correr. Quero gritar. Mas tudo que consigo é olhar para Layla. E falar, com cada fibra do meu ser:

— Sinto muito por não ter acreditado.

E então o mundo escurece e eu apago.

Abro os olhos e sinto a cabeça latejando. A dor pulsa atrás das pálpebras como um tambor de guerra.

Tento lembrar da noite anterior. Nada. Deve ter sido o maior porre da minha vida. Só isso explicaria essa merda de dor e… Pisco devagar. Minha visão vai se ajustando à penumbra fria. Minha respiração acelera. As lembranças voltam.

*Layla.*

Tento inspirar com calma, mas o ar está carregado com cheiro de madeira queimada e incenso frio.

*Uma luz iridescente pulsando no meio do lago.*

Meus olhos enfim se adaptam à luz ambiente. Estou em um quarto imenso. Paredes brancas com detalhes prateados refletem uma luz tênue que entra pelas janelas entalhadas no que parece ser gelo. O teto arqueado exala uma imponência silenciosa.

*O dragão.*

Meu pulso dispara. Eu me sento num sobressalto.

A cama é gigantesca, com dossel e cortinas de veludo azul-escuro. Um tapete de pele cinza cobre parte do assoalho de madeira gasta.

Minha voz sai num grito seco, desesperado:

— Layla!

A porta range e se abre. Uma mulher entra, com postura firme e olhar analítico, usando um vestido longo de veludo azul bordado com flocos de neve prateados. Atrás dela, duas moças mais jovens: uma de cabelo preto, a outra com fios brancos como geada. Vestem trajes etéreos, como se fossem feitos de neblina.

Entre risadinhas contidas, a mais velha se adianta com a voz austera:

— Bom dia. Sou a sra. Frestgan. Perdoe as meninas, elas nunca viram um feérico nobre criado entre humanos. Aliás, você cheira a humano. — Torce o nariz. — Vamos dar um jeito nisso. Um bom banho deve tirar esse cheiro acre da sua pele. Depois, poderá se apresentar como o filho do general Snowveil.

O pânico me atravessa, mas consigo falar com firmeza:

— Eu não vou tomar banho. E não vou me apresentar a ninguém. Quero ver a Layla! E exijo que nos levem para casa agora!

Me levanto num salto, e é aí que percebo, horrorizado: *estou nu*. A manta de pele que me cobria desliza pelas pernas. Um arrepio sobe pela minha espinha. A sra. Frestgan baixa os olhos com recato. As duas jovens me encaram, ruborizadas, como se eu fosse uma criatura exótica.

— Onde está minha roupa, caralho?! — Me agacho, pego a manta e a enrolo na cintura, tentando me cobrir.

A porta se escancara de novo. Um homem entra, arrastando uma névoa prateada atrás de si. Veste uma armadura preta de batalha adornada com um brasão no peito: um floco de neve formado por lâminas cruzadas dentro de um escudo. Ele tem o rosto marcado por traços angulosos e um sorriso contido que não chega aos olhos. Cabelo branco perfeitamente penteado para trás e uma barba curta, igualmente branca, bem aparada. Seus olhos cinzentos me medem com desprezo antes de ele falar com autoridade seca:

— Capitão Zarethar. Designado pelo seu pai e pelo rei para treiná-lo. Você está cinco minutos atrasado. Sugiro que obedeça às senhoritas, tome um banho e se vista.

Dou alguns passos ameaçadores em sua direção.

— Vai à merda. Onde está a Layla?

Ele não se abala. Apenas estala os dedos. Anéis de luz branca-azulada surgem em seus pulsos e se projetam no ar antes de se enrolarem no meu pescoço. Gélidos, vivos. Me fazendo arfar.

— Sabe, Ian Snowveil — diz ele, com sarcasmo —, é difícil acreditar que você seja filho do grande general Snowveil. Ou que tenha qualquer domínio sobre magia.

Cada palavra dele faz ferver o sangue em minhas veias. Num impulso cego, eu avanço. Os anéis se apertam, me sufocando. A dor é cortante e me asfixia.

— Eu fui contra o seu pai — continua Zarethar com frieza. — Disse que alguém moldado entre humanos não suportaria o treinamento. Que você falharia. Mas o general insistiu.

— Vai se foder! — arfo, vendo o mundo girar.

Ele ri, impassível.

— Pelo menos é corajoso. Mas deveria ser esperto o bastante para fazer a única pergunta que importa: "Qual é o meu dever?" — Ele se aproxima mais ao prosseguir: — Eu respondo: servir às tropas reais de Alfehim.

Os anéis afrouxam o suficiente para que eu respire, tossindo.

— Aceitei o desafio de transformar você, sr. Snowveil. E não entro em nada para perder. Agora, vá tomar banho. Você está fedendo.

Dou um passo à frente, a fúria fazendo meus músculos latejarem. Mas ele ergue as mãos e dois novos anéis gelados prendem meus pulsos. Sinto uma explosão de dor, como se agulhas de gelo perfurassem até meus ossos.

Aperto os dentes, me recuso a gritar.

— Vamos começar pelo básico, aspirante a oficial. Você está em Ironfell, no meu esquadrão, sob as minhas ordens. Seu pai é meu general? Sim. Mas, aqui, eu só respondo ao rei. Seu treinamento é um favor. E eu cobro caro por favores.

Os anéis se apertam mais uma vez. Raízes de gelo sobem pelos meus braços. A dor é insuportável.

— Filho da puta!

— Eu gosto da raiva, aspirante. Ela alimenta o que você vai precisar para sobreviver aqui. Mas insubordinação? Isso eu não tolero.

Ele me arrasta pelos braços. Caio de joelhos, puxado como um animal.

— Agradeça pela sua linhagem nobre. É o que te garante este quarto e funcionárias que podem suavizar sua estadia. Mas, se não aprender a respeitar a hierarquia, vai se arrepender.

Travo o maxilar. Cuspo as palavras:

— Eu não sou filho daquela abominação que vocês chamam de general.

Ele me puxa com mais força.

— Reze à magia para que você esteja errado.

Chegamos a um banheiro. Azulejos azuis e brancos decoram as paredes formando padrões em forma de flocos de neve. Um vapor sobe da banheira, e um chuveiro brilha ao fundo.

— Onde está a Layla?! — grito, os anéis me erguendo, me esticando.

— Quer respostas?

Assinto, ofegante, desesperado.

— Então mereça.

Outro anel gira a torneira. Um jato de água congelante despenca sobre minha cabeça. Grito novamente. Me contorço, mas os anéis me mantêm de pé.

— Da próxima vez, venha por vontade própria — diz ele, com desprezo. — E quem sabe… consiga água quente.

O frio me dilacera. Só os anéis me impedem de cair.

— Você está errado, Ian Snowveil. Se não fosse um feérico do inverno, já estaria morto.

Os laços se apertam mais. A dor me atravessa como mil facas de gelo.

— Vai tomar no cu, seu filho da puta!

— Você só vai me chamar de *senhor capitão*, entendeu?

Não respondo. Ele faz os anéis se apertarem ainda mais. Meus braços começam a congelar.

— Entendeu?!

Mais um choque de frio, cruel, pavoroso.

— Responda! Ou vai perder os braços! — grita a sra. Frestgan atrás de mim, desesperada.

— S-Sim, senhor — solto entre os dentes.

Os laços enfim se afrouxam e eu caio de joelhos, ofegante e trêmulo.

❄

A água quente da banheira é um alívio… por alguns segundos. Assim que o frio se afasta, os vergões das queimaduras provocadas pelas correntes de gelo começam a arder, como se estivessem sendo reacesos de dentro para fora.

A sra. Frestgan entra no banheiro sozinha trazendo alguns potes. Mesmo com a pele queimada e o corpo em agonia, instintivamente me encolho, tentando me cobrir. Ainda tenho algum orgulho.

Ela não comenta nada. Vira de costas para mim e começa a arrumar os potes sobre a bancada.

— Não precisa disso, sabe? — diz, com uma calma quase materna. — Eu vi o seu pai nascer. Ajudei a cuidar dele. E, apesar de não ter tido o mesmo privilégio com você, ainda o enxergo como um neto.

Encosto a cabeça na borda da banheira, franzindo o cenho ao ver seu rosto refletido no espelho. Ela parece ter no máximo vinte e cinco anos. Jovem demais para ter visto meu suposto pai nascer.

Então lembro das palavras no caderno de Layla: feéricos não envelhecem mais do que vinte e cinco anos, sua aparência é eternamente jovem. Apesar de poderem ser mortos, são muito mais resistentes que humanos e não adoecem.

A sra. Frestgan se vira, um dos potes nas mãos.

— Mas, se preferir um pouco de privacidade — despeja um líquido dourado na água —, isso é solaveril. Vai regenerar as queimaduras e tornar a água mais turva.

O alívio é quase imediato. A água se transforma num líquido dourado que cintila como luz líquida. Solto um suspiro involuntário.

Ela sacode de novo o pote.

— Deixe-me ver seus braços.

Eu os apoio na borda da banheira. Sinto como se lâminas em brasa rasgassem minha carne. Faço careta, mas não recuo.

— Está doendo pra caralho… Aquele desgraçado…

Ela verte o líquido direto sobre as feridas.

— Sim, ele é um desgraçado. — Sua voz carrega certa exaustão enquanto espalha o líquido sobre meu braço direito. Cerro os dentes com força, lutando para não reclamar. — Mas também é um capitão respeitado pelo rei, pelo seu pai. Treina a elite de Alfehim.

Ela passa para o outro braço, e como mágica — literalmente — a dor some.

— Eu não me importo com títulos, com nada disso, na verdade. Só quero saber onde está a minha irmã — digo.

— Ela foi encaminhada para o Esquadrão Polar Feminino. Também será treinada…

O sangue some do meu rosto. O nome do esquadrão ecoa como uma sentença de morte. A imagem de Layla sendo torturada com a mesma brutalidade que eu enfrentei me quebra por dentro.

Agarro a gola de pelo branco do vestido dela.

— Me leve até ela. Agora!

— Escute, lorde Ian Snowveil — diz ela com a voz firme, fria como o inverno ao qual serve —, se continuar agindo assim, você vai morrer. E sua irmã também. O bem-estar dela pode ser usado como moeda para que você compreenda, de uma vez por todas, que este é o seu lugar. O seu destino. E que a única maneira de protegê-la é se entregar ao que lhe foi designado. Entendeu?

Fecho os olhos. Um aperto atravessa meu peito, mais forte que a dor nos braços. Se eu tivesse ouvido Layla, se tivesse acreditado nela. Se tivéssemos nos preparado, conversado, talvez… talvez não estivéssemos aqui.

Ofegante, eu a liberto e aceno em silêncio.

— Se alguma coisa acontecer com ela, eu nunca vou me perdoar.

Ela se aproxima novamente, antes de dizer com a voz mais baixa:

— Faça o seu melhor. Treine. Prove que merece o posto para o qual nasceu. Assim terá regalias, respeito e poder. Ter poder é o suficiente para começar a mudar as coisas.

— Que posto?

Ela me lança um olhar como se fosse óbvio.

— O mesmo que o seu pai ocupa. Que o seu avô ocupou. E que, mesmo tendo crescido longe daqui, você um dia ocupará. General das Tropas Reais do Inverno.

Mordo a língua para não dizer que desejo que todo este reino congelado exploda. Sei que afastar a sra. Frestgan pode não ser uma boa ideia.

— Seu uniforme está sobre a cômoda. E um par de canalizadores também.

Franzo o cenho.

— Canalizadores?

— Ainda são provisórios, não foram personalizados. Mas vão te ajudar a canalizar a magia invernal.

Ela afasta o cabelo, revelando um par de joias douradas atrás das orelhas. Um aro fino contorna os lóbulos e se estende, como uma ponta ascendente. A peça é semelhante às orelhas élficas de ilustrações antigas.

— Veja.

A sra. Frestgan ergue as mãos. Uma luz branco-azulada pulsa na ponta das joias e escorre até seus pulsos, formando elos de luz que depois se espalham nas palmas. É bonito. Assustador. Irreal.

— Isso tudo parece um delírio.

— Pode ser... mas é um delírio chamado lar, meu lorde.

Estou enterrado no gelo até o peito, usando somente uma calça comprida. Se isso é ser protegido e ter sorte, não sei o que seria o oposto.

— Puxe a magia nos canais sob seus pés — comanda o capitão Zarethar, me fazendo trincar os dentes.

Ao lado, dois córregos de uns cinquenta centímetros de largura serpenteiam, prateados com a magia destilada da ilha do Inverno.

— Sinta-a adentrar os canalizadores, se espalhando pelo seu sangue e fluindo por suas mãos.

Já faz trinta dias que estou sendo treinado. Acordo às cinco da manhã, visto o uniforme, encaixo os canalizadores nas orelhas, corro por um circuito de duas horas — que inclui escalar uma montanha e descer como um alpinista —, treino com espada por mais duas horas, faço meia hora de almoço e passo o restante do dia enterrado na neve, fortalecendo a resistência ao gelo que se formará junto à magia que devo dominar.

O capitão se inclina até meu ouvido:

— Se você fosse filho de um feérico comum, teria que ir à escola com as crianças e depois se especializar na universidade. Mas o rei quer você pronto em meses, não em anos. Esta noite vai ficar aqui, enterrado, se não conseguir canalizar ao menos uma vez.

Duas semanas depois, quarenta e cinco dias de loucura forçada, tentando canalizar magia. Meu corpo se arrasta, minha mente está à beira do colapso. Se algum dia restou dúvida sobre minha origem mágica, hoje não resta nada. Nenhum ser humano suportaria isso.

Saber que descendo de feéricos e, portanto, serei capaz, algum dia, de fazer o que esperam de mim é o fio que me mantém equilibrado sobre essa corda bamba. E, por mais absurdo que pareça, a dor também. Essa é a certeza doentia de que eu ainda sinto alguma coisa.

Além de Layla. Zarethar me lembra todos os dias de que a vida dela depende do meu sucesso.

Passo metade dos dias no buraco de gelo perto dos canais de magia, tentando, e falhando, mover pelo menos um pouco da energia que me prende à neve e me machuca. A outra metade do tempo, estou sendo regenerado na banheira pela sra. Frestgan.

— Talvez eu não consiga — confessei ontem, depois de implorar por notícias de Layla.

— Você vai conseguir — assegurou ela, embora sua convicção se desgaste a cada fim de tarde fracassado, a cada machucado regenerado, a cada tremor dos meus músculos pelo cansaço.

A única notícia que tenho de Layla é de que ela está viva. Está bem. Tenho que confiar que minha irmã não está passando por esse treinamento torturante e violento. Ainda me culpo todos os dias por não ter acreditado nela, por termos perdido a chance de fugir dessa loucura.

Se quiser ver Layla ou ter mais notícias dela, preciso canalizar magia.

Em um mês e meio, mal tive contato com outros aspirantes, apenas com a sra. Frestgan, as duas jovens feéricas auxiliares dela e o capitão Zarethar. As áreas de treinamento parecem ser reservadas exclusivamente para mim. Um silêncio sepulcral me sufoca; se não fossem as vozes masculinas distantes murmurando além das paredes, teria certeza de que estou num lugar abandonado ou, pior, num purgatório.

Hoje, Zarethar decidiu testar algo novo. Algo que, segundo ele, nunca foi feito. Pelo menos… não comigo.

Saímos da fortaleza de Ironfell Daston, incrustada na montanha, e descemos até um vilarejo a três horas de distância. A carruagem de gelo, prata com pedras azuis, puxada por lobos gigantescos, corta a paisagem com velocidade impressionante — se eu fosse chutar, diria que a mais de quinhentos quilômetros por hora. Pelo que pude ver desta terra, apesar de ser chamada de ilha do Inverno, ela é enorme, como um país. O céu azul e lilás é sempre entrecortado por luzes mágicas que dançam como auroras boreais, mesmo durante o dia.

As ruas de paralelepípedo refratam a magia, mas o cheiro de carvalho queimado, urina e lixo me faz franzir o nariz.

— Grimell é uma cidade de criminosos perdoados e suas famílias — diz Zarethar, pressionando um lenço contra o rosto. — Sua Majestade não concede privilégios, nem após cumprirem a pena.

Mulheres, homens e crianças fazem reverência ao passarmos — não por respeito, intuo, mas por medo. E percebo que, seja qual for o motivo da nossa presença, não pode ser nada bom.

Atravessamos ruas estreitas até chegar a uma escola local. Em uma sala de aula, quinze crianças de sete e oito anos exibem canalizadores simples, sem adornos ou pedras preciosas. Alguns olhos brilham ao ver o luxo das nossas botas lustradas e armaduras, um contraste brutal com seus mantos desgastados e remendados.

Zarethar avança. Seu uniforme, muito mais ornamentado que o meu, ostenta uma meia capa de veludo azul-escuro, ombreiras rígidas e canalizadores cravejados de diamantes de gelo — pedra feita com magia, mais resistente que a pedra natural.

A professora, de bochechas coradas, sorri timidamente.

— Sejam bem-vindos — diz. — A que devemos a honra da visita?

Zarethar curva os lábios num meio sorriso frio.

— Obrigado, professora…

— Mihale — ela se apresenta.

Ele se volta para as crianças.

— Vocês estão no segundo ano, certo?

Um coro de "Sim!" ecoa pela sala.

— Já sabem canalizar magias simples, não é verdade?

Outro "Sim!" animado. Então, ele me olha.

— Vocês acreditam que este soldado aqui não consegue criar nem um floco de neve?

As crianças arregalam os olhos. Algumas dão risadinhas, incrédulas. Outras me olham, cochichando entre si. Ele quer me humilhar. Por um segundo, no entanto, suspiro aliviado. Se o jogo dele é tentar ferir meu ego, significa que não fará mal a ninguém. Não me importo.

— Eu estava pensando… — prossegue o capitão, animado. — Será que vocês gostariam de ajudar o cadete Ian?

O entusiasmo infantil enche a sala:

— Sim!

Então Zarethar sorri. Um sorriso gélido, satisfeito, sombrio.

— Que bom.

Ele ergue as mãos. Uma, duas, três vezes. A magia se espalha, rápida, brutal, total. Em um instante, os gritos são cortados. O ar gela. E vejo as crianças, a professora, todos presos dentro do gelo, como estátuas vivas. As bocas ainda abertas em gritos interrompidos. Os olhos arregalados. As expressões congeladas em horror absoluto.

— O que você fez?! — berro, arfando.

— Você tem duas horas antes que eles morram congelados. Canalize. Quebre a minha magia.

Zarethar ergue as mãos novamente. Uma tempestade se forma. Neve densa varre a sala, quebra janelas, apaga o fogo mágico da lareira. O último resquício de calor desaparece.

Algo dentro de mim explode. Eu avanço para matá-lo.

— Seu desgraçado! Seu filho da puta!

Mas ele não levanta um dedo para me deter, apenas sorri.

— Se eu fosse você, não perderia nem meio segundo.

Meu coração martela contra as costelas, como se fosse quebrá-las. Meus ombros tremem. Solto Zarethar e me viro para a sala. Miro os olhos das crianças, as pupilas se mexem, é a única coisa que se move nelas. O único sinal de que ainda estão vivas.

*Duas horas. Duas horas para impedir um massacre.*

Fecho os olhos, respiro fundo e começo a lutar. Luto para puxar a magia, para canalizá-la. Luto com toda a minha força e vontade.

O tempo passa. *Meia hora*. Meus músculos tremem com o esforço. *Quarenta e cinco minutos*. Estou pingando de suor.

*Uma hora e meia.*

Zarethar não se incomoda, nem sequer olha na direção das crianças. Está sentado casualmente na mesa da professora, um escudo de calor mantendo-o confortável no centro da tempestade gélida que ele mesmo criou. Abriu um livro e começou a ler, à vontade, como se estivesse numa sala de estar.

Enquanto isso, estou numa guerra. Cada fibra do meu corpo grita de exaustão. Estou suado, desgastado, os músculos queimando, os pulmões pedindo ar. Mas eu não paro.

Penso em Layla. Nos dias bons, nos sons da nossa infância distante.

Penso em matar esse desgraçado.

Penso no gelo. Nas nevascas de quando éramos pequenos, no fato de que me sentia parte delas, no fato de que a neve nunca foi um inimigo, e sim um lar. A neve é um lar.

Fecho os olhos e busco os veios de magia no chão, no ar, em mim. De repente, eu sinto. Sinto a magia viva sob meus pés e ao meu redor. Sinto o frio não como uma prisão, mas como algo que pertence a mim. Sinto um fluxo e um magnetismo que me engrandece corre dentro de mim, como uma avalanche.

Sou atingido de maneira brutal. Mas, em vez de sentir dor, eu me sinto… enorme. Invencível, parte de um todo muito maior que meu corpo, minha mente…

É aí que eu canalizo.

A explosão de magia me lança para trás, faz a pele dos meus ombros e peito queimar, como se estivesse sendo marcada a fogo. O gelo que aprisionava a sala se despedaça de uma só vez, rachando em todas as direções.

As crianças caem no chão, trêmulas, chorosas. A professora sufoca um soluço. Estão todas vivas. A magia ainda sai das minhas mãos, agora contendo a tempestade. Corro para ajudá-las, e a professora vem logo atrás.

— Tire todos daqui — ordeno quando elas enfim se levantam.

Minha visão está turva, os braços queimando de dor, mas eu não paro. A magia vem mais rápido agora. Giro sobre os calcanhares e ataco.

O impacto da magia sai como um bloco de neve e lança Zarethar com brutalidade contra a parede. Por um segundo, o silêncio pesa ao redor. Então ele se move, se liberta da magia como se não fosse nada. E, sorrindo, se aproxima de mim.

Estou ofegante, exausto, cada músculo tremendo. E ele? Plácido. Sereno. Orgulhoso.

— Estou feliz demais com a minha conquista para deixar que a sua insubordinação me irrite.

Travo os dentes para falar, a magia queimando minhas mãos, querendo sair, atingi-lo outra vez.

— O seu rei e o seu general sabem que você coloca em risco a vida de crianças inocentes em treinamentos insanos?

Ele dá um tapa amigável na minha ombreira, como se fôssemos companheiros de treino.

— Eu sabia que você ia conseguir. — E estala a língua. — Ah, vamos, sorria! Você parece confiar menos do que eu na sua capacidade.

Duas bolas de luz branca se formam em minhas mãos; quero soterrá-lo na neve, fazê-lo pagar pelo que fez, mas Zarethar é rápido e bloqueia minha magia, ainda crua, com facilidade.

— Estou de muito bom humor, mas, se você tentar usar magia contra mim outra vez, vou acusá-lo de traição. — Ele baixa a voz, os olhos brilhando com ameaça velada. — E quem mais vai sofrer será sua irmãzinha. Entendeu?

Fico quieto, arfando, querendo enforcá-lo. Engulo com força a bile que sobre pela minha garganta.

Ele ri baixinho e dá mais alguns tapas no meu ombro, satisfeito.

— Melhore essa cara. Tivemos uma vitória importante hoje. E olha só, as crianças nem se machucaram, estão todas bem.

O sorriso sardônico dele me dá nojo. Ele se vira para sair, mas antes lança um olhar por cima do ombro.

— Vamos comemorar. Há um bordel de primeira no vilarejo vizinho. Mulheres experientes e lindas. Algumas são bruxas, e, acredite, essas vagabundas são as melhores. Deviam fazer só isso, em vez de nos dar trabalho.

Meu estômago revira.

— Não quero nada disso, seu filho da pu…

Me detenho quando vejo os olhos dele estreitarem. A ameaça está ali, silenciosa, mas afiada. Ele dá um meio sorriso e continua andando. Então para e se vira devagar.

— E notícias da sua irmã, você quer?

Meu coração aperta. *Layla*. Faço que sim, engolindo outra vez a bile. Zarethar sorri, vitorioso.

— Ótimo.

Ele ajeita os punhos das luvas de couro pretas.

— Vamos para casa. Mas antes, como disse, quero parar no bordel. — E arqueia as sobrancelhas escuras, avaliando minha expressão de repulsa. — Se não quiser aproveitar, azar o seu. Me espere na carruagem.

E, sem olhar para trás, ele sai.

❄

Enquanto esperava o desgraçado voltar, tirei a armadura e conferi meus braços, onde vi dois estigmas: o padrão de fios branco-azulados entrelaçado a flocos de neve. Depois olhei meu peito, que ardia como se tivesse sido marcado a ferro em brasa. Com olhos enormes, notei que outra dezena de flocos de neve de tamanhos diferentes se desenhou na minha pele, como se a magia que entrou no meu sistema há pouco tivesse mudado quem eu sou de dentro para fora. Tempos depois, as marcas pararam de doer, mas não de pulsar, parecendo vivas.

Cinco horas após deixar a carruagem, Zarethar volta, fedendo a bebida e perfume. Sem dar duas palavras coerentes, encosta a cabeça no banco e apaga.

Minhas mãos queimam, a magia se acumulando nos pulsos como anéis brilhantes. Seria tão fácil sufocá-lo com gelo. Seria tão rápido.

Sem abrir os olhos ou se mover, a fala dele me detém:

— Está tarde. Amanhã cedo lhe dou notícias da sua querida Layla. — Então ele abre os olhos, ergue a cabeça do banco e me encara ao concluir: — Você viveu muito tempo entre humanos. Aprenda a bloquear suas emoções, cadete Snowveil.

Respiro devagar. Travo os dentes, fecho as mãos em punhos com força. Consigo acalmar a onda de magia que lutava para sair do meu corpo. Consigo me acalmar.

— Acorde, aspirante Snowveil.

A voz grave e conhecida me arranca do sono como um anzol gigante. O capitão Zarethar joga a armadura na cama e lança um olhar para a espada apoiada sobre o aparador.

— Pegue a espada também, ela vai te ajudar.

Sento, sem tempo para me espreguiçar, despertar direito ou entender o que está acontecendo. Confuso, o coração martelando nas costelas, olho para a espada feita de zyon, o metal mais puro de Alfehim, capaz de matar qualquer criatura, capaz de cortar magia com um golpe. Algo valioso e raro, feito na ilha Solar. Algo a que somente o filho de um nobre muito importante teria acesso.

— Vamos — repete ele, mais enfático —, se mexa!

— O quê? — pergunto com a boca seca.

Tenho quase certeza de que fui descoberto. Há três meses encontrei uma biblioteca escondida no sótão, cheia de grimórios e textos com encantamentos proibidos. Desde então, tenho voltado lá sempre que posso. Parte é pura curiosidade. Parte é a necessidade de entender que poderes eu teria se tivesse outra origem.

As políticas puristas não permitem que feéricos estudem magia além da sua própria ilha. Mas, toda vez que abro um grimório da ilha Crepuscular ou do Outono, sinto algo diferente, como se, só por fazer o que é proibido, eu respirasse mais fundo. Como se quebrar a regra fosse, em si, uma forma de liberdade.

— Você vai para a última etapa do seu treinamento.

*Então é isso.* Consigo puxar o ar devagar e meu coração desacelera um pouco.

— Eu não tenho a noite inteira, aspirante Snowveil.

— Sim, senhor. — Eu me levanto, adotando a postura que entendi ser esperada em situações de pressão e confronto, como essa.

— Anime-se — ele murmura, indo em direção à porta. — Se passar por essa fase, poderá finalmente enfrentar o seu animal de poder.

Enfrentar meu animal de poder significa entrar numa arena e lutar contra um dragão colossal, um lobo gigantesco ou um urso-polar enorme. E, se eu não morrer e ainda conseguir imobilizá-lo por quinze segundos, o tal animal será minha montaria. Pelo que estudei, um vínculo se forma entre animal e cavaleiro, uma simbiose única e poderosa.

O capitão se detém antes de cruzar para fora do quarto e diz:

— Vista-se e me encontre no saguão. Já pedi para prepararem a carruagem.

— Vamos sair?

— Eu não, você vai! Vai passar um tempo nas terras humanas e precisará achar um jeito de voltar para cá. Os portais fixos estarão lacrados para você, então será como se fosse um humano comum ou um exilado tentando entrar em Alfehim, exceto que ainda terá um pouco de magia e alguns instrumentos para te ajudar.

Ele joga para mim uma esfera dourada do tamanho de uma bola de golfe.

— O que é isso?

— Um localizador de magia, usado em terras humanas para mapear os veios, que são escassos e da espessura de fios de cabelo, praticamente invisíveis.

A bola projeta um holograma com os continentes.

— Você vai precisar drenar e armazenar magia desses capilares nos seus anéis e em frascos contentores para conseguir fazer qualquer coisa. — O capitão cruza os braços, numa postura autocrática. — Além disso, se um portal for aberto, ou se houver qualquer atividade mágica incomum, essa esfera vai sinalizar para você, desde que esteja num raio de até mil quilômetros do incidente. Fique atento a qualquer indício de magia, armazene o máximo possível e aprenda a abrir um portal que o traga de volta para cá. Só assim se tornará oficial e poderá se juntar à tropa de elite.

— Mas que coisa estúpida — resmungo. — Se já estou aqui, por que tenho que sair e depois voltar?

Ele estala a língua, displicente.

— Porque voltar para Alfehim com os portais fixos lacrados exige tanto domínio quanto estratégia de magia avançada. Além disso, não sou eu quem faz as regras, aspirante. Apenas tente ser rápido.

Meu coração dispara de novo.

— E se eu não conseguir voltar, ou demorar?

— Feéricos que cresceram aqui não podem se afastar por muito tempo sem enlouquecer pela falta de magia.

— Entendi. Como um viciado — murmuro com desdém.

Ele arqueia as sobrancelhas e suspira, quase se divertindo com a comparação.

— Mas você tem a vantagem de ter crescido em terras humanas. Será bem mais fácil se adaptar. Talvez nem sinta a ressaca da chegada ou os efeitos da abstinência. E principalmente… conseguirá atravessar de volta sem que Layla precise passar por alguma privação.

— Achei que já tínhamos passado da fase de ameaças — rosno.

— Ah, aspirante Snowveil… — O sorriso dele é condescendente. — Você só passará dessa fase no dia em que for oficial de verdade.

— Eu exijo falar com o gene…

— Você não exige nada. — Os canalizadores dele brilham. — Não me faça matar a saudade de usar meus poderes para te lembrar qual é o seu lugar. Entendido?

— Sim.

— Arrume-se e me encontre no saguão em dez minutos.

Quando Zarethar sai, guardo na mochila o que levarei comigo: um frasco de magia e outro de solaveril, meus anéis, a espada que ganhei do general, a armadura, o localizador de magia e o mapa, um cristal translúcido com o desenho em luz mágica de todos os portais fixos que ligam o mundo humano a Alfehim, mostrando se estão fechados ou abertos. Respiro fundo, tentando aceitar a verdade que me corrói: depois de seis meses em Alfehim, eu não tenho escolha. Preciso aprender a abrir portais entre os mundos e voltar para cá o mais rápido que conseguir, sem nunca ter feito isso antes e sem nenhuma pista de como fazer. Apenas com a instrução vaga de que devo caçar magia como os lobos farejadores que vi em ação. Talvez assim… eu descubra se ainda existe um lugar para mim em algum dos dois mundos.

# 32

*Quando as ilhas estiverem divididas, uma sacerdotisa surgirá das sombras. Ela liderará um exército de mestiços rejeitados e causará o fim da ordem feérica. Ela trará o caos e a morte e destruirá tudo — não restará pedra sobre pedra. Alfehim cairá diante daqueles que foram silenciados. E será por sua voz que o fim há de ser proclamado.*

— Trecho extraído da Profecia da Sacerdotisa Caída,
lida no dia 1º do novo reinado do Inverno

## Dias atuais
## Briana

— Não chora, amor — Ian murmura, passando o polegar de leve sob meus olhos. A voz dele é baixa, quase rouca.

Engulo o choro, mas o "amor" dito desse jeito, tão espontâneo, só aumenta o nó na minha garganta.

— Eu sinto tanto… — Minha voz falha. — Você foi torturado por meses.

— Está tudo bem agora — diz, e o timbre grave me arrepia. — Na verdade, nunca estive tão bem quanto agora, com você aqui nos meus braços.

Ele me envolve num abraço firme, aconchegando minha cabeça contra o peito. Seu coração bate acelerado, tão descompassado quanto o meu.

Ficamos assim por alguns instantes antes de eu perguntar, tentando disfarçar a urgência na voz:

— E a Layla? Você teve alguma notícia dela?

Sinto os músculos de Ian tensionarem de imediato. Me afasto só o suficiente para encará-lo. Ele demora para responder. Passa a mão no rosto, respira fundo, depois desvia o olhar.

— Eu… Eu não vi a minha irmã. Nem uma vez em seis meses.

Um silêncio denso se estende entre nós.

— O quê?

— Me mantiveram isolado, treinando. Eu só recebia migalhas de informação. — Ele faz um gesto com a mão, cansado, como se ainda estivesse preso no pesadelo. — Bilhetes com a letra dela, de tempos em tempos. Diziam que ela estava bem. Que era feliz. Que o general Snowveil a tratava como filha.

Ele fecha os olhos por um instante antes de continuar:

— Que ela canalizava magia com facilidade por causa dos dez anos vivendo no corpo de uma feérica do inverno. Que eu não precisava me preocupar.

Toco os dedos dele, quase sem perceber. Mas Ian não reage. Continua distante, olhando para um ponto atrás de mim.

— E você respondia?

Ele assente devagar.

— Escrevia tudo que conseguia. Meus medos. O que estavam fazendo comigo. Quanto eu queria vê-la. Diziam que minhas respostas estavam sendo entregues. Mas… — ele finalmente me encara, com os olhos marejados — nunca soube se era verdade. Nas cartas que eu recebia, as frases soavam artificiais. Não sei se era ela escrevendo, se era obrigada a me contar mentiras. Eu… ainda não sei de nada, Briana.

— Sinto muito — repito, mas a frase soa banal diante de tudo que ele passou.

Ian respira fundo, com esforço.

— E o general, o feérico que diz ser seu pai? O que ele fez em relação a tudo isso? — volto a questionar.

Ele passa a mão no cabelo, depois no queixo. Os dedos tremem. A mandíbula está tensa.

— Vi o general Snowveil só uma vez — diz por fim. — Dois meses depois que cheguei. Foi no dia seguinte a quando canalizei meus primeiros estigmas. Ele contou que queria nos encontrar, a mim e à minha irmã, antes que o rei soubesse da nossa existência. Queria provar que éramos úteis ao reino. Nos treinar. Deixar claro que, até a consciência da Layla ficar presa lá, a gente nunca teve contato com magia nem com as nossas origens. Não éramos fugitivos. Nem traidores, como a nossa mãe.

Arregalo os olhos.

— Então sua mãe também era uma feérica?

— Sim. Uma cortesã da ilha do Inverno.

— E por que ela fugiu, sabendo que era crime?

— Segundo o general, eles se apaixonaram. Mas ela já era casada com um nobre. Quando o marido descobriu, tudo desandou. Na corte do Inverno, adultério é punido com a morte, especialmente se há uma gravidez envolvida.

Me sento na cama, segurando a mão dele.

— Que cruel.

Ian faz que sim e engole em seco.

— Foi por isso que ela fugiu. Pra proteger a gente. E escondeu tudo do general, mesmo ele jurando que venceria o duelo que o marido dela exigiria. E que, como nobre e general do rei, teria poder para pedir perdão por ela e pelos filhos. Mas a nossa mãe não quis arriscar. Estava apavorada demais. — Ele respira fundo antes de concluir: — Ela preferiu fugir e tentar garantir a nossa segurança.

Franzo a testa.

— Mas, se ela tinha cometido dois crimes, adultério e fuga, como achava que conseguiria isso?

Ian fica quieto por alguns segundos.

— Perguntei a mesma coisa. O general acha que ela enfeitiçou o homem que eu acreditava que era meu pai, o rei Carlos da Noruega. Usou um tratado antigo que impede filhos legítimos de reis humanos de serem afetados pelas leis de Alfehim. Mesmo que lá o status social dependa da linhagem materna. Se fôssemos filhos de um rei, esse tratado poderia nos proteger.

— Ela fez tudo pra proteger você e a sua irmã.

Ian engole em seco e concorda.

— Segundo o general, ele entendeu o que a minha mãe fez e decidiu parar de procurá-la para não levantar suspeitas. Só que, quando a consciência da Layla voltou para o corpo dela, depois de Alfehim, nós nos tornamos rastreáveis. Se ele conseguiu nos encontrar, qualquer outro feérico também poderia.

— É por isso que ele jura ter ajudado vocês, levando-os pra Alfehim?

— Ele diz que sim. Que fez um acordo com o rei: revelou a nossa existência e prometeu que serviríamos ao exército por um tempo. Só poderíamos voltar para o mundo humano com autorização. O problema, Briana, é que as coisas em Alfehim estão ficando cada vez mais perigosas. Estão intensificando as buscas por fugitivos e impondo novas políticas de controle mágico.

Sinto meu pulso acelerar.

— Fugitivos, controle mágico… como assim, por quê?

— Há alguns anos, começaram a circular rumores sobre uma bruxa mencionada numa profecia antiga. Dizem que ela já nasceu, ou está prestes a nascer.

— Uma profecia?

Ele segura minha mão com mais força, um gesto de apoio silencioso.

— Ela fala de uma sacerdotisa que vai liderar um exército de mestiços. Mais poderosa que qualquer ser. E que vai causar a destruição de Alfehim.

Minha cabeça gira. Lembro do quarto de Layla, das pinturas, das sacerdotisas perseguidas, dos cetros quebrados.

— Como uma profecia pode justificar tanta coisa?

Ele ri, mas sem humor.

— Foi exatamente o que eu perguntei ao general. Ele me respondeu que profecias são sagradas. Ainda mais quando lidas durante a coroação de um rei.

— Nas últimas memórias da Morgana que acessei, o rei era da corte do Outono. Lembro de ela mencionar a luta por igualdade, mas não essa profecia.

— Ela foi lida na coroação do príncipe Iskar, do Inverno. O rei coroado três séculos atrás.

— Príncipe Iskar? — repito, quase sem voz. — Não... Não pode ser.

Ian me observa com atenção.

— Você o conheceu como Morgana?

Assinto devagar. As lembranças da miragem temporal voltam como um choque.

— Ele acusou uma amiga dela de usar magia proibida na ilha dos Elementais. Foi expulso da universidade por isso e jurou vingança contra as bruxas.

O rosto de Ian endurece.

— Faz sentido. Pelo que ouvi, ele sempre foi obcecado por ideais puristas. A profecia só deu a desculpa de que ele precisava. Agora, usa isso como pretexto para impor políticas de purificação.

— Purificação? — pergunto com a garganta apertada. — Não lembro de ter ouvido nada sobre isso.

— É a base do novo reinado. Os defensores desses ideais dizem que as bruxas são impuras por canalizarem magia de mais de uma ilha. Defendem que as raças devem permanecer separadas. Estão restringindo o acesso das bruxas à universidade, ao Conselho, à magia... até a outras ilhas. — Ele aperta os lábios. — O que eles têm feito com bruxas e mestiços é imperdoável.

Sinto um gosto amargo subir pela boca.

— O que exatamente está acontecendo em Alfehim, Ian?

— O portal entre a ilha das Bruxas e o mundo humano foi lacrado há cem anos. E há uma década as bruxas só conseguem canalizar magia com... contentores.

— Contentores?

— Braceletes que limitam os estigmas, monitoram feitiços e a localização. Mas também anulam parte da essência de quem os usa. Para serem "livres" em Alfehim, as bruxas são obrigadas a usá-los.

Engulo em seco.

— Isso é um horror.

Ian dá um sorriso triste.

— Você não faz ideia. A primeira vez que vi o que faziam em um programa secreto do exército, quase vomitei.

Minha respiração começa a falhar. Ele continua, mais baixo:

— Eu estava em treinamento. Corríamos pela trilha congelada da muralha leste, Zarethar ao meu lado, sempre me pressionando. Eu já estava exausto, o corpo doía. Quando passamos por uma ala lateral… eu ouvi.

Ele para por um instante. Meu corpo enrijece por antecipação.

— Eram gritos horríveis. Como se estivessem arrancando veias de dentro para fora. Mas conseguia ser pior. Eu vi dois feéricos. Mestiços. Os olhos estavam abertos, mas vazios. Como se tivessem extirpado quem eles eram.

Meu estômago se contrai. O quarto parece mais frio.

— Eu travei. Não consegui seguir. E Zarethar… só me olhou e disse: "Você está pálido, aspirante. O que foi? Eles não estão sendo torturados, estão sendo purificados. Estão ótimos. Feéricos aguentam muito mais que humanos. Você precisa ouvir os gritos das bruxas quando colocamos os contentores nelas. É lindo. Música para os ouvidos".

Meu estômago revira, os pelos dos braços arrepiam.

— Meu Deus… que coisa abominável — arfo. — Alfehim está em guerra contra uma profecia. E bruxas e mestiços viraram alvos.

— Sim — ele confirma.

— E ninguém se opõe?

— Alguns tentam. Existem rebeldes, feéricos que ajudam bruxas e mestiços a se esconderem ou atravessarem para o mundo humano. Algumas ilhas são mais progressistas. Outras, puristas e conservadoras. Mas quem se opõe abertamente é interrogado, preso, às vezes executado. Muitos fogem pra cá com medo do que ainda pode acontecer. Mas fugir também é crime. E falhar com o sistema… ou com o exército…

Ele não termina. Mas eu entendo. Um frio sobe pela minha espinha.

— Você me contou que precisa achar um jeito de voltar o mais rápido que conseguir. Mas está sozinho, sem saber como. Me explica, como o general espera que você consiga? E o que acontece se você falhar?

Ian fecha os olhos por um segundo. Quando abre, o olhar está firme, decidido. Quase como se quisesse me passar força também.

— Outros cadetes do meu regimento foram enviados pra cá naquela mesma noite. Ainda acho que é uma missão como outra qualquer. Mesmo que pareça impossível.

O avião trepida. Meus ouvidos zumbem.

— Você encontrou seu regimento aqui? Eles sabem como voltar?

— Não vi nenhum deles desde que saí de Alfehim. Mas, segundo o general, quando eu me tornar oficial vou poder escolher entre ficar em Alfehim e voltar pro mundo humano. Ao menos ele me prometeu isso.

— E você acredita nele?

Ian respira fundo, as narinas se expandindo.

— Preciso acreditar. Por mim, por Layla. Por você.

Meu coração tropeça de leve com a esperança.

— E o que falta pra você se formar é achar um jeito de voltar para Alfehim e enfrentar o seu animal de poder, é isso?

— Sim.

Meus olhos se enchem de lágrimas. Não consigo mais esconder.

— Por que tudo precisa ser tão complicado? Por que a gente não podia só… se conhecer? Sem o mundo desabando entre a gente?

Ele toca meus lábios com os dedos, me silenciando com um gesto suave.

— Não tem um minuto em que eu não pense como queria ter me apaixonado por você sem tudo isso no meio.

Ele disse *apaixonado*? É só uma palavra. Mas, por um instante, ilumina o mundo inteiro.

Meu coração dispara. Faço que sim com a cabeça, ouvindo-o murmurar:

— A gente vai passar por isso juntos.

Tento acreditar. Tento manter a esperança acesa, mesmo com tudo que está por trás. Mas minha cabeça não para. Uma dúvida que tentei ignorar volta à minha mente.

— Você acha… que a Morgana pode ser uma fugitiva? Ou que colocaram um desses contentores nela?

O ar muda. Os olhos de Ian se arregalam, brilhando com intensidade. Algo protetor, quase feroz, toma conta dele. Em um segundo, ele me puxa para mais perto. Me abraça forte. Beija minha testa com firmeza.

— Não — a voz sai baixa —, não vamos pensar nisso agora. Não antes de você acessar as últimas memórias que ela deixou. Talvez Morgana tenha sido exilada e não fugido. Ouvi dizer que, há alguns anos, muitas sacerdotisas entregaram os cetros em troca de liberdade nas terras humanas. Ela pode ter sido uma delas. Você vai ficar segura, eu prometo.

Assinto devagar.

— Pode ser.

Mas minhas mãos suam. E minha intuição grita o contrário: Morgana nunca foi de se render. Ela não era do tipo que fazia acordos. Era do tipo que quebrava as regras com um olhar. Antes que eu consiga dizer isso em voz alta, Ian me beija. O corpo dele sobre o meu. A pele quente contra a minha. A força dos músculos. O peso. Os toques.

Um gemido escapa da minha garganta. O beijo se aprofunda, a língua passa pelo meu lábio inferior e então ele o chupa entre os dentes, como se quisesse me proteger com a boca, com os braços, com o próprio corpo. Seus dedos apertam minha cintura. Minha perna se enrola na dele.

E a voz do piloto soa firme nos alto-falantes:

— Alteza, conseguimos autorização para pousar em Svalbard. Já iniciamos os procedimentos de descida. Recomendamos que se sentem e afivelem os cintos. Pousaremos em quinze minutos.

Ian se afasta devagar, como se doesse, os lábios ainda quase colados nos meus. A respiração dele roça meu rosto, quente, trêmula.

— Fica aqui, Briana. Só mais um pouco.

Faço que sim, com o coração acelerado, como se tivesse sido arrancado e recolocado no peito. Pouco depois ele senta, pega nossas roupas no chão e me ajuda a vestir o básico. O toque dele é rápido, mas cuidadoso.

Ele me encara em silêncio, mas a tensão entre nós é quase palpável. Beija minha testa antes de murmurar:

— A propriedade da minha família fica a dez minutos do aeroporto. Assim que chegarmos ao chalé, vou conjurar um escudo de proteção. E podemos continuar de onde paramos.

Só não sei se ele está falando da conversa ou dos beijos que estava me dando.

# 33

## O FECHAMENTO DOS PORTAIS DA ILHA DAS BRUXAS

*Sob ordens diretas do trono, os portais fixos da ilha das Bruxas foram oficialmente fechados. A medida proíbe a entrada de convidados e aspirantes a bruxos em Alfehim e dificulta sua fuga para o mundo humano. Bruxos, magos e sacerdotisas perderam o direito de transitar livremente entre os mundos. Aqueles que, ainda assim, escaparem para o mundo humano ou se recusarem a cumprir as leis de controle puristas — sejam mestiços ou bruxas — serão caçados como traidores.*

— Trecho extraído do *Livro da Ordem Invernal: decreto 27, seção de segurança mágica entre mundos*

O clima no carro estava denso, elétrico, hipnotizante. Como se o beijo que demos, o sexo que não fizemos por completo e tudo o que ainda faremos um com o outro assim que chegarmos na casa estivessem suspensos no ar, feito a aurora boreal que vimos do avião horas antes.

O motorista nos pegou no pequeno aeroporto de Svalbard e nos levou até a propriedade da família real da Noruega. Ele deixou o carro na garagem para a gente, caso precisemos sair, e foi embora de carona.

Entramos na casa faz um tempinho, e Ian está isolado em um dos quartos conjurando o tal escudo de proteção. Já liguei para minhas tias por chamada de vídeo e mostrei um pouco da casa e do entorno, tentando tranquilizá-las. A mansão parece parte da paisagem: um chalé escandinavo pintado de azul-claro, janelas amplas refletindo o céu e um telhado inclinado coberto por uma camada espessa de neve, que nunca derrete. Do lado leste, varandas envidraçadas se abrem para o oceano Ártico, onde blocos de gelo flutuam como cristais gigantes sob a luz dourada. A oeste, montanhas cobertas de neve recortam o horizonte, em tons que desafiam a compreensão ao refletirem a luz do sol.

Acabei de falar com Emma e de mostrar a ela um pouco da casa e das paisagens dignas de um documentário. Perguntei de Kyle; ela disse que ele ainda não apareceu. *Para mim também não.*

Tiro o casaco pesado e paro diante das janelas enormes, esperando ver algum sinal do que Ian está fazendo. Mas, além de um leve arrepio e um brilho etéreo que percorre o exterior três vezes seguidas, como um raio de sol opaco, nada mais acontece.

Então, Ian sai do quarto usando apenas uma blusa de malha fina e uma calça justa. Ele tem o corpo e o porte de um atleta, mas é sua aura, o jeito como me olha, que faz meu coração disparar *todas as vezes.*

— Tudo pronto — diz, se aproximando. — Escudo erguido. Amanhã eu o reforço. Isso, junto com a leitura instável daqui, deve ser suficiente para nos manter seguros quando você acessar a chave para a nova miragem temporal.

Acho graça. Ele fala sobre magia, escudos e miragens como se estivesse comentando sobre o clima.

— Que bom, Sua Alteza do Gelo.

Ele sorri de leve. Os olhos brilham com aquele humor discreto, quase cúmplice.

— A caseira deixou fondue de queijo e de chocolate prontos para servir. Podemos abrir um vinho, se você quiser. O que acha?

Estou tão sensível que essa aparente normalidade me invade com uma alegria provavelmente exagerada.

— Sim. Sim e sim!

Ele caminha até mim devagar, observando minhas reações, como se lesse pensamentos. Passa uma das mãos pela minha nuca, a outra segura firme meu rosto, e então ele me beija. Me beija e eu agradeço, porque

Ian entende a intensidade das minhas emoções. Talvez sinta o mesmo. Mas agora, por um tempo, vamos fingir de novo que está tudo bem.

❄

Ian pesca uma uva coberta de chocolate com o garfo comprido e me oferece antes de perguntar:

— O que você acha de descansarmos hoje e amanhã, e deixarmos qualquer coisa relacionada a magia pra depois?

Sei que estamos aqui para isso, mas a oferta dessa folga é tão bem-vinda que eu suspiro, aliviada.

— Acho perfeito. Por mim veríamos um filme agora. Mas você está quase sem dormir, então se quiser ir deitar...

Ele me encara em silêncio por alguns segundos, de um jeito tão fundo que parece me tocar por dentro.

— Na verdade — ele hesita, os olhos escurecem um pouco —, pensei em tomarmos um banho. Tem uma hidromassagem na suíte principal, com vista para o vale. O sol está se pondo. Posso lavar seu cabelo, te fazer uma massagem... O que acha?

Meu coração acelera e o vinho começa a fazer efeito, esquentando minhas bochechas. As narinas dele estão levemente dilatadas. Ele espera minha resposta com uma calma que só intensifica tudo.

— Acho perfeito. Mas dessa vez eu vou poder te tocar, né?

Ele solta a respiração num sopro longo. As veias do pescoço se destacam. O olhar fica ainda mais intenso.

— Vai. Você vai poder fazer o que quiser.

❄

O banheiro parece saído de um spa de luxo. Amplo, todo em pedra clara, madeira aquecida e vidro grosso, com uma banheira redonda embutida no piso diante de uma parede inteira de janelas voltadas para o vale. Ao fundo, as primeiras estrelas começam a surgir entre os tons lilases e dourados do crepúsculo.

Ian acende velas em pontos estratégicos: nas bordas da banheira, nas prateleiras altas, sobre a bancada de mármore. A luz é âmbar, suave, oscilando ao som baixo de uma música envolvente: "Golden Hour", de JVKE. *Bem de acordo com o momento.*

Enquanto a banheira enche com óleo essencial de lavanda e sais de banho e o vapor quente sobe, cobrindo o espaço com um véu de intimidade, Ian se aproxima em silêncio. O som da respiração dele parece mais alto que a música ambiente. Quando para diante de mim, ele percorre com o olhar cada centímetro do meu corpo, com uma lentidão que me faz tremer por dentro. Com os olhos mergulhados nos meus e uma calma carregada de tensão, ele leva as mãos à barra da minha blusa e a levanta devagar, como se me despisse de algo muito mais profundo que tecido. Ergo os braços e ele a remove, deixando meu tronco quase nu sob a luz morna das velas. Sem desviar os olhos e com a respiração pesada, solta o fecho do meu sutiã com precisão e, quando a peça cai, ele respira fundo.

— Linda — murmura, rouco, como se a palavra escapasse de maneira involuntária.

Seus olhos percorrem meus seios, minha barriga, minha pele arrepiada. Então, ele se ajoelha diante de mim. As mãos deslizam com calma até minha cintura. Ele desce minha calça devagar, e eu apoio as mãos em seus ombros para manter o equilíbrio enquanto ele a remove por completo. Em seguida enfia os dedos nas laterais da minha calcinha e me encara num pedido silencioso, engolindo forte.

— Sim — murmuro, e sei que não estou dando autorização apenas para ele remover a peça de renda; estou dizendo sim para o que ele quer fazer comigo depois disso.

A calcinha é removida de uma vez. Minha pele arrepia onde os dedos dele tocam. Estou ofegante e exposta enquanto a calma de seus movimentos é substituída por uma urgência bruta. Suas pupilas são circuladas pelos aros de brilho da magia invernal conforme me devoram. Ele beija minhas coxas nuas com a boca quente e lenta. Primeiro o lado esquerdo, depois o direito. Aí sobe um pouco mais.

— Estou louco pra sentir seu gosto mais uma vez — diz ele, apertando minha bunda com as duas mãos, os olhos cravados nos meus. — Não consigo pensar em outra coisa.

Se inclina mais, a voz baixa, grave:

— Posso te comer assim de novo?

Antes que eu consiga responder, ele desliza uma das mãos entre minhas coxas, firme, e com a outra levanta minha perna, posicionando-a sobre seu ombro, me deixando totalmente exposta. O "sim" escapa da minha boca num sussurro.

Então, devagar, ele abaixa o rosto. Sua boca encontra meu clitóris e a língua se move com experiência, lenta no começo, explorando, provocando. Minhas pernas tremem. Meus dedos se cravam com força em seus ombros.

Ian continua. Alterna pressão e suavidade. Sabe exatamente onde tocar, quando parar por um segundo só para me ouvir gemer, depois voltar ainda mais focado. Até eu estar me contraindo inteira, gemendo descontroladamente, até a chama das velas oscilar e se intensificar. Sinto como se fogo líquido corresse pelas minhas veias.

— Ian — arfo, num pedido desesperado.

Ele deixa um beijo de leve antes de murmurar:

— Ainda não, meu amor. Vamos juntos dessa vez.

Eu me contraio e arquejo, me sentindo vazia e desesperada, mas faço que sim. E então ele sobe com os beijos, alternando calor e o roçar da barba, até alcançar minha barriga. Ali, desliza os lábios, circula meu umbigo com a língua, como fez com meu clitóris há pouco. Cada toque envia ondas de prazer direto para o meu ventre.

Depois, continua até meus seios e beija cada um com a boca entreaberta, sugando com lentidão. O calor da sua língua nos mamilos me faz voltar a estremecer. Ele geme baixo, junto comigo, cada reação minha uma resposta ao seu próprio prazer.

Então, Ian se levanta e beija minha boca como se quisesse me consumir.

— Você é linda demais pra qualquer mundo — sussurra.

— E você é lindo demais pra minha saúde mental.

Ele ri em meus lábios. Estou trêmula, sem fôlego, meus sentidos todos acesos, os músculos contraídos e, ao mesmo tempo, fraca.

— Eu preciso te tocar, senão vou enlouquecer. É sério — imploro.

Seus lábios se curvam num sorriso torto antes de ele dar um passo para trás e abrir os braços no ar.

— Sou inteiro seu, meu amor.

— Sim, é isso — suspiro.

Seguro a barra da malha fina que cobre seu peito. Puxo, expondo o tronco, os músculos definidos e as cicatrizes de flocos de neve que brilham suavemente, dessa vez num tom branco límpido. Passo as mãos por seus ombros, sentindo os músculos se contraírem sob meu toque, até remover a peça. Os mamilos dele endurecem com o contraste entre o ar morno do banheiro e a tensão que se instala entre nós.

Abaixo sua calça e a boxer juntas. Os quadris dele se movem levemente para ajudar. Quando a peça desliza por suas pernas, revelando o pau rígido, pulsando com uma gota brilhante de desejo na ponta, prendo a respiração e meu sangue volta a ferver, me fazendo me contrair de expectativa e murmurar sem conseguir pensar em nada:

— Você está tão duro…

Ele geme, pegando o pau e bombeando algumas vezes.

— Meu amor, você respira perto de mim e eu fico assim, há meses.

Minha boca seca.

— Meses?

Ele bombeia com mais força, sua respiração saindo errática.

— Séculos.

Me ajoelho diante dele com a mesma reverência que ele teve comigo. Beijo seus quadris, depois o baixo-ventre, devagar, sentindo o calor que emana de sua pele. Passo a língua pela linha entre os músculos e o osso do quadril, e ele estremece. Beijo o centro da barriga, sentindo o corpo dele reagir, enrijecer sob meus lábios.

Então, envolvo o membro com a boca, sem parar de olhar em seus olhos. Quando chupo com mais vontade, me perco no som da respiração dele ficando mais pesada, nos gemidos roucos que escapam pela garganta.

Ele está cada vez mais duro, mais quente, então deixa escapar:

— Para… Porra, eu não vou aguentar.

Suas pernas tremem, e ele enfia os dedos com força no meu cabelo, dando um gemido longo. Os quadris se movem, impulsivos, tentando conter o ritmo, mas falhando; ele já não consegue se segurar. Eu o recebo mais fundo, sentindo-o pulsar forte contra minha língua. O gosto muda, quente, salgado, com um leve amargor metálico que se espalha pela minha boca. Antecipação. Passo os dedos sob ele, acariciando o saco contraído, e ele geme mais alto, os músculos se retesando nas minhas mãos. O prazer dele vibra no meu corpo como um eco e se mistura ao meu.

E aí eu sinto. A energia dele se expande, cresce dentro dele e me envolve. Magia branca-azulada irradia pelos seus antebraços. A energia entre nós vibra, quase visível. Uma brisa mágica nos circula, fazendo pequenos cristais de gelo dançarem no ar e derreterem no calor. Ele me puxa com força para cima e me beija. Um beijo intenso, faminto, carregado com os nossos gostos.

Ofegante, ele me carrega para a banheira. A água nos envolve como um manto quente, perfumado e cúmplice. A luz das velas reflete no vapor, criando reflexos dourados nas superfícies, enquanto o céu além das janelas mostra a noite se adensando.

Ian se acomoda contra a borda da banheira, e eu me encaixo em cima dele, de frente, as pernas abraçando sua cintura. Suas mãos seguram meus quadris com firmeza. Meu corpo roça o dele, quente e latejando.

Nossos olhos se encontram.

— Agora — peço, sem fôlego.

Ele me guia, os olhos cravados nos meus enquanto me posiciona. Sinto a cabeça do pau dele pressionando minha entrada e deslizo sobre ele devagar. Cada centímetro avançado faz meu corpo inteiro acender. Vibra em cada célula, se mistura à minha circulação como uma corrente elétrica de prazer e magia. Estou toda trêmula, mal consigo respirar. As mãos dele, firmes na minha cintura, também tremem. O peito largo sobe e desce rápido.

Ele avança mais um pouco e gememos juntos, numa mistura do ápice do orgasmo com uma necessidade sem fim, como se todos os meus sentidos fossem preenchidos por microespasmos que imploram por mais. Os flocos de neve que brotam da magia dele tocam minha pele, como se os lábios de Ian estivessem em todas as partes ao mesmo tempo. Cada contato me arrepia por inteiro. Sou tomada até o fim e sinto que vou me desintegrar de tanto prazer.

— Eu não vou aguentar — confesso, em combustão.

Suas mãos saem da minha cintura e emolduram meu rosto. Ele pulsa dentro de mim, e cada pulsação envia uma onda de prazer sem fim que me faz contrair, contrair e contrair.

— Olha pra mim… Divide comigo. Não concentra tudo no seu corpo. Respira devagar. Deixa eu entrar de todos os jeitos… Confia, meu amor — ele arqueja, estremecendo.

E enfim eu entendo o que preciso fazer: ceder à magia dele, que circula no meu sangue, me toca por dentro, se mistura à minha essência e então retorna para ele. Como uma corrente elétrica que nos une. No instante em que cedo, me abro e permito que o fluxo passe de mim para ele, o prazer se torna nosso. Eu sinto tudo o que ele sente, como se respirássemos juntos, pulsássemos juntos. Isso não apenas amplifica meu prazer, mas o soma ao dele e o faz crescer dentro de mim.

— Isso — Ian geme —, assim… Ah, porra, assim mesmo.

E me beija. Nós dois gememos quando as mãos dele abandonam meu rosto e se fixam no meu quadril, me guiando para cima e para baixo. O som se mistura ao da água, à música suave ao fundo, ao crepitar das velas. Nossas respirações pesadas se encontram no espaço estreito entre nossas bocas, e, quando começo a me mover no ritmo que as mãos dele imprimem, ele solta um gemido longo, que vibra direto em meu peito.

— Briana… — ele murmura meu nome. As mãos apertam minha cintura, me guiando com força e reverência ao mesmo tempo. — Você é… inacreditável…

Meus quadris se movem em círculos lentos, depois ganham ritmo, e a sensação dele dentro de mim, espesso, quente, pulsante, é insuportavelmente deliciosa. A cada estocada profunda, meu ventre vibra e correntes de prazer intermináveis circulam entre nossos corpos. Gememos juntos, em uníssono, enquanto beijos intensos, molhados, profundos, desesperados, tomam nossos lábios.

Nossos dedos se entrelaçam com força. E nesse momento surge algo diferente. Laços de luz prateada envolvem os pulsos de Ian. A luz cintila, se estende, se divide e cobre também meus pulsos, tomando a forma do símbolo do infinito.

— Eu sou seu — ele murmura, os olhos brilhando com uma intensidade quase selvagem. Então arremete, impulsionando os quadris para cima, entrando mais fundo, mais forte.

— E eu sou sua. — Ofego, mal conseguindo formar as palavras.

— Sim — ele geme, rouco. — Sim, eu sou seu e você é minha.

E me beija antes de deslizar a mão entre nós. Seus dedos encontram meu clitóris, e, no exato momento em que o tocam, solto um gemido alto. O toque é firme, intenso, sem hesitação. Meus quadris se contraem, minha cabeça cai para trás, os olhos fechados, o corpo todo em chamas.

— Ian — chamo, arqueando as costas, o ventre se apertando. — Não para... por favor, não para...

— Nunca — ele responde com a voz falhada de prazer. — Nunca.

Seus músculos tremem, eu tremo. O prazer se avoluma dentro de mim como um raio antes de se romper. Meu canal se contrai em torno dele, sentindo cada pulsação do seu membro, cada movimento, e então a sensação explode, fazendo meu corpo inteiro se retesar.

— Eu te amo — ele geme, os lábios colados nos meus. — Minha... vida.

O orgasmo me rasga em mil pedaços, me atravessa com a força de uma erupção. Meu corpo inteiro vibra em espasmos incontroláveis. E ele vem junto: grita meu nome, geme contra minha pele, morde meu ombro, se derrama dentro de mim com gemidos longos e intensos.

E não para por aí. Outro. Mais um. E mais um. Ondas e mais ondas de prazer, cada uma mais forte, mais avassaladora que a outra.

Abro os olhos e vejo flocos de neve brilhantes caindo ao redor, como estrelas. Eles tocam a água e se desfazem em luz. A cada movimento, a cada espasmo de prazer nosso, mais deles surgem. Dançam no ar. Acariciam nossos corpos. Derretem sobre a pele.

Resfolegada e entregue, desmontada nos braços dele, olho para o céu que se abre nas janelas. Faixas enormes de luz resplandecem no horizonte numa explosão de cores: lilás, rosa, verde, azul e prata. Muito mais intensa e colorida que a aurora boreal avistada do avião. Aquela pode ter sido natural, mas essa… É como se a magia dele, do nosso encontro, se refletisse no céu.

— Olha… — Eu me sento, sem fôlego.

Ele olha para fora e depois me encara, com os olhos cheios da mesma luz da aurora. Os flocos de neve flutuam ao nosso redor como brilhantes. Ele encosta a testa na minha sem sair de dentro de mim, nosso coração batendo acelerado. Os laços de luz prateada continuam ali, vibrando ao redor dos nossos pulsos, nos conectando como se a própria magia não quisesse que esquecêssemos o que acabamos de sentir.

Lágrimas quentes escorrem pelas minhas bochechas antes de eu perguntar num sopro:

— O que… O que acabou de acontecer entre a gente?

Ele fecha os olhos por um instante, e, quando os abre de novo, sua voz vem baixa e rouca:

— Você sabe, meu amor, tanto quanto eu.

— Diz em voz alta — peço, tocando o rosto dele com a ponta dos dedos. — Me diz.

Ele me beija de leve antes de murmurar, com os lábios acariciando os meus:

— Isso é o nosso vínculo se estabelecendo de vez.

Meus olhos se fecham e mais lágrimas escorrem. Mas agora não é só emoção. É a certeza de um elo tão forte que se sobrepõe ao que sinto, ao prazer, ao desejo, ao meu corpo, e explode junto às luzes no céu.

Ele beija minhas lágrimas, uma a uma. Depois minha boca.

— Minha Briana… meu amor.

Então me carrega com cuidado para o quarto. Me deita na cama com um carinho reverente. Me seca com uma toalha quente e felpuda, sem tirar os olhos dos meus.

E, quando me puxa de volta para ele, como se seu corpo tivesse esquecido o que é estar sem o meu, nos beijamos até as luzes do céu se apagarem.

❄

Abro os olhos, completamente desperta. O relógio mostra: três e meia da manhã. A lembrança do que fizemos faz meu coração disparar. Olho para meu pulso esquerdo, o laço prateado brilha mais fraco agora.

Ainda é noite, apesar de estarmos em abril, o mês em que a noite começa a se dissolver. Logo chegará o sol da meia-noite. Mas até lá… teremos ido embora.

Viro o rosto para o lado. Ian dorme, sereno. Busco sua mão entre os lençóis, mas recuo de imediato: está gelada, tanto que parece de vidro. Me sento, com o coração acelerado. Será que ele está sonhando de novo? A porta se abre e uma silhueta aparece contra a luz do corredor. E, quando dá um passo à frente, o mundo gira.

Ela usa um vestido leve, flutuante. O cabelo preto, como se tivesse nascido da noite. O rosto… O rosto que viveu nas minhas faltas e nos meus sonhos.

— Mãe? — murmuro com a voz partida. — Como você me encontrou?

Ela não responde. Caminha em meio à névoa que agora preenche o quarto. Seus pés não tocam o chão. Estende um livro, e quando se aproxima mais vejo que é o *Vita Merlini*. O livro que me levará para a última miragem temporal.

Minhas mãos trêmulas o alcançam, mas não é o livro que eu sinto. É o toque dela. De Morgana. Nossos dedos se encostam. E, por um breve instante, tudo para. A pele dela brilha como se fosse tecida de luar.

Morgana sorri. E eu sinto: amor, não como falta, mas como presença.

— Eu te amo, mãe — digo baixinho. — Senti tanto a sua falta…

Ela sorri.

— Descubra a verdade, Briana.

— Eu vou… — começo a dizer. — Eu juro que vou.

— E que a luz da aurora guie o seu destino.

E então o toque dela muda. Sua mão gela. A névoa enrijece. Raízes de gelo brotam das paredes, do teto, do chão. E ela se transforma. O olhar escurece, a pele se torna vítrea. As feições, esqueléticas. A boca se abre e surgem agulhas no lugar dos dentes.

Eu grito. E a criatura desaparece.

Sinto um frio se infiltrar pelos meus ossos, apertar o peito, paralisar os membros. Estou presa. E tudo ao meu redor é branco. Um branco silencioso, denso, asfixiante.

Diante de mim agora está Ian, em pé, com a pele pálida demais, os lábios azulados, o olhar fixo em mim, como se não pudesse me ver de verdade. Seus olhos estão cheios de algo que não sei nomear; dor, talvez. Ou resignação.

Quero gritar quando o peito dele se abre em rachaduras de gelo. O coração, visível sob a pele transparente, começa a congelar. Primeiro devagar, depois rápido demais. Cristais se formam. O sangue para. A luz das cicatrizes de flocos de neve escurece. E eu… Eu não consigo me mexer. Só consigo assistir.

— Ian… — tento dizer, mas minha boca não se move. — Ian, por favor…

O coração dele se parte.

E é quando acordo. Arfando, engasgada com o grito que não saiu. O corpo coberto de suor frio, o peito apertado.

Ele está aqui. Ian. Me sacudindo de leve, os olhos arregalados, o rosto tenso, ofegante.

— Briana! Ei, sou eu. Estou aqui — diz, a voz urgente, protetora. — Olha pra mim. Respira.

— Eu… Eu vi você. — Minha voz sai trêmula. — Vi seu coração congelando. Eu não conseguia fazer nada.

Os olhos dele se arregalam levemente. Então seus braços me envolvem, erguendo meu tronco com cuidado. Ele me aperta contra o peito, colando a boca no meu cabelo.

— Você sentiu o meu sonho no avião. Eu sonhei que assistia, impotente, ao seu coração congelar.

— Foi tão real.

— Eu sei. — Ele beija minha testa. — Passou.

Mas a sensação do sonho continua em mim, me imobilizando, mexendo com meu sistema como se fosse real.

— Acho… Acho que é melhor fazer a miragem temporal amanhã. Eu preciso entender o que está acontecendo…

— Se vai te tranquilizar, sim, amanhã nós abrimos o *Vita Merlini*. Mas agora, meu amor, entenda — ele murmura, encostando a testa na minha. — Isso pode acontecer. O vínculo permite. Compartilhamos magia, prazer e sonhos também. Inclusive os ruins. Sinto muito.

Arfo, tentando me reconectar com o presente.

— Eu vi, Ian, eu estava… — Minha voz falha. — Você estava vazio e…

— Ei. — Ele me interrompe com um beijo, querendo me puxar para a realidade com a boca. E consegue.

Meus olhos se enchem de lágrimas, mas agora é diferente. São lágrimas de alívio.

— Passou, meu amor — ele repete em meus lábios. — Você acordou. Nós acordamos.

Ele me deita de novo, com o corpo pairando sobre o meu, os olhos fixos nos meus, como se vigiasse cada batida do meu coração.

— Minha vida, minha aurora, você é a luz que ilumina meu coração e as noites mais escuras da minha alma.

E me beija novamente. Não é um beijo suave dessa vez. É urgente e faminto. Suas mãos percorrem meu corpo com necessidade, como se precisasse se certificar de que estou ali, viva, quente, inteira.

E eu também preciso disso. Preciso senti-lo em mim. Dentro de mim. Me agarro a ele com força, envolvo sua cintura com as pernas, meu corpo se abrindo como se o próprio vínculo nos chamasse de volta um para o outro.

— Me ama — sussurro, ofegante. — Me prende aqui com você.

— Sempre — ele murmura, se encaixando melhor entre minhas pernas, me abrindo mais, antes de me invadir com uma firmeza que me faz arfar.

Um gemido rouco escapa da sua garganta enquanto o pescoço arqueado fica tenso de prazer. Eu gemo junto, agarrando sua bunda, puxando-o para mais perto, mais fundo. Minhas pernas estremecem com a sensação dele me preenchendo por completo, e nesse instante os laços que parecem quase imperceptíveis, tênues quando estamos separados, voltam a brilhar. Luz prateada vibra em nossos pulsos, como se o mundo fosse feito só disso: toque, desejo, pertencimento.

O medo desaparece. O frio se desfaz por completo.

E, se os primeiros raios da manhã não estivessem se infiltrando pelas bordas da janela, eu teria certeza: o céu se incendiaria de novo com a luz do nosso amor.

# 34

## Os Registros Akáshicos

*No coração da ilha dos Elementais, oculta-se a Biblioteca dos Registros Akáshicos, onde passado, presente e futuro coexistem. Lá, verdades e memórias de todos os mundos são preservadas. As profecias nascem nesse santuário, forjadas pela magia primordial e refletidas no fogo do Oráculo Cristalino, mantido aceso na Sala do Trono de Alfehim. Quando surgem novas profecias, as chamas moldam um cristal em que cada palavra é gravada a fogo — eterna, sagrada e imutável.*

— Trecho extraído do *Grimório primordial da ilha dos Elementais*

Acordamos já passava do meio-dia, enviamos e-mails para a universidade justificando nossa ausência e eu observei Ian preparar nosso café da manhã reforçado: pães, ovos, suco e frutas.

Agora, acabamos de entrar no escritório onde estão guardados o *Vita Merlini* e todos os itens que vieram de Alfehim. Ian coloca os canalizadores e estico o braço para tocá-lo. Ele segura meu pulso, me vira devagar de frente para ele e me beija. Sinto como se todos os contos de fadas tivessem sido escritos para terminar aqui. Todos os finais, os tristes e os felizes. A mão dele firme na minha nuca, os dedos entre os fios do meu cabelo, a respiração dele se fundindo à minha.

Ele se afasta com relutância e vai até o armário. Pega a espada, o punhal e dois frascos, um com magia opalina líquida, outro com um brilho dourado: solaveril, a solução regeneradora. Meus olhos se arregalam quando ele tira ombreiras, malhas de ferro, um peitoral, botas e começa a vestir tudo por cima das roupas térmicas.

— É uma armadura? — pergunto.

— Sim.

É preta com detalhes em cinza-azulado, linhas angulares refletindo a luz como gelo recém-quebrado, ombreiras largas e reforçadas. A placa do peito se molda ao corpo, com um escudo e um floco de neve formado por espadas que cintilam em certos ângulos. As placas dos braços se sobrepõem, como escamas metálicas. As botas batem no chão conforme ele as calça com a firmeza de quem vai à guerra. Cada peça se encaixa com uma precisão ritualística. Então, ele veste uma capa com o fundo cinza-azulado.

— Protege contra magia do inverno — explica.

E me observa enquanto engulo em seco. Estou descalça, com um vestido lilás fluido, a saia rodada batendo nos joelhos. Pareço pronta para colher flores num parque. E ele... Bem, se acha que precisa de tudo isso para nos proteger, prefiro nem imaginar o que pode acontecer.

Os lábios cheios se curvam num sorriso fraco antes de ele tentar quebrar a tensão:

— Eu me sinto superconfortável nela.

Quando se vira de frente, vestido por completo, meu coração dispara. Por um segundo, não vejo Ian, mas o feérico que me doou o estigma. Eles se parecem tanto. De um jeito que me confunde. Que me assusta.

— Ah... legal — murmuro, forçando um sorriso. — Vou colocar minha armadura também.

Ele arqueia uma sobrancelha, curioso. Saio do quarto, decidida a aliviar o peso do momento. Volto cinco minutos depois vestindo a camiseta que ele usou no avião, com a frase "Sou do time de rúgbi, melhor não encarar".

Quando me vê, Ian gargalha. Um riso alto, sincero, e por um instante nenhuma ameaça existe. Então ele vem até mim e me beija novamente. Um beijo lento e profundo. Encosta a testa na minha, respirando contra minha pele.

— Quer fazer isso mais tarde? — pergunta devagar, como se tentasse ganhar tempo.

Inspiro, tentada a dizer: "Sim, me leva pra cama, me ama, me faz esquecer de tudo". Mas não! O pesadelo de ontem pinça meus nervos e me enche de determinação.

— Vamos resolver isso logo.

Sento na beirada do sofá. Ele se acomoda ao meu lado com a espada entre as pernas, as mãos apoiadas nos joelhos. A postura ereta. O olhar brilhando. Pronto para uma batalha.

— Se nada acontecer depois... posso te zoar? — arrisco, tentando sorrir de novo.

Ele ri, dessa vez mais baixo, quase rouco.

— Pode. Eu prefiro pecar pelo excesso, amor.

Apoio o *Vita Merlini* nas pernas. O relicário esquenta ao toque. Passo os dedos sobre a capa com delicadeza.

A voz de Morgana ecoa na minha lembrança:

— *Você não precisa encostar o relicário. Quando estiver pronta, basta tocar nos símbolos. A miragem se abrirá.*

Folheio as páginas lentamente até encontrar os símbolos, meio apagados, quase imperceptíveis à primeira vista. Toco um por um com a ponta dos dedos. Algo muda. Os símbolos se acendem em dourado, vivos, pulsantes.

Meus dedos formigam. O relicário vibra em meu peito como um segundo coração. Sinto o vento forte. Trovões estouram no ar. Relâmpagos cruzam meus olhos. Um redemoinho de luz me engole e me leva de volta para Alfehim.

# 35

*A leitura de um oráculo, que previa o nascimento iminente da Sacerdotisa Caída, levou à decretação de estado de emergência em Alfehim. A medida respondeu diretamente à antiga profecia lida na coroação do rei Iskar, da ilha do Inverno, que anunciava a queda do reino por obra de uma sacerdotisa e um exército de mestiços. Temendo sua realização, o trono instituiu medidas de exceção em nome da segurança mágica. Desde então, o Reino do Inverno assumiu o controle militar das ilhas, suspendeu a autonomia bélica de cada ilha e centralizou o poder sob a Coroa.*

— Trecho extraído das *Crônicas do controle: leis, profecias e o estado de emergência em Alfehim*

## Trinta e seis anos antes
## Memórias de Morgana Le Fay

Abro os olhos devagar. Espero encontrar as colinas cobertas de macieiras, os lagos de água turquesa, o prédio da universidade... Mas, em vez disso, estou em um quarto rústico.

As paredes são de pedra e madeira antiga. Uma lareira crepita no canto, lançando sombras tremeluzentes sobre tapetes grossos e móveis talhados à mão. O ar tem cheiro de incenso, doce e denso, e de ervas, misturado a outro aroma marcante, ferroso. Sangue.

Um grito feminino rompe o silêncio.

— Força, Barbara, estamos quase lá! — É Indira quem diz.

Barbara está deitada na cama, a camisola branca enrolada até os quadris, a testa coberta de suor. As pernas abertas. O corpo contraído.

Sorrio, emocionada, ao perceber que ela está em trabalho de parto.

Outro grito rasga o ar, e por cima dele a voz firme de Indira:

— Tem certeza que não quer nada para a dor?

— Não, Indira. Quero estar totalmente lúcida quando acontecer. — Barbara respira com dificuldade, os dedos apertando os lençóis.

— Posso anestesiar só o local com magia…

— Eu não quero magia nenhuma — diz ela, ofegante. — Você sabe que isso pode confundir as leituras.

Sinto um toque suave na mão. Viro o rosto. Morgana está ali. Não estou no corpo dela. Não estou vivendo suas memórias. Estou assistindo. Sou uma espectadora.

— Oi, filha — diz ela, os olhos brilhando. — Bem-vinda de volta.

— Mãe… — Meus olhos se enchem de lágrimas. — Mãe!

Eu a abraço. Sei que nada disso é real. São memórias mágicas entrando em mim como se fossem minha própria história. Mas eu sinto. Sinto seus braços, seu calor, seu cheiro. E, por um segundo, me permito acreditar que ela está mesmo aqui.

Ela beija minha testa e se afasta, com o olhar cheio de ternura.

— Bem-vinda de volta às minhas memórias, Briana. Mas desta vez… será uma miragem diferente.

— Diferente como?

— Fragmentos — diz com suavidade — para que você entenda o que estava acontecendo em Alfehim na época do seu nascimento… que será daqui a uma década em relação a esta memória.

Faço que sim com a cabeça, o coração acelerado.

— Eu não vou assistir no seu lugar?

— Não desta vez. Será mais fácil assim.

— E o terceiro estigma? Eu vou recebê-lo?

— Sim. Você vai.

As cicatrizes escuras de Ian invadem minha memória, apertam meu coração.

— Preciso achar um jeito de voltar para Alfehim, de trazer alguém comigo, um feérico do inverno. Como eu consigo isso?

— É Alfehim que decide. Os portais da ilha das Bruxas estão lacrados há anos, não podemos mais convidar ninguém.

— Mas… eu preciso voltar.

— Você voltará, Briana. Quando o momento chegar, os portais se abrirão para você.

— Por favor, pare de falar em metáforas. Eu preciso mesmo saber se tem um jeito de conseguir abrir um portal.

— Você só poderá entrar em Alfehim quando tiver os três estigmas que lhe doei. E quando entender tudo o que aconteceu até este momento e conhecer a verdade sobre as suas origens. Isso garantirá a sua segurança e lhe dará a chave para Alfehim e para o seu destino.

Outro grito de Barbara irrompe no quarto. E, então, o choro de um bebê. Sorrio, emocionada.

— Nasceu…

Olho para Morgana, mas ela não sorri. Seu olhar está fixo à frente. Sério. Duro. Não há emoção. Nenhum traço de alívio.

— O que houve? — pergunto, o coração disparando.

Ela aponta para a porta. Dois soldados estão ali, de costas. Quando ouvem o choro, se viram. Encaram Barbara.

Ela acaba de ser coberta por Morgana, mas não a Morgana que estava ao meu lado. Agora ela está ali, diante deles. Usa um vestido luxuoso em tom de azul profundo. Não envelheceu um dia sequer desde a última vez que a vi no espelho, séculos antes desta memória. Mas os olhos… Os olhos dela carregam outra coisa. Uma sabedoria antiga. Uma firmeza que faz minha nuca arrepiar.

— Me dá minha filha, Indira — Barbara pede, ofegante.

— Nós vamos levá-la, em nome da Nova Ordem Purista e do rei — diz um dos soldados. — A criança precisa ser retida para avaliação mágica.

— A mãe vai pegá-la antes disso — afirma Morgana, a voz gélida, inflexível. — Essa é a lei, e eu estou aqui para garantir que ela seja cumprida. Agora saiam. A mãe vai amamentar.

Os soldados riem com escárnio contido, como se o fato de uma bruxa impor uma ordem fosse piada. Mas não se opõem.

Indira embrulha o bebê numa manta e o entrega a Barbara, que começa a chorar e a sorrir, tomada pela emoção.

— Meu amor… meu bebê… — murmura. — Minha filhinha.

E a beija na testa, nas bochechas, antes de guiá-la ao seio e amamentar a pequena. Morgana e Indira se aproximam e sorriem, num misto de alegria e tristeza.

— Ela é perfeita. — Barbara beija mais uma vez a testinha da criança, agora dormindo tranquila em seus braços, antes de sussurrar entre lágrimas: — Você se chamará Maelin Elowen. Em homenagem ao seu pai, que vai te conhecer daqui a pouco, minha pequena.

Morgana e Indira se entreolham. O momento não é de celebração. É denso, agridoce. Eu me aproximo da cama e consigo ver melhor o rostinho delicado e sereno da bebê.

— O que está acontecendo, Morgana?

Minha mãe responde sem olhar para mim:

— Chegou a hora.

A porta se abre com violência. Os soldados voltam.

— Vamos. Entregue-a — ordena o mais corpulento.

Barbara começa a chorar com desespero.

— Não! Me deixem ficar com ela mais um pouco! Ela acabou de nascer, está dormindo. Deixem ela descansar só mais um pouco…

— São as leis da Nova Ordem — diz o outro, inflexível. — Se não entregá-la por bem, teremos que levá-la à força.

— Morgana — Barbara suplica com os olhos aflitos, agarrando a bebê —, não deixe que a levem. Só Deus sabe o que vão fazer, quando a verei de novo…

O queixo de Morgana treme por um segundo, mas ela se recompõe quando os soldados ameaçam avançar. Minha mãe se abaixa ao lado da cama.

— Você sabia que teria que ser assim, irmã. Vai ser por pouco tempo.

— Mas… e se ela for grau três?

— Se for, será entregue ao Regimento de Controle de Magia — se intromete o soldado, com uma satisfação doentia.

— Não! Eu não vou deixar! — grita Barbara. — Não a minha filha! Não vou aguentar, Morgana. Você devia ter me deixado fugir. Você devia...

— E colocar a vida de vocês duas em risco? — Morgana rebate com firmeza. — Você sabe o que acontece com fugitivos capturados.

— Vamos, Barbara — diz Indira, apertando o ombro dela. — Entregue a pequena para mim.

As mãos dos soldados começam a brilhar com magia, provavelmente se preparando para imobilizá-la. Eu soluço. Grito, impotente:

— Não! Meu Deus! Isso é uma crueldade!

Morgana ergue o cetro de dentro do bolso do vestido e fala com a voz afiada:

— Na oitava ilha, vocês não vão usar magia contra uma mãe que acabou de dar à luz para tomar sua filha à força.

Os olhos dos soldados brilham com a luz branco-azulada da magia invernal. Eles lançam um olhar de desprezo para as três mulheres à sua frente.

— Vocês têm três minutos para convencê-la a entregar o bebê. Ou usaremos magia, derrubaremos esta casa, congelaremos quem se opuser e prenderemos todas por traição.

Morgana respira fundo, com lágrimas nos olhos. Mas, quando se vira para Barbara, sua expressão está serena. Contida.

— Se ela for uma grau três, nós vamos ao palácio real. Faremos o impossível. Vamos trazê-la de volta. Eu prometo. Não é, Indira?

Indira hesita. Mas, por fim, concorda, com a voz trêmula:

— Sim.

Alguns soluços depois, Barbara enfim entrega a bebê para Morgana.

— Mamãe te ama, vai ficar tudo bem. Vai ficar tudo bem — ela grita, soluçando.

Cubro o rosto com as mãos e choro.

— Que coisa horrível. Por que eles estão fazendo isso? Por quê?

Sinto um toque leve no ombro.

— Sinto muito por te mostrar isso, filha — diz Morgana, com doçura. — Por isso escolhi que você assistisse de fora, sem sentir a dor que eu senti nesse dia.

Quando abro os olhos novamente, não estamos mais no quarto. Estamos na colina de sempre. A grama dança com o vento. O céu tem a mesma luz dourada e lilás das outras memórias.

— Ela recuperou a bebê? — pergunto com a voz embargada. — Diga que sim, por favor...

— Não, Briana — Morgana responde com suavidade. — A pequena Maelin era grau três.

— E... o que isso significa?

— Significa que ela poderia canalizar magia de três ilhas.

— Mas por quê? — fungo, ainda tentando me recompor. — Por que fizeram isso com ela?

— Porque nessa época tinha surgido a leitura de um oráculo. Um que previa o nascimento nas próximas cinco décadas da sacerdotisa que acabaria com Alfehim.

— E para ser uma sacerdotisa... — digo, lembrando do que ela mesma me ensinou — uma bruxa precisa manifestar no mínimo três estigmas.

— Grau três — ela confirma.

— E o que acontece com os bebês grau três, ou até maior?

O silêncio que se instala me deixa tensa.

— Ninguém sabe ao certo — responde ela, finalmente. — O reino afirma que, até acharem um meio de controlar a magia dessas crianças, elas são levadas para uma área isolada secreta. Dez anos depois daquele dia, quando conjurei essa miragem temporal... nenhuma dessas crianças foi vista novamente.

Ficamos em silêncio. O vento sopra forte na colina, e meu coração bate como um tambor em meio à revelação.

Agora entendo. Agora vejo por que Morgana me mostrou essa memória.

— Você vai me doar três estigmas? — pergunto, quase sem voz.

Ela faz que sim, com um movimento sereno de cabeça.

— Isso significa que...

— Você é uma sacerdotisa, Briana.

Fecho os olhos, sentindo a cabeça latejar. Tudo começa a fazer sentido e, ao mesmo tempo, parece demais.

— Como é que eu… Como é que eu não estou presa nessa área isolada?

Morgana me olha com ternura. Mas também há algo sombrio em seus olhos.

— É isso que vou te mostrar logo mais. Antes, quero que veja que eu tentei de tudo. Vou te levar para minha última audiência oficial com o rei Iskar.

Ela estende a mão. Eu a seguro. E sei — sei que estamos prestes a mergulhar na próxima memória.

## Um ano depois
## Memórias de Morgana Le Fay

Num piscar de olhos, tudo muda. O salão do trono da ilha do Inverno é vasto como uma catedral erguida no coração de uma geleira. Colunas de gelo lapidado sustentam o teto abobadado, onde a luz da aurora boreal — eterna sobre estas terras — se infiltra em tons de verde, azul e violeta pelos vitrais altos. Cada raio refratado dança pelo chão como se a própria magia do céu se curvasse diante do rei.

Ao fundo, sobre um púlpito elevado, repousa o trono verde-escuro, talhado na esmeralda mais pura, um símbolo de poder que, a cada trezentos anos, migra de uma ilha a outra com a mudança do reinado. O brilho da pedra é quase vivo, guardando em si a memória de todos os soberanos de Alfehim.

E nele está sentado Iskar, o rei. Sua coroa é um diamante vivo brilhando em mil facetas, que cintilam como estrelas presas num cristal. A barba branca cai sobre o pescoço em ondas espessas, e seus olhos… seus olhos contêm todo o inverno. Não apenas a neve e o gelo, mas também a fúria das tempestades, a força das marés congeladas e o silêncio mortal das geleiras. Estar diante dele é sentir o peso da própria natureza nos encarando de volta.

Ao seu redor, a tropa de elite do Inverno se mantém firme, como esculturas armadas de preto, cada soldado refletindo o brilho cortante da aurora. A disciplina deles é tão rígida que até o ar parece se congelar entre um movimento e outro.

Morgana ergue o rosto e me olha, os lábios se movendo num murmúrio quase inaudível:

— Esta audiência foi solicitada há quase um ano, desde que a pequena Maelin foi levada para ser testada e nunca mais voltou.

E aponta com o queixo para um cristal de uns cinquenta centímetros de diâmetro que brilha com uma luz branca, colocado em cima de um aparador e protegido por uma aura mágica levemente dourada.

Morgana me explica em voz baixa:

— Esse é o cristal que surgiu quando a Profecia da Sacerdotisa Caída foi lida, no dia da coroação. Leituras de profecias são raras, acontecem uma ou duas vezes por reinado. Diferentemente dos oráculos, não podem ser questionadas, porque não há como serem adulteradas. Já os oráculos, lidos por feéricos, estão sujeitos a interpretações diferentes e podem sofrer alterações. É por isso que estou aqui.

Então ela some do meu lado e reaparece um pouco à frente, com Elara, Indira e mais vinte sacerdotisas e magos, que entram em fila, os mantos arrastando no chão de um branco ofuscante, e se posicionam diante do trono. Em uníssono, fazem uma mesura profunda.

Em seguida, um silêncio ensurdecedor e agoniante recai sobre todos. O peso da expectativa é tão denso quanto o frio que me atravessa até os ossos. Só quando Iskar se inclina para a frente, a voz grave ecoando do púlpito como um trovão abafado pelo gelo, o silêncio se rompe.

— Sacerdotisa Morgana, soube que requisitou uma audiência.

— Sim, Majestade.

Ela olha para Barbara e só então percebo: a jovem está mais magra, os olhos opacos, sombreados por olheiras. Barbara mexe os lábios como se fizesse uma prece e aperta os dedos do bruxo ao seu lado — provavelmente o pai da criança.

— Prossiga, Morgana — ordena Iskar.

— Estou aqui como grã-sacerdotisa da ilha das Bruxas para questionar a leitura do oráculo que aponta o nascimento da Sacerdotisa Caída nas próximas décadas.

Mais um silêncio pesado paira ao redor antes que o rei gargalhe alto, rude.

— Apenas quem faz parte do Conselho pode questionar um oráculo real.

— A minha cadeira como grã-sacerdotisa está vaga porque fui proibida de frequentar o Conselho. Mas ela ainda existe.

Gelo se espalha em segundos do trono até os pés de Morgana, e quando ele fala, a voz reverbera como um trovão:

— Você deveria se envergonhar de vir até aqui pedir a revisão de um oráculo, quando todos sabemos que isso só está acontecendo porque o seu povo dará origem àquela que destruirá Alfehim.

— O direito à participação no Conselho de um mago ou de uma grã-sacerdotisa eleita pela população da ilha das Bruxas a cada reinado é assegurado pela Constituição Mágica de Alfehim e…

— Como você mesma mencionou, Morgana — os olhos de Iskar brilham, brancos de fúria —, a cadeira das bruxas continua assegurada. Quando a sacerdotisa for encontrada e a ameaça liquidada — ele aponta para o cristal da leitura —, quando esse cristal se despedaçar, quebrando a profecia, aí sim vocês voltarão a se sentar no Conselho.

Vejo Morgana engolir em seco.

— Voltaremos mesmo, Majestade? — retruca ela, firme. — Ou haverá novos oráculos e profecias que continuarão nos rebaixando a uma casta perseguida? Poderá um dia um representante da oitava ilha se sentar no trono de Alfehim, como deveria ser, em um ciclo equilibrado e justo, como o próprio equilíbrio que rege a ilha dos Elementais?

Meu corpo inteiro vibra com o poder dessas palavras.

Morgana prossegue, a voz mais decidida:

— A ilha das Bruxas é a única cujo povo elege quem ocupa o cargo mais alto, e de um jeito memorável ele quase sempre pertenceu a uma mulher. E, sim, nossa ilha poderia ser aquela que coroaria uma rainha. A primeira rainha de Alfehim. Ou melhor, a segunda rainha, porque as lendas garantem que o primeiro feérico a se sentar no trono de Alfehim foi uma mulher.

— Lendas, sacerdotisa Morgana, não fazem parte dos livros de história por não haver comprovação de que elas sejam reais.

— Mesmo assim eu sempre me pergunto, Majestade: até que ponto Alfehim despreza o meu povo por não nos dobrarmos às leis estruturais, monárquicas e patriarcais deste sistema?

Mais gelo se espalha pelo salão, recobrindo boa parte do chão.

— Isso é tudo, sacerdotisa Morgana? — A voz de Iskar corta.

— Não, Majestade. E se a profecia estiver errada?

Os olhos do rei escurecem, numa ameaça palpável. Merlim, ao lado da minha mãe, segura o ombro dela, pedindo silêncio. Mas Morgana continua, com firmeza:

— E se, em vez de destruir, essa sacerdotisa estiver destinada a libertar Alfehim da tirania?

O rei se ergue num salto, e a tropa de elite toca em suas espadas com prontidão.

— Você só não será presa agora porque é a grã-sacerdotisa do seu povo. Apesar de me chamar de tirano e ousar insinuar que há um erro num cristal profético, ainda preciso da autorização do Conselho para puni-la por palavras, por mais repulsivas que sejam.

Merlim dá um passo à frente.

— Desculpe, Majestade. A sacerdotisa Morgana está abalada. Milhares de crianças da nossa ilha estão isoladas, as famílias sem receber notícias.

O rei inspira devagar e volta a se sentar.

— Não apenas da oitava ilha. Mestiços também participam do programa de proteção à magia.

— É assim que Vossa Majestade chama? — Morgana pergunta num rompante.

Iskar franze o cenho.

— As coisas são o que são.

— O fato de arrancar bebês recém-nascidos dos braços de suas famílias, de privar os pais de vê-los crescer, de saber se estão vivos ou mortos, agora é batizado com um nome tão nobre?

A voz de Barbara ressoa pelo salão:

— O que vocês estão fazendo com a minha filha?!

Iskar a encara com desprezo.

— Quem é você?

— Sou uma das milhares de mães sem notícias da própria filha.

— Basta! Silêncio! — vocifera o rei. — Graças a mim vocês ainda têm alguma liberdade! Não tenho culpa de reinados liberais passados terem contaminado nossas terras com suas políticas progressistas. Eles não cuidaram da pureza das nossas etnias, das nossas fronteiras, da nossa magia. Se ainda gozam de alguma liberdade, é por causa desse programa. Eu não pedi por essas mudanças; os canais de magia pura estão se enfraquecendo em toda Alfehim. O povo não aguenta mais as consequências desastrosas dessa falsa ideologia de igualdade. Rebeliões, revoltas... Muitos defendem que vocês sejam expulsos de Alfehim para sempre!

— Nós não somos inimigos, Majestade — murmura Morgana, firme. — Só queremos nossas crianças de volta.

Mas Iskar está transtornado demais para ouvir.

— Capitão Zarethar, explique a elas o que é o programa de proteção à magia.

*Capitão Zarethar?* Um gosto amargo invade minha boca. O desgraçado que torturou Ian por meses. Ele dá um passo à frente e reparo no rosto anguloso e elegante, os cabelos brancos alinhados, realçando a expressão fria e calculista. O cavanhaque da mesma cor molda o queixo firme, acrescentando uma sofisticação quase aristocrática, enquanto os olhos, claros e penetrantes, se fixam exatamente onde estou, como se pudessem me enxergar, quando ele responde:

— Majestade, ainda estamos testando...

— Agora! — ordena o rei.

O capitão limpa a garganta, e um sorriso quase imperceptível denuncia o prazer e o orgulho que esse sádico sente ao falar:

— Estamos testando tecnologias como contentores, purificadores de magia e outras maravilhas que permitirão que Alfehim fique livre de qualquer ameaça e que a paz volte às ilhas.

Morgana se ergue, ainda mais altiva. Eu estremeço.

— Estão testando tecnologias mágicas em crianças?

— Acontece que, quanto mais virgem é o canal, mais eficazes são os resultados. Mas precisamos esperar até que completem três anos — responde o capitão. — Infelizmente, antes disso não resistem.

Um grito de Morgana ecoa ao mesmo tempo em que Barbara dobra o corpo e vomita. Outras sacerdotisas e magos acendem seus cetros, e a luz da magia canalizada preenche o salão. Os soldados sacam as espadas, e o ar se parte em feixes coloridos. Uma guerra de raios explode de todos os lados, contida e contra-atacada pelas forças do reino.

O som se embaça. Tudo escurece. Ecos de gritos se espalham.

— Vocês estão presos! Seus cetros serão confiscados até o julgamento.

Meu corpo inteiro reage, como se eu também estivesse lutando. Meus estigmas se acendem. O barulho dos cetros caindo no chão de pedra e o grito de Morgana são a última coisa que escuto antes de a visão se desfazer diante de mim.

Um clarão me cega e, quando volto a abrir os olhos, estou no vale das macieiras. Morgana enxuga minhas lágrimas com carinho antes de falar:

— Ficamos presos por seis meses. Eu perdi meu posto de grã-sacerdotisa. E tudo piorou depois desse dia. Perdemos ainda mais direitos. Fui solta porque o príncipe regente da ilha da Primavera fez um acordo com o rei. Combinou que, em caso de empate no Conselho, votaria a favor das imposições puristas… em troca da nossa liberdade. Ele estava consternado com o caos que tomou conta da ilha das Bruxas quando eu e todos os principais líderes do nosso povo fomos presos. Ele… — ela soluça — é um amigo.

Fecho os olhos para conter as lágrimas que turvam minha visão, depois murmuro:

— Espalhe o medo entre um povo. O medo vira ódio. O ódio divide todos. E então você os domina. Cada lado acha que defende o que é certo, quando na verdade todos estão enfraquecidos, sendo manipulados por forças que não necessariamente são as do bem.

Morgana sorri, triste.

— É isso mesmo, minha filha. O que acabo de lhe mostrar explica muita coisa. E ainda há mais. Por que você não foi presa e usada como cobaia?

Faço que sim, em silêncio. Ela estende novamente a mão para mim, me convidando a mergulhar na próxima memória.

## Onze anos depois
## Memórias de Morgana Le Fay

— Eu só quero criar minha filha num mundo onde ela tenha liberdade para ser quem é — diz Morgana, a voz embargada. — Num lugar seguro, onde ela possa crescer sabendo que é amada e protegida.

Elara Silverwood aperta a ponte do nariz, pensativa.

— Talvez a única saída seja fugir de Alfehim.

Morgana se exalta, passando as mãos pelo cabelo antes de apoiá-las sobre a barriga levemente arredondada.

Olho ao redor e reconheço o estilo das construções e da decoração dos ambientes. Esta memória é numa sala da ilha Primaveril, exuberante e barroca: heras e flores brotam das frestas do chão de pedra polida, enquanto vitrais coloridos lançam reflexos sobre tapeçarias delicadamente bordadas. Vasos transbordam de rosas encantadas e buganvílias e, acima, afrescos celestiais adornam o teto com figuras douradas entrelaçadas às estrelas.

— Você sabe que essa seria a última alternativa — responde Morgana, firme. — Crescer no mundo humano é não pertencer a lugar algum. E a minha filha é filha de Alfehim. Quero que estas terras a honrem como ela merece. Quero que ela seja a grande sacerdotisa que nascerá para ser.

Elara suspira.

— Você não é minha filha de sangue, mas é de alma. Sendo uma grã-sacerdotisa, como você não previu isso? Como não evitou a gestação em tempos tão perigosos?

Morgana ergue o queixo, determinada.

— Ele me garantiu que uma gravidez seria impossível. Não há mestiços filhos de humanos e feéricos há mais de dois mil anos em Alfehim. Eu me descuidei porque me apaixonei, mãe. Você sabe disso.

Um arrepio percorre minha pele, meu coração acelera e minhas pernas fraquejam enquanto tento absorver o significado disso tudo.

— Morgana, o que você está dizendo? — murmuro para o vazio.

Elara ergue a mão, criando um escudo mágico de silêncio e proteção, reforçado por Indira.

— Bem, agora também não importa o que houve — diz Elara. — Precisamos proteger sua filha, mantê-la escondida.

Morgana acaricia o ventre, me acaricia.

— Pelo menos ele é influente e está conosco. Ele nos ajudará.

Indira examina o ambiente luxuoso ao redor.

— Você não tinha contado que seu amante era tão... influente assim.

— Ele é. — Morgana hesita. — Mas fiz um juramento de silêncio sobre a identidade dele. Foi necessário.

Respiro de maneira falha. Meu pai, um feérico da ilha Primaveril. Alguém influente. Poderoso. Os feéricos nobres dessa ilha se vestem como lordes do século XVIII: casacas verdes, azuis ou roxas, camisas de linho ou seda marfim... Como os jovens na pintura para a qual estou olhando agora. Então a memória me invade. E me faz cambalear.

*A festa no palácio de Ian.* O homem que disse que eu seria mais bem recebida em outra corte, que não a da Noruega. Que queria me levar com ele. Era da ilha Primaveril que ele falava. Olhos verdes como folhas recém-nascidas. Pele dourada, cabelos loiros. Será que ele era meu pai? Qual era o nome dele mesmo?

Ofego quando outra lembrança me atinge como uma pancada na cabeça.

Halloween. O grupo de amigos do Kyle que, em algum momento, veio dançar com a gente. Dois deles estavam com os mesmos trajes da pintura, e um não tirava os olhos de mim. Como se me conhecesse havia séculos. Como se buscasse algo dentro de mim.

Eles estavam com Kyle. Meu amigo. Agora me dou conta: ele é a droga de um pirata de verdade. Um feérico da ilha das Marés. E ele —

esse mentiroso — sabe de tudo. Sabe quem eu sou. Deve saber quem é meu pai. Sabe que eu sou mestiça.

— Como é minha filha — a voz de Morgana me arranca dos meus pensamentos —, ela sempre será uma bruxa aos olhos da lei. Além disso, eu estudei tudo o que encontrei sobre gestações como a minha. Ela herdará meu grau de canalização.

— Um caso raro de grau quatro — murmura Elara.

— E terá, no mínimo, mais um do pai feérico.

Indira arregala os olhos.

— Precisamos protegê-la. Tirá-la de Alfehim pode ser a única saída, Morgana. Pelo menos até que as coisas melhorem.

Morgana entrelaça os dedos sobre a barriga, com força.

— Não adianta se iludir. As coisas não vão melhorar tão cedo.

— Nós também sabemos quem ela pode ser — diz Elara, suavemente. — E o que perdê-la pode significar para a Irmandade.

*Irmandade?*, quero perguntar. Mas então Morgana se vira de leve. Como se me enxergasse ali. Como se ouvisse meus pensamentos.

— A Irmandade da Aurora é a resistência contra a tirania do rei Iskar — diz com doçura firme. — Feéricos, bruxos e mestiços unidos em prol de uma Alfehim livre, justa, para todos. Hoje são milhares espalhados por toda Alfehim. Inclusive… seu pai.

Engulo o nó que sobe na garganta. É muita coisa para absorver. E mais uma vez entendo por que estou vendo de fora essa lembrança.

Morgana se volta para Elara e Indira.

— Há rumores de que estão criando algo, uma magia capaz de remover estigmas. De sugar a magia do corpo. E da alma. — Os olhos da minha mãe se enchem de lágrimas. — Em mais de quinhentos anos em Alfehim, nunca imaginei que viveríamos algo assim.

Ela passa a mão na barriga, em mim. E eu sinto seu amor. Escuto seu coração. Escuto meu coração batendo junto ao dela.

— Agora não é mais por mim nem pela Irmandade. É por ela. Minha Rose. Minha Briana Rose. Eu sei o que devo fazer.

— Você não está pensando em… — murmura Indira — em fazer aquilo que você quer desde o nascimento de Maelin, está?

— É o que eu vou fazer.

Elara estende a mão, solene.

— Talvez seja a única saída. Não apenas para a nossa Briana crescer livre… mas por todos os nossos irmãos.

Morgana põe a mão sobre a dela. Indira respira fundo, como quem não acredita com que está prestes a concordar, mas sabe que não há outro caminho, então coloca a mão por cima das duas. Um laço de luz se forma e desenha uma rosa com um sol nascente por trás.

— Pela Irmandade da Aurora — Elara murmura.

— Por Alfehim — Indira completa.

— Por você, minha filha. Vamos buscar a verdade onde ela é imaculada. Onde nenhum poder, por mais primordial ou oculto que seja, pode adulterá-la. Vamos pisar em solo sagrado e proibido — prossegue Morgana. — Quebrar regras elementais. Vamos mudar com o amor aquilo que a escuridão tenta corromper.

— A noite sem fim que dominou Alfehim será vencida pela Aurora — murmura Indira.

Elara aumenta os laços de luz entre seus pulsos.

— Vamos pedir que os elementais leiam nossa essência… e nossas intenções.

— E que não nos queimem num piscar de olhos — diz Indira, tentando sorrir. A tensão se alivia por um breve instante.

Morgana e Elara sorriem de volta, mas logo se concentram novamente.

— Precisamos entrar na Biblioteca dos Registros Akáshicos — diz Morgana —, onde as profecias são geradas antes de ser lidas, e comprovar se aquela que mudou Alfehim, a Profecia da Sacerdotisa Caída, é verdadeira.

— E, se não for, achar um caminho para trazer a verdade à tona — completa Indira.

— Mas e se… — Elara hesita. — Se tivermos sucesso… e descobrirmos que a profecia está certa?

— Não está — murmura Morgana, o tom baixo, quase um sussurro. — Sua leitura, a de Indira e a minha mostram a mesma coisa: uma quebra energética nas palavras da profecia, algo que parece ter sido encaixado em outro tom.

— Eu sei, mas como alguém conseguiria alterar algo que nasce num lugar onde somente forças elementais entram e de lá se moldam num cristal fixado na Sala do Trono de Alfehim?

Morgana baixa ainda mais o tom.

— É o que vamos tentar descobrir. Se estivermos erradas, provavelmente não conseguiremos dar três passos dentro da ilha dos Elementais sem ser chamuscadas vivas. Que dirá entrar na Biblioteca dos Registros Akáshicos. No entanto... se a minha intuição não falha, eu sinto que teremos ajuda.

❄

Um balcão com treliças cobertas de heras e flores. O ar noturno perfumado pela essência de todas elas. E, então, vejo Morgana.

Ela está abraçada a um homem — um feérico da ilha Primaveril. Ele está de costas para mim: alto, ombros largos, uma aura de poder e sutileza inegáveis. A única luz vem da lua, prateando o contorno dos dois. Mesmo quando ele se vira de lado, suas feições permanecem quase ocultas.

— Eu não quero que você vá — murmura ele, depois de beijar suavemente os lábios de Morgana. — Por favor, não vá.

É meu pai. Minha garganta aperta.

— Serão só alguns dias na ilha Crepuscular. Você sabe que as políticas mais progressistas de lá facilitam nosso trânsito em segurança.

Arregalo os olhos. Morgana está mentindo. *Ela vai para a ilha dos Elementais.*

Vejo os ombros dele se moverem com um suspiro contido.

— Posso enviar alguns soldados para te escoltarem, ao menos?

— É uma reunião da Irmandade, só para sacerdotisas.

A postura dele se torna mais rígida.

— Acho mais seguro que você não vá sozinha.

— Eu não estarei sozinha. Elara e Indira vão comigo...

— Prefiro que você não vá, Morgana.

Ela se afasta dos braços dele. Dá alguns passos para trás antes de falar, com a voz firme, inflexível:

— Quando começamos nosso relacionamento, havia duas condições: eu nunca revelaria sua identidade para ninguém... e você nunca tentaria me impedir de fazer o que considero importante.

— Isso foi antes de você engravidar de uma filha minha.

— Não. — Morgana passa a mão sobre o ventre. — Isso não muda o nosso acordo. Não muda quem eu sou. Não muda nada.

— E você está mesmo indo para a ilha Crepuscular?

— Sim.

Ele respira fundo outra vez. Seu corpo enrijece, como se farejasse a mentira no ar. Como se soubesse que o que ela está prestes a fazer é perigoso. Talvez... uma viagem sem volta. Ela mentiu porque, se ele soubesse o destino real, a impediria de ir.

Um redemoinho com espirais de luz me envolve e eu fecho os olhos, esperando a próxima memória.

A barca sem piloto, que navega com encantamento, desliza sobre as águas turquesa, silenciosa como um segredo. As velas, com runas douradas, brilham com luz própria, como se canalizassem os ventos para o destino programado. Eu estou nela. Ou melhor, mais uma vez, vejo tudo como se estivesse. Sinto a brisa, ouço o som da água contra o casco, os cheiros do mar, mas ninguém interage comigo.

Morgana. Elara. Indira. As três, lado a lado na proa da embarcação, com os olhos fixos na ilha que se aproxima: a ilha dos Elementais. Quando a barca encosta na margem cintilante, não há som algum. Nenhum pássaro. Nenhum movimento. Só o silêncio.

Então, o chão treme. Primeiro é um tremor sutil, como a vibração das cordas de um instrumento. Depois, um rugido surdo sobe do interior da terra, sacudindo as raízes das árvores cristalinas ao redor.

Lá do alto das montanhas, vejo as fadas guardiãs surgirem, azuis, aladas, etéreas, com lanças vivas nas mãos, galhos que vibram com seiva e luz. Elas pairam no ar com os olhos atentos, os rostos impassíveis. Uma barreira de vento se ergue ao redor do trio.

Continuo invisível, uma espectadora atravessando as frestas do tempo.

Um rugido rasga o céu. E o mundo para.

À frente delas, uma sombra colossal cobre metade do campo aberto, eclipsando o brilho do céu da ilha dos Elementais. O dragão não é apenas uma criatura; é uma força que antecede a própria existência de Alfehim. E é gigantesco, maior que o dragão azul colossal que enfrentou Iskar.

Ele ergue a cabeça com movimentos lentos. As escamas têm o tom do ouro antigo, mas brilham como espelhos ao sol, refletindo cores que não existem no mundo físico: tons de aurora, de fogo, crepúsculo, relâmpago e de todas as estações. Seus olhos são de um âmbar profundo, com pupilas fendidas que dançam feito brasas. Há estrelas inteiras refletidas naquele olhar, e uma sabedoria tão antiga que faz o tempo parecer irrelevante.

As três mulheres se curvam diante dele. O gesto é instintivo, incontrolável. O corpo se dobra por respeito, por algo que ultrapassa o entendimento. Eu também me curvo. A presença do dragão nos atravessa. Não é apenas física, é como se uma parte nossa se descolasse, fosse puxada para outra dimensão, onde a verdade é inevitável. Morgana fecha os olhos, ofegante. Indira leva a mão ao coração. Elara sussurra uma prece antiga.

As fadas não dizem uma palavra. Mas os ventos empurram Elara e Indira para trás. Gentis, porém firmes. A mensagem é clara: só Morgana poderá seguir. Eu entendo, ela entende e damos um passo à frente.

Elara luta contra a barreira invisível, pedindo com a expressão desolada:

— Não. Por favor, Morgana, não vá sozinha.

— Não faça isso — diz Indira, chorando. — Podemos tentar de outra forma. Não é tarde para mudar.

O dragão observa a cena. Seus olhos brilham ainda mais diante da súplica das duas. A magia da ilha parece prender a respiração.

Morgana respira fundo, a mão sobre o ventre. Quando fala, a voz sai baixa, mas carregada de coragem:

— Tenho que ir logo. Essa incerteza que o dragão sente aqui pode me impedir de entrar também. — Ela olha para a frente, para a trilha de luz que se forma diante dela. — É a única chance que Briana tem de ser livre. Que todas nós temos.

Elara atravessa a barreira quanto pode e a abraça com força. Morgana treme, mas não hesita.

— Você sempre foi a mulher mais corajosa que eu conheci — murmura Indira, com os olhos marejados.

Morgana sorri com uma ternura que me quebra por dentro.

— Essa pequena aqui — e acaricia a barriga — é quem está me dando coragem. A força dela é imensa, mesmo antes de nascer. É como se ela já estivesse aqui, ao meu lado...

Não aguento. A emoção me atravessa como uma onda enquanto murmuro:

— Eu estou, mãe. Bem aqui.

E sei que, de algum jeito, Morgana sente. Porque ela me olha e murmura só para mim:

— Eu sei.

E eu entendo. O tempo... não é linear. De algum modo, estive com ela em cada memória. E talvez ela sempre tenha estado comigo também.

Morgana volta o rosto para Elara, segura suas mãos com firmeza.

— Estou trazendo dois livros comigo, se for preciso registrar alguma magia. Além disso, deixei mais dois com Barbara. Como a nova grã-sacerdotisa, ela terá acesso ao que for preciso para protegê-los. Dentro deles estão as chaves mágicas para dois estigmas meus que já compartilhei com Briana. Se eu não voltar... fiz uma magia guia que levará esses livros até ela no local e no horário certos.

— Você fala como se não fosse voltar — Indira lamenta.

Elara não diz nada por um instante. Mas o olhar dela é mais forte que qualquer palavra. Ela abraça Morgana uma última vez.

— Você fez bem, minha filha. Livros sempre serão o melhor condutor para magia. A maior ponte entre mundos. — Soluça. — Que a luz da aurora guie o seu destino.

O dragão abaixa a cabeça em aceitação. O caminho se abre. Morgana dá mais um passo. E sinto tudo dentro de mim — o medo, a força, a despedida das amigas e o amor. Ela segue sozinha. Mas agora eu sei. Ela nunca esteve realmente só.

# 36

*Sob o estado de emergência, tropas do exército real passaram a patrulhar todas as ilhas. Mestiços foram obrigados a se alistar; bruxas e sacerdotisas, a submeter-se a avaliações mágicas periódicas e, há dez anos, a usar contentores, independentemente de seu grau de magia. Além disso, seus graus de poder e localização começaram a ser medidos, catalogados e vigiados. Essas ações, justificadas como formas de contenção contra fugitivos e rebeldes, resultaram na centralização das leis de conduta e segurança. Hoje, todas as decisões passam pelo trono — enquanto os regimes locais enfraquecem diante de uma estrutura cada vez mais autoritária.*

— Trecho extraído de *Leis de controle, medição e militarização*

Alguma coisa está errada.

Meu corpo todo treme. Tento respirar, mas é como se estivesse presa entre os dois mundos. Forço os olhos a abrirem e, quando consigo, a primeira coisa que vejo é o rosto de Ian contorcido numa careta de preocupação.

Seus braços me apertam com força, lágrimas turvam seus olhos, que brilham com uma magia intensa. Ele está ofegante e, quando percebe que voltei, me beija, afoito. Minha testa, minhas bochechas. Me aperta ainda mais contra o peito, como se quisesse me enraizar nele. Estou envolta em sua capa, mas ainda assim tremo dos pés à cabeça.

— Meu amor… — ele ofega, a voz quebrada. — Você está bem?

— O que aconteceu? — pergunto, zonza, ainda sob o efeito da miragem temporal. A realidade ao redor parece girar.

— Você começou a tremer demais e não voltava. Demorou uma hora inteira dessa vez. Em Paris foram minutos…

— Uma hora? — repito, assustada.

Ele assente e beija de novo minha testa com urgência. E nesse instante a miragem se despeja sobre mim como uma avalanche. Tudo invade minha mente de uma vez, num choque. Barbara dando à luz. A Irmandade da Aurora. O caos em Alfehim. O sofrimento das minhas irmãs bruxas. A dor da minha mãe.

Meus dentes batem.

Meu pai, um feérico. A ilha dos Elementais.

Não… Algo deu errado. Muito errado.

— Não recebi o terceiro estigma — sibilo. — Nem a chave para Alfehim.

O frio me atinge em ondas. Agarro Ian como se ele fosse a única saída possível.

— A miragem não foi concluída — digo entre os dentes, que se chocam.

— Como assim?

— Morgana… — arquejo. — Ela disse que eu só poderia entrar em Alfehim quando recebesse o terceiro estigma; apenas ele garantiria a minha segurança e as chaves para um portal. E aí… ela mencionou um erro na leitura da Profecia da Sacerdotisa Caída, Ian. Ela ia tentar descobrir mais sobre isso. Eu preciso voltar. Ela sentiu minha presença lá, eu preciso…

Meu corpo inteiro estremece de novo. Ian me aperta mais entre os braços para deter os tremores.

— Meu amor, você não pode voltar, não nesse estado. Tentei usar magia de aquecimento e quebra invernal, mas nada adiantou.

Me enrosco mais na capa dele, apertando os olhos.

— Eu estou bem — minto, mesmo com os dentes batendo. — Me dá o *Vita Merlini*, eu preciso…

— Espera — ele pede com um brilho determinado no olhar. — Tive uma ideia.

Com cuidado, ele me coloca sentada no sofá e pega o pote de solaveril. Tira a tampa, molha o dedo indicador e se aproxima.

— Abre a boca.

Obedeço. O dedo dele toca minha língua. O gosto é… doce como mel cristalizado, com um fundo quente de canela, âmbar e magia. No mesmo instante, é como se mil cobertores me envolvessem. O calor se infiltra em meu peito. Meu sangue volta a circular com mais força.

Ian me acolhe de novo nos braços, me puxando para seu colo enquanto conjura uma nova magia. Sou envolvida por outra onda quente, aconchegante e protetora.

— Magia de quebra invernal — ele explica.

Assinto, me permitindo ficar alguns minutos assim, protegida.

— Me deixa tentar voltar.

— Briana, acho que não é uma boa…

— Eu preciso, Ian. Preciso saber o que aconteceu, receber o último estigma. Achar uma droga de caminho de volta. Pra mim. Pra você.

Ele hesita. Os olhos brilham com preocupação.

— Tudo bem. Merda! Não, não está tudo bem, não sei o que eu vou fazer se isso se repetir, meu amor.

Aponto para o pote de solaveril.

— Enfia isso na minha boca de novo.

Ele passa as mãos no cabelo e respira, hesitando por mais um tempo antes de ceder.

— Mas você vai ficar no meu colo. E eu vou ficar com o frasco na mão.

— Tá. Sem problemas.

Com agilidade, ele se estica, pega o livro no aparador ao lado e me ajuda a encontrar os símbolos. Passo os dedos sobre eles, concentrada.

Nada.

Tento de novo. Nenhum arrepio. Nenhum formigamento. Nem o relicário esquenta. Eu o puxo de dentro do moletom e o encosto nos símbolos. Nem uma faísca.

— Nada? — Ian pergunta, com alívio evidente na voz.

— Nada. Mas que droga.

Vasculho as outras páginas. Os símbolos estão ali, mas… mortos. Como se fossem desenhos aleatórios, sem alma, sem magia.

Engulo em seco.

— Talvez… eu precise esperar alguns dias.

Ian respira fundo. Pela primeira vez desde que voltei, seus ombros relaxam um pouco. Um alívio tênue, quase imperceptível, mas real, domina sua expressão.

— Vou preparar um banho quente pra você, com solaveril… e um chá. — Ele se inclina um pouco, os olhos nos meus, como se ainda tentasse garantir que é seguro tocar no assunto. — E, se conseguir, me conta o que viu. Depois do banho. Pode ser?

Quero protestar. Dizer que não é hora de desistir, que preciso tentar de novo. Mas ele tem razão. Meu corpo está em colapso. Não há nada que eu possa fazer agora além de respirar.

Sem dizer uma palavra, Ian se abaixa e me ergue nos braços com todo o cuidado. Meu rosto encosta no pescoço dele, e sinto seu calor me alcançar de verdade. O cheiro familiar me envolve.

Ele me leva pelo corredor silencioso. No quarto, Ian me deita com delicadeza sobre a cama e, antes mesmo que eu me mova, cobre meu corpo com sua capa. Fico quieta por um momento, observando como ele ajeita o tecido ao meu redor. Como se quisesse me consertar com as mãos.

— Obrigada, Ian. De verdade. Eu estava com muito frio. E não conseguia mais pensar direito. Estou frustrada por não ter conseguido nada além de um monte de revelações absurdas que… nem consigo processar.

Ele me encara, atento, antes de eu concluir:

— Mas preciso tentar voltar o mais rápido possível.

Ian apenas concorda com a cabeça, num gesto lento.

— Vou preparar o seu banho.

Antes que ele atravesse a porta, solto de uma vez:

— Meu pai… é um feérico importante da ilha Primaveril.

Ele congela, os ombros enrijecem. Depois vira devagar. Seus olhos encontram os meus, chocados, quase horrorizados.

— O quê?

Olho para o escudo no peito dele. O símbolo da Guarda Real da Ilha do Inverno. O mesmo que os soldados usavam quando arrancaram a filha de Barbara dos braços dela. Quando atacaram minha mãe na sala do trono e a prenderam.

Minhas mãos gelam.

— Isso significa que… eu sou duas vezes inimiga do Estado que o general que diz ser seu pai serve. Mestiça. E bruxa. Sou uma ameaça só por existir, pelas leis de Alfehim.

Ele segue meu olhar até o emblema em seu peito. Antes que eu me controle, as palavras escapam da minha boca:

— Isso nos transforma em inimigos em Alfehim, não é?

Ian empalidece. Dá um passo para trás.

— Eu nunca serei seu inimigo. Em mundo nenhum. Sob nenhuma circunstância.

E, pelo vínculo, posso sentir: eu o machuquei.

Quero pedir desculpa, dizer que o amo. Que a ideia de sermos inimigos me sufoca. Mas as lembranças… A dor de Morgana, de Barbara, de Elara. Das outras bruxas, minhas irmãs. Elas falam por mim. E, mesmo que eu esteja errada, não consigo agir diferente.

— Talvez eu só precise de um tempo sozinha.

Ele tenta dizer algo, mas me antecipo:

— Eu posso preparar meu banho. Obrigada.

Ele não diz mais nada. Os ombros largos se prostram um pouco. Os olhos ardem com um misto de dor e incompreensão. Então, Ian se vira e me deixa sozinha.

O vapor do banho ainda está no ar quando apoio as mãos na bancada. O espelho está embaçado, mas não preciso ver meu reflexo para saber quanto estou abalada.

Droga. Fui injusta. Fui cruel.

Ian… Ele é filho de um general? Sim. Um feérico do inverno, da ilha que caçou minha mãe, que tem feito atrocidades? Sim. Mas ele…

também é uma vítima. Foi arrastado para Alfehim contra a vontade, torturado, manipulado e testado até o limite. Está sozinho, sem saber o paradeiro da irmã. E precisa voltar para Alfehim, para junto dos feéricos que o torturaram, para tentar garantir que Layla fique bem. *Ele não é o vilão dessa história.*

Fecho os olhos, o rosto ainda úmido. Tudo está tão confuso. A miragem temporal, o frio extremo, o peso esmagador das revelações, a dor das bruxas, da minha mãe, da minha origem. Meu sangue ferveu. Minha mente se embaralhou. Mas nada disso justifica o que falei para ele.

Eu me seco com cuidado, como se o toque da toalha pudesse desfazer o que eu disse. Escolho o vestido que, quando tirei da caixa, Ian mencionou que não via a hora de me ver dentro dele. É azul, justo no tronco, com a saia em faixas largas como pétalas. Vesti-lo é quase um pedido mudo de desculpa.

Saio do quarto. Quando desço os degraus, percebo que a casa inteira foi engolida por um silêncio que pesa mais que a tempestade de gelo lá fora. Chego à sala.

Ele está aqui. De costas para mim, parado diante da janela ampla. A nevasca do lado de fora reflete o caos aqui dentro. Flocos densos se chocam contra o vidro. O mundo inteiro parece branco e intransponível.

Ian tirou a armadura. Está todo de preto, com as mangas da malha arregaçadas. Os estigmas do inverno, fios que dão voltas em seus braços, com flocos de neve em formatos distintos, estão iluminados, visíveis. As mãos cruzadas atrás do corpo. Mesmo imóvel, em silêncio, sinto que ele percebe minha presença. Seus ombros enrijecem.

Dou alguns passos hesitantes.

— Me desculpa — digo num sussurro.

Mais um passo.

— Eu não quis dizer aquilo. Sei que você também é uma vítima desse sistema podre. Me perdoa.

Ele continua imóvel, encarando o exterior como se buscasse respostas no meio da neve.

Avanço mais alguns passos, com cuidado.

— Eu estava muito mexida com tudo o que vi. Ainda estou. Foi sofrimento demais, Ian. Dor demais pra absorver. E eu… eu descontei em você.

Ele se vira de repente.

— Se eu pudesse arrancar com os dentes essas merdas de estigmas, se eu pudesse colocar o sangue de qualquer outra ilha nas minhas veias, mesmo que isso me custasse os olhos…

— Eu sei, me desculpa.

Num instante, ele cruza o espaço entre nós e me segura pelo braço, firme, e com a outra mão me puxa pela cintura. Me prende contra o corpo dele. A respiração está pesada. Os olhos turvos, brilhando.

E então ele me beija. Com força, com pressa. Com tudo o que não cabe em palavras.

Eu retribuo. Com culpa, com vontade. Com amor.

Minhas mãos vão até seu rosto, meu corpo se encaixa no dele como se sempre tivesse sido assim. O beijo é urgente, quase doído, mas também cheio de entrega.

Quando nos afastamos, ele encosta a testa na minha, os olhos fechados. Seu peito sobe e desce como se ele tivesse acabado de atravessar uma batalha.

Entrelaço meus dedos nos dele.

— Vem. Deixa eu te contar tudo o que vi.

# 37

## AS ILHAS PROGRESSISTAS

*A ilha Crepuscular, conhecida por sua ligação com a magia das transições e dos limiares, sempre valorizou o equilíbrio entre luz e sombra, ordem e liberdade. A ilha Primaveril, voltada à cura, à renovação e à conexão entre raças, defende a aceitação da diversidade mágica e das linhagens mestiças. Ambas se opõem às políticas puristas e ao controle centralizado do Reino do Inverno. Apesar de nos últimos anos a ilha Primaveril ter votado a favor das políticas puristas em questões importantes que requerem desempate, ela ainda é um reduto de ideais progressistas, e seus artistas e sua elite cultural resistem.*

— Trecho extraído de *Movimentos de resistência em Alfehim: história política das ilhas progressistas*

Ian passa os dedos pelos meus cabelos. Sinto o frio do metal dos seis anéis que ele usa. Agora sei que cada um representa um estigma do inverno que ele manifestou. Estou deitada entre suas pernas num sofá com espreguiçadeira que mais parece uma cama, a cabeça apoiada em seu peito.

Há pouco contei a ele minhas conclusões sobre Kyle. Ele apenas assentiu, como se já soubesse.

— Eu já tinha sentido — disse com a voz baixa —, mas sempre achei que devia ser o Kyle a te contar. E, sinceramente, acho que ele também sabia das minhas origens. Só que nunca me confrontou e me odiou de cara. Eu não daria a ele o privilégio de me abrir de graça.

Agora, acabei de relatar tudo o que vi na última miragem temporal. Como foi assistir de fora, pela primeira vez. Ver Morgana, em vez de sentir com ela. Como tudo ainda assim pareceu mais real. Mais vívido. Mais doloroso.

— Talvez por isso eu tenha sentido aquele frio tão intenso e saído da miragem — murmuro. — E ficado tão confusa. Lembro de como me senti depois da primeira vez. Atordoada. Perdida.

Ele fica em silêncio por um tempo, os dedos ainda deslizando entre meus cabelos, suaves, antes de responder:

— Talvez. Mas e se...

— Se...? — Eu me endireito um pouco, curiosa.

Ele se senta mais ereto, me levando junto, e eu me viro para encará-lo.

— E se essa miragem tiver sido dividida em duas partes?

Arregalo os olhos. Meu coração dispara.

— Ian... Antes de entrar na ilha dos Elementais, a Morgana disse que deixou dois livros. Dois estigmas. E que levaria outros dois com ela, para o caso de precisar registrar alguma coisa por lá. A chave para o terceiro estigma pode ter sido deixada em um dos livros que ela levou quando esteve na ilha dos Elementais. Ou depois... depois que ela saiu de lá. E isso significa que talvez a minha mãe esteja viva. — Arfo. — Talvez tenha sido ela quem mandou esses livros para as bibliotecas aqui neste mundo. Talvez ela ainda esteja em Alfehim.

Ele beija o dorso da minha mão.

— Vamos olhar o *Vita Merlini*, ver se ele nos indica outra coordenada, além daquela da biblioteca da Abadia de Admont e...

Meu celular toca. Um toque que não escuto há dias: a música tema de *Piratas do Caribe*. Uma besteira, eu sei — ideia dele, de um tempo em que eu ainda acreditava que ele era meu melhor amigo.

Ian se vira devagar na direção da mesa de apoio, onde o celular vibra. Seus ombros ficam tensos. Na tela, o nome que deixei salvo: "Kyle, meu pirata favorito". Eu me levanto para atender. Eu quero, preciso confrontá-lo.

Ian também se levanta. Antes de se afastar, se inclina e beija meus lábios de leve.

— Vou olhar o *Vita Merlini*. Já volto.

— Não… Fica aqui.

Ele para.

— Parte da conversa eu acabei de te contar. Mas o restante… acho que vai ser bom você escutar — explico.

Ian concorda com um aceno e se afasta apenas alguns passos. Atendo a chamada e coloco o celular no viva-voz.

— Oi, Briana. Como você tá?

— Eu sei de tudo, Kyle.

— Sabe do quê? — ele pergunta, com tanta convicção que, por alguns segundos, duvido de mim mesma. Das minhas conclusões.

— Você pode aceitar uma chamada de vídeo?

Troco a chamada, ele aceita. E, quando nossos rostos aparecem um diante do outro, ele sorri.

— Oi, Bri.

— Eu queria ver a sua cara lavada enquanto continua mentindo pra mim.

— Você tá linda. Eu tô bem também, obrigado por perguntar. Aliás, onde você está? — Ele brinca com a voz, mas os olhos estão atentos.

Reparo na linha azul-turquesa que brilha ao redor de suas íris. Um brilho sutil, levemente mágico.

— Como é que eu não percebi antes? — penso em voz alta.

Ele franze o cenho.

— O quê? Que eu sou lindo? Que você me ama? O que foi, fada?

Respiro fundo. Ao meu lado, Ian enrijece os músculos.

— Eu sei de tudo sobre Alfehim. E queria saber quando você pretendia me contar a verdade. — Faço uma pausa e olho de relance para Ian. — Aliás, estamos no viva-voz. O Ian está aqui comigo.

O sorriso de Kyle desmorona. A expressão se fecha. Algo entre surpresa, culpa e… total incômodo. Ele fica um tempo em silêncio, parecendo absorver o que eu falei.

— O que você queria que eu dissesse, Briana? "Oi, eu sou o Kyle. Vim de uma terra mágica, sou um feérico das marés, mercenário de primeira, hacker especializado em tecnologia mágica e contrabandeio produtos das terras humanas pras feéricas"?

Travo os dentes.

— Ou talvez: "Oi, Briana, eu sou uma porcaria de um feérico. Vou te levar a uma festa cheia de outros feéricos e te apresentar pra um da corte Primaveril que, ah, por acaso pode ser o seu pai".

Ele arregala os olhos. Vejo o brilho da magia turquesa aumentar em suas íris.

— Só que, ao contrário do seu amante, eu não sou um risco pra você. Ou ele não te contou que o povo do inverno caça bruxas e mestiços por diversão e usa o poder bélico do reino pra fazer isso?

O ar ao meu lado gela. Ian está ficando puto.

— O Ian é meu vínculo — digo com firmeza. — E, sim, ele me contou. Ele também é vítima desse sistema de merda. E só conhece as regras desse jogo há seis meses.

Os olhos de Kyle se acendem ainda mais.

— O quê?!

O ar agora congela. Olho para Ian, em pé diante da lareira, que acaba de virar gelo.

Mostro o brilho do laço do vínculo pelo celular. Kyle gargalha, irônico.

— Você não está me mostrando nada, Bri. Só quem faz parte do vínculo consegue ver os laços. Mas se isso for verdade… que merda. E eu achando que era o único ímã de relações fracassadas. Inacreditável, tipo uma sereia se apaixonando por um tubarão.

Ian se vira, as íris cercadas de magia. Faço que não com a cabeça, silenciosamente pedindo calma. Ele se afasta.

— E pelo visto com uns amigos de bosta também — rebato. — Você me deixou no escuro por três anos. Aí me levou pra uma festa que mudou tudo. Por quê? Quem eram os feéricos que você me apresentou? Um deles me seguiu até a festa na Noruega, você sabia disso? Sylas Varnedil, quem é ele?

— É alguém de confiança do seu pai — ele responde, mais sério. — E, não, eu não sabia que ele ia te encontrar na Noruega.

Meus olhos se enchem de lágrimas.

— Você sabia de tudo. Você não me… Quem é o meu pai, Kyle?

— Eu não sei. Juro. — Ele hesita. — Fui contratado pelo Sylas pra encontrar uma bruxa mestiça da ilha Primaveril.

— Foi contratado? Você se aproximou de mim sabendo quem eu era? Fez isso por dinheiro?

Ele sorri, triste. Um sorriso que não alcança os olhos.

— Eu suspeitava. Mas você era apenas uma das possibilidades. Por isso me aproximei. Só que depois a gente virou amigo. E eu… eu me apaixonei. De verdade. Só falei da sua existência pro Sylas quando tive certeza que podia ser você quem eles procuravam. E quando vi que eles não queriam te machucar. O Sylas disse que o seu pai te procura há anos. Que te espera na ilha Primaveril. Que vai achar um jeito de te levar pra lá em segurança. A festa em que te levei acontece todo 31 de outubro, o único dia do ano em que os véus entre os mundos se tornam mais maleáveis. É uma celebração da ilha das Marés, onde comerciantes fazem negócios e feéricos em missão aqui conseguem suplementos de Alfehim. Convidei o Sylas para que ele confirmasse se você era a mestiça que ele procura.

Noto Ian apertar as mãos ao lado do corpo e engulo um bolo na garganta ao escutar Kyle prosseguir:

— Sylas me disse que tinha chance de ser você, mas não era possível ter certeza sem testar algum material orgânico seu.

— O quê?

— As regras da festa são claras: nenhum feérico pode tocar em humanos ali, sob pena de passar alguns anos na prisão. Eu me recusei a entregar qualquer coisa, então imagino que ele tenha ido buscar algo seu… talvez um fio de cabelo… durante a festa na Noruega.

— Nossa, Kyle. Que alma nobre a sua.

— Eu nunca disse que sou nobre. Tudo tem um preço, e no seu caso… fui muito bem pago, com aurelens de Alfehim. Minha aposentadoria garantida. Mas eu tenho ética. Nunca colocaria você em risco.

— Hipócrita. Me introduziu em um mundo mágico sem eu saber de nada, me levou até um cara que talvez nem conheça o meu pai e me procura sabe Deus por que, um feérico que me caçou numa festa. Vai se ferrar. — Minha voz falha. — Eu achei que você fosse meu amigo.

Ele fica em silêncio e, por alguns instantes, vejo dor em seus olhos, algo que talvez ele tente esconder com sarcasmo. Aí solta:

— Eu liguei pra avisar que estou indo embora. Vou sumir por um tempo.

Lágrimas escorrem dos meus olhos.

— É isso então? Ainda por cima você vai fugir?

— Não tenho escolha.

— Legal — murmuro, mais atingida. — Boa viagem, Kyle.

— Tem um lugar pra você no meu barco. Sempre terá.

— Vai à merda!

— Eu te amo.

Ian se vira para mim e, ao ver minhas lágrimas, murmura entre os dentes:

— Deixa eu falar com esse covarde. Eu…

— Ele desligou. E eu nem consegui perguntar como a gente pode entrar em Alfehim.

Tento ligar de volta para Kyle em seguida, mas dá caixa postal. Ian se aproxima devagar. Eu me levanto e o abraço.

— Ele provavelmente não diria, mesmo que soubesse — responde em voz baixa. — Ou repetiria o que todos dizem: feéricos só conseguem atravessar para Alfehim com autorização e pelos portais de origem.

Ficamos um tempo em silêncio, abraçados, antes de ir checar os padrões numéricos do *Vita Merlini*, tentando descobrir se há alguma coordenada nova — latitude, longitude, além das coordenadas até Admont, que Ian já tinha verificado — que nos leve até outro livro. Mas é só mais uma frustração; não encontramos nada.

# 38

## A Irmandade da Aurora

*A Irmandade da Aurora é um grupo rebelde formado por feéricos, bruxos e mestiços que se opõem ao avanço das políticas puristas e ao autoritarismo do trono. Lutam pela liberdade de canalização, pela igualdade entre raças e pelo fim da perseguição a linhagens cruzadas. Seu símbolo — um sol nascente atrás de uma rosa — representa o equilíbrio entre força e sensibilidade, luz e sombras, fim e renascimento. Para seus membros, a verdadeira revolução nasce quando a luz insiste não em vencer as sombras, mas em atravessá-las. A Aurora não é apenas um nome. É uma promessa.*

— Trecho extraído de *Resistência silenciosa: grupos dissidentes e revoltas em Alfehim*

Ian segura minhas mãos com firmeza enquanto deslizamos pela pista de patinação no gelo no centro de Longyearbyen, a maior cidade do arquipélago de Svalbard. São seis da tarde. O dia ártico ainda está firme no céu. A pista está quase vazia. Quinta-feira, três mil habitantes, uma ilha no limite do mundo, afinal.

— Você está indo bem — diz ele. — Vou correr um pouco na pista e já volto, pode ser?

— Claro, vai lá. A pista é literalmente sua.

Decidimos deixar Svalbard e voltar para Edimburgo daqui a dois dias. Já se passaram cinco desde a miragem temporal e a conversa com Kyle. Todas as manhãs e noites, antes de dormir, toco nas chaves mágicas do *Vita Merlini*, na esperança de ser levada de volta a Alfehim. Até agora, nada.

Além disso, todas as tentativas de encontrar respostas sobre a parte da miragem que falta falharam. Passamos os últimos cinco dias vasculhando bibliotecas virtuais ao redor do mundo. Nada outra vez.

— Talvez Morgana não tenha conseguido doar o último estigma — murmurei ontem, depois de seis horas analisando edições raras de mitos e contos de fadas na internet.

— Não pensa assim. — Ian beijou de leve meus lábios, tentando me consolar. — De repente só não encontramos ainda. Ou talvez esse último livro esteja em Alfehim.

— Sim, talvez — suspirei.

Hoje decidimos descansar. Na verdade, descansar não é a palavra certa. Tiramos o dia para viver nossa pequena lua de mel, a do vínculo recém-formado, e experimentar um pouco do que os casais têm quando se apaixonam. Por isso, vamos ficar mais dois dias aqui antes de voltar para a Escócia.

Lembro de uma conversa entre Morgana, Indira e Barbara sobre como era diferente estar com um feérico na cama. Horas e horas, quase sem pausa. Como se o corpo deles tivesse sido feito para entregar, absorver e sustentar prazer.

Lembro também do que ouvi sobre o vínculo entre parceiros predestinados. Os primeiros seis meses são uma espécie de simbiose intensa. A necessidade de estar perto é absurda. Ficar muito tempo sem tocar ou ser tocada provoca uma sensação de vazio — às vezes até física.

Depois desse período, o laço se estabiliza e se torna sempre visível. E surgem os dons compartilhados: telepatia, aumento de poder, a capacidade de dividir estigmas... E outros, mais raros, como criar escudos emocionais ou sentir distorções temporais a distância. É apavorante, sim. Mas também é a experiência mais mágica, intensa e viva que já senti.

Arrisco mais alguns passos sobre o gelo e me desequilibro, caindo de bunda. Ian, que patina com uma desenvoltura irritante, quase profissional, desliza até mim como se fosse o próprio príncipe do gelo. *E não é isso mesmo que ele é?*

Ele me oferece a mão. Aceito, ofegante.

— Eu devia ter patinado mais quando criança.

Ele sorri e me puxa de volta para cima.

— Quer conhecer a sensação de saber patinar?

Faço que sim, franzindo o cenho. Ele firma as mãos atrás das minhas coxas e me ergue, me trazendo para mais perto, para os lábios dele. O beijo começa lento, com carícias suaves, mas logo se aprofunda, rouba meu fôlego, arranca um gemido baixo dele quando retribuo com a mesma intensidade. Sob as luvas e os casacos, os laços do nosso vínculo brilham com força.

Quando ele se afasta, uma nuvem de vapor se forma entre nossas bocas.

— Nossa, patinar é tão bom — brinco, fingindo inocência.

Ele ri.

— E eu querendo patinar com você desde que te vi pela primeira vez.

— Desde a primeira vez? Na biblioteca da Abadia de Admont?

Ele faz que sim, me colocando de volta no chão, depois segura meu rosto entre as mãos.

— Eu não te chamei para o porão só pra ver livros empoeirados.

— Eu achando que você tinha intenções acadêmicas — forço uma expressão indignada —, e na verdade você só queria me seduzir.

Os lábios dele se curvam num sorriso autodepreciativo.

— Eu não queria só te seduzir. Queria, sei lá, passar mais tempo com você. Entender como era possível, só de olhar nos seus olhos, de estar perto de você, me sentir...

Ele se interrompe, os lábios pairando sobre os meus, o arco nos orbes dele aceso com o branco-azulado da magia.

— Como?

Ele respira fundo. Uma nuvem branca se forma entre nós.

— Orbitando ao seu redor. Como se você fosse o sol. Sem força pra me afastar, mesmo tentando. Mas assustado também. Porque, se eu sou o inverno, você, meu amor, é a primavera inteira. De algum jeito, eu sempre soube disso.

Meu coração dispara. Minha respiração fica rasa.

Ele me beija. E eu retribuo. Sem perguntar o que ele quis dizer. Porque eu sei. Sei que ele está com medo. Eu também estou. Será que vamos conseguir ficar juntos?

Nos últimos dias, empurramos as conversas difíceis sobre o nosso futuro para debaixo do tapete. Tem tanta coisa acontecendo que se preocupar com "e se a gente não ficar junto" parece… irrelevante. Mas só parece.

— E aí? Vai querer sentir como se soubesse patinar ou não? — A voz de Ian me puxa de volta para a pista. De volta para os olhos dele. Para os laços brilhando em nossos pulsos.

— Sim, claro.

Ele me ergue por trás das coxas outra vez.

— Envolve minha cintura com as pernas. Me abraça forte. Fecha os olhos.

Obedeço e ele começa a patinar. Devagar no começo, depois mais rápido. E então ele gira uma, duas, três vezes. Desliza de costas. Acelera.

E, de repente, não sou mais só eu. Somos nós. Sinto tudo o que ele sente, como se os patins estivessem nos meus pés. Rimos. Rimos alto. E ele gira mais uma, duas, três vezes comigo nos braços. Depois me coloca de volta no gelo, com os dedos firmes na minha cintura, ao dizer:

— Foi incrível.

— Será que funciona pra outras coisas?

— Tipo, outras habilidades?

— É, exato. — Levo os dedos aos lábios. — Eu sei pular e bater os calcanhares no ar, por exemplo.

Ian gargalha.

— Podemos tentar.

Jogo os braços sobre os ombros dele.

— Agora falando sério, eu sei tocar piano. Fiz aula por alguns anos. E vi que tem um na sala. Então, se quiser experimentar…

Ele encosta a testa na minha.

— Eu sempre quis tocar piano.

E só então percebo… Flocos minúsculos, brilhando como diamantes, pousam sobre nossos lábios. E se derretem quando ele volta a me beijar.

❄

Vai ser difícil fazer uma escala de sete notas sem errar. A ideia, sem sentido, foi minha: ficar sentada no colo dele enquanto toco.

Arquejo quando as mãos dele sobem pelas minhas costelas e se fecham nos meus seios, apalpando-os com uma carícia lenta e firme, quente.

— As mãos em cima das minhas, Ian.

— Ah… desculpa — ele murmura no meu ouvido, com a voz rouca. — Elas escorregaram.

Ele apoia as mãos nas minhas, e eu me acomodo um pouco melhor sobre ele, mexendo os quadris para alcançar os pedais. O movimento me faz friccionar contra ele, a ereção encaixada bem entre minhas nádegas, pressionando. Quase uma provocação involuntária.

Começo a tocar. Uma das poucas músicas que sei de cor até hoje: *Nocturne, Op. 9, nº 2*, de Chopin.

Ele geme baixo quando me movo mais uma vez. Suas mãos saem das minhas. Continuo tocando, os dedos tremendo numa mistura de prazer e concentração. Ian firma as mãos na minha cintura e me guia, fazendo meus quadris ondularem sobre ele. Dou uma risada curta, mas minha respiração começa a falhar. Meu coração dispara. Sinto o nó no ventre apertar, o sexo pulsar, as pernas se contraírem quando ele sussurra, rouco, na minha orelha:

— Nunca amei tanto Chopin.

Uma das mãos dele corre pela minha barriga por cima do vestido leve. Desce até as coxas, desliza entre elas com precisão e, sem hesitar, puxa minha calcinha de lado. E me toca. Primeiro por fora, com o polegar. Depois, escorrega um dedo pela minha fenda até me penetrar devagar.

Ofego. Minhas mãos vacilam sobre as teclas. Um som dissonante ecoa no piano, um acorde torto. E então, de repente, sou atravessada por uma onda de desejo tão intensa que tenho certeza de que não vem só de mim — vem dele também. Só que há mais: sinto exatamente o que ele sente, sinto sua respiração como se fosse a minha, sinto as emoções, os impulsos, e, de algum modo, é como se isso me fizesse intuir o que se passa em sua mente.

Arfo baixinho quando o desejo dele cresce e se mistura ao meu.

— Ian, espera.

As mãos dele escorregam da parte interna das minhas coxas para a minha cintura. Entendo que, por ele sentir o mesmo que eu através do vínculo, não preciso explicar muito o que está acontecendo.

— O que se passa nessa cabecinha linda? — ele pergunta, me ajudando a me virar sobre seu colo.

— Eu sei que sinto o que você sente quando nos tocamos, e também na patinação e agora no piano… mas dessa vez é diferente, mais intenso. Como se, ao sentir o que você sente, eu conseguisse, de certo modo, entender o que está pensando.

— Sim… eu me sinto do mesmo jeito.

Mordo o lábio inferior.

— Esse tipo de conexão não deveria se manifestar só seis meses depois da criação do vínculo?

Ele segura meu rosto entre as mãos.

— E por que você acha que foi agora? Nosso vínculo foi criado há seis meses, na primeira vez que nos tocamos, na Áustria… e firmado há cinco dias, quando transamos.

Ele faz uma pausa, depois continua:

— Quer saber qual foi a primeira vez que senti algo diferente?

— Quero.

— Quando estava jogando rúgbi com os alunos na universidade e senti o seu frio, aí vi o Kyle te abraçando, te emprestando o casaco. Fiquei com tanto ciúme, mesmo sem conhecer ele na época. E eu… não tenho orgulho. Fui imaturo, impulsivo.

Arregalo um pouco os olhos.

— O quê?

— Eu fiz uma magia de aquecimento pra que você tirasse o casaco dele.

Minha boca se abre e fecha, sem encontrar palavras.

— Meu Deus, foi você... Eu não sabia o que estava acontecendo...

— Me desculpa. Eu sabia quanto te queria, mas também achava que jamais poderia me aproximar. Você era proibida por tantos motivos. E foi naquele mesmo dia, depois de te encontrar assustada, quando você saiu correndo do banheiro, que percebi que eu seria capaz de matar quem quer que tivesse encostado em você. Entendi também que não adiantava lutar contra o que eu estava sentindo, que tínhamos uma conexão maior que qualquer coisa que eu já tinha experimentado na vida. Foi ali que parei de tentar me manter longe. Pensando bem, acho que essa magia pode ter feito o Kyle perceber que eu sou um feérico do inverno.

Meu pulso acelera com a intensidade de suas palavras, e beijo a linha do seu maxilar, depois o pescoço, sentindo sua respiração ficar ofegante outra vez.

— Vamos voltar a tocar — murmura ele, e a sensação é de que a própria voz está me tocando.

Eu me viro, tremendo, e volto para as teclas. Tento me concentrar em Chopin. Mas é inútil. A melodia se dissolve sob meus dedos, embaralhada pelo calor que se espalha do meu ventre até a pele. Sinto o membro dele pressionando cada vez mais firme entre minhas pernas. Ele se move embaixo de mim, devagar, criando uma fricção que faz meu corpo inteiro arder. As mãos dele voltam para o meio das minhas coxas. Dessa vez ele me penetra com dois dedos, num movimento preciso.

— Você está tão molhada — confirma contra minha nuca e morde de leve a pele logo abaixo da orelha.

Meus quadris se movem por conta própria, em busca de mais. Minhas mãos pressionam as teclas, mas os acordes não fazem mais sentido. Ian afasta o banco do piano com um movimento rápido e me vira em seu colo para sentarmos de frente, com uma firmeza que me rouba o ar. Fico montada sobre ele, as pernas de cada lado de seus quadris. Nossos rostos agora estão na mesma altura. Ele segura minha cintura com as duas mãos, me encara com os olhos cheios de desejo. Puxa minha calcinha de lado outra vez e abre a calça.

Prendo a respiração. Ele me penetra devagar, com uma força contida. Ofego. Meus dedos se agarram aos ombros dele. Nos movemos em sintonia, os quadris em um ritmo denso e carregado de tensão. As sensações se intensificam com o vínculo. Meus pensamentos não são mais só meus. Meus gemidos saem misturados aos dele. Espasmos de prazer me atingem.

— Você sente isso? — pergunto.

— Cada centímetro — ele responde.

Mas então, por um segundo, algo muda. O calor do vínculo oscila. Sinto um arrepio estranho.

— Seu peito está gelado.

Ele hesita. Me segura com mais força. Contorce o rosto de um jeito que eu não sei se é dor ou prazer.

— Está tudo bem — diz com a voz rouca. — Não para.

Eu o encaro, incerta. Mas então ele afasta meu cabelo do rosto e beija minha boca com tanta intensidade que o pensamento escapa.

A melodia que se segue é uma desordem perfeita. Gemidos, respirações falhadas, notas em desacordo e juras de amor sussurradas entre um beijo e outro.

❄

Estamos jogando xadrez há duas horas. Mas não como um jogo qualquer — é praticamente uma Olimpíada particular.

A leveza de antes, com Chopin, ficou para trás. Agora é concentração total. Cenhos franzidos. Silêncio absoluto. Respiração controlada. Cada vez que uma peça é capturada, um olhar afiado acompanha. Eu encaro o tabuleiro como se estivesse para tomar uma decisão de vida ou morte.

Estou prestes a ser encurralada. O bispo dele se aproxima pela diagonal. A rainha, pelo outro flanco. Em três jogadas, se eu não fizer a coisa certa… vai ser xeque.

Levo o dedo até a torre, pensando em trocar com o rei. Roque, movimento clássico de defesa. Seguro. Estratégico.

— Presta atenção, meu amor… — Ian murmura.

Tenho um pequeno sobressalto e o encaro com olhos estreitos.

— Você está sentindo o que eu vou fazer a seguir. Trapaceiro.

— Estou só te ajudando. Esse jogo está bom demais pra você perder um rei pra um peão.

Reviro os olhos e volto para o tabuleiro. Ali, quase despercebido, entre meu bispo e o cavalo dele... um peão. Um único movimento errado e ele me deixaria sem saída.

— Merda. Eu ia cair direto no xeque-mate.

— Viu só? — ele provoca, como se nem tentasse esconder o orgulho.

— Você está se gabando e me desconcentrando.

Ele sorri. Um sorriso calmo, de quem está se divertindo.

— Isso é amor. Estou literalmente salvando o seu rei.

Rio, mesmo contrariada, e afasto os dedos da torre. Penso por um segundo. Pego o cavalo e mudo toda a formação. Um ataque inesperado.

Ele ergue a sobrancelha, impressionado.

— Interessante... Agora sim.

— Interessante mesmo seria você parar de tentar me sentir, sentir o que eu vou fazer pelo vínculo e... — Me interrompo. O sorriso some do meu rosto. — Ian — digo em voz alta. — O seu corte...

O ferimento que ele fez na testa no dia da estrada em Oslo, durante a luta com as criaturas, está aberto de novo. E escorre algo do corte que não é sangue comum. É um líquido preto.

Ele me encara com a expressão tensa, pega o celular no bolso do casaco e se olha pela tela do aparelho com o cenho franzido.

— Você devia ter passado solaveril — digo, apreensiva.

— Vou passar agora. Vem.

Entramos no escritório, onde o frasco com a solução regeneradora está guardado. Ian se senta na beirada do sofá. Caminho até o armário e pego o líquido dourado e viscoso como mel, que brilha como ouro líquido. Molho a ponta do dedo e passo com cuidado sobre o corte escurecido acima da sobrancelha dele. O alívio é imediato. A pele dele se fecha diante dos meus olhos, como se o ferimento nunca tivesse existido.

Volto ao armário para guardar o frasco com os outros itens de Alfehim. E só então noto algo que ainda não tinha visto. Um livro de capa roxo-escura.

Instintivamente, me aproximo. Assim que meus dedos tocam o couro grosso, a capa parece absorver a luz ao redor, revelando brilhos esparsos. Meu relicário esquenta contra a pele, um arrepio sobe pelos meus braços.

— Que livro é este?

Ian olha na minha direção, curioso.

— Apareceu do nada na gaveta da minha mesa na universidade. Apesar de estar em branco, tenho certeza que é um grimório da ilha Crepuscular.

— Eu lembro de ter visto outros livros da Crepuscular, mas nenhum parecido com este.

— Lembra que eu te contei que tinha uma estante trancada no sótão da fortaleza onde eu treinava, e que estudei alguns livros que estavam ali durante meses?

— Sim, verdade.

— Então, uns três deles eram da ilha Crepuscular. As capas… pareciam com essa.

— Entendi.

Sinto um formigamento nas mãos. O estigma da ilha Crepuscular pulsa com um calor sob a pele. Eu me sento ao lado dele. Quase em transe, abro o livro. Não sei explicar, mas sinto que preciso. Como se o livro me chamasse.

— Viu? — Ian aponta. — Todas as páginas estão em branco. Já tentei de tudo pra fazer algo aparecer. Cheguei a achar que fosse meu caminho de volta pra Alfehim… mas nada.

— Ian… tem alguma coisa acontecendo — murmuro, sem fôlego.

Diante dos meus olhos, letras e símbolos começam a surgir nas páginas, se formando como se uma pena invisível os estivesse escrevendo neste exato instante. Meu coração acelera conforme a energia no ar muda, fica mais densa e vibrante.

Leio em voz alta:

— "Somente sacerdotisas, magos ou feéricos com estigmas de defesa contra magia das sombras podem decifrar estes escritos. Apenas magia das sombras pode afetar ou proteger contra a mesma magia.

Toda sombra nasce da luz. E é pela luz que há nas sombras que ela pode sucumbir."

Ian coloca a mão sobre a minha.

— O que você está vendo agora? Tem mais alguma coisa? Pra mim nada apareceu, nem mesmo enquanto você lia.

Seguro o livro bem firme. Meu coração pulsa ainda mais forte.

— Eu acho… — murmuro, ainda encarando o vazio na página — não, eu sinto. Tenho certeza. Quem deixou este livro no seu escritório foi o mesmo feérico que me doou o estigma naquela noite. Não pode ser coincidência.

Meus dedos ainda tremem sobre a borda das páginas. O calor do relicário em minha pele parece responder, como se soubesse que estou certa.

Ian empalidece.

— Não faz sentido. Praticar magia sombria sempre foi algo recriminado, mas passou a ser proibido desde que as políticas puristas avançaram em Alfehim.

— Espera… Tem algo mais aparecendo. — Meus olhos se fixam no desenho em formato de espinhos entrelaçado ao estigma da ilha Crepuscular. Logo abaixo, surge uma frase:

"Esse estigma é adquirido pelos praticantes da magia das sombras e se une aos estigmas de outras ilhas como proteção contra encantamentos das trevas."

— O que você está vendo? — Ian pergunta, aflito.

— O desenho exato do estigma que aquele feérico me doou. — Minha voz sai fraca. — E a explicação: ele é adquirido por praticantes da emanação sombria, mas se entrelaça a outros estigmas para servir de proteção contra a magia das trevas.

Viro o antebraço. Os estigmas da ilha Crepuscular e da magia sombria pulsam em tons de lilás e preto, como se tivessem vida.

Ian segura meu rosto entre as mãos geladas, seus olhos faíscam com uma fúria contida.

— Isso pode te machucar? — pergunta entre os dentes. — Essa merda pode te fazer mal?

Puxo o ar devagar, tentando manter a calma.

— Pelo que estou sentindo… não é uma magia ruim. — Passo os dedos pelos espinhos entrelaçados, onde se escondem luas, estrelas e o sol poente. — É como se fosse equilíbrio. Luz guiando a sombra. Como… Como os espinhos de uma rosa.

Fecho o livro com um baque seco. E é aí que o título se revela, gravado na capa:

*Grimório da luz e das sombras crepusculares*
*Arte de defesa contra magias e feitiços das sombras*

"Onde houver o mal, que o equilíbrio entre as forças seja refúgio e o amor ofereça sua luz como antídoto."

Antes que eu consiga dizer qualquer coisa, uma voz grave ecoa dentro da minha cabeça. Firme, serena. Tão clara que parece falar direto no meu coração:

— *Não tenha medo, Briana. Nós sempre estaremos juntos.*

Pisco devagar, atordoada.

— O que você disse? — pergunto, virando para Ian.

— Nada. Por quê?

— Você acabou de falar algo sobre eu não precisar ter medo…

Suas narinas se expandem e ele inspira fundo, com o cenho franzido.

— Briana, eu não disse nada.

Volto a folhear o livro, agora com pressa, quase desesperada. Mas todas as páginas estão em branco de novo.

— Devo ter imaginado.

Ian me encara, sério, o maxilar cerrado.

— Vamos guardar esse livro. Vai saber o que essa merda significa.

Assinto devagar, mas meu coração está disparado. Porque, ao contrário do que deixei Ian acreditar, a voz que ouvi — por mais parecida que fosse com a dele — era diferente. Mais profunda, como se tivesse sido criada apenas para me alcançar.

Mas o que, meu Deus, isso significa?

# 39

*Criados pela Nova Ordem Purista há dez anos, os contentores de magia são dispositivos obrigatórios para bruxos, sacerdotisas e magos que desejem circular entre as ilhas. Implantados sobre a pele do pulso, limitam o fluxo mágico e permitem monitoramento constante. Embora reversíveis, enfraquecem os estigmas e drenam, pouco a pouco, a essência vital do canalizador, reduzindo-o à apatia e à obediência passiva. Para muitos, são uma mutilação disfarçada de segurança. Para os que os usam, são algemas.*

— Trecho extraído de *Instrumentos de controle: magia, corpo e dominação em Alfehim*

A cama ao meu lado está fria. E não de um jeito normal, como quando alguém se levantou há algumas horas. Está gelada, como se tivesse sido revestida de gelo por quem a ocupou.

Pego o celular, tentando espantar a sensação de que tem algo errado acontecendo. Digito uma mensagem rápida no grupo da família, em que Emma também está. Ela voltou para a Escócia faz dois dias.

Oi, gente, bom dia. Aqui são cinco da manhã, mas já está claro. Apesar da cortina blecaute ser quase perfeita, dá pra ver uma fresta de luz se infiltrando. Devemos voltar pra Escócia amanhã. Mais tarde ligo pra vocês.

Viemos para o quarto depois do que aconteceu com o grimório da ilha Crepuscular e dormimos abraçados. Olho para a cama vazia ao meu lado. *Ele deve ter ido ao banheiro.*

— Ian? — chamo em voz alta ao notar a porta entreaberta.

Eu me espreguiço antes de me levantar e vestir meu robe de cetim azul. Me aproximo e empurro a porta com cuidado.

— Ian?

A luz está acesa. Mas o banheiro está vazio. Meu coração começa a bater um pouco mais rápido. Saio do quarto, meus pés descalços tocando o chão gelado. Desço a escada, passo pela sala, pela cozinha, pela saleta da lareira — sem sinal dele.

— Ian? — chamo outra vez, a voz mais firme agora, tentando afastar o incômodo que começa a crescer no meu peito.

Talvez ele esteja no escritório. Meu coração volta a acelerar. A sensação ruim se infiltra ainda mais no meu sangue. Ele também não está aqui. Pior: o armário onde guardou as coisas de Alfehim está aberto e a armadura não está no lugar. Tento chegar até ele pelo vínculo, sentir o que ele está sentindo, mas não consigo alcançá-lo.

— Ian! — grito.

Volto correndo para a sala, ofegante. Meus olhos se fixam na parede de vidro, que revela o céu em tons de rosa e dourado e a neve infinita.

Meu sangue gela. Ian está lá fora, a uns dez metros da casa, ajoelhado, vestindo apenas a calça e as botas da armadura. A malha de metal, as ombreiras e o peitoral estão jogados no chão à sua frente, meio cobertos de neve, como se ele estivesse lá há horas.

Corro. Visto o casaco e as botas, abro a porta e saio. O frio corta minha pele.

Quando me aproximo, vejo seu rosto. Ian encara o horizonte com um olhar vítreo, estalagmites grudadas no cabelo, a boca azulada, as sobrancelhas e a barba por fazer cobertas de cristais congelados.

Mas o que me arrepia de verdade são os olhos. Não há paz ali. Nenhuma. Não há dor também. Nem raiva ou medo. Só um vazio gelado. A boca está entreaberta. O rosto, preso numa expressão contraída. A única prova de que ele ainda está vivo é a fumaça branca que sai de seus lábios a cada respiração.

Eu o abraço, desesperada.

— Ian! Vamos entrar! O que você está fazendo aqui? — pergunto, quase sem ar.

Ele não se mexe. Nem pisca. Seguro seu rosto com as mãos trêmulas e beijo seus lábios gelados. *É como beijar a neve*. Tiro meu casaco e o envolvo, colando meu corpo no dele. O laço do nosso vínculo se acende. Uma luz tênue se espalha entre nós.

Eu o beijo de novo. Ele reage, pisca com força. Inspira como se estivesse voltando de um afogamento. E então me encara com uma agonia que me quebra inteira.

— Briana... — Seus braços me envolvem com força. — Meu amor... — A voz sai quase inaudível. — Você precisa sair daqui. Você precisa se afastar de mim.

— O quê?

Ele segura meu rosto, as mãos tão frias quanto gelo sólido.

— Eu não estou bem. Tem alguma coisa muito errada acontecendo comigo.

Meus olhos se enchem de lágrimas, e arquejo sem soltá-lo, antes de perguntar:

— O que está errado, Ian?

— Eu... tentei tirar essa dor que está me queimando. Passei parte da noite na neve. Foi o único jeito de me sentir melhor. Mas aí... — Ele para, ofegante. Uma nuvem de fumaça se forma entre nós.

Ele baixa os olhos para o próprio peito. Sigo o olhar dele, com os meus cobertos de lágrimas. E quando vejo... cubro os lábios com os dedos e um grito escapa da minha garganta.

A mesma floresta de flocos de neve se espalha pelo peitoral e os ombros dele. Mas não são brancos nem cinza. Agora são escuros como a noite mais profunda, ligados por traços pretos e grossos, formando o que parece uma tatuagem viva. As veias ao redor também se tornaram escuras, como raízes sombrias, retorcidas.

— Não! O que é isso? — Soluço, ainda com a mão sobre a boca.

— Acho que é porque eu já devia ter voltado pra Alfehim. Me deram seis meses. Estou aqui há quase sete.

Soluço mais alto.

— Por que você não me falou isso antes?

— Não queria que você se sentisse pressionada — diz ele, com a voz quebrada. — E não queria lidar com isso.

Começo a tremer. Não só por causa do frio, mas por Ian. Ele parece envenenado por alguma coisa, por esse gelo que faz parte de quem ele é.

— Eu tentei. — Ele me afasta um pouco, segurando meus ombros. — Tentei ir até o carro, ia dirigir para o mais longe possível de você… — E respira como se o ar estivesse se tornando impossível de tragar. — Estou sentindo uma coisa tão funda, tão horrível, tenho medo que isso chegue até você.

Lágrimas escorrem de seus olhos, mas congelam antes mesmo de descer pelas bochechas. Seus olhos brilham com a magia do inverno, junto com uma sombra que não existia antes. Como se o gelo o estivesse possuindo. Mas não o gelo claro e cristalino; o mesmo que se espalhou por seu peito.

— Eu paralisei aqui fora. De dor. E…

— Não! — grito. — Nós vamos entrar agora. Eu vou conseguir acessar a última parte da miragem temporal. Vou tirar isso de você.

Encosto em seu peito, e os flocos pretos ali, vivos, quase pulsantes, parecem responder ao meu toque. Ele me beija com suavidade, como se ainda quisesse me proteger. Os canalizadores entre seus cabelos se acendem. Ele conjura um escudo de calor ao nosso redor, me guardando do frio. Sinto o calor circular pelo meu sangue. E o vínculo entre nós brilha mais forte.

Quando ele fala de novo, há uma nova determinação em sua voz. Uma ferocidade silenciosa, que pulsa direto dentro de mim:

— Briana, por favor. Se alguma coisa acontecer com você… se eu te perder, não vai sobrar nada que me impeça de mergulhar nesse abismo.

Ele olha para o peito, onde os flocos emanam uma magia que me tira o fôlego. Por um momento, sinto o que ele sente. Ele está numa corda bamba. De um lado, nosso vínculo. Do outro, o abismo da escuridão.

— Pegue a chave do carro. — Ele a coloca na minha mão. — Dirija até o aeroporto. Eu vou pedir para te levarem pra casa.

— Olha pra mim. — Respiro quase em pânico. — Nós vamos entrar. Eu vou tentar acessar a miragem.

Ele me encara por alguns segundos, e quando volta a falar a voz sai rouca e baixa:

— Por mais que eu queira acreditar, acho que não vai dar certo.

— Ou talvez o livro... — prossigo, afobada. — O livro que o feérico deixou pra você. Estava no seu escritório, Ian. Talvez ele seja a solução. Talvez seja essa a saída.

— O livro não diz mais nada além do que você conseguiu ver ontem à noite. As páginas... estão em branco. Eu mesmo nunca consegui acessá-lo.

— Solaveril — digo de repente. — É isso. Solaveril me ajudou quando mais nada funcionava. Vai funcionar com você também. Nem que eu precise te fazer beber um frasco inteiro.

Beijo seus lábios com urgência, e ele retribui. Me abraça de novo. Aprofunda o beijo. Por um instante, é como se ele voltasse a si.

— Por favor, vamos entrar. Vamos tentar.

Ele assente, cansado.

— Eu estava errado, meu amor.

— O quê? — pergunto entre soluços, segurando o rosto dele entre as mãos.

— Eu achei que me sentia orbitando ao seu redor, que eu não tinha escolha. Mas não é isso.

— Não?

— Não. O nosso vínculo existe e intensifica tudo, é verdade... Mas o que é um laço de parceiros sem o poder de escolha?

Soluço, beijando seus lábios de leve.

— Eu achei... achei que você não acreditasse no poder da escolha.

Ele trava os dentes, seu rosto lindo se contorcendo numa careta de dor.

— Estava errado de novo. Isso aqui — ele olha para as marcas escuras na pele — está me rasgando por dentro para que eu ceda e me deixe dominar, mas eu escolhi não me entregar, assim como escolhi você, Briana. Mesmo sem entender, mesmo sem saber. No instante em que te vi procurando aquele mecanismo bobo na Abadia de Admont… — Ele estremece e sorri, quase imperceptivelmente. — Eu escolhi você neste mundo… e escolheria você em Alfehim, e em qualquer outro mundo que possa existir.

Mais lágrimas escorrem pelo meu rosto.

— Vamos entrar. Por favor.

Ele fecha os olhos. Há uma batalha invisível acontecendo dentro dele. Então me encara, sério.

— Se nada der certo, promete que vai embora daqui?

— Sim.

— Quero sua palavra de bruxa.

Colo a testa na dele.

— Você tem. Eu te dou a minha palavra de bruxa.

Isso é mais que uma promessa em Alfehim. É um juramento sagrado.

Com esforço, ele recolhe as peças da armadura e meu casaco. Depois entrelaça os dedos nos meus e me conduz de volta para dentro da casa.

❄

Ian está sentado no sofá como um leão ferido, o olhar perdido, os músculos tensos, a respiração presa, como se estivesse à beira do colapso.

Corro para o escritório e pego o *Vita Merlini. Por favor. Por favor.*

Eu me ajoelho no chão e o abro com as mãos trêmulas, tão desesperada que mal consigo segurar o livro.

Fecho os olhos. Tento acessar o que falta. *Morgana, por favor. Me mostre o que fazer. Me dê o último estigma. Me diga como voltar para Alfehim.*

Mas nada acontece. As páginas permanecem imóveis. Vazias.

Frustrada, fecho o livro com um baque surdo. Me levanto num pulo, passo as mãos no rosto e puxo o celular do bolso do robe. Meus dedos tremem conforme procuro o contato. Se ele atender, posso pedir ajuda.

Sei que brigamos de um jeito horrível. Sei que ele errou feio comigo. Mas Kyle ainda é meu amigo. E do seu jeito torto… ele me ama. Talvez ele saiba o que está acontecendo. Talvez consiga nos ajudar. Ele é de Alfehlm, entende esse mundo melhor do que ninguém.

A ligação cai direto na caixa postal. Sinto a garganta fechar quando deixo a mensagem:

— Kyle, por favor, eu preciso de ajuda. Está acontecendo uma coisa muito estranha… ruim… e eu preciso falar com você. Me liga. Eu… Eu preciso de você. Do meu amigo. Do Kyle que eu sei que ainda está aí, atrás dessa fachada de pirata escroto que você usou na nossa última ligação. Por favor.

Guardo o celular no bolso e corro até o armário. Pego o livro de defesa das trevas da ilha Crepuscular e abro rápido, como se minha esperança pudesse rasgar o silêncio delas em branco.

Nada.

Minhas mãos estão suadas quando agarro o frasco de solaveril. Franzo o cenho ao ver que está pela metade. Ian deve ter tentado usá-lo ontem à noite. Meu peito aperta tanto que fico sem ar. Se isso não funcionar…

— Não, ele pode ter usado só um pouco. Vai funcionar. Tem que funcionar.

Volto apressada pelo corredor acarpetado e paro bruscamente ao ouvir uma voz grave e gélida, com entonação diferente, vindo da sala.

— Confesso que fiquei surpreso, aspirante Snowveil. Você resistiu por tempo demais.

Meu coração dispara.

— Como você me encontrou, seu filho da puta? — ouço Ian responder, a voz tomada de raiva e exaustão.

Com as pernas trêmulas, me posiciono atrás do pilar que separa o corredor da sala. Um espelho decorativo pendurado ali, como se tivesse sido colocado de propósito, me permite ver o que está acontecendo sem ser vista.

O outro feérico está de costas, mas consigo ver que sua armadura é muito mais ornamentada que a de Ian. Hierarquia mais alta, concluo. Um comandante. *O general?*

— Preciso lembrar como deve me tratar, aspirante?

— Não.

Um feixe de luz sai da mão do feérico e prende os pulsos de Ian, que cai de joelhos com um grunhido de dor.

Cubro a boca com a mão, abafando um soluço.

— Não o quê?

— Não, senhor. Capitão — Ian corrige com a voz rasgada.

É Zarethar. Meu corpo inteiro estremece de raiva. Meus dentes rangem. É ele, o torturador filho da puta. Sinto o estigma no meu braço arder, como se estivesse pronto para eclodir em um raio. Mas me forço a respirar. *Calma. Pensa.* O que posso fazer? Como posso salvá-lo?

Os feixes azulados, como chicotes, se estendem dos pulsos de Ian, obrigando-o a se levantar com dificuldade. Ele respira rápido, mas ainda está preso.

— Muito bem — Zarethar continua, com uma calma que gela o sangue. — Uma pena ser recebido assim. Achei que você estaria mais empolgado com o fim do seu treinamento, ou mais comportado.

— Como você me encontrou? — Ian repete, ofegante, entre os dentes. — E a minha irmã? Onde ela está?

— Se vamos ter uma conversa, quero que você se vista e me sirva uma bebida — responde Zarethar, tranquilo, sentando no sofá, agora de perfil para o espelho. — Se tem algo que os humanos fazem bem, é uísque e… mulheres. Bruxas, no caso. Como distração sexual, claro. Não concorda?

Ian engole em seco. As narinas se expandem.

— Você pode me soltar pra eu me vestir? — pede, com a mandíbula travada.

Zarethar dá uma risada baixa, saboreando o próprio sadismo.

— Claro, estou distraído.

Os feixes de luz se desfazem. Ian baixa os olhos para o pulso esquerdo, onde nosso vínculo brilha, visível só para nós dois.

Eu sinto. Sinto o medo dele. A urgência. O desespero. É como se todas as suas células, toda a magia que corre em seu sangue me dissessem: "Vai embora, dá o fora daqui".

Tento alcançar Ian novamente, fazer com que ele me sinta. Mas é como se a nossa conexão tivesse sido bloqueada.

Ian começa a se vestir. Primeiro a malha preta, depois a de ferro. As ombreiras, o peitoral. Vai até o bar, pega um copo com os dedos brancos de tensão, serve uísque e o entrega a Zarethar.

O capitão bebe um gole, passa os dedos pelo cabelo branco e depois murmura:

— Ah, sim. Você perguntou como eu te encontrei. — E sorri, cínico. — Não foi difícil. Você tem um localizador mágico implantado na nuca. Ele também mede seu nível de acesso à magia, para me alertar assim que você estivesse pronto. — Ele faz uma breve pausa, saboreando a tensão. — Na verdade, a culpa é do seu pai. Ele foi impaciente, não quis esperar até que você estivesse completamente preparado. Mas agora estamos quase lá.

— Você fala como se estivesse preparando uma refeição e eu fosse um pedaço de carne.

Zarethar gargalha.

— Você tem senso de humor, aspirante. Um jeito interessante de ver as coisas, mas não; estou falando de magia, do porquê e como eu cheguei até aqui. Não foi o que perguntou?

Ian trava os dentes e faz que sim. Zarethar prossegue:

— Eu vim porque o localizador na sua nuca apontou que está quase formado.

A respiração de Ian acelera e ele leva os dedos à nuca, mas não responde. O capitão abre as mãos no ar, teatral, como um ator encerrando o último ato, antes de concluir:

— Então eu abri um portal temporário pra cá e... *voilà*. Aqui estou. — Um sorriso perverso curva seus lábios quando acrescenta: — Não me olhe assim. Todos os que treinam para a tropa de elite têm um localizador. É para a sua segurança também. Você está a um passo de se tornar um cavaleiro, e treinamentos como o seu custam caro ao reino. Não podemos nos dar ao luxo de perder soldados entre os mundos.

Ian se posiciona em frente ao sofá, as mãos cruzadas nas costas. Fica virado para Zarethar — e para o pilar atrás do qual estou escondida. Seu olhar se fixa nessa direção. Ele deve sentir que estou aqui.

— O general me prometeu que, quando eu concluísse o treinamento, seria livre para escolher meu próprio caminho.

— E será — responde Zarethar, com naturalidade. — Está muito perto disso. Só falta cumprir sua primeira missão como oficial. Depois disso, seu treinamento estará completo.

Então, Ian está comigo outra vez, e eu o percebo ruir por dentro. Sei que ele quer que eu saia daqui, eu sinto. Cerro os dentes, tentando fazer com que ele me alcance: "Você não pode querer que eu vá embora e te deixe sozinho com esse psicopata".

Mas não sinto mais nada vindo dele.

— E o que, exatamente, eu estive fazendo aqui por meses? — Ian pergunta, a voz carregada de sarcasmo e exaustão.

— Ancorando sua capacidade de canalizar magia — diz Zarethar, como se estivesse explicando o funcionamento de uma bússola. — Você nasceu em terras humanas, precisava ser aqui. Que culpa tenho eu se a magia é temperamental? Não fui eu quem fez as regras.

— E aquela história de encontrar uma chave e voltar pra Alfehim?

— A sua chave, aspirante Snowveil, é a sua última missão. Conclua essa e os portais do inverno se abrirão para você.

— E em quanto tempo eu vou poder ser livre de verdade? E a Layla, onde ela está? Quando vou poder vê-la, porra?

As sobrancelhas brancas de Zarethar se arqueiam.

— Ela passou pelo mesmo processo. Quanto tempo vai demorar? Depende só de você.

Magia incandescente brilha nas mãos de Ian antes de ele murmurar entre os dentes:

— Eu não acredito em uma palavra do que você diz.

Zarethar se levanta devagar e, com a postura exalando ameaça, caminha até Ian.

— Não sei se já te expliquei, mas a sua magia foi programada para não atingir superiores. Você pode até me arranhar… mas não vai passar disso. — Ele se inclina, a presença ainda mais intimidadora. — E depois, Ian, você vai se arrepender.

Apesar da ameaça das palavras, a voz continua relaxada, quase divertida — como se ele estivesse sorrindo por dentro. Isso torna tudo ainda mais perturbador. Em seguida, ele senta novamente, se recostando com naturalidade, como se estivessem tendo uma conversa casual, e prossegue:

— Além disso, por mais que mestiços como você tenham capacidade dobrada de canalizar magia, eu também sou um. Então, não me teste.

O rosto de Ian empalidece. E eu... eu travo.

Mestiço. *Ian é um mestiço.*

Zarethar estica as pernas no sofá e pega o copo outra vez.

— O quê? Seu pai esqueceu de te contar? — ele ironiza. — Ah, é. Provavelmente achou que seria um choque, ainda mais porque o treinamento é bem duro. Mas, acredite, é recompensador.

— Como assim? — Ian pergunta, quase sem voz.

Ele está tremendo outra vez. Eu também — por ele, por mim, por nós. Sinto pelo vínculo. E lembro das palavras de Ian sobre o que o exército tem feito com mestiços em Alfehim: *Eram gritos horríveis. Como se estivessem arrancando veias de dentro para fora. Mas conseguia ser pior. Eu vi dois feéricos. Mestiços. Os olhos estavam abertos, mas vazios. Como se tivessem extirpado quem eles eram.*

Ian não foi apenas forçado a canalizar magia. Ele está sendo violado, amputado.

Engulo em seco. Luto contra o pânico. Tento respirar devagar. O que eu posso fazer? *Meu Deus! Deusas das minhas tias. Como tiro a gente daqui? Morgana, me ajuda.*

— Sua mãe era da ilha Crepuscular — Zarethar continua, indiferente. — Fugiu para as terras humanas achando que livraria você e a sua irmã do alistamento. Quando vocês foram localizados, seu pai fez um acordo com o rei Iskar: deixá-los vivos, desde que provassem, em um ano, que tinham valor para as tropas de elite.

Ian está ofegante. Eu também. Mas há algo diferente dentro de mim. Uma fonte de calor. Uma ponta de esperança.

A magia de Ian não pode atingir Zarethar. Mas a minha pode. Sou uma bruxa. Tenho os estigmas. E o que está ativado veio da ilha Crepuscular. É isso.

— Onde está a minha irmã? — Ian pergunta novamente, o tom carregado de ódio.

— Mas que coisa, Snowveil — diz Zarethar, com a voz rouca pelo uísque. — Pare de tentar me contagiar com esse seu mau humor. Layla está ótima. Entendeu muito rápido que resistir à amputação da magia da segunda ilha só provoca dor. E cedeu. É uma oficial agora. Está perfeitamente bem.

Magia cresce nas mãos de Ian, e ele a lança na direção oposta à do capitão, congelando tudo ao redor em segundos.

Zarethar fecha as duas mãos no ar, vibrando com uma satisfação perversa.

— Veja como você está forte! A ancoragem nesta terra miserável foi surpreendentemente eficaz. Mesmo com a escassez daqui, você conseguiu canalizar desse jeito. Você será poderoso, Ian. Seu pai tinha razão: basta parar de insistir em manter esse maldito canal aberto com a sua outra ilha de origem.

E move as mãos, provocando uma onda de dor intensa em Ian, que grita e se contorce. Tento abafar meus soluços com as mãos trêmulas.

O capitão ri diante da agonia de Ian e continua, impune:

— Pare de resistir e você poderá canalizar ainda mais magia do inverno. Somente os mestiços têm essa capacidade. Fascinante, não é?

— Isso que vocês estão fazendo é magia das trevas — Ian arqueja —, achei que estivesse proibido.

— Não para uso militar, e nunca para a defesa de Alfehim.

Um gosto amargo sobe pela minha garganta. Olho ao redor, aflita, tentando respirar. Meu corpo começa a gelar. Não é o ar nem a metade congelada da casa; é Ian. Ele está congelando por dentro novamente. Sua magia misturada à dor, junto com o que quer que tenham feito com ele, está destruindo-o.

— E se eu me recusar? — ele pergunta, sombrio.

— Seu pai provavelmente lamentaria. Mas eu? — Zarethar dá de ombros, com um sorriso perverso na voz. — Acho que você daria uma sentinela das sombras excepcional.

Minhas pernas fraquejam, e o ar parece desaparecer. Eles transformam mestiços que não cedem ao treinamento em sentinelas das sombras.

O capitão continua, impassível:

— Cumpra sua primeira missão. Ceda. Pare de resistir à amputação. — Ele aponta para o peito de Ian, onde as cicatrizes pretas de gelo se espalham. — Toda a dor e a fraqueza vão sumir. Você ainda sentirá prazer, desejo e outras coisas interessantes. Mas as fraquezas, como empatia, amor, compaixão? Puff… evaporam no mesmo instante em que o seu canal com a ilha Crepuscular for fechado. Incrível, não é?

— Vai se foder, capitão.

Escuto uma gargalhada e um tapa ao lado do sofá, como se ele lidasse com uma criança birrenta:

— Sente-se e pare de me fazer perder tempo. Está na hora da sua missão.

Me encolho atrás da parede, trêmula. Preciso de um cetro com metal nobre de Alfehim, um cristal encantado ou algo orgânico de lá — pena de fênix, pelo de unicórnio, escama de dragão. Sem isso, se tentar canalizar, vou queimar de novo, e a magia de Zarethar vai me esmagar.

Ian resiste, a mandíbula tensa, lutando contra o processo de amputação — o método cruel que transforma soldados em cascas obedientes, como o próprio Zarethar. Assisto, impotente, enquanto o capitão lança novos feixes de luz, prendendo os pulsos de Ian e forçando-o a sentar.

— Assim é melhor — diz ele, satisfeito, batendo palmas no ar. — Vamos escolher sua presa.

Um mapa holográfico azul se projeta diante deles.

— Os humanos são patéticos. Acham que dominam o mundo com brinquedinhos a bateria, mas a verdadeira evolução está na fusão entre magia e tecnologia.

Ian não responde. Zarethar continua, indiferente:

— Prefere caçar uma bruxa fugitiva ou um mestiço? — Ri. — Bruxas são melhores. Dá para se divertir antes de concluir a missão… se é que você me entende.

Engulo a ânsia de vômito enquanto ele prossegue:

— Eu poderia não explicar nada, mas estou de bom humor. A expectativa da caçada me anima. — Esfrega as mãos. — Antes era quase impossível localizar fugitivos nas terras humanas. Mas há três anos as sentinelas começaram a funcionar. E estão evoluindo rápido. — Faz uma pausa, como se saboreasse o momento. — Atualmente, basta uma sacerdotisa ou mestiço ativar magia de Alfehim, e então abre-se um portal temporário. As sentinelas atravessam e a detêm até que um caçador chegue para concluir o trabalho.

Ele tira um cristal em forma de floco de neve de uma bolsa presa à armadura. É idêntico ao que carrega no peito. Sem cerimônia, encaixa a peça no centro da armadura de Ian e conclui:

— E agora nós temos essas belezinhas. Se alguma coisa muda na missão, se novas ordens chegam ou algo ligado à profecia acontece, o cristal muda de cor e te alerta. Ele também recebe comunicados diretos de Alfehim, em tempo real, não importa onde estejamos.

Zarethar toca no holograma e a imagem muda.

— Voltando à sua missão, estamos atrás das bruxas nascidas em Alfehim ou descendentes delas que tenham estigmas ativados — diz com falsa inocência. — Afinal, é a profecia. Por mim eu eliminaria todas, mas... lei é lei, por mais chata que seja.

Ele toca novamente na projeção.

— Esta é uma das sacerdotisas mais procuradas. Fugiu de Alfehim há sete anos pela maldita ilha Crepuscular, com a ajuda de feéricos rebeldes. Sem querer ofender, mas sua segunda origem é justamente a ilha que mais nos causa problemas. Malditos progressistas...

A imagem se fixa antes de ele falar, num tom que mistura diversão e perversidade:

— Nome: Indira Lumes. Rebelde. Uma das fundadoras da Irmandade da Aurora. Sacerdotisa grau três. Olhos verdes. Cabelos ruivos. Uma peça valiosa...

Eu paro de ouvir. Indira Lumes. A amiga, a irmã de alma da minha mãe. Não.

*Não.*

Meus olhos se enchem com mais lágrimas. Meu coração aperta. Ele quer que Ian a mate.

Zarethar continua:

— Antes de matá-la, você deve provar um pouco do sangue dela... Faz parte do ritual da morte da sacerdotisa pela profecia. É o sangue que desperta a maldição e forja o punhal capaz de congelar o coração dela.

O capitão sorri ao notar a repulsa no rosto de Ian.

— Não me olhe assim, Snowveil. Não somos monstros. Só amaldiçoamos as sacerdotisas rebeldes e fugitivas, as vagabundas que nos forçam a fazer isso.

Ele se inclina um pouco mais, a voz se tornando quase íntima, carregada de perversidade:

— E, ah... o gosto do sangue no instante em que o coração delas congela e a vida se esvai... — Ele fecha os olhos brevemente, como se saboreasse a lembrança. — É viciante.

Eu grito por dentro. Eles congelam o coração de sacerdotisas que fogem, que se recusam a usar os contentores. *O meu pesadelo, o pesadelo de Ian.* Meu Deus. Morgana, minha mãe, Elara, Indira, Barbara e tantas outras...

As sensações de Ian transbordam dentro de mim. Ele está desesperado para que eu vá embora; deixa que eu o sinta sem nenhum filtro. É tanta urgência, tanta angústia, que a vontade dele se confunde com a minha. É como se ele me dissesse por meio das emoções: *Vencer esta batalha, para mim, é tirar você daqui com vida.*

Eu quase saio correndo. Mas me detenho, me concentro e acalmo a respiração. Olho para a porta de saída. Depois para a porta do escritório de onde vim há pouco. Meu estigma da ilha Crepuscular arde como fogo líquido, os espinhos gelam. Toco o brilho tênue do nosso vínculo. E falo através dele, com toda a força do meu coração: *Me perdoa, Ian. Mas eu não vou desistir de você. De nós. Eu te amo.*

E selo a troca.

Volto correndo até o escritório e pego o grimório da ilha Crepuscular. Ontem as páginas se revelaram quando meu estigma acendeu. Agora, com as mãos sobre a capa, fecho os olhos e me concentro. Busco a magia presente na terra, no ar, no gelo, nos raios de sol — em tudo ao meu redor. Pego um frasco do armário de Ian que contém magia pura e espalho na sola dos pés, na ponta das orelhas. Canalizo essa energia, sinto meu estigma arder, queimar, atravessar meu corpo, passar pelas mãos, até tocar o livro. Ele se abre sozinho, revelando um texto que pulsa com poder antigo.

Então escuto. Uma voz grave e nítida, falando direto dentro da minha mente:

— Compartilhe os estigmas, *minha existência*. É o único jeito de vencermos.

Não é Ian. É o feérico que me doou o estigma. O dono deste grimório.

# 40

*A tropa de elite, que desde a Nova Ordem Purista também compõe os caçadores de elite, recebe treinamento especial para rastrear, marcar e neutralizar bruxas consideradas ameaças pela Nova Ordem e mestiços rebeldes. A marca mágica colocada sobre a presa estabelece um vínculo direto com o militar que a caçou — apenas ele pode concluir a morte da sacerdotisa marcada ou transformar o mestiço em uma sentinela. Essa regra evita o cruzamento de linhas mágicas entre soldados e garante agilidade e segurança na operação. Para quebrar a marca, só há duas opções: a morte do caçador ou a entrega da presa ao regimento de Controle Mágico do exército, em Alfehim.*

— Trecho extraído de *Táticas de caça e controle: manual de intervenção mágica do Exército Feérico na Nova Ordem Purista*

IAN

Meu corpo inteiro está em chamas. Elas congelam e queimam ao mesmo tempo. A voz de Zarethar ecoa, distante e insidiosa, falando sobre encontrar uma sacerdotisa de nome Indira Lumes. Cada palavra dele parece penetrar fundo na minha mente, como se pudesse me controlar apenas com a vontade.

Busco o vínculo desesperadamente, passo os dedos por ele, angustiado, porque Briana ainda está aqui, vulnerável. Ao mesmo tempo, só a presença dela me mantém firme, só ela impede minha queda. Tento me lembrar de quando Briana se tornou um caminho sem volta, muito além do vínculo.

Talvez tenha sido no momento em que vi seus olhos na Abadia de Admont. Ou quando ela saiu correndo do banheiro da universidade e eu tive certeza de que mataria quem a tivesse machucado. Talvez quando a vi enfrentar com tanta força miragens temporais que enlouqueceriam qualquer um.

Provavelmente foi quando ela lutou para canalizar magia no jipe, mesmo sangrando. Ou quando o ciúme me corroeu por causa de um feérico que eu nem conheço, mas que doou estigmas a ela. Talvez tenha sido seu sorriso. Ou o jeito como ela se aninha em meu peito e diz meu nome quando fazemos amor.

Não, na verdade eu me apaixonei pelo coração dela, pela maneira como ela ilumina o que há ao redor só por existir, pelo jeito como ela me faz sentir... tudo. Ela colore meu mundo congelado e cinzento, traz esperança e enche tudo de vida — e continua trazendo, aqui, resistindo a ir embora, mesmo depois de eu ter usado o vínculo para fazê-la sentir que precisava partir. Por mim. Por ela. Por nós.

Ela luta ainda que não tenha recursos para vencer, apenas coragem. É como uma rosa florescendo em meio a um inverno sem fim.

No começo tentei me afastar; foram meses de luta contra o que eu sentia. Por medo do que vinha pela frente. Porque eu sabia que teria que voltar para Alfehim. Porque eu achava que não havia espaço na minha vida para me apaixonar por ninguém. Por ela ser uma bruxa, e eu, um feérico do inverno. Mas não foi um único momento. Foram muitos. Uma coleção inteira gravada em mim — e que poderia me resgatar de qualquer abismo. Menos do abismo de perdê-la.

Tento novamente alcançá-la pelo vínculo, fazer com que ela sinta meu desespero. Ela precisa ir embora. Nós não temos armas para lutar contra isso. Ainda não.

A voz de Zarethar retorna, nauseante:

— Indira foi localizada pela última vez no sul da França, há um mês. A esta altura pode estar em qualquer lugar; essas bruxas são como ratos, se escondem nas frestas do mundo. Eu vou te equipar melhor para que consiga caçá-la. E, assim que encontrá-la, marque-a como sua, para deixar claro que...

Tudo desaparece repentinamente quando Briana entra na sala. Zarethar está de costas e não percebe sua chegada, mas sinto a presença dela como um vendaval invadindo o espaço, um sol rasgando as nuvens após a tempestade.

"Sai daqui! Vai embora, Briana", grito com meus sentimentos, enlouquecido. Meus olhos queimam, os joelhos quase cedem.

Ela segura minha espada, imensa em suas mãos. O espírito dela irradia uma força que me atinge como um raio, me fazendo arfar. Suas íris brilham intensamente com uma luz dourada, o relicário vibra com a mesma luz, e os pulsos são circundados por anéis de luz roxa, magenta e preta.

"Nós não estamos sozinhos", seus olhos e sentimentos me mostram o que ela sente pelo vínculo. "Essa luta não é só sua, Ian. É por cada voz silenciada, cada injustiça cometida, cada um que resistiu, por todas que nunca desistiram. É por aqueles que vieram antes e pelos que ainda virão. Mesmo que não saiamos daqui inteiros, nosso amor terá vencido."

Prendo a respiração. E a amo ainda mais intensamente. Concordo com a cabeça, meus olhos ardendo com lágrimas de orgulho.

"Eu te amo", digo com toda a força para que ela sinta. "Mesmo se essa merda de escuridão me engolir, nunca deixarei de te amar."

Ela ergue a espada acima de Zarethar. Magia em tons de preto e roxo percorre a lâmina, transformando-a num cetro improvisado, canalizando toda a sua energia. Uma onda poderosa de luz explode da arma, atingindo o capitão, que grita de dor e desaba. A espada cai das mãos dela com o impacto mágico, e eu me lanço para ampará-la enquanto Zarethar ainda está vulnerável.

Briana segura minha mão esquerda, nossas mãos trêmulas se firmando no toque.

— Confie em mim — ela murmura.

E eu a sinto. Eu a vejo. Ela é gigante, tão brilhante quanto a luz que queima as estrelas. O choque e a honra se misturam, e eu mal consigo respirar.

Meu braço queima com uma luz roxa e magenta e outra preta, que espiralam pela minha pele, formando um estigma novo, uma marca da ilha Crepuscular entrelaçada aos espinhos que Briana carrega; magia de defesa contra as sombras. Ela me doou o estigma que recebeu do feérico no meu escritório.

A dor no meu peito, nos músculos, nas células, cessa. A luta interna contra a sensação de ser extirpado acaba. Não estou mais sendo amputado da capacidade de canalizar a magia da ilha Crepuscular. Ainda assim, há uma vontade desesperada de rasgar com as unhas as cicatrizes no meu peito, um ácido que me percorre por dentro. Tenho certeza de que é a magia das trevas que estava me extirpando e que ainda está no meu sistema. Apesar de a luz crepuscular agora fazer parte de mim, fortalecendo cada fibra do meu corpo, essas raízes sombrias continuam agarradas ao meu peito.

— Os espinhos camuflam a magia crepuscular — Briana diz só com os lábios, mas eu entendo. — Para todos, você continuará sendo um feérico mestiço que foi amputado e só canaliza magia do inverno. Eu acabei de ler isso no grimório.

Sinto um arrepio forte quando percebo, pelo canto dos olhos, Zarethar se levantando calmamente. Ele alisa a capa, removendo poeira imaginária dos ombros. Sorri antes de falar:

— Bem-vinda, minha querida. Estava ansioso para te conhecer.

O gosto amargo invade minha boca. Ele já sabia da presença dela?

— Essa expressão de choque é porque você achou que eu não soubesse dela? — Ele estala a língua. — Eu soube no exato momento em que pisei aqui e senti o cheiro de puta no ar; só não quis estragar o clímax. A casa está cercada de sentinelas, ela jamais conseguirá sair daqui.

Imediatamente empurro Briana para trás do meu corpo e tento canalizar uma magia que nunca usei. Se minha magia do inverno não pode ferir Zarethar, talvez a crepuscular possa.

Fecho os olhos por um instante e busco a força da ilha Crepuscular, lembrando das poucas vezes que estive lá: a lua crescente, as estrelas, o sol se apagando no horizonte, o céu lilás, os cheiros, os sons, as construções em dourado e mármore preto. Meus pulsos esquentam e minha pele vibra como se fosse percorrida por relâmpagos. Um dos feitiços que li nos livros escondidos da fortaleza era de ilusão reversa, capaz de mergulhar o oponente em confusão, fazê-lo se perder nos próprios medos, forçá-lo a canalizar contra si mesmo. Lembro dos comandos, e anéis de energia púrpura começam a se formar ao redor dos meus pulsos, rodopiando em espirais lentas.

No entanto, antes que eu possa terminar a conjuração, a voz de Zarethar corta o ar:

— Minhas lindas, hoje vocês terão jantar.

Dezenas de sentinelas das sombras emergem, brotando do chão, da nevasca que envolve a sala, da escuridão que se instala como se fosse noite.

*Deve ter umas trinta delas, caralho!* Me jogo no chão e agarro a espada caída. Com um giro rápido, decepo a cabeça de duas criaturas. Mas cordas de magia gélidas e vivas se enrolam ao redor do meu corpo, apertando meu peito, braços, pernas. Uma delas sobe até meu pescoço.

— Seu desgraçado! — rosna Zarethar, como se meus golpes o tivessem ferido diretamente. — Imobilizem a bruxa! — ordena às sentinelas restantes.

Ofegante, tento criar um escudo com os estigmas recém-adquiridos. Briana faz o mesmo, mas nossa magia oscila e se quebra diante de uma onda gelada que congela tudo ao redor — até o tempo parece ceder à força da tempestade.

As janelas explodem. Duas criaturas guincham e agarram Briana pelos braços. Assisto, impotente, enquanto a paralisam, suspensa no ar. Ela ainda está consciente. Lágrimas escorrem pelo seu rosto, e uma nuvem de vapor escapa de sua boca entreaberta.

Também estou paralisado, preso pelas amarras de Zarethar. Os estigmas poderiam ter me protegido, se eu soubesse usá-los. Mas falhei. Encaro Briana e acesso o vínculo, mesmo sem mover um músculo:

“Me perdoa por ter falhado com você.”

Mais lágrimas escorrem pelo seu rosto.

Zarethar caminha ao redor dela como um predador. Limpa o sangue no canto da boca e murmura, com prazer grotesco:

— Adoro quando vocês, bruxas, lutam. Torna tudo muito mais… divertido.

Os estigmas ardem sob minha pele, mas continuo incapaz de canalizar quando o capitão volta a falar:

— Eu sabia que você causaria problemas, Ian. Mas, quando um dos meus tenentes, um dos melhores caçadores em terras humanas, relatou que foi imobilizado pela sua magia e que assistiu, impotente, você matar as sentinelas dele… E tudo isso de um oficial enviado por ordem do seu próprio pai para te ajudar? Eu custei a acreditar.

Ele se aproxima, tirando um punhal da cintura e pressionando-o em meu pescoço.

— Quando ele disse que você estava protegendo uma bruxa não identificada na nossa lista de procuradas… eu gargalhei. Antes de ferver de raiva.

Ergo o queixo, respiro com dificuldade e mantenho os olhos fixos em Briana, ouvindo a voz nojenta dele prosseguir:

— Sabe quanto custa para o reino a perda de uma sentinela? Um ano do meu salário. E sabe o que mais custa? A minha paz. Odeio esta terra imunda, e odeio ainda mais não poder transformar você em uma delas para compensar a minha perda. Mas… — ele suspira, teatral — o rei estima muito o seu pai. E costuma atender os pedidos de clemência dele.

O punhal raspa superficialmente minha pele.

— Estou aqui para concluir sua amputação. E garantir que você cumpra sua missão: matar uma bruxa. E olha só… temos uma bem aqui.

Eu me debato. As amarras se apertam ainda mais.

— Filho da puta! — rosno.

Zarethar ri, esfregando as mãos com crueldade.

— Você matou duas das minhas sentinelas. Eu vou garantir que sua amputação seja a mais dolorosa possível.

Duas esferas de luz surgem em suas mãos — uma escura como a noite, outra azul e fria como gelo.

A respiração de Briana acelera.

Zarethar as lança contra meu peito. Uma dor lancinante me atravessa, e a magia das sombras me invade, consumindo cada parte de mim.

Mas, então, os estigmas de espinhos em meu braço esquerdo queimam. A dor recua. O calor sobe pelo meu corpo, repelindo a escuridão que tentava me afogar.

Encontro os olhos de Briana e, com um suspiro profundo e determinado, percebo que talvez ainda tenhamos uma chance.

# 41

## Interlúdio — A maldição do Coração de Gelo

*A tropa de elite do Reino do Inverno, cujo nome secreto é Esquadrão das Sombras, é composta por mestiços purificados, soldados moldados pela Nova Ordem. Após o processo de amputação, eles se transformam em armas vivas e utilizam magia das trevas combinada à de apenas uma de suas linhagens. Sem alma, mas com obediência absoluta. A maldição que carregam — o Coração de Gelo — é, segundo o trono, o único meio de matar a Sacerdotisa Caída. O ritual exige que o caçador beba uma gota do sangue da vítima. A partir disso, um punhal é forjado, feito de gelo negro, encantado para congelar o coração da sacerdotisa com um único golpe.*

— Trecho extraído de *Arquivos secretos da Nova Ordem Purista: armas vivas e maldições para proteção do reino*

### Briana

Estou presa numa teia gelada. O ar mal entra nos meus pulmões. Meu corpo treme quando Zarethar se aproxima e toca meu rosto.

— Tão linda — solta. — Eu entendo você, Ian. Tanto esforço… só pra se enfiar entre as pernas dela.

Ele inspira devagar e revira os olhos.

— Uma pena que os portais temporários sejam instáveis. Detesto os meios de transporte dos humanos. Se nao encerrarmos logo isto aqui, vou ter que pegar um avião para algum lugar que tenha um portal fixo para a ilha do Inverno. — Ele simula um calafrio e lança um olhar cínico para Ian. — Que a magia me livre disso.

Sorri, satisfeito com a própria ironia, depois acrescenta:

— E o meu fecha em vinte minutos. Por isso, minha querida, não poderei te experimentar como gostaria. Que desperdício.

Ele desliza os dedos enluvados pelo meu pescoço. Meu estômago revira. Pelo canto dos olhos, vejo Ian se debater, o rosto tomado pelo ódio.

— Não encosta nela, seu filho da puta — ele rosna entre os dentes.

Zarethar aperta minhas bochechas com força. Seu toque me queima.

Quero reagir. Gritar, me mover. Mas não consigo. Estou presa. Nem o vínculo responde. Minhas sensações estão anestesiadas.

— Vamos ao que interessa: comprovar se meus instintos estão certos e você é só uma bruxa comum ou uma sacerdotisa — diz ele, tirando da armadura uma agulha longa com uma pequena esfera brilhante na ponta. — Você acredita que antes nós precisávamos levar bruxas e mestiços para câmaras especiais para medir o poder deles? Agora, esta belezinha faz tudo na hora.

Ele agarra meu dedo e fura a pele. Quando o sangue escorre, leva-o à boca e suga, fechando os olhos.

— Deliciosa — murmura, com a voz mais sombria.

Ian se debate como se enfrentasse mil titãs, mas continua preso. A neve cai mais densa, cobrindo tudo, se misturando ao meu robe de cetim azul. Mas não sinto frio.

Zarethar examina a esfera. Seus olhos se arregalam.

— Não pode ser — duvida, nervoso, e ri sem humor. — Deve estar errado.

Então ele fura outro dedo. Repete o teste. O choque em seu rosto é evidente. Ele me encara, depois olha para Ian.

— Quem é ela? Como pode não estar nos registros de sacerdotisas ou descendentes? — Começa a rir. Baixo, depois alto, até lágrimas escorrerem. — Seria bom demais pra ser verdade.

Vira para Ian, que luta contra as correntes mágicas, ofegante.

— Se o medidor estiver certo, temos aqui um tipo de poder nunca antes registrado. Isso só pode significar que esta linda jovem — sorri, cruel — é a Sacerdotisa Caída. E você, Snowveil, não vai saborear essa vitória.

Ele anda de um lado para o outro, esfrega a barba, ajeita as luvas, estala os dedos.

— Passei mais de um século caçando essa vagabunda — diz, entre prazer e fúria. — Sou o chefe do projeto Sentinelas. Criei quase todos os instrumentos de rastreamento existentes. Encontrar você... — Ele se aproxima e beija minha testa. Um gosto ruim invade minha boca. — Não é pela fama nem pela recompensa. Matar você vai me tornar o feérico mais realizado de Alfehim.

— Desgraçado — Ian grunhe. — Eu que vou te matar.

Minhas lágrimas escorrem sem controle. E então eu vejo: um punhal de gelo negro começa a se formar entre os dedos de Zarethar. Bolas de energia incandescente se acumulam nas mãos de Ian, mas ele não consegue disparar.

Tento canalizar. Sinto a magia se agitar. No mesmo instante, porém, as sentinelas das sombras apertam meu corpo com mais força, famintas. Estão sugando minha energia. Absorvendo cada centelha de magia que desperta em mim.

— Calma — Zarethar murmura para elas, os olhos brilhando de excitação. — Já vai chegar o momento.

Ele ergue o punhal. Busco o vínculo com Ian. Com todo o amor que sinto. Meu relicário esquenta, como se estivesse em chamas. Feixes de luz irrompem dele.

"Eu te amo", deixo-o sentir pelo vínculo.

— Não! — Ian grita. O som reverbera pelo meu corpo como uma explosão, fazendo a neve ao redor se agitar violentamente. Mas, fora o vento e os flocos em turbilhão, nada muda.

O relicário preso ao meu pescoço solta mais feixes de luz, cada vez mais intensos. E, antes que o punhal desça em meu peito, um clarão dourado envolve os pulsos de Zarethar. Ele grita, como se tivesse sido queimado. Recua, cambaleando, e segura o próprio pulso com o rosto contorcido.

— Vagabunda! Foi esse artifício maldito que confundiu a leitura do seu grau de poder?

Quando se endireita novamente, com um passo decidido e raivoso, ele arranca o relicário do meu pescoço com um puxão seco. Sinto um rasgo no ar, como se algo vital tivesse sido tirado de mim. Ian cai de joelhos, sufocado entre a magia de contenção e o cerco das sentinelas.

O capitão se volta para mim, o punhal de gelo negro brilhando em sua mão como uma extensão do braço. Ele o ergue e mira meu coração. Estou tremendo. Por dentro, estou me despedaçando. As imagens se atropelam em minha mente: minhas tias, seus abraços, Emma e seu sorriso, Kyle, aquele pirata mentiroso que aprendi a amar como a um irmão, minha mãe, Morgana, as irmãs dela... E então Ian. Seus beijos. Seus toques. O amor dele por mim. O nosso amor.

Tremo ainda mais quando o punhal desce com força e uma barreira invisível o impede de me atingir. O impacto faz Zarethar recuar, cambalear para trás. Ele esfrega o rosto com raiva, depois me encara e solta uma risada ácida. Vira para Ian, e o sarcasmo transborda em sua voz:

— Você a marcou como sua presa, Snowveil?

Meu coração bate tão rápido que o sinto no corpo inteiro. Minha garganta aperta. Ian trava a mandíbula e responde entre os dentes:

— Não. Eu não fiz isso.

— Ah, sim, você fez.

— Eu nem saberia como fazer isso, seu desgraçado!

Zarethar dá de ombros.

— Bem, então deve ter sido a magia inteligente no seu corpo, programado para caçar traidores, que te levou instintivamente a marcá-la.

Ele move as mãos e Ian se levanta, ofegante. Seus olhos buscam os meus, angustiados, e eu sinto o que ele quer me dizer:

"Eu não fiz isso, Briana. Eu juro. Eu juro!"

O desespero de Ian pulsa em mim como se fosse meu.

Zarethar solta outra risada, dessa vez sem nenhum humor.

— Você a marcou, e agora nenhum outro caçador pode matá-la, somente você. E você vai fazer isso. Depois… — Ele se aproxima e senta com calma numa cadeira invocada do nada sobre a neve, que agora cobre o chão da sala e parte dos móveis. — Se ela for mesmo a bruxa da profecia, o cristal com o registro vai se quebrar instantaneamente. E nós voltaremos para Alfehim como heróis. O crédito maior vai ser meu, é claro. Vou me certificar disso.

— Eu prefiro morrer a encostar um dedo nela. Fui claro?

Minha garganta fecha. As lágrimas voltam a escorrer, sem que eu consiga piscar, turvando tudo.

— Escute aqui, seu filho da puta. Você vai terminar com isso, por bem ou por mal…

Um brilho azul intenso pulsa no floco de neve encaixado no peito da armadura de Zarethar. E na de Ian também.

O capitão franze a testa, irritado.

— Mas o que foi agora?

Um holograma mágico começa a se formar no ar entre ele e Ian. O símbolo real de Alfehim se ergue, e atrás dele surge um militar com a armadura ainda mais ornamentada que a de Zarethar. Ele tem os olhos de Ian… Meu sangue gela. Deve ser o general Snowveil. As sentinelas guincham pela interrupção.

Ian ainda tenta se soltar, o rosto molhado de lágrimas. Como o meu.

— Quietas — Zarethar ordena, e as sentinelas imediatamente emudecem.

Um silêncio dolorido se espalha pela sala. Então, a voz profunda e imponente do general ecoa, cortando o ar como uma lâmina:

— Esquadrão das Sombras, por ordem real, todos devem retornar a Alfehim imediatamente. As tropas serão retiradas de terras humanas por tempo indeterminado. Todas as missões de caça nesses continentes estão suspensas. Às onze horas e onze minutos, horário local, foi lido um novo oráculo que afirma: a Sacerdotisa Caída nunca deixou as terras de Alfehim. Ela foi identificada pela Primeira Ordem de Videntes Reais. E os dragões guardiões do trono confirmaram a autenticidade da visão, o que invalida o oráculo lido há três décadas que previa o nascimento dela em meio século.

Meu corpo inteiro enrijece. O holograma muda, e a imagem de Morgana Le Fay aparece. Meu coração dispara, tão forte que parece prestes a romper o peito. Lágrimas de alegria se misturam às de medo. Ela está viva!

— Mãe — consigo murmurar, quase sem voz.

Mas com a alegria vem o abismo: ela está viva… e agora será caçada por todas as forças de Alfehim.

O general continua:

— A partir deste instante, toda a capacidade bélica do reino será direcionada para dentro das nossas fronteiras. Essa é uma ordem urgente, secreta e direta da Coroa. — E a transmissão se encerra.

Zarethar me encara, ergue as duas mãos no ar e solta um suspiro cansado.

— Pelo visto, você não é quem eu pensei. O medidor de poder deve ter errado.

Ele caminha lentamente até a mesa, passa pelas sentinelas, por mim e por Ian, como se não houvesse urgência nenhuma, pega o copo de uísque e dá um gole. Em seguida senta com as pernas cruzadas e a calma de quem escolhe o vinho do jantar.

— De um jeito ou de outro, preciso decidir o que vou fazer com você.

O capitão toma outro gole de uísque, pensativo, e se inclina para a frente, com os cotovelos sobre os joelhos. Seus olhos passeiam preguiçosamente entre mim e Ian, como se ponderasse entre itens numa loja.

— Levar você para Alfehim e testar seu poder lá é tentador. Imagino as experiências que poderíamos fazer, caso se confirme o que foi lido aqui… — diz, em tom entediado. — Mas isso exigiria autorização, dias de espera e uma burocracia insuportável. — Ele suspira. — E, sinceramente, não pretendo passar nem mais um minuto nesta terra nojenta.

Ele se levanta devagar, pousa o copo na mesa, caminha até Ian e para atrás dele.

— Não. A melhor opção, Ian Snowveil, e a única realmente efetiva, é você acabar com isso agora. E parar de desperdiçar o meu tempo.

Ian range os dentes. Zarethar estala o pescoço e continua:

— Vamos fazer um trato. Vou me dar ao trabalho de tentar, só mais uma vez, transformar você no oficial obediente, leal, consciente de quem é a verdadeira ameaça que precisa ser eliminada. — Ele baixa o tom, gélido. — Agora, se você resistir e me fizer perder a janela do meu portal... Ah, Ian. Aí eu não terei mais pressa, e sou eu quem vai terminar o serviço com ela. E juro pela neve que me forjou: vai ser lento. Muito lento.

Dá um passo mais perto.

— Então, se sente algo por essa miserável, meu conselho é simples: ceda. Pare de resistir, de lutar contra a amputação. A luta está te corroendo e me fazendo perder a paciência. Entregue-se. Vai ser mais rápido. Mais limpo.

Ele sorri, perverso, antes de concluir:

— Quando voltar pra Alfehim, você entenderá que essas putinhas não têm nada de vítimas. Elas matam inocentes e transformaram a nossa vida num inferno. Ceda, Ian Snowveil.

Ao dizer isso, seu tom muda, e ele murmura algo usando a linguagem mágica. As palavras se arrastam como correntes de ferro:

— *Vek'thar-eliun morak thâz, shendral voran.*

Um feixe de luz prateada parte da palma de Zarethar e atinge Ian pelas costas. Ele grunhe, o corpo enrijece e se curva, como se fosse se quebrar ao meio.

Em seguida, o capitão ergue ambas as mãos e faz um gesto amplo. Com um estalo sutil de energia, parte das sentinelas ao nosso redor desaparece de uma só vez, engolidas pelo portal que ele mencionou.

A sala mergulha num silêncio cortante. A neve, antes furiosa, agora repousa como um véu fino e delicado sobre o chão.

Meus olhos encontram os de Ian. Um calafrio me atravessa. Não pelo frio da neve, mas pelo que vejo nele. Seus olhos estão... vazios. A luz neles mudou. A magia do inverno, que normalmente brilhava com intensidade gélida, agora pulsa junto a um reflexo escuro, uma sombra turva.

Ian não se move para fugir nem para lutar. Não tenta me alcançar. Apenas endireita os ombros, os pés firmes no chão, e responde sem emoção:

— Estou pronto, senhor capitão.

O impacto dessas palavras me quebra. O vínculo entre nós ainda pulsa, mas parece abafado, distante, como se atravessasse um véu de gelo grosso demais, que o sufoca. Tento gritar por ele dentro da conexão, mas meu coração vacila quando percebo.

— Não, Ian!

Ele parou de lutar.

Zarethar arregala os olhos, surpreso. Depois sorri, animado.

— Não acredito… Você cedeu mesmo? Eu estava a ponto de desistir. — Ele verifica o que parece ser um relógio, um medidor, no próprio pulso. — Sim! Oficial Snowveil, enfim um verdadeiro soldado de elite. — Bate palmas lentamente, com um sorriso satisfeito. — Que espetáculo. Voltaremos em breve para casa.

— Sim, senhor capitão.

Zarethar desfaz os laços mágicos que prendem os braços de Ian.

Meus dentes batem. Se as sentinelas não estivessem me paralisando, eu estaria caída no chão. Minhas pernas não me sustentariam. Estou estilhaçada por dentro.

Ian se aproxima devagar.

O que me destrói não é o movimento, é seu olhar. Não está vazio só de amor, mas de tudo que faz dele… ele. Os olhos que há segundos me olhavam com tanta luz agora estão apagados. Não há mais dor, nem raiva, nem ternura. Só ausência. Ausência dele mesmo.

É como se tivessem esvaziado o corpo e deixado apenas o soldado. Uma casca.

— Senhor capitão, vou imobilizá-la. Quando fizer isso, o senhor pode pedir que as sentinelas recuem um pouco? Eu… quero senti-la reagir.

"Não, Ian!"

Zarethar gargalha, um som áspero, repulsivo.

— Claro, meu jovem. O prazer de concluir a própria caçada. Seu pai ficará orgulhoso ao saber que você eliminou a última sacerdotisa antes do fim oficial das missões. Será condecorado. Afinal, nós a encontramos antes da ordem de retirada. E há algo… especial nessa jovem.

As mãos de Ian se erguem. Laços de magia azul e branca se formam ao redor dos dedos e se lançam sobre mim. Pés. Pernas. O corpo inteiro.

O capitão ordena e as sentinelas recuam. E então tudo volta com força: o chão gelado, as pernas trêmulas, a respiração falha. O sal das lágrimas descendo pelo pescoço. E ali está ele. Ian. O homem que eu amo. Com as mãos erguidas, pronto para me destruir.

Tento me soltar. Acessar nosso vínculo. Mas ele está gélido, mais frio que a própria neve ao redor, que agora me atinge com uma nitidez cortante.

"Ian, olha pra mim… por favor."

Os laços se apertam. Não machucam, mas me contêm.

Sinto um toque no ombro. Com esforço, viro o pescoço. Os olhos da minha mãe me encaram. Ela acena, firme, com cumplicidade. Do outro lado, Elara repete o mesmo gesto. O estigma da ilha Crepuscular e os espinhos que me protegem contra magia das sombras queimam no meu braço — despertando, como se respondessem por instinto.

— Me perdoa — sussurro.

E lanço uma onda de luz contra Ian. Ele recua alguns passos, baixa a cabeça e respira com dificuldade, mas logo ergue uma corrente de magia do inverno que se choca contra minha magia e a desfaz como neve ao vento. E ele avança. Para a poucos centímetros de mim, o peito quase encostando no meu. O cheiro dele me atinge — familiar, quente e gélido ao mesmo tempo. Arquejo.

Ele pega um punhal fixado à cintura e segura minha mão esquerda. Abre minha palma, e o mundo começa a escurecer. Fico tonta, fraca. A última centelha de energia se esvaiu na minha tentativa de reação. Não tenho forças nem para gritar.

Tudo ao redor se desfoca, como se a magia que emana dele apagasse o resto do mundo. Mas então escuto, distante, como um eco dentro de uma caixa fechada:

"Me perdoa, meu amor."

Ele faz um corte na minha mão e a leva à boca. Fecha os olhos e beija o sangue que escorre dela. Um punhal de gelo negro se forma em sua outra mão. As sentinelas guincham. E a gargalhada de Zarethar rasga o silêncio como um trovão.

— Muito bem, oficial Snowveil! — o capitão comemora, cheio de orgulho. — Aproveite.

Fecho os olhos e me agarro à presença de Morgana ao meu lado. De Elara. E, de repente, sinto… todas as sacerdotisas que já caminharam neste plano. Uma força antiga, silenciosa, me atravessa. Eu não estou sozinha.

Ian segura minha nuca com a mão livre. O sangue pinga da minha mão, manchando a neve de vermelho. Ele encosta os lábios nos meus e me beija. No mesmo instante, o vínculo lateja no meu pulso esquerdo, esquenta. Ele recua só o suficiente para que eu veja seus olhos. E eu o encontro.

O azul de suas íris ainda está ali, agora mais denso, mais intenso. Como o céu antes da nevasca. A magia do inverno gira lentamente nas pupilas, mas ao redor… há algo novo. Um aro azul-royal, com pontinhos roxos e magenta pulsando em volta das sombras.

É nesse detalhe que meu coração vacila. Porque ele me deixa ver tudo: o homem que me olhou com adoração no meio do caos. O cientista que queria entender, o irmão que queria salvar, o amante apaixonado e o feérico que ainda escolhe lutar por mim, por nós.

Ele aproxima a boca do meu ouvido e murmura:

— Eu nunca vou me perder de você. Agora presta atenção.

Ele me beija de novo, o punhal ainda erguido acima do meu ombro.

— Pare de brincar com sua presa, Ian, e acabe logo com isso! — Zarethar rosna. — Dessa primeira vez, quero ter certeza de que você concluirá sua missão. E tique-taque, não temos muito tempo. Você ainda vai caçar muitas como ela em Alfehim. Aí sim poderá se divertir como quiser.

Ian prossegue sussurrando:

— O estigma que você compartilhou comigo impediu que a magia das sombras completasse a amputação. Com ele, eu consigo controlar o que tentava me dominar. Enganei os medidores. Tudo isso, tudo o que fiz até agora, é um teatro para te libertar. Para nos libertar.

Arfo, surpresa.

— Não, não reaja — ele sussurra com ternura de um jeito quase inaudível, mas o vínculo faz com que eu o escute. — Continue exatamente como está. Não olhe para mim. Não sorria. Não mude nada. Vou precisar fazer algo e você vai ter que confiar em mim. Com a sua vida. Você confia?

Faço que sim.

— Ótimo, obrigado, meu amor. Agora, use o estigma de defesa para cobrir seu coração. Como você mesma percebeu, essa é uma magia camuflada. Só eu saberei o que está fazendo e quando você estará pronta, por causa do vínculo.

Ele entrelaça os dedos nos meus com a mão esquerda, enquanto ergue mais o punhal com a direita, apontando para o meu peito.

A magia que ele canaliza flui direto para mim. Sinto os espinhos de luz negra se formarem, espiralando pelo meu braço. Mas não é só isso — entrelaçada a eles, uma luz roxa e magenta, crepuscular, percorre meu corpo até florescer em meu peito. Ela forma uma rosa quente, viva, exatamente sobre meu coração. Só então os espinhos a envolvem por completo, como uma armadura mágica. A rosa pulsa sob a proteção deles. Silenciosa. Intocável.

Por um instante, Ian apenas arregala os olhos, sentindo o que acaba de acontecer dentro de mim. E então sua voz me alcança:

— Você tinha toda a razão. Os espinhos protegerão a rosa. O seu coração. — Ele começa a baixar o punhal em minha direção e continua murmurando: — Eu vou ter que congelá-lo com uma magia de inverno temporária. Vai parecer que te apunhalei, mas a rosa e os espinhos vão te proteger e eu vou absorver a maldição através do vínculo. Você estará segura.

— Absorver a maldição? — murmuro de volta.

— Sim.

— Você vai ficar bem?

— O estigma de espinhos também vai me proteger.

— Promete?

— Sim, meu amor, nós vamos ficar bem. — A voz dele soa firme, mas a emoção que sinto pelo vínculo é medo quando ele acrescenta: — Só tem um problema: eu não sei se a magia de hibernação que também vou lançar para que você durma será suficiente para enganar Zarethar, caso ele cheque seus sinais vitais.

Ele baixa um pouco mais o punhal, e lembro da obsessão de Morgana por um feitiço específico. Estou falando apenas com o movimento dos lábios, sem emitir som, mas de algum jeito ele me entende, sei que entende.

— Use a doce morte, você conhece?

— Lembro de ter visto em um dos livros que estudei, mas não vou… não posso arriscar. Eu sei que é um feitiço arriscado, proibido na maioria das ilhas. Não, meu amor.

O grito de Zarethar levanta uma onda de neve ao redor:

— Eu vou ter que ir aí ajudar você a cravar essa merda de punhal no peito dessa puta?! Meu portal está no limite do tempo de abertura, porra. Você tem dez segundos.

Eu o olho com todo o amor e a coragem que consigo reunir.

— Agora, Ian, use a doce morte. É o único jeito! Vai funcionar, eu confio em você.

Ele baixa mais o punhal e Zarethar rosna:

— Nove.

— E-Eu não lembro das palavras de invocação, somente das de quebra — Ian murmura próximo à minha orelha. — Lembro da droga da flor para o antídoto das palavras de quebra, mas não lembro como invocar.

— *Dormariel svefendís eilíf*. Sangue adormecido, que o sono o proteja.

— Oito — o capitão prossegue.

— Minha garota brilhante e corajosa, eu te amo.

— Sete.

Busco os olhos de Ian novamente e o deixo sentir:

"Eu te amo."

— Seis — Zarethar continua a contagem. — Ande logo, aspirante! Minhas sentinelas estão ansiosas, e eu também.

Meu sangue esquenta. A raiva sobe de uma vez, rompendo todos os bloqueios da cautela.

"Eu quero matar esse desgraçado", passo a sensação pelo vínculo, sentindo os dentes travarem. E Ian me deixa sentir que também quer, talvez mais do que eu.

— Cinco. Qual a merda do problema?! — vocifera Zarethar.

Inspiro devagar, tremendo de frio e raiva.

— Feche os olhos agora, meu amor. Você vai dormir. Profundamente — murmura ele.

As pupilas dele brilham em um tom azul-escuro e magenta. Ian se inclina até meu ouvido e sussurra pelo vínculo:

— *Dormariel svefendís eilíf.* Sangue adormecido, que o sono proteja. Eu te amo.

Antes que a escuridão envolva minha consciência, olho para baixo. No ponto onde meu sangue cai sobre a neve, começam a brotar galhos, folhas e rosas. Elas me envolvem, firmes. Ian também me segura.

O punhal se enterra em meu peito.

Não dói. Meus olhos não se desviam dos dele. Ele está ali. Ainda é ele.

E, então, algo acontece.

Não vejo, mas sinto. Uma presença enorme. Um espectro dourado paira sobre mim. Não é físico. É uma força. Uma consciência que, de algum jeito, sempre esteve comigo. Dois olhos intensos me observam. As asas do dragão dourado se abrem, tudo ao meu redor desaparece.

E eu apago.

# 42

## Interlúdio — Doce morte

*Doce morte é um feitiço crepuscular que induz um estado de suspensão vital: respiração, batimentos e aura mágica cessam, simulando a morte completa. No entanto, a alma permanece adormecida em um limiar entre mundos. Reverter o feitiço exige um antídoto raro, alinhado à essência da vítima e do conjurador. Proibido em quase todas as ilhas, é tolerado apenas na Crepuscular — onde vida e morte se confundem por natureza.*

— Trecho extraído do *Grimório da ilha Crepuscular: encantamentos raros e magia liminar*

## Ian

O feitiço da doce morte dá certo e eu quero beijá-la para comemorar, mas então ela amolece em meus braços. A luz nos olhos dela se apaga devagar, como uma vela consumida pelo vento. O calor do seu corpo desaparece, substituído por um silêncio gélido. Sinto a magia reverberar em mim enquanto sussurro o encantamento que congela seu coração. Os lábios perdem a cor, as faces empalidecem, até ficarem tão frias quanto um bloco de gelo.

Não enfio o punhal por completo — apenas o suficiente para tocar a barreira mágica de espinhos. Quando a lâmina encosta em sua pele, absorvo pelo vínculo a maldição destinada a congelar seu coração. É como se o gelo fosse transferido para dentro de mim. Respiro várias vezes, em desespero. Travo os músculos. Cerro os dentes para não gritar. A dor é aguda, lancinante. Mas eu sou um feérico do inverno. Meu coração está coberto pela mesma magia que protege o dela: rosa e espinhos. Travo de dor, mas continuo fingindo.

Fingindo indiferença. Fingindo que não noto o sangue escorrendo por sua mão até tocar a neve. As gotas se espalham como pequenos pontos de luz vermelha… e, onde caem, algo impossível acontece.

Elas germinam.

Ramos verdes brotam, se retorcem, desabrocham em dezenas de rosas brancas. A vida florescendo no meio do gelo. As flores se entrelaçam, formando um leito para acolher o corpo dela. Eu a deito com reverência contida.

Zarethar arregala ligeiramente os olhos, surpreso, antes de dar de ombros com o desdém habitual — como se estivesse acostumado a ver a primavera desafiar o inverno.

— Ela deve ter sangue feérico — murmura, torcendo a boca. — Que pena, sentinelas… vocês não vão poder se alimentar da magia no sangue dela. — Ele abre as mãos, como se fosse óbvio. — Sentinelas não tocam em sangue feérico.

Em seguida, ele verifica a ausência de vida. Toca o peito de Briana. Confirma que o coração está congelado. Quando se dá por satisfeito, me lança um olhar impassível.

— Você matou sua primeira sacerdotisa. Volte para casa, oficial Ian Snowveil. Vamos comemorar como se deve.

Mas, antes de partir, se aproxima mais uma vez dela, o cenho franzido, como quem tenta decifrar um enigma.

— Ainda me pergunto… Quem infernos é ela?

Respiro fundo. Me forço ao silêncio, mas as palavras escapam num sussurro, só para mim:

"Ela é a força que se anuncia antes da tempestade, o estalo de eletricidade que rasga o ar antes do raio, o sopro de vida no instante que antecede a primavera. Ela é mais que uma rainha... é o destino inevitável. E, um dia, todos se curvarão a seus pés, como eu já estou."

— O que você disse? — pergunta ele, franzindo o cenho.

— Disse que estou ansioso pra voltar para casa.

Ele ergue as sobrancelhas, com aquele ar de desprezo que já conheço.

— Uma pena que portais temporários só levem um feérico e suas sentinelas. Mas os portais fixos do inverno estarão abertos para você, oficial Snowveil. Ainda tem o mapa com a localização deles?

— Sim, senhor. Um deles fica perto do lago, junto ao palácio onde cresci.

— Muito bem. Nos vemos em Alfehim.

Sorrio. Um sorriso frio, vazio — do mesmo tipo que aprendi com ele. Fingir é uma arma. E, agora, é tudo o que me resta. Porque a vontade real — de arrancar o coração dele com minhas mãos — eu engulo em seco. Só observo enquanto ele e seu séquito desaparecem pelo portal.

Assim que a tempestade mágica se dissipa, corro até Briana. Me ajoelho diante do leito florido que o sangue dela criou. Desfaço o encantamento que congelou seu coração e sinto o gelo se quebrando — ele estava apenas na superfície.

Ignoro a dor no peito. Faço um escudo protetor contra o frio, envolvo-a com ele e coloco o relicário de volta no pescoço dela antes de correr para o escritório. Pego nossas coisas, volto para a sala e a carrego no colo até o carro, acomodando-a no banco da frente antes de afivelar o cinto. Telefono para o piloto e peço que nos encontre no aeroporto.

Sem tempo a perder, puxo uma folha e um lápis de dentro da mochila e, com mãos trêmulas, desenho da melhor maneira possível a flor que me lembro de ter estudado, a única capaz de reverter o feitiço da doce morte. Digitalizo o modelo e envio para alguns e-mails. Quem pode me ajudar? Se essa flor só existir em Alfehim... o que eu faço? Não pensei nisso na hora. Não tinha outra saída.

O nome dele surge em minha mente: Kyle. Um mercenário. Um dos poucos que conseguem entrar e sair de Alfehim com frequência. Briana salvou o número dele no meu celular, para que eu pudesse enviar o convite da festa no palácio.

Clico no contato com os dedos trêmulos. Meu coração afunda no peito quando a chamada vai direto para a caixa postal.

— Merda.

Somente então ligo para Emma, com as mãos instáveis. Apoio o cotovelo no volante, respiro fundo e forço minha voz a sair firme. Preciso parecer no controle, mesmo que tudo dentro de mim esteja à beira do colapso.

Ela atende no segundo toque.

— Oi, Ian. Tá tudo bem? Cadê a Bri?

Fecho os olhos por um segundo. Sinto o gosto de ferro na boca. Engulo.

— Sei que não vai ser fácil, mas eu preciso que você fique calma e tente me ajudar.

— O quê?

— Precisei lançar um encantamento para salvá-la.

— Salvar do quê? — A voz dela muda na hora. Fica aguda, quase trêmula. — Não me diz que vocês… que ela… O que aconteceu, Ian?

— É uma história longa. Preciso mesmo de ajuda.

— Deixa eu falar com a Briana. — Ela tenta manter a calma, mas falha. — Me passa pra ela, agora.

Aperto o celular com mais força, o maxilar travado.

— Ela não pode falar, está desacordada. E o feitiço… Quanto mais tempo ela passar sob esse encantamento, mais difícil vai ser reverter.

Silêncio. Depois vem o estouro:

— Mas que merda, Ian! Você jurou que ia mantê-la segura. Você…

— Eu sei! — Minha voz sai mais alta do que deveria. Me esforço para respirar. — Eu sei. Sinto muito. Eu só… estou tentando.

Apoio a cabeça no volante por alguns segundos. Fecho os olhos com força. Meu corpo todo lateja. A dor no peito por causa da maldição que absorvi pelo vínculo ainda está lá, aguda, como se a lâmina de gelo negro tivesse sido cravada no meu coração. Ignoro.

— Do que você precisa? — pergunta Emma, mais baixo, porém com firmeza.

— De uma flor roxa. De Alfehim. O nome é púrpura. Eu desenhei do melhor jeito que consegui e mandei para professores de botânica conhecidos. Talvez ela exista aqui com outro nome.

— Puta que pariu... — ela xinga. — Tem como ser mais impossível? E se essa flor não existir aqui?

— Então eu vou até o inferno buscar.

A resposta sai firme. Sem hesitação. Sem drama, pois é a verdade. O silêncio do outro lado se prolonga. Ouço a respiração dela, entrecortada.

— Está bem. Me manda o desenho. Eu vou falar com a tia Isla. Se essa flor existir na Terra, ela vai saber.

Fecho os olhos, aliviado por um segundo. Uma gota de suor escorre pela minha têmpora.

— Estou levando a Briana de volta para a Noruega.

— Ah, não. Porra...

— Se eu tivesse escolha, mandaria ela direto pra casa. Mas qualquer outro lugar para onde eu me desloque vai chamar atenção e colocá-la em perigo. E sou eu quem precisa desfazer o feitiço.

Pausa. O silêncio pesa do outro lado da linha, e eu continuo atropelando as palavras:

— Eu... Eu só tenho você, Emma. Só posso confiar em você. Por favor, me ajuda. Vou levar a Briana para o Palácio Oscarshall, em Oslo, mas distante de onde deu merda da última vez. Vamos nos esconder e esperar. No quarto mais alto. Eu... — Minha voz falha e, mesmo tentando disfarçar, um arquejo baixo escapa. — Eu não tenho outra saída.

— Você está chorando? — A voz dela sai fraca, alarmada. — A situação está tão ruim assim?

Enxugo os olhos com a manga do casaco e tento responder com suavidade:

— Vai ficar tudo bem.

— Quão ruim é a situação, Ian?

— Pelo que acabou de acontecer, acredite em mim, é a melhor que poderia ser.

— Certo — ela responde, respirando fundo. — Deixa comigo. Vou correr atrás dessa flor. Manda a localização e eu vou encontrar vocês o mais rápido que conseguir.

Quando a ligação termina, solto o celular no banco ao lado com os dedos dormentes. A dor no peito aumenta, descompassando meus batimentos. Encosto a testa no volante, tentando não quebrar por dentro.

No entanto, quando olho para o lado e vejo Briana ali, inerte, tão frágil, tão silenciosa… não aguento mais fingir. Eu me inclino e a envolvo com os braços, mesmo que ela não possa sentir. E então choro, sem conseguir me conter. Choro como não chorava há anos. Com o corpo inteiro. Com o coração perfurado por mil agulhas de gelo.

E talvez… talvez isso prove que, mesmo que eu tenha amaldiçoado meu coração para salvá-la, ainda sou capaz de sentir. Enquanto ela estiver nos meus braços, eu ainda estou aqui.

# 43

**A PÚRPURA**

*A púrpura é a flor base do antídoto contra o feitiço da doce morte. Floresce apenas nos limiares entre Alfehim e o mundo humano. Com pétalas de um roxo profundo e um brilho prateado ao toque da lua, é considerada sagrada na ilha Crepuscular. Algumas espécies botânicas de Alfehim, como a púrpura, cruzaram portais há séculos e enraizaram-se discretamente na Terra sob outros nomes. São flores belas e exóticas. O que é remédio entre mundos por vezes nasce disfarçado entre os jardins comuns.*

— Trecho extraído de *Herbário esquecido: flora mágica entre mundos*

O céu visto pelas janelas arqueadas do quarto da torre do Palácio Oscarshall parece ter saído diretamente da ilha Crepuscular. Um véu lilás e dourado se derrama sobre as nuvens. A luz atravessa os vitrais coloridos e se espalha pelas paredes azuis cobertas de quadros com moldura dourada. No teto, espirais de constelações se entrelaçam com galhos de videira entalhados em ouro. É como se este lugar tivesse sido criado para guardar uma rainha.

E ela está aqui.

Deitada na cama de dossel com cortinas translúcidas bordadas com fios prateados, Briana parece parte do cenário. O robe azul cobre seu corpo imóvel. O cabelo loiro se espalha sobre os travesseiros como seda. A beleza dela, mesmo sob o efeito da doce morte, tira meu fôlego.

Esperei por oito horas. Cada segundo uma tortura.

A flor chegou, enfim; a rara prímula da Escócia, colhida nos arredores de Kinlochewe, nas Highlands. Foi a tia de Briana, Isla, quem reconheceu a planta pelo meu desenho. Contou para Emma que, anos atrás, quando encontrou Briana abandonada no castelo em ruínas nas Highlands, havia um ramo dessa flor ao lado dela. Como se alguém, ou alguma força, tivesse deixado as flores ali como um sinal.

Não sei exatamente o que isso significa. Talvez as forças mágicas de Alfehim soubessem desde o começo.

O que quer que tenha sido, agarrei essa coincidência como se fosse meu último sopro de ar. Então, usei todos os contatos que tenho na Escócia, paguei uma fortuna a um florista local e pedi que ele trouxesse a planta no primeiro voo para a Noruega.

E agora estou aqui, ajoelhado, esmagando as pétalas com a haste do punhal, conjurando com a alma o feitiço mais importante da minha vida. A pasta que se forma é roxo-escura. Uma fumaça leve sobe conforme a magia canalizada envolve a mistura e a tinge, fazendo-a brilhar como milhares de estrelas.

Toco meus lábios com a pasta. Depois os lábios dela, que estão frios demais. Sussurro o feitiço da quebra, tentando manter a voz firme:

— *Fuil anoriel saethar.*

Sopro com delicadeza sobre seus lábios, deixando o pó mágico se agitar no ar. Ele se espalha como estrelas microscópicas e repousa sobre o rosto dela. Suas bochechas ganham cor. Veias violeta se acendem em seu pescoço, mas não passa disso.

— Por favor… — murmuro com a garganta apertada. — Acorda. Volta pra mim. Volta.

Repito o ritual. Mais uma vez. E outra. E mais outra. E de novo.

Nada.

Meu peito parece prestes a rachar. Espalho a pasta sobre o decote do robe, bem no centro do peito dela, onde seu coração deveria bater com força.

— Por favor… — imploro. — Por tudo o que é mágico neste mundo. Morgana, todas as sacerdotisas que já existiram, me ajudem. Mãe, você foi uma feérica da ilha Crepuscular… me ajuda.

Encosto a cabeça na barriga dela e arquejo, repetindo o feitiço sem parar. Conjurando. Implorando. Me agarrando à única coisa que ainda me mantém respirando: a esperança.

Um toque. Leve, entre meus cabelos. Uma respiração funda, arrastada, como se ela inspirasse pela primeira vez.

Puxo o ar num golpe e me afasto de súbito. Meu coração dispara, batendo contra o gelo que ainda se espalha dentro de mim. Meus olhos buscam os dela. Abertos. As íris tingidas de luz violeta. Os lábios manchados de púrpura.

Ela está viva. E eu arquejo e soluço, sentindo o peso do mundo sair do meu peito.

— Graças a todas as forças mágicas! — Minha voz soa rouca, como se arranhasse a garganta. Toco seu rosto com as duas mãos, para ter certeza de que ela está aqui de verdade. — Bem-vinda de volta, meu amor.

Ela levanta a mão e traça a linha do meu maxilar. Pego sua mão e a beijo com firmeza.

— Você conseguiu — diz ela, com a voz fraca.

— Não, meu amor, você conseguiu.

Encosto a testa na dela, moldo seu rosto entre minhas palmas e a beijo com leveza. Seus lábios se movem devagar contra os meus. Sinto o calor dela retornando, fazendo meu sangue circular com mais força. Ela inspira contra minha boca, e o som me arranca um gemido de alívio. Quando ela me puxa mais para perto, num convite silencioso, eu cedo sem conseguir resistir e a beijo, sentindo que estamos vivos.

Encosto a testa na dela mais uma vez.

— Tive tanto medo de te perder.

Os olhos dela se arregalam um pouco, como se sua consciência, ainda despertando, só agora se desse conta de tudo o que aconteceu.

— E Zarethar? — pergunta, confusa.

Passo os dedos novamente pelo seu rosto, querendo memorizar cada centímetro, cada curva, cada traço.

— Voltou pra Alfehim. Mas — beijo sua testa devagar — você está segura agora. As buscas em terras humanas foram…

— Suspensas. Eu me lembro. Minha mãe! — diz Briana, num sobressalto. — Ela é a sacerdotisa da profecia.

Respiro fundo, encarando-a intensamente.

— Eu vou fazer o que for preciso para encontrá-la. E então ajudá-la. Não só ela, meu amor, mas todas que precisarem de ajuda.

Ela tenta se mover e se senta, vacilando, mas eu a seguro antes que seu corpo caia sobre o colchão.

— Eu preciso encontrar o livro — ela sussurra, com a voz embargada. — Preciso receber o último estigma. É o único jeito de ir pra Alfehim e ajudar a minha mãe… e…

— Ei. — Levo a mão ao seu rosto, acariciando de leve sua bochecha. — Eu sei. Mas você ainda está despertando de um feitiço que quase te levou. Você tem noção do que enfrentou?

Os lábios dela tremem.

— Mas…

— Se o livro com os símbolos estiver em Alfehim, eu vou dar um jeito de achar e te entregar, e aí você vai pra lá. Quando for possível. Eu juro, Briana, pelo amor que me mantém vivo.

Ela fecha os olhos e assente devagar. E eu percebo. No jeito como ela respira fundo, no aperto sutil das mãos, no tremor quase imperceptível dos lábios. Ela entendeu. Está assimilando que vamos nos separar. Não agora, mas logo.

Seus olhos brilham com lágrimas. Ela me abraça, mas seus movimentos continuam frágeis e lentos; a doce morte ainda não se desfez por completo. Seguro suas mãos entre as minhas e nossos dedos se entrelaçam.

— Quanto tempo você vai ficar lá? — ela pergunta em voz baixa, mas firme.

— Até quando for seguro voltar. Quando eu tirar essa merda de localizador da nuca. Depois que eu entender como posso ajudar Layla. E quando tiver certeza de que essa magia que ainda queima e congela o meu peito não vai te machucar.

Ela faz que sim, mas soluça baixinho. Travo o maxilar para não chorar. Não quando tudo o que quero passar para ela é força.

— E você estará em segurança? — pergunta ela.

— Sim, tenho certeza que sim. Assim como fez hoje, o estigma que você compartilhou comigo vai me manter bem.

Sem pensar, deito ao lado dela. Passo os braços por baixo de seu tronco e a ajudo a virar de lado, até ficarmos frente a frente.

— E se eles fizerem mais algum experimento horrível com você, e aí…

Eu a abraço e, através do vínculo, passo toda a confiança que ganhei durante a viagem de avião para cá.

— Meu amor, o caminho provavelmente vai ser longo, mas nós vamos lutar para construir o nosso final feliz. Eu sei que sim.

Ela toca meu peito com os dedos abertos.

— Me beija, Ian — murmura.

Eu me aproximo. O hálito dela está morno, mas trêmulo. Os estalos da lareira preenchem o silêncio, junto ao som do vento nos vitrais da torre. O beijo é lento e intenso. Um arrepio percorre minha pele. Nosso vínculo responde com calor, e sinto meu coração voltar a bater, como se não estivesse parcialmente congelado. Como se não estivesse amaldiçoado.

Ela solta um gemido baixo. Uma lágrima escorre pelo rosto e alcança minha boca. Beijo sua bochecha, o nariz, os olhos fechados. Envolvo seu corpo em meus braços, tentando protegê-la de tudo, até do tempo.

# 44

## O TOQUE PELA MEMÓRIA

*Amantes vinculados podem sentir o toque um do outro mesmo a distância. A memória do gesto se torna mágica, percorrendo o vínculo como se ainda estivesse acontecendo. É um toque que persiste — sustentado pela saudade, pela magia e pelo amor que resiste à ausência.*

— Trecho extraído de *Laços eternos: conexões mágicas entre almas vinculadas*

### BRIANA

Eu me espreguiço antes de abrir os olhos. A luz da manhã cobre minhas pálpebras com um véu dourado. Quando os abro, encontro Ian me encarando. Ele sorri somente com os lábios, vestido com a armadura completa das tropas reais: peitoral, ombreiras, capa, botas, escudo com o cristal de gelo no peito. Imponente. Lindo. Perigoso e sereno ao mesmo tempo.

Mas algo mudou. Algo mais profundo que as cicatrizes que vi ontem, enquanto fazíamos amor. Apesar de agora serem inteiramente pretas, elas se ligam entre si, parecendo um desenho tribal com flocos de neve, e não pulsam mais, são estáticas como tatuagens. Seu olhar também mudou, está carregado de um magnetismo denso, puro. Como se a magia das sombras, que antes tentava dominá-lo, finalmente tivesse se assentado. Ainda presente, mas com ele no controle.

Ian se curva e me beija com intensidade, como se fosse a última vez por muito tempo. Uma despedida, eu sei. Eu sinto. Nosso vínculo se acende, se intensifica. Eu me sento e puxo Ian para mais perto antes de suplicar:

— Não vai… ainda não.

Ele me beija mais uma vez, e então sua presença se desfaz como uma nuvem. No lugar, ficam apenas flocos de neve cintilando com a luz do amanhecer. Pisco devagar, tentando entender. Olho ao redor, procurando por ele, depois para a janela onde o sol está firme no céu; deve passar das nove horas. Isso foi um toque passado e sentido pelo vínculo. Os flocos continuam a flutuar ao meu redor, suaves.

Fecho os olhos, sentindo lágrimas mornas escorrerem pelas bochechas. A vontade que tenho é de gritar, gritar até ele voltar, até nosso vínculo parar de queimar, até esse vazio que se infiltra em meu coração com a certeza da ausência, que se espalha pelas minhas células, arrefecer. Inspiro devagar, trêmula, tentando me convencer de que tinha de ser assim.

A porta se escancara.

— Aí está ela! — diz Emma, entrando como um furacão, seguida pelas minhas tias.

— Briana — chama tia Moira, logo atrás de Isla e Fiona —, pelo amor das deusas, como você está? Ficamos tão preocupadas! Passamos a noite no aeroporto esperando o nosso voo, teve uma tempestade inesperada que atrasou todas as aeronaves. Chegamos da Escócia e viemos direto pra cá.

Eu me levanto e sou acolhida pelos abraços das quatro, uma de cada vez.

— Eu tenho tanta coisa pra contar a vocês — digo, olhando para minhas três mães. — E começo pedindo perdão por não ter falado antes.

— A Emma nos contou tudo — Isla confirma, segurando minhas mãos. — Quer dizer… eu disse que transformaria os vestidos de marca dela em panos de prato se ela não abrisse o bico, e ela achou melhor contar.

Meu coração dispara. Olho para Emma com as sobrancelhas arqueadas.

— Tudo?

Ela torce a boca, arrependida.

— Menos a parte de Svalbard. Essa eu ainda não sei. Desculpa, amiga. Quando mostrei o desenho da flor de que o Ian precisava, suas tias me atormentaram até eu contar.

Volto a me sentar.

— O Ian falou com você?

— Quase o tempo todo. Quer dizer, eu é que ficava cobrando ele. Inclusive agora há pouco. Ele nos recebeu e disse que só estava esperando a gente chegar pra poder sair. Aliás, o que ele estava fazendo vestido daquele jeito?

Sinto a garganta apertar. Passo os dedos pelo vínculo. Eu sei que ele já foi, sei que está se distanciando, indo em direção ao portal fixo para a ilha do Inverno, eu sinto.

— Ele vai pra Alfehim. Ele… precisou ir.

— Ah, amiga. — Emma me abraça. — E eu achando que ele tinha colocado aquela roupa pra convencer as suas tias de que eu estava falando a verdade sobre Alfehim.

Tia Fiona passa os dedos entre meus cabelos, fazendo o mesmo cafuné de quando eu era criança.

— Você acredita que ele fez nevar no hall de entrada, só pra mostrar que era verdade?

— Jura? — pergunto, sem disfarçar a surpresa. — E vocês não se assustaram com tudo isso?

Elas respondem com murmúrios do tipo: "Imagina, a gente sempre soube que este mundo tem mil mistérios"; de certa forma, já sabiam que algo assim existia. Em seguida dão de ombros, como se tudo isso fosse normal, no mínimo esperado.

Tia Moira senta ao meu lado.

— Para mim, bastou ele me olhar. Meu Deus, parece que ele brigou com uma dúzia de dragões desde a última vez que o vi.

*Não, tia… Ele lutou contra uma maldição que quase nos destruiu, um feérico pior que um carrasco, um exército de sentinelas, uma profecia que o obrigaria a me matar…*

O colchão afunda um pouco mais quando tia Isla também se senta.

— Antes de sair, seu noivo foi um perfeito cavalheiro. Disse que vai ficar tudo bem agora, que o fato de você ser noiva dele lhe garantirá certos privilégios, mesmo na ausência dele. Pediu para te dizer que organizou tudo junto à universidade e à família dele aqui, explicou a eles que partiria numa viagem acadêmica, mas que você continuaria tendo acesso a tudo de que precisasse, inclusive à conta dele.

— O quê?— pergunto, arregalando os olhos.

— Ele disse que vão chegar orientações oficiais do banco na nossa casa — tia Moira explica. — Mas, principalmente, garantiu que você vai estar segura aqui e deixou o avião particular à nossa disposição para voltarmos para a Escócia quando quisermos. Depois ele fez um juramento. Os olhos dele brilharam de um jeito que eu nunca vi.

— Ele explicou que é um juramento sagrado, que nunca poderá ser quebrado. Disse que vai cuidar de você enquanto viver — completa tia Fiona, ajeitando outra mecha do meu cabelo.

Tia Moira dá de ombros, com os olhos marejados.

— Não sei tudo o que vocês viveram. Nem por que ele precisava da prímula escocesa. Mas eu vi: ele te ama. Vi isso refletido dentro dele.

Arrisco um sorriso triste.

— Sim, tia, ele me ama.

Emma me olha cheia de cumplicidade. É como se a nossa amizade fosse suficiente para ela sentir um pouco da dor que sinto com a ausência de Ian, a dor que o vínculo intensifica.

— Mas ele vai voltar logo, né?

Olho para a mesinha de cabeceira e encontro um envelope com meu nome, escrito com a letra de Ian. Emma acompanha meu olhar.

— Você não sabe quando. — *Ela entende*.

Todas ficam em silêncio. E então me abraçam juntas.

— Vai ficar tudo bem, minha princesinha — murmura tia Moira.

— Vou preparar um chá de matar a saudade todos os dias — tia Isla completa.

— E eu vou providenciar proteção com cristais. Aliás, o seu noivo me deu um. Acredita? — diz tia Fiona, tirando do bolso um cristal de gelo que não derrete. — Ele disse que alivia vários tipos de dores.

— Vamos poder morar neste palácio? — brinca tia Isla, apertando minha bochecha de leve.

— Não fale besteira, Isla — reclama tia Moira. — Na volta para casa, quero todos os detalhes do que a Emma começou a nos contar — ela diz para mim.

Emma revira os olhos.

— Começou? Eu fiquei horas sendo interrogada no aeroporto! Elas estão tranquilas assim porque não querem te emocionar, mas a verdade é que só Deus sabe o que eu passei.

Tia Isla olha para baixo parecendo sem graça, depois me encara:

— Mas… a verdade mesmo é que nós também não fomos totalmente sinceras com você, minha menina.

— Não?

As três balançam a cabeça, e tia Fiona toma a dianteira.

— A realidade é que não nos assustamos muito com tudo isso porque também estávamos escondendo algo. Não sabíamos como contar. Por isso, entendemos você ter demorado a se abrir.

Tia Moira revira os olhos.

— Eu passei anos achando que Isla tinha batizado o nosso chá naquela manhã.

— O quê?

— No dia em que encontramos você. Não vai nos chamar de loucas, hein?

Dou risada.

— Tia Moira, depois de tudo que eu vivi, você acha mesmo que vou duvidar de alguma coisa?

— Boa resposta — diz ela. — Você tinha três anos quando te encontramos.

— Eu lembro que vocês contaram.

— Estava dormindo tão tranquila, com um sorriso nos lábios, parecia até que estava sob efeito de um encantamento — completa tia Fiona. — Sem falar na sua roupa: um vestido tecido com fios tão finos e brilhantes, quase etéreos, como se não fossem deste mundo.

— Mas o principal que nós não contamos... — tia Isla se intromete, agitada — é que havia três fadas ao seu redor. Do tamanho da minha mão. Uma delas tinha um brilho azul e me entregou um ramo de prímulas da Escócia. A outra, com um brilho rosa, entregou o livro para Moira.

— E a terceira, dourada como o sol — confessa tia Fiona —, me mostrou que eu devia colocar o relicário no seu pescoço. E eu soube que ele te protegeria. Sempre.

Os olhos de Emma estão arregalados.

— E eu achando que nada mais poderia me surpreender.

Tia Moira afaga meu ombro.

— O mais surreal ainda está por vir.

Meu coração acelera.

— O quê?

— Antes de sairmos com você nos braços, vimos algo. Ah, meu Deus... — Ela balança a cabeça. — Nunca contamos isso a ninguém, e mesmo assim nos chamam de loucas. Imagina se soubessem!

— Uma criatura magnífica — tia Isla prossegue. — Não estava fisicamente lá, mas... estava.

— O mundo parou — tia Fiona sussurra. — Era como se tudo tivesse se fundido com aqueles olhos dourados. Um dragão gigantesco, com escamas como o ouro mais brilhante.

Tia Moira respira fundo antes de dizer:

— Ele abaixou a cabeça. Quase nos tocou. E então... se curvou. Como numa reverência.

Emma arfa.

— Pra vocês três?

— Não, sua bobinha. Para você, Briana — responde tia Fiona com os olhos marejados. — Ele se curvou para você.

Tia Moira sorri, tocando a ponta do meu nariz com carinho.

— Por isso sempre te chamamos de princesa, meu amor.

— E por isso pedíamos para nos contar qualquer coisa fora do normal que acontecesse contigo — tia Isla emenda.

Tia Fiona segura minha mão.

— Sempre soubemos que você é muito especial. E que nos foi confiada, para que te amássemos e protegêssemos.

Tia Moira se movimenta, se acomodando melhor no colchão.

— E nunca tirar a magia do seu olhar.

— Bem… na verdade — tia Isla resmunga —, fui mais eu quem sustentou tudo isso. Moira passou anos dizendo que eu tinha drogado a gente sem querer.

Emma ri.

— E a tia Fiona?

Tia Moira responde com um olhar debochado:

— Ela passou a vida achando que as três fadas tinham se mudado para a nossa casa.

— E se mudaram mesmo. Vocês é que não…

A voz delas vira um murmúrio no fundo da minha consciência.

Um único floco de neve desce, brilha e… beija meus lábios. E, só por um instante, eu sinto que ele está aqui, sorrindo com os lábios sobre os meus. O meu príncipe do inverno.

# 45

*As auroras boreais que cruzam os céus podem surgir como reflexo do encontro entre essências verdadeiramente unidas pelo amor. Mas esse fenômeno único só se manifesta quando ao menos um dos envolvidos carrega em si a magia ancestral da ilha do Inverno. Nessas uniões, as luzes dançam em padrões etéreos, entrelaçando tons de azul, verde, violeta, rosa e prata. São manifestações espontâneas, impossíveis de controlar ou repetir. Dizem que a presença de um coração do inverno — com sua força contida, sua beleza austera e sua essência duradoura — é o que permite que o céu se abra.*

— Trecho extraído do *Tratado das essências harmônicas e magias de união*

Hoje a Universidade de Edimburgo apresentou o novo professor de linguística, que vai substituir Ian Ferner — afastado do meio acadêmico, segundo o professor Shepherd, nosso reitor, por tempo indeterminado.

Desde que voltei para a Escócia, há três semanas, tenho me concentrado na conclusão da minha tese de doutorado. É o que mantém meus pés nesta realidade, mesmo com parte do meu coração em Alfehim. Ao mesmo tempo, foi a forma que encontrei de continuar buscando pistas que possam me levar ao último livro. A Indira Lumes. Ou a qualquer outra sacerdotisa que tenha fugido para cá.

A ausência de Ian ainda pesa, só que já não me paralisa. Aprendi a conviver com o vazio, dia após dia; apesar de ele continuar aqui, não me consome como antes.

O vínculo entre nós amplifica tudo: a dor, a distância, a saudade. E me lembra, com a mesma intensidade, de que ele está vivo. Lutando. E de que eu preciso fazer o mesmo.

Ainda assim, só hoje me senti pronta para abrir a carta que Ian deixou. No começo, só de tocar o envelope o vínculo se fortalecia, e com ele a dor da separação. Como se eu não tivesse escolha. Mas agora... sei que chegou a hora.

Estou sentada na varanda do terceiro andar do chalé. A noite está calma. A brisa fresca toca meu rosto e carrega o cheiro familiar de pinheiros, flores e terra molhada.

Seguro o envelope entre os dedos. Respiro fundo. E, finalmente, abro.

Meu amor, minha vida,

Preferi me despedir através de uma extensão do toque — uma lembrança guardada na memória — para que essa, e não a despedida em si, fosse a última sensação entre nós. Sei que você entende. Se quiser, feche os olhos, meu amor. Toque no vínculo. Essa lembrança sempre me levará até você. Sempre.

Tenho tantas coisas para lhe dizer... Queria ter tido muito mais tempo. Queria nunca ter precisado te deixar.

Mas o motivo desta carta não é te fazer sentir a distância. Nem aumentar a saudade. É o oposto disso. Escrevo para te encher de certezas. De força. De coragem.

Porque é isso que você é para mim, Briana. Minha força. Minha certeza. Minha coragem. E, acima de tudo, minha escolha.

No voo de Svalbard para Oslo, enquanto você dormia sob o feitiço da doce morte — e eu tentava não enlouquecer sem saber se conseguiria te trazer de volta —, abri minha mochila e peguei o grimório da ilha Crepuscular. Aquele de defesa contra a magia das sombras.

*E então... ele se revelou para mim. Pela primeira vez. Você tinha razão. O estigma que compartilhou comigo é a chave para a leitura desse livro. E o que eu li... Briana, eu não conseguiria explicar em palavras. Mas quero que você sinta a mesma certeza que eu sinto agora sobre o caminho que tivemos de seguir.*

*Quero que entenda a convicção que tenho: de que, por mais difícil que seja e ainda possa ser, esse era o único jeito. A nossa única chance de lutar e alcançar o final feliz que merecemos.*

*No fim desta carta, deixei uma miragem temporal. Ela vai lhe mostrar o que as palavras não alcançam. Vai fazer você sentir o que eu sinto agora: que tudo está no lugar certo. Que estamos indo na direção correta. E que eu estarei ao seu lado quando todos enfim entenderem o que vi em você desde o começo. Eu sempre estarei ao seu lado, mesmo que pareça o contrário.*

*Eu te amo com todo o crepúsculo e o inverno do meu coração,*
*Ian*

Com a respiração ofegante e a visão turva pelas lágrimas acumuladas, toco com os dedos trêmulos a chave da miragem temporal que Ian deixou para mim. Um vento suave começa a girar ao meu redor. Uma nevasca brilhante se ergue no ar. Sinos tocam a distância. E, então, tudo muda.

Estou ao lado de Ian. Não estou vendo através de seus olhos nem observando de fora, como aconteceu nas minhas experiências com Morgana. Estamos lado a lado, de mãos dadas.

E ele me deixa sentir. A tristeza que sentiu quando fingiu cravar o punhal no meu coração. O som da risada de Zarethar. A dor se intensificando em seu peito. O gelo crescendo dentro dele quando absorveu a magia que deveria me matar. O coração congelando.

Mas algo acontece.

Além dos espinhos com que ele também se protegeu, há outra luz, roxa e dourada. A luz do crepúsculo. A mesma luz do estigma que compartilhamos. Ela aquece seu peito. E, de algum jeito, não o deixa morrer.

Então, a miragem nos leva para dentro do avião, a caminho de Oslo. Ian fecha o grimório da ilha Crepuscular com firmeza após a leitura. A confiança que nasceu nele naquele instante me atravessa. A clareza nos olhos. A certeza dos passos que precisava dar. A convicção do que viria — e da nossa chance de vencer.

De repente, estamos na torre do Palácio Oscarshall. Eu, deitada na cama, ainda sob o feitiço da doce morte. E vejo... através dos olhos dele. Sinto o que ele sentiu ao me olhar ali, vulnerável. A dor, o amor, a urgência. Vejo aros dourados se formando ao meu redor. Aurora, noite e crepúsculo se entrelaçando sobre meu corpo. Estigmas de luz surgem em meus braços, brilhantes como o sol.

Não são apenas três. São cinco. Talvez sete. A magia explode numa luz etérea, que se espalha pelo quarto inteiro — uma força viva e pulsante.

Ian se ajoelha. A voz dele invade minha mente, suave e absoluta:

— Eu sempre estive aos seus pés, meu amor.

E eu sinto. Sinto o amor dele. Sua presença ao meu lado, viva dentro do meu coração. Sinto como se estivéssemos tocando o mesmo tempo, o mesmo lugar, o mesmo destino.

Em alguns instantes, tudo se desfaz.

Pisco devagar. Minha respiração está acelerada. Olho ao redor, estou na varanda do chalé. O som do rio correndo e do bosque vizinho. A brisa suave roçando minha pele. A carta ainda está entre meus dedos. Tudo está sereno, igual a qualquer outra noite. Até que...

... uma explosão de luz no céu me faz perder o fôlego. Flocos de neve brilhantes se espalham no ar. Em plena primavera.

E pela primeira vez na história — *tenho certeza* — os céus de Edimburgo são atravessados por uma aurora boreal magnífica.

Fecho os olhos e sinto Ian perto de mim. Seus dedos entrelaçados aos meus. E sua voz, tão real como se ele estivesse ao meu lado:

— Eu te amo, minha existência.

# 46

## Três meses depois

— Um brinde à normalidade. — Emma ergue o copo.

Forço um sorriso olhando ao redor. O pub é antigo: tábuas gastas no piso, vigas escuras no teto entre a luz amarelada das lamparinas. No balcão, canecas de cerveja formam uma fila desordenada, e um quadro enorme com o mapa da Escócia decora a parede, como se guardasse as histórias de todos que passaram por aqui ao longo dos anos.

— Eu devia estar mais animada, não devia? Afinal, acabei de me formar com honras…

— Provavelmente sim — diz Emma, dando um gole na cerveja —, mas eu conheço a sua cabecinha. O fato de o Ian ter enviado um e-mail elogioso para a banca examinadora há dois dias e validado a sua tese com um artigo enorme na *Language* é o que está te deixando assim.

— Eu acho que ele não pode mandar e-mails de Alfehim.

Emma franze o cenho.

— Eles criam invernos e erupções vulcânicas com as mãos em Alfehim; você acha que não conseguem mandar um e-mail pra cá?

Suspiro e tomo um gole da minha bebida.

— São coisas diferentes, e eu acho que não. Mas, se conseguirem, isso só complica tudo. Por que ele não me mandou um único e-mail em três meses? Ou, pior ainda: se ele veio até aqui, por que não me procurou?

As sobrancelhas delineadas dela se arqueiam.

— Pra não trazer junto um séquito de zumbis sem olhos que querem te matar?

— Eu sei. Se ele não tiver conseguido tirar o localizador, não seria seguro.

— Além do mais, ele pode ter programado o envio do e-mail e a publicação do artigo antes de ir embora daqui.

— Sim, eu já cogitei isso também.

Emma mexe na alça da caneca.

— E ele pensou em tudo, Bri. Te deixou com acesso a uma conta de milhões de dólares e a qualquer regalia da família real norueguesa. Provavelmente arranjou o noivado de vocês pra que isso fosse possível, pra te deixar bem, mesmo que nunca mais volte.

Prendo a respiração. Emma acrescenta, rápida:

— Desculpa. Tira isso da cabeça.

Fecho os olhos e aperto as têmporas.

— Talvez esse seja o problema, amiga. E se ele nunca mais voltar? E se eu nunca mais tiver uma pista concreta de que Alfehim existe, além das minhas lembranças?

— Alfehim existe, eu sei que sim. Meus pesadelos recorrentes com aqueles monstros não me deixam esquecer.

— Claro que existe — interrompo, ansiosa —, é só que eu não encontrei mais nada. Nem sei se vou encontrar um dia. Não faço ideia de onde Indira Lumes, ou qualquer sacerdotisa que tenha vindo para terras humanas, pode estar. Nem se o livro com o terceiro estigma está perdido em alguma biblioteca ao redor do mundo. Ou por que o Ian me chamou de "minha existência" no fim da miragem temporal que dividiu comigo antes de ir embora. Só uma pessoa tinha me chamado assim antes…

— O feérico que te doou o estigma, mas primeiro te encontrou na festa de Halloween e depois te perseguiu por um tempo — conclui ela no meu lugar.

Aceno que sim.

— Ele mesmo.

Dou um gole longo na bebida, olho para o mapa da Escócia na parede, como se ele contivesse as respostas, e somente depois acrescento:

— Será que o Ian mentiu e sempre foi o Hades do Halloween? Será que era ele me seguindo pelas ruas de Edimburgo, e não um estranho querendo me ajudar ou um caçador de bruxas?

— Mas por que ele mentiria? — Emma pergunta.

— Não sei. Não faz sentido. Se o Ian tivesse mentido sobre isso, teria mentido sobre tudo, desde o começo. E pensar nisso me tira o chão. — Toco no vínculo, meu peito aperta e eu engulo um bolo na garganta.

— Não, não pensa assim. Vamos ser lógicas aqui: a única coisa que liga os dois, além da aparência, é o fato de o mascarado também ter te chamado de "minha existência"?

— Sim, e… — Me interrompo. Não vou contar que ouvia um estranho que manipulava sombras dentro da minha cabeça. — Será que é possível um vínculo duplo?

Sua testa delicada enruga.

— Um o quê? Ahh, aquele lance de parceiros que você me contou. Almas gêmeas ou sei lá.

— Esquece. Vínculos são raros, nunca ouvi falar de conexões duplas.

Emma apoia a caneca sobre a mesa com um baque seco.

— Vai ver que chamar uma garota de "minha existência" em Alfehim é tipo chamar uma garota de "amor" aqui na Escócia. Talvez seja uma coisa de feéricos.

Sorrio e forço para fora da cabeça a outra possibilidade que imaginei para explicar tudo. Ela é tão absurda e impossível que simplesmente a descarto.

— Pode ser. Mas quem é o Hades, então? Por que ele me ajudou e simplesmente desapareceu? Por que fez o que fez e…

— Amiga, pensa pelo lado bom: você está segura. As caçadas em terras humanas terminaram. Nós vamos continuar buscando um caminho pra Alfehim, se você quiser. — Ela adota um tom brincalhão: — E, se formos pra guerra mágica, nem ouse me excluir. Eu vou atrás daquele pirata traidor do Kyle e vou dar uma surra nele.

Acho graça, mesmo que esse assunto não tenha nada de engraçado. Kyle também desapareceu; a casa onde ele morava está para alugar e ele nunca mais nem sequer telefonou.

— Sim, eu quero voltar pra Alfehim. Mas não é só por causa da minha mãe ou das injustiças com outras bruxas. Muito menos pra entrar numa guerra. Além de dar um soco no Kyle (isso sim seria divertido), a questão é: e se algo aconteceu com o Ian?

Ela segura minha mão.

— Nós vamos continuar procurando.

Respiro fundo.

— Amanhã vou passar na loja daquele senhor onde vi um cetro de Alfehim quando tinha dezoito anos. Ela fechou, e quando voltei lá, anos atrás, acabei não perguntando nada pra ninguém. De repente os vizinhos sabem dizer se a loja reabriu em outro lugar ou como eu consigo falar com o dono.

— Ótimo, posso ir com você. Mas, até lá, vamos encher a cara pra comemorar?

Ergo a mão para o garçom.

— Duas doses de uísque, por favor.

— Boa ideia.

Quando os copos com o líquido âmbar são postos à nossa frente, Emma sorri e faz outro brinde:

— Ao sucesso da sua tese.

Ergo meu copo.

— E a todas as bruxas que existem.

E, como se as forças mágicas de Alfehim tivessem me ouvido, pela primeira vez em três meses sinto meu relicário pulsar, os estigmas arderem, um vento gelado soprar. E dentro do meu peito, das minhas células, da minha mente, uma voz grave ressoa:

"Quando você me odiar, lembre-se que eu te amo."

# Epílogo

Abro os olhos devagar. Estico o braço, procurando o cobertor. Não encontro.

Pisco com força, tentando enxergar melhor, entender onde estou.

Meu coração dispara.

Cristal escuro, quase preto. Mas translúcido sob a luz branco-azulada que se infiltra pelas paredes. E gelado. Tão gelado que penetra até os ossos.

Eu me sento num sobressalto. Minha respiração se torna rasa. O ar está impregnado de neve e magia. Muito mais denso que qualquer miragem temporal. Mais real.

Olho ao redor, confusa. Isso só pode ser um sonho, um delírio. Mas é real demais para ser apenas isso.

— Dizem que nestas celas ainda é possível enxergar porque não temos uma sentença decretada.

A voz vem da direita. Viro o rosto. Noto uma silhueta feminina do outro lado da parede de gelo, envolta em correntes de luz branca que atravessam a estrutura como ondas magnéticas, iluminando a escuridão das pedras.

— Somos vizinhas de cela — diz ela.

Meus dentes batem, mas não é só de frio. É uma cela. Feita de gelo escuro e magia. Este bloqueio térmico… é um encantamento.

Engulo em seco. A prisão de Ironfell.

— Estamos na ilha do Inverno — murmuro.

— Para onde mais levariam bruxas suspeitas? Eu disse ontem àquele comandante filho da puta que não sei nada sobre revolução nenhuma. Sou só uma comerciante, porra. Não tenho ideia de por que ainda estou presa. Quer a verdade? — A voz dela baixa. — Eles estão inventando desculpas pra calar a nossa voz. Antes era porque precisavam encontrar a bruxa da profecia. Agora que já sabem quem é, mesmo sem tê-la capturado, as coisas deveriam estar melhores pro nosso lado, não?

— Sim — murmuro sem pensar.

Morgana está viva. Minha mãe não foi capturada. Passei meses em busca de qualquer sinal de Alfehim, e agora…

— O problema é que já faz um ano que a procuram — a voz feminina prossegue —, e, quanto mais tempo passa, pior fica.

O ar some dos meus pulmões e minha visão escurece além da própria escuridão das pedras ao meu redor.

— Você disse… um ano? Um ano que sabem quem é a Sacerdotisa Caída?

— Sim. Muita coisa mudou em Alfehim desde então.

Tento acalmar a respiração, mas só consigo ofegar. Minha mente se agarra à última lembrança clara que tenho: o dia da defesa da minha tese de doutorado. Ontem, na minha cabeça. A comemoração com Emma. A volta para casa. E então… nada. Até despertar aqui. É como se eu tivesse dormido e acordado nove meses depois em Alfehim. Como infernos isso é possível? Acho que vou desmaiar.

— Você está bem?

— Há quanto tempo estou aqui? — pergunto, mais para mim.

— Estamos numa cela de entrada, por isso podemos conversar. As celas dos condenados têm isolamento total: som, luz, companhia. A única coisa que resta é o frio. Dizem que ninguém permanece são por muito tempo.

Meu corpo treme, as mãos sacudindo sem controle. O gosto ácido da bile sobe à garganta. Engulo, atordoada. Estaria aqui há mais tempo? Estaria enlouquecendo?

— Além disso — ela continua —, você não usa contentores. Consigo ver pela ausência de reflexos dourados nos pulsos. Isso significa que era uma fugitiva escondida em zona rebelde, ou... chegou agora a Alfehim.

Lágrimas enchem meus olhos.

— Ou talvez eu não seja uma sacerdotisa de grau três... — arrisco.

Ela ri baixo.

— Você não sabe nada do que aconteceu aqui nos últimos tempos? Hoje, não é mais permitido canalizar magia de mais de uma ilha, independente do grau de poder. As políticas puristas só apertam o cerco. E, de certa forma, quem pode culpar o rei por querer restaurar a ordem, não é mesmo? Os focos de rebelião crescem junto com a insatisfação. A escassez de magia assombra a todos. Não sei de onde você veio, mas Alfehim não é mais a mesma.

— Sinto muito — digo, a boca secando ao lembrar o que o uso dos contentores faz com uma bruxa.

— Você não fala muito, né? — Ela encolhe os ombros. — Se está sem contentores, não cresceu em Alfehim. Ou estava muito bem escondida. Quer dizer onde?

Meus músculos se retesam. Eu não sei onde estive nos últimos nove meses da minha vida. Eles simplesmente se apagaram, como se nunca tivessem existido.

— Posso te dar um conselho? — ela continua, como se estivesse falando sozinha. — Não fique muda assim quando o comandante vier te interrogar. Pela sua segurança.

— Comandante? — pergunto, a voz saindo antes do pensamento.

— O garoto de ouro do exército do Inverno. O queridinho do rei e de Alfehim. Dizem que foi destinado a matar a sacerdotisa da profecia porque tem o verdadeiro coração do inverno. Mas isso nem é o pior. — Percebo pela silhueta ela se inclinando em direção à parede. — O desgraçado manipula sombras, um dom raro e proibido. A merda é que atualmente os militares estão acima das leis. Então ele consegue entrar na sua mente. Quando você percebe, já falou tudo. Viu o que ele quis. Sentiu e ouviu o que ele desejava.

Minhas mãos suam. Um nó se forma na garganta. Como eu vim parar aqui, merda? O que aconteceu nos últimos meses da minha vida?

Tento acessar o vínculo. Com tudo: coração, força, urgência. Vejo os olhos azuis, o sorriso, a maneira como Ian me olhava… E ouço. A voz dele. Tão real, tão presente. O vínculo está aqui.

Meus olhos se enchem de lágrimas. Ian está vivo. Eu sei.

— Por falar no diabo, ele acabou de… — A voz da bruxa se desfaz.

Outra voz ocupa o espaço, grave:

— E então, mana? Conseguiu algo dela?

— Não. Ela quase não falou. Ou não sabe de nada, ou você vai ter trabalho.

A mulher sai da cela. A parede de gelo se abre à minha frente e vejo tudo mudar: o vestido de sacerdotisa, os contentores falsos. Ela não é uma prisioneira. Não é uma bruxa.

Conheço seu rosto. Pelas fotos que vi diversas vezes. Ela é a irmã gêmea de Ian. Layla Ferner.

Se acordar aqui sem lembrar de nove meses do passado foi como ver o mundo virar de cabeça para baixo, agora é como cair num abismo sem fim.

Porque ao lado de Layla, bem diante de mim, está o homem que mudou a minha vida e o mundo todo ao seu redor e depois desapareceu, como se tivesse sido um sonho. Uma ilusão. Igual às memórias que não tenho.

Ian Ferner.

E então eu sinto e vejo por alguns segundos o vínculo pulsar fraco, quase invisível. Mas está aqui.

Ian me olha. Impassível, estoico, lindo. Tão intenso que o ar me falta. Tudo em mim quer correr e abraçá-lo. Chorar de soluçar e gritar com ele por me deixar sem nada durante três meses. E os nove que sumiram da minha mente? Minha cabeça lateja.

Mas Ian não dá sinal algum de me reconhecer. A luz prateada do vínculo vacila. Até desaparecer por completo. E no lugar resta somente o frio.

Não sei o que está acontecendo. Só sei que continuo caindo. E talvez caia para sempre.

Procuro algum indício de que Ian esteja fingindo para se proteger, para *nos* proteger, como naquele dia com o capitão Zarethar. Tento acessar o vínculo de novo.

Nada. É como se não houvesse ligação alguma. Como se nunca tivesse existido.

Então Ian fala, sem tirar os olhos dos meus:

— Eu vou interrogar essa aqui a sós. Não me interrompam.

Ele se aproxima e fecha a entrada com magia. Está mais forte, mais ameaçador. Sombras se projetam e se enroscam em seus pulsos e tornozelos, como se ele próprio fosse feito delas. Diferente da projeção do estigma de defesa das trevas, que tem a forma de espinhos entrelaçados à cor de outra magia, essas sombras são densas, sufocantes, sem um único traço de luz ou cor.

Ele conjura uma mesa e uma cadeira, talhadas do mesmo material de pedra preta da cela. Quando seus olhos encontram os meus outra vez, o ar some dos meus pulmões e meu coração dispara tão rápido que meus ouvidos zunem. Ian me encara com tamanha intensidade que é como se pudesse me virar do avesso — e arrastar o mundo inteiro junto — com apenas um olhar.

# AGRADECIMENTOS

Este romance foi escrito em alguns meses, mas eu o sonho há anos. Então, se você chegou até aqui comigo e com meus personagens, muito obrigada, de todo o coração. Imagino que agora você deva estar querendo respostas, assim como a Briana. Prometo que o próximo livro, a conclusão desta jornada, será de tirar o fôlego. A espera vai valer a pena.

Se você riu, se apaixonou e se emocionou com Briana e Ian, assim como eu enquanto escrevia, receba o meu mais profundo agradecimento. São vocês, meus leitores, que fazem a maior magia acontecer ao acreditarem no poder das histórias.

E, sério, que sonho foi escrever uma romantasia: mergulhar nas duas faces da magia — luz e sombras — e terminar com a certeza de que a magia vive na nossa capacidade de sonhar e de realizar, no amor e na entrega à arte que sempre moldará o mundo.

À minha equipe editorial: sem vocês, a magia de transformar palavras em uma história que será entregue ao mundo jamais seria completa.

Ana Paula, minha sacerdotisa das palavras: muito obrigada, neste romance em especial, pelo tamanho e pela complexidade; seus olhos de águia e sua habilidade extraordinária de aprimorar o texto foram essenciais.

Rafa, minha fada-madrinha das histórias: obrigada por abraçar mais este universo, você faz tudo ficar tão lindo e perfeito. Agradeço por ser essa profissional incrível. Sério, que orgulho trabalhar contigo em mais este projeto; eu amo nossa parceria.

A todo o time de marketing do Grupo Record: vocês me deixam tão à vontade que às vezes sinto fazer parte da equipe. Obrigada pelas ideias incríveis e pelo trabalho fantástico que fazem.

Alba, querida: eu nunca imaginei que, ao ter uma agente, ganharia uma amiga. Você acompanha meus sonhos desde que nascem e cuida deles com tanto amor, como se fossem seus também. E, de certa forma, são mesmo. Só posso agradecer de todo o coração pela amizade, as ideias, as risadas que tornam o processo mais leve e por ser minha companhia, junto com os meus personagens, na jornada de fazer uma história nascer e crescer. Eu te amo.

A todo o time da Increasy, que está sempre apoiando e somando: vocês são maravilhosas.

Às minhas parceiras de cada romance: vocês são um sopro de magia e primavera a cada lançamento; não sei o que faria sem vocês.

Hoel, meu marido, meu melhor amigo, meu parceiro de vida, meu porto seguro, conselheiro, leitor beta, fornecedor de refeições profissional, meu superapoio e meu amor nas horas sombrias: você é Luz. Sei que, se estivéssemos em Alfehim, você seria o meu vínculo — risos. Sem você, provavelmente nada disso existiria. Ou, se existisse, não teria a mesma graça.

Malu, minha princesa: sua alma de artista me nutre; eu me orgulho de você. Ter seus vestidos de princesa no armário ao lado, como companhia enquanto eu escrevia, me fez lembrar que a diferença entre o que existe e o que não existe mora no que o nosso coração acredita. Eu te amo ao infinito e além.

Pai, você me ensinou a amar os contos de fadas; seu amor por fantasias e histórias nutriu o meu coração, a minha vida e fez de mim a escritora que sou hoje. Você é uma inspiração e o meu contador de histórias favorito.

Mãe, minha fada azul: hoje você está em Alfehim, na parte mais iluminada e florida, voando em dragões e entre fadas. Imagino, do topo do castelo de cristal onde mora, que você esteja orgulhosa. Você enxerga os desejos do meu coração, e escrever sobre a magia do mundo talvez seja um dos maiores. Te dou a minha palavra de bruxa que a luz do meu coração sempre será a minha guia.

Por fim, agradeço a todas as forças mágicas do universo: aos dragões de luz, às fadas, aos elementais, a Deus, às deusas e, principalmente, à maior magia que existe — a nossa capacidade de escolher o amor, mesmo nas noites mais escuras. Obrigada por inspirarem esta romantasia e por emprestarem o pó mágico de suas asas, para que cada palavra aqui escrita seja nutrida pela luz que move o mundo e que nos torna infinitos.

Impresso no Brasil pelo Sistema Cameron da Divisão Gráfica da
DISTRIBUIDORA RECORD DE SERVIÇOS DE IMPRENSA S.A.